Für zwei liebe Freunde, die aus Gründen, die sich mir verschließen, aus Kalifornien weggezogen sind … nach Vermont: John Killackey und Lawrence Connolly.
He, Jungs, wir schließen schon Wetten ab, wie bald ihr mit Raindrop (einem großartigen American Shetland Pony) und Zephyr (einem ebenso großartigen Border Collie), nach Area VII zurückkehrt, zu all euren Freunden, die euch wirklich sehr vermissen.
Und
Howard, nach neunundvierzig Jahren (ach du meine Güte, so lange schon!) immer noch die Liebe meines Lebens und der allerbeste Korrekturleser von allen.

SHIRLEE BUSBEE

Eine begehrenswerte Lady

Buch

Die schöne Witwe Gillian Dashwood ist mit einer skandalösen Vergangenheit gestraft. Die halbe Stadt ist sich sicher, dass sie ihren Ehemann, einen lasterhaften Spieler, umgebracht hat, nachdem er sie um ihr Vermögen brachte. Auch Lucien »Luzifer« Josleyn, gerade aus Frankreich zurück nach England gekehrt, weiß um die Vergangenheit der jungen Dame und begegnet Gillian sehr misstrauisch. Gillian ist dem attraktiven, aber sehr geheimnisvollen Mann gegenüber ebenfalls zurückhaltend. Aber sie kann nicht leugnen, dass Lucien eine Anziehungskraft auf sie hat, der sie sich kaum entziehen kann. Doch wird sie je wieder einem Mann vertrauen können? Und wird Lucien ihr sein Geheimnis offenbaren?

Autorin

Shirlee Busbee ist eine vielfach ausgezeichnete *New-York-Times*-Bestsellerautorin. In den USA hat sie bereits 25 Romane veröffentlicht, die außerdem in zahlreiche Sprachen übersetzt wurden. Sie lebt mit ihrem Mann auf einer kleinen Pferderanch in Kalifornien.

Von Shirlee Busbee bei Blanvalet lieferbar:

Skandalöse Küsse (36971) · Der süße Hauch von Gefahr (37643)

Prolog

Gillian Dashwood blickte sich im Speisesalon in der palastähnlichen »Jagdhütte« des Duke of Welbourne um und fragte sich nicht zum ersten Mal, was sie dort eigentlich tat. Sie sah von dem riesigen gemauerten Kamin über die mit bronzefarbener Seide bespannten Wände, die verschiedene Jagdtrophäen – ausgestopfte Köpfe von Füchsen, Wildschweinen und Rehböcken – zierten, die zweifellos alle von Seiner Gnaden höchstpersönlich erlegt worden waren, zu den Gästen, die um den gewaltigen Tisch saßen, der sich unter Kristall und Silber förmlich bog.

Gillian erkannte mehrere der Männer wieder – alle waren Freunde ihres Ehemannes Charles. Lord Padgett, Miles St. John, William Stanton und – wenig überraschend – des Herzogs jüngster Sohn Lord George Canfield waren darunter. Sie alle waren irgendwann einmal auch schon in ihrem Heim Gäste gewesen, aber sie konnte nicht behaupten, dass ihre Anwesenheit ihr in irgendeiner Weise ein Gefühl von Sicherheit vermittelt hätte. Da sie alle miteinander Freunde ihres Ehemannes waren, waren sie auch alle dem Glücksspiel und der Trunksucht verfallen, sodass sie ihre Gesellschaft mit Ausnahme der Mahlzeiten, an denen es sich nicht umgehen ließ, mied, indem sie sich mit ihrer Gesellschafterin, ihrer Cousine Mrs. Sophia Easley, in ihre Räume zurückzog, sobald es die Höflichkeit zuließ.

Ihr Blick traf zufällig auf den von Canfield, und sie fror

mit einem Mal. Sie wandte die Augen ab und hob das Kinn. Was für ein widerlicher Kerl – derart unverhohlen auf ihren Busen zu starren.

Noch einmal ließ sie ihren Blick über den Tisch schweifen. Es war keine große Gesellschaft, aber dass *sie* hier war, war seltsam. Sie verstand es nicht. Soweit sie es wusste, waren sie und Charles das einzige Ehepaar, das hier weilte. Eigentlich hatte sie angenommen, die Herzogin würde hier sein, so wie auch die Gattinnen der anderen geladenen Gäste, aber es gab keinen Hinweis darauf, dass die Gemahlin des Herzogs – oder die *Gattin* irgendeines Gentlemans – angereist war.

Mehrere der Herren, ihr Gastgeber eingeschlossen, waren verheiratet, aber alle anwesenden Frauen waren mit Ausnahme ihrer selbst entweder verwitwet oder ledig, und keine hatte eine Anstandsdame dabei. Die Damen waren allesamt attraktiv und jung, wenn vielleicht auch nicht mehr taufrisch, aber es war schon verwunderlich, dass sie sich so ungezwungen unter die Herren mischten.

Gillian mahnte sich, nicht so kritisch zu sein oder sie vorschnell zu verurteilen, aber das kecke und dreiste Verhalten der Frauen war ihr unangenehm. Sie berührten die Männer unverhohlen, ihr Lachen war zu laut und der Ausdruck in ihren Augen berechnend und gierig … und erst die Kleider! Nervös blickte sie an sich hinab. Dank einer mit Diamanten und Topasen besetzten Brosche, mit der sie den Ausschnitt ihres Kleides verändert hatte, und eines dünnen Stückes Seidengaze, das sie wie einen Schal trug und vor der Brosche überkreuzt hatte, war ihr Busen züchtig bedeckt – auch wenn das Canfield nicht davon abhielt, ihn anzustarren.

Als Charles ihr das Kleid überreicht hatte, war nur ein

Blick auf die Kreation aus bernsteinfarbener Seide notwendig gewesen, die er für sie gekauft hatte, damit sie sie heute Abend trug, um zu wissen, dass es viel zu gewagt für sie war. Sie hatten sich deswegen gestritten, und Gillian hatte sich geweigert, etwas anzuziehen, was so tief ausgeschnitten war, dass ihre Brustspitzen nur gerade so bedeckt waren. Sophia war mit ihr einer Meinung. Wütend war Charles im Zimmer umhergelaufen und hatte sie mit Vorwürfen überhäuft, dass sie eine Landpomeranze sei, die von dem mondänen Leben keine Ahnung habe. Aber seine Worte waren auf taube Ohren gestoßen. Er hatte von der einen Frau zur anderen geschaut und dann drohend den Finger gehoben und sie angefahren:

»So wahr mir Gott helfe, du wirst dich mir nicht widersetzen! Du wirst das Kleid zu Welbournes Gesellschaft tragen, selbst wenn ich es dir persönlich anziehen muss.« Damit war er aus dem Zimmer gestürmt.

Gillian und Sophia hatten einander angesehen und dann das Kleid aus Seide und Spitze, das ausgebreitet auf Gillians Bett lag. Gillian fuhr mit dem Finger über den anstoßerregenden Ausschnitt und erklärte seufzend:

»Ich nehme an, wir können einen Weg finden, es irgendwie respektabel zu machen.«

Sophia hatte genickt. Sie hatte das Kleid genommen und es genau gemustert.

»Vielleicht kann ich etwas mit der Brosche mit den Diamanten und den Topasen ausrichten, die er dir kürzlich gekauft hat. Siehst du hier? Die Brosche ist auf jeden Fall groß genug, und wenn wir sie in der Mitte anbringen und damit die beiden Ränder zusammenziehen ...«

Gemeinsam war es ihnen gelungen, den Stoff durch das große Schmuckstück zu fädeln und so den Ausschnitt anzuheben. Das Hinzufügen des Stückes Seidengaze hatte ein Übriges getan.

Wenn er sich in London vergnügte, hatte Charles zwar bestimmt, dass Gillian besser in ihrem gemütlichen kleinen Landhaus in Surrey bleiben solle, aber das hieß nicht, dass sie nicht wusste, wie es in der Gesellschaft zuging. Ihre Eltern waren Mitglieder des Landadels gewesen, und sie war mit all den Vorteilen und Verhaltensregeln aufgewachsen, die zum Leben einer jungen Dame gehörten. Wenn sie gewollt hätte, hätte sie sich mit ihren adeligen Vorfahren, die sich mehrere Generationen zurückverfolgen ließen, brüsten können. Mit einem erneuten Blick in die Runde um den Tisch vermutete sie, dass an diesem Abend so ziemlich alles ungehörig war.

Sie blickte zu ihrem Ehemann, der ein paar Plätze von ihr entfernt saß, und runzelte die Stirn. Er war ausnehmend freundlich zu ihr gewesen in der Zeit vor dem Dinner des Herzogs am heutigen Abend, und das allein hätte sie schon argwöhnisch machen müssen. Nachdem er das ansehnliche Vermögen, das sie mit in die Ehe gebracht hatte, verspielt hatte, hatte er wenig Verwendung für sie, außer um ihm den Haushalt zu führen und dafür zu sorgen, dass seine Gäste sich wohl fühlten, wenn er sie nach Surrey einlud.

Der Blick ihrer goldbraunen Augen ruhte auf Charles' dunklem Gesicht, während er die Frau neben sich umgarnte. Sie konnte noch Anzeichen des gut aussehenden und charmanten jungen Mannes sehen, in den sie sich vor fast neun Jahren verliebt und den sie geheiratet hatte. Bis zu seinem fünfunddreißigsten Geburtstag war es nur noch ein Monat, aber obwohl sein ausschweifender Lebenswandel immer deutlichere Spuren bei ihm hinterlassen hatte, ließ sich nicht abstreiten, dass Frauen noch immer aufsahen, wenn er einen Raum betrat.

Sie beobachtete, wie die Frau, eine Witwe, unter Charles' Aufmerksamkeit aufblühte, aber Gillian wollte sie warnen, den honigsüßen Worten nicht zu trauen, die von seinen wohlgeformten Lippen troffen, und auch den Versprechungen nicht, die in diesen strahlend blauen Augen standen. Unfähig, es länger zu ertragen, zusehen zu müssen, wie er eine weitere närrische Frau in seinen Bann zog, ließ sie den Blick sinken.

Unwillkürlich fragte sie sich, wie ihr Leben wohl aussähe, wenn sie auf ihren Onkel gehört und seinen Rat befolgt hätte, und seufzte. Bis auf ihren älteren Halbbruder Stanley Ordway war ihr einziger männlicher Verwandter ihr Onkel, und da sie und Stanley selten gut miteinander auskamen, hatte sie sich nur an ihren Onkel wenden können, als Charles um ihre Hand angehalten hatte. Onkel Silas hatte seine Worte sorgfältig gewählt. Mit einem liebevollen Lächeln hatte er ihr gesagt:

»Er ist ein gut aussehender Kerl, das will ich gerne zugeben, aber ich mache mir Sorgen, meine Liebe, dass er kein *angenehmer* Ehemann sein wird.« Sie hatte die Bemerkung nicht weiter ernst genommen, sie war mit achtzehn derart vernarrt in Charles Dashwood gewesen, dass niemand sie davon hätte abbringen können, ihn zu heiraten.

Bei dem Gedanken an diese Zeit verzog sie das Gesicht. Die Tatsache, dass sie und Stanley sich bei einer Sache einig waren, hätte ihr eigentlich eine Warnung sein müssen. Sie schüttelte den Kopf und musste daran denken, dass Stanleys Freundschaft mit Charles ein deutlicher Fingerzeig gewesen war, was für ein Mann ihr Ehemann war. Ihr Halbbruder war allen Arten von Glücksspiel verfallen und alle seine Freunde waren stadtbekannte Spieler. Wenn nur …

»Noch etwas Wein, meine Liebe?«, schnurrte eine Stimme an ihrem Ohr und unterbrach ihre Gedanken. »Ihr Glas ist fast leer.«

Gillian zuckte zusammen und schaute zu Lord Winthrop, dem Gentleman, der neben ihr saß. Sie kannte ihn nur flüchtig, denn er war zwar einer von Charles' Freunden, aber sie mochte ihn nicht – und auch nicht das berechnende Funkeln in seinen grauen Augen. Wie die anderen hatte Winthrop sie ein paar Mal in Surrey besucht, aber in seiner Nähe hatte sie immer ein ungutes Gefühl gehabt. Er starrte viel zu lange auf ihren Busen und zog die Berührung ihrer Hände unnötig in die Länge. Sie wusste, wenn sie je so dumm wäre, es so weit kommen zu lassen, dass sie mit ihm allein war, würde sie sich nicht darauf verlassen können, dass er ihr keine unerwünschten Avancen machte.

Gut zehn Jahre älter als Charles und die meisten seiner Freunde, war Winthrop wie ihr Ehemann und ihr Halbbruder ein Spieler. Aber anders als Charles und Stanley war er vermögend und eng mit Welbourne befreundet. Sie nahm an, Charles' Freundschaft mit Winthrop und Canfield war dafür verantwortlich, dass sie heute Abend hier waren.

Sich zu einem Lächeln zwingend, erwiderte Gillian: »Nein danke.«

Sein Blick glitt über sie, verweilte unangenehm lange auf der Rundung ihres Busens unter der bronzefarbenen Seidengaze, und sie wurde rot, hob ihr Weinglas, setzte es an die Lippen … und benutzte ihren Arm, um sich vor seinem unverschämtem Blick zu schützen.

»Es ist heute Nacht sehr warm … sicherlich benötigen Sie den Schal doch nicht, der nur Ihre Reize verbirgt«, murmelte er ihr zu.

Ärger regte sich in ihr, und mit eisiger Stimme erklärte Gillian:

»Sie sind zu kühn, Mylord. Ich würde es begrüßen, wenn Sie Ihre Ansichten für sich behielten.«

Er lachte, kein bisschen eingeschüchtert.

»Ah, ich mag Damen mit Temperament.« Als Gillian ihn wortlos anstarrte, sagte er halblaut: »Verzeihen Sie, ich war tatsächlich zu kühn.«

Gillian zuckte die Achseln und verspürte den Wunsch, er möge seine Aufmerksamkeit seiner Nachbarin auf der anderen Seite zuwenden und sie in Ruhe lassen. Würde diese endlose Mahlzeit denn gar nicht aufhören?

»Sie sind noch auf keiner Gesellschaft des Herzogs gewesen, oder?«, erkundigte sich Winthrop, nicht im Mindesten von ihrem abweisenden Verhalten eingeschüchtert.

Steif erwiderte sie:

»Nein, das hier ist mein erstes Mal.«

Er lächelte.

»Ihr erstes Mal ... nun, wollen wir hoffen, dass Sie es als denkwürdig in Erinnerung behalten. Ich werde jedenfalls alles in meiner Macht Stehende tun, um dafür zu sorgen, dass Ihr Aufenthalt rundum erfreulich für Sie wird.«

Seine Worte und sein Lächeln steigerten ihr Unbehagen nur, und sie sah sich auf der Suche nach etwas Ablenkendem um. Aber alle waren zu sehr damit beschäftigt, sich zu unterhalten, sodass ihr nichts anderes übrig blieb, als sich wieder Winthrop zuzuwenden.

»Haben Sie schon an vielen dieser ... dieser Hausgesellschaften teilgenommen?«

»Oh ja. Oft sogar. Man weiß nie, welche ... Genüsse Welbourne für uns bereithält.«

Mit dem Gefühl, als sprächen sie über zwei verschiedene Dinge, erwiderte Gillian rasch:

»Und die Herzogin? Nimmt sie auch manchmal teil?«

Winthrop warf seinen Kopf mit den mit Silber durchzogenen Haaren in den Nacken und lachte.

»Ach, meine Süße, Sie sind niedlich. Wo hat Charles Sie nur gefunden?«

Ihre Finger schlossen sich fester um ihr Weinglas, und sie entschied, dass sie Seine Lordschaft nicht leiden konnte ... und auch die ganze Hausgesellschaft des Herzogs gefiel ihr nicht. Sie wollte nach Hause. Jetzt sofort.

Vielleicht, überlegte sie unglücklich, *hat Charles recht, und ich bin eine Landpomeranze.* Auf jeden Fall fühlte sie sich in so mondäner und welterfahrener Gesellschaft restlos unwohl.

Als erriete er, dass sie das Zimmer am liebsten fluchtartig verlassen hätte, erklärte Winthrop:

»Verzeihen Sie – ich sehe, dass ich mit meinen Bemerkungen zu frei war. Dafür entschuldige ich mich.« Als Gillian nickte und den Blick abgewandt hielt, murmelte er: »Kommen Sie, ich habe mich entschuldigt. Wollen Sie nicht einlenken und mir ein wenig Konversation gewähren?«

»Ich bezweifle, dass meine Gesprächsthemen Sie interessieren könnten«, erwiderte sie leise.

»Wie wollen Sie das wissen, ohne mir die Gelegenheit gegeben zu haben?«

Sie blickte ihn scharf von der Seite an und fragte sich, ob seine Worte eine versteckte Bedeutung enthielten, aber seine Miene zeigte nur höfliches Interesse.

»Lassen Sie uns mal sehen, über welches Thema würden Sie sich gerne unterhalten?«, fragte er. »Mode? Die jüngsten Gerüchte, die in der guten Gesellschaft die Runde machen? Oder sind Sie eher ein Blaustrumpf und ziehen es vor, über Bücher und Musik zu sprechen? Ah, vielleicht auch das traurige Los von König Louis und seiner hübschen Königin Marie Antoinette?«

Auf Gillians anderer Seite saß ein Mann mit rotem Gesicht, einer der wenigen Männer unter den Anwesenden, der gepudertes Haar trug, der nun ausrief:

»Allerdings, die Lage in Frankreich sollte uns alle mit tiefster Sorge erfüllen.« Er schaute in die Runde. »Alle wissen, dass seit Mirabeaus Tod im April die französische Gesellschaft ins Chaos gestürzt ist – Himmel, sogar die königliche Familie hat versucht, aus dem Land zu fliehen. Es ist eine Schande, dass sie gefasst wurden, bevor sie entkommen konnten.« Er schüttelte betrübt den Kopf und fügte hinzu: »Merken Sie sich meine Worte, vor uns liegen gefährliche Zeiten.«

Eine blondhaarige Schöne in der Nähe beugte sich vor und sagte:

»Die arme Marie Antoinette! Stellen Sie sich nur vor, nach Paris zurückgeschleppt zu werden wie eine Kriminelle! Beschämend!«

»Wenigstens sind der König und die Königin noch am Leben«, bemerkte ein weiterer Gentleman. »Nicht wie viele andere Unselige. Es ist wahrlich kein Wunder, dass London förmlich überschwemmt wird von adeligen Emigranten. Niemand weiß, was als Nächstes passiert.«

Winthrop gähnte.

»Himmel, ich fühle mich, als sei ich plötzlich im Oberhaus gelandet.« Mit fast quengelnder Stimme fragte er: »Müssen wir über Politik sprechen?«

Der Gentleman auf Gillians anderer Seite lief rot an, aber es wurde allgemein gelacht und die Lage in Frankreich fallen gelassen.

Ein Gentleman auf der anderen Seite des Tisches fragte:

»Da wir gerade von Tragödien sprechen, hat denn irgendjemand etwas Neues über den Mord an der verwitweten Mrs. Soule gehört?«

»War das nicht schrecklich?«, rief eine der Frauen. »Man hätte damit vielleicht in London gerechnet, aber wer hätte gedacht, dass so etwas hier auf dem beschaulichen Land geschieht.«

»Ja, es war schrecklich«, pflichtete ihr Miles St. John bei.

Unbehagliches Schweigen senkte sich über die Gäste, weil allen plötzlich einfiel, dass der jüngste Klatsch besagt hatte, dass St. John endlich doch eingefangen worden war und dass eine Verlobung in der Luft gelegen hatte.

Verlegen räusperte St. John sich und erklärte leise:

»Elizabeth war eine liebe Freundin. Wie viele von Ihnen sicher wissen, war ich in London oft genug ihr Begleiter.« Sein gut geschnittener Mund wurde schmal. »Es ist widerwärtig, sich vorzustellen, dass jemand bei ihr eingebrochen ist und sie in ihrem Bett ermordet hat, und wenn ich je …« Er brach ab, lächelte bitter und sagte: »Verzeihung. Ich lasse zu, dass meine Gefühle mit mir durchgehen.«

Nicht im Mindesten davon angetan, dass der tragische Vorfall erneut aufgewärmt wurde, der vor zwei Monaten das halbe Land in Aufruhr versetzt hatte, murmelte Winthrop:

»Erst Politik und jetzt etwas, das als Handlung für einen Schundroman taugt.« Mit einem gequälten Blick in die Runde fragte er: »Müssen wir solche Sachen diskutieren?«

Charles lachte und sagte:

»Kommen Sie, Winthrop, Sie mögen Klatsch doch so gerne wie wir alle.«

»Ja, aber nicht«, entgegnete er, »wenn ich mich in der Gegenwart einer schönen Dame befinde, wie Ihre Gattin es ist.«

»Stimmt«, erwiderte Charles und wandte seine Aufmerksamkeit wieder der Witwe neben sich zu.

Mit einem Lächeln zu Gillian bemerkte Winthrop:

»Ah, wo waren wir stehen geblieben? Habe ich gerade Ihre Augen bewundert? Oder vielleicht Ihren köstlichen Mund?«

»Eigentlich«, antwortete sie nicht ohne Schärfe, »waren *Sie* es, der das Thema auf König Louis und Königin Marie Antoinette gebracht hat.«

Er erschauerte.

»Wie geschmacklos von mir.« Sein Blick wanderte über sie, verweilte einmal mehr auf ihrem Busen. »Viel lieber würde ich mich Ihnen und Ihrer Schönheit zuwenden.«

Von dem Wunsch beseelt, dieser endlos scheinende Abend möge endlich vorübergehen und Lord Winthrop seine Aufmerksamkeit jemand anders zuwenden, zwang sich Gillian zu einem Lächeln und antwortete:

»Es ist gewiss ebenso langweilig, über einen selbst zu sprechen, wie über Politik.«

»Nicht wenn jemand so liebreizend ist wie Sie, meine Süße.«

Gillian hatte sich noch nie etwas auf die Schönheit eingebildet, mit der das Schicksal sie bedacht hatte. Ohne eitel zu sein, wusste sie, dass sie gut aussah. Das verriet ihr einerseits ihr Spiegel, andererseits hatte sie es oft genug gesagt bekommen, und mit siebenundzwanzig war ihr Liebreiz voll erblüht, aber Winthrops Bemerkungen steigerten ihr Unbehagen. Sie war zwar Komplimente gewohnt – während ihrer einzigen Saison in London war sie überaus gefragt gewesen, nicht nur wegen ihres netten Vermögens, sondern auch wegen ihrer freundlich blickenden schönen goldbraunen Augen, ihren dunkelbraunen Locken und ihrer zierlichen Figur. Es hatte unter den Herren der guten Gesellschaft zu einigem Verdruss geführt, als sie sich in Charles Dashwood verliebt hatte.

An diesem Abend hatte sie sich große Mühe mit ihrem Äußeren gegeben – um vor Charles' Freunden nicht wie eine Vogelscheuche auszusehen, aber auch nicht minder, um nicht noch einen heftigen Streit auszulösen. Sie wusste, das Kleid betonte ihre schlanke Figur, und auch das Ergebnis der Bemühungen ihrer langjährigen Zofe Nan Burton war nicht zu vernachlässigen. Vorhin hatte Nan mit gespitzten Lippen die üppige dunkelbraune Haarpracht zu Löckchen frisiert, die das Gesicht ihrer Herrin höchst kleidsam umrahmten, und hatte einen Hauch Reispuder auf Stirn, Nase und Wangen verteilt sowie ein ganz klein wenig Rouge auf ihre Lippen aufgetragen.

Nachdem sie einen Schritt nach hinten gemacht hatte, um das Ergebnis ihrer Mühen zu bewundern, hatte Nan erklärt:

»Schade, dass Schönheitspflästerchen so aus der Mode gekommen sind, weil nämlich ein winziges Pflästerchen in Ihrem Mundwinkel einfach perfekt wäre.« Sie steckte Gillian eine verirrte Strähne über dem Ohr fest und fügte hinzu: »Aber ich bin froh, dass das Pudern der Haare nicht mehr üblich ist – bis auf ein paar eingefleischte Anhänger.« Mit einem Lächeln voller Zuneigung für ihre Herrin verkündete Nan: »Ich muss sagen, Madame, dass ich Sie schon lange nicht mehr so schön gesehen habe.«

Gillian war von dem Frisiertisch aufgestanden, hatte die Röcke ihres bernsteinfarbenen Seidenkleides ausgeschüttelt und sich lächelnd erkundigt:

»Soll das heißen, dass ich sonst eher hausbacken herumlaufe?«

Nan hatte gelacht und den Kopf geschüttelt.

»Als ob das möglich wäre! Selbst in Lumpen gekleidet würden Sie jedem Mann, der nicht Eiswasser in seinen Adern hat, den Kopf verdrehen. Jetzt aber los, es ist Zeit, sich zu den anderen Gästen zu gesellen und einen schönen Abend zu verleben.«

Nans Bemerkung, die sie aufheitern sollte, erinnerte Gillian nur daran, dass sie in der Tat mit einem Mann verheiratet war, der Eiswasser in seinen Adern hatte, aber sie schob den Gedanken rasch beiseite. Winthrops entschlossenes Flirten und seine aufdringlichen Komplimente hätten ihr das Gefühl geben sollen, attraktiv zu sein, aber sie bewirkten nur das Gegenteil. Sie seufzte und wünschte sich, zu Hause zu sein, mit Sophia im Salon zu sitzen und in Ruhe ein Buch zu lesen.

Winthrop, der ihr Seufzen gehört hatte, sagte:

»Mir scheint, dass mein vielgelobter Charme keinerlei Wirkung auf Sie zeigt. Verraten Sie mir, meine reizende Dame, liegt das an mir, oder sind es Männer im Allgemeinen?«

Gillian wurde rot. Sie zwang sich zu einem Lächeln, blickte ihren Begleiter an und murmelte:

»Entschuldigen Sie, Mylord. Ich fürchte, ich bin solch extravagante Komplimente nicht gewohnt.«

»Oh nein«, erwiderte er. »Werden Sie nicht ganz steif und förmlich mir gegenüber. Mir war die schüchterne Rose viel lieber.« Sein Blick glitt liebkosend über ihr Gesicht. »Ich frage mich nur, ob Sie auch am Morgen so reizend schüchtern sind.«

Sie blickte ihn scharf an, aber er lächelte nur und wandte sich offenkundig gelangweilt von ihr ab und der jungen Frau zu, die auf der anderen Seite neben ihm saß. Dankbar, dass Winthrops Aufmerksamkeit anderweitig gebunden war, beendete sie die Mahlzeit ohne weiteres Unbehagen.

Während es immer später wurde, zogen sich einige der Herren, unter ihnen auch Charles, Welbourne, Padgett, Canfield und Winthrop, in die unteren Regionen des Hauses zurück zum Trinken und Glücksspiel und überließen die übrigen Gäste sich selbst. Unter Fremden in dem in Gold- und Cremetönen gehaltenen Salon allein gelassen, in dem sich zunächst alle nach dem Dinner versammelt hatten, gab sich Gillian Mühe, sich zu unterhalten, aber die Damen waren viel mehr an den Herren interessiert als daran, mit ihr zu reden, und die Herren … Nachdem sie den dritten Versuch eines betrunkenen Viscounts abgewehrt hatte, sie zu küssen, floh Gillian.

Sie betrat ihr Schlafzimmer, lehnte sich mit dem Rücken gegen die Tür und atmete zum ersten Mal auf, seit sie an diesem Abend die Treppe hinuntergestiegen war. Sie war vielleicht ein wenig naiv und hatte sich seit Jahren nicht mehr in der guten Gesellschaft bewegt, aber man musste schon auf den Kopf gefallen sein, um nicht zu begreifen, dass dies hier eine Landpartie war, an der eine anständige Frau nicht teilgenommen hätte. Was hatte sich Charles nur dabei gedacht, sie mit hierher zu nehmen? Schätzte er sie so gering? Oder war es seine Weise, sie dafür zu strafen, dass sie sich geweigert hatte, genau so eine Gesellschaft in ihrem Heim zu veranstalten, wie sie jetzt dort unten stattfand?

Verärgert und verwirrt durchquerte sie den Raum und setzte sich an ihren Frisiertisch. Sie musterte ihr Spiegelbild und erwog, nach Nan zu läuten, entschied sich dann aber dagegen. Nan würde unbedingt alles über die Abendgesellschaft hören wollen, aber im Augenblick fühlte sich Gillian nicht imstande, einen geschönten Bericht abzugeben. Am nächsten Morgen wäre noch früh genug, und vielleicht, überlegte sie müde, wäre es ihr bis dahin auch gelungen, den Abend zu deuten.

Nachdem sie sich das Gesicht gewaschen hatte, löste sie die von Nan kunstvoll arrangierten Locken und bürstete sich das Haar, bis es in weichen dunklen Wellen auf ihre Schultern fiel. Sie stand auf, streifte sich die Seidenschuhe ab und machte sich daran, die Verschlüsse ihres Kleides auf ihrem Rücken zu öffnen. Sie kämpfte mit den Bändern und Häkchen und ging dabei zu dem riesigen Bett mit den gold- und rosafarbenen Samtvorhängen. Ihr Nachthemd und der dazugehörige Morgenrock lagen darauf ausgebreitet, so wie Nan sie zuvor bereitgelegt hatte. Nach mehreren frustrierenden Versuchen löste sich endlich das letzte störrische Häkchen und ihr Kleid glitt zu Boden. Da Korsett und Mieder nicht länger in Mode waren, stand Gillian nun nur in ein halb durchsichtiges Leinenhemd und einen spitzenbesetzten Unterrock aus dem gleichen Material gekleidet da. Es dauerte nur eine Sekunde, sich das ebenfalls auszuziehen.

Ihre Finger hatten sich gerade erst um das erlesen bestickte Nachthemd geschlossen, das vor ihr auf dem Bett lag, als sie ein Geräusch hörte. Sie wirbelte herum, das Kleidungsstück schützend vor der Brust, und verfolgte schreckensstarr, wie Winthrop, als besäße er jedes Recht der Welt, den Raum betrat.

Er musterte ihre durch das Nachthemd, das sie krampfhaft vor sich hielt, kaum verhüllten Reize und schlenderte auf sie zu.

»Charles hat schon gesagt, dass Sie schön seien«, erklärte er gedehnt, »aber er hat es versäumt zu erwähnen, *wie* schön Sie sind.«

»Ch-charles? M-mein E-Ehemann?«, stammelte sie wie eine dumme Gans. »Wovon reden Sie? Sind Sie verrückt? Charles wird Sie töten, wenn er Sie hier findet! Sie müssen gehen! Auf der Stelle!«

Winthrop lachte.

»Was für ein Unschuldslamm Sie sind. Wer, glauben Sie, hat mich denn hergeschickt?« Er näherte sich ihr, fuhr mit einem Finger über ihre Schulter ihren Arm hinab. »So scheu. Charles hat gesagt, anfangs könnten Sie spröde sein, aber es lohne die Mühe, Sie fügsam zu machen.«

Sich peinlichst des Umstandes bewusst, dass sie praktisch nackt war, da das Nachthemd kaum Schutz vor seinen Blicken bot, starrte Gillian ihn mit offenem Mund an, unfähig zu glauben, was sie da hörte. Charles wusste, dass er hier war? Hatte ihn, wenn sie ihn richtig verstanden hatte, sogar hergeschickt.

Gleichermaßen wütend und ängstlich über das, was das hieß, kniff sie die Augen zusammen und sagte:

»Verstehe ich Sie richtig? Mein Ehemann Charles hat Sie zu mir geschickt? Um mich gefügig zu machen?«

Ihre Haut fühlte sich unter seinen Fingern herrlich zart und glatt an, wie feinste Seide, und Verlangen erfasste Winthrop mit Macht. Er war hart und bereit, aber der Ausdruck in ihren Augen ließ ihn innehalten. Eine zartrosa Brustspitze lugte unter dem Nachthemd hervor, und der verführerische Schatten zwischen ihren Schenkeln verriet ihm, dass sie tatsächlich all das war, was Charles behauptet hatte. Aber das Funkeln in ihren sherryfarbenen Topasaugen unter den langen Wimpern ... Er hatte Charles so verstanden, dass sie zwar mit dem Geschäft einverstanden und willig war, aber auch ein wenig zögerte. Die Frau, die hier vor ihm stand, wirkte nicht im Geringsten willig, und sie bestätigte seinen Eindruck, indem sie seine wandernde Hand mit einer heftigen Bewegung zur Seite schob.

»Wie können Sie es wagen!«, rief sie mit zornbebender Stimme. »Ich weiß nicht, was mein Ehemann Ihnen gesagt hat, aber da ist es offensichtlich zu einem Fehler gekommen.«

Winthrop runzelte die Stirn.

»Charles hat die Schuldscheine nicht erwähnt? Oder unsere Abmachung?«

»Was für eine Abmachung?«, verlangte sie zu wissen und umklammerte das Nachthemd noch fester.

Er betrachtete sie, und sein Stirnrunzeln vertiefte sich … und seine Leidenschaft ebbte ab.

»Ihr Ehemann«, erklärte er ihr, »schuldet mir eine große Menge Geld.« Einen Augenblick zuckte sein Blick über ihre fast nackte Gestalt. »Und er weiß, dass ich Sie schon sehr lange bewundere. Er hat einen Handel vorgeschlagen. Er bekommt seine Schuldscheine zurück, und ich bekomme im Gegenzug eine Nacht mit Ihnen.«

Gillian erbleichte.

»Er hat mich an Sie … gegeben?«, flüsterte sie, Ekel in jeder Silbe. »Für eine Nacht … im Gegenzug für seine Schuldscheine?«

Winthrop nickte und sah irgendwie betrübt aus.

»Ich hatte ihn so verstanden, dass Sie davon wussten und einverstanden seien.«

Das bisschen Zuneigung, das sie für ihren Ehemann noch empfunden haben mochte, erstarb in diesem Moment; aber trotz des Schmerzes, der tiefen Wunde in ihrem Herzen und ihres verletzten Stolzes war sie sich eines herrlichen Gefühls von Freiheit bewusst, das sie durchströmte. Durch sein Handeln hatte Charles sie von dem Zerrbild einer Ehe befreit, zu dem ihre Beziehung verkommen war. Aber erst, überlegte sie und biss die Zähne zusammen, musste sie mit Winthrop fertigwerden …

Winthrop war kräftig, und Gillian wusste, dass sie ihm in Bezug auf körperliche Stärke restlos unterlegen war, dass er sie mühelos überwältigen konnte. Da sie nicht willens war, den Handel ihres Mannes zu erfüllen, er es aber wohl nicht gewohnt war, nicht das zu bekommen, was er wollte, war nicht auszuschließen, dass er es sich einfach nahm … Sie verbarg ihre Angst, hielt ihr Nachthemd wie einen eisernen Schutzschild vor sich und musterte ihn. Er sah, entschied sie, allerdings nicht wie jemand aus, der eine Vergewaltigung im Sinn hatte.

Winthrop hatte nur wenig Skrupel, aber er war nüchtern genug, um vor einer Vergewaltigung zurückzuschrecken. Und ihre Reaktion, ihr trotzig gerecktes Kinn ließen keinen Zweifel daran, dass er die Dame diese Nacht nur mit Gewalt ins Bett bekommen konnte.

»Es scheint ein Missverständnis gegeben zu haben«, murmelte er.

»Allerdings«, erklärte sie mit eisiger Höflichkeit, »das scheint tatsächlich der Fall zu sein.« Nicht einen Zoll nachgebend starrte sie ihn mit funkelnden Augen an. »Und da wir uns einig sind, dass es sich um ein solches handelt, schlage ich vor, dass Sie unverzüglich mein Schlafzimmer verlassen.«

Sein Blick glitt ein letztes Mal über ihren Körper, und er seufzte.

»Sie wären jeden Penny wert gewesen.«

»Zweifellos«, entgegnete sie scharf. »Ich glaube aber, Sie gebeten zu haben zu gehen. Jetzt auf der Stelle.«

Winthrop hielt seine Hände hoch.

»Gut, gut.« Er verneigte sich, machte auf dem Absatz kehrt und verschwand durch die Verbindungstür.

Von der Sorge getrieben, er könnte es sich anders überlegen, lief Gillian durch den Raum, um hinter ihm abzusperren, musste aber feststellen, dass im Schloss kein Schlüssel steckte. Mit wild klopfendem Herzen und gegen die angstvollen Schluchzer ankämpfend, die in ihrer Kehle aufsteigen wollten, hastete sie zurück zu der Klingelschnur, um nach Nan zu läuten und zerrte verzweifelt daran.

Die Nacht über an diesem Ort zu bleiben, kam nicht infrage. Mit zitternden Fingern zerrte sie sich ihr Hemd über den Kopf und stieg in den Unterrock. Ihr Blick fiel auf das Kleid aus bernsteinfarbener Seide, und ein heftiger Schauer durchlief sie. Charles hatte ihr das Kleid gekauft ... damit sie sich für ihn zur Hure machte. Sie erschauerte erneut. Sie wollte lieber sterben, als das verhasste Kleidungsstück noch einmal zu tragen. Sie lief zu dem großen Schrank, in den Nan die Kleider gehängt hatte, die sie mitgebracht hatte.

Sie fand das Reisekostüm in Hellbraun- und Goldtönen, das sie für die Heimfahrt mitgenommen hatte. Es war ihr gerade erst gelungen, es sich überzuziehen, und sie kämpfte noch mit den Verschlüssen, als Nan verschlafen ins Zimmer kam.

Verwundert, dass ihre Herrin sich für eine Reise anzog, keuchte sie:

»Madame! Was tun Sie hier?«

Mit einem unnatürlichen Glitzern in ihren Topasaugen erklärte Gillian:

»Wir brechen sofort auf! Schick eine Nachricht in die

Ställe, dass unsere Kutsche samt Kutscher in fünfzehn Minuten vorfahren soll.«

»Fünfzehn Minuten! Madame, es ist mitten in der Nacht! Alle schlafen und müssen geweckt werden – und fünfzehn Minuten reichen noch nicht einmal, um die Pferde anzuschirren. Außerdem kann ich unmöglich in so kurzer Zeit Ihre Sachen packen, von meinen eigenen ganz zu schweigen«, protestierte Nan.

»Es ist mir völlig egal, wie spät es ist«, erwiderte Gillian, deren Stimme bei dem Gedanken daran, dass Winthrop zurückkehren könnte, ganz schrill wurde. »Ich werde keine Minute länger als zwingend notwendig in diesem Hause bleiben.« Etwas ruhiger fügte sie hinzu: »Kümmere dich um deine eigenen Sachen und lass meine …« Sie blickte angewidert zu dem bernsteinfarbenen Seidenkleid. »Lass meinetwegen alles hier, das ist mir egal – ich will nur so schnell wie möglich von hier fort.«

Nan wunderte sich zwar über die Reaktion ihrer Herrin, sah aber auch, dass sie nicht umzustimmen war. Daher verzog sie den Mund und sagte nur:

»Gut, aber lassen Sie mich Ihnen erst beim Anziehen behilflich sein.«

Einen Augenblick später war Nan gegangen, um ihre Sachen zu packen und einen Diener in die Ställe zu schicken, um die Kutsche zu bestellen. Unterdessen mühte sich Gillian, ihre Locken zu einer Frisur zu bändigen, was ihr aber nicht recht gelingen wollte, weil ihre Hände noch zitterten. Obwohl ihr die schimmernden Strähnen immer wieder aus den Fingern rutschten, gelang es ihr am Ende doch, sie zu einem wenn auch leicht unordentlichen Knoten in ihrem Nacken aufzustecken.

Und plötzlich ging es ihr besser, sie hatte wieder das Gefühl, Herrin der Lage zu sein, und Gillian atmete tief durch. Nan packte die Koffer. Die Kutsche war bestellt. Damit war nur noch Charles übrig … mit einem entschlossenen Glitzern in den Augen, das Kinn vorgeschoben, marschierte sie aus dem Zimmer, entschlossen, ihren Ehemann zu finden.

In Unkenntnis der Ereignisse, die sich oben zugetragen hatten, war Charles, als Gillian ihr Zimmer verließ, um ihn zu suchen, recht zufrieden mit sich und der Welt und saß lässig zurückgelehnt auf dem mit Samt bezogenen Stuhl und betrachtete den wütenden Gentleman vor sich. Das Kartenzimmer war bis auf die beiden Männer leer – die anderen männlichen Gäste hatten beschlossen, die mannigfaltigen Reize ihrer Mätressen denen des Glücksspiels den Vorzug zu geben. Die meisten Kerzen waren erloschen, nur ein paar brannten noch in ihren Haltern, ließen den Großteil des Raumes aber in Schatten getaucht.

»Geben Sie sie mir«, verlangte der ihm auf der anderen Seite des mit grünem Stoff bespannten Tisches gegenübersitzende Herr.

Charles nahm einen Schluck von seinem Brandy, stellte das Glas dann sorgsam wieder ab und lächelte den jüngeren Mann an. Er schüttelte den Kopf und erwiderte:

»Nein. Es tut mir leid – Sie waren es, der sie beim Spiel gesetzt hat. Und nun gehört sie mir.«

»Aber ich habe Ihnen doch gesagt, es war nur, bis ich das Geld aufbringen kann, das ich benötige, um sie wieder auszulösen«, protestierte der andere. »Jetzt habe ich die Summe beisammen, und ich habe Ihnen sogar mehr als die ursprüngliche Schuld geboten, als Ausgleich dafür, dass Sie auf das Geld warten mussten.« Anklagend starrte er Charles an. »Sie haben versprochen, dass ich sie zurückerhalte.«

»Nun ja, ich weiß«, räumte Charles ein, »aber wissen Sie, Sie haben mir eine so großzügige Summe für die Rückerstattung geboten, dass ich mich gefragt habe, ob es nicht unklug von mir wäre, sie herauszugeben.«

Der andere Mann sprang auf die Füße, sodass sein Stuhl nach hinten kippte. Mit geballten Fäusten und grimmiger Miene knurrte er:

»Sie sind ein Narr, wenn Sie sie mir nicht zurückgeben.«

Charles zuckte die Achseln.

»Vielleicht, aber alles, was Sie im Moment wissen müssen, ist die Tatsache, dass ich im Augenblick nicht vorhabe, sie zurückzugeben.« Er musterte den Jüngeren nachdenklich. »Mich wundert, warum Sie sie so verzweifelt zurückhaben wollen und was sie Ihnen in Wahrheit wert wäre.«

»Nicht mehr, als ich bereits geboten habe«, entgegnete der andere scharf.

Lächelnd schüttelte Charles den Kopf.

»Oh, ich glaube, Sie werden höher gehen. Sie bedeutet Ihnen offensichtlich viel und ist mehr wert als das, was Sie mir bislang geboten haben.«

Erzürnt beugte sich der andere Mann vor und fuhr ihn an:

»Geben Sie sie mir wieder, Sie Bastard.«

»Na, na«, spottete Charles. »Mehr Selbstbeherrschung, bitte.« Er spielte mit dem jüngeren Mann Katz und Maus – was ein Fehler war, wie sich herausstellte.

Mit einem Wutschrei schleuderte der andere den Tisch zwischen ihnen zur Seite und warf sich auf Charles.

»Geben Sie sie mir zurück!«, rief er mit wuterstickter Stimme. »Geben Sie sie zurück!«

Charles versuchte seinen Angreifer abzuschütteln, war aber von dem Ausbruch so überrascht worden, dass er umfiel und auf dem Boden landete. Der Aufprall war nicht sonderlich schmerzhaft, sodass Charles sich vor allem ärgerte und die Gefahr zu spät erkannte. Erst als er den Dolch sah, der mit einem Mal in der Hand des anderen aufblitzte, begriff er, dass er es zu weit getrieben hatte.

Durch den Anblick der Stichwaffe aus seiner Selbstzufriedenheit gerissen, setzte Charles sich heftig zur Wehr. In einer tödlichen Umarmung gefangen rollten die beiden Männer über den Boden, warfen dabei Stühle und Tische um, sodass Spielkarten, Würfel und Gläser in alle möglichen Richtungen flogen. Gegen einen wütenden bewaffneten Angreifer hatte Charles keine Chance. Der Dolch wurde gehoben und hinabgestoßen, und Charles hatte gerade noch Zeit, bei sich eine Mischung aus Unglauben und Entsetzen zu registrieren, bevor die Klinge tief in seine Brust drang. *Himmel! Er hat mich wirklich umgebracht*, war sein letzter Gedanke.

Charles' Gegner atmete schwer, als er sich erhob. Restlos verdutzt von dem, was er da getan hatte, starrte er auf den Leichnam auf dem Boden inmitten des Durcheinanders aus Spielkarten, Würfeln und umgeworfenen Möbeln. Er schluckte. Er hatte ihn nicht töten wollen. Er war nur gekommen, um sich zu holen, was ihm gehörte. Es war Dashwoods eigene Schuld, redete er sich ein und verteidigte so seine Tat.

Seine Gedanken überschlugen sich, als er auf die Leiche auf dem Boden starrte. Er biss die Zähne zusammen. Was geschehen war, war geschehen und ließ sich nicht wieder ungeschehen machen. Jetzt galt es, das zurückzuholen, was für das hier alles verantwortlich war.

Er ließ sich auf ein Knie nieder und begann systematisch die Taschen des Toten zu durchsuchen. Da er nicht fand, was er suchte, stand er fluchend wieder auf. Was hatte der Bastard damit getan?

Bei dem Geräusch der sich öffnenden Tür stürzte er in die Schatten in der Ecke. Er durfte nicht mit dem Toten im Zimmer gefunden werden!

Von dem Anblick, der sich ihr bot, überrascht, verhielt Gillian auf der Türschwelle. Im schwachen Licht der Kerzen sah sie die umgeworfenen Tische und Stühle, das Chaos im Raum.

»Charles! Was geht hier vor sich?«, verlangte sie zu wissen und machte ein paar vorsichtige Schritte in den Raum. Da sie glaubte, ihr Ehemann versteckte sich in den Schatten, rief sie: »Lass das! Ich weiß, dass du hier bist. Der Butler hat es mir gesagt!«

Ihr antwortete Schweigen. Nicht in der Stimmung, mit ihm Verstecken zu spielen, erklärte sie:

»Meinetwegen. Versteck dich wie der Feigling, der du in Wahrheit bist, aber du sollst das hier wissen! Du …« Etwas auf dem Boden, das hinter einem der umgeworfenen Tische hervorlugte, fiel ihr auf, und sie erstarrte. Sie sah genauer hin und konnte in dem schwachen Licht Umrisse ausmachen, die wie ein Schuh …

Mit plötzlich trockenem Mund und heftig klopfendem Herzen trat sie näher, um besser sehen zu können. Sie erkannte den Mann, der reglos in dem verwüsteten Zimmer auf dem Boden lag. Charles! Mit einem erstickten Schrei sank sie neben ihm auf die Knie.

Entsetzt und ungläubig starrte sie ihn an. Es war Charles. Und er war tot.

Voller Angst wandte sie den Blick von dem Blutfleck auf seiner bestickten Weste ab und kam taumelnd auf die Füße. Hilfe. Sie musste Hilfe holen.

Gillian wirbelte herum und blickte sich suchend nach der Klingelschnur um, um jemanden zu rufen. Den Mann, der sich von hinten aus den Schatten an sie heranschlich, bemerkte sie nicht. Er versetzte ihr mit dem Griff seines Dolches einen heftigen Schlag gegen die Schläfe. Hinter ihren Augenlidern schien Licht zu explodieren, und dann sank sie neben ihrem ermordeten Ehemann zu Boden.

Kapitel 1

Als die Nachricht, dass Marie Antoinette, die ins Gefängnis geworfene Königin von Frankreich, am 16. Oktober des Jahres 1793 hingerichtet worden war, England erreichte, traf das Luc Joslyn schwer. Er war weder ein Anhänger der Königin noch der Monarchie, noch empfand er für Frankreich irgendwelche Loyalität, aber dass sie ihr Leben unter dem Fallbeil der Guillotine lassen musste, schien ihm ein schreckliches Ende für die Frau, die über den Glanz und die Pracht des Hofstaates in Versailles geherrscht hatte. Über das Schicksal des armen kleinen Dauphins, der seit der Hinrichtung seines Vaters im Januar den Titel König von Frankreich trug, gab es nur wenig zu erfahren.

Nicht zum ersten Mal dankte Luc dem Himmel für seine gerade noch rechtzeitig geglückte Flucht aus Frankreich und seine ungewöhnliche, aber letztlich glückliche Ankunft in England im Februar. Er hatte vorher gewusst, dass seine Reise ein vergebliches Unterfangen war, aber er hatte alle Ratschläge ignoriert und war im vorigen Herbst von Amerika nach Frankreich gereist, entschlossen, herauszufinden, ob irgendjemand aus der Familie seiner Mutter die Unruhen und den Umsturz überlebt hatte, die das Land seiner Vorfahren erschüttert hatten. Trotz sorgfältiger und gründlicher Suche hatte er keine Spuren der Familie seiner Mutter gefunden, und es war nur glücklichen Umständen zu verdanken, dass er nicht selbst in Frankreich gestorben war.

Ein schiefes Lächeln spielte um seine Mundwinkel. *Guter Gott*, dem *Bon Dieu* sei Dank für Emilys Schmugglerbande.

Am Tisch in einer ruhigen Ecke des *Ram's Head* sitzend grübelte Luc über Marie Antoinettes Los, bis seine Aufmerksamkeit von zwei Herren angezogen wurde, die an einem Tisch in der Nähe Karten spielten. Unter halb gesenkten Lidern verfolgte Luc, wie Jeffery Townsend den jungen Harlan, Lord Broadfoots jüngsten Sohn, ins Verderben lockte. In der kurzen Zeitspanne, die er das Paar jetzt schon beobachtete, hatte Jeffery seiner Schätzung nach von Harlan über viertausend Pfund gewonnen. Luc, der mit der Familie Broadfoot über seinen Halbbruder Viscount Joslyn bekannt war, wusste, dass Harlan sich solche Verluste keinesfalls leisten konnte. Eine adelige Familie konnte von sechstausend Pfund ein Jahr lang standesgemäß leben. Und obwohl Lord Broadfoot dafür bekannt war, über gut gefüllte Taschen zu verfügen, war es unwahrscheinlich, dass er es gleichmütig aufnehmen würde, wenn sein jüngster Sohn in einer einzigen Nacht ein kleines Vermögen beim Spiel verlor.

Überzeugt, dass Jeffery betrog, und dankbar für die Ablenkung von seinen trüben Überlegungen, achtete Luc genauer auf die Karten, musste den anderen aber erst noch auf frischer Tat ertappen. Seine azurblauen Augen wurden schmal, als Jeffery eine weitere Runde gewann. Luc entschied, dass er Jeffery Townsend wirklich nicht leiden konnte – selbst wenn er der Friedensrichter der Gegend und er mit ihm über Heirat verwandt war.

Als Jeffery eine weitere Flasche von zweifellos geschmuggeltem französischem Brandy bestellte und seinem Begleiter ein neues Spiel vorschlug, starrte Luc den Cousin seiner Schwägerin an und schüttelte den Kopf. Wie Emily, eine so herzliche und reizende junge Frau, wie man sie sich nur wünschen konnte, mit einem so widerlichen Wiesel wie Jeffery verwandt sein konnte, versetzte ihn in Erstaunen. Oh, sicher, es gab eine gewisse oberflächliche äußerliche Ähnlichkeit, beide waren groß und blond, aber während Emily so rein und aufrecht war wie der feinste englische Stahl, war Jeffery ...

Lucs Lippen pressten sich zu einer schmalen Linie zusammen, als die beiden von dem Tisch aufstanden und zusammen – in Harlans Fall allerdings auf unsicheren Beinen – zu einem der privaten Spielzimmer gingen. Der Junge war betrunken, und Luc war nicht entgangen, dass Jeffery großzügig für Nachschub mit Brandy gesorgt hatte, seit er die beiden zu beobachten begonnen hatte.

Es war gewiss nicht seine Aufgabe, über einen unerfahrenen jungen Mann zu wachen, räumte Luc ein, aber er konnte ebenso wenig dabeisitzen und zusehen, zulassen, wie Harlan in einem dieser Privatsalons von jemandem wie Jeffery Townsend ausgenommen wurde. Harlan konnte froh sein, wenn ihm danach noch die Stiefel an den Füßen gehörten, um darin nach Hause zu stolpern. Mit einem Seufzer erhob Luc sich von seinem Stuhl.

Aus vielen Gründen war Luc gewöhnlich nicht in der Nähe des *Ram's Head* anzutreffen, und ehe er mehr als zwei Schritte machen konnte, trat ihm einer dieser Gründe in den Weg. Innerlich stöhnte er. Sich mit Will Nolles, dem Besitzer und Wirt des *Ram's Head*, ein Wortgefecht zu liefern, war für ihn etwa so reizvoll, wie nackt mit einer Giftschlange zu tanzen.

Nolles war nicht sonderlich groß und schlank, trug einen eng sitzenden dunkelgrünen Rock, ein breites weißes Halstuch, das zu einer Schleife gebunden war, und eine gestreifte Hose, sodass klar zu erkennen war, dass er eine Schwäche fürs Dandytum hatte. Seine blassgrünen Augen glitzerten im diesigen Kerzenschein im Schankraum, während er sich Luc in den Weg stellte.

»Ich habe erst meinen Ohren nicht trauen wollen«, murmelte Nolles, »als eine der Schankmägde zu mir kam, um mir zu sagen, dass Sie heute Abend hier seien.« Seine Augen blinzelten nicht, wie bei einer Schlange, als er fragte: »Ich glaube, ich habe seit … Monaten keinen Joslyn mehr in meiner bescheidenen Wirtschaft gesehen. Welchem Umstand verdanken wir heute die Ehre?«

Luc sah ihn an und überlegte, wie sein nächster Schritt aussehen sollte. Oberflächlich betrachtet war Nolles ein ehrlicher Kneipenbesitzer, aber er machte Gewinne – ziemlich große Gewinne – als Anführer einer Bande Schmuggler. Luc hatte bereits mehrere bekannte Mitglieder der Gruppe im Raum verteilt entdeckt. Aus gutem Grund waren die Joslyns bei ihnen nicht sonderlich beliebt, und Luc war sich ziemlich sicher, dass es keinen darunter gab, der ihm nicht liebend gerne ein Messer zwischen die Rippen jagen würde.

Im Frühjahr hatte Barnaby, Lucs Halbbruder, den Schmugglern einen gewaltigen Verlust zugefügt, als er Unmengen Schmuggelwaren in einem Lager in den unterirdischen Gängen und Tunneln unter Windmere ausgehoben hatte, dem Familiensitz der Joslyns. Die Schmuggelware war nicht nur den Zollfahndern übergeben worden, auch der Zugang zu den Tunneln war zerstört worden. Wenn Barnaby Nolles an den Galgen hätte bringen können, hätte er das gewiss getan, aber bei dem letzten Aufeinandertreffen in der alten Scheune war es Nolles gelungen zu entkommen.

Die Entdeckung der Schmuggelwaren hatte zu einigem Aufsehen in der Gegend geführt und war tagelang das Gesprächsthema schlechthin gewesen, und niemand hatte sich erstaunter gegeben als Nolles. In der Öffentlichkeit hielt er sich an die Regeln der Höflichkeit, aber in Wahrheit, das wusste Luc, hatte die inzwischen verstrichene Zeit nichts dazu beigetragen, den Rachedurst in Nolles zu stillen – oder den seiner Bande. Im Geiste schnitt Luc eine Grimasse. Er konnte fast hören, wie ihn Nolles fragte, was er sich dabei dachte, den Kopf in das Maul des Löwen zu stecken.

Selbst über einen Meter achtzig groß und mit den zu seiner beeindruckenden Körpergröße gehörigen Muskeln ausgestattet, war Luc nicht im Mindesten eingeschüchtert von der Lage an sich, war sich aber genau bewusst, dass jede Minute, die er hier verlor, es Jeffery erlaubte, sich weiter aus Harlans Taschen zu bedienen, daher entschied Luc, auf das Vergnügen zu verzichten, eine Schlägerei anzuzetteln, und zuckte nur die Achseln.

»Ich hatte das Gefühl, es sei an der Zeit für einen Ortswechsel – irgendwelche Einwände?«

Nolles hob abwehrend die Hände.

»Natürlich nicht.« Er lächelte verkniffen. »Das *Ram's Head* ist ein öffentliches Lokal und steht somit allen offen.«

»*Précisement, genau*«, erwiderte Luc und verfolgte aus dem Augenwinkel, in welchem Raum Jeffery mit Harlan verschwand. »Und wenn Sie mich jetzt bitte entschuldigen wollen …«

Nolles machte eine angedeutete Verneigung und trat ihm aus dem Weg.

Luc spürte Nolles' Blick auf seinem Rücken wie Dolchspitzen, als er zu der Tür ging, durch die Jeffery Harlan geleitet hatte. Als er an ihr ankam, klopfte er nicht; er öffnete die Tür einfach nur, wie es von ihm erwartet wurde, und betrat den Raum dahinter.

Es war ein behagliches Zimmer. Ein kleines Feuer flackerte in dem gemauerten Kamin, das die leichte Kälte der Oktobernacht in Schach hielt. Kerzen brannten in den Zinnkerzenständern, die überall im Zimmer verteilt standen. Unter einem Fenster, das nach vorn hinausging, stand ein niedriges geschnitztes Schränkchen aus Eichenholz, auf dem ein Tablett mit Gläsern und verschiedenen Karaffen mit hochprozentigen Getränken stand. Am anderen Ende des Raumes, flankiert von zwei braunen Lederstühlen, befand sich eine kleine Truhe, auf der mehrere Sets Kartenspiele lagen, Würfel und andere Gegenstände, die man zum Spielen benötigte. In der Mitte des Zimmers gab es einen großen mit grünem Filz bespannten Tisch. Ein halbes Dutzend hölzerne Stühle mit Armlehnen und gepolsterten Ledersitzen stand darum herum.

Harlan saß zusammengesunken auf einem der Stühle auf der anderen Zimmerseite, und Jeffery, der gerade dabei war, dem Jungen fürsorglich ein Glas Brandy in die Hand zu drücken, blickte bei Lucs Eintreten auf. Er erkannte Luc und seine Miene zeigte deutlich, wie verärgert er über die Störung war.

»Das hier ist ein Privatzimmer«, erklärte Jeffery.

Luc lächelte, und es gab Leute, die Jeffery hätten warnen können, sich von diesem besonderen Lächeln nicht täuschen zu lassen.

»Kommen Sie, *mon ami*«, antwortete Luc, »*mein Freund*, wir sind doch praktisch Cousins. Sicherlich haben Sie keine Einwände, dass ich dazukomme, oder?«

Harlan starrte ihn erfreut an.

»Das ist Luc Joslyn. Ich mag Luc. Luc ist ein Freund meiner Familie«, verkündete er mit leicht undeutlicher Stimme und lächelte Jeffery glücklich an. Als der sich unbeeindruckt zeigte, fügte Harlan hinzu: »Er ist Joslyns Halbbruder. Halbfranzose, wissen Sie? Ihre Cousine Emily hat ihn geheiratet.« Er kicherte. »Barnaby natürlich, nicht Luc.«

»Dessen bin ich mir bewusst«, brummte Jeffery.

Harlan runzelte die Stirn, als suchte er einen Gedanken.

»Älter als Barnaby. Er wäre der Viscount gewesen«, sagte er schließlich, »ist aber auf der falschen Seite des Bettes geboren.«

Mit zusammengebissenen Zähnen bemerkte Jeffery:

»Ich bin mit Lucs Abstammung vertraut.«

Harlan lehnte sich im Stuhl zurück und stierte ihn verwundert an.

»Sie kennen Luc? Sein Halbbruder ist Lord Joslyn.«

»Das weiß ich«, entgegnete Jeffery knapp. »Lord Joslyn hat meine Cousine geheiratet, schon vergessen?«

Harlan nickte fröhlich.

»Hat Ihre Cousine Emily geheiratet.« Er sah Luc an. »Ich mag Sie. Mein Vater mag Sie ebenfalls.« Er dachte einen Moment nach. »Mein Bruder Miles mag Sie ebenfalls. Sagt, auch wenn Ihre Mutter Französin war, seien Sie doch ein guter Kerl.«

»Ja, ja«, schaltete sich Jeffery ungeduldig ein. »Alle mögen Luc.« Mit einem nörgelnden Unterton in der Stimme sagte er: »Aber wir wollen nicht, dass er sich an unserem Spiel beteiligt, oder?«

Dass Harlan viel zu viel Brandy intus hatte und in keiner Verfassung war, Karten zu spielen, war offensichtlich, aber er war ein freundlicher, wohlerzogener junger Mann, und selbst so betrunken, wie er war, würde es ihm nie in den

Sinn kommen, einem anderen Mann seine Gesellschaft zu verwehren.

»Ich mag Luc. Kein Grund, warum er nicht zu uns stoßen sollte.« Er musste gähnen, und er fügte verschlafen hinzu: »Ich glaube, ich döse ein wenig. Danach wird sich das Glück wenden.«

Ehe Jeffery etwas dagegen sagen konnte, sank Harlans Kopf auf seine Brust, und er schlief ein. Für diesen Abend war Harlan vor Jeffery sicher.

Luc schlenderte zu der kleinen Truhe und nahm mehrere Paar Würfel in die Hand. Er setzte sich auf den Stuhl gegenüber von Harlan und legte die meisten Würfel auf die Seite, behielt nur ein paar in der Hand. Er warf sie mit einer Drehung des Handgelenks, die von jahrelanger Übung sprach, und lächelte Jeffery an.

»Hazard?«, fragte er. »Ein paar Würfe? Wenn ich Ihre Cousine recht verstehe, sind Sie ein bekannter Spieler.«

Jeffery zögerte. Harlan schlief tief und fest, mit ihm war an diesem Abend nichts mehr anzufangen. Zwar waren seine Taschen voller Schuldscheine von Harlan, aber seine Spielernatur war nicht bereit, jetzt zu gehen und den Abend so enden zu lassen – nicht wenn er noch mehr gewinnen könnte. In den sieben oder acht Monaten, die Luc inzwischen auf englischem Boden weilte, war sein Ruf, alle möglichen Glücksspiele zu gewinnen, stetig gewachsen und eilte ihm inzwischen voraus. Lucifer – so genannt, weil niemand bestritt, dass Luc das Glück des Teufels hatte – zu besiegen, war das erklärte Ziel vieler unerfahrener junger Männer … und einiger älterer, klügerer Herren, die es eigentlich hätten besser wissen müssen.

Jeffery hielt sich selbst für einen begnadeten Spieler, und die Vorstellung, Lucifer zu schlagen, war überaus reizvoll, aber er war auch argwöhnisch. Er hatte Vertrauen in seine Fähigkeiten, konnte aber Lucs Ruf nicht einfach so abtun. Durfte er es wagen, es zu versuchen?

Unter halb gesenkten Lidern verfolgte Luc, wie in Jeffery Vorsicht und Versuchung miteinander rangen; er setzte darauf, dass die Versuchung die Oberhand gewann. Jeffery war schließlich ein Spieler, und er musste insgeheim lächeln, als Jeffery sagte:

»Warum nicht? Der Abend ist noch jung.«

Luc behielt einen kühlen Kopf, wenn er spielte, verzichtete auf jeglichen Alkohol, allerhöchstens gönnte er sich ab und zu ein Gläschen Wein. Diesem Umstand schrieb er sein phänomenales Glück zu, dem und dem instinktiven Geschick mit den Karten sowie dem Wissen, wann er aufhören musste. Jeffery schien diese letzte Lektion noch nicht gelernt zu haben.

Luc hatte recht. Jeffery war kein Glück beschieden, er hatte immer wieder wertlose Würfe, während Luc jedes Mal die benötigten Punkte würfelte, wenn er an der Reihe war. Nach mehreren Runden erhöhte Jeffery den Einsatz, statt einzusehen, dass die Glücksgöttin ihm an diesem Abend nicht gewogen war, von der Hoffnung getrieben, auf diese Weise seine Verluste wettzumachen. Luc hinderte ihn nicht daran, bis er sich zu langweilen begann ... und sich vielleicht auch so etwas wie Mitleid in ihm regte. Von Emily wusste er, dass Jeffery seit Jahren den Familiensitz The Birches ausblutete, um seine Spielsucht zu finanzieren, und wenn er das nicht bald änderte, würde er alles verlieren. Luc spielte berechnend, aber er wollte sein Gewissen nicht mit dem Ruin eines Mannes belasten – selbst wenn es um ein Wiesel wie Jeffery ging. Nach ein paar Stunden beendete er das Spiel. Als er sich vom Tisch erhob, lagen vor Luc nicht nur Harlans Schuldscheine, sondern auch welche von Jeffery – im Wert von zweitausend Pfund.

Mit verkniffenem Gesicht stand Jeffery auf, nickte Luc kurz zu und verließ fluchtartig den Raum. Da er nun mit Harlan allein im Zimmer war, rüttelte er ihn an der Schulter, um ihn zu wecken. Harlan erschrak, als Luc leise sagte:

»Kommen Sie, *mon ami*. Ich glaube, es ist Zeit für Sie, nach Hause zu gehen.«

Harlan lächelte ihn engelsgleich an.

»Luc. Ich mag Sie. Mein Vater mag Sie. Und Miles auch.«

Luc lachte.

»*Bon!* Und jetzt lassen Sie allen die gute Meinung von mir und helfen mir, Sie auf Ihr Pferd zu setzen.«

Harlan blickte sich um, entdeckte die Würfel auf dem Tisch und blinzelte.

»Haben wir gespielt?«

Luc nickte.

»*Mais oui. Aber ja*, und die Dame Fortuna war Ihnen gewogen. Sie haben Ihre Schuldscheine zurückgewonnen!«

Harlan riss seine blauen Augen weit auf.

»Wirklich?«, fragte er verwundert.

Luc lächelte und schwenkte die Zettel vor Harlans Nase.

»Allerdings. Und jetzt, bevor die Nacht älter wird, schlage ich vor, gehen wir heim.«

Harlan nickte und vertraute Luc an:

»Ich bin angeheitert, wissen Sie?«

Auch nach dem Nickerchen war Harlan noch ziemlich betrunken, aber Luc gelang es trotzdem, ihn in seinen Mantel zu stecken und den torkelnden jungen Mann aus der Taverne zu führen. Draußen in der kühlen Oktobernacht hievte Luc ihn mit einiger Mühe in den Sattel und steckte ihm die Schuldscheine in eine Tasche seines Mantels. Als er überzeugt war, dass Harlan wach genug war, um nicht vom Pferd zu fallen, stieg er selbst auf und hielt die Zügel von Harlans Pferd, dann machte er sich so auf den Weg nach Broad View, dem Anwesen der Broadfoots.

Als sie die hohen Steinpfosten mit dem Eisengittertor erreichten, das den Beginn der Auffahrt zu dem Anwesen markierte, war Luc mehr als bereit, seinen trunkenen Schützling abzugeben. Der Ritt nach Broad View war notwendigerweise langsam, und es war mehrmals nur Lucs Reaktionsschnelle zu verdanken, dass Harlan nicht vom Pferd fiel. Wenn Harlan nicht gerade damit beschäftigt war, aus dem Sattel zu kippen, ergötzte er Luc mit dem Bekenntnis, wie gerne er ihn mochte, wie gerne ihn jedes einzelne Mitglied seiner Familie mochte, oder sang aus vollem Hals jedes schmutzige Trinklied, das er kannte.

Zwei Fackeln brannten zu beiden Seiten der breiten Eingangstür des Herrenhauses, und während Harlan weiter unsicher im Sattel saß und dabei aus Leibeskräften sang, saß Luc vor dem Gebäude ab. Sogleich wurde die Tür geöffnet, und Miles trat heraus.

Miles war eine ältere Version von Harlan, etwas größer und mit breiteren Schultern, aber mit den gleichen blauen Augen und den gleichen hellbraunen Haaren. Lächelnd schüttelte Miles den Kopf, als er zu Luc kam.

»Ein fröhlicher Singvogel, was?«

»Ich fürchte, ja.«

»Als ich den Lärm gehört habe, habe ich mir so etwas schon gedacht.« Miles zögerte. »War er wieder im *Ram's Head*?«

Luc nickte.

»Hat mit Jeffery Townsend gespielt.«

Miles' freundliche Züge wurden hart.

»Teufel noch mal! Vater wird ihn enterben, wenn er wieder an diesen Wüstling verloren hat.«

»Sie müssen sich heute Abend deswegen keine Sorgen machen ... Harlan hat großes Geschick beim Hazard bewiesen, sodass es ihm gelungen ist, seine anfänglichen Verluste wieder wettzumachen und zudem ein paar tausend Pfund von *Monsieur* Townsend zu gewinnen. Sie werden die Beweise dafür in seinen Taschen finden.«

Miles Augen wurden schmal.

»Was Sie nicht sagen.«

Luc nickte wieder.

»Allerdings, ich war da und habe es mit meinen eigenen Augen gesehen.«

»Und hat Harlan dieses große Geschick bewiesen, vor oder nachdem er getrunken hatte?«

»Währenddessen. Ich glaube, der Alkohol hat ihm geholfen, alle Vorbehalte zu vergessen und die Würfel ganz nach Gefühl zu werfen«, erwiderte Luc mit ernstem Gesicht.

»Was Sie nicht sagen«, wiederholte Miles, und die Ironie in seinem Ton war unverkennbar.

»Wirklich«, bekräftigte Luc. »Und jetzt muss ich mich, wenn Sie mich entschuldigen wollen, auf den Heimweg machen.«

Luc saß auf, neigte seinen Kopf in Miles' Richtung und wendete sein Pferd.

»*Bonne nuit, gute Nacht!*«, rief Luc über seine Schulter, während er seinem Pferd die Fersen in die Flanken drückte und es antrieb. Kurz darauf hatte die Dunkelheit ihn verschluckt.

Das Tor von Broad View hinter sich lassend, ritt Luc in

Richtung Windmere. Inzwischen war es weit nach Mitternacht und die Nacht entschieden kalt. Luc meinte, Regen in der Luft zu riechen – er sehnte sich nach seinem Bett auf Windmere.

In dieser Nacht schien kein Mond, aber er kannte die Strecke und vertraute seinem Reittier, sodass er sein Tempo nicht verlangsamte. Als er aber um eine Wegbiegung kam, schnaubte sein Pferd und scheute. Ein kurzes Stück vor ihnen sah er in dem Licht ihrer Lampen die Umrisse einer verunglückten Kutsche liegen. Der Phaeton lag halb im Graben.

Als er näher kam, konnte Luc im flackernden Licht die beiden Kastanienbraunen erkennen, die ihn mit aufgerichteten Ohren anschauten. Die Pferde gehörten Silas Ordway, und wenn er sich nicht irrte, galt das auch für das Gefährt. Ein flüchtiger Blick auf die scharlachroten Streifen auf den Rädern und auf der Kutsche selbst bestätigte diese Einschätzung.

Beunruhigt hielt Luc an und sprang aus dem Sattel. Es war nicht zu sehen, wann es zu dem Unfall gekommen war, aber Luc wusste, der alte Mann hätte nie seine geliebten Kastanienbraunen einfach so unbewacht auf der Straße stehen lassen.

»Silas!«, rief er, während er zu dem Phaeton lief. Zu seiner Sorge antwortete ihm Silas vom Boden auf der anderen Seite des Phaetons.

»Luc? Sind Sie das, Junge?«

Die Stimme des alten Mannes klang schwach, aber Luc ignorierte die Beunruhigung, die ihn erfasste, und sagte:

»*Oui! Ja*, ich kümmere mich rasch um die Pferde, dann bin ich gleich bei Ihnen.«

Nachdem er sein Pferd an einem jungen Baum in der Nähe angebunden hatte und mit den Kastanienbraunen ebenso verfahren war, eilte Luc auf die andere Seite des Phaetons. Er fand Silas in halb liegender, halb sitzender Position im Graben; der Ältere hielt sich den rechten Arm.

»*Mon Dieu! Mein Gott*, was ist geschehen?«

Im blassen Lichtschimmer der Kutschenlampen verzog Silas das Gesicht.

»Irgend so ein verdammter Narr ist von hinten angerast gekommen und hat mich von der Straße gedrängt. Hat meine Räder gestreift und mich einfach so in den Graben geworfen.« Mit einem gezwungenen Lächeln fügte er hinzu: »Verdammt dämlich in meinem Alter, aber ich scheine mir den Arm gebrochen zu haben.«

Luc stützte den anderen vorsichtig, aber als Silas scharf einatmete, hörte er sogleich auf.

»Wie schlimm ist es?«

»Nicht so schlimm, dass ich vorhätte, hier die ganze Nacht zu liegen«, erwiderte Silas knapp. Mit einem Stirnrunzeln sah er Luc an und brummte: »Schaffen Sie mich hier raus, Junge. Ich bin nicht aus Glas – ich halte ein wenig Herumgeschubse schon aus. Schauen Sie nur, dass es schnell geht.«

»Lassen Sie uns erst etwas wegen des Armes unternehmen«, sagte Luc. Er zog unter seinem Mantel sein Halstuch hervor und benutzte den breiten Leinenstreifen, um den verletzten Arm am Oberkörper des älteren Mannes zu sichern. Zufrieden, dass der Arm nicht verrutschen konnte, hob Luc Silas auf, als sei der andere eine Puppe, und stieg mit ihm auf den Armen aus dem Graben.

Luc schaute sich um und suchte nach einer Stelle, wo er seine Last absetzen konnte. Das Licht der beiden Kutschenlampen drang nicht weit, und sonst herrschte um ihn herum undurchdringliche Dunkelheit.

Sich Lucs Dilemma bewusst, bemerkte Silas:

»Stellen Sie mich hin, Junge. Ich werde nicht ohnmächtig wie eine Frau aus diesen Schundromanen.« Spöttisch fügte er hinzu: »Ich habe mir den Arm gebrochen, nicht das Bein.«

Luc stellte Silas behutsam ab und wartete, bis der alte Mann wieder sicher auf den Füßen stand, bevor er sagte:

»Jetzt sehen wir mal, ob ich den Phaeton freibekommen kann.«

Silas nickte, und Luc ging zu den Pferden. Es war nicht einfach, aber die Tiere waren kräftig und gut trainiert, sodass sie schließlich unter Lucs Anleitung den Phaeton aus dem Graben und auf die Straße zogen.

Von der Seite trat Silas zu seiner Kutsche und verlangte:

»Helfen Sie mir herauf. Ich kann die Zügel halten, während Sie Ihr Pferd hinten anbinden.«

Luc zögerte, und Silas erklärte:

»Luc, ich kenne meine Tiere. Diese Pferde gehören mir seit ihrer Geburt. Es sind gute, verlässliche Burschen. Sie werden nicht einfach losrennen, sondern bleiben hier stehen, unverrückbar wie Felsen, bis man ihnen sagt, dass sie etwas anderes tun sollen.«

Auf Silas' Wort vertrauend, sprang Luc vom Phaeton. Ein paar Minuten später hatte Luc den alten Mann auf dem Phaeton sitzen und sein eigenes Pferd hinten angebunden. Er kletterte auf den Kutschbock und nahm Silas die Zügel aus der Hand.

Ihm entgingen die Schmerzfalten um Silas' Mund nicht und auch nicht seine unnatürliche Blässe. Daher fragte Luc erneut:

»Wie schlimm ist es?«

Silas rang sich ein Lächeln ab.

»Nicht so schlimm wie damals, als ich so dumm war, ein Duell auszutragen, und als Lohn einen Schuss in die Schulter bekommen habe. Wenn Sie mich jetzt bitte nach High Tower bringen könnten, bevor ich mich in Verlegenheit bringe, indem ich das Bewusstsein verliere, wäre ich Ihnen überaus verbunden.«

Luc grinste und setzte die Kastanienbraunen sanft in Bewegung. Er hatte Silas im April in London kennengelernt, und es hatte sowohl sie beide als auch alle, die sie kannten, überrascht, dass sich zwischen ihnen eine Freundschaft entwickelt hatte, obwohl sie so verschieden waren.

Luc hatte den schmächtigen alten Gentleman von dem Augenblick an gemocht, in dem er ihm von seinem Cousin Simon Joslyn vorgestellt wurde. Sie waren sich in einer der vornehmen Spielhöllen Londons begegnet, und binnen wenigen Tagen war es in der vergangenen Saison nichts Ungewöhnliches mehr gewesen, Ordway auf Lucs Arm gestützt zu treffen, während der Ältere ihn in der Stadt herumführte und mit allen möglichen Mitgliedern der guten Gesellschaft bekannt machte.

Sie gaben ein seltsames Paar ab, der große schlanke junge Mann von fragwürdiger Herkunft und der alte Herr. Hie und da wurden Brauen hochgezogen, aber als die Saison im Juni zu Ende ging und die gute Gesellschaft sich aufs Land zurückzog, war die Freundschaft zwischen den beiden allgemein bekannt und anerkannt.

Silas' Landsitz High Tower lag nicht weit von Windmere entfernt, wo Luc wohnte, sodass die Freundschaft der beiden über den Sommer wuchs und gedieh. Der alte Mann lebte zurückgezogen, aber Luc war oft auf High Tower zum Essen und Kartenspielen bis in die Morgenstunden.

Der Phaeton war gut gefedert, und die Fahrt nach High

Tower verlief ohne Zwischenfall. Eine einzelne Fackel flackerte neben der Eingangstür, und Luc lenkte die Pferde vor den schmalen Vorbau, der im letzten Jahrhundert zu dem aus der Tudorzeit stammenden Herrenhaus mit dem typischen Fachwerk angebaut worden war.

»Halten Sie die Zügel, ich gehe und wecke den Haushalt.«

Silas brummte.

»Wenn nicht binnen fünf Minuten jemand an der Tür ist, zahle ich der Bande zu viel.«

Er hatte die Worte kaum ausgesprochen, als auch schon die massive Eichentür geöffnet wurde und Silas' Butler Meacham den Kopf hinaussteckte. Er sah Luc an den Zügeln und seinen Herrn daneben, und seine Augen weiteten sich besorgt.

Er eilte nach draußen und rief:

»Herr! Was ist geschehen?«

»Nichts, was ein Besuch des Arztes nicht richten kann«, erwiderte Silas. »Jetzt hören Sie auf, herumzustehen und mich anzustarren, als sei ich eine Jahrmarktsattraktion. Helfen Sie mir herunter.«

Da Meacham seinem Herrn im Alter nahstand und zudem nicht viel größer war, schaltete sich Luc ein.

»Gestatten Sie, mein Herr.«

Luc gab Silas keine Gelegenheit, darauf etwas zu antworten, hob den alten Mann ohne sonderliche Anstrengung vom Phaeton und stellte ihn vorsichtig auf die Füße.

»Sehr verbunden, mein Junge«, erwiderte Silas. »Ich möchte mir gar nicht vorstellen, wie lange ich dort hätte liegen können, wenn Sie nicht zufällig des Weges gekommen wären. Stehe in Ihrer Schuld. Werde ich nicht vergessen.«

»Denken Sie sich nichts weiter dabei, Sir«, antwortete Luc. Er bot ihm seinen Arm und sagte: »Und jetzt schauen wir, dass wir Sie aus dieser Kälte hier draußen ins Haus schaffen.«

Nachdem ein verschlafener Lakai geschickt worden war, unverzüglich den Arzt zu holen, und ein paar Stallburschen die Pferde weggeführt hatten, brachte Luc den sich heftig auf seinen Arm stützenden alten Herrn nach oben in seine Räume, dicht gefolgt von einem besorgten Meacham.

Mithilfe von Meacham und Silas' Kammerdiener Brownell wurde Lucs Halstuch behutsam entfernt. Da keine Hoffnung bestand, von Silas' Kleidung etwas zu retten, wurden sein Rock und Hemd aufgeschnitten, um ihn daraus zu befreien. Obwohl sie sich bemühten, dabei ganz vorsichtig zu sein, war, als sie endlich damit fertig waren, sein Gesicht ganz weiß und angespannt, und er saß halb zusammengesunken auf dem grünen Damastsessel am Kamin. Sein gebrochener Arm war wieder an seinen Oberkörper gebunden, dieses Mal aber mit einem breiten Streifen sauberen Leinens, den Meacham besorgt hatte.

Da ihm Silas' Gesichtsfarbe gar nicht gefiel, bestellte Luc leise bei Meacham einen Brandy. Binnen wenigen Minuten brachte der Butler das Gewünschte sowie ein paar bauchige Gläser auf einem Silbertablett. Und daneben lag auch noch ein Briefumschlag. Nachdem Silas ein paar Schlucke von dem Brandy genommen hatte, war Luc zufrieden, als er sah, wie etwas Farbe in das Gesicht des Mannes zurückkehrte. Da das Schlimmste überwunden schien, stellte er sein Glas ab und bemerkte:

»Nun, da Sie sicher zu Hause sind, werde ich mich wieder auf den Weg nach Windmere machen.«

Silas nickte.

»Ich kann Ihnen gar nicht genug danken, mein Junge. Wenn Sie nicht des Weges gekommen wären ...«

»Sie hätten das irgendwie geschafft«, entgegnete Luc leichthin. »Wie Sie schon gesagt haben, Sie haben sich den Arm gebrochen, nicht das Bein.«

Silas stieß ein bellendes Lachen aus.

»Wenn ich dreißig Jahre jünger wäre vielleicht. Wären Sie nicht gewesen, fürchte ich, es wäre morgen früh geworden, bevor mich ein Bauer restlos verkühlt und zitternd in dem Graben gefunden hätte.« Seine Miene wurde ernst. »Es ist draußen bitter kalt heute Nacht. Ich hätte sterben können.«

Um ihn abzulenken, deutete Luc auf den Umschlag auf dem Tablett.

»Ist das nicht ein Brief für Sie?«

Silas, der den Umschlag jetzt erst bemerkte, runzelte die Stirn.

»Vermutlich von meinem Tunichtgut von Neffen – der wieder will, dass ich ihn vor dem Schuldgefängnis rette.«

Luc kannte Stanley Ordway und war mit Silas einer Meinung. Der jüngere Mr. Ordway war mit Jeffery Townsend locker befreundet und schien aus demselben Holz geschnitzt.

Luc nahm den Umschlag und bemerkte die weibliche Handschrift; er grinste.

»Vielleicht auch nicht. Vielleicht ist er von der reizenden Witwe Dobson, die Ihnen in London so eifrig nachgestellt hat.«

Silas schnaubte.

»Ersparen Sie mir das. Jetzt habe ich schon so lange erfolgreich eine Ehe gemieden, da lasse ich mir nicht von einer dummen Gans wie Kitty Dobson Fesseln anlegen.«

Luc reichte ihm den Umschlag und sah Silas' erfreute Miene, als er die Handschrift erkannte.

»Der ist von meiner Nichte Gillian, und sie ist ganz anders als Stanley«, erklärte er und blickte zu Luc. Er öffnete den Umschlag, holte das Blatt Papier heraus und überflog es. Ein Lächeln breitete sich auf seinem Gesicht aus.

»Gute Nachrichten, Sir?«, erkundigte sich Luc.

Silas legte den Brief samt Umschlag auf den Tisch neben sich und nickte. Ein listiger Ausdruck glitt über seine faltigen Züge.

»Genau das, was ich mir erhofft hatte.«

Kapitel 2

Nach seiner Ankunft in Windmere ließ Luc sein Pferd in den Ställen und ging rasch zum Dower House, wo er in den vergangenen Monaten, wenn er hier gewesen war, immer gewohnt hatte. Als er sich dem beeindruckenden Gebäude näherte, seufzte er. Im Dower House zu wohnen war akzeptabel gewesen, als er gerade erst in England eingetroffen war, kurz nach Barnabys und Emilys Hochzeit, mittellos und nur noch gerade so am Leben. Inzwischen hatte er sich voll und ganz von seiner entzündeten Wunde erholt, die er sich bei der Flucht aus einem französischen Gefängnis zugezogen hatte. Dank der Gewogenheit der Glücksgöttin und mit der Hilfe einiger Herren, die es hätten besser wissen müssen, war er mittlerweile auch nicht länger mittellos – genau genommen sogar alles andere als das …

Als er Ende Juni nach der Saison aus London zurückgekehrt war und vorgeschlagen hatte, zwei Zimmer in Mrs. Gilberts Gasthof *Krone* zu beziehen, waren Barnaby und Emily beide zutiefst gekränkt gewesen und hatten darauf bestanden, dass er davon Abstand nahm.

Mit Augen, die wie Obsidian glitzerten, hatte Barnaby gebrummt:

»Du bist mein Bruder! Ich habe ein verdammtes Haus, das leer steht …« Nach einer kurzen Pause hatte er weitergesprochen: »Bei Zeus. Ich besitze ein gutes Dutzend Häuser, und du willst dir Zimmer in einem Gasthof mieten?«

Auf seinem auf harsche Weise gut aussehenden Gesicht war seine Verärgerung deutlich zu erkennen gewesen. »Willst du mich absichtlich verletzen oder bist du nur nicht ganz richtig im Kopf?«

Die beiden Halbbrüder hatten äußerlich nicht viel gemein. Nur ihre Größe und das schwarze Haar hatten sie ganz offensichtlich von ihrem Vater geerbt. Ansonsten schlug Barnaby nach seiner Mutter, hatte von ihr und ihren Cherokee-Vorfahren die dunkle Haut und die schwarzen Augen geerbt. Ironischerweise sah Luc, der uneheliche Sohn, den Joslyns viel ähnlicher, er hatte die azurblauen Augen und die aristokratischen Züge der Familie seines Vaters. Während Barnaby eher an einen Kneipenschläger erinnerte und auch über den dazugehörigen Körperbau und die Muskelmasse verfügte, sah Luc wie ein vornehmer Adliger aus, von seiner schlanken Gestalt über die aristokratische Nase zu dem wie gemeißelten Mund. Barnaby galt gemeinhin als beständig, während Luc für sein Draufgängertum und sein Vagabundenleben bekannt war, und sich zudem seinen Lebensunterhalt am Spieltisch verdiente – übrigens sehr zu Barnabys Verärgerung. Barnaby hatte versucht, den Besitz ihres Vaters mit ihm zu teilen, aber Luc hatte auch den unbeugsamen Stolz der Joslyns geerbt und wollte davon nichts wissen. Und so hatte er Barnaby entgegengeschleudert:

»Wenn dein Erzeuger es nicht für nötig befunden hat, mich in seinem Testament zu bedenken, dann werde ich einen Teufel tun und deine Mildtätigkeit annehmen!« Es war ein alter Streitpunkt zwischen ihnen, und die Jahre hatten nicht geholfen, die Heftigkeit zu mildern.

Luc hätte darauf bestanden, in den Gasthof umzusiedeln, wenn Emily sich nicht mit sorgenvoller Miene vermittelnd eingeschaltet hätte.

»Bitte, Luc«, hatte sie gesagt, »kannst du deinem Bruder nicht bitte erlauben, etwas von seinem Glück mit dir zu teilen? Weder Windmere noch der Titel oder sonst etwas hier kommt direkt von eurem Vater.« Sie verzog das Gesicht. »Nun, vermutlich könnte man sich darüber streiten, dass, wenn dein Vater nicht gewesen wäre, wer er war, Barnaby nichts von alldem hier geerbt hätte. Aber ich möchte darauf hinaus, dass er Windmere nicht von deinem Vater geerbt hat. Er hat es von seinem Großonkel geerbt.« Sie lächelte herzlich und fragte sanft: »Wie würdest du dich fühlen, wenn eure Positionen umgekehrt wären? Willst du ihm nicht erlauben, wenigstens ein kleines bisschen für dich zu tun? Oder ist dein Stolz zu groß dafür?«

Luc blickte sie an und musste daran denken, wie gut ihr die Schwangerschaft stand. Das Kind wurde Ende Dezember oder Anfang Januar erwartet, sodass sie gefällig rundlich um die Mitte war und dieses unverkennbare Strahlen besaß, das Schwangeren zu eigen ist. In diesem Augenblick wünschte er sich, er würde sie nicht so gerne haben … oder dass sie nicht so gerissen wäre. Sie hatte das eine Argument gebracht, dem er nichts entgegenzusetzen hatte.

Daher hatte er eingelenkt, ihr ein breites Grinsen geschenkt, das schon viele Frauenherzen hatte höher schlagen lassen, und gemurmelt:

»Ihnen zu Gefallen, Lady Joslyn, werde ich das freundliche Angebot Ihres Gatten annehmen.«

Sie erwiderte das Grinsen.

»Emily, bitte. Jedes Mal, wenn mich jemand Lady Joslyn nennt, ertappe ich mich dabei, wie ich mich nach der Viscountess umsehe und völlig vergesse, dass das ja ich bin.«

»Und eine überaus liebreizende Viscountess noch dazu«, warf Barnaby ein, und die Liebe, die er für sie empfand, war nicht zu übersehen. Sie lächelte ihn an, und in ihren grauen Augen spiegelte sich ihre tiefe Liebe zu ihm.

Die Sache war damit entschieden, aber als er in dieser Oktobernacht ins Dower House schlüpfte, wusste er, ob er nun Barnabys und Emilys Gefühle damit verletzte oder nicht, er würde sich ein eigenes Heim suchen müssen. Lautlos stieg er die Treppe zu seinem Schlafzimmer hoch und seufzte wieder. Das Dower House war einfach zu groß für einen Junggesellen wie ihn.

Wenigstens, dachte er mit einem Lächeln, war es ihm gelungen, sich der Dienstboten zu entledigen, die Barnaby als für Lucs Bequemlichkeit notwendig erachtete. Walker, Mrs. Spalding, Jane und Sally, zuvor Emilys Bedienstete auf The Birches, arbeiteten nun alle auf Windmere für Barnaby und Emily. Walker ersetzte den verbrecherischen Butler Peckham, der mit Nolles unter einer Decke gesteckt hatte, und Mrs. Spalding hatte die Pflichten ihrer Schwester Mrs. Eason übernommen, der Köchin, die sich entschieden hatte, die großzügige Pension von Barnaby anzunehmen und zu ihrer Tochter in die Nähe von Brighton zu ziehen. Von den ursprünglichen Dienstboten hatte Luc nur Alice behalten, früher Spülmagd, inzwischen Köchin und Haushälterin, und den jungen Hinton, der seine Doppelrolle als Kammerdiener und Butler bestens ausfüllte. Trotz der Größe des Anwesens kamen sie so bestens zurecht, da Luc nur ein paar Räume nutzte.

Als er sein Zimmer erreichte, bemerkte er billigend, dass Hinton ein paar Kerzen für ihn auf dem Kaminsims hatte brennen lassen. Ein kleines Feuer glomm auf dem Rost des gemauerten Kamins und hielt die Oktoberkälte in Schach. In dem flackernden Licht von Flammen und Kerzen zog sich Luc rasch aus.

Nachdem er die Kerzen gelöscht hatte, schlüpfte er nackt wie am Tag seiner Geburt unter die Decken und seufzte zufrieden, als er mit den Füßen gegen den warmen Stein stieß, den Alice dort hingelegt hatte. Er war es eigentlich gewohnt, auf sich selbst gestellt zu sein, außer, wenn er auf Green Hills, der Plantage der Familie in Virginia, weilte, aber inzwischen hatte er sich an die Annehmlichkeiten gewöhnt, die Alice und Hinton ihm boten. Er hatte schon vor Wochen beschlossen, dass er, wenn er das Dower House verließ, die beiden mitnehmen würde. Dank der Unbesonnenheit und Leichtfertigkeit gewisser Herren, unter denen auch einige durchaus bekannte Aristokraten waren, waren seine Taschen gefüllt, und zudem hatte er einen Teil des Geldes investiert. Er grinste. *Mon Dieu!* Er war ja *fast* respektabel.

Obwohl es spät war, konnte er nicht einschlafen, und im schwachen Licht, das das ersterbende Feuer spendete, starrte Luc auf die Schatten, die gemächlich über den Betthimmel glitten. Es war ein durchaus interessanter Abend gewesen. Der junge Harlan würde morgen mit schmerzendem Kopf aufwachen und sich bestimmt über sein Glück wundern. Seine Lippen zuckten. Sich Jeffery Townsend zum Feind zu machen, war gewiss nicht klug, aber es kümmerte ihn nicht wirklich, was Emilys Cousin über ihn dachte.

Silas' Verletzung sorgte ihn, und wenn er herausfinden könnte, wer den alten Mann von der Straße und in den Graben abgedrängt hatte, würde es ihm durchaus Freude bereiten, mit demjenigen ein ernstes Wörtchen zu reden. Es war nicht hinnehmbar, erst durch Rücksichtslosigkeit einen Unfall zu verursachen und nachher einfach weiterzufahren, ohne einen Blick zurück. Nachfragen im Dorf würden vielleicht einen Hinweis zutage fördern.

Luc runzelte die Stirn, er musste an den Brief von Silas' Nichte denken. Bis zu diesem Abend war ihm nicht bewusst gewesen, dass Silas eine Nichte hatte, aber wenn sie auch nur im Entferntesten wie der Neffe des alten Mannes war, bedeutete ihre Nachricht für Silas nichts Gutes. Silas hatte nie und mit keinem Wort zuvor eine Nichte erwähnt, daher lag wohl auf der Hand, dass die Frau wenig Interesse an ihrem Onkel zu haben schien. Warum also schrieb sie ihm jetzt? Er hoffte, dass Silas' Freude darüber, von ihr zu hören, am Ende nicht in Kummer und Sorge umschlug.

Er musste gähnen. *Ich muss mit Emily und Cornelia sprechen*, dachte er, bevor er einschlief. Sie werden über die geheimnisvolle Nichte Bescheid wissen.

Als er am nächsten Morgen in den Frühstückssalon von Windmere schlenderte, freute sich Luc, Emily und Cornelia dort anzutreffen, die noch bei ihrem Kaffee saßen. Beide Damen waren entzückt, ihn zu sehen. Nachdem er sich seinen Teller mit blutigem Lendenbraten, Rührei, einer Schüssel Apfelsoße mit viel Zimt und mehreren mit Rosinen gespickten Hefebrötchen gefüllt hatte, setzte er sich zu den Damen.

Es waren noch gut zwei Monate bis zur Geburt des Kindes, und Emilys Schwangerschaft entwickelte sich wie erhofft, sodass ihr runder Bauch und ihr vollerer Busen kaum zu übersehen waren. An diesem regnerischen kühlen Morgen war ihr silberblondes Haar zu einem Knoten im Nacken aufgesteckt, und sie sah ganz reizend aus, als sie ihn anlächelte. *Barnaby*, überlegte Luc voller Zuneigung und ohne Neid, *kann sich glücklich schätzen. Und ich mich auch*, rief er sich in Erinnerung, *dass er mein Bruder ist.*

Auf dem Platz gegenüber von Emily saß Cornelia und

schenkte ihm ein Lächeln, so freundlich wie ein Frühlingstag. Cornelia, fand er, sah heute besonders hübsch aus, in ihrem Kleid in einem Farbton, der an Rosenknospen erinnerte mit einem Besatz aus cremefarbener Spitze. Emilys Großtante hatte im August ihren neunzigsten Geburtstag gefeiert, aber das lebhafte Funkeln in ihren haselnussbraunen Augen strafte ihr Alter Lügen. Und bis auf ein paar Locken an ihren Wangen und einem Pony über der Stirn, trug sie ihr graues Haar nach hinten frisiert. Diese Frisur betonte ihre elegant geformten Wangenknochen, die sie in ihrer Jugend zu einer wunderschönen Frau gemacht hatten, und die feinen Wangen und das wohlgeformte Kinn verhalfen ihr auch im Alter zu Attraktivität, ebenso wie diese großen, durchdringend blickenden Augen. Für eine Frau groß, ging sie immer noch so aufrecht wie eine Zwanzigjährige. Cornelias einziges Zugeständnis an ihr Alter war ihr geschnitzter Gehstock. Luc grinste. Sie konnte den, wenn es notwendig wurde, sehr geschickt einsetzen.

Luc nahm neben Cornelia Platz und fragte:

»Wo ist mein Bruder heute Morgen?« Er lächelte erst die eine, dann die andere Frau an und bemerkte halblaut:

»Dass er zwei so reizende Damen einfach sich selbst überlässt, weckt in mir Zweifel bezüglich unserer Verwandtschaft.«

Cornelia lachte leise und klopfte ihm auf den Arm.

»Das ist ein bisschen stark aufgetragen, junger Mann. Mein Spiegel lügt nicht, und ich sehe schon seit mindestens fünfzig Jahren nicht mehr reizend aus.«

Luc hob ihre faltige Hand, die auf seinem Arm ruhte. Er hauchte einen Kuss auf ihren Handrücken und sagte:

»Da bin ich anderer Ansicht, Madame – Ihr Spiegel lügt, und wenn es nicht einen schrecklichen Skandal entfesseln würde, würde ich Sie ohne viel Federlesens von hier entführen.«

Sichtlich erfreut erwiderte Cornelia:

»Und wenn ich fünfzig Jahre jünger wäre, würde ich das vielleicht sogar zulassen.«

Luc grinste sie an und antwortete ihr:

»Madame, Sie könnten mich nicht davon abhalten.«

Emily räusperte sich. Sie bedachte Luc mit einem spöttischen Blick und sagte:

»Wenn du damit fertig bist, mit meiner Tante zu flirten, würde es dich vielleicht interessieren zu erfahren, wohin dein Bruder gegangen ist.«

»Ah, *oui*. Danach habe ich gefragt, oder?«

»Er ist mit Worley fort, um sich eine alte Scheune anzusehen, die auf dem Land steht, das Bauer Calkin gepachtet hat«, erzählte Emily. »Wenn man Calkin Glauben schenkt, hat der Sturm letzte Woche das Dach so schlimm beschädigt, dass nur ein völlig neues Dach das Gemäuer regenfest machen wird. Da Calkin als Nörgler bekannt ist, hat Barnaby beschlossen, sich selbst ein Bild von dem Zustand zu machen, bevor er die Kosten bewilligt. Es kann auch sein, dass eine einfache Ausbesserung vollauf reicht.«

Luc schaute nach draußen in den Regen, der gegen die Fensterscheiben prasselte.

»Nicht unbedingt ein Tag, den ich mir für einen Ausritt mit meinem Verwalter ausgesucht hätte.«

»Barnaby ist niemand, der sich von ein wenig schlechtem Wetter abschrecken ließe – oder einer Aufgabe, die erledigt werden muss«, bemerkte sie mit einem Lächeln.

Luc pflichtete ihr bei. Barnaby nahm seine Pflichten als Gutsherr ernst, gleichgültig, ob es um eine riesige Plantage wie in Virginia ging oder Windmere hier in England. Einen

Augenblick lang fragte Luc sich, ob er selbst auch so ein guter Landbesitzer wäre, dann tat er den Gedanken mit einem Achselzucken ab. Es war viel besser, wenn er frei war und sich nicht mit Verpflichtungen und Leuten, die von ihm abhängig waren, herumschlagen musste. Er sagte sich, er mochte sein Leben, wie es war, und er war nicht für ein Leben als Gutsbesitzer gemacht – egal, ob das Gut groß oder klein war.

Doch der Gedanke nagte an ihm, dass er vielleicht nicht so schlecht darin wäre. Vom Alter von zwölf Jahren an, als er nach Green Hill in Virginia gekommen war, hatte er bei der Feldarbeit geholfen, und auf all seinen ziellosen Wanderungen war er sich nie zu schade gewesen, sich mit seiner Hände Arbeit über Wasser zu halten, wenn ihn das Kartenglück im Stich ließ. Er neidete Barnaby nicht sein Land oder sein Vermögen oder seine Ehefrau, aber ihm kam der Gedanke, dass es vielleicht doch nicht das Gefängnis wäre, das er sich immer vorgestellt hatte, wenn er sein eigenes Land und ein Heim besäße. War es möglich, dass er mit dem Alter milde wurde? *Mist!* Hoffentlich nicht!

Stirnrunzelnd stach er seine Gabel in das Fleisch auf seinem Teller. Emily, die seinen Gesichtsausdruck sah, fragte:

»Ist etwas nicht in Ordnung? Ist etwas geschehen?«

Luc schüttelte den Kopf.

»*Non*, alles bestens.« Dann kam er gleich auf den Kern seines Anliegens zu sprechen und sagte: »Leider kann ich nicht das Gleiche von meinem Freund Ordway behaupten. Jemand hat ihn gestern Nacht in seinem Phaeton von der Straße gedrängt und mit gebrochenem Arm im Graben liegen lassen.«

Beide Damen waren entsetzt und hatten viele Fragen zu Mr. Ordways Gesundheitszustand, sodass Luc sich beeilte, ihnen zu versichern:

»Kein Grund zur Sorge. Ich bin nicht lange nach dem Zwischenfall vorbeigekommen und konnte ihn gut nach High Tower bringen. Ich bin geblieben, bis sein Arm gerichtet war und er in seinem Bett lag und eine Dosis Laudanum genommen hatte.«

»Dem Himmel sei Dank, dass du ihn gefunden hast«, sagte Emily.

Cornelia bemerkte mit der gewohnten Knappheit:

»Vielleicht hat dein spätes Heimkommen doch seine guten Seiten.«

Luc lachte.

»In diesem Fall, ja. Aber ich wüsste gerne mehr über Silas' Nichte.«

Die beiden Frauen wechselten einen Blick.

»Welche?«, fragte Cornelia. »Er hat zwei, Mrs. Easley und Mrs. Dashwood.«

»Ich kenne ihren Nachnamen nicht, aber ich glaube ihr Vorname lautet ›Gillian‹.«

»Das wird dann Gillian Dashwood sein, seine jüngere Nichte. Mrs. Easley ist die ältere der beiden«, teilte ihm Cornelia mit. Sie sah Luc eindringlich an und fragte ihn:

»Warum erkundigst du dich nach Mrs. Dashwood?«

Luc war weder der Blickwechsel noch die Andeutung von Missbilligung in Cornelias Stimme entgangen.

»Warum habe ich den Eindruck, dass du Mrs. Gillian Dashwood nicht sonderlich schätzt?«

Cornelia verzog das Gesicht.

»Es gibt keinen Weg, das in schöne Worte zu packen: Ihr Ehemann Charles Dashwood wurde diesen August vor zwei Jahren ermordet, und es gibt guten Grund für den Verdacht, dass sie es getan hat.«

Emily beugte sich vor und fügte rasch hinzu:

»Es sind alles Gerüchte, das musst du wissen. Sie wurde nie verhaftet oder so, aber viele Leute glauben, dass sie ihn umgebracht hat.«

»Sie wurde nur deswegen nie verhaftet, weil niemand die Waffe finden konnte, mit der ihr Ehemann erstochen wurde«, merkte Cornelia grimmig an. Sie sah Luc an und fuhr fort: »Sie wurde neben seiner Leiche sitzend gefunden und blutete aus einer Wunde an der Schläfe. Man glaubt allgemein, dass sie und ihr Gatte einen heftigen Streit hatten, und dass Dashwood sie geschlagen hat, bevor sie ihn erstochen hat. War ein schrecklicher Skandal.« Ein angewiderter Ausdruck flog über Cornelias Gesicht. »Das alles hat sich in der Jagdhütte des Duke of Welbourne in Hampshire zugetragen – bei einer seiner berüchtigten Orgien. Abgesehen von dem Verdacht, für den Tod ihres Gemahls verantwortlich zu sein, wirft das die Frage auf, wie es wohl um Mrs. Dashwoods Moral bestellt ist, wenn sie an einer solchen Gesellschaft überhaupt teilgenommen hat. Die Partys von Welbourne in der Jagdhütte sind legendär für die Ausschweifungen und beschämenden Vorfälle – keine *anständige* Frau, wenigstens keine, der etwas an ihrem Ruf liegt, würde sich auch nur in der Nähe einer solchen Gesellschaft antreffen lassen.«

»*Mon Dieu!*«, rief Luc. »Kein Wunder, dass Silas sie mir gegenüber zuvor nicht erwähnt hat. Der Arme.«

Cornelia zuckte die Achseln.

»Ich gebe gerne zu, dass dein Freund mit seinem verdorbenen Neffen und dieser Mrs. Dashwood nicht unbedingt mit anständigen Verwandten gesegnet ist. Aber andererseits auch nicht so verwunderlich, wenn man bedenkt, dass sie Halbgeschwister sind, wenn ich mich recht erinnere. Ordways älterer Bruder war Witwer und hatte schon ein Kind, eben Stanley, als er erneut geheiratet hat, Mrs. Dashwoods

Mutter. Es ist wirklich betrüblich, dass sie ihm nichts als Kummer bereiten.« Sie zögerte, dann fügte sie nicht unfreundlich hinzu: »Vielleicht erntet er aber auch nur, was er gesät hat.«

Luc schaute sie scharf an.

»Was meinst du damit?«

Sie seufzte.

»Die Umstände, unter denen Ordway in den Besitz von High Tower gekommen ist. Das hat damals einen ganz schönen Skandal verursacht – besonders wegen dessen, was danach geschehen ist.«

Emily wirkte verwundert und sagte:

»Ich habe nie irgendetwas davon oder über ihn gehört, außer, dass er seine eigene Gesellschaft schätzt und ihm nicht viel am Umgang mit seinen Nachbarn liegt. Ich denke, ich kann die gesellschaftlichen Anlässe, bei denen ich ihn gesehen habe, an den Fingern einer Hand abzählen.« Sie lächelte Luc an. »Aber er scheint nett zu sein.«

»Das ist er«, sagte Luc entschlossen und dachte an die Freundlichkeit, die er ihm in London erwiesen hatte.

»Ich sage nicht, dass er nicht ein vollkommen respektabler Gentleman ist«, räumte Cornelia ein. »Allerdings …« Sie blickte Emily an. »Der Grund, weswegen du nie etwas davon gehört hast, liegt vermutlich darin begründet, dass es vor mehr als vierzig Jahren geschehen ist – lange vor deiner Geburt. Nach einer so langen Zeit erinnern sich nicht mehr viele Leute an den Skandal.«

»Welchen Skandal?«, wollte Luc wissen.

»Erst muss ich etwas über die früheren Besitzer von High Tower erzählen«, begann Cornelia. »Vor ungefähr vierzig Jahren gehörte High Tower wie schon seit Generationen einer Familie namens Bramhall. Die Familie war angesehen und genoss einen ausgezeichneten Ruf in der Gegend. Damals waren Robert Bramhall, selbst ein Einzelkind, und seine Gattin Mary die Besitzer von High Tower. Sie waren viele Jahre lang kinderlos, und alle haben sich für die beiden gefreut, als Mary schließlich einen Jungen – Edward – auf die Welt brachte. Robert war überglücklich, wie Mary natürlich auch.« Sie kniff die Lippen zusammen. »Unseligerweise haben sie ihm alles erlaubt, ihm jeden Wunsch erfüllt, sodass Edward zu einem verzogenen, eigensinnigen jungen Mann heranwuchs – wild und zügellos, ein Junge, der von einer Klemme in die nächste geriet. Als er einundzwanzig war, sind seine Eltern beide gestorben, sodass er Herr nicht nur über High Tower wurde, sondern auch über ein ansehnliches Vermögen.« Sie seufzte. »Er hat auf niemanden gehört, der versucht hat, ihm mit Rat und Tat zur Seite zu stehen oder ihn auf den rechten Weg zu bringen. Er hat rücksichtslos getrunken und gespielt. Vier oder fünf Jahre später hat er sich eines Abends mit Silas Ordway an einen Spieltisch gesetzt. Als der Abend vorüber war, besaß Ordway High Tower – mit allem, was dazugehörte. Edward war praktisch mittellos.«

Luc rutschte unbehaglich auf seinem Stuhl umher. Was geschehen war, war bedauerlich, aber da er selbst schon oft hohe Einsätze gewonnen hatte und natürlich wusste, dass beträchtliche Vermögenswerte mit einer Karte den Besitzer wechseln konnten, fand er nicht, dass man Ordway die Schuld für Bramhalls Dummheit geben konnte. Spiele und zahle war die Regel, der sich alle unterwarfen, die an einem Spieltisch Platz nahmen.

»Und das ist der Skandal? Dass Ordway High Tower von Bramhall in einem Kartenspiel gewonnen hat?«, fragte Luc. »Ordway kann man keinen Vorwurf daraus machen, dass er gewonnen hat.« Verteidigend fügte er hinzu: »Es war nicht Ordways Schuld, dass dieser Edward ein Narr war.«

Cornelia nickte.

»Das stimmt natürlich. Dass High Tower durch Edwards Leichtsinn verloren ging, hat niemanden überrascht. Es war etwas, womit alle früher oder später gerechnet hatten. Was hingegen niemand erwartet hatte, war, dass er sich umbringen würde, indem er sich von dem Turm stürzte, der dem Anwesen seinen Namen gegeben hat – an dem Tag, an dem Ordway gekommen ist, um High Tower zu übernehmen.«

Emily schnappte nach Luft und schlug sich erschrocken die Hand vor den Mund.

Luc wich zurück, er war entsetzt.

»*Mon Dieu!* Wie furchtbar.«

»Allerdings«, stimmte ihm Cornelia zu. »Dass Edward High Tower verloren hatte, war an und für sich schon ein Skandal, aber es war nicht das erste und bestimmt auch nicht das letzte Mal, dass ein leichtfertiger junger Mann das Heim seiner Familie am Spieltisch verloren hatte. Aber dass er sich auf so schreckliche Weise umgebracht hat …« Sie zuckte die Achseln. »Nun, man kann es sich vorstellen. Und auch wenn es nicht Ordways Schuld war, gab es doch genügend Leute in der Gegend, die ihn für Bramhalls Tod verantwortlich gemacht haben. Und manch einer findet wohl auch, dass Ordway seinen Neffen und seine Nichte verdient hat.«

»Und du?«, fragte Luc.

Cornelia schüttelte den Kopf.

»Nein. Wenn man schon so lange lebt wie ich, erkennt man, dass manchen Leuten einfach nicht zu helfen ist; dass sie vor die Hunde gehen, auf welche Weise auch immer. Ich glaube, dass Edward so jemand war. Wenn nicht Ordway High Tower gewonnen hätte, dann ein anderer.«

Cornelias Worte vermochten den unangenehmen Nachgeschmack in seinem Mund nicht zu vertreiben, und da er den Appetit verloren hatte, schob Luc seinen Teller zur Seite und überlegte, dass er vermutlich nie wieder blutig gebratene Lende würde essen können. Oder sich an einen Spieltisch setzen. Er verzog das Gesicht. Wer war hier jetzt der Narr? Er bestritt seinen Lebensunterhalt mit Spielen.

»Warum hast du dich nach Gillian Dashwood erkundigt?«, fragte Emily, die eigentlich nur das Gespräch auf ein anderes, weniger bedrückendes Thema bringen wollte.

»Gestern war ein Brief von ihr da, als wir in der Nacht in High Tower eingetroffen sind«, antwortete Luc, dankbar für den Themenwechsel.

»Hm. Ich frage mich, warum sie ihm wohl geschrieben hat«, überlegte Cornelia. »Das Letzte, was wir gehört haben, war, dass sie irgendwo in Surrey mit Mrs. Easley lebt.«

»Mit der anderen Nichte?«

Cornelia nickte.

»Ja. Sophia Easley muss inzwischen über dreißig Jahre alt sein. Und wenn ich mich recht entsinne, war ihr Ehemann wesentlich älter als sie und zudem ein Spieler, nicht viel anders als Bramhall oder auch Charles Dashwood. Wie auch immer, als Easley starb, ließ er sie mittellos zurück. Glücklicherweise konnte ihr Mrs. Dashwood eine Stelle bieten und hat sie bei sich aufgenommen.« Cornelia dachte einen Augenblick nach. »Obwohl ich mir sicher bin, dass auch Silas ihr bei sich ein Heim geboten hätte, wenn Mrs. Dashwood es nicht getan hätte.« Sie wirkte nachdenklich. »Ich kann mir denken, dass Stanley und die beiden Nichten eines Tages High Tower erben werden, wenn Silas einmal stirbt.«

War es möglich, fragte sich Luc zynisch, dass Mrs. Dashwoods Nachricht an Silas in Vorgriff auf den Tag geschrieben worden war, an dem sie erben würde? Versuchte sie, den alten Mann für sich einzunehmen, um sicherzugehen, dass sie tatsächlich erbte? Die Witwe Dashwood wurde ihm immer unsympathischer. Ein paar Minuten später verabschiedete sich Luc von den Damen.

Der leichte Regen wandelte sich in einen ausgewachsenen Sturm, und als Luc am Nachmittag in der Bibliothek vom Dower House am Fenster stand und hinausblickte, entschied er, seinen Besuch bei Silas aufzuschieben, den er sich eigentlich vorgenommen hatte. Am nächsten Tag wäre auch noch früh genug, um nach Silas zu sehen … und vielleicht mehr über Mrs. Dashwood in Erfahrung zu bringen.

Es war spät am Sonntagnachmittag, als der Regen endlich nachließ und es nur noch einzelne Schauer gab. Wegen des Wetters entschied er sich für seinen Phaeton, den er vergangenen Sommer nach einer besonders gewinnträchtigen Nacht erstanden hatte. Kurz darauf hatte er von Barnaby die beiden Rappen gekauft, echte Rappen, die kein einziges helles Haar in ihrem Fell aufwiesen. Barnaby hatte gelacht, als Luc sich für die beiden entschieden hatte.

»Irgendwie überrascht es mich nicht, dass du sie willst«, hatte Barnaby erklärt. Als Luc ihn fragend ansah, hatte er erklärt: »Ich habe gehört, wie die beiden mit ›schwarz wie der Teufel selbst‹ beschrieben wurden … passend, findest du nicht, um Lucifers Gefährt zu ziehen?«

Nicht im Mindesten verstimmt, hatte Luc die beiden Rappen sofort Devil und Demon getauft. Mit lachenden blauen Augen hatte er erklärt:

»Sie werden meinen Ruf nur untermauern.« Als Barnaby weiter skeptisch wirkte, hatte er hinzugefügt: »Welcher Spieler könnte schon der Versuchung widerstehen, mit einem Mann zu spielen, der Pferde so schwarz wie die tiefste

Nacht fährt, die auch noch Devil und Demon heißen, und dessen Geschick beim Spiel ihm den Beinamen Lucifer eingetragen hat?« Er lachte laut auf. »*Mon Dieu.* Das könnte ich selbst ja nicht.«

Lucs Freude über Devil und Demon hatte nicht nachgelassen in den Monaten, seit er sie erworben hatte, und als die beiden kraftvollen Tiere den Phaeton über die schlammigen Straßen zwischen Windmere und High Tower zogen, grinste er und gratulierte sich erneut zu seiner Wahl. Als High Tower in Sicht kam, verblasste sein zufriedenes Grinsen jedoch. Unwillkürlich glitt sein Blick zu dem mit Zinnen versehenen Turm, dem der Besitz seinen Namen verdankte … und von dem sich der glücklose Edward gestürzt hatte.

Er hatte dem Turm, der an das Herrenhaus grenzte, nie sonderlich viel Aufmerksamkeit geschenkt, aber an diesem Nachmittag betrachtete er ihn mit anderen Augen. Zur Zeit der Normannen erbaut, erhob sich der steinerne Turm vier Stockwerke hoch, und während er seinen Blick über ihn wandern ließ, schüttelte er den Kopf. Er konnte nicht verhindern sich vorzustellen, wie Edward sich hinabstürzte. *Sacristi, Herr im Himmel!* Sich einen solchen Tod zu wählen …

Als er vor dem Turm vorbeiging, ertappte er sich dabei, wie er auf das Kopfsteinpflaster schaute, als rechnete er damit, Reste von Blutflecken zu sehen. Verärgert über sich selbst schob er seine trüben Gedanken beiseite, und nachdem er unter dem schützenden Portikus stand, reichte er seine Zügel dem Stallburschen, der herbeigerannt kam.

Meacham öffnete auf sein Klopfen hin die Tür. Ein breites Lächeln ließ sein faltiges Gesicht aufstrahlen.

»Mister Luc!«, begrüßte er ihn. »Mr. Ordway wollte Ihnen gerade eine Einladung zum Abendessen schicken lassen.« Aus seinen blassblauen Augen leuchtete echte Freude, als er hinzufügte: »Wir hatten einen aufregenden Vormittag, und Ihre Ankunft wird Mr. Ordways Stimmung nur weiter aufhellen.«

Damit nahm er Lucs Mantel, wischte über den Biberhut und die Lederhandschuhe und sagte:

»Gehen Sie nur – Sie kennen ja den Weg. Mr. Ordway und die anderen sind im vorderen Salon.«

Luc hob seine Augenbrauen.

»Die anderen?«

Meacham lächelte.

»Ja, aber ich werde Mr. Ordway nicht die Überraschung verderben. Gehen Sie. Gehen Sie nur und sehen Sie selbst. Mr. Ordway ist außer sich vor Freude über ihr Eintreffen.«

Die »anderen« konnten Nachbarn sein, die zu Besuch gekommen waren, aber er bezweifelte das. Mit demselben Scharfsinn, den er am Spieltisch an den Tag legte, erkannte Luc, dass er um die Identität von Silas' Gästen bereits wusste. Seine Kiefermuskeln mahlten, und mit entschlossenen Schritten durchquerte er die Halle und begab sich zu dem vorderen Salon.

Luc trat ein und war nicht überrascht, zwei Frauen auf dem in Creme- und Rosttönen bezogenen Satinsofa am Feuer zu sehen. Seinen gebrochenen Arm in einer schwarzen Seidenschlinge, thronte Silas auf einem der beiden grünen Samtsessel mit hohen Lehnen direkt gegenüber dem Sofa. Ein Tablett mit Erfrischungen stand auf einem niedrigen Tischchen zwischen ihnen. Es war eine gemütliche Szene, die sich ihm bot, die liebende Verwandtschaft am Feuer vereint, aber Lucs Blick war hart und abschätzend, als er die Frauen studierte.

Eine der beiden war eine gut aussehende Frau mit einer Junofigur und rotem Haar, ungefähr Anfang dreißig. Luc nahm an, dass es sich bei ihr um die ältere Nichte Mrs. Easley handelte. Und nach einer flüchtigen Musterung glitt sein Blick weiter zu der anderen Frau, die direkt neben ihr saß.

Gillian Dashwood war nicht das, was er erwartet hatte. Eine braunäugige Waldelfe, das war sein erster Gedanke. Sie war klein und zierlich und hatte trotz der straff nach hinten frisierten und zu einem der strengsten Knoten, den er je gesehen hatte, aufgesteckten dunklen Haare eines der hübschesten Gesichter, das er je gesehen hatte. Die Frisur betonte ihre katzenartigen Augen mit den dichten schwarzen Wimpern, die gerade kleine Nase und das erstaunlich feste Kinn. Starrsinnig, entschied er mit Blick auf dieses Kinn. Wenn ihre Kinnpartie auf Sturheit hinwies, dann sprach dieser volle rosige Mund hingegen von ... Leidenschaft, befand Luc, und in ihm regte sich etwas, und ein gewisser Teil seiner Anatomie rührte sich. Ein entzückendes kleines Ding, entschied er, das nicht im Geringsten wie eine Mörderin aussah – was sie nur umso gefährlicher machte.

»Luc!«, rief Silas erfreut und riss Luc aus seiner Betrachtung von Mrs. Dashwood. »Was für ein glücklicher Zufall, dass Sie heute Nachmittag zu Besuch kommen.« Mit einem Lächeln fügte er hinzu, als Luc zu ihm trat: »Ich wollte gerade jemanden mit einer Einladung zum Abendessen zu Ihnen schicken.«

Das Lächeln seines älteren Freundes erwidernd, sagte Luc:

»Das hat mir Meacham schon mitgeteilt.«

»Er hat mir aber nicht meine Überraschung verdorben, oder?«, erkundigte sich Silas besorgt.

Luc schüttelte den Kopf.

»Nicht wenn Sie meinen, dass er mir die Namen Ihrer reizenden Gäste verraten hätte«, erwiderte er mit einem Lächeln in Richtung der beiden Damen.

»Ausgezeichnet! Und jetzt, bevor mir jemand doch noch die Überraschung ruiniert, lassen Sie mich Ihnen meine beiden Nichten vorstellen: Mrs. Sophia Easley und Mrs. Gillian Dashwood.« Seine Zuneigung war unverkennbar, als er hinzufügte: »Meine Lieben, das hier ist mein guter Freund Luc Joslyn.«

Luc verneigte sich vor den beiden Frauen und begrüßte sie höflich. Mit sardonischem Vergnügen lächelte er und bemerkte, dass Mrs. Dashwood nicht entzückter war, ihn kennenzulernen, als er sie, das zeigte ihre kühle Erwiderung seines Grußes. Nachdem die Vorstellung beendet war, lächelte Silas strahlend.

»Sie sind zu einem ausgedehnten Besuch gekommen. Ist das nicht großartig?«

Kapitel 3

Gillian fasste gegen Luc Joslyn auf den ersten Blick eine heftige Abneigung – und sie war nicht im Mindesten von seiner hochgewachsenen, breitschultrigen Gestalt beeindruckt oder den strahlend azurblauen Augen in dem schönen dunklen Gesicht. Da sie von ihm bereits eine schlechte Meinung hatte, erstaunte es sie, dass ihr Herz einen Satz machte, als er sich über ihre Hand beugte und ihr einen Kuss auf den Handrücken hauchte. Entsetzt über ihre Reaktion auf ihn verabscheute sie ihn nur noch mehr. Schlimmer noch, mit seinem schwarzen Haar, den blauen Augen und seiner Größe erinnerte er sie viel zu sehr an ihren ermordeten Ehemann, als dass sie irgendetwas anderes für ihn hätte empfinden können als Antipathie.

Aus den Briefen ihres Onkels den Sommer über und seiner häufigen Erwähnung seines neuen Freundes wusste sie eine Menge über ihn – und es war nur wenig darunter, was ihn in einem guten Licht dastehen ließ. Sie misstraute nicht nur seinen Motiven, sich mit einem älteren Mann anzufreunden, einem Mann, der alt genug war, sein Großvater zu sein, sondern betrachtete ihn auch mit einiger Verachtung wegen seiner Vorliebe für den Spieltisch – wovon Silas ihr in seinen Briefen ohne irgendwelche Hintergedanken berichtet hatte.

Luc lächelte beide Damen an, während er auf Silas' Bemerkung über ihren ausgedehnten Aufenthalt einging und sich erkundigte:

»Ach, dann bleiben Sie also länger hier bei Ihrem Onkel?«

»Ja«, antwortete Gillian, die das spekulative Glitzern, das sie in seinen Augen sah, nicht sonderlich mochte. Sein Blick ruhte weiter auf ihrem Gesicht, weswegen sie das Gefühl hatte, als erwarte er von ihr mehr. Daher sagte sie: »Es ist ein Besuch, der schon viel zu lange aufgeschoben worden ist.«

Mrs. Easley lächelte Silas an.

»Der Zeitpunkt erweist sich zudem als glücklich gewählt«, erklärte sie ruhig. »Wir werden hier sein, wenn Onkel uns am dringendsten braucht, und wir werden ihm während seiner Genesung Gesellschaft leisten können.«

Luc hatte seinen Blick nicht von Gillians Gesicht gewandt, aber er nickte.

»*Bon!* Ich bin sicher, er freut sich, seine Familie um sich zu haben.« Er grinste Silas an und bemerkte halblaut, wobei er wieder zu Gillian sah: »Ihre Anwesenheit hier wird die Beanspruchung meiner Geldbörse mindern – er liebt das Glücksspiel, und ohne einen anderen Zeitvertreib, fürchte ich, würde er mich an den Bettelstab bringen.«

Silas lachte.

»Was für ein Unsinn. Mich nennt man schließlich nicht Lucifer wegen meines teuflischen Glückes an den Spieltischen.« Mit einem Lächeln zu Gillian erklärte er: »Er ist zu bescheiden. Glaub mir, er ist ein viel besserer Spieler, als ich es in meiner besten Zeit war, und der Himmel weiß, die liegt weit zurück.«

Ein Spieler, dachte sie bitter, genau wie Charles – und wie Charles benutzte er seinen Charme, um Unbedachte zu entwaffnen und zu übervorteilen. Nur hatte sich Luc Joslyn nicht wie Charles darauf verlegt, sich an dumme junge Mädchen heranzumachen, sondern er hatte sich einen einsamen alten Mann als Opfer auserkoren. Schuldgefühle erfassten sie. Sie war dafür verantwortlich, dass es so aussah, als sei Onkel Silas allein und als gäbe es niemanden, dem etwas an ihm lag – und der diese plötzliche Freundschaft hinterfragen würde. Obwohl sie und Sophie regelmäßig ihrem Onkel schrieben, waren sie nicht oft zu Besuch auf High Tower gewesen.

Wir hätten erkennen müssen, schalt sie sich im Geiste selbst, *dass Briefe, egal, wie oft geschrieben und wie herzlich und liebevoll, nicht genug sind, und dass Onkel Silas seine Familie um sich braucht. Wenn ich nur meinen Stolz früher heruntergeschluckt hätte und seinen zahlreichen Einladungen gefolgt wäre, ja, schon längst mit Sophia zu einem unbegrenzten Besuch hergekommen wäre!* Aber das hatte sie nicht getan, und ihr einziger Trost im Moment war, dass sie endlich hier waren. Sie blickte Joslyn unter gesenkten Lidern an, und ihr sank das Herz, als ihr die Vertrautheit der beiden Männer auffiel. Es war nicht zu übersehen, dass ihr Onkel den jüngeren Mann überaus schätzte. Ihre Lippen verzogen sich. »Lucifer« hatte den Älteren offenbar als leichtes Opfer identifiziert. Und das, schwor sie sich, würde sich ändern, und zwar sofort.

Mit höflicher Miene lächelte Gillian und nickte an den richtigen Stellen, aber während der Nachmittag in den Abend überging, überlegte sie angestrengt, jedoch ohne dass ihr Lächeln ins Wanken geriet, wie sie am besten einen derart charmanten und zugleich gefährlichen Räuber wie Luc Joslyn bei ihrem Onkel ausbooten konnte. Silas war ein gebildeter Mann, ein Mann von Welt, den man nicht einfach übertölpeln konnte, und sie wunderte sich, wie Joslyn mit seinem geübten Charme und dem tückischen Lächeln es geschafft hatte, sich bei ihrem Onkel einzuschmeicheln und seine Zuneigung zu erringen.

Gillian seufzte. Die Lage war kompliziert, und es ließ sich nicht abstreiten, dass auch *ihre* Motive kritisch hinterfragt werden würden. Die Chancen, dass ihre Ankunft auf Silas' Türschwelle nach all dieser Zeit zu Gerede führen würde und dass viele Mitglieder der guten Gesellschaft ihren Besuch in dem schlimmstmöglichen Licht sehen würden, waren groß. Das Gerede, räumte sie ein und verspürte einen Stich, würde nur ihren ohnehin schon skandalbehafteten Ruf weiter belasten. Sie war nicht nur als Mörderin abgestempelt, sondern jetzt konnte sie sich auch noch mit dem Titel Erbschleicherin schmücken. Und nichts, überlegte sie fieberhaft, konnte in beiden Fällen weiter von der Wahrheit entfernt sein.

Als seine einzigen Verwandten außer ihrem Halbbruder Stanley war es wahrscheinlich, dass sie und Sophia im Testament ihres Onkels genannt werden würden. Aber sie waren sich immer einig darin gewesen, dass es Silas' Vermögen war und es daher seine Entscheidung war, was er damit anfing. Ihr Blick fiel auf Lucs attraktives Gesicht, und ihre Lippen wurden schmal. Onkel Silas konnte seinen gesamten Besitz den Katzen vermachen, wenn ihn das glücklich machte. Aber sie würde nicht tatenlos zusehen, wie er von jemandem wie Luc Joslyn ausgenutzt wurde.

Sie verzog das Gesicht. Das Letzte, was sie wollte, war Silas wehzutun. Und eines lag klar auf der Hand: Was auch immer ihr einfiel, Lucs Bann über ihren Onkel zu brechen, ihm die Augen über seinen vermeintlichen Freund zu öffnen, müsste mit so wenig Enttäuschung und Unbehagen wie möglich für Silas ablaufen.

Als sie sah, wie Silas' Gesicht aufleuchtete, als Luc etwas sagte, ballte sie unter dem Tisch die Hand zur Faust. *Oh Onkel*, hätte sie fast gerufen, *siehst du nicht, was er ist? Kannst du nicht erkennen, dass er ein schlimmer Räuber ist, der dich zum Opfer auserkoren hat?*

Gillians Feindseligkeit war Luc nicht entgangen, aber ihre Einstellung überraschte ihn auch nicht: Er hatte selbst ein paar Schlussfolgerungen gezogen. Wie ihre bei ihm war keine davon schmeichelhaft für sie. Er hatte nicht nur das Aufflackern von Antipathie in ihren Augen gesehen, als sie einander vorgestellt wurden, von Beginn an war die dunkelhaarige Elfe nicht begeistert gewesen, ihn eng vertraut mit Silas zu sehen. Den ganzen Abend über hatte sie ihn verstohlen beobachtet, das war ihm nicht entgangen. Und ihre heimliche Musterung hatte nichts damit zu tun, dass sie ihn attraktiv fand, räumte er mit einem Anflug von Ironie ein, aber alles damit, eine Schwäche beim Gegner zu finden. Nein, die Dame war keineswegs glücklich über seine Anwesenheit an diesem Abend, und da er sich um ein tadelloses Benehmen bemüht hatte, konnte er sich nur einen Grund denken, warum sie ihn so feindselig betrachtete: Er war Konkurrenz.

Luc hätte beinahe laut aufgelacht. Dachte die Kleine wirklich, sie könnte ihn übertrumpfen? Seine Beziehung zu Silas fußte schlicht auf Zuneigung und Respekt, aber wenn Gillian Dashwood entschlossen war, ihm für seine Freundschaft mit ihrem Onkel böse Absichten zu unterstellen, dann war das eben so. Seine Miene verriet durch nichts seine Gedanken, während er überlegte. Silas war ein alter Mann mit einem hübschen Vermögen und einem schönen Heim… Vielleicht hatte sie es darauf abgesehen und hegte den Verdacht, bei ihm sei es ebenso? Sicher, dass er auf den Grund für ihre Abneigung ihm gegenüber und für ihren plötzlichen

Besuch bei ihrem Onkel gestoßen war, nickte er. *Naturellement! Natürlich*, es gab keine andere schlüssige Erklärung. Er kniff seine Augen zusammen und musterte die schlanke Gestalt und das liebreizende Gesicht. Wenn *Madame* Dashwood etwas im Schilde führte, dann könnte es sich als unterhaltsam erweisen, entschied er, die Pläne, die sie bezüglich ihres Onkels hegte, zu durchkreuzen.

Luc durchströmte Vorfreude. Die Klingen mit einer des Mordes Verdächtigten zu kreuzen, würde sich als amüsant erweisen und die Langeweile des Winters bannen. Sein Blick wanderte über ihren vollen Mund und weiter zu dem für eine so zierliche Frau erstaunlich üppigen Busen, und die Reaktion von zuvor verstärkte sich. Hm. Es könnte sich als überaus erfreuliches Intermezzo erweisen.

Nach dem Dinner blieb Luc nicht mehr lange, aber als er sich anschickte, sich zu verabschieden und aufzubrechen, sagte er:

»Wenn das Wetter aufklart, meine Damen, darf ich Sie, da Ihrem Onkel das Vergnügen verwehrt ist, zu einem Ausritt durch die Gegend entführen?«

Ehe Gillian ablehnen konnte, rief Silas:

»Ausgezeichnete Idee, mein Junge.«

»Natürlich werden Sie uns begleiten wollen«, sagte Luc langsam, »und dann könnten wir Ihre Barutsche und die Grauen nehmen, auf die Sie so stolz sind, und stattdessen eine Ausfahrt machen.«

Silas schüttelte den Kopf und deutete auf seinen gebrochenen Arm.

»Danke nein. Bis diese Knochen wieder zusammengewachsen sind, hat mir das Geschaukel auf der Heimfahrt in meinem Phaeton vor ein paar Tagen völlig gereicht.« Nicht ohne Hintergedanken fügte er hinzu: »Ich will gerne einräumen, es ist eine verlockende Idee – Sie würden meine Grauen in Aktion sehen können.«

Luc lächelte und lehnte ab.

»Ich bin nicht auf der Suche nach einem Gespann – egal, wie gut die Tiere aufeinander abgestimmt sind.« Als Silas das Thema weiterverfolgen wollte, hielt Luc eine Hand hoch und sagte: »Wenn ich Ihnen diese vier Pferde abkaufe, müsste ich mir auch eine Kutsche kaufen, die sie ziehen können.« Er tat so, als erschauerte er. »In einer Barutsche wie Ihrer durch die Gegend zu fahren würde mir das Gefühl geben, ein sesshafter Familienvater geworden zu sein.«

»Eines nicht allzu fernen Tages werden Sie sich als solcher wiederfinden«, bemerkte Silas, und auf Lucs skeptischen Blick hin fügte er hinzu: »Wenn Sie nicht aufpassen, enden Sie sonst noch als verknöcherter alter Junggeselle wie ich.«

Sich in Richtung der beiden Damen verneigend, bemerkte Luc knapp:

»Aber wenn ich zwei solch reizende junge Damen wie Ihre Nichten habe, die sich im Alter um mich kümmern, wäre das gewiss kein schlimmes Los, nicht wahr?«

»Das, mein Junge, ist dann doch zu stark aufgetragen«, erwiderte Silas lächelnd. »Aber genug damit – die Damen erwarten Sie am ersten schönen Tag, damit Sie ihnen die Gegend hier zeigen. Und wie es sich für einen alten Mann wie mich gehört, werde ich zu Hause bleiben, am Kamin sitzen und einen Punsch trinken, bis Sie alle wieder zurück sind.«

Gillian beugte sich vor, um Einspruch zu erheben.

»Aber Onkel, wir hätten keinen Spaß, wenn wir wüssten, dass du hier allein zu Hause bist, während wir gemeinsam ausreiten.«

»Da hat die Dame natürlich recht«, murmelte Luc. »Vielleicht kann der Ausflug aufgeschoben werden, bis Sie uns begleiten können.«

»Unsinn!«, entgegnete Silas unverblümt. Er bedachte Gillian mit einem liebevollen Blick und fügte hinzu: »Wie, glaubst du, werde ich mich fühlen, wenn ich genau weiß, dass du auf ein paar vergnügliche Stunden verzichtest, um einem alten Mann Gesellschaft zu leisten? Nein. Ich bestehe darauf, dass du gehst. Es wird nur für ein paar Stunden sein, und es wird dir guttun, für eine Weile aus dem Haus zu kommen.«

Ihr Zaudern war nicht zu übersehen, aber Gillian lenkte ein.

»Wenn es dein Wunsch ist, Onkel«, sagte sie mit einem entschiedenen Mangel an Begeisterung.

Silas lächelte strahlend. An Luc gewandt, erklärte er:

»Wir erwarten Sie am ersten schönen Tag.«

Als er fünfundvierzig Minuten später das Dower House betrat, ging Luc in die Bibliothek und entdeckte, dass er trotz der späten Stunde – es war fast elf Uhr – Gäste hatte. Sein Halbbruder Barnaby und ihr Onkel Lamb, wie Luc auch unehelich geboren, saßen in einem Paar tiefer Sessel in der Nähe des Kamins. Halb gefüllte Brandyschwenker standen auf dem grün gemaserten Marmortischchen zwischen den beiden Sesseln. Ein kleines Feuer brannte im Kamin und warf tanzende Schatten. Das einzige andere Licht stammte von den beiden Kerzen auf dem Kaminsims.

Luc verzog das Gesicht, er konnte sich gut vorstellen, was sie herführte. Daher ignorierte er sie zunächst, ging zu der niedrigen Mahagonikommode, auf dem sich dieser Tage mehrere Kristallkaraffen, gefüllt mit verschiedenen Spirituosen, sowie Gläser befanden, suchte sich ein Glas aus und schenkte sich Brandy ein. Er blickte über seine Schulter und erkundigte sich:

»Soll ich nachschenken?«

Beide nickten, und nachdem Luc beiden in die bauchigen Gläser nachgegossen hatte, nahm er sich sein Glas und setzte sich auf das mit grünem Damast bezogene Sofa ihnen gegenüber. Nach einem Schluck Brandy blickte er Barnaby an und sagte müde:

»Ich nehme an, es geht um den Besuch im *Ram's Head.*«

»Himmel! Was hast du dir nur gedacht?«, brach es aus Lamb hervor. »Oder hast du wie gewöhnlich gar nicht gedacht? Hast du nicht einmal innegehalten und überlegt, dass Nolles dir eines hätte überziehen lassen können von jemandem aus seiner Bande und deine Leiche ins Meer werfen lassen, ohne dass irgendjemand gewusst hätte, was mit dir geschehen ist?«

Luc hörte nicht die Sorge und die Angst hinter Lambs Worten und kniff verärgert die Lippen zusammen.

»Wenn das geschehen wäre, hättest du wenigstens die Befriedigung zu wissen, dass ich deine alles andere als hohen Erwartungen an mich erfüllt habe.«

Lamb verkniff sich mit Mühe einen Fluch. An Barnaby gewandt, grollte er:

»Rede du mit ihm. Auf dich hört er vielleicht.«

Barnaby seufzte. Es sah so aus, als ob von dem Moment an, da der zwölfjährige Luc nach dem Tod seiner Mutter auf Green Hill aufgetaucht und dem vierzehnjährigen Lamb begegnet war, die beiden sich ständig in die Haare geraten wären – wenn sie sich nicht gerade gegen andere verteidigten. Mit seinen zehn Jahren war Barnaby der Jüngste der drei gewesen, aber von Beginn an war ihm die Rolle des Friedensstifters zugefallen, und ständig hatte er sich einschalten müssen, wenn die beiden sturen Älteren aneinandergerieten. Die drei waren blutsverwandt und empfanden füreinander eine Zuneigung, die so stark wie unerschütterlich war. Selbst wenn Lamb und Luc sich lieber die Zunge hätten abschneiden lassen, als zuzugeben, dass sie ein ausgeprägtes Zusammengehörigkeitsgefühl verband.

Barnaby wählte seine Worte sorgfältig und sagte:

»Lamb hat recht. Wenn Nolles die Gelegenheit erhielte, dich zu töten, würde er keine Sekunde zögern.«

Widerstrebend gab Luc zu:

»Auch wenn es mir schwerfällt, räume ich ein, dass unser lieber Onkel dieses Mal tatsächlich recht hat. Ich habe nicht nachgedacht, als ich beschlossen habe, das *Ram's Head* aufzusuchen.« Er starrte in die bernsteinfarbene Flüssigkeit in seinem Glas. »Ich war nicht in der Stimmung für die Fröhlichkeit und Unbeschwertheit in der *Krone* und bei Mrs. Gilbert und ihren reizenden Töchtern. Vielleicht war ich sogar auf der Suche nach Schwierigkeiten, etwas, um mich abzulenken. Der Tod der Königin …« Er nahm einen Schluck Brandy. »Es wird nicht wieder vorkommen.«

Lamb brummte:

»Das wollen wir hoffen.« Aber seine Stimme klang nicht mehr hitzig.

»Wer hat euch erzählt, dass ich da war?«, wandte sich Luc mit hochgezogenen Brauen an Barnaby.

Der lächelte.

»Lord Broadfoot zum Einen. Er ist heute Abend vorbeigekommen, während du fort warst, um sich dafür zu bedanken, dass du Harlan gerettet hast.«

Luc setzte eine unschuldige Miene auf.

»Wie bitte? Ich hatte nichts damit zu tun. Ich habe

doch nur dafür gesorgt, dass der Junge heil zu Hause ankommt.«

Lamb schnaubte, aber in seinen azurblauen Augen, die Lucs so glichen, stand belustigte Zuneigung.

»Du willst uns weismachen, dass Broadfoots Junge, betrunken wie eine Haubitze, imstande war, einen mit allen Wassern gewaschenen Spieler wie Jeffery beim Hazard zu schlagen?«

»Aber es muss wahr sein«, widersprach Luc mit argloser Miene. »Wie sonst sollte Harlan zu Hause mit seinen eigenen Schuldscheinen in der Tasche aufkreuzen ... und ein paar von Jeffery?«

Lamb grinste.

»Versuch nicht, mir einen Bären aufzubinden.«

»Wie viel hast du Jeffery abgenommen?«, fragte Barnaby.

Luc zuckte die Achseln.

»Ich kann mich nicht genau erinnern. Genug, um es für ihn schmerzhaft zu machen und ihn dazu zu bringen, es sich das nächste Mal vielleicht zweimal zu überlegen, bevor er sich darauf verlegt, grüne Jungs auszunehmen.«

»Hast du Leutnant Deering gesehen, als du bei Nolles warst?«, fragte Barnaby und schwenkte den Brandy in seinem Glas.

»*Non*«, antwortete Luc überrascht. »War unser Lieblingszolloffizier da?«

Barnaby nickte.

»Ja.« Er lächelte. »Broadfoot war nicht der Erste, der mir von deinem Besuch im *Ram's Head* erzählt hat. Ich habe Deering gestern Nachmittag auf meinem Heimweg von Bauer Calkins Hof getroffen.«

»Ach ja, das beschädigte Dach«, murmelte Luc. »Wie ist das gelaufen?«

»Nun, Calkin hatte einen berechtigten Grund, sich zu beschweren. Das Dach ist nicht mehr auszubessern.« Barnaby blickte Luc an. »Aber du wirst mich nicht von meiner Begegnung mit Deering ablenken.« Er schluckte etwas Brandy und sagte: »Es sieht so aus, als ob sich Nolles und seine Männer neu formiert haben, nachdem wir ihnen im Februar einen so schweren Schlag versetzt haben. Deering sagt, dass es im letzten Monat oder so eine Zunahme bei den Schmuggelaktivitäten hier in der Gegend gegeben habe. Den Gerüchten nach hat Nolles einen neuen Geldgeber gefunden.«

»Einen anderen so ähnlich wie Cousin Thomas?«, fragte Luc, der auf ihren Cousin anspielte, der im Februar von seinem eigenen Bruder Mathew erschossen worden war.

»Das weiß ich nicht, aber ich nehme es an«, antwortete Barnaby. »Er kann es nicht beweisen, aber Deering hat nicht das Gefühl, dass Nolles das Geld für seine Fahrten nach Frankreich selbst aufbringt. Er hegt den Verdacht, dass Nolles entweder Kontakte zu einem wohlhabenden Landbesitzer in der Gegend hat oder, und das hält Deering für wahrscheinlicher, zu jemandem aus London, der ihm die Fahrten finanziert – so wie Thomas es getan hat.«

»Lasst uns hoffen, dass dieser neue Geldgeber *nicht* wieder ein Verwandter von dir ist«, murmelte Luc.

»Ich bezweifle, dass Mathew noch eine weitere wie auch immer geartete Verbindung zu Schmugglern verkraftet. Dass er gezwungen war, Thomas zu töten, hat ihm ganz schön zugesetzt, und dann auch noch herausfinden zu müssen, dass sein Bruder die Nolles-Bande finanziert hat, hat nichts dazu beigetragen, seine Schuldgefühle zu lindern. Ich denke, wir können Mathew ausschließen, oder?«

Luc verzog das Gesicht, nickte.

Lamb sagte:

»Und kannst du dir vorstellen, dass Simon so etwas täte?«

Luc dachte an den liebenswürdigen, charmanten Simon, den jüngsten der englischen Joslyns, und schüttelte den Kopf.

»*Non!* Simon und Thomas mögen sich ständig in die Haare geraten sein, aber seine Trauer über den Tod seines Bruders war echt und tief empfunden.«

Die beiden anderen nickten.

Die Entdeckung, dass Thomas Joslyn im Hintergrund die Fäden gezogen hatte und die beträchtlichen Summen zur Verfügung gestellt hatte, die über Nolles nach Frankreich gelangt waren, um Schiffsladungen von Schmuggelwaren zu kaufen und sie in England wieder zu verkaufen, hatte die gesamte Familie entsetzt – am meisten aber Mathew. Noch schwer angeschlagen von der Erkenntnis, dass er auf seinen eigenen Bruder geschossen und ihn getötet hatte, hatte die Entdeckung von Thomas' eigentlich unvorstellbarer Zusammenarbeit mit der üblen Schmugglerbande die Schuldgefühle und das Entsetzen noch verstärkt, die Mathew verzehrten.

»Hat er inzwischen Monks Abbey verlassen?«, fragte Luc und erwähnte dabei Mathews Anwesen, das ein Stück entfernt von Windmere lag.

Barnaby schüttelte den Kopf.

»Simon macht sich seinetwegen Sorgen. Er sagt, er sperrt sich abends in seine Räume ein und betrinkt sich bis zur Besinnungslosigkeit.«

Stirnrunzelnd versuchte Luc sich vorzustellen, wie sich der ruhige und verlässliche Mathew bewusstlos trank.

»Deswegen werden wir etwas unternehmen müssen. Es

war furchtbar, aber inzwischen hatte er genug Zeit, um seine Wunden zu lecken und zu erkennen, dass nichts davon seine Schuld ist.«

»Richtig«, pflichtete ihm Barnaby bei.

Mit einem Blick zu Barnaby fügte Lamb hinzu:

»Du wirst etwas tun müssen, was eines Viscounts absolut unwürdig ist und ihn maßlos ärgert, um ihn aus seiner Höhle hervorzuholen und unverzüglich herzubringen.« Lamb lächelte schief. »Sobald wir ihn hier haben, werden wir einen Weg finden, ihn aus seiner Trauer aufzurütteln. Simon wird dabei helfen.«

Luc grinste.

»Ich bin sicher, ich kann mir etwas einfallen lassen, was Barnaby tun kann, das empörend genug ist, dass Cousin Mathew Monks Abbey verlässt.«

»Daran hege ich keinen Zweifel«, sagte Lamb flach. »Egal, wo du bist, du hast ein bemerkenswertes Geschick dafür, immer da zu sein, wo der meiste Aufruhr herrscht.«

Luc betrachtete ihn unter zusammengezogenen Brauen.

»Und würdest du weniger von mir erwarten?«

Barnaby seufzte. Er liebte sie beide, aber Himmel! Manchmal würde er sie am liebsten mit den Köpfen zusammenschlagen.

Zu Lucs Leidwesen blieb das Wetter noch eine Weile unfreundlich, Schauer und Nieselregen herrschten vor, sodass es Mittwoch wurde, bis er den versprochenen Ausflug mit Silas' Nichten in Angriff nehmen konnte. Am Morgen zuvor hatte das Nieseln aufgehört, und sobald die Sonne herauskam, sandte Luc einen von Barnabys Lakaien mit einer Nachricht nach High Tower, in der er den Ausritt ankündigte.

Die Sonne stand als blasse Scheibe an einem wolkenlos blauen Himmel, als Luc im Sattel seines hellbraunen Wallachs aufbrach. Die anregende Aussicht, mit Mrs. Dashwood die Klingen zu kreuzen, ließ den Ritt nach High Tower kürzer erscheinen, und schon bald ritt er über die Auffahrt zu Silas' Haus. Als das Gebäude mit dem Turm in Sicht kam, blieb sein Blick wieder an den Zinnen hängen, und er musste an das Unglück denken, das sich hier zugetragen hatte. Verfolgte Edward Bramhalls Geist Silas bis in seine Träume? Oder dachte sein Freund gar nicht mehr an den unglücklichen jungen Mann?

Die witzlosen Spekulationen entschlossen beiseiteschiebend, saß Luc ab, reichte seine Zügel einem Stallburschen, der herbeigelaufen kam, und ging zur Eingangstür. Er hatte kaum seine Finger von dem schwarzen Eisenklopfer genommen, als die Eichentür auch schon geöffnet wurde und Meacham ihn einließ.

Er reichte dem Butler seinen Hut und die Lederhandschuhe aus York, fragte:

»Wie geht es Ihrem Herrn heute Nachmittag?«

Aus Meachams Augen sprach Zufriedenheit.

»Es geht ihm bestens, Sir – so gut gelaunt, als führe er mit Ihnen aus.« Ein Lächeln zuckte über sein Gesicht. »Aber ich warne Sie – er hat es noch nicht aufgegeben, Ihnen seine Grauen zu verkaufen.«

Luc lachte.

»Er kann es gerne versuchen, Meacham.«

Seine Belustigung war noch sichtbar, als er in den vorderen Salon schlenderte, wo Silas, Mrs. Dashwood und Mrs. Easley saßen und auf ihn warteten. Die Damen hatten auf dem creme- und rostfarbenen Sofa Platz genommen, und Silas saß ihnen in dem hohen Lehnstuhl gegenüber.

Sie begrüßten einander, und nach ein paar Minuten Unterhaltung fragte Silas:

»Hätten Sie gerne ein paar Erfrischungen, bevor Sie aufbrechen?«

Luc schüttelte den Kopf.

»Nein danke, Sir.« Er blickte aus dem Fenster. »Die Tage sind kurz, und es ist bereits ein Uhr. Wenn wir den schönsten Teil des Tages nutzen wollen, sollten wir aufbrechen.«

Silas stimmte ihm zu und versprach, heißen Punsch bereitzuhalten, wenn sie zurückkehrten, dann drängte er sie zum Aufbruch.

Der Tag war für Ende Oktober sehr angenehm, und trotz leichter Schuldgefühle, weil sie Onkel Silas zu Hause gelassen hatten, war Gillian entzückt, bei Sonnenschein im Freien zu sein. Nur eine kleine Weile auf einem der herrlichen Pferde ihres Onkels zu sitzen, während sie die Sonnenstrahlen warm auf ihrem Gesicht spürte und eine leichte Brise über ihre Wangen strich, bewirkte, dass all die Schwierigkeiten, der Schmerz und der Kummer der vergangenen beiden Jahre von ihr abfielen. Als sie High Tower hinter sich ließen, genoss sie den Augenblick, und ihre Stimmung hob sich. Sie warf Luc einen Blick von der Seite zu. Seine Gesellschaft zu ertragen, entschied sie, war dafür kein zu hoher Preis.

Sie ritten zu beiden Seiten von Luc die Straße entlang, und ein Pferdeknecht folgte ihnen in respektvollem Abstand. Aus Rücksicht auf seine weiblichen Schützlinge begnügte sich Luc mit einem gemächlichen Tempo. Das langsame Vorankommen störte ihn nicht – leichtes Schritttempo ermöglichte Gespräche und verschaffte ihm damit die Gelegenheit zu überprüfen, ob sein Verdacht bezüglich Mrs. Dashwood begründet war.

Nachdem sie ein paar Meilen geritten waren, erkundigte sich Mrs. Dashwood:

»Mr. Joslyn, würde es Ihnen etwas ausmachen, wenn wir, da die Straße nicht so schlammig zu sein scheint, schneller reiten?« Sie bedachte ihre Cousine mit einem Lächeln. »Sophia und ich schätzen einen flotten Galopp.«

»Wie Sie wünschen«, erwiderte Luc, musste sich aber erst noch von dem Liebreiz dieses Lächelns für ihre Cousine erholen.

Er hatte die Worte kaum ausgesprochen, als Sophia und Gillian auch schon ihren Pferden die Fersen in die Flanken drückten und sie von Schritt in Trab und gleich darauf in Galopp verfallen ließen. Luc und dem Pferdeburschen blieb nichts anderes übrig, als sich zu beeilen und den beiden Frauen zu folgen, die über die Landstraßen preschten.

Beide Damen waren, bemerkte Luc, als er hinter ihnen galoppierte, unerschrockene Reiterinnen mit tadellosem Sitz, die mühelos ihre Pferde kontrollierten. Das hier war kein Wettrennen, und nach wenigen Minuten hatten Luc und der Pferdebursche die beiden eingeholt. Da sie sich des Umstandes bewusst waren, dass sie sich auf einer ihnen fremden und zudem öffentlichen Straße befanden, zogen die Damen den Galopp nicht in die Länge, sondern ließen ihre Tiere wieder traben und dann Schritt gehen.

Mit glühendem Gesicht, das von schwarzen Löckchen umrahmt war, die ihr aus der Frisur unter dem kecken Reithut mit der Fasanenfeder gerutscht waren, schaute Gillian zu ihrer Cousine und rief:

»Oh Sophy, war das nicht wunderbar? Ich hatte völlig vergessen, welche Freude es ist, ein gutes Pferd zu reiten.«

Sophia, die ebenso begeistert wie Gillian aussah, nickte. »Das war es allerdings. Höchst anregend. Es gibt nichts

Besseres als ein ausgezeichnetes Pferd, um einem ein Lächeln aufs Gesicht zu zaubern und alle Sorgen zu vergessen.« Zu Luc sagte sie: »Wir stehen in Ihrer Schuld, Mr. Joslyn. Es war überaus freundlich und umsichtig von Ihnen, uns einen Ausritt vorzuschlagen.«

»Das Vergnügen liegt ganz auf meiner Seite«, erwiderte Luc und riss seinen Blick von Gillians Gesicht los. *Mon Dieu!* Die Waldelfe war wirklich reizend. Und durchtrieben, wenn sein Verdacht bezüglich ihrer Motive für ihren Besuch in High Tower zutraf. Und gefährlich, ermahnte er sich, als ihm wieder ihr ermordeter Ehemann einfiel.

Verärgert aus Gründen, die er nicht erklären konnte, sagte er knapp:

»Ich bin selbst recht neu in der Gegend hier, und Ihr Onkel könnte Ihnen gewiss mehr zeigen, aber wenn Sie möchten, bringe ich Sie zu der einen oder anderen der bekannteren Sehenswürdigkeit.«

»Uns bereitet das Reiten an sich Freude, Mr. Joslyn«, erklärte Gillian. »Das Ziel ist dabei weniger wichtig. Sagen Sie wohin, wir folgen.«

Sie blieben mehrere Meilen auf der Hauptstraße, und Luc wies immer wieder auf verschiedene Besonderheiten hin. Kurz darauf bogen sie auf Lucs Zeichen hin ab; er führte sie über die wellige, samtig grüne Kalksteinlandschaft, die sich in allen Richtungen vor ihnen erstreckte.

»Das hier unterscheidet sich stark von den Feldern, Wiesen und Wäldern Virginias, aber es besitzt eine Schönheit, die einem den Atem raubt, *oui*?«

Gillian nickte geistesabwesend, ihr Blick ruhte auf den grasenden wohlgenährten Sussex-Schafen mit ihren grauen und braunen Gesichtern. Dazwischen konnte sie die eine oder andere Kuh oder auch mal ein Pferd entdecken. Ab und zu wiesen hinter den Hügeln aufsteigende Rauchsäulen auf Ortschaften hin, aber sie konnten keine sehen.

Als sie eine leichte Anhöhe hochgeritten waren, hielt Luc sein Pferd an, und die anderen taten es ihm gleich.

»Das Tal des Cuckmere«, verkündete er schlicht.

Ihnen bot sich eine selten schöne Aussicht in alle Richtungen, und Gillian stockte vor Freude der Atem. Wie eine träge Schlange wand sich der Fluss Cuckmere durch das breite Tal unter ihnen zum Meer. Hier und dort wuchsen am Ufer Bäume oder Büsche und markierten die Stellen, an denen sich die schmaleren mäandernden Wasserläufe in der grünen Landschaft verzweigten. Ganz in der Ferne konnte man zwischen zwei Klippen hindurch das Wasser des Ärmelkanals schimmern sehen.

Sich zu Gillian vorbeugend und die Lippen nur wenige Zentimeter von ihrem Ohr entfernt, streckte Luc den Arm aus und sagte:

»Sehen Sie die Lücke zwischen den Felsen dort hinten und das Meer dahinter? Der breite Strand dort ist Cuckmere Haven, ein beliebter Landeplatz für unsere Schmuggler hier.«

Gillian nickte, sie war sich unangenehm ihres wegen seiner Nähe plötzlich schneller klopfenden Herzens bewusst.

»Onkel hat beim Abendessen neulich erwähnt«, erwiderte sie und wandte ihren Kopf, sodass sie Luc nicht mehr so verstörend nahe war, »dass die Schmuggler hier sehr aktiv sind.«

»Das stimmt allerdings«, sagte Luc und lächelte angesichts ihrer Reaktion. War es einfache Abneigung, die für ihr Abwenden verantwortlich war, oder war die Dame sich seiner Nähe so bewusst, wie er ihrer? Er zog es vor, Letzteres zu glauben. So richtete er sich auf und fügte hinzu: »Die übelste Bande wird von Will Nolles angeführt, dem Besitzer einer Taverne namens *Ram's Head.*«

»Aber wenn man weiß, wer es ist«, warf Sophia ein, »warum lässt man dann zu, dass er weitermacht?«

»Die Schmuggler sind eine eng verwobene Gemeinschaft, und die meisten Leute in der Gegend sind entweder selbst in dem Gewerbe oder haben Familienmitglieder, die schmuggeln, oder sie profitieren in irgendeiner Weise davon«, antwortete er und schaute Sophia an. »Außerdem ist Nolles' Bande mächtig, sodass er und seine Männer gefürchtet sind. Sie werden niemanden finden, der bereit wäre, gegen sie auszusagen.«

Als beide Frauen beunruhigt wirkten, verfluchte sich Luc im Geiste für seine unbedachten Worte und entschuldigte sich.

»Verzeihen Sie! Ich wollte Ihnen keine Angst machen. Es gibt hier Schmuggler, aber Sie haben nichts von ihnen zu befürchten. Sie wollen keinesfalls unnötige Aufmerksamkeit erregen und widmen sich in der Regel ihren Geschäften, ohne dass es bemerkt wird.« Er grinste. »Gewöhnlich ist das Einzige, was am nächsten Tag verrät, dass sie da waren, das eine oder andere Fässchen feinsten französischen Brandys, das im Stall oder in der Scheune für die Besitzer zurückgelassen wird.«

Sophia schmunzelte und murmelte:

»Sie meinen wie der Brandy, den Onkel gestern Abend getrunken hat?«

Mit belustigt funkelnden Augen nickte Luc.

»Ganz genau. Und jetzt genug von Schmugglern und Schmuggelgut – ich vergesse ganz, dass ich versprochen habe, Ihnen die Gegend zu zeigen.« Er deutete in Richtung von Cuckmere Haven. »Diese Kalkklippen, die Sie dort sehen, sind die Sieben Schwestern. Die höchste von ihnen erhebt sich etwa hundertfünfzig Meter über den Kanal.« Sein Grinsen vertiefte sich. »Und damit, *Madame* Easley, ist mein Wissen über die Gegend erschöpft.«

Er sieht viel zu attraktiv aus, überlegte Gillian, während sie verfolgte, wie Sophia auf seinen Charme reagierte. Es ärgerte sie, dass ihr auffiel, wie das Rostrot seines Rockes das Blau seiner auch ohne das schon faszinierenden Augen betonte und wie eng sich seine Reithose aus weichem Wildleder an seine muskulösen Schenkel schmiegte, sodass ihr Blick immer wieder davon angezogen wurde. *Und wir wollen gar nicht erwähnen*, schimpfte sie im Geiste weiter mit sich selbst, *wie perfekt sein Rock die Breite seiner Schultern herausstellt oder wie gut er zu Pferde aussieht.* Sie riss ihren Blick von ihm los und schaute starr geradeaus nach vorn, aber ein paar Minuten später ruhte er schon wieder auf ihm. Breite Schultern, kräftige Arme, dachte sie unwillkürlich, und ein Schauer durchlief sie.

Verärgert über sich selbst fragte Gillian scharf:

»Onkel sagte, das nächstgelegene Dorf sei Broadhaven. Wie weit ist es entfernt?«

»Nicht weit«, antwortete Luc ihr und wunderte sich über den Unterton in ihrer Stimme. Stärkere Abneigung? War die Dame etwa eifersüchtig, dass er ihrer Cousine Aufmerksamkeit schenkte? »Broadhaven«, fügte er fröhlich hinzu, erfreut von der Vorstellung, dass in der Tat Eifersucht hinter ihrem scharfen Ton stand, »liegt jenseits der Anhöhe dort gleich unter uns.« Er schaute Gillian unter hochgezogenen Brauen an. »Würden Sie gerne durch den Ort reiten?«

Verärgert über sich, dass sie sich ihre Verstimmung hatte anmerken lassen, zwang sich Gillian zu einem Lächeln und erwiderte:

»Vielleicht nicht heute. Ich habe mich nur gefragt, wo es ist.«

»Nun, ich jedenfalls bin bereit, wieder nach High Tower zurückzukehren«, sagte Sophia. »Der Ausritt war herrlich, aber der Wind ist nicht mehr so angenehm wie vorhin, als wir aufgebrochen sind, und wenn ich mich nicht irre, ist es auch insgesamt kälter geworden. Wenn wir noch länger warten, werden wir bis auf die Knochen durchgefroren sein, bis wir zurück sind.«

Gillian hatte auch die kühlere Luft und die schneidende Kälte in der Brise bemerkt und pflichtete ihr bei.

»Du hast recht«, sagte sie. »Wir sollten umkehren. Wir haben Onkel lange genug allein gelassen.«

»Wie Sie wünschen, meine Damen«, erwiderte Luc galant und wendete sein Pferd.

Sophia hatte recht gehabt. Es war entschieden kalt, als sie schließlich wieder auf High Tower eintrafen. Der Pferdebursche hielt die Zügel der Pferde, während Luc erst Mrs. Easley aus dem Sattel hob, ehe er sich zu Gillian umwandte, um ihr beim Absitzen zu helfen. Die Hände um ihre schmale Taille gelegt, schaute er ihr in die Augen, und einen Moment lang stand die Zeit still.

Gillian bekam mit einem Mal keine Luft mehr, als sie in diese azurblauen Augen schaute. Sie konnte die Wärme und die Kraft seiner Hände durch den schweren Samt ihres Reitkostüms hindurch spüren, und eine Mischung aus Freude und Argwohn erfasste sie.

Ihre Blicke verfingen sich, und Lucs Griff um ihre Mitte wurde fester, der Drang, sie von dem Pferd in seine Arme zu ziehen, war beinahe unwiderstehlich. Sein Blick fiel auf ihre Lippen, und Verlangen durchströmte ihn machtvoll. Würde dieser verführerische Mund so süß schmecken, wie er aussah? Und wie würde sich dieser schlanke Körper an seinen gepresst anfühlen?

»Ah, da seid ihr ja«, erklang eine gedehnte Männerstimme aus dem Haus. »Wir haben uns schon gewundert, wann ihr wohl zurückkommen würdet. Onkel hat schon angefangen, sich Sorgen zu machen.«

Der Bann war gebrochen, und Luc hob Gillian höflich vom Pferd. Sobald ihre Füße den Boden berührten, ließ er sie los und trat ein Stück zurück.

Als er den Sprecher anschaute, hob sich eine seiner Brauen. Stanley Ordway. Warum überraschte ihn das nicht? Es sah ganz so aus, als versammelten sich die Aasgeier um seinen Freund. Ein unfreundliches Lächeln spielte um seine Lippen. Was für hinterhältige Pläne Mrs. Dashwood und ihr Halbbruder auch für seinen Freund Silas geschmiedet hatten, er war fest entschlossen, sie nach Kräften zu durchkreuzen. Sein Blick wanderte über Gillian. Und es würde ihm auch noch Spaß machen.

Kapitel 4

Gillian sank das Herz, als sie ihren Halbbruder auf den Eingangsstufen des Hauses stehen sah, den Mund zu dem verächtlichen Lächeln verzogen, das sie schon immer geärgert hatte. Die in ihr aufwallende Verärgerung verwunderte sie daher nicht. Selbst als Kinder hatten sie sich nicht vertragen – und daran hatte sich mit den Jahren nicht viel geändert. Ihrer Meinung nach hatte er sich von einem verachtungsvollen Jungen zu einem arroganten Geck entwickelt.

Ohne Luc weiter zu beachten, marschierte sie zu ihrem Halbbruder und blieb auf der untersten Stufe stehen. Sie blickte Stanley fest ins Gesicht und verlangte zu wissen:

»Wusste Onkel, dass du kommst? Oder hast du dich ihm einfach wieder rücksichtslos aufgedrängt, weil du gerade knapp bei Kasse bist?«

Stanleys Gesicht verfärbte sich dunkel.

»Ich sehe, du bist so unhöflich und grob wie immer.« Er schaute zu Sophia, die neben Gillian getreten war. »Und ich nehme an, du stellst dich auf ihre Seite, so wie du es immer tust.«

»Vielleicht stelle ich mich auf ihre Seite«, sagte Sophia kühl, »weil sie gewöhnlich recht hat. Gillian hat eine vernünftige Frage gestellt: Wusste unser Onkel, dass du kommen willst?«

Die beiden Frauen unter zusammengezogenen Brauen anschauend, erwiderte er scharf:

»Ich brauche wohl kaum eine Einladung, um meinen Onkel zu besuchen.«

»Das mag stimmen«, pflichtete ihm Gillian bei. »Aber kannst du mir sagen, warum du ihn immer nur besuchst, wenn du Geld brauchst?«

»Was ist denn mit dir?«, schoss Stanley zurück. »Sag mir nicht, dass du hier bist wegen der großen Liebe, die du für ihn empfindest. Du bist seit Jahren nicht hier gewesen, und davor hast du auch nur drei oder vier Mal den Fuß über diese Schwelle gesetzt.« Er lächelte höhnisch. »Also, warum bist du hier?«

»Was auch immer ihre Beweggründe sind, sie ist nun hier«, schaltete Luc sich ein. »Und das ist alles, was Sie zu interessieren hat.« Beide Damen am Ellbogen berührend, führte er sie die Stufen hoch und schenkte Stanley ein Lächeln. »Wenn Sie uns bitte entschuldigen wollen – es ist kalt, und wenn Sie diese ... Diskussion fortführen wollen, bin ich sicher, würden die Damen das lieber im Haus und in angenehmerer Umgebung tun.«

Mrs. Easley blickte zu Luc und lachte leise.

»Ein Mann mit gesundem Menschenverstand – wie selten.«

Luc grinste und brachte die Damen ins Haus, sodass Stanley nichts anderes übrig blieb, als ihnen zu folgen. In der Halle gingen die Damen nach oben, um sich umzuziehen. Meacham nahm Luc Hut und Handschuhe ab, ehe er ihn und Stanley in den vorderen Salon geleitete.

Im Kamin brannte ein Feuer, und der Duft von Glühwein lag in der Luft. Ein schlanker junger Mann, in einen blauen, mit schwarzer Litze besetzten Rock und graue Pantalons gekleidet, einen Zinnkrug in der Hand, saß in der Nähe des Feuers. Silas thronte auf seinem gewohnten Platz. Auf dem niedrigen Tisch vor Silas stand ein Silbertablett mit verschiedenen Gegenständen und Erfrischungen.

Silas begrüßte Luc mit einem Lächeln, aber der spürte, dass es erzwungen war. Das Lächeln erwidernd, sagte Luc zu seinem Freund:

»Ich habe die Damen sicher zurückgebracht. Sie kleiden sich gerade um, ehe sie sich wieder zu uns gesellen.«

»Gut, gut!« Silas deutete auf den jungen Mann am Kamin. »Ich glaube, Sie kennen Welbournes jüngsten Sohn bereits, Lord George Canfield.« Als Luc nickte, fügte er hinzu: »Er ist ein guter Freund meines Neffen.«

Canfield mit einer angedeuteten Verbeugung begrüßend, sagte er:

»Wie geht es Ihnen?«

»Gut, danke«, antwortete der, aber seine Nasenflügel blähten sich, als nähme er einen beleidigenden Geruch wahr.

Als Canfield nichts weiter sagte, murmelte Luc:

»Es geht mir bestens. Danke der Nachfrage.«

Canfields Lippen verzogen sich arrogant. Nach einem Moment wandte Luc sich ab und zwinkerte Silas zu. Canfields Empfang traf ihn nicht wirklich und belustigte ihn vor allem. Der Himmel wusste, es war beileibe nicht das erste Mal, dass er geschnitten wurde. Er war bereits in Kontakt mit anderen Mitgliedern der guten Gesellschaft gekommen, die glaubten, sie seien so wichtig, dass es unter ihrer Würde sei, mit dem illegitimen Halbbruder des Viscount Joslyn Umgang zu haben. Aber nicht so weit unter ihnen, dachte Luc, dass sie nicht willens waren, sich mit ihm an den Kartentisch zu setzen. Auch Canfield hatte das getan und war nach einer Nacht beim Glücksspiel um mehrere tausend Pfund erleichtert vom Tisch wieder aufgestanden. Aber Luc war der Sohn des Herzogs auch aus anderem Grund aufgefallen – Canfield war wie Lord Padgett auch eng mit Thomas Joslyn befreundet gewesen. Eine Verbindung zwischen Thomas' Freunden und Nolles' Bande war nie entdeckt worden, aber Luc, Barnaby und Lamb hatten sich schon gefragt, ob die nach außen hin respektablen Herren sich von dem schnellen Geld in Versuchung hatten führen lassen. Daher hatte Luc sie genau beobachtet, seit er ihre Bekanntschaft gemacht hatte, aber bis auf den Umstand, dass Canfield nun hier war … Interessant.

Auf den Stuhl neben sich zeigend, sagte Silas zu Luc:

»Setzen Sie sich her und erzählen Sie mir von dem Ausritt. Wo waren Sie?«

»Ich habe den Damen die Sieben Schwestern gezeigt, Cuckmere Haven und wo ungefähr Broadhaven liegt«, antwortete Luc und setzte sich neben Silas. »Es war leider keine Zeit mehr, das Dorf zu besuchen. Es war schon spät geworden, und ich wollte sie vor Einbruch der Dunkelheit wieder auf High Tower haben.«

»Ausgezeichnet!« Ein hintergründiges Funkeln stand in Silas' Augen, als er bemerkte: »Sie sind beide ausgezeichnete Reiterinnen.«

Luc grinste ihn an.

»Allerdings.«

Mit einer Hand deutete Silas in Richtung der Erfrischungen und sagte:

»Bitte nehmen Sie sich von dem Glühwein, den Meacham erst vor wenigen Minuten gebracht hat. Und schenken Sie mir bitte auch einen Becher ein, wenn Sie gerade dabei sind.«

Luc beugte sich vor und füllte mit einer Schöpfkelle aus der Silberschüssel in der Mitte des Tabletts einen Becher für Silas, und nachdem er ihn ihm gegeben hatte, auch noch für sich selbst. Sich in seinem Stuhl zurücklehnend, streckte Luc seine langen Beine aus und atmete den Duft von Zimt und Zitronen ein, ehe er einen Schluck des angenehm warmen Weines nahm. Köstliche Aromen streichelten seine Zunge, und er entspannte sich, während sich die Wärme des Getränks in ihm ausbreitete.

»*Bon!*«, sagte er. Mit einem Lächeln zu Silas fragte er: »Denken Sie, Meacham würde mir sein Rezept verraten?«

Silas lachte leise.

»Es gibt nicht viele, bei denen er das täte, aber ich glaube, er wäre entzückt, es Ihnen zu geben.«

»Sie scheinen sich ja hier wie zu Hause zu fühlen«, bemerkte Stanley. »Wie oft besuchen Sie meinen Onkel?«

»So oft, wie ich ihn darum bitte«, antwortete Silas und bedachte Stanley mit einem scharfen Blick unter zusammengezogenen Brauen. »Und ich wüsste nicht, was dich das angeht.«

Stanley wurde rot.

»Ich möchte dich daran erinnern, Onkel, dass du nicht länger ein junger Mann bist, und auch wenn es mich schmerzt, das zu sagen, es gibt Leute, die ältere Menschen ausnutzen.« Silas atmete vor Empörung scharf ein, aber Stanley sprach unbeeindruckt weiter: »Ich würde meine Pflichten als Neffe sträflich vernachlässigen, wenn ich deine plötzliche Freundschaft mit einem Fremden nicht hinterfrage.« Er schaute zu Luc. »Natürlich will ich Ihnen nicht zu nahe treten, aber ich bin sicher, Sie verstehen meine Einstellung. Ich sorge mich nur um das Wohlergehen meines Onkels.«

»Ich bin noch lange kein alter Tattergreis«, beschwerte Silas sich, und die Knöchel seiner Hand, mit der er die Tasse hielt, traten weiß hervor. »Weiterhin ist es restlos überflüssig, dass du oder irgendjemand sonst sich um mein Wohlergehen kümmert.« Seine Augen wurden schmal. »Du hast eben einen Gast in meinem Haus beleidigt. Ich bin fast geneigt, dich und deinen verweichlichten Freund vor die Tür zu setzen.«

Die aus zwei Flügeln bestehende Tür öffnete sich in diesem Augenblick, um die Damen einzulassen. Keine der beiden konnte so tun, als bemerkte sie die geladene Atmosphäre nicht, und Gillians Augen richteten sich sogleich auf ihren Onkel. Ein Blick in sein Gesicht verriet ihr, dass er aufgeregt war. Sie hegte wenig Zweifel daran, wer daran die Schuld trug: Stanley.

Gillian eilte zu ihrem Onkel und legte ihm eine Hand auf die Schulter, starrte Stanley vorwurfsvoll an und verlangte zu wissen:

»Was hast du dieses Mal getan, um ihn derart aufzuregen?«

Luc konnte nicht anders als das Bild bewundern, das sie mit ihrem zobelfarbenen Haar abgab, das sie nach hinten frisiert trug, mit den rosig angehauchten Wangen und in dem eleganten rosafarbenen Kleid, während ihre Augen goldenes Feuer sprühten. Er betrachtete die zarte weiße Hand auf Silas' Schulter und ihre angriffslustige Haltung. Eine Löwin auf der Hut, dachte er. Aber wovor? Forderte sie Stanley über Silas' Reichtum heraus? Oder ging es ihr, wie es den Anschein hatte, um ihren Onkel?

»Alles, was ich getan habe«, brummte Stanley, ohne irgendjemanden im Raum anzusehen, »war zu fragen, wie oft Mr. Joslyn zu Besuch kommt.«

»Das war unmittelbar, bevor Sie Ihren Onkel vor trügerischen Menschen gewarnt haben, die Ältere ausnutzen … Fremde, so wie mich«, warf Luc hilfreich ein.

Gillian achtete nicht weiter auf ihn.

»Und was geht es dich an«, wollte sie von Stanley wissen, »wie oft Mr. Joslyn zu Besuch kommt? Sicherlich obliegt es Onkel doch ganz allein zu entscheiden, wen er wie oft in sein Haus zu Besuch einlädt.«

»Das ist mein Mädchen!«, freute sich Silas, dessen gute Laune wiederhergestellt war.

Da das hier ein so guter Zeitpunkt wie jeder andere war, sich zu verabschieden, stand Luc auf, stellte seinen Becher ab und sagte:

»Ich muss mich auf den Weg machen.« Er verneigte sich in Richtung der beiden Damen und murmelte: »Danke für den erfreulichen Ausritt. Vielleicht gewähren Sie mir das Vergnügen, Ihnen in der näheren Zukunft die Gegend noch weiter zu zeigen.« Er grinste. »Besonders jetzt, da ich weiß, dass Sie passionierte Reiterinnen sind.« Unter den Protesten von Silas und Mrs. Easley schickte sich Luc an zu gehen. Er merkte, dass Gillian und die beiden anderen Herren sich nicht an den Protesten beteiligten. Ehe er entkommen konnte, verlangte Silas, dass er Freitag kam, um mit ihnen zu Abend zu essen. Als Luc zögerte, fügte Silas listig hinzu:

»Meacham wird wieder Glühwein zubereiten … und das Rezept für Sie haben. Ich werde die Köchin bitten, die gebutterten Hummer zuzubereiten, für die Sie sie vor ein paar Wochen so gelobt haben.«

Luc lachte.

»Dann wäre es höchst unhöflich von mir, solch eine verlockende Einladung auszuschlagen. Wir sehen uns also am Freitag.«

Gillian wusste nicht, ob sie erleichtert oder enttäuscht sein sollte, als Luc Joslyn ging. Seine Gegenwart bildete einen angenehmen Gegenpol zu Stanley und Lord George Canfield, aber er war auch ein Problem, das sie jetzt nicht wirklich brauchen konnte. Sie seufzte. Stanley und Canfield bedeuteten genug Schwierigkeiten, ohne dass sie als weitere Ablenkung auch noch Mr. Luc Joslyn benötigte.

Sie setzte sich auf den Stuhl, von dem Luc eben aufgestanden war, und musterte ihren Halbbruder. Er war groß und schlank, und er trug sein hellbraunes Haar ohne Puder und bis auf ein paar Locken an der Seite hinten am Kopf zu einem Zopf gebunden. Stanley war ein gut aussehender junger Mann, musste sie zugeben, aber es war nichts Bemerkenswertes an ihm. Seine Gesichtsfarbe war blass, seine Augen braun, und er war tadellos gekleidet mit seinem blauen Rock mit den langen Schößen, der hellen Hose und den schwarzen Stiefeln.

Stanley mied gewöhnlich das Land, und sie hatte auch nie bemerkt, dass er für ihren Onkel eine besondere Zuneigung hegte. Aber er war hier. Der Grund dafür war nicht schwer zu erraten: Geld. Aber warum, überlegte sie, während sie von Sophia eine Tasse Tee entgegennahm, hatte Stanley Canfield mitgebracht? Ihr Blick wanderte zu Canfield, der angesichts der Faszination, mit der er diese betrachtete, von seinen Stiefeln unerhört gefesselt zu sein schien.

Canfield war wie Stanley auch ein enger Freund ihres verstorbenen Mannes gewesen, und wie Stanley und Charles war er allen Arten des Glücksspiels verfallen. Sie hatte ihn nie sonderlich geschätzt. Sie trank einen Schluck Tee. Natürlich, überlegte sie mit trockenem Humor, konnte sie das von fast allen von Charles' Freunden sagen.

Canfield hob plötzlich seinen Blick und schaute sie geradewegs an. Er lächelte, und etwas in diesem wissenden Lächeln ärgerte sie. Sie reckte das Kinn, und ihre Augen glitzerten empört, während sie seinen Blick erwiderte. Auf keinen Fall wollte sie sich von einem Wüstling wie ihm einschüchtern lassen. Sie hatte nichts Falsches getan, egal, was der Klatsch behauptete oder was man hinter ihrem Rücken flüsterte. Sie hatte ihren Ehemann *nicht* umgebracht.

Aber etwas in Canfields blassblauen Augen vermittelte ihr ein ungutes Gefühl. Er sah aus, als wisse er um ein Geheimnis. Sie versteifte sich. Sicherlich wusste er nichts von Charles' widerlicher Abmachung mit Lord Winthrop? Das war unmöglich. Niemand wusste davon als Charles, Lord Winthrop und sie selbst ... es sei denn, überlegte sie mit einem flauen Gefühl im Magen, Winthrop hatte geredet ...

Noch entschlossener, sich gegen ihn zu behaupten, starrte sie zurück, und als er schließlich wegschaute, hatten sich ihre Hände zu Fäusten geballt, und sie merkte, dass sie den Atem angehalten hatte. Sie stieß ihn langsam aus und zwang sich, ihre Finger zu lockern und hielt den Blick gesenkt, während ihre Gedanken wild durcheinanderschossen.

Sie erwog die schreckliche Möglichkeit, dass Canfield von dem Geschäft zwischen Charles und Winthrop wusste, und es dauerte eine Weile, bis sie ihre Gedanken von der dunklen Erinnerung losreißen konnte. Sie rief sich zur Ordnung und konzentrierte sich auf die Unterhaltung, die um sie herum vor sich ging. Es überraschte sie nicht sonderlich, als sie feststellte, dass Stanley wieder das Gespräch auf Luc Joslyn gebracht hatte.

»Ich will nicht darauf herumhacken, Onkel, aber denkst du, dass es klug ist, mit Luc Joslyn befreundet zu sein?«, fragte er gerade. »Ich meine, ich weiß ja, dass er der Halbbruder eines Viscounts ist, aber muss ich dich erst daran erinnern, dass Luc Joslyn unehelich ist?«

»Es gibt viele Mitglieder der guten Gesellschaft, die sich weigern, ihn anzuerkennen«, warf Canfield gedehnt ein.

»Nun, ich gehöre jedenfalls nicht dazu«, erwiderte Silas scharf. »Luc Joslyn ist ein feiner Mensch, und ich bin stolz darauf, ihn Freund zu nennen.« Sein scharfer Blick richtete sich auf Canfield. »Ich meine mich zu erinnern, dass Sie noch im Mai kein Problem damit hatten, sich mit ihm an einen Tisch zu setzen und an ihn mehrere tausend Pfund zu verlieren.« Er lächelte falsch. »Vielleicht ist das der Grund für Ihre Unhöflichkeit ihm gegenüber.«

Canfield wurde rot. »Ich sehe keinen Grund, seine Anmaßung auch noch zu ermutigen.«

»Anmaßung!«, wiederholte Silas laut und genoss es sichtlich. »Ich vermag nicht zu erkennen, wie eine höfliche Antwort zu geben irgendwen zu Anmaßungen ermutigt.«

»Darf ich dich daran erinnern, dass Lord George Canfield der Sohn eines Herzogs ist und zudem mein Gast?«, bemerkte Stanley steif.

»Du kannst mich so viel erinnern, wie du willst«, lautete die Antwort seines Onkels. »Das hier ist mein Haus, und ich kann sagen, was ich denke, wenn mir der Sinn danach steht. Wenn das deinem feinen Freund nicht gefällt, dann gibt es in Broadhaven zwei Gasthöfe. Er kann dort unterkommen und dich gleich mitnehmen.«

Ehe daraus eine lautstarke Auseinandersetzung werden konnte, öffnete sich die Tür.

»Das Dinner ist serviert«, verkündete Meacham.

»Ich weiß nicht, wann ich je einen unterhaltsameren Abend verbracht habe«, vertraute Sophia Gillian an. »Obwohl ich vor Verlegenheit am liebsten im Boden versunken wäre, angesichts der Art und Weise, wie Stanley und Canfield Mr. Joslyn behandelt haben. Es war in höchstem Maße unerzogen.«

Sophia hatte in ihrem Nachthemd auf einem gelb und blau gestreiften Stuhl im kleinen Salon zwischen ihren beiden Schlafzimmern Platz genommen. Auf dem blauen Damastsofa saß Gillian mit angezogenen Beinen und war ebenfalls bereits fürs Bett umgezogen, während sie mit ihrer Cousine noch eine Tasse heiße Schokolade genoss, bevor sie schlafen gingen.

Gillian nickte.

»Stanley hat jedenfalls eindeutig versucht, sich in den Vordergrund zu spielen, nicht wahr?«

»Ja, hat er, aber Onkel hat ihm gut Paroli geboten. Wenn er klug ist und auf High Tower bleiben will, sollte dein Halbbruder sich Mühe geben, Onkel Silas nicht zu sehr zu ärgern.«

Gillian lächelte.

»Da hast du recht. Onkel war ganz schön empört, oder?«

»Allerdings. Ich bin überrascht, dass Stanley und Seine Lordschaft nicht unverzüglich ihre Taschen gepackt haben und mit eingeklemmtem Schwanz fortgeritten sind.« Sophia schüttelte den Kopf. »Wenn es jemand anders gewesen wäre, wäre ich vor Scham wegen Onkels Reaktion im Boden versunken, aber da es Stanley war …«

Beide Frauen kicherten.

Ernüchtert fragte Gillian:

»Was glaubst du, warum Stanley so darauf versessen ist, auf High Tower zu bleiben?«

»Geld!«

»Höchstwahrscheinlich, aber warum Canfield mitbringen?«

Sophia spitzte die Lippen.

»Du kennst doch meine Freundin Mrs. Barbara Lawrence, die in London lebt?« Als Gillian nickte, fuhr sie fort:

»Ich habe vor ein paar Wochen einen Brief von ihr bekommen, in dem sie erwähnt hat, dass eines der Themen, die den Klatsch in der kleinen Saison am meisten beschäftigt haben, die Unzufriedenheit des Duke of Welbourne mit seinem jüngsten Sohn war.« Sie schüttelte den Kopf. »Es scheint ganz so, als sei Canfield selbst für Seine Gnaden zu wild und verderbt, sodass Welbourne damit gedroht hat, ihn zu enterben. Vielleicht hat er das wirklich getan, sodass Canfield nun auf Kosten seiner Freunde leben muss.«

Mit großen Augen fragte Gillian:

»Weiß Mrs. Lawrence, was Canfield getan hat, um sich den Zorn seines Vaters zuzuziehen?«

Sophia verneinte.

»Barbara hat auf etwas mit einer jungen Dame angespielt, es aber nicht näher ausgeführt.«

Gillian wirkte nachdenklich. Die Nachricht, dass Canfields Schwierigkeiten mit einer Frau zu tun hatten, überraschte sie nicht. In den Jahren nach Charles' Tod und der schrecklichen Nacht in Welbournes Jagdhaus hatte sie eine Menge über den Herzog erfahren. Er war berüchtigt für seine Ausschweifungen und für die »Gesellschaften«, die er gab. Sie erschauerte. Wenn sie das nur früher gewusst hätte!

»Es muss sehr schlimm sein, wenn Seine Gnaden droht, ihn zu enterben«, erklärte sie schließlich.

»Richtig. Ich vermute, dass Canfield die Grenze überschritten hat und ein unschuldiges junges Mädchen aus guter Familie verführt hat. Welbournes Weibergeschichten sind legendär, aber wenn er einen Rest Anstand beweist, dann damit, dass er sich auf Frauen mit einem … gewissen Ruf beschränkt. Selbst er würde davor zurückschrecken, eine anständige junge Dame vornehmer Herkunft zu ruinieren.«

»Glaubst du das?«, fragte Gillian mit hochgezogenen Brauen. Nach dem, was sie in jener Nacht in dem Jagdhaus beobachtet hatte, gab es nichts, wofür sich Welbourne und sein Freundeskreis zu schade waren. Vor allem auch sein Freund Lord Winthrop.

Sophia zuckte die Achseln.

»Welbourne wandelt auf schmalem Grat, aber meines Wissens hat er sich nie einen Fehltritt zuschulden kommen lassen. Es gibt vieles, über das die gute Gesellschaft bereit ist hinwegzusehen, aber die Verführung einer jungen Dame aus den eigenen Reihen gehört nicht dazu.«

»Nun, wenn Canfield dumm genug war, das zu tun«, bemerkte Gillian, »dann muss die ungenannte Dame, wenn es sie denn tatsächlich gibt, aus einer einflussreichen Familie stammen, sonst hätte sich der Skandal mit Windeseile verbreitet.«

»Ich nehme an, du hast recht.« Sophia sah Gillian eindringlich an. »Und du, meine Liebe, sei sehr vorsichtig in Canfields Nähe. Ich kann ihn nicht leiden und misstraue ihm zutiefst – selbst wenn ich ihn sehen kann.«

»Du hast nichts zu befürchten. Er verursacht mir eine Gänsehaut, und ich habe vor, ihn zu meiden wie die Pest.«

Trotz bester Absichten gelang es Gillian nicht, Canfield gänzlich aus dem Weg zu gehen. Spät am nächsten Nachmittag war Sophia schon nach oben vorausgegangen, um sich fürs Dinner umzukleiden, während Gillian noch bei ihrem Onkel geblieben war. Sie hatte gerade die Tür zum Salon hinter sich geschlossen und wollte zur Treppe gehen, als Canfield sie ansprach.

Er trat aus dem Alkoven unweit der untersten Stufe.

»Auf ein Wort, Madame?«

Gillian gefiel der Ausdruck in seinen blauen Augen nicht, und die Härchen in ihrem Nacken stellten sich auf. Canfield hatte ihr ganz offensichtlich aufgelauert.

Sie wollte so rasch wie möglich von ihm fort, daher ging sie weiter zur Treppe und erkundigte sich im Vorbeigehen mit scharfer Stimme:

»Was ist?«

Seine Hand auf ihrem Arm erschreckte sie, und sie stockte. Mit einer geschmeidigen Bewegung griff er fester zu, zwang sie stehen zu bleiben und zog sie in den Alkoven.

Mit einem höhnischen Grinsen murmelte er:

»Ich möchte kurz unter vier Augen mit Ihnen sprechen, wenn es Ihnen recht ist.«

»Und wenn es mir nicht recht ist?«, fragte sie mit verärgert blitzenden Augen.

»Ich glaube nicht, dass Sie die Lage wirklich begreifen, und ich warne Sie: Ärgern Sie mich besser nicht, sonst werden Sie es bereuen.«

»Wie bitte?« Sie entwand ihm ihren Arm und trat einen Schritt zurück, dann fügte sie hinzu: »Ich fürchte, Sie haben eine unangemessen hohe Meinung von sich selbst – mir ist vollkommen gleich, ob Sie verärgert sind oder nicht. Und wenn Sie es wagen, mich noch einmal anzufassen, wird mein Onkel das erfahren – gleich nachdem ich Ihnen eine Ohrfeige für Ihre Unverschämtheit gegeben habe.« Sie reckte das Kinn. »Und wenn Sie mich jetzt bitte entschuldigen wollen, ich muss weiter.«

Das höhnische Grinsen war wie weggewischt, als er sie wieder am Arm packte und sie zu sich zog. Sein Gesicht nur wenige Zentimeter von ihrem entfernt, knurrte er praktisch:

»Ich an Ihrer Stelle würde die Nase nicht so hoch tragen,

meine Kleine. Ich weiß Sachen über Sie, von denen Sie sicher nicht wollen, dass sie allgemein bekannt werden – zum Beispiel, was Sie anhatten« – ein hässliches Lächeln spielte um seinen Mund – »oder besser, was Sie *nicht* anhatten, als Winthrop in Ihr Schlafzimmer kam, damals in der Nacht im Jagdhaus meines Vaters.«

Gillian erstarrte. Sie schaute ihm erschrocken in die Augen, und was sie dort sah, ließ ihr das Blut in den Adern gefrieren. Sie schluckte schwer und versuchte es einfach zu übergehen.

»Ich fürchte, ich weiß nicht, wovon Sie sprechen.«

»Dann werde ich es Ihnen sagen«, erwiderte er, erregt von der rasch wieder unterdrückten Angst, die er in ihrem Blick gesehen hatte. »Ich weiß von der Abmachung zwischen Ihrem verstorbenen Ehemann und Winthrop.«

Sie war derart erschüttert, dass sie einen Moment an nichts anderes denken konnte als daran, dass noch jemand außer ihr von Charles' beschämender Übereinkunft mit Lord Winthrop wusste. Zu entdecken, dass Canfield darüber informiert war, was in dem Schlafzimmer zwischen ihr und Winthrop vorgefallen war, wühlte sie zutiefst auf. Und außerdem musste sie sich jetzt fragen, ob sie je in der Lage sein würde, die Ereignisse jener Nacht hinter sich zu lassen. Wie viele andere, überlegte sie, während ihr fast übel wurde, wussten noch von Charles' Verkommenheit und ihrer Schande? Wie viele andere hielten sie für eine Schlampe, eine Frau, die sich bereitwillig von einem Mann zum nächsten weiterreichen ließ wie ein Beutestück, und außerdem für eine Mörderin?

Sie hatte immer gehofft, dass eines Tages Charles' Mörder entlarvt werden würde, sodass ihr Ruf wiederhergestellt wäre. *Wenigstens würde ich dann nicht mehr als Gatten-*

mörderin gelten, dachte sie wie betäubt. Ihre Anwesenheit bei einer von Welbournes Zusammenkünften in jener Nacht würde sich nie hinreichend erklären lassen, aber sie hatte sich mit der Überzeugung getröstet, dass das »Geschäft«, das Charles mit Winthrop gemacht hatte, niemals ans Tageslicht kommen würde. Canfield hatte diese Überzeugung eben zerstört. Und wie viele Gentlemen, fragte sie sich und ihr wurde ganz elend, wussten darüber Bescheid?

»Jetzt sind Sie nicht mehr so stolz, was?«, erkundigte sich Canfield hämisch.

Nicht willens, ihn wissen zu lassen, wie sehr sie am Boden zerstört war, erwiderte Gillian seinen Blick offen.

»Nun ja, ich glaube doch«, sagte sie. »Ich habe nichts getan, dessen ich mich schämen müsste. Und wenn Sie mich jetzt entschuldigen wollen?«

Seine Lippen wurden schmal.

»Seien Sie nicht närrisch.« Er beugte sich noch weiter vor. »Niemand muss davon erfahren ... wenn Sie mir gefällig sind.«

Sie wich zurück, als sei plötzlich vor ihr ein Dämon aufgetaucht. Mit einem verächtlichen Blick erklärte sie:

»Sie sind Gast im Hause meines Onkels. Ich werde Ihnen gegenüber höflich sein – vorausgesetzt, Sie geben mir keinen Anlass, es nicht zu sein.«

Er schüttelte sie leicht.

»Verstehen Sie nicht: Ich weiß es.«

Sie sagte sich, sie dürfe sich keine Schwäche anmerken lassen, dürfe ihn nicht die Oberhand gewinnen lassen, und antwortete mit ruhiger Stimme, auf die auch Sophia stolz gewesen wäre:

»Ich weiß nicht, was Sie zu wissen meinen, aber es geht mich nichts an.«

»Ach, denken Sie? Ich habe die Schuldscheine Ihres Gatten.« Als er das wachsende Entsetzen auf ihrem Gesicht sah, fuhr er aalglatt fort: »Ich habe sie von Winthrop vor ein paar Wochen in London gewonnen, bevor er sich für den Winter auf seinen Landsitz zurückgezogen hat.«

»Sie lügen!«, gelang es Gillian trotz ihres plötzlich trockenen Mundes zu sagen.

»Oh nein, es stimmt«, erwiderte Canfield selbstzufrieden. »Er war vielleicht betrunken, aber er hat mir genüsslich die ganze Geschichte erzählt. Es war töricht von ihm, aber der alte Narr hat Charles' Schuldscheine als Andenken an ein schlechtes Geschäft und eine verpasste Gelegenheit aufgehoben. Er bedauert einzig, dass er Sie nicht gezwungen hat, die Schulden Ihres Gatten zu bedienen.« Sein Blick glitt zu ihrem Busen. »Wenn es so weit ist, und es wird nicht mehr lange bis dahin sein, werde ich nicht den gleichen Fehler machen.«

Gillian wehrte sich gegen seinen Griff, aber er fasste ihren Arm so fest, dass sich seine Finger schmerzhaft in ihre Haut gruben.

»Ich erwarte, dass Sie überaus nett und gefällig zu mir sein werden«, erklärte er und beachtete ihre Gegenwehr nicht weiter. »Sonst muss ich nämlich Ihr erbärmliches Landhaus, in dem Sie und Ihre Cousine wohnen, nehmen, um die Schulden zu tilgen.« Mit eiskalten Augen fügte er hinzu: »Ich kann Ihnen alles nehmen, was Sie haben – selbst die Kleider auf dem Leib. Das vergessen Sie besser nicht, wenn ich Sie in mein Bett hole.«

Zorn und Entsetzen verliehen ihr Kraft, und sie riss sich los. Schwer atmend und mit Augen, die ebenso kalt blickten wie seine, schleuderte sie ihm entgegen:

»Eher sehe ich Sie in der Hölle.«

Sie hob die Röcke ihres Kleides an und lief aus dem Alkoven zur Treppe und nach oben. Als sie in ihrem Zimmer ankam, hastete sie hinein und warf die Tür hinter sich zu. Mit wild klopfendem Herzen und nach Luft ringend lehnte sie sich gegen die Tür und schloss die Augen.

Sophia, die das Zuschlagen der Tür gehört hatte, kam in den Salon geeilt, nur in ihren Morgenrock gekleidet, gefolgt von Nan Burton. Sophia musste nur einen Blick auf Gillians weißes Gesicht werfen, dann lief sie auch schon zu ihr.

Sophias Miene spiegelte ihre Sorge wider, als sie ihr sanft eine Hand auf den Arm legte und fragte:

»Meine Liebe, was ist? Ist es Onkel Silas? Ist etwas geschehen?«

Gillian schüttelte heftig den Kopf.

»Nein. Onkel geht es gut.«

Erleichtert fragte Sophia weiter:

»Wenn es Onkel gut geht, was ist dann dafür verantwortlich, dass du so aufgeregt und unglücklich aussiehst?«

Die Tränen, die sie vor Canfield hatte zurückhalten können, quollen nun unter ihren Augenlidern hervor und rannen ihr über die Wangen, während sie versuchte, ein Schluchzen zu unterdrücken. Sie öffnete die Augen und schaute ihrer Cousine ins Gesicht, rief:

»Oh Sophy, alles ist aus. Wir sind ruiniert.«

Sophia lächelte.

»Wohl kaum. Jetzt komm her und setz dich zu mir, erzähl mir alles ganz in Ruhe.«

»Hätten Sie gerne eine schöne Tasse heißen Tee?«, fragte Nan fürsorglich. Sie hatte ihre Herrin nicht mehr so aufgelöst gesehen seit der Nacht, in der Charles Dashwood umgebracht worden war, und sie hatte gehofft, nie wieder einen solchen Ausdruck auf ihrem Gesicht zu sehen.

»Das ist ein ausgezeichneter Vorschlag, Nan. Bitte kümmere dich darum«, sagte Sophia, während sie Gillian zum Sofa zog und sie drängte, darauf Platz zu nehmen. Als Nan aus dem Zimmer verschwand, setzte sie sich neben Gillian. Sie nahm ihre beiden Hände und rieb sie sanft, dann verlangte sie:

»Und jetzt sag mir, was geschehen ist.«

Gillian rang um Fassung und darum, ihre Gefühle unter Kontrolle zu bekommen, und als sie schließlich sicher war, dass sie nicht gleich wieder in Tränen ausbrechen würde, stieß sie hervor:

»Oh Sophy, Canfield, er weiß *alles*.«

Sophia ließ sich durch nichts ihre eigene Sorge anmerken, sie zuckte mit keiner Wimper. Ihre Stimme war so ruhig und tröstend wie immer, als sie wissen wollte:

»Bist du dir sicher, Liebes? Er ist ein unangenehmer junger Mann, aber ich halte ihn nicht für dumm. Vielleicht rät er einfach nur.«

Gillian schluckte den rauen Kloß in ihrer Kehle herunter.

»Ich bin mir sicher. Er hat mich erwischt, als ich gerade auf dem Weg zur Treppe war, und hat mich in den kleinen Alkoven gezerrt.« Sie erschauerte bei der Erinnerung. »Er hat mir gesagt, dass er Charles' Schuldscheine vor ein paar Wochen von Winthrop gewonnen hat.« Ihr Mund verzog sich. »Seine Lordschaft war betrunken und hat ihm alles erzählt.«

»Ach so«, bemerkte Sophia gelassen und verbarg ihre Aufregung gekonnt. »Und was hat er mit den Schuldscheinen vor? Du hast doch nichts. Das Einzige von Wert, was du aus dem Debakel nach Charles' Tod zu retten vermocht hast, ist unser kleines Landhaus …« Gillians Gesichtsausdruck verriet ihr alles, was sie wissen musste. »Ach natürlich. Die widerliche Made hat damit gedroht, uns das Haus zu nehmen, um Charles' Schulden zu zahlen, wenn du ihm nicht … gewisse Freiheiten einräumst.«

Den dunklen Schopf gebeugt, sagte Gillian mit belegter Stimme:

»Er will mich in seinem Bett, wo ich ›nett und gefällig‹ zu ihm sein soll, sonst setzt er uns auf die Straße.«

Sophia suchte nach Worten des Trostes und fragte sich, ob sie dafür in die Hölle kommen würde, wenn sie einen Toten mit Worten schmähte und sich wünschte, Canfield den Hals umzudrehen. Es stand außer Frage, dass Gillian Canfields Forderungen nachgab, und wenn sie einen Moment ruhig darüber nachdachte, würde sie erkennen, dass Canfield keine Macht über sie hatte. Selbst wenn Canfield seine Drohung wahr machte, würden sie zwar ihr Haus verlieren, aber Onkel Silas wäre entzückt, wenn sie auf Dauer bei ihm einziehen würden. Das hatte er in seinen Briefen immer wieder und in letzter Zeit nachdrücklicher erwähnt. Und auch während ihres Besuches jetzt hatte er keinen Zweifel daran gelassen, wie sehr es ihm gefiele, wenn sie für immer hierblieben.

Sophia hob Gillians Kinn mit einem Finger an und lächelte.

»Nun, das ist doch nur ein Sturm im Wasserglas. Unser kleines Haus wird mir fehlen, keine Frage, aber ich bin mir auch sicher, dass der Onkel Platz für Matilda, die Kuh, hat, und auch für unsere Sau Angel.« Sie setzte eine nachdenkliche Miene auf. »Sollen wir auch die Hühner mitbringen?«

Während sie sich alle Spuren der Tränen wegwischte, musste Gillian doch lachen.

»Oh Sophy! Was würde ich nur ohne dich anfangen? Du lässt alles so einfach aussehen.«

»Das liegt daran, dass es das meist auch ist, meine Liebe.« Sie stand auf und erklärte: »Nun, Nan ist sicher gleich mit dem Tee hier. Fürs Erste sprechen wir nicht weiter darüber, aber ich schlage vor, wir unterhalten uns mit Onkel Silas nach dem Dinner und erklären ihm die Lage.«

Gillian schaute weg.

»Wenn es nur einen anderen Weg gäbe …«

»Den gibt es aber nicht«, antwortete Sophia knapp. »Es sei denn, natürlich, du möchtest gerne Canfields Mätresse werden.«

Gillian starrte sie entsetzt an, und Sophia lächelte.

»Ich glaube nicht. Wir werden mit Onkel heute Abend nach dem Dinner sprechen.«

Mit geröteten Wangen fragte Gillian kleinlaut:

»Müssen wir ihm alles erzählen?«

»Ja, meine Liebe, ich fürchte, das müssen wir.«

Kapitel 5

Gillian und Sophia beschlossen, dass es am leichtesten einzurichten wäre, ihrem Onkel eine Nachricht mit der Bitte um ein vertrauliches Gespräch nach dem Abendessen zu schicken. Gillian gab Meacham den Brief und bat ihn, ihn ihrem Onkel zu überreichen, ehe er zum Dinner hinabging.

»Und, Meacham«, fügte sie hinzu, während sie ihm das Papier in die Hand drückte, »lassen Sie bitte weder Stanley noch Lord Canfield sehen, wie Sie es ihm geben.«

Meacham musterte ihr angespanntes Gesicht einen Moment, ehe er nickte und sagte:

»Der Herr ist momentan in seinem Ankleidezimmer. Ich werde es ihm unverzüglich bringen und auf seine Antwort warten.«

»Oh Meacham, danke!«

Während Sophia unbeeindruckt ihre Nadel durch den Stoff führte und stickte, lief Gillian im Salon ungeduldig auf und ab und wartete auf Meachams Rückkehr. Zum Glück für den blauen Seidenteppich unter ihren Füßen musste sie nicht lange warten. Nach zehn Minuten kam Meacham zurück.

Als es an der Tür klopfte, lief Gillian durch das Zimmer, um sie zu öffnen. Als sie Meacham sah, zog sie ihn in den Salon und schloss die Tür.

»Hat Sie jemand gesehen?«

»Niemand, Madame«, antwortete er. Ein angewiderter

Ausdruck zuckte über sein Gesicht. »Ich glaube, die beiden … Herren sind auf ihren Zimmern und kleiden sich um.« Er reichte ihr ein Blatt Papier. »Ihre Antwort, Verehrteste.«

»Danke.«

Meacham zögerte, worauf Gillian ihn anschaute.

»Ja? Was gibt es?«

Er räusperte sich, und seine Wangen röteten sich.

»Es steht mir nicht zu zu sprechen«, sagte er verhalten, »aber falls Sie in irgendeiner Form Hilfe brauchen, wenden Sie sich bitte an mich. Es wäre mir ein großes Vergnügen, Ihnen und Mrs. Easley behilflich zu sein, auf welche Weise auch immer.«

Gillian lächelte ihn so strahlend an, dass er blinzelte.

»Oh Meacham! Danke. Sie wissen gar nicht, wie viel uns Ihre Unterstützung bedeutet.«

Meacham lief bis zu seinem nahezu kahlen Schädel rot an und verneigte sich.

»Danke, Madame«, sagte er und verließ dann gemessenen Schrittes den Salon.

Gillian öffnete den Brief und las die paar Zeilen. Sie hatte nicht damit gerechnet, dass Onkel Silas ihr die Bitte um ein Treffen abschlagen würde, aber sie war doch erleichtert, als sie seine Antwort las.

»Onkel hat eingewilligt, uns nach dem Essen zu treffen – sobald er Stanley und Canfield losgeworden ist«, teilte sie Sophia mit. »Er schlägt vor, dass wir uns nach dem Essen, sobald die Höflichkeit es erlaubt, nach oben zurückziehen. Wenn die Zeit gekommen ist, wird Meacham uns holen und zu Onkel Silas bringen.«

Es war schon spät, als die beiden Frauen, von Meacham begleitet, in Silas' Zimmer schlüpften. Der Abend war ihr endlos erschienen, und nur dass Silas ihr zugezwinkert hatte, als sie den Salon betreten hatte, wo sie sich trafen, bevor sie sich zum Essen begaben, hatte es ihr ermöglicht, sich einigermaßen normal zu verhalten. Es half auch, dass Stanley sich von seiner besten Seite zeigte, entschlossen, bei seinem Onkel verlorenen Boden wiedergutzumachen – und wenn Stanley es wollte, konnte er überaus charmant sein. Und auch Canfield befleißigte sich guten Benehmens – außer, dass er sie bei ihrem Eintreten reichlich unverschämt durch sein Monokel musterte. Irgendwie war es Gillian gelungen, der Höflichkeit Genüge zu tun, aber das wenig damenhafte Verlangen, ihm eine Ohrfeige zu geben, verließ sie niemals ganz.

Nachdem das Dinner beendet war, überließen Sophia und Gillian, wie es üblich war, die Herren ihrem Wein, da sie keinen Verdacht erregen wollten, und zogen sich zu Tee und Gebäck in den Salon zurück. Nicht lange darauf stießen die Herren wieder zu ihnen, aber die Damen entschuldigten sich kurze Zeit später und begaben sich auf ihre Zimmer.

Gillian konnte an nichts anderes denken als an das bevorstehende Treffen mit ihrem Onkel. Es ließ sich nicht leugnen, dass sie zögerte, ihm alles zu gestehen, wie Sophia es wollte. Jeder Instinkt in ihr rebellierte dagegen, jemand anders hineinzuziehen, und sie wünschte sich, sie hätte Zeit, in Ruhe zu überlegen und sich einen anderen Weg auszudenken, wie sie mit Canfield fertigwurde. Verlegenheit erfasste sie. Sie fühlte sich wie eine alberne kleine Närrin, die zu ihrem Onkel gerannt kam, um sich Hilfe zu suchen. Aber gegenwärtig schien es keine andere Lösung zu geben. Ihre Lippen wurden schmal. Es sei denn, was ja auch Sophia erwähnt hatte, wie sie sich in Erinnerung rief, sie spielte ernstlich mit dem Gedanken, Canfields Mätresse zu werden. Ihr wurde übel. *Nein! Das nie. Aber muss ich Onkel wirklich alles sagen? Kann ich nicht einen Teil auslassen?*

»Könnten wir ihm nicht einfach erklären, dass wir beschlossen hätten, seine Einladung anzunehmen?«, fragte Gillian abrupt. »Muss er ... alles wissen?«

Sophia schwieg eine Sekunde. Dann schaute sie Gillian in die Augen.

»Ja, ich vermute, wir könnten es verschweigen, aber wäre das klug? Ob du Onkel die Wahrheit sagst oder nicht, wir werden unser Heim verlieren; Canfield besitzt die Schuldscheine und wird herumerzählen können, was er von Winthrop über dessen Abmachung mit Charles gehört hat, selbst wenn er dich nicht in sein Bett zwingen kann. Wenn Onkel die ganze Geschichte kennt, wäre er vielleicht in der Lage, Canfield davon abzuhalten, deinen Ruf weiter zu beschmutzen. Wenigstens wird er vor dem vermutlich folgenden Skandal gewarnt und dagegen gewappnet sein.«

Gillian biss sich auf die Lippe.

»Ich komme mir so schwach vor. Er ist ein alter Mann – er braucht diese Sorte von Problemen nicht.«

»Hast du je erwogen, was geschehen könnte, wenn du ihm nichts sagst, und Canfield dann aber über die Schuldscheine und die Übereinkunft zwischen deinem verstorbenen Ehemann und Winthrop tratscht?«, wollte Sophia wissen. »Ich wiederhole es – wenn unser Onkel uns bei sich aufnimmt, muss er die volle Wahrheit kennen. Er sollte die Wahl haben, uns in seinem Heim willkommen zu heißen, in dem Wissen, dass uns ein schrecklicher Skandal folgen kann, oder sich von uns abzuwenden, jetzt, bevor irgendetwas passiert. Sich anders zu verhalten wäre unehrlich und unfair.«

Sophias Worte erreichten, was sie bezweckt hatte. Es wäre in der Tat feige und unehrlich, musste Gillian zugeben, Onkel Silas nichts von dem Skandal zu sagen, der vielleicht drohte. Ihr blieb keine andere Wahl. Sie musste ihn einweihen. *Möge der Himmel uns beistehen, dass er uns nicht einfach vor die Tür setzt.*

Es schien Stunden zu dauern, bis Meacham leise an der Tür zu dem Salon kratzte und sie dann kurz darauf über den Flur und in die Räume ihres Onkels brachte. Silas saß auf einem grünen Damastsessel vor dem Feuer. Er hatte den tabakbraunen Rock, den er zum Dinner getragen hatte, abgelegt, aber sein gebrochener Arm befand sich in der Schlinge. Seine Füße ruhten auf einem Schemel.

Ein Tablett mit Erfrischungen stand auf der Mahagoni-Kommode an der gegenüberliegenden Wand. Darauf zeigend teilte Silas Meacham mit:

»Nachdem Sie die Damen bedient haben, können Sie uns allein lassen. Ich läute, wenn es Zeit ist, sie zu ihren Räumen zurückzugeleiten. Und nicht vergessen, niemand darf wissen, dass sie hier bei mir sind.«

Meacham lächelte.

»Es ist niemand im Haus, der sie sehen könnte – sobald Sie nach oben gegangen waren, sind die Gentlemen zum *Ram's Head* aufgebrochen, um sich anregendere Gesellschaft zu suchen. Ich glaube nicht, dass sie in den nächsten Stunden irgendwann zurückkommen werden.«

Silas nickte sichtlich erfreut.

»Gut, gut.«

Beide Damen lehnten die Erfrischungen ab, und nachdem Meacham Silas ein Glas Brandy eingeschenkt hatte, verneigte er sich und ging.

Gillian und Sophia saßen gemeinsam auf dem Ledersofa gegenüber von Silas; er betrachtete sie voller Zuneigung und dachte unwillkürlich, dass sie wirklich ganz reizend aussahen. Gillian trug ein Kleid aus bernsteinfarbenem Sarsenett, während Sophia in Blau gekleidet war, wobei ihr Seidenfichu eine Schattierung heller war als der Stoff ihres Kleides. Ihm entging nicht, wie angespannt Gillian auf dem Sofa saß, die Finger fest verschränkt; daher bat er sanft:

»Warum erzählst du mir nicht einfach, was dich derart aufregt, und warum wir uns wie Verschwörer heimlich treffen müssen?«

Obwohl sie gewusst hatte, dass dieser Augenblick kommen würde, wusste Gillian nicht, wo sie anfangen sollte. Sie sprach nur selten von der Nacht, in der Charles ermordet worden war, und wenn, dann nur zu Sophia. Obwohl inzwischen viel Zeit vergangen war, und abgesehen von dem Entsetzen über die Ermordung ihres Mannes wand sie sich innerlich vor Scham, wann immer sie an die Szene mit Lord Winthrop denken musste. Ein Schauer überlief sie, als sie sich wieder an den Ausdruck in Winthrops Augen erinnerte, als er ihren Körper angestarrt hatte. Es war ihr zutiefst unangenehm, über diese Nacht sprechen zu müssen. Charles' Abmachung war gewiss nichts, was sie je mit ihrem Onkel hatte besprechen wollen. Aber sie wusste, sie musste es tun ... Doch gütiger Himmel! Es war schwierig. Sie blickte hilflos zu Sophia.

Die tätschelte ihr begütigend die verkrampften Finger und lächelte ermutigend.

»Ich weiß, es ist hart, aber Onkel muss alles wissen. Fang einfach ganz von vorn an – in der Nacht, in der Charles ermordet wurde.«

Silas versteifte sich. Er hatte gewusst, dass seine Nichten etwas Wichtiges mit ihm zu bereden hatten, und dass es dringend war, sonst würden sie sich nicht auf diese heimlichtuerische Weise am späten Abend mit ihm treffen, aber dass die Sache bis zu Charles Dashwoods Ermordung zurückreichen könnte, war ihm nicht in den Sinn gekommen.

Er beugte sich vor und sagte:

»Erzähl es mir, meine Liebe.« Er bedachte Gillian mit einem besonders liebevollen Lächeln. »Ich verspreche, dass ich nicht schockiert sein werde.«

Gillian holte tief Luft und erklärte:

»Du musst wissen, dass ich keine Ahnung hatte, was für eine Gesellschaft das war, an der ich da in Welbournes Jagdhaus teilgenommen habe.«

»Das habe ich auch nie angenommen. Und ebenso wenig habe ich auch nur eine Sekunde in Erwägung gezogen, dass du irgendetwas mit Charles' Tod zu tun hättest.« Sein faltiges Gesicht wirkte bekümmert. »Ich hätte dich davon abhalten sollen, ihn zu heiraten ... ich mache mir für das, was geschehen ist, schwere Vorwürfe. Mir war bewusst, dass er ... kein guter Mann war, und ich werde es mir nie verzeihen können, dass ich mich nicht nachdrücklicher eingeschaltet habe. Sieh dir nur an, was du wegen meines Schweigens erdulden musstest.«

»Oh Onkel!«, rief Gillian und rutschte vom Sofa, um sich neben seinen Sessel zu knien. »Es war alles meine Schuld – ich war so dumm und darauf versessen, ihn zu heiraten – du hättest mich nicht davon abhalten können!« Sie nahm die Hand von seinem unverletzten Arm, die auf der Lehne ruhte, und sagte: »Ich bin die Einzige, die für die närrische Entscheidung verantwortlich ist, die ich getroffen habe.«

Er hob seine Hand und strich ihr eine Locke ihres schwarzen Haares zurück, die ihr ins Gesicht fiel.

»Da wir uns offenbar nicht einigen können, wollen wir einfach sagen, wir hätten beide Schuld?«

Sie blinzelte die Tränen zurück und lächelte zittrig.

»Wenn du willst.«

»Nun, nachdem wir das aus dem Weg geräumt haben, versuch mir zu erklären, worum es geht.«

Ein Paar Zinnkerzenhalter auf dem Kaminsims spendete das einzige Licht, und im Zimmer war es still bis auf das Knistern der Flammen, während Gillian nach den richtigen Worten suchte. Es war eine hässliche Geschichte, und sie fürchtete, die Zuneigung, die sie jetzt noch in Silas' Blick sah, würde sich in Abscheu verwandeln. Sie wandte den Kopf ab. Ihre Wange ruhte auf seinem Bein, die Röcke ihres Kleides breiteten sich wie eine Bernsteinwolke um sie aus und ihre Augen waren auf das Feuer gerichtet, als sie schließlich über jene dunkle Nacht zu reden begann. Vollkommen in die Ereignisse damals versunken, merkte sie gar nicht, dass Onkel Silas ihr über das dunkle Haar strich.

Der erste Teil war einfach, aber Verlegenheit und Scham erfassten sie erneut, als sie bei Lord Winthrop ankam und wie er einfach in ihr Schlafzimmer gekommen war. Ihr war die Kehle wie zugeschnürt, und sie konnte nicht weitersprechen.

Nachdem er ihr eine kleine Pause zugestanden hatte, bat Silas leise:

»Sprich weiter, mein Kind. Lass jetzt nicht nach.«

Ihre Stimme war nicht mehr als ein Flüstern, als Gillian fortfuhr und nur bei der Schilderung stockte, wie sie Charles' Leichnam auf dem Boden gefunden hatte und dann den Schlag gegen die Schläfe erhalten hatte. Silas schwieg einen Moment, nachdem sie geendet hatte. Er hatte versprochen, nicht schockiert zu sein, aber er war es doch. Freilich nicht wegen irgendetwas, was Gillian getan hatte, sondern wegen

Charles – dass er so verderbt gewesen war! Schuldgefühle drangen auf ihn ein. Gütiger Himmel. Charles war ein Widerling gewesen, durch und durch verabscheuungswürdig. Ein Mann, der so wenig auf seine Frau gab, dass er von ihr erwartete, dass sie für ihn hurte. Und ich habe zugelassen, dass sie ihn geheiratet hat, überlegte er bitter. Seine Augen ruhten auf ihrem dunklen Kopf, der vertrauensvoll an seinem Bein lehnte. *Sie hat mir viel zu verzeihen.*

»Ich habe angenommen, dass er kein guter Ehemann sein würde, aber dass er so tief sinken könnte, hätte ich mir nicht träumen lassen«, erwiderte Silas betrübt. »Es ist nur gut, dass er nicht länger am Leben ist und die Luft mit seinem Atem verseucht.« Er wartete eine Sekunde, ehe er sanft hinzufügte: »Aber da ist die Geschichte sicher noch nicht zu Ende, oder?«

Ohne ihn anzusehen, schüttelte Gillian den Kopf. Auf vielerlei Weisen war das, was jetzt kam, der schwierigere Teil. Sie und Sophia hatten Silas' mögliche Reaktion diskutiert, wenn er von Canfields Drohung erfuhr. Als Kinder hatten sie Geschichten von den Duellen gehört, die Silas als junger Mann gefochten hatte, und die Sorge, dass er sich genötigt fühlen würde, Canfield zu fordern, war nicht von der Hand zu weisen. Gillian hatte nie gedacht, dass sie jemals dankbar dafür sein könnte, dass er sich den Arm gebrochen hatte, aber jetzt war sie es. Es war vielleicht das Einzige, was ihn davon abhalten würde.

»Winthrop hat die Schuldscheine behalten und vor ein paar Wochen an Canfield verloren«, verkündete sie und musste schlucken. »Wenn ich nicht seine Mätresse werde, hat Canfield gedroht, uns zur Deckung der Schulden das Landhaus zu nehmen.«

»Ah, verstehe«, sagte Silas, und der Unterton in seiner

Stimme bewirkte, dass Gillian sich umdrehte und ihn anschaute.

»Du wirst nichts Dummes tun, nicht wahr?«, erkundigte sie sich ängstlich. Ihr gefielen weder der Ausdruck in seinen Augen noch seine fest zusammengepressten Lippen.

»Natürlich nicht«, warf Sophia ganz ruhig ein. »Er hat einen gebrochenen Arm – er kann Canfield wohl kaum in dieser Verfassung zum Duell fordern.« Sie schenkte Silas ein sonniges Lächeln, der das mit einem finsteren Stirnrunzeln erwiderte. »Und bis der Arm wieder verheilt ist und du ihn fordern könntest, wird das Problem längst beigelegt sein.«

»Und wie willst du das wissen, mein Mädchen?«, verlangte Silas zu wissen, dem es gar nicht zusagte, dass Sophia recht hatte.

»Weil ich annehme, bis dein Arm verheilt ist, wird Lord Canfield begriffen haben, dass es kein gutes Licht auf ihn werfen wird, wenn er den Mund aufmacht und überall Charles' Abmachung mit Winthrop herumerzählt. Wenn er nicht wie ein echter Schurke dastehen will, muss er den Mund halten.«

»Da könntest du recht haben«, stimmte ihr Silas zu, »aber mir will nicht gefallen, dass so ein widerlicher Schuft ohne Strafe davonkommt.«

»Ich bezweifle, dass er das tun wird«, sagte Sophia. »Mit Menschen seines Schlages nimmt es oft ein böses Ende.«

Dem widersprach Silas nicht, und wenn es nach ihm ginge, würde es eher früher als später zu einem bösen Ende kommen ... Er blickte Gillian forschend an, die ihn immer noch sorgenvoll beobachtete, und lächelte.

»Überlass ihm dein Haus, Liebes – du weißt, dass es mein größter Wunsch ist, dass ihr beide, du und Sophy, hier bei mir lebt.«

»Aber was ist mit dem Skandal, falls Canfield tratscht?«, fragte Gillian angespannt. »Bist du sicher, dass du uns hier haben willst, wenn die gute Gesellschaft vor Klatsch und Gerüchten über mich nur so schwirrt, man mir nicht nur Mord nachsagt, sondern auch noch lockere Moral?«

»Ohne Frage!«, erklärte Silas rundheraus. »Was die gute Gesellschaft angeht – mein liebes Kind, es ist lange her, dass ich mir wegen der guten Gesellschaft Sorgen gemacht habe. Lass sie nur reden! Während sie ihre Zungen wetzen, machen wir es uns hier gemütlich. Was kümmert uns ihr Geschwätz?« Er lächelte. »Ich bin ein alter Mann. Und ich würde meine letzten Tage lieber in Gesellschaft meiner Lieblingsnichten verbringen, als die Pall Mall auf und ab zu schlendern.«

Gillian musste ihre Tränen herunterschlucken.

»Oh Onkel Silas! Wir sind doch deine einzigen Nichten.«

Er lächelte breit.

»Ja, haben wir ein Glück! Wir müssen uns um niemanden sorgen als uns selbst.«

Es war beinahe eine Stunde später, bevor Meacham gerufen wurde, um die Damen in ihre Räume zurückzubringen. In dieser Stunde war viel besprochen und entschieden worden. Silas würde irgendwann am morgigen Abend, wenn Luc Joslyn zum Dinner kam, bekanntgeben, dass Gillian und Sophia dauerhaft bei ihm auf High Tower leben würden.

Silas rieb sich schadenfroh die Hände und sagte:

»Ich kann es kaum erwarten, den Ausdruck auf Canfields Gesicht zu sehen. Stanley wird vermutlich angesichts dieser Neuigkeiten schier platzen, aber solange Luc da ist, muss er sich zusammenreißen und benehmen.«

»Oder auch nicht«, warf Sophia ein. »Er und Canfield

waren beide schon zu Mr. Joslyn unhöflich, und es war beileibe nicht nötig, dass Stanley unsere Privatangelegenheiten vor Mr. Joslyn ausbreitet. Was Mr. Joslyn von uns halten muss, wage ich mir nicht auszumalen.«

Silas machte eine wegwerfende Handbewegung.

»Mach dir keine Sorgen wegen Luc. Er kann viel Schlimmeres vertragen, als Stanley und Canfield ihm antun können.«

Die letzte Entscheidung hatte das Landhaus betroffen, in dem die beiden Damen lebten. Am nächsten Tag würde Silas Dienstboten zu dem Haus schicken, die alles einpacken und ihre und Sophias persönlichen Gegenstände nach High Tower bringen sollten. Die Kuh, das Schwein und die Hühner stellten kein Problem dar, sie würden auf dem High Tower angegliederten Bauernhof unterkommen.

Während sie Meacham über den Flur folgte, musste Gillian zugeben, dass es zwar sicher nicht nett von ihr war, sie aber ein Gefühl von Befriedigung nicht abstreiten konnte, wenn sie sich vorstellte, wie Canfield, wenn er seine Drohung wahr machte, das Landhaus im Gegenzug für Charles' Schulden zu kassieren, nichts als ein leeres Haus vorfinden würde. Ihre Augen glitzerten. Wenn das Haus bis zu den Grundmauern niederbrennen würde ... es war böse, so etwas zu denken, und sie schämte sich auch ... allerdings nicht so sehr, wie sie es vermutlich sollte, gestand sie sich mit einem Anflug von Spott ein.

Durch die üblichen Kanäle der Gegend erfuhr auch Luc am nächsten Nachmittag von Stanleys und Canfields Besuch Donnerstagnacht im *Ram's Head*. Gelangweilt und rastlos war er nach Broadhaven geritten, um sich ein paar Stunden in der *Krone* zu vertreiben, dem einzigen anderen Wirtshaus des Dorfes, ehe er nach Hause zurückkehrte, um sich fürs Dinner in High Tower umzukleiden.

Von Mrs. Gilbert, einer Witwe, zusammen mit ihren fünf Töchtern geführt, unterschieden sich die *Krone* und das *Ram's Head* wie Tag und Nacht. Das Gebäude der *Krone* war älter und weniger auffallend, insgesamt kleiner und behaglicher als Nolles' Wirtschaft – und ohne die lärmenden derberen Gäste, die man in dem anderen Gasthaus antraf. Vornehmlich die hart arbeitenden ehrlichen Fischer und Arbeiter der Gegend sowie die Bauern und ihre Familien bevorzugten die *Krone* und die Gemütlichkeit dort. Seit Barnaby in der Gegend weilte und seine Vorliebe für die *Krone* allgemein bekannt war, hatte sich die Klientel leicht verändert. Lord Broadfoot und ein paar andere Mitglieder des Landadels schauten jetzt häufiger auf einen Krug Bier oder ein Glas Brandy bei Mrs. Gilbert vorbei.

Die Decke der Gaststube wies vom Alter gedunkelte Balken auf, und saubere weiße Spitzenvorhänge hingen vor den Fenstern. Die Möblierung war rustikal, die stabilen Eichentische waren übersät mit Schrammen und Kratzern, Spuren ihrer jahrelangen Benutzung. Die Holzbohlen auf dem Boden hatten den Schimmer, der nur nach Jahrzehnten zu erreichen war. Köstliche Düfte lagen in der Luft – frisch gebackenes Brot und gesottenes Fleisch, gemischt mit Zitronenpunsch, Bier und anderen Spirituosen. Das lustig flackernde Feuer im gemauerten Kamin hieß alle willkommen, lud ein, hereinzukommen, sich hinzusetzen und mit Freunden das eine oder andere Glas zu trinken.

Luc trat ein und war nicht überrascht, die Gaststube praktisch leer vorzufinden. Die Bauern waren noch auf dem Feld bei der Arbeit, und die Fischer waren mit ihren Schiffen – hoffentlich voller Fische – noch nicht wieder im Hafen.

Als Luc hereinkam, blickte die junge Frau hinter der langen Theke auf der Rückseite des Raumes von ihrer Arbeit auf – sie wischte gerade die Oberfläche mit einem Lappen ab. Sobald sie ihn erblickte, breitete sich ein Lächeln auf ihrem hübschen Gesicht aus. Sie steckte schnell den Lappen unter die Theke und lief mit wehenden Röcken zu ihm.

»Master Luc!«, rief Mary Gilbert, und ihre blauen Augen leuchteten vor Freude, ihre dunklen Locken wippten. »Setzen Sie sich gleich hierhin ans Feuer, und ich gehe Ma sagen, dass Sie hier sind.« Sie wischte sich ihre Hände an der großen weißen Schürze ab und fügte hinzu: »Sie hat neulich erst gesagt, dass wir Sie jetzt schon eine ganze Weile nicht zu Gesicht bekommen haben.«

Mary Gilbert war die jüngste der fünf Töchter der Witwe und sah ihren Schwestern überaus ähnlich. Alle fünf hatten die lebhaften blauen Augen und das dunkle Haar ihrer Mutter geerbt, auch wenn Mrs. Gilberts inzwischen stark mit Grau durchzogen war. Luc musste grinsen, während er zusah, wie Mary sich geschäftig entfernte, und überlegte, dass die ganze Familie einfach reizend war und so unwiderstehlich wie ein Körbchen voller Katzenjunge.

Marys Aufforderung folgend, nahm er an einem Tisch beim Feuer Platz und streckte seine Beine zum Kamin aus. Er schaute sich im Zimmer um und entdeckte drei Männer, die er als Tagelöhner kannte, an einem Tisch vor dem Fenster über ihre Krüge gebeugt. Er nickte zwei Fischern zwei Tische weiter zu.

Mit geröteten Wangen, strahlenden blauen Augen und Haar, das von grauen Strähnen durchzogen war und das sie zu einem festen Knoten aufgesteckt hatte, kam Mrs. Gilbert ins Zimmer gesegelt und ging, nachdem sie Luc entdeckt hatte, zu ihm.

Ihre rundliche Figur erinnerte an eine Taube, und ihr fröhliches Gesicht war trotz ihres Alters hübsch – kurz, sie sah überhaupt nicht wie eine Schmugglerin aus, überlegte Luc, und seine Mundwinkel zuckten.

Aber es stimmte. Bis vor Kurzem waren Mrs. Gilbert, ihre fünf Töchter, Jeb Brown, ein Fischer aus dem Ort, und Lucs eigene Schwägerin Emily, mittlerweile Lady Joslyn, genau das gewesen: eine Bande Schmuggler. Luc schuldete seine Ankunft in England Emily, Jeb und ihrer verbotenen Betätigung. Jeb hatte eine Fahrt nach Frankreich gemacht und hatte auf Emilys Bitte hin nach Lord Joslyns Halbbruder Ausschau gehalten. Jeb hatte ihn gefunden, krank und geschwächt von einer Schussverletzung, die sich entzündet hatte, versteckt in einem Bordell. Luc hatte sich schon oft gefragt, was wohl aus ihm geworden wäre, wenn Jeb nicht so passend in Calais aufgetaucht wäre und ihn nach England verfrachtet hätte.

Seine Augen wurden hart. Es war schieres Glück, dass er nicht getötet worden war, als Jeb und seine Männer in jener Nacht unweit von Cuckmere Haven an Land gegangen und von Leuten aus Nolles' Bande angegriffen worden waren. Jeb und seine Männer waren zusammengeschlagen worden, ihre Schmuggelwaren gestohlen, aber niemand war umgekommen. Wenn für sonst nichts, dachte Luc, stand er immerhin deswegen bei Nolles in der Schuld.

»Nun, was schauen Sie denn so, junger Mann?«, verlangte Mrs. Gilbert zu wissen und setzte sich auf den Stuhl ihm gegenüber.

»Ich habe nur nachgedacht«, gestand Luc, »was für eine bessere Welt es wäre, wenn es Nolles und seine Bande nicht gäbe.«

Mrs. Gilbert nickte.

»Dem kann ich nicht widersprechen.« Mrs. Gilbert hatte ihre eigenen Gründe, Will Nolles nicht zu mögen. Ihr Ehemann war eines Nachts nach einem Besuch im *Ram's Head* ermordet worden. Auch wenn das nie bewiesen werden konnte, herrschte die allgemeine Meinung vor, dass Nolles den Mord an Gilbert angeordnet hatte, in der Hoffnung, die Konkurrenz durch die *Krone* auszuschalten.

Mr. Gilberts Tod war ein schwerer Schlag gewesen, und Mrs. Gilbert und ihre Töchter hatten darum kämpfen müssen, den Gasthof zu halten, bis Emily in ihrer Not – an der allein ihr Cousin und seine verschwenderische Lebensweise Schuld trugen – den empörenden Einfall gehabt hatte, das Familienvermögen wiederherzustellen, indem sie sich am Schmuggel beteiligte. Mit ihren fünf Töchtern, die alle versorgt werden wollten, und vor die Alternative gestellt, die *Krone* zu verlieren, war Mrs. Gilbert später die Erste einer kleinen Gruppe Dorfbewohner gewesen, die von Emilys Idee profitiert hatte.

Schmuggeln war zwar verboten, aber es war das Einzige gewesen, was einige der Bewohner davor bewahrt hatte, ihren gesamten Besitz zu verlieren. Es war auch, räumte Luc ein, ein Teil der Lebensweise in dieser Gegend. Irgendjemanden zu finden, der nicht auf die eine oder andere Weise mit dem Schmuggel verbandelt war, wäre praktisch ein Ding der Unmöglichkeit; wenn es nicht die Bauern waren, deren Pferde »ausgeliehen« wurden, dann waren es die Tagelöhner, die halfen, die Schmuggelware zu transportieren, kurz, alle profitierten davon. Daher war es nicht so verwunderlich, dass Emily das als Weg entdeckt hatte, die anderen und sich selbst zu retten.

Natürlich, überlegte Luc lächelnd weiter, hatte Barnaby nicht gewollt, dass seine Viscountess weiterhin der Kopf der

Schmugglerbande blieb, sodass er seit ihrer Hochzeit versucht hatte, sich Wege auszudenken, wie sie alle Geld verdienen konnten. Auf ehrliche Weise.

»Was wollen Sie trinken?«, fragte Mrs. Gilbert und unterbrach seine Gedanken.

»Um diese Tageszeit – einen Krug Ale, denke ich.«

Mrs. Gilbert winkte Mary herbei, und sobald sie Mary Lucs Bestellung gegeben hatte, wandte sie sich wieder ihm zu.

»Ich habe gehört, dass Sie Mr. Ordways Nichten neulich die Gegend gezeigt haben«, erklärte sie. »Sie hätten hier vorbeischauen sollen – es war ein kalter Tag, wenn ich mich recht erinnere, und ich hatte eine schöne Schinkenpastete gebacken. Es wäre mir ein Vergnügen gewesen, den Damen davon in dem Privatsalon eine Portion zu servieren, während sie sich für den Heimritt nach High Tower aufwärmen.«

Luc grinste sie an.

»Sie wollten nur die Erste sein, die sie kennenlernt.«

Sie lächelte.

»Ich bin sicher, sie fänden es in der *Krone* wesentlich angenehmer als bei Nolles – auch wenn Ordways Neffe und sein Freund das *Ram's Head* bevorzugen.« Bei dem aufflackernden Interesse in Lucs Blick fügte sie hinzu: »Einer meiner Stammgäste war zufällig gestern Abend dort und hat die beiden mit Townsend und Nolles zusammensitzen sehen.« Listig fügte sie hinzu: »Ich habe auch gehört, dass Sie letzten Freitagabend dort waren – und zugesehen haben, wie Harlan Broadfoot mit dem Squire gespielt hat.« Als Luc nur schwieg, sprach sie weiter: »Nun, wenn Sie mit dem Squire gespielt hätten, würde das erklären, warum er sich bei Nolles die ganze letzte Woche beklagt hat, dass er so viel verloren hat … an den jungen Broadfoot.«

Luc schüttelte den Kopf, als Mary kam und den Krug Ale vor ihn stellte.

»*Diantre!*«, rief er, gleichermaßen belustigt und verärgert. »*Zum Teufel*, geschieht denn in der Gegend nichts, von dem Sie nicht irgendwann hören?«

Mary kicherte und schüttelte den Kopf.

»Nun, Mr. Luc, Sie wissen, dass Sie nichts vor Ma verheimlichen können. Manche im Ort halten sie insgeheim für eine Hexe.« Sie lächelte, sodass ihre Grübchen erschienen. »Natürlich eine gute Hexe.«

»Ich führe ein Gasthaus – die Leute reden eben«, sagte Mrs. Gilbert mit belustigt funkelnden Augen.

Jemand rief Mary, und sie entfernte sich. Mrs. Gilbert schaute ihrer Tochter einen Moment lang hinterher, ehe sie wieder Luc anschaute.

»Ich habe auch gehört, dass Sie es waren, der Silas Ordway in derselben Nacht gefunden und ihn aus dem Graben gezogen hat.«

»Nachdem ich den jungen Harlan heimgebracht hatte – betrunken wie eine Strandhaubitze.«

»Davon habe ich auch gehört … und was für eine wunderbare Glückssträhne er gegen den Squire hatte«, erwiderte sie in ungläubigem Tonfall.

»*Oui* – es war wirklich bemerkenswert«, sagte Luc mit argloser Miene. »Ich habe mich auch über das Geschick des Jungen gewundert.«

Mrs. Gilbert schüttelte den Kopf und lachte.

»Sie sind ein ausgezeichneter Lügner.«

Luc bemühte sich, bescheiden zu wirken, und Mrs. Gilbert musste schmunzeln.

»Nun gut, da Sie mir nicht verraten wollen, was wirklich geschehen ist, erzählen Sie mir von Mr. Ordways Nichten.«

Nachdenklich fügte sie hinzu: »Seltsam, dass sie ausgerechnet jetzt zu Besuch kommen, obwohl es meines Wissens Jahre her ist, seit sie das letzte Mal hier waren. Und nun ist auch dieser Neffe aufgetaucht – gewissermaßen ihnen auf dem Fuße. Das ist interessant, oder nicht?«

»Meine liebe Madame, sicherlich erwarten Sie nicht, dass ich Klatsch über Höhergestellte verbreite?«, neckte Luc sie.

Mrs. Gilbert schnaubte.

»Ich bezweifle, dass Sie irgendwen als ›höhergestellt‹ betrachten.«

»Stimmt«, pflichtete Luc ihr bei. Er mochte Mrs. Gilbert gerne, aber er wollte nicht mit ihr über Silas' Nichten reden, und wenn es sich um irgendjemand anders als Mrs. Gilbert gehandelt hätte, hätte er denjenigen mit seinem Blick zu Eis erstarrt. Doch weil er sie und ihre ganze Familie sehr gerne hatte, wollte er sie nicht kränken.

Mrs. Gilbert hatte bei den amerikanischen Joslyns eine besondere Stellung inne, und keiner von ihnen sah in ihr nur eine Gasthofbetreiberin. Ihre Beziehung zu den Townsends reichte lange zurück und war eng – sie war Emilys Amme gewesen, und Emily und Cornelia verband eine tiefe Zuneigung mit ihr. Das Schmuggelunternehmen hatte das Band zwischen den Frauen vertieft, und von dem Augenblick, in dem Barnaby im besten Gästezimmer der *Krone* aufgewacht war, nachdem er beinahe im Ärmelkanal ertrunken wäre, hatte er das Verhältnis zu Mrs. Gilbert gehegt und gepflegt. Sie wusste, überlegte Luc mit einem Lächeln, welche Leichen die Familie im Keller hatte. Aber das hieß nicht, dass er vorhatte, mit ihr über Gillian und Sophia zu tratschen. Über Stanley hingegen …

»Haben Sie irgendetwas über Stanley Ordways Besuch im *Ram's Head* gehört?«, fragte Luc abrupt.

Mrs. Gilbert schüttelte den Kopf.

»Warum sind Sie daran so interessiert?«, wollte sie wissen.

Er zuckte die Achseln.

»Schlichte Neugier.«

Das nahm sie ihm nicht ab, aber da sie nicht mehr darüber wusste, wechselte sie das Thema und erkundigte sich nach Emily und Cornelia. Nach ein paar Minuten Unterhaltung stand sie vom Tisch auf. Bevor sie ging, schaute sie ihn an und sagte:

»Ich weiß nicht, warum Sie im *Ram's Head* waren und mit Nolles gesprochen haben, aber ich möchte Sie warnen, in seiner Nähe vorsichtig aufzutreten.«

»*Non*, nicht auch noch Sie«, sagte Luc angewidert. »Diese Predigt, wie unvorsichtig ich war, habe ich schon von Barnaby und Lamb gehört.«

Sie beugte sich vor und blickte ihn ernst an.

»Luc, Nolles ist ein Mörder – niemand weiß das besser als ich. Er hasst Barnaby wegen der Ereignisse im Frühjahr, und glauben Sie bitte keinen Moment, dass er nur, weil er noch nichts gegen Sie unternommen hat, es auch nicht tun wird, wenn ihm danach ist. Denn das wird geschehen. Ich glaube nicht, dass er dreist genug ist, sich an Barnaby oder Emily zu vergreifen, aber Sie zu verletzen oder gar umzubringen würde ihm größte Freude bereiten, weil er genau weiß, wie sehr es Ihren Bruder treffen würde. Halten Sie sich von ihm fern.«

»Ich fürchte Nolles nicht, meine Liebe. Was soll ich Ihrer Meinung nach tun? Mich verstecken?«

Mit sorgenvoller Miene antwortete sie:

»Halten Sie sich einfach von ihm fern.«

Als Luc eine Weile später von dort wegritt, grübelte er

darüber nach, was er erfahren hatte. Dass Townsend sich bei Nolles über die Verluste beklagt hatte, die er Freitagnacht hatte hinnehmen müssen, war nicht überraschend – ebenso wenig wie die Nachricht, dass Stanley und Canfield im *Ram's Head* gewesen waren. Da er um ihre Neigung zum Trinken, zu Weibern und allen Arten von Glücksspiel wusste, wusste er auch, dass High Tower ihnen nicht die Aufregung und die Unterhaltung bieten konnte, die sie suchten. Seine Lippen zuckten. Die Krone war viel zu respektabel und gesittet, um zwei Herren zuzusagen, die sich für Männer von Welt hielten. Ja, dachte er, sie würden unter den rauen lauten Gästen, den liederlichen Spielern und verlotterten Säufern in Nolles' Taverne gar nicht weiter auffallen.

Er lenkte sein Pferd auf die Auffahrt zu Windmere und dem Dower House und dachte über Mrs. Gilberts Warnung vor Nolles nach. Luc tat ihre Worte nicht ab oder nahm sie auf die leichte Schulter. Nolles war gefährlich, und es war nur eine Frage der Zeit, bis die kleine Giftschlange zuschlagen würde, räumte Luc ein.

Es war nie eine Frage gewesen, dass Nolles sich früher oder später an Barnaby rächen würde, und es war fast ein Wunder, dass er das nicht längst schon getan hatte. Luc runzelte die Stirn. Und Mrs. Gilbert hatte recht, dass Nolles nicht direkt gegen Barnaby vorgehen würde. Selbst Nolles, überlegte er, war nicht dreist und dumm genug, jemanden von Barnabys Rang zu töten … Aber es gab andere Ziele. Er selbst zum Beispiel. Lamb zum anderen. Also auf was, fragte er sich, wartete Nolles?

Er betrachtete die Frage in Gedanken von allen Seiten, während er die Stufen zum Dower House hochstieg, kam aber zu keinem Schluss, daher verschob er deren Beantwortung auf später. Er hatte etwas wesentlich Erfreulicheres zu bedenken … das bevorstehende Dinner auf High Tower mit seinem Freund … und Wortgefechte mit einer Frau, die ihn erregte und sein Interesse weckte.

Erst nach einem Bad und nachdem er sich umgezogen hatte und sich vorbereitete, nach High Tower aufzubrechen, räumte Luc ein, dass er sich wesentlich mehr darauf freute, Gillian Dashwood zu sehen, als es ihm recht war. Und sich daran zu erinnern, dass sie eine Mörderin war und sich vermutlich nur wegen des erwarteten Vorteils bei einem alten Mann einschmeichelte, half nicht viel, seine Lust auf ihre Gesellschaft abzuschwächen. Sie war, entschied er, so gefährlich wie Nolles – vielleicht sogar noch mehr. Ein Grinsen zuckte über sein dunkles Gesicht. *Aber ich auch*, dachte er, *ich auch …*

Kapitel 6

Luc mochte sich zwar auf das Essen am Abend auf High Tower freuen, aber Gillian erfüllte die Vorstellung, sich mit Canfield und Luc Joslyn an einen Tisch setzen zu müssen, mit allem anderen als Vorfreude. Stanley war auszuhalten, aber zu diesem Widerling Canfield höflich zu sein, widerstrebte ihr zutiefst. Und was Luc Joslyn anging …

Dass sie sich seiner Nähe körperlich so bewusst war, bestürzte sie. Selbst wenn sie etwas für Affären übrighätte – was nicht der Fall war –, schlossen ihre gegenwärtigen Umstände jegliche Tändelei aus, egal mit wem … und unklug war es obendrein. Außerdem, erinnerte sie sich, ich mag ihn noch nicht einmal … selbst wenn er der attraktivste Mann ist, den ich seit Jahren gesehen habe. Oder der mir aufgefallen wäre, überlegte sie unglücklich.

Nein, sie freute sich nicht auf den Abend, und das Wissen, dass Silas verkünden würde, dass sie und Sophia High Tower zu ihrem Zuhause machen würden, verstärkte ihre Sorge nur. Dass ihr Bruder die Neuigkeit unwillig aufnehmen würde, war zu erwarten, und sie rechnete fest damit, dass er wie auch Luc Joslyn ihr die niedrigsten Motive unterstellen würde. Es kümmerte sie nicht, was sie von ihr hielten, oder wenigstens nicht sonderlich, sodass sie ihre Reaktionen einfach ignorieren konnte, aber sie war besorgt, wie Canfield reagieren würde. Dass sie bei ihrem Onkel Asyl fand, würde ihm seine mächtigste Waffe gegen sie nehmen, und er würde, vermutete sie, nicht unbedingt gute Miene zu bösem Spiel machen. Als das Dinner näher rückte, fühlte sich ihr Magen wie verknotet an und ihre Nerven waren zum Zerreißen gespannt.

Da sie nicht mehr Zeit als absolut unvermeidbar mit den Herren verbringen wollte, überzeugte sie Sophia, ihrer beider Erscheinen unten hinauszuschieben. Daher trafen sie die Herren bereits vollzählig versammelt im Salon an, als sie schließlich hinabkamen.

Die Männer warteten im Zimmer verteilt, Silas in seinem gewohnten Stuhl, Stanley und Canfield auf der Seite und Luc am Kamin, einen Arm auf den Sims gestützt. Bei ihrem Eintreten blickten die Herren zu ihnen.

Canfield hob sein Monokel und musterte Gillian unverhohlen, worauf sie sich vor Ärger versteifte. Es kostete sie einige Selbstbeherrschung, nicht zu ihm zu gehen und ihm das alberne Monokel aus der Hand zu schlagen.

Fast majestätisch in ihrem Kleid aus strohfarbenem Seidencrêpe mit der bronzefarbenen Stickerei ging Gillian mit einem bestenfalls angedeuteten Gruß an Stanley und Canfield vorbei zu ihrem Onkel. Dem hingegen schenkte sie ein herzliches Lächeln.

»Haben wir alle warten lassen?«

Silas zwinkerte ihr zu, nahm ihre kalte Hand in seine und drückte sie ermutigend.

»Nicht lange, meine Liebe.« Er schaute Sophia an, als sie sich zu ihnen stellte, und musterte anerkennend ihr gelbbraunes Chintzkleid und den Fransenschal in Creme und Altrosa, den sie um ihre Schultern drapiert trug. Von seiner einen Nichte zur anderen sehend, fügte er hinzu:

»Es liegt mir fern, Einspruch zu erheben, wenn ich auf zwei schöne Frauen warten soll.«

Gillians Wangen röteten sich, und sie murmelte:

»Du bist ein schrecklicher Schwerenöter.«

»Kein schrecklicher«, widersprach Sophia und berührte Silas an seinem gesunden Arm mit ihrem Fächer. »Aber ein geübter.«

Während Sophia und Silas sich unterhielten, blickte Gillian fast gegen ihren Willen immer wieder verstohlen zu Luc, und ihr Herz geriet ins Stocken, als sie merkte, dass er sie anstarrte. Ihre Wangen wurden noch heißer, und sie senkte den Blick, aber das Bild männlicher Schönheit, das er abgab, wie er da schlank und groß am Kamin stand, konnte sie einfach nicht verdrängen.

Oh, warum, fragte sie sich bitter, finde ich ihn nur so anziehend? Um Himmels willen, er war ein berüchtigter Glücksspieler! Und zudem unehelich geboren. Er war der letzte Mann, den sie attraktiv finden sollte. Aber wenn sie an diese breiten Schultern in dem burgunderroten Rock mit Silberstickerei und die langen Beine in einer taubengrauen Hose dachte, beschleunigte sich ihr Atem, und Hitze, die nichts mit Verlegenheit zu tun hatte, breitete sich in ihr aus.

Alle Gründe, warum sie das besser nicht tun sollte, außer Acht lassend, riskierte sie einen weiteren Blick in seine Richtung und hätte vor Verärgerung fast mit dem Fuß aufgestampft, weil er sie immer noch anstarrte und dabei spöttisch lächelte. Er hat kein Recht, entschied sie erbost, so eine Ablenkung zu sein. Er wandte den Blick weiterhin nicht ab, sondern schaute sie an und hob fragend eine Augenbraue, worauf sie sich mit flammend roten Wangen abwandte. Aber sie musste weiter an seinen Mund denken – und an seine azurblauen Augen. Aufgewühlt zwang sie sich, ihre Aufmerksamkeit auf ihren Onkel zu richten, entschlossen, nicht wieder zu Luc Joslyn zu sehen.

Luc kannte sich mit Frauen aus. Bis er zu seinem Vater nach Virginia geschickt worden war, war er in einem reinen Frauenhaushalt aufgewachsen, dessen einzige männliche Mitglieder außer ihm ein Onkel und ein Cousin gewesen waren. Seine Mutter, ihre verwitweten Schwestern und ihre Schwägerinnen sowie deren Töchter hatten ihn nach Strich und Faden verwöhnt, vielleicht auch, um die Missbilligung seines Onkels und seines Cousins Jerome wiedergutzumachen. Umgeben von all den lächelnden liebevollen Frauen mit blütenzarter Haut hatte Luc viel über Frauen gelernt … unter anderem auch, wann eine Frau an einem Mann interessiert war …

Die Waldelfe gibt sich Mühe, es zu verbergen, überlegte Luc fasziniert, aber sie ist mir gegenüber alles andere als gleichgültig. *Non,* keinesfalls gleichgültig, aber es gefällt ihr nicht. Sie lockte ihn wie die Flamme eine Motte, und das ärgerte ihn. Aber da war etwas an der Art und Weise, wie sie sich bewegte, an ihren weiblichen Formen unter dem Oberteil und dem Fall des Stoffes über ihren Beinen … *Juste ciel, grundgütiger Himmel!,* dachte er angewidert. Ob sie ihren Ehemann nun umgebracht hatte oder nicht, ob sie Ränke schmiedete, um Silas auszunutzen oder nicht, er wollte sie am liebsten ohne das reizende Kleid sehen, nackt in seinen Armen halten … und früher oder später, schwor er sich, würde er sie dort auch haben.

Einen gewissen Teil seiner Anatomie zwingend, sich zu benehmen, starrte er in die Flammen im Kamin. Eine harmlose Verführung war eines, aber in den Bann einer Mörderin zu geraten etwas völlig anderes. Das war in seinen Plänen gewiss nicht vorgesehen. Unseligerweise neigte er nur dazu, genau das zu vergessen, wenn sie in seiner Nähe war. Dann lenkte ihn ihre köstlich gerundete Figur ab, und er musste immerzu daran denken, wie sehr er sich wünschte, sie auf ihren verführerischen Mund zu küssen.

Sophia ließ Gillian bei Silas stehen und kam zu Luc, lächelte und sagte:

»Was für eine Freude, Sie wiederzusehen, Mr. Joslyn.«

»Das Vergnügen liegt ganz auf meiner Seite, Madame. Es ist sehr nett von Ihnen und Ihrem Onkel, mich zum Essen einzuladen.«

»Es ist nur ein armseliger Dank dafür, dass Sie meinem Onkel geholfen haben, als er sich den Arm gebrochen hat, und dafür, meiner Cousine und mir die Gegend zu zeigen.«

»Sie müssen mir nicht danken – selbst wenn Silas nicht mein Freund wäre, hätte ich ihm meine Hilfe nicht verweigert. Ich hätte niemanden mit gebrochenem Arm im Straßengraben liegen lassen.« Er lächelte. »Und was den Ausritt mit Ihnen beiden angeht, so habe ich ihn sehr genossen.«

Stanley kam zu ihnen und nachdem er seiner Cousine ein Kompliment zu ihrem Aussehen gemacht hatte, wandte er sich an Luc. Er räusperte sich und sagte:

»Ich konnte nicht verhindern zuzuhören, worüber Sie gesprochen haben, als ich gerade herkam. Ich entschuldige mich, dass ich Ihnen nicht schon neulich dafür gedankt habe, dass Sie meinem Onkel zu Hilfe gekommen sind. Ich stehe in Ihrer Schuld. Es hätte für Onkel viel schlimmer ausgehen können, wenn Sie nicht gewesen wären. Ihnen gebührt mein Dank.«

»Keine Ursache. Ich habe nur getan, was alle getan hätten. Sie schulden mir nichts.« Nach dem Empfang durch Stanley vor zwei Tagen war seine Freundlichkeit jetzt unerwartet, aber seine Dankbarkeit schien aufrichtig. Dennoch fragte Luc sich unwillkürlich, was Stanley wohl vorhatte. Ihn entwaffnen? Aber wozu?

Sophia blickte ihren Cousin billigend an.

»Ich muss ehrlich sagen, Stanley, du überraschst mich. Erst hast du mir ernsthaft ein Kompliment gemacht, dann warst du höflich zu Mr. Joslyn. Das ist höchst ritterlich von dir.«

Stanley wurde rot und trat unbehaglich von einem Fuß auf den anderen.

»Ich weiß, dass ich nicht immer allen Erwartungen gerecht werde, aber ich bin auch kein Barbar ohne Kinderstube. Und ich mag Onkel so gerne wie ihr auch.« Seine Wangen färbten sich tiefer rot. »Auch wenn du und Gillian glauben, ich sähe in ihm nur seine Geldsäcke.«

»Ich habe nie deine Zuneigung zu ihm in Zweifel gezogen«, erwiderte Sophia ruhig. »Aber ich hinterfrage sehr wohl dein Interesse an seinem Geld.«

Stanley musterte sie mit gerunzelter Stirn, aber ehe er antworten konnte, betrat Meacham den Salon und verkündete, das Dinner sei bereit.

Alle schickten sich an, den Raum zu verlassen. Trotz seines gebrochenen Armes bestand Silas darauf, Sophia zum Essen zu geleiten, und Stanley bot Gillian seinen Arm, sodass Luc und Canfield ihnen folgen mussten.

Während sie hinter Silas und Sophia zum Speisesalon gingen, bemerkte Stanley zu Gillian:

»Ich muss sagen, du siehst heute wirklich reizend aus. Und für Sophia gilt das Gleiche, wie ich ihr bereits gesagt habe.« Er lächelte. »Die Landluft muss euch beiden gut bekommen.«

Gillian betrachtete ihn misstrauisch.

»Versuchst du, nett zu mir zu sein?«, fragte sie mit hochgezogenen Brauen. »Ich glaube nicht, dass du mir je zuvor ein Kompliment gemacht hast – zu irgendetwas. Ganz allgemein beschwerst du dich ständig über mich und darüber, dass ich nicht tue, was ich soll oder umgekehrt.«

»Findest du nicht, dass es an der Zeit ist, unsere kindischen Streitereien beizulegen? Wir sind schließlich keine Kinder mehr, Gilly«, sagte Stanley und verwendete den Namen, den er in Kindertagen für sie benutzt hatte. »Wir müssen nicht ständig aufeinanderhocken, aber wir sind nun einmal eine kleine Familie, sodass es nicht verkehrt wäre, wenn wir einander mit Respekt und Höflichkeit begegneten – wenn schon keine Zuneigung zwischen uns herrscht.«

Die Benutzung ihres Kindernamens rührte Gillian, und sie rief sich in Erinnerung, dass er nicht immer ein aufgeblasenes Ekel gewesen war. Wenn sie sich Mühe gab, konnte sie ein paar angenehme Erinnerungen aus ihrer Kindheit hervorkramen. Sie bedachte ihn unter halb gesenkten Lidern mit einem aufmerksamen Blick. Meinte er das wirklich ernst? Vielleicht war es ihm ja wirklich ein Anliegen, den Abgrund zwischen ihnen zu überwinden. Vorsichtig erkundigte sie sich:

»Ist das dein Ernst?«

Er nickte.

»Ich weiß, dass wir nicht immer gut miteinander ausgekommen sind, aber wir sind inzwischen beide erwachsen. Unser Onkel ist alt, und eines Tages werden nur noch wir drei übrig sein – du, ich und Sophia.« Zu ihrer Verwunderung wirkte er ehrlich wehmütig. »Es wäre nett, wenn wir miteinander reden könnten, ohne uns gleich gegenseitig an die Kehle zu gehen.«

Silas und Sophia betraten vor ihnen den Speisesalon, und als Stanley und Gillian hinter ihnen eintraten, fragte Gillian Stanley:

»Schlägst du einen Waffenstillstand vor?«

»Ein Waffenstillstand wäre ein Anfang.«

Sie lächelte ihn unsicher an, konnte ihm den Sinneswandel nicht wirklich abnehmen, war aber willens, es zu versuchen, und antwortete daher:

»Nun gut, dann Waffenstillstand.«

Das Dinner verlief in angenehmer Atmosphäre. Erst als das Dessert abgeräumt war und die Damen sich in den Salon zu Tee und Kaffee begaben, klopfte Silas gegen sein Weinglas, um die allgemeine Aufmerksamkeit zu erringen.

Er schaute in die Gesichter der um den rechteckigen Tisch mit der Leinentischdecke Versammelten und verkündete:

»Ich habe etwas bekanntzugeben, was mir große Freude bereitet. Nach einer eingehenden Unterhaltung Donnerstagabend haben wir eine wichtige Entscheidung getroffen: Meine beiden lieben Nichten werden in Zukunft hier bei mir auf High Tower leben.« Er lächelte strahlend in die Runde. »Es ist schon seit Langem mein Wunsch, dass sie bei mir einziehen, und nun haben sie sich endlich meiner erbarmt und eingewilligt, mein Heim mit mir zu teilen. Nichts könnte mich glücklicher machen.«

Die Erklärung überraschte Luc nicht wirklich. Er hatte bereits vermutet, dass Gillian auf solch eine Lösung spekulierte, es erstaunte ihn jedoch, dass Sophia sich daran beteiligte. Aber als er darüber nachdachte, fiel ihm wieder ein, dass sie ja von Gillian abhängig war, wenn Cornelia und Emily recht hatten. Daher hatte sie nicht wirklich die Wahl. Stanley wirkte verdutzt, aber es war Canfields Reaktion, die ihm auffiel. Warum eigentlich, fragte er sich und verfolgte, wie sich Canfields Züge vor Wut verzerrten, sollte ihn diese Neuigkeit derart erzürnen?

Was auch immer er insgeheim dachte, Stanley zeigte sich der Entwicklung gewachsen, indem er aufstand und sein Weinglas hob.

»Ein Toast. Einen Toast auf meine Schwester und meine Cousine, und herzlichen Glückwunsch zu Ihrem Umzug nach High Tower.«

Nachdem alle darauf getrunken hatten, setzte Stanley sich wieder und blickte über den Tisch hinweg Gillian an.

»Wie bald willst du umziehen?«

»Es ist schon vollzogen«, erklärte Silas zufrieden. »Einige meiner Dienstboten sind gestern nach Surrey aufgebrochen, um alles zu packen.« Er grinste. »Sogar die Kuh Matilda und das Schwein Angel werden auf High Tower ein neues Zuhause finden.«

Nach dieser Ankündigung zogen sich die Damen in den Salon zurück. Zu nervös, um sich zu entspannen, lief Gillian im Zimmer auf und ab, schaute verwundert zu, wie Sophia sich ungerührt eine Tasse Tee einschenkte, und wollte von ihr wissen:

»Machst du dir keine Sorgen wegen Canfield?« Ihre Stirn umwölkte sich. »Und Stanley?« Sie ließ sich neben Sophia auf das Sofa sinken. »Oh Sophy!«, rief sie. »Stanley war wirklich richtig nett zu mir, als wir zusammen zum Speisesalon gingen. Es hörte sich ganz so an, als wollte er, dass wir zwar nicht unbedingt Freunde werden, aber wenigstens freundlich miteinander umgehen. Nach Onkels Ankündigung wird er sicher böse sein, und ich kann ihm noch nicht einmal einen Vorwurf daraus machen. Sie rang die Hände. »Ich fühle mich ganz furchtbar. Er wirkte so aufrichtig – er hat mich sogar Gilly genannt, und das hat er seit Jahren nicht mehr getan. Wir haben uns auf einen Waffenstillstand geeinigt, und ich war hoffnungsvoll …« Sie verzog das Gesicht. »Jetzt könnte ich es verstehen, wenn er mich für hinterhältig hält.«

»Zu mir war er ebenfalls nett«, entgegnete Sophia. »Und auch höflich zu Mr. Joslyn.« Sie rührte Zucker in ihren Tee und sagte: »Ausgehend von seinem Verhalten heute Abend, könnte man glauben, dass er versucht, sich zu ändern.« Sie nahm einen Schluck Tee, stellte dann die Porzellantasse hin und fügte hinzu: »Ich bin sicher, du hast bezüglich seiner Reaktion zu Onkels Ankündigung recht – er muss glauben, wir hätten hinter seinem Rücken gegen ihn intrigiert, uns bei Onkel lieb Kind gemacht.« Sie seufzte. »Was für eine Schande, wenn es ihm dieses Mal ernst ist und sein Sinneswandel ausgerechnet jetzt stattfindet.«

Gillian runzelte die Stirn.

»Du glaubst doch nicht, dass er wirklich unser Verhältnis zueinander kitten will?«

»Das weiß ich nicht, meine Liebe. Es ist tatsächlich möglich, dass er das ernst meint. Stanley war kein böses Kind – verwöhnt und verzogen und zudem eifersüchtig auf dich, ja, das war er alles, aber vergiss nicht, er war auch freundlich – wenn er nicht gerade ein unausstehliches kleines Biest war.« Sophia wirkte nachdenklich. »Auf der anderen Seite … er ist hier mit Canfield, und wir wissen ja, wie der ist. Vermutlich ist Stanley hergekommen, um Onkel Silas zu bitten, seine Spielschulden zu übernehmen, sodass es sein kann, dass seine freundschaftlich ausgestreckte Hand eine Finte ist.«

»Denkst du, er weiß, was Canfield im Schilde führt?«, erkundigte sich Gillian entsetzt. »Und dass seine vermeintliche Wandlung alles Teil eines Planes ist?«

Sophia schüttelte den Kopf.

»Nein. Dein Halbbruder mag anmaßend und überheblich sein, und er liebt auch das Glücksspiel mehr, als es ihm zuträglich ist, aber ich kann nicht glauben, dass er in Canfields Machenschaften eingeweiht ist.« Sophia nahm sich ihre Tasse Tee. »Genau genommen denke ich sogar, dass er, wenn er von Canfields Drohung wüsste, ihn aus dem Haus werfen würde und von ihm Genugtuung fordern würde.«

Sie blickte Gillian an.

»Auch wenn er dich nicht immer mit der Achtung und Zuneigung behandelt, die angemessen wäre, bin ich sicher, dass er es nicht gut aufnähme, wenn dir jemand anders unangemessen begegnet. Ja, obwohl sie sogar Freunde waren«, sagte sie langsam, »bin ich sicher, wenn er von Charles' Abmachung mit Winthrop gewusst hätte, hätte er dich davon abgehalten, zu Welbournes Gesellschaft zu fahren und zudem Charles zum Duell gefordert.«

Gillian dachte darüber nach und entschied, dass Sophia vermutlich recht hatte. Stanley hatte in gewisser Weise durchaus Skrupel, und wie Sophia glaubte sie, dass er, hätte er eine Ahnung gehabt, was in der Nacht von Welbournes Party geschehen würde, eingeschritten wäre.

»Denkst du, wir sollten ihm sagen, was Canfield vorhat?«, erkundigte sich Gillian.

Über den Rand ihrer Teetasse hinweg betrachtete Sophia sie.

»Nur wenn du willst, dass er Canfield fordert. Anders als Onkel Silas hat Stanley keinen gebrochenen Arm.«

»Natürlich hast du recht«, räumte Gillian ein und setzte sich aufs Sofa neben Sophia. »Ich war nur in Gedanken noch nicht so weit.« Sie lächelte schief. »Ich versuche immer noch, damit zurechtzukommen, dass Stanley auf einmal nett ist.«

Sophia lachte leise.

»Wahrscheinlich müssen wir uns jetzt, da die Katze aus

dem Sack ist und alle wissen, dass wir bei Onkel Silas leben werden, deswegen keine Sorgen mehr machen.«

Die zweiflügelige Tür öffnete sich, und die Herren kamen herein. Silas ging gleich zu seinem gewohnten Platz, während die anderen drei Männer sich im Raum verteilten. Luc stellte sich wieder an seine Lieblingsstelle am Kamin; Stanley setzte sich neben seinen Onkel, und Canfield bezog Position auf dem Sofa neben Gillian; dabei lehnte er sich so dicht zu ihr, dass sie sich regelrecht bedrängt fühlte.

Aus schmalen Augen verfolgte Luc Canfields Manöver; ihm gefiel es gar nicht, dass sich in ihm Besitzdenken breitmachte. Er hatte viele Frauen gehabt, aber Eifersucht hatte er nie empfunden. Er war nicht restlos überzeugt, dass es Eifersucht war, was er hier verspürte, aber er wusste, dass er es nicht mochte – ebenso wenig wie Canfields Nähe zu Gillian.

Luc hielt sich an gewisse Regeln, wenn es um Frauen ging, und er musste erst noch der Frau begegnen, die ihn dazu bringen konnte, seine eigenen Regeln zu brechen. Keine Jungfrauen. Keine verheirateten Frauen. Und keine Kokotten, die am liebsten den einen Mann gegen den anderen ausspielten. Und er wilderte nicht im Revier eines anderen. Seine Einstellung war einfach: Die Welt war voll schöner, liebenswerter Frauen, und mit einem Achselzucken ging er zur nächsten.

Gillian jedoch stellte ein Problem für ihn dar: Er glaubte nicht, dass er bereit war, jetzt schon weiterzugehen … Er begehrte die Elfe. Heftig. Sein Blick fiel auf Canfield, und der plötzliche Drang, den anderen am Kragen zu packen, ihn zur Tür zu schleifen und vor selbige zu setzen, überraschte Luc. Er runzelte die Stirn. Seine Reaktion war verständlich. Er mochte den Mann nicht, aber er war nicht – ermahnte er sich im Geiste – eifersüchtig.

Gillian war sich Canfields Gegenwart überdeutlich bewusst, was ihr alles andere als angenehm war, weshalb sie sich bemühte, so viel Abstand wie unter den Umständen möglich zwischen ihn und sich zu bringen. Unter dem Vorwand, sich Tee nachzuschenken, rutschte sie näher zu Sophy und damit weg von Canfield.

Luc entging das nicht. Die Elfe hatte offensichtlich kein Interesse daran, Canfield zu ermutigen. Und wenn er nicht völlig falschlag, wollte sie auch nichts mit dem Kerl zu tun haben. Er beschloss, dass es seine Pflicht war, sie zu retten, und schlenderte zu ihr.

Mit einem Lächeln sagte Luc:

»Es ist ein angenehmer Abend. Hätten Sie beide vielleicht Interesse an einem Spaziergang durch die Gärten?«

Da Sophia Canfields Platzwahl nicht mehr als Luc billigte, griff sie den Vorschlag sogleich auf.

»Was für eine ausgezeichnete Idee!« Mit einem Blick zu Stanley und Silas sagte sie: »Was meinen die Herren? Ein gemächlicher Spaziergang nach dem Essen klingt doch ausgezeichnet.«

Wie Sophia und Luc war auch Silas nicht glücklich über Canfields Nähe zu Gillian gewesen, und um irgendwelche Pläne im Keim zu ersticken, die der Jüngere am Ende hegen könnte, sie von den anderen zu trennen, erwiderte er:

»Nicht für mich, fürchte ich, aber ihr anderen geht bitte.« Er schenkte Canfield ein berechnendes Lächeln. »Canfield kann hierbleiben und mir Gesellschaft leisten.«

Canfield hatte keine andere Wahl, als mit seinem Gastgeber zurückzubleiben, und verfolgte in hilfloser Wut, wie Luc mit Gillian und Sophia mit Stanley durch die französischen Türen traten, die in den Garten an der Seite des Hauses führten.

Es war wirklich eine laue Nacht, und auch wenn der Garten jetzt im Herbst nicht länger auf der Höhe seiner Schönheit war, gab es ein paar Rosen, die noch blühten, und der Großteil der Büsche trug noch das prächtig gefärbte Laub. Die beiden Paare blieben nicht zusammen, aber sie hielten sich auf den mit Steinen befestigten Wegen und im Lichtschein, der aus dem Haus drang.

Gillian war sich Lucs schlanken männlichen Körpers an ihrer Seite mit seinen eleganten, geschmeidigen Bewegungen überdeutlich bewusst, während sie einem der vielen Wege folgten. Unter ihren Fingern spürte sie die Muskeln in seinem Arm und fragte sich, wie es sich wohl anfühlen würde, wenn diese starken Arme sie umschlossen, an seinen Körper pressten. Ein angenehmer kleiner Schauer durchlief sie bei dem Gedanken daran. Sie riskierte einen Blick auf den wie gemeißelten Mund, und bei dem Gedanken, diese Lippen auf ihren zu spüren, breitete sich Hitze in ihrem Unterleib aus.

Es war lange her, seit sie es verspürt hatte, aber sie erkannte das Gefühl, das sie erfasste: Verlangen. Himmel, ich begehre ihn, gestand sie sich ungläubig ein. Ihr Pulsschlag beschleunigte sich, aber sie leugnete es nicht. Sie begehrte Luc Joslyn.

Als sie Charles geheiratet hatte, war sie natürlich Jungfrau gewesen, sodass ihr Ehemann der einzige Mann war, den sie intim kannte. Während der ersten Jahre ihrer Ehe war Charles ein aufmerksamer, aufregender Liebhaber gewesen. Er hatte ihren zierlichen, aber weiblich geformten Körper genossen und hatte ihr die Wonnen gezeigt, die sich Mann und Frau bereiten konnten. So verliebt, wie Gillian in ihn gewesen war, hatte sie das Liebesspiel genossen, aber als die Jahre verstrichen und die Entfremdung zwischen ihnen wuchs, erfolgten Charles' Besuche in ihrem Schlafzimmer immer seltener. Gegen Ende hatte sie ihn vollends aus ihrem Bett verbannt, und obwohl es Nächte gab, in denen sie sich herumwälzte und sich verzweifelt nach der Erfüllung des Liebesakts sehnte, bereute sie ihre Entscheidung niemals.

Sich Lucs auf eine Weise bewusst, die sie fast vergessen hatte, fühlte sich ihre Haut heiß an und gespannt, und zu ihrem Entsetzen erschien vor ihrem geistigen Auge ein Bild von ihnen beiden nackt und ineinander verschlungen. Ihre Brustspitzen richteten sich unter dem weichen Stoff ihres Kleides auf. Die Vorstellung, nackt in seinen Armen zu liegen, und das Wissen, dass das Verlangen nach seinem sinnlichen Mund nicht einfach weggehen würde, ließen ihren Atem schneller gehen. Wie im Fieber zwang sich Gillian, den Blick auf den Weg vor sich zu richten, aus Angst, wenn sie ihn anschaute, würde er erkennen können, was sie empfand. *Wenn er mich anfasst …*

»Ihr Scheitel ist sehr hübsch«, stellte Luc fest und unterbrach ihre Überlegungen, »aber noch lieber würde ich Ihr hübsches Gesicht sehen.«

Bei seinen Worten erst fiel ihr auf, wo sie sich befanden – in einer kleinen dunklen Ecke abseits des Weges. Von Sophia oder Stanley war weit und breit nichts zu sehen, und sie beging den taktischen Fehler, zu ihm aufzusehen.

Sein Gesicht lag tief im Schatten, aber selbst mit geschlossenen Augen konnte sie seine gefährlich attraktiven Züge noch sehen, die aristokratische Nase, die hohen Wangenknochen und diesen herrlichen Mund. Ihr Blick blieb an seinen Lippen hängen, und sie konnte nicht wegschauen.

Luc murmelte etwas, und dann lag sie in seinen Armen. Er senkte den Kopf, küsste sie – gründlich, genüsslich. Er presste sie fest an sich, und sie konnte sein steifes Glied unmissverständlich an ihrem Bauch spüren.

Gillian stöhnte unter dem Ansturm der Gefühle, den seine harten erfahrenen Lippen ihr bereiteten, als er sie nahm. Sie öffnete den Mund, und er drang mit seiner Zunge ein, um zu erforschen und zu fordern, und sie hieß ihn willkommen. Im Griff des Verlangens schlang sie ihm die Arme um den Hals, und ihre zierliche Gestalt schmiegte sich erregend an seinen Körper. Sie genoss die köstlichen Gefühle, die sie durchzuckten.

Auch als er seine Hand um ihre Brust schloss und sie mit seinen langen kräftigen Fingern zu kneten begann, unternahm Gillian keinen Versuch, ihm zu entkommen. Das konnte sie gar nicht. Sie brannte vor Verlangen, war nahezu besinnungslos vor Begehren … und wenn Luc sie auf den Boden geworfen und sie hier an Ort und Stelle genommen hätte, sie hätte sich nicht gewehrt.

Das Geräusch von Sophias und Stanleys Schritten holte sie jäh in die Wirklichkeit zurück – mit der Raffinesse eines Kübels eiskalten Wassers, der über sie geschüttet wurde. Sie löste ihren Mund von seinem und ließ die Arme von seinem Hals sinken und machte hastig einen Schritt nach hinten, als habe sie sich verbrannt. Luc fluchte heftig – verschwendete das bisschen Atem, das ihm zur Verfügung stand – und hoffte, dass die Dunkelheit seine Erregung verbergen würde. Eine Minute länger, und er hätte diesen köstlichen Körper an einen Baumstamm gedrängt und ihr die Röcke hochgeschlagen, hätte sich in sie gestoßen.

Er fasste ihre Hand und zog sie mit einem Ruck aus der dunklen Nische auf den Weg, wo es ein klein wenig heller war. Ein rascher Blick zeigte ihm, dass er weder ihr Kleid noch ihre Frisur in Unordnung gebracht hatte. Zufrieden, dass es kein äußerliches Anzeichen gab für die fiebrige Umarmung, legte er ihr die Hand auf den Arm und sagte:

»Das ist hiermit nicht vorüber.« Mit einem sinnlichen Lächeln gelobte er: »Das nächste Mal, wenn ich dich in meinen Armen habe, *ma chère,* und das wird bald schon sein, *meine Liebe*, werden wir beenden, was wir begonnen haben. Jetzt komm, wir müssen deiner Cousine und deinem Bruder mit unschuldsvollen Gesichtern entgegentreten.«

Gillian versteifte sich angesichts seines selbstsicheren Tonfalles. Was gerade zwischen ihnen geschehen war, versuchte sie sich zu überzeugen, während ihr Körper sich weiter schamlos nach seiner Berührung verzehrte, musste eine Verirrung gewesen sein. Kein Mann, nicht einmal Charles, hatte dafür gesorgt, dass sie sich so fühlte, sich so nach körperlicher Liebe sehnte, dass sie ihn nicht aufgehalten hätte – nicht hätte aufhalten können –, sie zu nehmen, gleich dort in dem stillen dunklen Winkel. Sie war schließlich eine respektable Witwe! Nicht irgendeine Frau mit lockerer Moral, die sich mit jedem gut aussehenden Mann paarte, den sie traf.

Ihre Finger ruhten wieder auf seinem Arm, während sie in die Richtung gingen, aus der sie Stanleys und Sophias Stimme hörten. Gillian rang um Fassung. Sie wusste, sie würde jede Sekunde Stanley und Sophia treffen, daher zwang sie sich, diese atemlosen Momente aus ihren Gedanken zu verbannen – und schwor sich, sich so weit wie möglich von Luc Joslyn fernzuhalten. Sie reckte das Kinn. Sie war nicht gewillt, diesen *Wahnsinn* fortzusetzen.

Sie kamen um eine Wegkehre und sahen Stanley und Sophia auf sie zukommen.

Gleich in die Offensive gehend, sagte Luc fröhlich:

»Ah, da sind Sie ja! Wohin sind Sie nur verschwunden? Wir haben überall nach Ihnen gesucht!«

Sophia lachte leise.

»Wir sind nicht verschwunden, aber wir dachten, Sie seien es.« Sophias Blick glitt über die beiden. Es war nichts zu sehen, aber sie hätte wetten können, dass da etwas war …

»Wenn ich mich richtig entsinne«, erklärte Stanley, »sind die Gärten wie ein Labyrinth angelegt. Es ist daher nicht verwunderlich, dass wir bei unserem Spaziergang im Dunkeln einander aus den Augen verloren haben.«

»Falls Sie nicht noch weiter spazieren gehen wollen, schlage ich vor, wir kehren zum Haus zurück.«

»Ja«, stimmte ihm Sophia zu. »Ich denke, wir haben Onkel lange genug mit Canfield allein gelassen.«

Kurz nachdem sie in den Salon zurückgekehrt waren, verabschiedete Luc sich, und kurz nachdem er aufgebrochen war, entschuldigten Sophia und Gillian sich und wünschten den Herren gute Nacht, ehe sie sich in ihre Zimmer zurückzogen. Als sie den gemeinsam genutzten Salon betraten, fragte Gillian in der Hoffnung, Fragen zu vermeiden:

»Hat Stanley zu dir irgendetwas über Onkels Ankündigung gesagt?«

»Er hat mich überrascht«, gestand Sophia. »Ich war sicher, dass er beginnen würde, sich bei mir zu beschweren, sobald wir allein waren, aber alles, was er gesagt hat, war, dass ihn unsere Entscheidung, auf High Tower zu leben, überrascht hat, aber dass es angesichts Onkels Alter sicher eine gute Idee sei.«

»Er hat uns keine Hinterlist vorgeworfen?«

Sophia schüttelte den Kopf.

»Ich war darauf gefasst, aber er war ganz höflich. Wenn ich es nicht besser wüsste, würde ich schwören, dass er krank wird.«

Gillian setzte sich auf das Sofa und bemerkte:

»Ich frage mich nur, ob wir ihm unrecht tun. Sicher, er ist in der Vergangenheit jedes Mal zu Onkel gerannt, wenn er in Schwierigkeiten gesteckt hat, aber das heißt ja nicht, dass er ihn nicht gern hat.«

Sophia gesellte sich zu ihr auf das Sofa und zog sich ihre Seidenschuhe aus.

»Ich bin sicher, dass er Onkel gerne hat … und vielleicht auch sein Geld, aber es ist auch möglich, dass er endlich doch erwachsen geworden ist. Das werden wir sehen.« Sie schaute Gillian lachend an. »Wirst du mir dann jetzt erzählen, was du und Mr. Joslyn in Wahrheit im Dunkeln so ganz allein getrieben habt?«

Nur die schmale Mondsichel spendete Luc auf dem Heimweg Licht. Er konzentrierte sich bestenfalls nur zur Hälfte auf die Straße vor sich und weilte in Gedanken bei dem vergangenen Abend … und dem Intermezzo mit Gillian Dashwood im Dunkeln. Die Erinnerung allein an ihren köstlichen Mund unter seinem erregte ihn, und er bewegte sich unbehaglich im Sattel. *Mon Dieu!* Die zauberhafte Kleine hatte mehr Macht über ihn, als er je für möglich gehalten hätte. Mit einem einzigen leidenschaftlichen Kuss hatte sie ihn in die Knie gezwungen, und er wurde sich mit einem unguten Gefühl bewusst, dass ihn nichts davon abhalten würde, sie wieder in seine Arme zu schließen.

Er lächelte im Dunkeln, und seine Zähne blitzten weiß. In seinen Armen und nackt … und ungestört, bis er genug von dem süßen weiblichen Körper hatte. Was eine Weile dauern konnte, räumte er ein, und dachte wieder an ihren üppigen Busen … Sein keckes Glied reckte sich sogleich wieder, und er entschied, dass er besser an etwas anderes dachte als an die kleine Witwe, wenn er nicht ernsthaft zu Schaden kommen wollte. Daher wandte er sich in Gedanken Silas Ankündigung und Canfield zu.

Canfield war wütend gewesen über die Neuigkeit, dass die Frauen nicht nach Surrey zurückkehren würden. Warum eigentlich? Was kümmerte es Canfield, wo sie lebten? Luc dachte darüber nach. Wenn Gillian und Sophia nach Surrey zurückkehren würden, dann, soweit Luc es verstanden hatte, in ein bescheidenes Heim, in dem nur Frauen wohnten: nur die beiden Damen und ein paar weibliche Dienstboten. In dieser Situation, mit Stanley höchstwahrscheinlich wieder zurück in London und Silas auf High Tower, würden die beiden Frauen vermutlich keine Möglichkeit haben, sich gegen jemanden wie Canfield zu wehren, der darauf aus war, diesen Mangel an männlichem Schutz auszunutzen … Silas war kein kampferprobter Krieger, aber er hatte einige kräftige junge Männer in seinen Diensten, sodass nur ein Narr irgendetwas Ungebührliches versuchen würde, solange sie auf High Tower weilten.

Also führte Canfield irgendetwas Übles im Schilde, aber dazu mussten die Frauen sich in einer Lage befinden, in der er die Ereignisse kontrollieren konnte. Luc schloss daraus, dass Gillian diejenige war, die von Canfields Plänen betroffen war. Sophia war eine hübsche Frau, aber Gillian … Eine Welle des Verlangens erfasste ihn. *Oui.* Canfield begehrte Gillian.

Es konnte auch andere Erklärungen geben, aber als ihm wieder einfiel, wie dicht sich Canfield neben Gillian gesetzt hatte … Alles ergab ein stimmiges Bild, wenn er davon ausging, dass der Grund für Canfields Ärger über die Ankündigung war, dass es irgendwelche Machenschaften störte, die der andere plante – und zwar in Bezug auf Gillian. Einen

Moment überlegte er, ob nicht sein eigenes Interesse an der Dame sein logisches Denkvermögen beeinträchtigte – weil er sie begehrte, ging er unwillkürlich davon aus, dass dieses Gefühl von Gillian erwidert wurde.

Luc schüttelte den Kopf. Nein. Gillian brachte sein Blut in Wallung und störte seine Denkfähigkeit, aber wenn es nicht um sie ging, arbeitete sein Verstand einwandfrei wie immer. Canfield begehrte Gillian. Aber die Dame wollte nichts mit ihm zu tun haben, rief er sich in Erinnerung, als er wieder daran dachte, wie sie sich versteift hatte und wie schnell sie von dem anderen Mann abgerückt war.

Sein Pferd schnaubte und scheute und riss Luc aus seiner Versunkenheit. Immer auf der Hut, zog er leicht an den Zügeln, sodass sein Pferd stehen blieb, und suchte nach dem Grund für die Reaktion seines Pferdes. Sie standen in der Mitte einer Biegung auf der schmalen gewundenen Straße. Um sie herum befand sich offenes Land, Wiesen und Felder und Kalkhügel, aber der Weg führte an einem Bach entlang, dessen Ufer Birken und Weiden sowie Büsche säumten, die ihm die Sicht versperrten.

Das schwache Licht der Mondsichel erschwerte es ihm zusätzlich, die Dunkelheit mit seinen Augen zu durchdringen, aber als sein Pferd weiter unruhig blieb, lauschte er angestrengt. Kein ungewöhnliches Geräusch drang durch die Nachtluft zu ihm, sodass er entschied, es war entweder der Geruch eines Dachses oder ein Fuchs auf der Jagd, was sein Pferd beunruhigte. Daher drückte er dem Tier die Fersen in die Flanken und trieb es wieder an.

Als das Pferd sich gehorsam wieder in Bewegung setzte, ertönte ein Schrei aus der Nähe des Baches.

»Schnappt ihn euch, Jungs.«

Bei dem Ruf und dem Rascheln und Knacken von Ästen,

mit dem die Männer durch die Büsche brachen, stieg das Pferd auf. Luc musste sich darauf konzentrieren, im Sattel zu bleiben und sein Pferd zu kontrollieren, sodass er keine Zeit hatte, nach den Pistolen in den Taschen seines Mantels zu greifen. Binnen Sekunden war er umzingelt von einer Gruppe Männer, die ihre Deckung am Ufer verlassen hatten. Es war zu dunkel, um sie zu zählen, aber er wusste, es waren nicht wenige.

Ihm wurden die Zügel entrissen, und er wurde grob aus dem Sattel gezerrt. Luc wehrte sich mit dem ganzen Geschick, das er auf den dunklen Gassen und in den Spielhöllen, die nur wenige Gentlemen je gesehen hatten, erworben hatte, aber es waren zu viele, und er wurde überwältigt. Doch nicht, dachte er mit wilder Befriedigung, während er Blut schmeckte, ohne seinen Angreifern ernsthaft Schaden zuzufügen.

»Verdammte Hölle«, fluchte einer von ihnen und hielt sich seinen rechten Arm. »Ich fürchte, er hat mir eine Rippe gebrochen. Niemand hat gesagt, dass es gefährlich werden kann.«

Zu Lucs linker Seite zischte ein anderer:

»Hör auf zu jammern. Ich habe eine aufgeplatzte Lippe und beschwere mich nicht. Aber Himmel – er hat ein Paar kräftige Fäuste.«

»Das reicht jetzt«, befahl ein Dritter und stellte sich vor Luc.

In der herrschenden Dunkelheit konnte er auch jetzt keine Gesichter erkennen, aber nachdem er mit ihnen gekämpft hatte, wusste er, dass sie alle kräftig waren – und dass es mindestens vier waren. Die drei hier und der, der sein Pferd hielt. Aber während er das noch dachte, nahm er die Gegenwart eines fünften Mannes wahr, der ein Stück entfernt wartete.

Der erste heftige Schlag in Lucs Magengrube vertrieb alle Gedanken an diesen fünften Mann. Zu beiden Seiten festgehalten, konnte er sich nicht wehren und nur die Prügel aushalten, die folgten. Der Kerl wusste, was er tat, und als Luc zusammengesunken und kaum noch bei Bewusstsein zwischen den beiden Männern hing, tat ihm alles weh. Morgen, das wusste er, wenn er denn den nächsten Morgen erlebte, würde es keinen Teil seines Körpers geben, der nicht blutig und grün und blau angelaufen wäre.

Der Mann vor ihm holte mit seinem rechten Arm erneut aus und wollte weitermachen, als die Person im Hintergrund befahl:

»Genug. Lasst ihn fallen.«

Luc landete in einem blutverschmierten Haufen auf dem Boden und merkte nur, dass ihm alles wehtat. Von der Stelle in den Schatten schlenderte Nolles herbei und betrachtete den am Boden liegenden Luc befriedigt.

»Und dann noch eine Kleinigkeit von mir persönlich«, zischte er. Sorgfältig gezielt trat er Luc kräftig gegen den Kopf.

Den durchzuckte noch ein heftiger Schmerz, und dann wusste Luc nichts mehr.

Kapitel 7

Als Luc mehrere Stunden später aufwachte, lag er in seinem Bett im Dower House. Es gab keine Stelle an seinem Körper, die nicht schmerzte. Dankbar, noch am Leben zu sein, blickte er sich vorsichtig in dem vertrauten Zimmer um. Es überraschte ihn nicht sonderlich, dass Lamb in einem Stuhl nicht weit vom Bett entfernt saß. Auf dem Tischchen neben ihm stand ein Zinntablett mit, so vermutete er, Essen und Trinken.

Es war wirklich kein Wunder, dass Lamb über ihn wachte. Zwar musste er zugeben, dass er und Lamb oft genug aneinandergerieten, aber der Ältere war immer da gewesen, um ihm zu helfen, sich von seinem jüngsten Missgeschick zu erholen. Seine wunden Lippen zuckten. Und um ihm danach eine geharnischte Standpauke zu halten.

Sonnenstrahlen tanzten im Zimmer, woraus Luc schloss, dass er eine ganze Weile bewusstlos gewesen war.

»Wie bin ich hergekommen?«, erkundigte er sich krächzend.

Lamb zuckte zusammen und sprang auf. Er beugte sich über Luc und betrachtete ihn eindringlich, wurde wieder wütend, als er erneut die Prellungen und Wunden sah, die ihm zugefügt worden waren, spürte wieder die Angst von zuvor, als er Luc blutverschmiert und bewusstlos auf dem Bauernkarren hatte liegen sehen, auf dem er im Morgengrauen hergebracht worden war.

»Bauer Fenwick war auf dem Weg zum Markt, als er dich bewusstlos auf der Straße gefunden hat, ungefähr eine Meile vor der Abzweigung nach Windmere.«

Luc begann zu nicken, aber der bohrende Schmerz, der jäh seinen Kopf durchzuckte, ließ ihn innehalten.

»Dem Himmel sei Dank für Bauer Fenwick«, gelang es ihm zu sagen. »Wie lange war ich bewusstlos?«

»Es ist nicht ganz neun Uhr – erinnerst du dich noch, wann du angegriffen wurdest?«

Luc konzentrierte sich, versuchte sich die genaue Abfolge der Ereignisse in der vergangenen Nacht in Erinnerung zu rufen. Dinner in High Tower. Er war nicht lange geblieben und war beinahe bis Windmere gekommen, ehe er überfallen worden war. Mit gerunzelter Stirn sagte er:

»Es muss gegen elf Uhr oder halb zwölf gewesen sein.«

»Also bist du etwa zehn Stunden bewusstlos gewesen. Das muss ein hübscher Schlag gegen den Kopf gewesen sein.«

»Das war kein Schlag … Nolles hat mir einen Tritt gegen den Kopf versetzt.«

Lambs Augen wurden schmal, und etwas Dunkles, Hässliches trat in seine azurblauen Augen.

»Nolles? Bist du dir sicher?«

»So sicher, wie ich es mir sein kann – ich habe ihn nicht wirklich gesehen, denn es war dunkel, und ich war kaum bei Bewusstsein, als er mich getreten hat. Aber ich kann beschwören, dass es seine Stimme war, die ich gehört habe.« Er schaute Lamb in die Augen. »Ich weiß, du bist davon überzeugt, dass ich mit voller Absicht von einer Patsche in die nächste gerate, aber ich kann mir niemand anders aus der Gegend denken, der einen Grund hätte, mich anzugreifen.«

Lamb biss nicht an, und gerade rechtzeitig, um etwa in

der Luft liegende Reibereien im Keim zu ersticken, kam Barnaby herein.

Auf der Türschwelle stehen bleibend, blickte Barnaby vom einen zum anderen und bemerkte erleichtert, dass sie noch nicht mit Sticheleien angefangen hatten. Er ging zu Lucs Bett, blickte seinen Halbbruder an und schüttelte den Kopf.

»Sag mir«, verlangte er mit einem schiefen Grinsen zu wissen, »suchst du absichtlich Ärger oder findet der dich einfach?«

Luc wagte ein Grinsen, zuckte aber zusammen, als seine aufgeplatzte Lippe protestierte.

»In diesem Fall«, erklärte er, »plädiere ich auf unschuldig. Ich bin nach dem Dinner von High Tower direkt nach Hause geritten und habe mich nur um meine eigenen Angelegenheiten gekümmert.«

Lamb schnaubte und schaute Barnaby an, dann sagte er:

»Er glaubt, es war Nolles, und ich bin geneigt, ihm zuzustimmen.«

Barnaby zog sich einen Stuhl heran und setzte sich ans Bett und fragte sich dabei, wie oft in der Vergangenheit sich solch eine Szene abgespielt hatte. Es war ein vertrautes Bild – Luc verletzt, Lamb sah aus, als wollte er jemanden ermorden, wobei Luc nur auf Platz zwei der Liste stand, direkt hinter demjenigen, der für seine Verletzungen verantwortlich war. Er selbst hatte die Rolle des Friedensstifters zwischen ihnen und des besorgten Bruders inne. Nicht, rief er sich in Erinnerung, dass Lamb nicht besorgt wäre – er mochte es nur nicht, sich um einen seiner Neffen zu sorgen.

Er schaute zu, wie Lamb Luc vorsichtig in eine halb aufrechte Stellung half, damit er ein oder zwei Schlucke von der warmen Hühnerbrühe in der Tasse trinken konnte, und musste sich ein Lächeln verkneifen. Lamb war der größte der drei amerikanischen Joslyns, und während ihn der Schnitt seines Gesichts unverkennbar als Joslyn auswies, verrieten das krause schwarze Haar und der goldbraune Farbton seiner Haut, dass er auch afrikanische Vorfahren hatte. Lamb besaß eine beeindruckende Figur, stark und kräftig, ein erbitterter Krieger, wenn es nötig war, aber er konnte auch, räumte Barnaby ein, einer der sanftesten Männer sein, die er kannte.

Lamb lehnte Luc gegen das Kissen und befahl:

»Und jetzt berichte uns, was geschehen ist.«

Die Geschichte war nicht lang, und als Luc fertig war, brummte Barnaby mit wütend funkelnden schwarzen Augen:

»Das klingt ganz nach etwas, was Nolles tun würde.«

»Es ist ziemlich ruhig gewesen, seit das Schmuggelnest von Nolles und seiner Bande im Frühjahr ausgehoben wurde«, erklärte Lamb und starrte Luc an. »Du weißt, dass Nolles nur auf eine Gelegenheit gewartet hat, sich an Barnaby zu rächen. Aber was musst du tun? In Nolles' Laden spazieren und seine Aufmerksamkeit erregen!«

»Wie Nolles selbst es mir bestätigt hat, ist sein Lokal öffentlich«, erwiderte Luc milde. Ehe Lamb sich darüber aufregen konnte, fügte er hinzu: »Ich stimme dir zu, dass Nolles nur auf eine günstige Gelegenheit gewartet hat, Barnaby Ärger zu machen, aber ich habe den Verdacht, dass hinter den Prügeln für mich mehr steckt als nur eine Nachricht an Barnaby.«

»Was meinst du?«, fragte Barnaby.

Luc verzog das Gesicht.

»Ich will dich nicht herabsetzen, aber das hier geht vielleicht gar nicht nur um dich … Mrs. Gilbert hat kürzlich erwähnt, dass einer ihrer Stammgäste im *Ram's Head* war und mit angehört hat, wie Townsend sich bei Nolles ausgeheult hat über sein … Pech in der Nacht, in der ich da war. Es ist nicht auszuschließen, dass Townsend Nolles auf mich gehetzt hat.«

»Und es damit Nolles ermöglicht, zwei Fliegen mit einer Klappe zu schlagen. Tu einem Freund einen Gefallen und dreh einem anderen – in diesem Fall mir – dabei eine Nase«, sagte Barnaby und nickte. »Das würde den Zeitpunkt des Überfalles erklären.«

»Stimmt«, bemerkte Lamb und kehrte zu seinem Stuhl auf Lucs anderer Seite zurück. Er blickte Barnaby an. »Nolles ist ein anderes Problem, aber früher oder später wirst du etwas wegen Townsend unternehmen müssen.«

Barnaby zupfte an seinem Ohr.

»Er ist Emilys Cousin, und auch wenn er ein erbärmlicher Cousin ist, so ist er dennoch auch Friedensrichter hier«, erinnerte er Lamb. »Soweit wir es wissen, hat er bislang nichts Verbotenes getan, und selbst wenn wir den Verdacht hegen, dass er hinter dem Überfall steckt, haben wir doch keine Beweise. Außerdem lebt er in Emilys altem Gutshaus The Birches. Ich kann ihn schwerlich aus seinem eigenen Haus hinauswerfen, und selbst wenn er der Grund für den Angriff ist, würde ich ihn nur ungern töten.«

Beinahe einstimmig erwiderten Lamb und Luc:

»Ich nicht.« Sie grinsten einander an und waren sich für den Moment einig.

Barnaby schüttelte den Kopf.

»Nein, ich wäre Cousin Jeffery gerne los, und damit meine ich fort aus unserem Leben, aber«, sagte er mit einem warnenden Blick erst zu Luc und dann zu Lamb, »nicht tot.

Ich fürchte, wir werden uns etwas anderes einfallen lassen müssen, um ihn loszuwerden.«

Luc zuckte die Achseln und stöhnte, als seine Muskeln sich dagegen vehement verwahrten.

»Ungeziefer ist und bleibt Ungeziefer, Barnaby«, bemerkte er, nachdem der Schmerz nachgelassen hatte. »Wie Nolles auch ist er eine Ratte und sollte vernichtet werden.«

»Aber nicht durch uns«, entgegnete Barnaby. »Und gegenwärtig haben wir auch keine Chance, gegen Nolles vorzugehen.« Er sah angewidert aus. »Sosehr es mir auch gegen den Strich geht, wir werden Nolles die andere Wange hinhalten müssen und hoffen, dass sich die Gelegenheit ergeben wird, ihn zu erwischen ... und das bald.« Er machte eine Pause und dachte nach. »Wie ich Jeffery und Nolles kenne, wenn Jeffery denn mit Nolles unter einer Decke steckt«, fuhr er nach einer kleinen Weile fort, »könnte ich wetten, dass es nicht lange dauern wird, bis Jeffery nicht länger von Nolles gebraucht wird. Dann wird Nolles sich für uns um ihn kümmern. Vielleicht ist das Glück auf unserer Seite und sie kümmern sich umeinander.« Er seufzte und schüttelte den Kopf. »Aber solange Jeffery etwas hat, was Nolles nützlich findet – wie beispielsweise The Birches –, denke ich nicht, dass wir den Bruch zwischen beiden erleben werden.«

Lucs Blick wurde wachsam.

»Denkst du, Jeffery erlaubt Nolles, Schmuggelware auf The Birches zu verbergen?«

»Das vermute ich«, räumte Barnaby ein. »Nolles muss seine geschmuggelten Waren irgendwo zwischenlagern, und da das Gut günstig liegt, stehen die Chancen ausgezeichnet, dass er The Birches genau dafür benutzt – und zwar mit Jefferys Segen. Dem Klatsch nach, den ich von Lord Broadfoot,

Sir Michael und anderen gehört habe, kann man Jeffery vornehmlich im *Ram's Head* antreffen ... wodurch The Birches praktisch verlassen ist und für andere Zwecke zur Verfügung steht.« Ironisch fügte er hinzu: »Jeffery ist gewöhnlich in einem der Privatzimmer und spielt – und dem Vernehmen nach um hohe Einsätze.«

»Der Mann ist beinahe bankrott, aber ständig im *Ram's Head* und spielt«, murmelte Luc. »Ich frage mich, ob Nolles ihn in irgendeiner Weise unterstützt und dafür einen Teil seiner Gewinne bekommt? Das würde erklären, warum Nolles mich angegriffen hat.« Trotz seiner schmerzenden Lippe lächelte er halb. »Wenn dem so wäre, war es nicht nur Jefferys Geld, das i... äh, Harlan Freitagnacht gewonnen hat, sondern auch Nolles'.«

Die drei Männer bedachten Lucs Worte und Lamb sagte nach einem Moment:

»Das würde passen. Wenn Nolles mit Townsend zusammenarbeitet, würde er das Rupfen von Townsend neulich Nacht« – seine Lippen zuckten – »durch Harlan nicht gut aufnehmen.«

»Also, was tun wir als Nächstes?«, wollte Luc wissen und blickte vom einen zum anderen.

»Für den Moment nichts«, sagte Barnaby und stand auf. »Ich werde am Montag nach London aufbrechen.« Als beide ihn verwundert ansahen, fügte er hinzu: »Ich muss zu meinen Anwälten, und es gibt Sachen wegen der Ländereien zu regeln. Ich hatte gehofft, es würde nur ein kurzer Besuch werden, aber Emily und Cornelia haben mir eine ganze Liste Sachen zusammengeschrieben, von denen sie behaupten, sie müssten unbedingt besorgt werden, bevor das Kind kommt.« Er lächelte leicht. »Ich muss schon Glück haben, um in weniger als vierzehn Tagen wieder zu Hause zu sein.«

Er betrachtete Lucs geschwollenes und blau und rot angelaufenes Gesicht und schüttelte den Kopf, dann sagte er: »Du hast ganz schön Prügel bezogen letzte Nacht. Es wird eine Weile dauern, bis du dein Gesicht wieder öffentlich zeigen kannst.«

»Welche Erklärung werden wir für Lucs plötzliche Zurückgezogenheit liefern?«, fragte Lamb.

»Sosehr es meinen Stolz auch verletzt«, erwiderte Luc, »die beste Erklärung wäre wohl, dass ich vom Pferd gefallen bin.« Er schnitt eine Grimasse. »Die Leute werden denken, dass ich betrunken war, aber ein Sturz, vor allem wenn ich mir beim Landen auf der Erde den Knöchel schlimm verstaucht habe und deswegen nicht nach Hause gehen konnte …«

Barnaby nickte.

»Ja, das müsste gehen. Ein Sturz vom Pferd würde die blauen Flecken erklären.« Er blickte Luc an, und in seinen Augen stand Belustigung. »Du bist aufs Gesicht gefallen, aber vielleicht ist es besser, statt des verstauchten Knöchels zu sagen, das Pferd hätte dich gegen den Kopf getreten und sei dann, während du bewusstlos warst, auf deinen Knöchel getreten? Das würde dann auch einen Grund liefern, weswegen du bewusstlos auf der Straße liegend gefunden wurdest.«

Luc verzog das Gesicht.

»Ich werde das nie wieder loswerden, aber du hast recht, es wäre eine Erklärung, die alles abdeckt.« Er beäugte Barnaby. »Du bist ein überaus geschickter Lügner.«

Barnaby verneigte sich bescheiden.

»Man gibt sein Bestes.«

Barnaby war vielleicht gewillt zu warten, bevor er Schritte gegen Nolles ergriff, aber Lamb war anderer Ansicht. In den Schatten vor dem *Ram's Head* verborgen, wartete er wie ein Tiger auf seine Beute; er ließ sich Zeit. Niemand wusste, wo er war oder was er plante, und so war es ihm am liebsten. Barnaby hätte versucht, es ihm auszureden, und Luc ... Wut erfasste ihn, wenn er an Luc dachte, übel zugerichtet im Gesicht und überall am Körper, blutig und voller Blutergüsse. Er biss die Zähne zusammen. Luc, ermahnte er sich, war nicht in der Verfassung, wegen irgendetwas zu streiten.

Auch wenn er Barnaby in dem Glauben beließ, dass die Sache geregelt war, konnte Lamb den Überfall nicht einfach so ungesühnt lassen. Und daher lag er in der Nacht nach dem brutalen Angriff auf Luc vor der Kneipe auf der Lauer. Was immer Barnaby glaubte, Nolles musste eine Lektion erteilt werden ... eine Warnung.

Geduldig wartete Lamb im Dunkeln, er wusste, dass Nolles irgendwann die Wirtschaft verlassen würde und die paar Schritte zu dem großen Haus ging, das ihm gehörte und das neben seinem Lokal stand. In der Zeit, die Lamb jetzt schon in der schmalen Gasse zwischen den beiden Häusern wartete, hatte der Lärm aus dem *Ram's Head* nachgelassen, und er konnte aus seinem Versteck sehen, wie nach und nach die Gäste herauskamen. Es waren ein paar Minuten vergangen, seit der letzte betrunkene Nachzügler sich stolpernd auf den Heimweg gemacht hatte und die Schankmägde nach Hause gegangen waren. Er sah Squire Townsend zu seinem Pferd wanken; nach mehreren Versuchen gelang es ihm auch, sich in den Sattel zu schwingen und in der Dunkelheit zu verschwinden.

Lamb widerstand der Versuchung mannhaft, Townsend aus dem Sattel und in die Gasse zu zerren, um ihm eine Kostprobe von dem zu geben, was Luc erlitten hatte. Ich hätte ihn umbringen sollen, als ich die Gelegenheit dazu hatte, überlegte er und dachte an die Nacht in der Scheune des verlassenen Bauernhofes, als Townsends Freund Ainsworth Emily entführt hatte. Seine Lippen verzogen sich angewidert. Emilys Cousin hatte sich als derart erbärmlicher Schwächling entpuppt, dass weder er noch Barnaby sich dazu hatten überwinden können, ihn zu töten. *Townsend wird schon bald genug an der Reihe sein*, gelobte er sich.

Ein Geräusch machte ihn auf das Nahen eines anderen Mannes aufmerksam, und er verharrte regungslos. Als Nolles' schmächtige Gestalt am Eingang der Gasse auftauchte, griff Lamb blitzschnell mit einer großen Hand nach ihm, packte ihn am Kragen und zog ihn mühelos von den Füßen und ins Dunkel. Nolles setzte zu einem Schrei an, aber kein Laut kam aus seiner Kehle, weil Lamb ihm mit der anderen Hand rasch den Mund zuhielt.

»Still, kleiner Mann«, murmelte Lamb. »Wir wollen keine weiteren Gäste auf unserer Gesellschaft, oder?«

Er fasste Nolles anders, hielt ihn jetzt vorn an seinem Hemd und presste ihn gegen die Wand des *Ram's Head*. Nolles versuchte, sich aus dem Eisengriff zu befreien, aber trotz seiner heftigen Gegenwehr wich Lamb seinen Schlägen mühelos aus und hielt Nolles ungerührt weiter gegen die Wand der Wirtschaft gepresst, während seine Füße ein paar Zoll über dem Boden baumelten.

Lamb schüttelte ihn ungeduldig wie eine Katze eine Maus und verlangte:

»Hören Sie auf. Ein paar Minuten länger davon, und ich werde ernstlich wütend.« Er schloss seine Hand um Nolles' Kehle und kam mit seinem Gesicht dicht vor das von Nolles und erklärte: »Und Sie werden nicht wollen, dass ich noch wütender auf Sie werde, als ich es bereits bin.«

Etwas in der sanften Stimme ließ Nolles erstarren, und er hörte auf zu zappeln.

»So ist es viel besser«, sagte Lamb und nahm seine Hand von Nolles' Mund. Als der die Lippen öffnete, um um Hilfe zu rufen, legte er ihm einen Finger auf den Mund und warnte ihn: »Wenn Sie schreien, muss ich Ihnen, fürchte ich, wehtun … ziemlich heftig. Und glauben Sie mir, ich würde es genießen.«

Bis auf das fahle Licht der Mondsichel war die Nacht pechschwarz, und hier in der schmalen Gasse konnte man die Hand vor Augen nicht sehen. Nolles strengte sich an, aber er konnte nichts von seinem Gegenüber erkennen – einzig die Mühelosigkeit, mit der er gepackt worden war, verriet ihm, dass es sich bei seinem Angreifer um einen großen Mann handelte. Einen sehr großen und sehr gefährlichen Mann. Die überlegene Körpergröße und die gewählte Ausdrucksweise des Mannes verrieten ihm, um wen es sich handeln musste, das und das Wissen, dass die Joslyns die Einzigen in der Gegend waren, die es wagen würden, Hand an ihn zu legen.

»Sie sind Lamb, Joslyns Diener«, platzte er heraus.

»Viel wichtiger aber ist«, erwiderte Lamb, »dass ich Luc Joslyns Onkel bin. Und es will mir nicht gefallen, wenn giftiges Gewürm wie Sie denkt, Sie könnten ihn angreifen – irgendeinen Joslyn – und glauben, Sie kämen ungestraft davon.«

Nolles schluckte, war zornig, hatte aber auch entsetzliche Angst, dass die starke Hand um seine Kehle zudrücken könnte.

»W-was haben Sie vor?« Dreist fügte er hinzu: »Sie werden hängen, wenn Sie mich umbringen.«

Lamb lachte.

»Kleiner Mann, ich habe nicht die Absicht, Sie umzubringen.« Mit seiner freien Hand holte er das Messer hervor, das er stets bei sich trug, und legte es fast zärtlich an Nolles' Wange. »Dieses Mal warne ich Sie«, sagte er und zog mit einer raschen Bewegung seines Handgelenks die Klinge über die Wange des anderen, wobei er einen langen Schnitt hinterließ.

Nolles schrie und wehrte sich wieder.

»Still«, verlangte Lamb. »Es reicht aus für eine Narbe, aber es wird Sie nicht umbringen. Es wird allerdings eine Ermahnung sein …« Lamb beugte sich dichter zu ihm und gelobte mit einer Stimme, die Nolles mit Entsetzen erfüllte: »Fassen Sie noch einmal jemanden von meinem Blut an, jemanden, der den Namen Joslyn trägt, und das nächste Mal … das nächste Mal werde ich Sie töten.«

Lamb machte einen Schritt zurück, nahm seine Hand von Nolles' Kehle und ließ ihn zu Boden fallen. Der blieb als ein Häuflein Elend auf der Gasse liegen, hielt sich die Wange und schluchzte, während Lamb mit der Dunkelheit verschmolz.

Gillian und Sophia hörten die Nachricht von Lucs Unfall am Sonntag, als sie mit Silas in die Kirche gingen. Sorgsam darauf bedacht, seinem Herrn kein Unbehagen zu bereiten, fuhr Silas' Kutscher die Barutsche gemächlich zur Dorfkirche, und der Lakai, der mitgekommen war, half ihm vorsichtig beim Aussteigen. Die Ordways trafen nur Minuten vor Beginn des Gottesdienstes ein, sodass erst nach dessen Ende Gelegenheit war, sich mit anderen Kirchenbesuchern zu unterhalten. Die Menschen strömten nach draußen auf den Kirchhof und in den Herbstsonnenschein, und ein paar Nachbarn und Freunde blieben stehen, um sich nach Silas' Genesungsfortschritt zu erkundigen.

Vikar Smythe und seine Gattin Penelope kamen zu Silas, Gillian und Sophia, die warteten, dass die kleineren Kutschen und Karren abfuhren und Platz machten für die größere Barutsche. Nachdem er sich vergewissert hatte, dass Silas' gebrochener Arm gut verheilte, wandte sich der Vikar mit einem freundlichen Lächeln an Gillian und Sophia und sagte:

»Sie müssen Mr. Ordways Nichten sein. Er hat von Ihnen immer sehr liebevoll gesprochen. Es ist gut, dass Sie ihn besuchen gekommen sind.«

Nach erfolgter Vorstellung wappnete sich Gillian für die Missbilligung, die gewöhnlich auf die Nennung ihres Namens folgte, aber der Vikar lächelte sie weiter überaus nett an. Seine Gattin mit den Sommersprossen und den roten Haaren, die mittlerweile seit fast dreißig Jahren mit ihm verheiratet war, trat vor und erklärte mit freundlich blickenden braunen Augen:

»Ich freue mich sehr, Sie endlich kennenzulernen. Bleiben Sie länger?« Sie lachte leise. »Ich hoffe sehr – ich bin Vorsitzende mehrerer Komitees, die alle darauf abzielen, die Lage der Armen und Verzweifelten zu verbessern. Wenn Sie daher länger hier weilen, müssen Sie, fürchte ich, damit rechnen, dazu eingeladen zu werden.«

»Dann freut es Sie sicher zu hören, dass sie beide eingewilligt haben, dauerhaft bei mir zu leben«, erklärte Silas mit einem breiten Lächeln.

»Ausgezeichnet!«, rief Penelope. Zu Gillian und Sophia sagte sie: »Ich habe Sie gewarnt – Sie dürfen nächste Woche mit meinem Besuch rechnen. Ich werde Sie bitten, sich an meinem Lieblingskomitee zu beteiligen.« Mit einem verschwörerischen Lächeln fügte sie hinzu: »Und alle anderen Damen werden ganz eifersüchtig sein, dass ich die Erste bin, die Ihnen die Aufwartung macht – und wenn ich darf, Sie zu dem Komitee zur Besserung der Lage der jungen Frauen von Broadhaven einlade. Es ist eine sehr verdienstvolle Arbeit. Und zudem werden Sie viele Damen der näheren Umgebung kennenlernen – Lady Joslyn und ihre Großtante Mrs. Cornelia Townsend sind zwei unserer aktivsten Mitglieder. Sie werden beide sehr mögen.« Sie klopfte sich mit einem Finger gegen die Unterlippe. »Allerdings kann es eine Weile dauern, bis die Viscountess sich wieder zu uns gesellt – sie erwartet ihr erstes Kind noch vor Jahresende.«

Der Vikar lachte über den Wortschwall seiner Frau und schaltete sich ein:

»Meine Liebe, ich denke, du überrollst sie.« Er blickte zu Gillian und Sophia und sagte: »Für jetzt möge ein herzliches Willkommen bei uns genügen.«

»Oh, natürlich.« Penelope lächelte beide Damen an. »Willkommen – und ich freue mich, unsere Bekanntschaft zu vertiefen.«

»D-danke«, stammelte Gillian, sowohl von Penelopes Redseligkeit als auch von ihrer unverhohlenen Freundlichkeit verwirrt. Vielleicht wussten der Vikar und seine Gattin nicht, wer sie war?

Ehe mehr gesagt werden konnte, kamen mehrere Mitglieder des Landadels dem Beispiel des Vikars folgend zu ihnen, um Silas zu begrüßen und Gillians und Sophias Bekanntschaft zu machen. Um den anderen nicht nachzustehen, traten auch Lord Broadfoot und seine Gemahlin sowie Sir Michael und dessen Gattin hinzu und wurden vorgestellt.

»Gut, Sie wieder auf den Beinen zu sehen«, teilte Lord Broadfoot Silas mit dröhnender Stimme mit, nachdem die Vorstellungsrunde abgeschlossen war. »Hab gehört, Sie hatten einen Unfall. Haben Sie je erfahren, wer Sie in den Graben gedrängt hat?«

Silas schüttelte den Kopf.

»Nein.«

»Es ist nur gut, dass Mr. Joslyn zufällig ausgerechnet da des Weges gekommen ist«, rief Lady Broadfoot. »Es wäre ganz furchtbar gewesen, wenn Sie die ganze Nacht dort hätten liegen müssen.«

»Eine Schande, was Joslyn Freitagnacht zugestoßen ist, nicht wahr?«, warf Sir Michael ein.

»Luc ist etwas geschehen?«, fragte Silas verblüfft. »Er hat am Abend auf High Tower diniert und war in bester Verfassung, als er fortgeritten ist.«

»Dann muss es auf dem Heimweg von Ihnen passiert sein – er ist von seinem Pferd abgeworfen worden«, erklärte Sir Michael. »Soweit man es hört, ist er schwer gestürzt und bekam einen Moment keine Luft, sodass er sich nicht rechtzeitig zur Seite rollen konnte und das Pferd ihm einen Tritt gegen den Kopf versetzt hat und dann auch noch auf seinen Knöchel getreten ist. Beinahe hätte er sich ihn gebrochen.«

Die Nachricht von Lucs Unglück entsetzte die Ordways. Gillian wurde blass und keuchte bestürzt. Sophia und Silas waren schockiert.

»Wie schrecklich!«, rief Silas. Er wandte sich an seine Nichten und sagte: »Wir müssen gehen und ihn besuchen, bevor wir heimfahren, und uns vergewissern, dass es ihm gut geht.«

Gillian war sogleich einverstanden, verwundert, wie verzweifelt sie Luc Joslyn zu sehen wünschte, ja, ihn sehen musste, um sich persönlich von dem Ausmaß seiner Verletzungen zu überzeugen.

»Oh Onkel«, pflichtete sie ihm bei, »ganz bestimmt. Eine ausgezeichnete Idee.«

Sophia nickte.

»Genau, wir müssen ihn aufsuchen. Mr. Joslyn war während der kurzen Zeit, die wir hier weilen, überaus nett zu uns. Der Anstand gebietet es.«

Lord Broadfoot schüttelte den Kopf.

»Das wird Ihnen nichts nützen. Lord Joslyns Diener Lamb wird Sie wieder wegschicken. Mein Sohn Harlan und ich haben gestern Nachmittag versucht, ihn zu sehen, sobald wir davon gehört hatten, aber Lamb hat uns mitgeteilt, es würde ein paar Wochen dauern, bis Mr. Joslyn wieder Besucher empfängt. Was in mir die Frage weckt, ob er nicht schlimmer zugerichtet ist, als man uns wissen lässt.«

Broadfoots Worte versetzten Gillian in Panik. Oh, bitte nicht, betete sie stumm. Bitte, lieber Gott, lass nicht zu, dass er ernstlich verletzt ist. Erschrocken von der Heftigkeit ihrer Gefühle, die sie schier zu überwältigen drohten, wenn sie sich vorstellte, dass Luc verletzt und hilflos in seinem Bett lag, starrte sie zu Boden. Ich mag ihn nicht einmal leiden, sagte sie sich streng. Natürlich hätte sie Mitleid mit jedem, der einen Unfall erlitt, aber sie sollte sich nicht derart um seinen Zustand sorgen. Sie presste die Lippen aufeinander. Besonders nach den beschämenden Freiheiten, die er sich Freitag herausgenommen hatte, rief sie sich in Erinnerung und verbot sich, an die Lust zu denken, die sie in seinen Armen erlebt hatte.

Besorgt sagte Silas:

»Das gefällt mir gar nicht. Ich denke, wir versuchen dennoch unser Glück.«

Gillian hätte ihn für seine Hartnäckigkeit küssen mögen.

Sie verabschiedeten sich von allen, und nachdem sie in

der Barutsche Platz genommen hatten und Silas dem Kutscher seine Anweisungen gegeben hatte, brachen sie zum Dower House nach Windmere auf. Als sie ihr Ziel erreichten, schlug Silas vor, dass die Damen in der Barutsche warteten, bis feststand, ob sie Luc sehen konnten. Dann stieg er gestützt von dem Lakaien aus und begab sich zum Haus. Lamb öffnete die Tür und ließ Silas ein, aber in der hübschen Eingangshalle des Dower House erklärte er Silas höflich, dass Master Luc gegenwärtig nicht imstande sei, Besucher zu empfangen.

»Ach, seien Sie nicht albern«, erwiderte Silas wütend, dem es nicht gefiel, abgewiesen zu werden. »Gehen Sie und sagen Sie ihm, Silas Ordway sei gekommen, um ihn zu sehen. Wir sind gut befreundet.« Er zeigte auf den Arm in der schwarzen Schlinge. »Luc hat mich gerettet, als ich mir den Arm gebrochen habe – das Wenigste, was ich tun kann, ist ihn zu besuchen und ihm alles Gute zu wünschen.«

Geduldig setzte ihm Lamb auseinander:

»Das verstehe ich, Sir, aber ich habe meine Anweisung von Lord Joslyn persönlich – sein Bruder empfängt im Moment keine Besucher. Er fürchtet, es würde ihn zu sehr anstrengen.« Er lächelte voller Mitgefühl. »Vielleicht sieht Seine Lordschaft das in einer Woche anders.«

Von seinem größenmäßig unterlegenen Standpunkt betrachtete Silas Lamb.

»Es war nur ein Sturz von einem Pferd«, sagte er. »Es sei denn, natürlich, da wäre noch etwas, was Sie mir nicht sagen können …«

Sich vertraulich vorbeugend und ein teuflisches Lächeln in den strahlend blauen Augen, das Luc und Barnaby wiedererkannt hätten, bemerkte Lamb:

»Es ist sein Stolz, Sir – als Master Luc vom Pferd gestürzt

ist, hat sein Gesicht das meiste abbekommen. Mit seinen beiden Veilchen und jeder Menge Schrammen und Blutergüssen sieht er aus wie ein Kinderschreck. Er zieht es vor, wenn ihn niemand in diesem Zustand sieht.«

»Nun, bei meiner Seele«, sagte Silas schmunzelnd. »Luc ist mir nie eitel vorgekommen, aber ich verstehe schon – ein Paar blaue Augen kann ein hässlicher Anblick sein.« Er zögerte. »Wie schlimm ist es?«

»Der schlimmste Sturz, den ich je gesehen habe«, räumte Lamb ein. »Lassen Sie sich aber versichern, dass er sich keine Knochen gebrochen hat und sich erholen wird, ohne dauerhafte Schäden davonzutragen. In ein paar Wochen wird er wieder ganz der Alte sein.«

Silas fand sich damit ab, unverrichteter Dinge gehen zu müssen, und sagte:

»Sie richten ihm bitte aus, dass ich da war, ja?«

Lamb verneigte sich.

»Mit größtem Vergnügen, Sir.« In Gedanken weilte er schon bei Lucs Reaktion darauf, wenn er erfuhr, dass seine Eitelkeit der Grund war, weswegen er sich nicht zeigte, und musste sich ein Grinsen verkneifen. Dem Burschen wird es nicht schaden, wütend zu werden, überlegte er – und wenigstens für eine Weile hätte Luc an etwas anderes zu denken als an seine Schmerzen.

Sobald Silas zur Tür hinaus war, eilte Lamb mit einem freudigen Lächeln auf dem Gesicht die Stufen empor und zu Lucs Schlafzimmer.

Gillian war ebenso unzufrieden wie Silas darüber, keine Gelegenheit zu erhalten, sich mit eigenen Augen von dem Ausmaß von Lucs Verletzungen zu überzeugen. Aber Silas' Bericht, dass keine Knochen gebrochen waren und dass die einzigen Spuren des Sturzes zwei blaue Augen und Blutergüsse waren, milderte ihre Sorge. Dennoch wunderte sie sich über den Unfall. Ihren Beobachtungen zufolge war Luc ein ausgezeichneter Reiter, sodass es merkwürdig schien, dass er abgeworfen worden sein sollte. Sie entschied, dass sein Pferd wegen irgendetwas gescheut haben musste, vielleicht vor einem nächtlichen Raubtier auf Beutezug, und er davon überrascht worden war, und ließ die Sache auf sich beruhen. Er würde sich erholen, und das war es, worauf es ankam. Was die Umarmung im Garten Freitagabend anging, weigerte sie sich weiter, darüber nachzudenken, wie sie es seit dem Abend getan hatte, an dem es passiert war. Sie war kein einfältiges junges Ding vom Land, das sich von einem gut aussehenden Wüstling den Kopf verdrehen ließ.

Zurück in High Tower, unterrichtete Meacham Silas, dass sein Neffe und dessen Freund auf der Suche nach Zerstreuung ins Dorf gegangen waren, aber zum Abendessen wieder zurück sein würden. Unterstützt von Silas und Sophia war es Gillian gelungen, Canfield aus dem Weg zu gehen. Die Nachricht, dass er nicht da war, sorgte daher bei allen für Freude und Erleichterung. In gelöster Stimmung genossen sie den leichten Imbiss, der sie im Morgensalon erwartete. Nach dem Essen zogen sie sich auf ihre Zimmer zurück, Silas für ein Nickerchen am Kamin und Gillian und Sophia, um die festliche Kleidung für die Kirche gegen einfachere zu tauschen. Nachdem das geschehen war, trafen sie sich in ihrem gemeinsamen Salon. Während sich Sophia auf ihre Stickerei konzentrierte, saß Gillian an dem Kirschbaumholzschreibtisch vor einem der Fenster und verfasste Briefe an Freunde und Bekannte in Surrey sowie an verschiedene Kaufleute und teilte ihnen ihre und Sophias geänderte Anschrift mit.

Es war ein ruhiger, angenehmer Sonntagnachmittag, aber als der Zeitpunkt von Canfields und Stanleys Rückkehr näher rückte, spürte Gillian, wie sie sich verspannte. Obwohl Canfield keinen offenen Annäherungsversuch mehr gemacht hatte, gab sie sich nicht der Täuschung hin, dass er aufgeben und sich zurückziehen würde. Er konnte ihr Häuschen nehmen und die drei Morgen Land, die dazugehörten, als Teilzahlung für Charles' Schuldscheine, ermahnte sie sich, aber das war nicht länger eine Waffe gegen sie. Sie und Sophia waren auf High Tower sicher.

Ihre größte Angst war nun, dass Canfield über Charles' Abmachung mit Lord Winthrop redete. Sie seufzte. Gleichgültig, von welcher Seite man die Situation betrachtete, sie würde nicht gut dabei abschneiden. Viele würden glauben, dass sie einverstanden gewesen sei und bereitwillig für ihren Ehemann zur Hure geworden wäre. Andere würden behaupten, dass ihre Weigerung die Wahrscheinlichkeit erhöhte, dass sie ihren Ehemann erbost zur Rede gestellt und ihn dann ermordet hatte.

Während sie sich bereit machte, mit Sophia nach unten zum Dinner zu gehen, fragte sie sich, ob es überhaupt wichtig war, wie die Leute sie sahen. Beinahe alle hielten sie bereits für eine Mörderin, gestand sie sich bitter ein, was also machte es schon aus, wenn sie den Titel Hure hinzufügten?

Es tröstete sie nicht sehr, aber sie machte sich bewusst, dass wenigstens Silas wusste, was ihm unter Umständen bevorstand, wenn Canfield die hässliche Geschichte weitererzählte. Sie seufzte wieder. Niemand, der in die Geschichte verwickelt war, würde gut dastehen, aber sie würde das meiste abbekommen. Charles war tot, Winthrop war ein Mann und ein bekanntes Mitglied der guten Gesellschaft.

Canfields Vater war ein Herzog – sein Anteil an der Verbreitung der Geschichte würde unter den Teppich gekehrt werden. Nein, sie würde diejenige sein, auf die man mit dem Finger zeigen, über die man klatschen würde.

Wenn sie an diesen Morgen zurückdachte und die Freundlichkeit, mit der der Vikar und seine Frau ihr begegnet waren, zog sich ihr Herz vor Schmerz zusammen. Sie wollte nicht, dass sie sie voller Verachtung anschauten oder sich abwandten, wenn sie sie sahen. Sie wollte, wurde ihr mit einem Anflug von Verzweiflung klar, Teil der Gemeinschaft sein und auf keinen Fall und unter keinen Umständen Skandal und Schande ins Haus ihres Onkels bringen. Und was war mit Stanley? Sie standen sich zwar nicht nahe, aber im Augenblick war sie voller Hoffnung, dass sie in Zukunft besser miteinander auskommen konnten als in der Vergangenheit. Sie schnaubte abfällig. Wenn Canfield redete, konnte sie sich von dieser Hoffnung verabschieden, so viel stand fest. Stanley würde nichts mit ihr zu tun haben wollen.

Das Dinner verlief in unbehaglicher Atmosphäre. Von den Unterströmungen schien Stanley nichts mitzubekommen und überraschte Gillian, indem er sich als charmanter Gesellschafter erwies und die Mahlzeit mit seinen amüsanten Geschichten aus London davor bewahrte, ein absolutes Desaster zu werden.

»Dem Himmel sei Dank für Stanley«, bemerkte dann auch Sophia, als sie sich auf das Sofa im Salon setzte, nachdem die Damen die Herren ihrem Port überlassen hatten.

Gillian nickte.

»Wenn er nicht gewesen wäre, wäre es ein schreckliches Essen gewesen. Ich hätte nie gedacht, dass ich Stanley je dankbar sein würde, aber nach heute Abend bin ich das.« Sie biss sich auf die Unterlippe und fügte hinzu: »Canfields

Schweigen missfällt mir. Ich kann nicht glauben, dass er einfach geht.«

»Nein, da stimme ich dir zu.« Sophia runzelte die Stirn. »Mir hat es nicht gefallen, wie er dich angesehen hat, als er dachte, niemand würde hinschauen. Ich fürchte, in ihm hast du einen Feind. Er mag dich in seinem Bett haben wollen, aber ich nehme an, da du ihm einen Strich durch die Rechnung gemacht hast, wird er sich auch irgendwie an dir rächen wollen.«

»Ich weiß«, antwortete Gillian. »Und solange er diese Schuldscheine hat ...« Ihre Lippen zuckten. »Mein Ruf liegt in Canfields und Winthrops Händen.«

»Wegen Winthrop würde ich mir nicht den Kopf zerbrechen«, erklärte Sophia auf ihre sachliche Art. »Mich wundert, dass er überhaupt die Abmachung erwähnt hat, auch wenn er betrunken war – vor allem, da er nicht bekommen hat, was er wollte. Ich bin sicher, wenn Canfield die ganze widerwärtige Affäre auspackt, wird Winthrop, um seinen eigenen Kopf zu retten, alles rundweg abstreiten.«

Sophias Worte vermochten Gillian aufzuheitern, bis ihr wieder die Schuldscheine selbst einfielen. Niedergeschlagen bemerkte sie:

»Die Schuldscheine werden der Geschichte Glaubwürdigkeit verleihen.«

»Ach Unsinn«, winkte Sophia ab. »Alles, was Canfield hat, sind die Behauptungen eines Betrunkenen und die Schuldscheine eines Toten. Er wäre ein Narr und würde nur Verachtung ernten, wenn er anfängt, Gerüchte über etwas zu verbreiten, was angeblich vor zwei Jahren geschehen ist.«

Gillian schaute sie aus großen Augen erstaunt an.

»So habe ich das noch nie gesehen.«

»Nicht«, warnte Sophia, »dass es nicht unangenehm für dich würde, für uns, aber es würde auch nicht die absolute Katastrophe nach sich ziehen, mit der du rechnest.« Sie lächelte Gillian an. »Hör auf, Canfield als Unhold mit unendlicher Macht zu sehen. Das ist er nicht. Er ist ein grässlicher kleiner Wurm, den man unter dem Schuh zertritt, nicht mehr.«

Von den Worten ihrer vernünftigen Cousine getröstet, gelang es Gillian, den Rest des Abends mit hinreichend Fassung zu überstehen, die nicht einmal Canfields Gegenwart in Gefahr bringen konnte. Sophia hatte recht, ermahnte sie sich ein paar Stunden später und kroch in ihr Bett.

Canfield war eine Bedrohung für ihren Ruf und ihr Glück, aber nicht die unvermeidlich vernichtende, wie sie es sich immer vorgestellt hatte. Nein, dachte sie und starrte in die Dunkelheit in ihrem Zimmer, Canfield war ein Problem, aber eine viel größere Bedrohung für ihr Wohlergehen stellte die gewaltige maskuline Anziehungskraft von Luc Joslyn dar.

Hitze erfasste sie, und ihr Atem ging schneller, als die Erinnerung an seinen Mund, hart und hungrig auf ihrem, zurückkehrte. Selbst jetzt reichte allein der Gedanke an diese verblüffenden Momente in seinen Armen, und schon wurde sie innerlich ganz unruhig, Verlangen erfasste sie und sie sehnte sich danach, ihn zu berühren, zu fühlen … ihn in sich zu spüren.

Sie wehrte sich gegen die Gelüste, die auf sie eindrangen, und mit der Hand vorm Mund erstickte sie ein erbittertes Schluchzen. *Ich werde nicht*, gelobte sie sich, wegen Luc Joslyn den Kopf verlieren – *egal, wie sehr er mich erregt. Ich hatte genug Skandale für ein ganzes Leben*, rief sie sich in Erinnerung, und es war ausgeschlossen, schwor sie sich, dass sie sich Hals über Kopf in eine wilde Liebesaffäre mit jemandem wie Luc Joslyn stürzte. Und da war es gar nicht verkehrt, dass er in der nächsten Zeit nicht nach High Tower kommen würde. Sie musste an sein lächelndes Gesicht und die strahlend blauen Augen denken, die sie anlachten, und spürte, wie sich ihre Lippen gegen ihren Willen zu einem Lächeln verzogen. *Oh verdammt*, dachte sie hilflos. *Verdammt, verdammt!*

Kapitel 8

Lamb war zwar imstande, Besucher abzuwimmeln, die nicht zur Familie gehörten, aber gegen Emily und Cornelia war er machtlos. Binnen einer Stunde nach Silas' Abfahrt marschierte Emily wie die Amazone, als die er sie oft genug bezeichnete, mit Cornelia an ihm vorbei – sie ließen sich nicht aufhalten.

Er versuchte es. Rasch bezog er Stellung am Fuß der Treppe, starrte beide an und sagte:

»Ich weiß, ihr wollt ihn sehen, aber selbst Barnaby ist der Meinung, es wäre besser, wenn wir ihm ein paar Tage Ruhe gönnen. Es war wirklich ein übler Sturz vom Pferd.«

»Oh, geh aus dem Weg, du großer Klotz, und spar dir die Mühe, mir irgendwelche Geschichten über einen Sturz vom Pferd aufzutischen«, entgegnete Cornelia scharf und versetzte ihm mit ihrem Stock einen Schlag gegen das Schienbein, um ihre Worte zu unterstreichen.

Lamb jaulte auf und machte den Weg frei.

Emily blieb neben ihm stehen und schaute ihn aus ihren grauen Augen ernst an, als sie sagte:

»Reg dich nicht auf, Lamb – Barnaby hat uns alles erzählt, bevor er nach London aufgebrochen ist.«

Lamb betrachtete sie stirnrunzelnd.

»Du hast ihn verhext.«

Sie blickte ihn an und lächelte, dann reckte sie sich und küsste ihn auf die Wange.

»Ja, ich weiß. Und du findest es wunderbar.«

Das entlockte ihm ein Lachen. Mit einer großartigen Verneigung bemerkte er:

»Hier entlang, die Damen.«

In Lucs Zimmer angekommen, waren Emily und Cornelia entsetzt über seinen Zustand. Sie eilten mit besorgten Mienen zu seinem Bett.

»Gütiger Himmel«, rief Emily, als sie in Lucs mitgenommene Züge schaute. »Dein armes Gesicht.«

»Du hast schon besser ausgehen, das will ich gerne einräumen«, teilte ihm Cornelia mit und musterte ihn mit ihren flinken Augen, vermerkte jede Schramme, jeden blauen Fleck. »Meine Güte, Junge, was hast du getan? Nolles gegen dich aufgebracht? Das war jedenfalls eine selten große Dummheit.«

Kleinlaut erwiderte Luc:

»Das wollte ich nicht – und das *Ram's Head* ist schließlich eine öffentliche Wirtschaft.«

Cornelia schnaubte.

»Unsinn!«

»Du weißt doch, dass es keine gute Idee ist, dorthin zu gehen«, schalt Emily. »Jetzt lass uns sehen, auf welche Blutergüsse wir Tante Cornelias spezielle Salbe auftragen können, damit sie schneller verheilen. Sie stellt sie selbst mit den Ölen her, die du ihr aus London geschickt hast. Ich verspreche dir, damit wirst du dich bald besser fühlen.«

Luc genoss es, von Emily und Cornelia versorgt und verwöhnt zu werden, aber während die Tage vergingen und er sich langsam erholte, störten ihn die Einschränkungen immer mehr, und er wurde immer ungeduldiger und wollte unbedingt das Haus verlassen. Am Mittwoch in der ersten

Novemberwoche waren seine blauen Flecken fast vollends verblasst, und sein angeblich verstauchter Knöchel war so weit verheilt, dass er mit Lamb ins Dorf reiten und in der *Krone* einen Krug Bier genießen konnte.

Die beiden Männer hatten kaum unweit des gemauerten Kamins Platz genommen, als auch schon Mrs. Gilbert aus der Küche erschien, von ihrer Ankunft durch ihre älteste Tochter Faith unterrichtet, die heute Dienst hatte.

Mrs. Gilbert wischte sich ihre Hände an der großen weißen Schürze ab, die sie über ihrem braunen Wollkleid trug, und kam zu ihrem Tisch. Nachdem sie Luc eingehend gemustert hatte, sagte sie:

»Ich sehe, dass Ihr … Sturz vom Pferd keine schlimmen Folgen hatte.«

Luc grinste.

»Es war mein Stolz, der am schlimmsten verletzt wurde.« Er schüttelte den Kopf. »Ich kann mich nicht erinnern, wann mich das letzte Mal ein Pferd so abgeworfen hat. Es war wirklich Pech.«

»Ich bin sicher, das stimmt«, antwortete sie. Ihr Blick glitt zu Lamb. »Es scheint hier im Dorf eine wahre Pechsträhne zu geben. Die Gerüchte sagen, dass Nolles neulich auf dem Heimweg ausgerutscht ist und sich das Gesicht aufgeschlitzt hat … Allerdings habe ich reden hören, dass es eher so aussieht, als ob jemand ihm mit dem Messer zugesetzt hat, als dass es von einem Sturz stammt.« Als Lamb sie weiter höflich interessiert anschaute, fügte sie hinzu: »Es heilt, aber es wird wohl eine Narbe geben.«

Luc blickte Lamb aus schmalen Augen an.

»Ach wirklich?«, bemerkte er halblaut.

»Ja, aber natürlich weiß keiner von Ihnen etwas darüber, oder?«

»*Mais non! Nicht doch,* wie sollte ich?«, fragte Luc, ohne den Blick von Lamb zu wenden. »Ich war in meinem Bett und kaum in der Lage, einen Muskel zu bewegen.«

»Und ich«, murmelte Lamb, »bin ihm keinen Moment von der Seite gewichen.«

Mrs. Gilbert schnaubte und erwiderte:

»Und Sie können das beide jemandem erzählen, der keine Krempe am Hut hat.«

Lamb grinste.

»Als ob ich das je würde.«

Sie lachte.

»Nun gut. Dann behalten Sie es für sich. Was möchten Sie haben?«

Zwanzig Minuten später verließen Luc und Lamb den Gasthof, gingen zu ihren Pferden und saßen auf. Sobald die *Krone* nicht mehr zu sehen war, schaute Luc Lamb an und erkundigte sich in eisigem Ton:

»Du oder Barnaby? Und versuch mir nicht weiszumachen, dass es keiner von euch beiden war, der für Nolles' Missgeschick verantwortlich ist.«

»Ich war es«, gestand Lamb ohne die geringste Zerknirschung. Er blickte Luc offen an. »Jemand musste es tun, und du warst nicht in der Verfassung, irgendwem eine Lektion zu erteilen.«

»Wusste Barnaby davon?«

Lamb schaute ihn schräg von der Seite an.

»Viscount Joslyn? Was denkst du denn?«

»Du hattest kein Recht«, explodierte Luc. »Ich wurde angegriffen. Niemand muss meine Schlachten schlagen – und vor allem nicht du. Ich wäre mit Nolles zu gegebener Zeit bestens allein fertiggeworden.«

Lamb riss an den Zügeln seines Pferdes und starrte Luc an, der das Gleiche getan hatte.

»Eine Lektion«, sagte Lamb mit zusammengebissenen Zähnen, »lernt man besser, wenn die Strafe dem Vergehen möglichst dicht auf dem Fuße folgt. Es hindert dich nichts und niemand daran, dir Nolles selbst vorzunehmen, jetzt, da du wieder gesund bist. Aber er muss lernen, dass niemand sich an einem Joslyn vergreift ohne rasche und, wie ich hinzufügen muss, schmerzhafte Vergeltung.«

Da sie in dieser Hinsicht einer Meinung waren, zügelte Luc seine Verärgerung.

»Es scheint, wir sind diesmal beide anderer Ansicht als Barnaby«, brummte er und trieb sein Pferd wieder an.

Barnaby kam aus London am Mittwochabend zurück, und Freitagmorgen erfuhr er durch Lord Broadfoot, der ihm einen Besuch abstattete, von Nolles' Unfall. Broadfoot war kaum wieder zur Tür hinaus, als Barnaby auch schon Lamb zu sich in sein Arbeitszimmer bestellte. Sobald Lamb eingetroffen war und mit grimmiger Miene hinter sich die Tür geschlossen hatte, sagte Barnaby:

»Ich dachte, wir hätten beschlossen, schlafende Hunde nicht zu wecken.«

Lamb nahm auf einem der Lederstühle vor Barnabys massivem Eichenschreibtisch Platz und zuckte die Achseln.

»Das hast du beschlossen, nicht ich.«

»Verdammt, Lamb! Denkst du nicht, dass es auch mir schwergefallen ist hinzunehmen, was Nolles Luc angetan hat?«, verlangte Barnaby mit wütend funkelnden schwarzen Augen zu wissen. »Ich wollte den Bastard umbringen.« Er atmete tief ein und kämpfte gegen die Wut an. »Und während du eine gewisse Befriedigung aus deinem Tun bezogen haben magst«, fuhr er dann ruhiger fort, »werden wir alle die Folgen tragen müssen.« Er beugte sich vor und sah seinen Onkel eindringlich an. »Durch dich ist Nolles' für uns jetzt doppelt gefährlich. Wenn er sich vorher schon an uns rächen wollte, so wird er jetzt praktisch vor Wut schäumen.«

Lamb unterbrach die angelegentliche Betrachtung seiner Stiefel und schaute auf.

»Dann töten wir ihn besser früher als später.«

Barnaby lachte humorlos.

»Oh, da sind wir uns einig. Ich schrecke allerdings vor kaltblütigem Mord zurück.«

»Aber heißblütiges Hinschlachten ist akzeptabel?«, erkundigte sich Lamb mit hochgezogenen Brauen.

Barnaby hob warnend einen Finger.

»Du weißt genau, was ich meine.«

Lamb seufzte.

»Luc war nicht glücklich über mein Vorgehen.«

»Nur weil er Nolles selbst auf seine Weise eine Lehre erteilen wollte«, brummte Barnaby und ließ sich auf den Stuhl hinter seinem Schreibtisch fallen.

Lamb stand auf.

»Ja, ich bin sicher, das würde er wollen … und ich bin sicher, irgendwann wird er einen Weg finden, sich zu rächen. Luc ist sehr gut darin. Gibt es sonst noch etwas, das du von mir willst?«

Barnaby machte eine wegwerfende Handbewegung in seine Richtung.

»Nein. Geh und ärgere jemand anders.«

Barnaby und Lamb hatten beide recht mit ihrer Einschätzung. Luc würde selbst Vergeltung üben an Nolles, und in der Zeit, die er gezwungen gewesen war, im Dower House zu bleiben, hatte er sich in Gedanken ausführlich mit dem Thema auseinandergesetzt ... und auch mit dem Problem, das die entzückende Mrs. Gillian Dashwood darstellte. Gillians köstlich gerundete Figur war durch seine Träume gegeistert, und meistens war er dann davon aufgewacht, dass sein Glied ganz hart war und verlangend pochte – etwas, was er nicht erlebt hatte, seit er ein grüner Junge gewesen war. Es hatte zwar gelegentlich eine Frau gegeben, mit der er ins Bett gegangen war, während er in London war, aber das war vor Monaten gewesen, sodass er vor allem seine Enthaltsamkeit für seinen Zustand verantwortlich machte.

Jetzt, da er wieder er selbst war, hatte er vor, sich beider Probleme zu entledigen. Als er Freitagabend im Bett lag, dachte er über die Schwierigkeiten nach und wie er sie am besten löste. Weder Nolles noch Gillian waren für eine gerade Lösung, gestand er sich mit einem reuevollen Lächeln ein. Gillian war keine kecke Schauspielerin und auch keine lebenslustige Witwe, die bereitwillig bei nächstbester Gelegenheit in sein Bett steigen würde. Gillian war zwar Witwe – und nach wie vor die Hauptverdächtige für den Mord an ihrem Ehemann – aber er bezweifelte, dass sie mit ihm ins Bett fallen würde. Oder doch?

Die Erinnerung an jene Episode im Garten von High Tower flammte in seiner Erinnerung erneut auf, und zu seiner Erbitterung erfasste ihn sogleich wieder heftiges Verlangen. Er war wieder schmerzlich erregt und wusste, Schlaf war erst einmal ausgeschlossen. So schwang er fluchend die Beine aus dem Bett und stand auf – nackt, wie er war.

Er schlüpfte in den Morgenmantel, der auf einem Stuhl in der Nähe bereitlag, zündete die Kerze in dem Messingständer auf dem Tischchen daneben an und ging damit in das angrenzende Zimmer. Er durchquerte es bis zu dem Tablett mit Spirituosen auf einer Anrichte aus Eichenholz, stellte die Kerze ab und schenkte sich Brandy ein. Ohne sich die Zeit zu gönnen, das aromatische Bukett zu genießen, kippte er den Inhalt des Glases einfach hinunter.

Nachdem er sich nachgeschenkt hatte, durchstreifte er missmutig den Raum. Es passte so gar nicht zu ihm, derart von einer Frau gefesselt zu sein. Aber Gillian Dashwood war anders als alle anderen Frauen, die er kennengelernt hatte. Verärgert gestand er sich ein, dass er sich stärker zu ihr hingezogen fühlte als je zuvor zu einer anderen. Er begehrte sie, aber er hatte auch viele andere Frauen begehrt, aber nicht so, wie es ihn jetzt nach Gillian Dashwood verlangte. Er konnte nicht erklären, was an seinen Gefühlen bei ihr anders war, und das bereitete ihm Sorgen.

Das Glas in der Hand, lief er auf und ab und betrachtete das Problem von allen Seiten. Ihr Ruf, der Umstand, dass man allgemein glaubte, auch wenn es nicht bewiesen war, dass sie ihren Ehemann getötet hatte, verlieh einer Affäre mit ihr einen zusätzlichen Hauch von Gefahr. Reuig gestand er sich ein, dass er eine Vorliebe dafür hatte, mit dem Feuer zu spielen und sich in gefährliche Situationen zu begeben. Aber von der Gefahr einmal abgesehen, war sie einfach reizend. Verführerisch und begehrenswert … und sie billigte ihn nicht … allerdings billigte er sie auch nicht unbedingt. Er wollte sie in seinem Bett haben, und trotz ihres Rufes und trotz ihrer Verwandtschaft mit Silas war er sich sicher, dass er sie bekommen würde. Dieser Kuss im Garten verriet ihm das. Nur wann und wo, das stand noch nicht fest.

Sie war kein leichtes Mädchen, das man einfach in einem Zimmer im nächsten Gasthof nehmen konnte … Er blickte sich in dem vom Licht der einzelnen Kerze schwach erhellten Raum um und verzog das Gesicht. Sie herzubringen stand außer Frage. Und die Idee, mit ihr in Silas' Haus zu schlafen, war schlicht ausgeschlossen. Wenn es draußen wärmer wäre, könnte er ein intimes Picknick an einem abgeschiedenen Ort arrangieren ... sich Gillian nackt auf einer Decke vorzustellen, die Augen benommen vor Lust und ihr üppiger Busen und ihre schmale Taille im Schatten eines Baumes, führte zu der erwarteten Reaktion bei ihm.

Mon Dieu! Er musste aufhören, sich auf diese Weise selbst zu quälen. Aber der Mangel an einem bequemen und zugleich diskreten Ort für ein Tête-à-Tête erinnerte ihn an ein weiteres Problem, das er in den letzten Tagen aufgeschoben hatte: sein Wunsch nach einem eigenen Anwesen, das Bedürfnis nach Abstand und ungestört zu sein. Morgen, beschloss er. Zwar würden ihm Barnaby, Emily, Cornelia und auch Lamb in seiner unmittelbaren Nähe fehlen, aber es war an der Zeit – schon längst über die Zeit –, dass er den sicheren Hafen verließ, den Barnaby ihm zur Verfügung gestellt hatte.

Die Aussicht auf sein eigenes Heim war neu für Luc. Obwohl er von seiner Geburt bis zu seinem zwölften Lebensjahr in dem Schloss seiner französischen Verwandten gelebt hatte und danach fast ebenso lange auf Green Hill, hatte er sich nie an einem der beiden Orte wirklich zu Hause gefühlt. Er war Barnaby für sein Angebot aufrichtig dankbar, ihm das Dower House zu überlassen, aber es war bestimmt nicht sein Zuhause. Jetzt, da er Barnaby die Summe mit Zinsen zurückgezahlt hatte, die der ihm geliehen hatte, und zudem seine Spielgewinne durch geschicktes Investieren vervielfacht hatte, war er in der Lage, sich seinen eigenen Landsitz zu kaufen.

Er lächelte. Luc Joslyn, der Spieler, wurde Landbesitzer –

die Vorstellung war eigentlich absurd. Dass er in England sesshaft werden könnte, der Gedanke war ihm nie gekommen. Er hatte immer angenommen, dass er irgendwann in seinem Leben entweder nach Virginia zurückkehren oder in Frankreich Wurzeln schlagen würde. Die jüngsten Ereignisse in Frankreich hatten Letzteres unmöglich gemacht, und während die Vorstellung, nach Virginia zu gehen, um dort zu leben, vielleicht nicht auf Green Hill, aber irgendwo in der Nähe, nicht ausgeschlossen war, zweifelte er daran, ob er außer für einen Besuch nach Amerika zurückkehren würde. Dass Barnaby den Titel und Windmere geerbt hatte, hatte ihr aller Leben beeinflusst. Da Barnaby und Lamb hierbleiben würden, würde er gerne hier in der Nähe leben.

Der Tag würde kommen, an dem es Lamb leid sein würde, Barnabys Diener zu spielen, aber Luc konnte sich auch nicht vorstellen, dass Lamb weit entfernt wohnen würde. Lamb wird immer in der Nähe bleiben, um für mich und Barnaby da zu sein, dachte er, und nahm damit zum ersten Mal zur Kenntnis, dass sein Onkel, so aufreizend er auch sein mochte, immer ein wachsames Auge auf die Joslyn-Halbbrüder hatte. Zur Hölle mit ihm!

Er nippte von seinem Brandy. Um Lamb seine Aufgabe zu erleichtern, überlegte er zynisch, wäre es vermutlich am besten, wenn er nicht zu weit wegzog.

Da er wusste, dass er, bis er ein eigenes Heim gefunden hatte, nichts unternehmen konnte, um das Verlangen zu lindern, das Gillian in ihm weckte, schob er das Problem bis auf Weiteres beiseite. Er würde Barnaby von seinem Entschluss unterrichten, sich nach einem passenden Landsitz umzusehen. Das war im Übrigen auch der erste Schritt auf dem Weg, das damit zusammenhängende Problem mit Gillian zu lösen, was somit erst einmal warten musste. Daher wandte er sich mit grimmiger Miene Nolles zu … und Townsend.

Luc war überzeugt, dass der Angriff auf ihn eng mit Townsends Spielverlusten zusammenhing. Wenn, wie er vermutete, Nolles Townsends Glücksspiel unter der Hand deckte, dann hatten beide Männer guten Grund, ihm übel zu nehmen, was in der Nacht mit Harlan geschehen war. Seine Lippen verzogen sich verächtlich. Townsend war zu feige, um etwas gegen ihn zu unternehmen, Nolles jedoch … Nolles war ein ganz anderes Kaliber. Nolles verlor nicht gerne – egal was – und Gewalt war seine zweite Natur. Lucs Hand schloss sich um sein Glas. Ihn brutal zu verprügeln war genau das, was Nolles tun würde, um sich dafür zu rächen, dass er Geld verloren hatte. Zudem hatte Nolles damit auch noch Barnaby treffen können.

Nachdenklich schlenderte Luc im flackernden Lichtschein der einen Kerze durch den dämmrigen Raum. Wie also sollte er mit Nolles verfahren? Und Townsend?

Die Sache mit Townsend, entschied er, wäre am einfachsten zu lösen, und er wusste auch schon genau, wie. Glücksspiel. Der Squire war darin gar nicht schlecht, aber er war nun einmal nicht Lucifer, und Luc wusste, er konnte ihn an einem einzigen Abend ruinieren, wenn er das wollte. Aber war das wirklich sein Wunsch? Emilys Gesicht erschien vor seinem geistigen Auge, und er verzog schmerzlich das Gesicht. Townsend war ihr Cousin, und auch wenn sie ihn verabscheute, wie würde sie sich fühlen, wenn ihr Cousin mittellos nur mit den Kleidern, die er am Leib trug, auf die Straße gesetzt wurde? Luc schnitt eine Grimasse. Vermutlich würde sie keinen Finger rühren, sondern ihm vielmehr gratulieren, aber er wollte das Risiko nicht eingehen, dass sein Tun ihr Kummer bereitete. Nein, wegen Emily konnte er ihn nicht an den Bettel bringen, aber er konnte ihn dichter an den Rand des Ruins bringen.

Was wiederum, überlegte er zufrieden weiter, Nolles erzürnen würde – und das vor allem, wenn die Gerüchte der Wahrheit entsprachen, und er die Verluste des anderen mittrug, da der Hauptteil von dessen Spieleinsatz aus seiner Börse stammte. Luc unterbrach seine Wanderung durch das Zimmer. Nolles' Zorn zu erregen wäre nicht schwer, aber wenn das erreicht war, was sollte er dann tun? Das hing davon ab, wie Nolles auf Townsends Verluste reagierte.

Nolles war zu Mord imstande, und eine Reihe seiner Männer würde sich an seiner Stelle darum kümmern. Luc starrte auf den Tropfen bernsteinfarbene Flüssigkeit, der noch in seinem Glas war. Diesen Umstand sollte ich besser nicht vergessen, sagte er sich.

Aber als er wieder an die Nacht dachte, in der er überfallen worden war, fiel ihm etwas auf, das ihm vorher so nicht klar geworden war: Nolles und seine Leute hatten ihm aufgelauert ... sie hatten gewusst, dass er von High Tower nach Hause reiten würde.

Er runzelte die Stirn. Dass er zum Dinner zu seinem Freund eingeladen war, war zwar kein Geheimnis gewesen, es hatte eine Reihe von Leuten davon gewusst, aber wie war die Nachricht Nolles zu Gehör gekommen? Es war unwahrscheinlich, dass die Tatsache, dass er der Einladung zum Essen folgen würde, über die vier Leute auf Windmere zu Nolles gedrungen war, die von seinen Plänen für Freitagabend gewusst hatten. Und obwohl es möglich war, dass einer der Diener auf High Tower es beiläufig bei einem Bier im *Ram's Head* erwähnt hatte, hielt Luc das für wenig glaubhaft.

Ein Bruchstück der Unterhaltung mit Mrs. Gilbert fiel

ihm wieder ein … etwas über Stanley Ordway und Canfield, die mit Nolles und Townsend zusammen gesehen worden waren … Lucs Augen wurden schmal. Einer dieser beiden Männer war die wahrscheinlichste Quelle, aber zufällig und unbewusst in einer Unterhaltung oder mit Absicht?

Er schüttelte den Kopf und ging zur Anrichte. Er konnte sich keinen Grund denken, warum Stanley ihm Prügel wünschte, aber Canfield … Canfield mochte ihn nicht. War seine Abneigung ein ausreichendes Motiv, um Nolles darum zu bitten? Und warum sollte Nolles das für jemanden tun, den er kaum kannte?

Vor der Anrichte stehen bleibend, schnaubte Luc. Nolles hätte sich begeistert auf die Chance gestürzt, ihm etwas anzutun, ohne dass ihn jemand dazu anstiften oder gar darum bitten musste. Er stellte das Glas ab und ging zu seinem Bett. Entweder Ordway oder Canfield hatten die Information weitergegeben, aber er musste davon ausgehen, dass es unabsichtlich geschehen war und kein ruchloser Plan. Aber dennoch, dachte er, während er ins Bett stieg, werde ich mich in Anwesenheit der beiden in Acht nehmen.

Entschlossen, umgehend mit der Suche nach einem passenden Wohnsitz zu beginnen, traf sich Luc mit Barnaby am nächsten Tag in dessen Arbeitszimmer. Barnaby saß auf dem Stuhl hinter seinem Schreibtisch, und Luc nahm den Stuhl, den am Tag zuvor Lamb benutzt hatte.

Nachdem Luc sein Anliegen erklärt hatte, entstand eine kurze Pause. Barnaby saß schweigend da, die gespreizten Hände aneinandergelegt. Nach einem Moment schaute er Luc ins Gesicht und fragte:

»Bist du sicher, dass du das tun willst? Dir einen Landsitz kaufen?«

Luc breitete die Hände aus.

»Ich kann dir nicht genug danken für alles, was du für mich getan hast seit meiner Ankunft hier in England, aber findest du nicht, dass es an der Zeit ist, dass ich aus deinem Schatten trete?«

»Verdammt, Luc! Du musst mir für nichts danken«, brummte Barnaby. »Wenn unser Vater ein gerechterer Mann gewesen wäre, hätte er sein Vermögen aufgeteilt, und wenn du nicht so stur wärest, hättest du mir erlaubt, dir einen Teil von Green Hill zu übereignen, wie ich es tun wollte. Das Geld, das ich dir geliehen habe, war praktisch deines.« Er seufzte. »Du und Lamb, ihr seid beide ein stures Paar, wie ich noch keines getroffen habe.«

»Lamb und ich stellen ein schlimmes Dilemma für dich dar, was?«, erkundigte sich Luc mitfühlend, aber auch belustigt.

»Ja, allerdings.« Barnaby betrachtete seinen älteren Halbbruder. »Was glaubst du, wie ich mich dabei fühle, ein gewaltiges Vermögen geerbt zu haben, aber die beiden Männer, die mir am nächsten stehen … die beiden Männer, die das gleiche Anrecht wie ich auf dieses Vermögen haben, sträuben sich mit Händen und Füßen dagegen, wenn ich es mit ihnen teilen will.« In seinen schwarzen Augen stand ein trostloser Ausdruck, während er tonlos fragte: »Wie würdest du empfinden, wenn unsere Positionen umgekehrt wären? Wärest du glücklich mit dem Wissen, dass deinem Bruder und deinem Onkel selbst ein kleiner Teil ihres Geburtsrechts vorenthalten wurde, während du alles allein bekommen hast?« Barnaby schlug erbittert mit der Faust auf den Schreibtisch. »Ihr seid beide als Joslyns aufgewachsen. Ihr seid Joslyns, aber ihr lasst es zu, dass euer Stolz verhindert, das zu bekommen, was euch von Rechts wegen zusteht. Lamb beliebt es, den Diener zu spielen, und du gibst den herzlosen Glücksritter, dabei ist nichts weiter von der Wahrheit entfernt. Ich kann nicht«, fuhr er bedrückt fort, »ungeschehen machen, was unser Vater dir oder Lamb angetan hat, aber jedes Mal, wenn ihr ein Hilfsangebot von mir ausschlagt, lastet die Bürde der Schuld für sein Tun schwerer auf mir.«

Von der ehrlichen Betrübnis in Barnabys Stimme betroffen, starrte Luc ihn stumm an. Wenn ihre Positionen umgekehrt wären … Er schluckte, weil ihm zum ersten Mal aufging, wie seine Ablehnung seinen Bruder treffen musste. Unfähig, Barnaby in die Augen zu sehen, senkte er den Blick. Er hatte nie einen Gedanken an Barnaby und daran, wie der sich fühlen musste, verschwendet. Er war so damit beschäftigt gewesen, seinen Stolz wie ein goldenes Banner zu schwenken, dass er nicht bedacht hatte, wie Barnaby sich dabei fühlte, wenn er ihm alle seine Angebote zu helfen ins Gesicht schleuderte. *Mon Dieu!* Was für ein arroganter, selbstsüchtiger Geck bin ich gewesen!

»Verzeih mir«, bat Luc und blickte Barnaby zerknirscht an. »Ich würde dir niemals absichtlich Kummer bereiten oder dich verletzen – auf welche Weise auch immer.«

Barnaby fuhr sich mit einer Hand durch sein schwarzes Haar.

»Das weiß ich.« Er lächelte schief. »Du bist ein herzloser Bastard, aber nicht grausam.«

Luc schnitt eine Grimasse.

»Danke.« Er rutschte auf seinem Stuhl umher und sagte dann zögernd: »Was schlägst du vor, wie wir das Dilemma lösen?«

Barnaby musterte Luc.

»Ist das dein Ernst?«

Luc nickte.

»Im Augenblick schon.« Mit einer neuerlichen Grimasse fügte er hinzu: »Gestatte mir, darüber nachzudenken, dann ändere ich meine Meinung vielleicht wieder. Wenn das Einzige, was du besitzt, dein Stolz ist, dann ist es reichlich schwer, sich davon zu trennen – auch wenn es für deinen Bruder ist.«

Barnaby zögerte, dann griff er in die Schreibtischschublade und nahm ein paar Papiere heraus. Er räusperte sich.

»Es gibt ein kleines Landgut namens Ramstone Manor, am östlichen Rand der Windmere-Ländereien gelegen, das ich geerbt habe, als der Titel auf mich überging. Unser Großonkel, der frühere Viscount, hat dem Besitzer, Mr. Benton Coulson, vor einigen Jahren eine erhebliche Summe Geld geliehen, die nie zurückgezahlt wurde. Coulson ist letzten Sommer ohne Erben verstorben, sodass das Anwesen, etwas mehr als fünfhundert Morgen Land und ein halbes Dutzend Bauernhöfe, in meinen Besitz übergegangen ist.« Barnaby schob die Papiere zu Luc. »Der Himmel weiß, dass Windmere nicht noch wachsen muss, auch wenn ich mit dem Gedanken gespielt habe, das Gut für einen jüngeren Sohn zu behalten, aber das liegt noch viele Jahre in der Zukunft – wenn ich denn das Glück haben werde, mehr als einen Sohn zu bekommen. In der Zwischenzeit bin ich sozusagen nur Hüter des Landgutes.« Er lächelte. »Ich könnte es verkaufen, aber mir bist du als Nachbar viel lieber als irgendein Fremder.«

Luc betrachtete ihn aus schmalen Augen.

»Sag mal«, verlangte er, »hast du einen ähnlichen Besitz, den du ›hütest‹, bis der richtige Moment gekommen ist, um ihn Lamb zu geben?«

Barnaby wirkte schuldbewusst.

»Lamb wird eines Tages sein eigenes Gut brauchen«, murmelte er.

Es hatte eine Zeit gegeben, da wäre Luc wütend aus dem Zimmer gestürmt, aber er erkannte jetzt, dass er damit nur Barnaby kränken würde … und sich aus Trotz ins eigene Fleisch schneiden. Er dachte einen Moment lang nach, dann sagte er langsam:

»Ich kaufe es dir ab.«

Als Barnaby Anstalten machte, ihm zu widersprechen, hielt Luc eine Hand hoch.

»Ich vermute, dass die Summe, die ich dir zahlen kann, nur ein Teil dessen sein wird, was das Anwesen wert ist, aber auf diese Weise kann ich meinen Stolz wenigstens ein bisschen wahren.«

Da er wusste, dass es das Beste war, was er erreichen konnte, nickte Barnaby und war glücklich über dieses Ergebnis. Sie feilschten noch ein wenig über den Preis, aber eine halbe Stunde später verließ Luc leicht benommen das Arbeitszimmer als neuer Besitzer von Ramstone Manor. Ich besitze ein Haus, überlegte er verblüfft. Ein Haus. Und Land. Und Bauernhöfe. *Sacristi!* Ich werde wahrhaftig respektabel.

Er schüttelte angewidert den Kopf und ging zu den Ställen mit der Absicht, nach Ramstone Manor zu reiten und sich anzusehen, was er da erstanden hatte. Als Nächstes, überlegte er leicht gereizt, will ich am Ende noch eine Frau und Kinder. Gillians Gesicht erschien vor seinem geistigen Auge, und er fluchte. Er drängte ihr Bild zurück, schwang sich in Devils Sattel und machte sich auf, sein neues Landgut zu inspizieren. Aber gegen seinen Willen kehrten seine Gedanken zu Gillian und High Tower zurück.

Auf High Tower war in der Zeit, in der Luc ans Haus gefesselt war, nichts Besonderes geschehen. Gillian und Sophia richteten sich ein und wären unter anderen Vorzeichen glücklich über die Veränderung ihrer Lebensumstände gewesen, aber Canfield blieb eine dunkle Wolke an ihrem Horizont.

Als sie am Samstagnachmittag mit Sophia und Silas in der Novembersonne an einer geschützten Stelle im Garten saß, dachte Gillian darüber nach und entschied, es lag nicht daran, dass er ihr irgendwelche Avancen gemacht hätte; nein, es war schlicht seine Anwesenheit. Und, räumte sie ein, dass sie den Gedanken an ihn nie ganz abschütteln konnte. Sie runzelte die Stirn. Wie lange wollte er noch auf High Tower bleiben?

Beinahe, als hätte sie ihre Gedanken gelesen, bemerkte Sophia:

»Ich frage mich, wie lange Canfield seinen Besuch noch ausdehnen will. Er und Stanley sind nun schon seit mehr als zwei Wochen hier. Den beiden muss doch London fehlen, oder sie müssen vorhaben, zu einer der Jagden zu gehen – auch wenn ich zugeben muss, dass es mir leidtäte, wenn Stanley abreiste. Ich habe seine Gesellschaft genossen.«

Silas, der zwischen Gillian und Sophia saß, warf ein:

»Stanley hat mich in den vergangenen Wochen auch überrascht. Der Junge scheint sich für den Besitz zu interessieren – etwas, was er vorher noch nie getan hat. Als wir uns neulich mit meinem Verwalter getroffen haben, schien er tatsächlich zuzuhören. Er hat sogar ein paar kluge Fragen gestellt.« Silas wirkte nachdenklich. »Früher ist er auch nie länger als ein paar Tage geblieben. Meistens ist er mit einem oder zwei Freunden auf meiner Türschwelle erschienen und ist dann nach einer kurzen Erklärung, warum er gerade knapp bei Kasse ist, wieder abgereist, nachdem ich ihm Geld gegeben hatte, und ward nicht mehr gesehen, bis er das nächste Mal wieder Schulden hatte.« Er runzelte die Stirn. »Ich kann mich nicht entsinnen, dass Canfield bislang zu seinem Freundeskreis gehört hat. Nicht einmal in London. Stanleys Freunde sind immer unerfahrene Burschen gewesen, die zwar zu jedem Unfug bereit, dabei aber nie boshaft sind.«

»Stimmt«, sagte Gillian und nickte. Sie starrte ins Leere. »Stanley hat sich ... anders verhalten in diesen letzten beiden Wochen. Wir haben jetzt hier viel Zeit gemeinsam verbracht – und das, ohne uns zu streiten. Ich kann nicht behaupten, dass wir einander nahestehen, aber wie Sophia habe ich seine Gesellschaft sehr gerne.« Sie lächelte, sodass ihre Grübchen erschienen. »Neulich hat er uns sogar ins Dorf begleitet, damit wir uns dort im Kurzwarenladen Spitze und Nähgarn kaufen können. Er hat sich nicht ein einziges Mal beschwert.«

»Wie ungewöhnlich!«

»Ja, das ist es«, erklärte Sophia. »Er scheint seine Rolle als Bruder und Cousin ernst zu nehmen.«

»Ich frage mich nur«, murmelte Silas vor sich hin, »ob die Unterhaltung, die wir am Ende der Saison in London hatten und in der ich ihm erzählt habe, wie ich an High Tower gekommen bin, etwas mit den Veränderungen, die uns an ihm auffallen, zu tun hat.«

Beide Frauen schauten ihn an.

»Was meinst du?«, fragte Gillian. »Wie sollte die Geschichte, wie du an High Tower gekommen bist, etwas bei ihm bewirken?«

Silas wirkte unangenehm berührt. Beide Frauen warteten auf seine Antwort, und nach ein paar Minuten seufzte er und sagte:

»Es ist eine traurige und unschöne Geschichte – nicht für

die Ohren von Damen bestimmt, aber da ihr nun hier lebt, hört ihr sie besser von mir als von jemand anders.« Er verzog das Gesicht. »Nicht dass es noch viele gäbe, die sich an die Tragödie erinnern.«

»Was für eine Tragödie?«, wollte Gillian wissen.

Silas holte tief Luft und erzählte ihnen dann von der Familie Bramhall und Edward Bramhalls Selbstmord durch den Sturz von dem Turm, der dem Anwesen seinen Namen gab. Als er fertig war, herrschte mehrere Minuten lang Schweigen.

»Ich gebe mir die Schuld«, gestand Silas. »Ich war so glücklich, einen so schönen Besitz zu gewinnen, dass ich nie einen Gedanken an Bramhall verschwendet habe – oder das, was ihm das antun würde.«

»Aber es war nicht deine Schuld«, widersprach Gillian und dachte mit Bedauern an den armen jungen Mann. »Wie oft haben wir gehört, dass wertvollere Ländereien oder größere Vermögen am Kartentisch den Besitzer wechseln?« Sie schürzte die Lippen. »Ich mache dich nicht für seinen Tod verantwortlich, aber das ist genau der Grund, warum ich das Glücksspiel so hasse. Spieler denken nie an das Leid, das sie verursachen.« Ihr wurde klar, was sie da gesagt hatte, und sie schnappte nach Luft, schlug sich bestürzt eine Hand vor den Mund und lächelte Silas entschuldigend an. »Oh Onkel! Es tut mir so leid … und das nach allem, was du für mich getan hast. Ich wollte dich nicht kränken.«

Silas tätschelte ihr begütigend die Hand.

»Das hast du nicht getan, meine Liebe. Ich bin ganz deiner Meinung. Glücksspiel ist ein schlimmes Laster – aber vergiss bitte nicht, niemand zwingt einen Gentleman, sich an den Kartentisch zu setzen und ein Vermögen zu verspielen. Die ungeschminkte Wahrheit ist doch, dass jeder, der mehr aufs Spiel setzt, als er sich leisten kann zu verlieren, ein Dummkopf ist.«

»Onkel hat recht«, sagte Sophia in ihrer praktischen Art. »Der Selbstmord des jungen Bramhall war eine Tragödie, aber ich nehme an, es hätte ohnehin ein böses Ende mit ihm genommen.« Sie blickte Silas an. »Und das hast du Stanley erzählt?«

Silas nickte.

»Dann kann ich mir gut vorstellen, dass du recht hast«, fuhr Sophia fort. »Stanley ist nicht dumm. Es mag eine Weile gedauert haben, aber es sieht ganz so aus, als habe er sich deine Worte zu Herzen genommen.«

»Seit er hier ist, hat er mich nicht ein einziges Mal um Geld gebeten«, bemerkte Silas.

Gillian wirkte bestürzt.

»Oje, ich fühle mich schrecklich. Ich habe ihm genau das vorgeworfen, gleich am ersten Tag, als er hier angekommen ist. Alles deutet darauf hin, dass er sich ändern will – er hat sogar Sophia und mich ins Dorf begleitet.«

»Was ich mir nicht erklären kann«, sagte Silas, »ist seine Freundschaft mit einem so üblen Kumpan wie Canfield. Der mag zwar Welbournes Sohn sein, aber sein Ruf lässt seinen Vater wie einen Heiligen erscheinen. Und wir alle wissen ja, dass Welbourne nie ein Heiliger war, nicht einmal in seiner Jugend.«

»Ist euch eigentlich aufgefallen«, fragte Sophia, »dass es in letzter Zeit zwischen den beiden Spannungen gibt?«

Gillian beugte sich vor, um Sophia auf der anderen Seite neben Silas ansehen zu können, und rief:

»Das hast du auch bemerkt? Ich dachte schon, ich bilde mir das nur ein.«

»Ich habe es ebenfalls wahrgenommen«, räumte Silas ein und rückte seinen geschienten Arm in der Schlinge in eine bequemere Stellung, »aber ich wollte nicht zu früh hoffen, dass sie sich entzweien.« Silas zog die Brauen zusammen. »Sie bewegen sich in London nicht in denselben Kreisen. Canfield und seine Freunde waren immer wilder, zügelloser und vor allem reicher – und sie stolpern von einer Klemme in die nächste. Und die sind immer in höchstem Maß geschmacklos.«

»Ich habe einen Brief von einer Freundin bekommen, die sagt, dass Welbourne den Gerüchten zufolge Canfield enterbt hat«, merkte Sophia an.

Silas winkte ab.

»Welbourne hat ihn wenigstens schon ein halbes Dutzend Mal enterbt, soweit ich es weiß. Daher würde ich diesem Gerücht nicht zu viel Bedeutung beimessen.« Er wog ihre Worte im Geiste ab, ehe er langsam sagte: »Aber wenn die Gerüchte stimmen … das würde erklären, warum Canfield mit Stanley hier ist. Wenn Welbourne sich wirklich von ihm abgewandt hat, würde der größte Teil der guten Gesellschaft seinem Beispiel folgen. Und da ihm dann die meisten Türen verschlossen blieben, hielte Canfield es vielleicht für angeraten, sich an jemanden wie Stanley zu hängen …« Silas schüttelte den Kopf. »Stanley mag sich für einen Mann von Welt halten, aber in Wahrheit ist er doch ein Einfaltspinsel, wenn es um Menschenkenntnis geht – was auch einer der Gründe ist, warum er kein erfolgreicher Spieler ist. Die Chancen stehen gut, dass Stanley noch gar nichts davon gehört hat, dass Canfield bei seinem Vater in Ungnade gefallen ist, sodass er sich geschmeichelt gefühlt hat, von dem Sohn eines Herzogs als Freund erwählt worden zu sein. Und er ahnt nicht, dass Canfield ihn nur ausnutzt.«

»Ja, das ist natürlich möglich«, erwiderte Gillian und zog die Brauen zusammen.

»Ich denke, wir werden herausfinden, dass Canfield sich selbst eingeladen hat und Stanley sich zu sehr geschmeichelt gefühlt hat, um Nein zu sagen«, erklärte Sophia. »Oder um sich zu wundern, warum Canfield, obwohl es mehr als genug reiche, adelige Herren mit prächtigeren Anwesen gibt, die um seine Freundschaft buhlen, sich für den Besuch hier auf High Tower entschieden hat.«

Silas nickte.

»Vielleicht rührt das abgekühlte Verhältnis zwischen ihnen daher, dass Stanley sich endlich genau das zu fragen beginnt.«

Kapitel 9

Es mochten lediglich Mutmaßungen gewesen sein, aber Gillian, Sophia und Silas waren der Wahrheit recht nahe gekommen. Die Ereignisse, die zum Tod des jungen Bramhall geführt hatten, wie sein Onkel es ihm vor Monaten erzählt hatte, hatten Stanley tatsächlich erschreckt. Vermögen und Land wurden die ganze Zeit an Spieltischen verloren und gewonnen, und mehr als ein Gentleman hatte sich nach einer Nacht leichtsinnigen Glücksspiels das Leben genommen, aber Stanley hatte niemanden gekannt, der das getan hatte. Er hatte Geschichten gehört und sie mit einem Achselzucken abtun können, nicht ernst genommen. Bis Silas ihm von Edward Bramhalls Selbstmord erzählt hatte und wie es dazu gekommen war, hatte er keine Ahnung gehabt, wie High Tower in den Besitz der Ordways gekommen war – oder eben, dass sich ein junger Mann deswegen vor den Augen von Onkel Silas umgebracht hatte.

Die Geschichte von Bramhalls Ruin hatte bei Stanley nicht sogleich zu einem Umdenken geführt, aber während die Monate vergingen, hatte er mehr und mehr über sein leichtfertiges Leben nachdenken müssen. Nach einer desaströsen Nacht im Juni in einer Spielhölle hatte er erkannt, wie leicht es einem so wie Bramhall ergehen konnte. Und er begriff noch etwas: Er hatte nicht mehr so viel Spaß an dem, was London zu bieten hatte, wie er das einst gehabt hatte – und zwar schon eine Weile nicht.

Selbst inmitten des Trubels der Hauptstadt fühlte er sich einsam. Er hatte Freunde, sicher, aber Freunde, gestand er sich ein, waren nicht das Gleiche wie Familie. Es war eine Schande, entschied Stanley, dass er und die restlichen drei Mitglieder seiner Familie kein herzlicheres Verhältnis zueinander hatten. Seine Gedanken wunderten ihn selbst. Verdammt, er mochte Onkel Silas – und nicht nur wegen des Geldes! Und er, räumte er ein, wünschte sich, die Beziehung zwischen ihm, Gilly und Sophia sei freundlicher. Er schnitt eine Grimasse. Oder wenigstens überhaupt erst einmal freundlich. Er nahm zur Kenntnis, dass er ebenso wie alle anderen die Schuld an der derzeitigen Lage trug, und beschloss, das zu ändern und die Konflikte mit seiner Familie zu beheben. Im Spätsommer hatte Stanley noch keine Ahnung, wie er das bewerkstelligen sollte, aber er war entschlossen, einen Weg zu finden – und Zeit auf High Tower mit seinem Onkel zu verbringen schien ihm ein Schritt in die richtige Richtung.

Canfields Ankunft in seinem Leben hatte ihn aus der Bahn geworfen, und seine Verwandten lagen auch hier richtig. Canfield hatte seine Nähe gesucht, und er war so sehr davon geblendet, von Welbournes jüngstem Sohn wahrgenommen zu werden, dass er vorübergehend all seine guten Vorsätze vergaß. Stanley und seine Freunde gehörten zwar zur guten Gesellschaft, verkehrten aber nicht in den allerbesten Kreisen. Er war mit seinem Bekannten- und Freundeskreis bislang immer zufrieden gewesen, aber es schmeichelte ihm unbestreitbar, wenn er in Canfields Gesellschaft gesehen wurde – trotz dessen Hang zu Ausschweifungen.

Als er an diesem Samstagmorgen auf High Tower mit Kopfschmerzen und Übelkeit erwachte, verfluchte Stanley sich dafür, geglaubt zu haben, es sei erstrebenswert, mit dem jüngsten Spross des Herzogs befreundet zu sein. Er spielte gerne, aber nicht um so hohe Einsätze wie Canfield – die Geschichte von Bramhalls Tod diente ihm als ständige Mahnung, nicht um mehr zu spielen, als er sich leisten konnte. Stanley trank gerne viel, aber nicht so unmäßig wie Canfield. Er hatte auch einen gesunden Appetit auf das schönere Geschlecht, hielt sich aber beim Herumhuren und mit Weibergeschichten zurück. Canfields Lieblingsbeschäftigung schien neben dem Spielen um astronomische Summen zu sein, die nächstbeste gut aussehende Frau zu vernaschen.

Außer an den ersten paar Abenden hatte sich Stanley nicht im *Ram's Head* amüsiert. Als einigermaßen höflicher Mann und seinen Mitmenschen gegenüber nicht gleichgültig, fand Stanley Canfields Verhalten unangenehm, aber Canfields Arroganz gegenüber Nolles beunruhigte ihn zudem. Stanley kannte Nolles' Ruf und fürchtete, Canfield würde ihn beleidigen und ihnen dadurch Schwierigkeiten einbrocken.

Aber noch wichtiger war, dass er kürzlich entdeckt hatte, dass er den Sohn des Herzogs nicht leiden konnte und sich fragte, warum er sich je durch dessen Interesse an ihm geschmeichelt gefühlt hatte. Er hatte noch eine Entdeckung gemacht, die ihn überraschte – während dieser vergangenen paar Wochen war er mit seinem Onkel, Gillian und Sophia auf High Tower glücklicher und zufriedener gewesen, als es in London schon eine Weile der Fall gewesen war.

Er spritzte sich Wasser aus der Porzellanschüssel auf dem hölzernen Waschtisch ins Gesicht, schaute im Spiegel in seine hageren Züge und zuckte zusammen. Onkel Silas, Gilly und Sophy hatten alles Recht der Welt, ihn missbilligend anzusehen, und er schwor sich, dass er gestern Abend das letzte Mal seine Zeit im *Ram's Head* verschwendet hatte.

Nach den langen Nächten dort hatte er es sich wie Canfield zur Gewohnheit gemacht, bis zum späten Nachmittag im Bett zu bleiben, aber an diesem Tag brach Stanley damit und zwang sich, das Bett weit vor Mittag zu verlassen. Sobald er angekleidet war, überraschte er Silas und die Damen, indem er sich zu einem leichten Mittagsimbiss, der im Frühstückssalon serviert wurde, zu ihnen gesellte.

Als er in das Zimmer schlenderte, blickten sie ihn alle verwundert an. Er lächelte und trat zu der Anrichte, wo er sich Kaffee aus der Silberkanne einschenkte, die zwischen anderen Gefäßen mit Speisen und Getränken stand.

Er drehte sich wieder zu seinen Verwandten um, die um den runden Tisch in der Mitte des Raumes saßen, und sagte:

»Guten Morgen. Ich hoffe, euch geht es gut.«

»Dir auch einen guten Morgen«, sagte Silas. »Wir sehen dich nicht oft so früh hier. Gibt es dafür einen Grund?«

Stanley wurde rot.

»Eh, nein, nichts Besonderes.« Er räusperte sich und erklärte: »Es ist … eh, nicht so oft, dass wir als Familie zusammen sind, und ich hatte das Gefühl, dass ich mehr Zeit mit euch verbringen sollte.«

»Was haben Sie mit meinem Bruder gemacht?«, wollte Gillian wissen. »Erst begleiten Sie uns klaglos ins Dorf und jetzt suchen Sie aktiv unsere Gesellschaft. Sie müssen ein Hochstapler sein.«

»Nun, er ist heute Morgen nicht mit uns zur Kirche gefahren«, wandte Sophia ein. »Daher ist er vielleicht doch kein Hochstapler, aber er ist gewiss nicht ganz richtig im Kopf. Wie sonst lässt sich sein verändertes Verhalten erklären?«

»Er ist verrückt, denkst du?«, murmelte Gillian mit hochgezogenen Brauen.

»Hölle, das ist nicht komisch«, beschwerte sich Stanley und schaute die beiden böse an. »Ich bin da und gebe mir Mühe, euch die Hand zur Freundschaft auszustrecken, aber ihr beide schlagt sie nur aus.«

Silas schmunzelte und sagte:

»Ach, setz dich hin, Junge. Weißt du nicht, warum sie dich so aufziehen? Darf ich dich daran erinnern, dass wir nur Leute necken, die wir gern haben?«

Stanley wirkte einen Moment verblüfft, dann trat ein zögerndes Lächeln auf seine Lippen.

»Das stimmt, nicht wahr?«, sagte er und setzte sich neben Gillian.

»Ja, genau«, antwortete seine Schwester mit einem Zwinkern. »Und wir sind auch nur zu den Menschen unhöflich, die wir lieb haben. Ist dir noch gar nicht aufgefallen, wie übertrieben höflich man zu Leuten ist, die man gar nicht leiden kann?«

»Ja, ich nehme an, das stimmt auch«, erwiderte Stanley, und noch etwas fiel ihm auf. Seine Familie war immer ausgesucht höflich zu Canfield gewesen und so grob wie immer zu ihm. Jetzt freute ihn das.

Er schaute sich am Tisch um und fragte:

»Was sind eure Pläne für den Nachmittag?«

Silas ergriff das Wort.

»Wir haben nichts geplant. Die Damen ziehen sich gewöhnlich in ihre Zimmer zurück und amüsieren sich, während ich mir das Vorrecht der älteren Herren gönne und ein Nickerchen mache.«

Ehe sie weiterreden konnten, klopfte Meacham an und trat auf Silas' Bitte hin ein.

»Mr. Luc Joslyn ist gekommen und bittet, vorgelassen zu werden«, erklärte er und schaute seinen Herrn an.

»Ausgezeichnet«, rief Silas, und seine Miene hellte sich auf. »Bringen Sie ihn herein.«

Stanley runzelte die Stirn.

»Ich weiß nicht, ob das klug ist. Ich finde, Mr. Joslyn pflegt einen viel zu vertraulichen Umgang mit dir.«

»Jetzt mach nicht alles wieder kaputt, was du gerade erreicht hast«, warnte Silas ihn. »Luc ist mein Freund, und ich freue mich jedes Mal, wenn ich ihn sehe. Es wäre gut, wenn du das nicht vergisst.«

»Ich wollte dich nicht kritisieren«, erwiderte Stanley kleinlaut. »Es ist nur, dass …«

»Ach, sei still«, schaltete sich Gillian ein und hoffte nur, niemand konnte hören, wie schnell ihr Herz jetzt auf einmal klopfte. Luc Joslyn war hier und bis zu diesem Moment hatte sie gar nicht gemerkt, dass sie die Tage gezählt hatte, bis sie ihn wiedersehen würde.

Einen Moment später schlenderte er herein, wie immer makellos gekleidet in einen blauen Rock mit Messingknöpfen und einer hellbraunen Nankinghose. Nachdem er alle begrüßt hatte und alle Einladungen, mit ihnen zu essen und zu trinken, abgelehnt hatte, nahm er zwischen Silas und Sophia Platz. Alle wollten wissen, wie es ihm ging, und Luc unterhielt sie mit einer launigen und übertriebenen Schilderung seines Sturzes und seiner anschließenden Genesung.

Gillian, die ihn betrachtete, entschied, dass er nie besser ausgesehen hatte als jetzt, wie er entspannt dasaß, am Tisch ihr gegenüber. Es gab keine Spuren mehr von den Verletzungen, die er erlitten hatte. Sein schwarzes Haar schimmerte im Sonnenlicht, das durch das Fenster fiel, und seine azurblauen Augen funkelten belustigt – kurz, er sah aus, als strotzte er vor Gesundheit.

Einen Sekundenbruchteil trafen ihre Blicke sich, dann

senkte sie ihren. Ihr Herz raste. *Ich bin kein unerfahrenes junges Mädchen, das sich von einem hübschen Gesicht überwältigen lässt,* mahnte sie sich.

Die Unterhaltung plätscherte ein paar Minuten lang dahin, wechselte vom einen zum anderen Thema, bis Luc sagte:

»Ich hatte einen Grund für meinen Besuch hier.« Er schaute Silas an. »Ich bin mir nicht ganz sicher, wie es so weit kommen konnte«, gestand er, » aber ich bin jetzt Besitzer eines Anwesens. Mein Bruder hat mir Ramstone Manor verkauft. Den größten Teil des gestrigen Nachmittags habe ich damit verbracht, das Haupthaus und ein paar Außengebäude zu besichtigen. Zwar erwarte ich von meinem Bruder nichts anderes, aber es hat mich doch gefreut, dass alles in bestem Zustand ist.« Er grinste. »Ich bin bereits mit meinen beiden Dienstboten eingezogen – gestern Abend haben wir uns eingerichtet.« Umständlich fügte er hinzu: »Da das Wetter schön ist und wenn es nicht zu kurzfristig ist, wäre es mir eine Freude, wenn Sie« – er blickte in die Runde – »mit mir hinüberfahren und sich heute Nachmittag mein neues Zuhause ansehen würden.«

»Bei Zeus! Das sind ja wunderbare Neuigkeiten, mein Junge!«, rief Silas. »Ramstone ist, wenn ich mich recht erinnere, ein feiner Besitz.«

»Kennen Sie es?«, erkundigte sich Luc überrascht.

Silas nickte.

»Ich war flüchtig mit Coulson bekannt. Als er noch lebte, habe ich ein paar Mal dort gespeist. Ich habe gehört, dass er letzten Sommer gestorben ist, und dass das Gut an Windmere und die Familie Joslyn zurückgefallen ist.« Er schaute die anderen an. »Und? Wie klingt eine kleine Landpartie?«

Gillian hätte Sophia küssen können, als sie sagte:

»Ich glaube, das wäre sehr nett.«

In dem Versuch, seinen Fehltritt von zuvor wiedergutzumachen, erklärte auch Stanley:

»Ja, das hört sich nach einer angenehmen Art und Weise an, sich den Nachmittag zu vertreiben.« Sich ein Lächeln abringend, fügte er hinzu: »Und meinen Glückwunsch. Sie müssen sehr froh und glücklich sein.«

»Danke, das bin ich in der Tat. Denke ich wenigstens.« Luc grinste. »Mir schwebte etwas viel Kleineres und Bescheideneres vor, und ich wollte auch nicht wirklich Landbesitzer werden.« Er zupfte sich am Ohr. »Es wird einige Zeit dauern, bis ich mich daran gewöhnt habe.«

Silas deutete auf Stanley.

»Bitte läute nach Meacham. Sag ihm, Cannon soll die Grauen vor die Barutsche spannen und vor dem Eingang vorfahren.«

Erst als die Damen gegangen waren, um sich ihre Umhänge und Hüte zu holen, fiel Stanley wieder Canfield ein. Seine Miene zeigte eine beinahe komische Bestürzung, als er zu Luc sagte:

»Verdammt! Ich muss auf die freundliche Einladung leider verzichten.« Sein Onkel schaute ihn fragend an, daher erklärte er: »Ich kann nicht einfach fortgehen und Canfield auf sich allein gestellt hier zurücklassen. Er ist schließlich mein Gast – es wäre unhöflich.«

»Unsinn!«, beschied ihm Silas. »Wenn er seinem gewohnten Tagesablauf folgt, wird er nicht vor vier Uhr sein Zimmer verlassen, wenn nicht sogar später. Kein Grund für dich, herumzusitzen und darauf zu warten, dass er auftaucht. »Schreib ihm eine Nachricht und lass sie ihm von seinem Kammerdiener geben, wenn er aufwacht.«

Da er unbedingt Ramstone Manor sehen und zudem ein Auge auf Luc Joslyn haben wollte, war Stanley mit dem Vorschlag seines Onkels einverstanden. Nachdem er die Nachricht geschrieben hatte, ging er zu den anderen. Silas und die Damen fuhren trotz der leichten Kälte mit offenem Verdeck in der Kutsche, während die beiden jüngeren Männer ritten.

Ramstone Manor lag nur etwa drei Meilen Luftlinie von High Tower entfernt, aber über die gewundene lange Landstraße waren es mehr als sechs Meilen. Die Pferde zogen die Barutsche in einem gemächlichen Tempo, und Luc und Stanley ritten zu beiden Seiten des Gefährts.

Sophia und Gillian bestanden darauf, Silas gegenüber mit dem Rücken in Fahrtrichtung zu sitzen. So hatte Gillian eine ausgezeichnete Sicht auf Luc, während er mit ihrem Onkel scherzte und lachte. Er lächelte über etwas, was ihr Onkel gesagt hatte, und ihr fiel auf, dass sie ihn anstarrte, daher senkte sie den Blick. Die Erinnerung an seinen Mund auf ihrem, an seinen Geschmack überflutete sie, und zu ihrem Entsetzen prickelten ihre Brustspitzen und ihr Unterleib zog sich verlangend zusammen. Aufgewühlt und verlegen wie sie war, sprach sie auf der Fahrt nur das Nötigste und achtete peinlich genau darauf, nicht weiterhin in Luc Joslyns Richtung zu blicken.

Luc brachte sie zu einem langen, von Bäumen gesäumten Fahrweg, der von der Landstraße abzweigte. Nach einer knappen halben Meile hörten die Bäume auf, und sie gelangten auf eine halbrunde Auffahrt. Ein Herrenhaus mit einem dreistöckigen Giebelanbau zu beiden Seiten stand auf der anderen Seite in der Mitte des Bogens – mit den vor mehr als zweihundert Jahren gepflanzten Eichen rechts und links und dem sich in den Fensterscheiben spiegelnden Sonnenlicht schien das Haus sie willkommen zu heißen.

In Bezug auf die Größe war Ramstone Manor mit High Tower zu vergleichen, und es stammte aus dem sechzehnten Jahrhundert. Die hohen Giebel waren aus Ziegeln gemauert und durch einen zweistöckigen hell verputzten Mittelbau verbunden. Das steile Schieferdach verlieh dem Haus ein idyllisches Aussehen. Ein Vorhof, mit niedrigen Mauern eingefasst, befand sich auf der Vorderseite und ein breiter, von Rosen und Lavendel gesäumter Ziegelweg führte zu einem zweistöckigen Vorbau.

Luc und Stanley saßen ab und halfen Silas und den Damen beim Aussteigen. Ein Stalljunge, hastig aus Barnabys Dienerschar abgeworben, kam um die Ecke und übernahm die Pferde. Befangen, wie er es sonst von sich nicht kannte, geleitete Luc Silas und die anderen über den Weg zu einer zweiteiligen Eichentür mit schweren Eisenbeschlägen, die vom Alter ganz dunkel waren. Als sie zum Haus gingen, ertappte er sich dabei, wie er sich fragte, was Gillian wohl von Ramstone Manor hielt, und stellte erschrocken fest, dass er zwar Silas' Meinung hören wollte, es aber aus irgendwelchen nicht näher erklärlichen Gründen ihre Einschätzung war, die ihm am wichtigsten war. Verärgert und auch ein wenig beunruhigt, beschleunigte er seine Schritte. Die Elfe hatte eine Wirkung auf ihn, die er nicht verstand … und die ihm auch nicht gefiel.

Sie waren kaum unter dem Vorbau vor dem Eingang angekommen, als auch schon Bertram Hinton, ein früherer Lakai von Windmere, schwungvoll die Tür öffnete. Nachdem er zunächst als Lucs Kammerdiener und dann in letzter Zeit als Butler und Faktotum im Dower House fungiert hatte, platzte er jetzt schier vor Stolz und Eifer, alles richtig zu machen. Bertram war schlank, hellhaarig und noch nicht vierundzwanzig, aber in seinen leuchtenden blauen Augen konnte man unschwer erkennen, dass für ihn seine Zukunft feststand: Er war Luc Joslyns Mann, und das würde er sein bis zu seinem letzten Atemzug.

Sich wie vor Mitgliedern des Königshauses verneigend, murmelte er:

»Willkommen, Sir. Ich habe Erfrischungen für Sie und Ihre Gäste geordert, die im Salon serviert werden, von dem aus man in den rückwärtigen Garten blickt.«

Nachdem alle ihre Mäntel abgelegt hatten und Bertram mit den Kleidungsstücken verschwunden war, ging Luc ihnen über einen getäfelten Korridor in den hinteren Teil des Hauses voraus. Das Zimmer, in das er sie brachte, war mit den mit gelbem Chintz bezogenen Stühlen und Sofas gemütlich eingerichtet. Ein gemauerter Kamin nahm die eine Wand ein, in dem, um die herbstliche Kälte in Schach zu halten, ein lustiges Feuer brannte. Bodenlange Fenster gingen auf einen Garten hinaus, der im Frühling atemberaubend aussehen musste.

Luc war stolz auf das Ergebnis der Anstrengungen seiner zahlenmäßig eingeschränkten Dienerschaft. Alice, die ehemalige Spülmagd aus The Birches, Emilys früherem Zuhause, zeigte, dass sie viel gelernt hatte, während sie dort in der Küche unter Mrs. Spaldings Ägide geholfen hatte. Heißer Tee, Kaffee und eine Schüssel mit dampfendem Punsch erwartete Lucs Gäste, dünne Scheiben Safranbrot, Pfefferkuchen und Zuckerflocken, und alles schmeckte so köstlich wie das, was Mrs. Spalding selbst in Windmeres Küche zauberte. Nachdem Bertram alle Überreste der kleinen Erfrischung abgeräumt hatte, gab Luc den Ordways eine kurze Führung durch das Herrenhaus und die Gärten.

Wieder waren es Gillians Bemerkungen, auf die Luc wartete. Als sie in die Bibliothek mit dem blauen Teppich und den gemütlichen Sitzmöbeln kamen, die mit Stoff in einem um ein paar Schattierungen dunkleren Farbton als der des Teppichs bezogen waren, rief sie:

»Oh, was für ein reizender Raum!«, und er war glücklich und zufrieden. Als sie kurz darauf über einen der vielen gewundenen und mit Stauden und niedrigen Büschen gesäumten Wege durch den Garten schlenderten und die anderen sich anerkennend über die Weitläufigkeit und die Anlage des Gartens äußerten, merkte Luc, dass er auf Gillians Meinung wartete. Sie blieb vor einem Rosenbusch, an dem eine einzelne tapfere rosa Blüte ihr Haupt hob, stehen, schaute ihn an und lächelte:

»Ihr Garten wird High Towers Obergärtner grün vor Neid werden lassen«, erklärte sie. »Selbst jetzt noch und in einer Jahreszeit, die alles andere als die beste für einen Garten ist, ist es eine Freude, hier entlangzugehen. Ich kann mir gut vorstellen, dass es im Frühling und im Sommer atemberaubend aussehen wird.«

Seine Freude über ihre Worte nach Kräften ignorierend, verneigte er sich und murmelte:

»Nächsten Frühling wird es mir eine Ehre und ein Vergnügen sein, Ihnen … und den anderen alles zu zeigen.«

Eine leichte Röte malte sich auf Gillians Wangen, und sie senkte den Blick, als sie stammelte:

»D-danke.« Hastig wandte sie sich von dem stetigen Blick dieser azurblauen Augen ab und schwieg den Rest der Besichtigung; sie blieb bei ihrem Bruder. Ich werde mir nicht, sagte sie sich, den Kopf von breiten Schultern und einem gut geschnittenen Gesicht verdrehen lassen.

Canfield schwebte nicht in Gefahr, dass ihm irgendjemand den Kopf verdrehte, aber er war alles andere als zufrieden, als er am Nachmittag aus den oberen Bereichen von High Tower herabkam und entdeckte, dass er sich selbst überlassen war. Wutbebend stand er in der Eingangshalle und fragte sich, warum er es je für eine gute Idee gehalten hatte, nach High Tower zu kommen – auch wenn es seinen Zwecken diente.

Sophias Freundin hatte in ihrem Brief die Wahrheit geschrieben. Canfield hatte sich tatsächlich einen gewaltigen Fehltritt zuschulden kommen lassen. Nachdem er die Tochter eines Freundes seines Vaters verführt und ruiniert hatte und mit seiner Schandtat konfrontiert wurde, hatte er sich geweigert, das Mädchen zu heiraten.

»Zahl sie aus«, hatte er dem Herzog in der Bibliothek des palastartigen Stadthauses lässig erwidert. Sein Vater hatte ihn aus seinen blauen Augen wütend angestarrt, sodass Canfield sich auf seinem Stuhl zu winden begann und nachschob: »Es war eine Wette – ich habe sie gewonnen. Das ist alles.«

Ein heftiger Streit war darauf gefolgt, und als Canfield Ende Mai den Familiensitz verließ, war das in dem Wissen geschehen, dass sein Vater, der selbst ein alter Lebemann erster Güte war, kurz davorstand, ihn zu enterben. Er hatte seinen Vater zwar schon vorher mit seinen Taten verärgert, aber dieses Mal sah es ganz so aus, als sei er zu weit gegangen.

Gerüchte und Mutmaßungen darüber, dass er in Ungnade gefallen war, verbreiteten sich in der guten Gesellschaft in Windeseile. Bei seiner Rückkehr nach London mitten in der Saison war es Canfield nicht verborgen geblieben, dass Türen, die ihm einst offen standen, sich jetzt schlossen und dass sein Freundeskreis schwand. Nur ein paar kannten die Wahrheit, und während ihn die spärlicher kommenden Einladungen und der Umstand, dass einstige Freunde nicht länger Zeit für ihn hatten, schmerzten, litt er am meisten unter den finanziellen Einschränkungen, die der Herzog ihm auferlegt hatte. Sein Mund wurde schmal. Der verdammte alte Bastard hatte den schlechtesten Zeitpunkt gewählt, um ein Gewissen zu entwickeln.

Die gewinnbringende Verbindung zu Thomas Joslyn hatte ihn mit einem stetigen Geldzufluss versorgt, aber Joslyns Tod im März hatte alles geändert, und zu seinem Missfallen war kein Geld mehr bei ihm angekommen, sodass er verzweifelt versuchte, die Geldquelle wieder zum Sprudeln zu bringen. Das erwies sich jedoch als schwierig. Er hatte nur mit Joslyn zu tun gehabt, und der hatte ihn nicht in viele Einzelheiten eingeweiht. Canfield war sich vage bewusst gewesen, dass Joslyns Freund Lord Padgett wie er ein Geldgeber für den Schmuggel gewesen war. Padgett gehörte nicht zu Canfields Freundeskreis, und auch wenn sie sich kannten und in London immer wieder begegneten, hatten sie wenig miteinander zu tun; Joslyn war die einzige Verbindung zwischen ihnen gewesen.

Nach Joslyns Tod hatte sich Canfield, der keineswegs von dem Geldfluss abgeschnitten werden wollte, diskret an Padgett gewandt. Es war sehr merkwürdig gewesen, da Padgett so getan hatte, als wisse er nicht, wovon er redete, aber letztlich hatte der andere, ohne irgendetwas zuzugeben, ihm einen Namen genannt. Außer diesem einen Namen Edward Dudley, angeblich Joslyns Agent in London, wusste Canfield nichts. Ein Gespräch mit Dudley war notwendig geworden, sodass er sich mit tief ins Gesicht gezogenem Hut, um seine Züge zu verbergen, mit dem Mann in einer

Kneipe am Rande der Hauptstadt getroffen hatte. Es war umständlich gewesen, aber sie waren sich einig geworden. Was zufriedenstellend funktioniert hatte, überlegte Canfield verstimmt und starrte im Foyer von High Tower vor sich hin, ohne allerdings wirklich etwas zu sehen, bis der Herzog seine Apanage auf das absolute Minimum gekürzt hatte.

Canfield zog finster die Brauen zusammen. Er hatte zum Zeitpunkt der hässlichen Szene in der herzoglichen Bibliothek bereits die zweite Quartalszahlung erhalten. Erst als er im Juli in seine Bank gegangen war, um Geld abzuheben, hatte er entdeckt, dass seine Apanage auf einen Bettel zusammengestrichen worden war. Über Dudley hatte ihn die Nachricht erreicht, dass eine Lieferung vom Kontinent in England eingetroffen war, und Canfield hatte eigentlich mit einem hübschen Gewinn für seine Investition gerechnet. Doch der Beutel Goldmünzen, den Dudley ihm verstohlen zusteckte, als sie sich in einer dunklen Ecke der bewussten Kneipe trafen, war leichter als gewohnt, und in ihm keimte der Verdacht auf, dass er betrogen wurde. Als er sich beschwerte, hatte Dudley nur die Schultern gezuckt.

»Sie müssen mit Nolles sprechen, wenn Sie unzufrieden sind«, hatte er erwidert. »Er führt die Bande dieser Tage. Sie finden ihn im *Ram's Head* in Broadhaven an der Küste in Sussex.«

Canfield hatte sich bemüht, seine Identität geheim zu halten, und war zuversichtlich, dass weder Dudley noch dieser Nolles ihn identifiziert hatten, sodass er nun entschied, dass ein Besuch in Broadhaven angesagt war. Nicht willens, den Schmuggleranführer einfach so zu konfrontieren, hatte er nach einem Vorwand gesucht, in die Gegend zu reisen, als er eines Nachts in einer Spielhölle mit angehört hatte, wie

Stanley Ordway davon sprach, London zu verlassen und seinen Onkel zu besuchen, der unweit eines Dorfes namens Broadhaven lebte. Sogleich hatte Canfield die Bekanntschaft vertieft.

Bislang war seine Freundschaft mit Stanley und seine Ankunft auf High Tower nützlich gewesen. Die Nachricht, die er vor Kurzem von seinem Vater erhalten hatte, war in kühlem Ton verfasst, aber zwischen den Zeilen hatte es einen Hinweis auf Nachsicht bei dem alten Herzog gegeben … und eine Anweisung über eine hübsche Summe hatte ebenfalls beigelegen. Es war nur, überlegte er, eine Frage der Zeit, bis er bei seinem Vater wieder Gnade gefunden hatte – und der alte Teufel seine Börse wieder aufschnürte. Was Nolles anging … er verhielt sich noch vorsichtig, wollte erst die Lage in Ruhe erkunden, bevor er sich als Londoner Geldgeber der Schmuggler zu erkennen gab. Seine Freundschaft mit Stanley Ordway hatte ihm einen ausgezeichneten Vorwand für seine Anwesenheit hier geliefert.

Ein zusätzlicher Bonus der Verbindung zu Stanley Ordway war Gillian Dashwood. Canfield hatte schon lange erotische Fantasien um sie gesponnen, und sie auf High Tower vorzufinden war ihm wie ein Glücksfall erschienen. Nur, überlegte er finster, dass die Dinge nicht so gelaufen waren, wie er es geplant hatte. Die kleine Landmaus war ganz reizend, aber es war ihr gelungen, ihn auszutricksen, was ihn maßlos ärgerte, wann immer er daran dachte. Die Witwe hatte diese Runde gewonnen, gestand er sich bitter ein, aber das Spiel war noch lange nicht zu Ende.

Er erkannte, dass er alles erreicht hatte, was er auf High Tower erreichen konnte, und mit dem Geld von seinem Vater in den Taschen war er ungeduldig, von dort wegzukommen. Dass Stanley ihn sich selbst überlassen hatte, versah ihn mit einem Grund, die Verbindung zu kappen. Daher machte er auf dem Absatz kehrt und lief die Treppe wieder hoch. Er fand seinen Kammerdiener in seinem Zimmer und befahl:

»Pack alles zusammen, Hyde. Wir reisen ab.«

An die Launen seines Herrn gewöhnt, nickte Hyde und begann die Koffer aus dem großen Schrank an der Wand zu holen.

»Kehren wir nach London zurück, Mylord?«, fragte er.

Canfield schüttelte den Kopf.

»Noch nicht. Wir bleiben ein wenig länger in der Gegend – aber im *Ram's Head*. Dort treffen wir uns nachher.«

Unten läutete Canfield nach Meacham. Dem Butler sagte er:

»Ich kürze meinen Besuch hier ab, und mein Kammerdiener und ich siedeln ins *Ram's Head* um.« Er pflückte einen Fussel von seinem Ärmel und fügte hinzu: »Oh, und Sie können dem alten Mann, dem Sie dienen, in meinem Namen für seine Gastfreundschaft danken.«

Meacham verneigte sich.

»Das werde ich.« Er lächelte verkrampft. »Braucht Hyde Hilfe beim Packen?«

Canfield warf ihm einen scharfen Blick zu, aber Meachams Gesicht verriet nichts als höfliches Interesse.

»Nein, das wird nicht nötig sein«, erwiderte Canfield. »Und jetzt, mein guter Mann, werden Sie jemanden zu den Ställen schicken und mein Pferd bringen lassen. Ich verlasse High Tower jetzt gleich – Hyde weiß, wo ich zu finden sein werde.«

Sich beglückwünschend, dass er nun im *Ram's Head* wohnen würde, ritt Canfield fort. Er hatte alles unter Kontrolle – die Witwe war nach wie vor in erreichbarer Nähe, und er konnte sich auf die unerledigten Geschäfte mit Nolles konzentrieren.

Als die Ordways später am Nachmittag mit Luc heimkehrten, wurde die Nachricht von Canfields Umsiedlung ins *Ram's Head* unterschiedlich aufgenommen. Silas, Gillian und Sophia waren offensichtlich erfreut. Stanley war das weniger unverhohlen, aber es war klar zu erkennen, dass ihn die unerwartete Abreise seines »Freundes« nicht schmerzte.

Luc teilte ihre Reaktion, aber mit Vorbehalten. Da er Canfields Ruf kannte, hatte seine Anwesenheit in Silas' Haus ihn gelinde gesagt erstaunt. Er hatte sich unwillkürlich gefragt, was ein Wüstling auf dem Land vergraben zu suchen hatte, so weitab von allen Zerstreuungen, denen der Mann sich sonst bekanntermaßen widmete. Es war nicht zu übersehen, dass Stanley nicht der abgebrühte Lebemann war, aus denen sich gemeinhin Canfields Freundeskreis zusammensetzte. High Tower war kein Ort, den Canfield freiwillig aufsuchen würde. Warum also war er hier?

Die Spekulationen für den Augenblick beiseiteschiebend, lehnte er höflich eine Einladung zum Abendessen ab und verabschiedete sich von den Ordways. Während sein Pferd durch das Zwielicht nach Ramstone Manor trottete, kehrte er in Gedanken zum Nachmittag zurück. Er müsste eigentlich zufrieden sein, aber, räumte er ein, für einen Mann, der nicht mehr als eine unverbindliche kleine Affäre im Sinn hatte, lag ihm bei Weitem zu viel an Gillian Dashwoods Meinung über sein neues Zuhause.

Es hätte ihm egal sein sollen, ob ihr Ramstone gefiel oder nicht, aber auf eine unangenehm nachdrückliche Weise war das nicht der Fall. Und wenn er Ramstone mit dem Hintergedanken erstanden hatte, dass das Anwesen als Treffpunkt für ein intimes Rendezvous mit der Dame geeignet wäre, hatte er sich gründlich geirrt. Ramstone Manor war nun sein Zuhause, kein Liebesnest abseits von neugierigen Augen. *Mon Dieu!* Was, wenn seine Schwägerin zu einem Besuch kam, während er Mrs. Dashwood … unterhielt?

Luc war bestimmt kein Puritaner, aber die Vorstellung, mit Gillian auf Ramstone ins Bett zu gehen, schien ihm nicht richtig. Ramstone Manor war respektabel. Er lächelte leicht. Seine Pläne für die liebreizende kleine Witwe waren das nicht. Dann war da noch ihre Verwandtschaft mit Silas. Wollte er wirklich eine Affäre mit der Nichte seines Freundes anfangen?

Luc rutschte rastlos im Sattel herum. Gillian zu seiner Mätresse zu machen schien ihm eine armselige Art und Weise, Silas seine Freundschaft zu vergelten. Aber wie eine Sirene lockte ihn etwas an Gillian … Er erinnerte sich an den sinnlichen Schwung ihrer Hüften, als sie über den Gartenweg vor ihm ging, das Funkeln in ihren Topasaugen und ihre weichen Lippen, die sie leicht öffnete, wenn sie ihn anschaute – was das vorhersehbare Ergebnis zeitigte. Unverzüglich wurde er hart, war schmerzlich erregt. Es wurde ihm zu seiner Erbitterung klar, dass er sein Verlangen nach ihr vermutlich nicht würde stillen können.

Lautlos fluchend, trieb er sein Pferd zum Galopp an. *Diantre!* Die Kleine setzte ihm ganz schön zu und brachte ihn in die Zwickmühle. War das Verlangen nach ihr so heftig, dass er die Loyalität und Freundschaft einfach beiseiteschieben konnte, die ihn mit Silas verbanden? Und er durfte auch nicht vergessen, dass sie ihren Ehemann ermordet haben konnte, rief er sich grimmig in Erinnerung.

Instinktiv wehrte er sich gegen die Vorstellung, dass Gillian eine Mörderin sein könnte, aber er konnte es auch nicht einfach abtun. Ihr Ehemann war umgebracht worden, und sie war neben seinem Leichnam gefunden worden, inmitten der Spuren eines schlimmen Kampfes. Lucs Verlangen kühlte sich ab, und in seine Augen trat ein unnachgiebiger Ausdruck. Vielleicht hatte sie ihren Ehemann verhext, verrückt gemacht vor Verlangen … bis sie ihn getötet hatte.

So kam es, dass Luc alles andere als glücklich und unbekümmert nach Ramstone Manor heimkehrte. Nachdem er Bertram und Alice für ihre Bemühungen gedankt hatte, zog er sich in seine Bibliothek zurück. Die Bibliothek, die Gillian so gut gefallen hatte, dachte er verstimmt.

Mit gerunzelter Stirn ging er zu einer Mahagonikommode und nahm sich eine Karaffe von dem Tablett mit Spirituosen sowie ein bauchiges Glas, in das er sich Brandy einschenkte. Damit in der Hand lief er im Zimmer auf und ab.

Was sollte er wegen Gillian Dashwood unternehmen? Wenn der Kuss im Garten von High Tower etwas zu sagen hatte, dann war ihr Leidenschaft nicht fremd. Sie war auch, ermahnte er sich, nachdem er einen Schluck von dem Brandy genommen hatte, keine Jungfrau mehr. Schließlich war sie verheiratet gewesen. Und jetzt Witwe. Er verzog das Gesicht. Ihr Ehemann war umgebracht worden – durch ihre Hand, glaubten manche. Und dann war da noch Silas …

Verstimmt starrte er in die bernsteinfarbene Flüssigkeit in seinem Glas. Das Klügste wäre es, sie zu vergessen. Sie sich aus dem Kopf zu schlagen und sich einfach nicht mehr vorzustellen, wie es wäre, sie unter sich zu haben. Seine Lippen zuckten. Die Frage war nur: Konnte er das? Sie würde in High Tower leben, und jedes Mal, wenn er Silas besuchte, würde er sie sehen. Er war nie gut darin gewesen, einer Versuchung zu widerstehen, und er fürchtete, dass früher oder später die Verlockung, die sie für ihn darstellte, sich als mehr herausstellen konnte, als er ertragen konnte. Was bedeutete das also?

Er riss seine Gedanken von Gillian Dashwood los und konzentrierte sich auf das Zimmer vor ihm. Er schüttelte verwundert den Kopf. Am Tag zuvor hatte er mit dem Gedanken gespielt, ein bescheidenes Anwesen zu erwerben, ein Häuschen mit ein paar Morgen Land, und heute ... Er schüttelte noch einmal den Kopf. Heute war er stolzer Besitzer eines Landgutes mit Pachthöfen und ausgedehnten Ländereien. Noch erstaunlicher war, dass er, wenn er nicht extravagant war, von seinem Vermögen für den Rest seiner Tage behaglich würde leben können – und nie wieder spielen musste.

Luc schritt in dem eleganten Zimmer auf und ab, versuchte die Veränderung in seinen Lebensumständen zu begreifen und seine Taten zu verstehen. Über die Jahre hatte er oft genug so viel gewonnen oder auch mehr und hatte es wieder ausgegeben, ohne einen Gedanken an die Zukunft zu verschwenden. Aber dieses Mal, aus Gründen, die ihm verborgen blieben, war er mit seinen Gewinnen sorgsam umgegangen, hatte sie sogar investiert. Und am erstaunlichsten von allem, er hatte sich ein Heim gekauft. Mit dem Erwerb von Ramstone Manor war er Gentleman geworden, ein Landbesitzer und Gutsherr mit Pflichten und der Verantwortung für andere Menschen, die für ihren Lebensunterhalt von ihm und den Entscheidungen, die er traf, abhängig waren. Was, räumte er unglücklich ein, so weit von dem ungebundenen, leichtfertigen jungen Mann entfernt war, der er bis vor Kurzem gewesen war, wie es nur möglich war. Er begriff es selbst nicht.

Er ließ sich auf eines der dunkelblauen Sofas fallen und betrachtete nachdenklich das kleine Feuer auf dem Rost in dem Kamin aus grau geädertem Marmor. *Mon Dieu!* Wie hatte das geschehen können? Wann hatte er aufgehört, immer nur an das nächste Spiel zu denken, die nächste Karte, den nächsten Fall des Würfels? Wann hatte die Aufregung, alles auf eine Karte zu setzen, nachgelassen, ihren Reiz verloren? Wann war sein Entschluss, frei und ungebunden zu bleiben, in der Lage, unverzüglich aufzubrechen, wenn ihn das Verlangen überkam, verschwunden? Und was war mit seiner Verachtung für Männer, die ein vorhersehbares respektables Leben führten? Wann war aus seiner Verachtung Neid geworden?

Luc schaute stirnrunzelnd ins Feuer. Es musste an England liegen, entschied er bitter. Von dem Moment an, in dem er hier angekommen war, hatte er begonnen, sich zu verändern, selbst zu einem von ihnen zu werden, diesen ach so anständigen Engländern. Vielleicht hatte er sogar angefangen, sich danach zu sehnen, wie einer von ihnen zu werden? Hatte Barnabys Hochzeit und die bevorstehende Vaterschaft in ihm schlafende Sehnsüchte geweckt? Seinem Bruder bei der Leitung von Windmere zuzusehen, hatte ihn selbst neugierig gemacht, ob er ebenso gut darin wäre, die Verantwortung für Land und Leute zu schultern. Das war ein beunruhigender Gedanke. Aber, räumte er ein, er erschreckte ihn nicht, wie er es noch vor gar nicht langer Zeit getan hätte.

Er lächelte. Er freute sich darauf, sich in der Rolle des Gutsbesitzers zu bewähren. Wenn man Barnaby glauben konnte, war es ebenso aufregend, sich mit all den Aufgaben und Pflichten herumzuschlagen, die es mit sich brachte, einen so großen Besitz zu leiten, wie sich mit Dame Fortuna zu messen.

In fünf Jahren, überlegte Luc amüsiert, werde ich, wenn ich so weitermache, dick und respektabel sein, mit einer

Ehefrau und einer ganzen Schar Kinder wie ein Wurf Hundejunge um mich herum. Bei dem Bild musste er grinsen. Vielleicht nicht dick, aber den Rest konnte er lebhaft vor sich sehen. Sein Lächeln verblasste jedoch, als seine Fantasie Gillians zierliche Gestalt in den Stuhl neben seinem zauberte, ein glucksendes Kind auf dem Schoß …

Er versteifte sich und starrte finster in die Flammen. *Sacrebleu, verdammt!* Eine Ehe mit der Elfe stand außer Frage. Hinterhältig drängte sich ein anderer Gedanke nach vorn. Warum eigentlich? Sie war ihm gegenüber ja nicht gleichgültig, und sie stand auch gesellschaftlich nicht so weit über ihm, dass es Widerstand gegen die Verbindung geben würde. Außerdem war sie volljährig und in der Lage, ihre eigenen Entscheidungen zu treffen. Silas würde sich freuen. Und er, das gestand Luc sich zynisch ein, begehrte sie. Mit einem schmerzlichen Verlangen, das keinerlei Anstalten machte nachzulassen. Wäre eine Ehe mit ihr so schrecklich? Es erschien jedenfalls sinnvoller als die Verführung, die ihm vorschwebte.

Für eine Ehe, räumte er ein, entsetzt über seine eigenen Gedanken, sprach sogar vieles. *Mon Dieu!* Zog er etwa allen Ernstes eine Ehe in Erwägung … mit Gillian Dashwood?

Kapitel 10

Da er zu keinem Schluss kam und ihm nichts von dem, was ihm einfiel, zusagte, ging Luc schlecht gelaunt zu Bett. Nachdem er sich den Großteil der Nacht fluchend von einer auf die andere Seite gewälzt hatte, wachte er am nächsten Morgen früh auf, ohne dass sich seine Laune gebessert hatte.

Da ihm ein erholsamer Schlaf verwehrt geblieben war, schien es nicht sinnvoll, im Bett liegen zu bleiben und das Leben im Allgemeinen zu verfluchen. Er warf die Decke zurück und ging zu dem Waschtisch in der Ecke des Zimmers. Nachdem er sich mit dem lauwarmen Wasser aus dem Krug neben der einfachen weißen Schüssel gewaschen hatte, betrachtete er eingehend den Inhalt des Mahagonischrankes, in dem seine Kleidung hing. Da er es gewohnt war, sich selbst zu versorgen, musste er nicht nach Bertram läuten. Er entschied sich für eine Wildlederhose und einen braunen Rock und holte sich, was er sonst noch brauchte, aus der Kommode in der Nähe.

Sobald er für den Tag angekleidet war, hellte sich auch seine Stimmung auf, und er machte sich an eine Bestandsaufnahme seines neuen Besitzes. Am Tag zuvor hatte er den Ordways eine kurze Führung durch das Haus gegeben, hatte aber selbst bis auf die erste flüchtige Inspektion des Hauses am Samstag seine privaten Räume außerhalb seines Schlafzimmers noch nicht weiter erkundet. Einige Zeit später entschied Luc, dass seine neuen Räumlichkeiten zwar vielleicht nicht so prächtig oder weitläufig waren wie seine Suite im Dower House, ihm aber dennoch vorbehaltlos zusagten.

Die Räume des Hausherrn bestanden aus drei Zimmern, zwei großen Schlafzimmern mit einem Salon in der Mitte dazwischen. Coulsons Witwe hatte den persönlichen Besitz der Familie und viele Möbel mitgenommen, als sie ausgezogen war, aber die Vorhänge und mehrere Teppiche hatte sie dagelassen. Alles war von hoher Güte und in ausgezeichnetem Zustand. Obwohl die Möblierung Lücken aufwies, war genug da, um die Räume bewohnbar und sogar gemütlich zu machen.

Sehr zufrieden mit seinem Erwerb hatte Luc gerade erst die Tür zu seinen Räumen geschlossen, als Bertram mit einem Zinntablett mit mehreren Gegenständen darauf am Ende des Flures erschien. Als Bertram näher kam, stieg Luc der köstliche Duft von Kaffee und frischem Hefegebäck, Zimt und warmen Rosinen in die Nase.

»Sir!«, rief Bertram, während er sich beeilte, ihn zu erreichen. »Ich war gerade auf dem Weg zu Ihren Räumen mit etwas Kaffee und heißen knusprigen Brötchen – Alice hat sie gerade frisch aus dem Ofen geholt.«

Luc lächelte.

»Ich bin sicher, sie schmecken unten mindestens genauso gut wie hier oben.«

»Allerdings«, stimmte ihm Bertram zu. »Wo soll ich servieren?«

»Ich denke, der kleine Salon, den wir gestern benutzt haben, als die Ordways da waren, müsste als Frühstückszimmer perfekt sein. Vor allem«, fügte Luc mit einem Grinsen hinzu, »da wir gegenwärtig kein Speisezimmer mit Mobiliar besitzen.«

Bertram pflichtete ihm bei, und gemeinsam begaben sie sich zu dem neu bestimmten Frühstückszimmer.

Luc genoss die Brötchen, und während er die letzte Tasse Kaffee leerte, starrte er in den Garten und erwog seinen nächsten Schritt. Sich mit dem Haus vertraut zu machen, schien zunächst das Wichtigste – das, und eine Liste mit den notwendigsten Dingen zu verfassen, die angeschafft werden mussten. Er lächelte reumütig. Es war nur ein Segen, dass er ein kleines Vermögen angelegt hatte. Er vermutete, dass er das in den kommenden Monaten brauchen würde.

Er läutete nach Bertram, und als der junge Mann gekommen war, begann er mit ihm eine gründliche Erkundung des Gebäudes. Als Luc am frühen Nachmittag gerade eine Pause bei einem Krug Bier, geräuchertem Schinken, Käse und Brot genoss, verspürte er Zufriedenheit – und hatte Schwierigkeiten, sein Glück zu fassen.

Ramstone Manor war nicht riesig, aber ein großes Haus, in dem die meisten Räume leer waren bis auf das grundlegendste Mobiliar. Der kleine Salon, in dem er saß, war komplett möbliert, und er nahm an, dass dem so war, weil Coulsons Witwe in ihrem neuen Zuhause nur begrenzte Räumlichkeiten zur Verfügung standen. Der Empfangssalon auf der Vorderseite und das Speisezimmer hingegen waren bis auf Vorhänge und Teppiche leer. Im ganzen Haus war zu erkennen, dass die Witwe einige Möbel mitgenommen hatte.

Als er für eine Stärkung mit Ale und Schinken zu dem Zimmer in gelbem Chintz zurückgekehrt war, dachte er wehmütig an die paar bescheidenen Räume, die er sich eigentlich vorgestellt hatte. *Mon Dieu!* Das Herrenhaus hier besaß Leinenschränke, die größer waren als manche Räume, die er schon ein Zuhause genannt hatte.

Just in diesem Augenblick trat Bertram ins Zimmer.

»Sir«, verkündete er, »Lady Joslyn und Mrs. Cornelia Townsend sind zu Besuch gekommen.«

Luc sprang auf die Füße und eilte Emily und Cornelia entgegen, um sie zu begrüßen, als sie in den Salon kamen. Herzliche Umarmungen wurden ausgetauscht, und nachdem er erfahren hatte, dass die Damen Tee und Gebäck nicht abgeneigt wären, entfernte sich Bertram eilig.

Während des letzten Monats war die Wölbung unter ihrem Kleid – heute eines aus blauer Wolle – auffallend größer geworden. Emily ging zu einem der Stühle mit hoher, gerader Lehne vor dem Fenster und ließ sich mit einem Seufzen darauf nieder. Cornelia nahm auf dem Sofa Platz. Beide Frauen blickten sich interessiert um.

»Was für ein angenehmer Raum«, bemerkte Emily billigend. »Als Barnaby mir erzählt hat, dass er dir Ramstone verkauft hat, war ich davon ausgegangen, dass du auf einem Strohlager haust.«

Cornelia grinste.

»Ich sehe, dass wie gewohnt das Glück auf deiner Seite war und dass du es hier sehr nett hast, junger Mann.«

Luc verneigte sich.

»Was erwartest du anderes von Lucifer?«

Cornelia lachte.

»Was sonst, allerdings.« Sie blickte sich erneut um. »Jane Coulson mag eine einfältige Gans sein, aber sie wusste, wie man ein Haus gemütlich einrichtet. Hier wirst du gerne Gäste empfangen.«

»Das habe ich bereits«, räumte Luc ein, und ein dunkles Rosa färbte seine Wangen. »Gestern habe ich Silas Ordway mit seinem Neffen und den Nichten eingeladen, sich das Anwesen anzusehen.«

»Ach ja?«, murmelte Cornelia, der mit ihren Adleraugen

die leichte Röte nicht entgangen war. »Und was halten sie von Ramstone?«

»Sie haben sich natürlich für mich gefreut«, sagte Luc. »Silas hatte hier ein paar Mal diniert, als die Coulsons noch hier wohnten, daher wusste er bereits, was ihn erwartete. Stanley Ordway und die Damen konnten mich nur beglückwünschen.« Ohne es zu merken, lächelte Luc bei der Erinnerung und fügte hinzu: »Mrs. Dashwood gefiel vor allem die Bibliothek.«

Emily und Cornelia wechselten Blicke.

»Nun, wie schön, dass deinen Freunden das Haus zusagt«, sagte Cornelia halblaut.

Genau in dem Moment schnappte Emily nach Luft und begann auf ihrem Stuhl unbehaglich herumzurutschen. Sofort erkundigte sich Luc voller Sorge:

»Hast du Schmerzen?«

Emily lächelte beruhigend.

»Nichts, weswegen du dir Sorgen machen müsstest – deine Nichte hat mir gerade einen heftigen Tritt wie von einem Esel versetzt. Oder wenigstens hat es sich so angefühlt.«

»Bist du sicher, dass es meine Nichte ist?«, fragte Luc neckend. »Barnaby schwört, dass du ihm einen Erben schenkst.«

Emily verzog wieder das Gesicht und erklärte:

»Vielleicht hast du recht – keine Tochter würde ihre Mutter so behandeln.«

Bertram kam mit den Erfrischungen, bediente die Damen und ging wieder. Als sich die Tür hinter ihm schloss, bemerkte Cornelia:

»Ich sehe, dass Hinton seine Sache hier bei dir gut macht.«

Luc nickte.

»Er und Alice leisten ausgezeichnete Arbeit – und das besonders, da sie jetzt ja deutlich mehr zu tun haben, als sie sich je hätten träumen lassen.«

»Nun, das bringt uns zu dem Grund für unseren Besuch«, verkündete Emily mit funkelnden grauen Augen. »Wir sind gekommen, um uns in deinen Haushalt einzumischen.«

Ein argwöhnischer Ausdruck trat auf Lucs Gesicht, woraufhin beide Frauen lachten.

»So schlimm ist es nicht«, beruhigte Cornelia ihn. »Und wir wollen nur dein Bestes.«

»Und das wäre?«

Knapp sagte Emily:

»Mit einem Haus dieser Größe wirst du mehr Dienstboten benötigen als Alice und Bertram.«

Das war Luc auch schon aufgefallen, aber mehr Diener wollte er jetzt eigentlich nicht einstellen. Er hielt eine Hand in die Höhe.

»Bitte, meine Damen«, flehte er. »Bitte nicht noch mehr. Ich hätte nie gedacht, jemals ein Haus wie Ramstone zu besitzen, und ich habe mich noch nicht daran gewöhnt, jetzt Eigentümer eines Landsitzes zu sein. Bis vergangenen Samstag war ich ein Glücksritter und Spieler, der an wenig anderes gedacht hat als an das nächste Kartenspiel oder Würfeln.« Er blickte Emily an und sagte nur halb im Scherz: »Dein Ehemann hat einiges zu verantworten. Ich bin zu ihm gegangen in der Absicht, ein kleines Landhaus zu erwerben und vielleicht ein paar Morgen Land« – er machte eine ausholende Bewegung mit seinem Arm – »und das ist es, was er mir aufgehalst hat.«

»Willst du uns damit sagen«, verlangte Cornelia mit hochgezogenen Brauen zu wissen, »dass dein Bruder dich gegen deinen Willen gezwungen hat, Ramstone zu kaufen?

Dass er deine Wünsche einfach nicht beachtet hat und dir die Klinge an die Kehle gehalten hat, bis du dich einverstanden erklärt hast, ihm diese Anwesen abzukaufen?«

Das entlockte Luc ein zögerndes Lachen.

»Nein.« Er blickte von einer Frau zur anderen. »Ich weiß, dass ihr nur mein Bestes wollt, aber ich bin momentan überwältigt. Zusätzliche Dienstboten stehen auf meiner Liste ganz weit unten – ich kenne ja noch nicht einmal meine Pächter. Alice schwört, die Speisekammer hallt, wenn sie hineingeht, und wir sprechen noch nicht einmal von Geschirr oder Wäsche, Töpfen, Pfannen und Schüsseln und weiß der Himmel was noch, was sie alles braucht. Und Bertram ... Bertram beklagt sich, dass die Anrichte bis auf ein oder zwei Stück Geschirr oder Besteck praktisch leer ist. Das ist doch alles erst einmal wichtiger als Diener, oder?« Als beide Damen ihn einfach nur anschauten, fügte er hastig hinzu: »Außerdem habe ich keine Zeit für Vorstellungsgespräche.«

»Das musst du doch auch gar nicht«, wandte Emily ein. »Wir haben uns darum bereits gekümmert.« Als Luc protestieren wollte, schaute sie ihn aus großen Augen flehend an. »Willst du dir nicht wenigstens anhören, was wir vorzuschlagen haben?«

Luc war dem Flehen in ihren grauen Augen nicht gewachsen und lenkte seufzend ein.

»Na gut. Was habt ihr beide geplant?«

Als Emily und Cornelia ihren Vorschlag unterbreitet hatten, spürte Luc, wie er schwach wurde. Verglichen mit der Dienerschar auf Windmere war das, was Emily und Cornelia vorschwebte, eine bescheidene Ausstattung, und zudem handelte es sich durchweg um vertrauenswürdige ehemalige Diener, die in Diensten der Familie Townsend oder dem früheren Viscount gestanden hatten. Aber bescheiden hin oder her, es kam ihm dennoch viel mehr Personal vor, als er brauchte, aber Emily versicherte ihm, dass es die Minimalausstattung für ein Haus wie Ramstone sei.

»Du siehst doch«, erkundigte sich Emily ernst, »dass du damit einigen treuen und hart arbeitenden Menschen hilfst, die unter der Misswirtschaft meines Cousins und Thomas Joslyns Machenschaften zu leiden hatten.« Als Luc zögernd nickte, sprach sie rasch weiter: »Bissell ist ein so netter Mann, du wirst ihn mögen. Er war jahrelang der Butler deines Großonkels, bevor dein Cousin ihn durch diesen grässlichen Peckham ersetzt hat. Bissell ist nicht mehr jung, und ein kleineres Herrenhaus wie Ramstone wird ihm sicher entgegenkommen. Außerdem kann er Bertram einweisen.« Als Luc das Gesicht verzog, sagte sie ernst: »Es sieht auf den ersten Blick vielleicht überwältigend aus, aber du wirst es nicht bereuen, Bissells Nichte Mrs. Marsh als Haushälterin anzustellen. Und die zusätzlichen Dienstmädchen werden sich als unverzichtbar erweisen – Alice kann nicht alles allein tun. Und auch wenn es im Moment noch nicht auffällt, du wirst auch einen Gärtner und einen Helfer für ihn brauchen – es sei denn, du möchtest, dass alles verwildert und überwuchert.« Ihre Züge wurden weicher. »Was deine Stallungen angeht, Hutton ist ein lieber alter Mann – er war der Oberstallmeister in The Birches, bevor Jeffery ihn hinausgeworfen hat und statt seiner diesen widerlichen Kelsey eingestellt hat.« Ihre Lippen wurden schmal. »Kelsey war ein widerwärtiger Kerl.«

»Du siehst also, mein lieber Junge, du hilfst dir selbst, aber du wirst auch helfen, altes Unrecht wiedergutzumachen. Huttons Enkel sind gute Jungen und werden ausgezeichnete Stallburschen abgeben. Sie haben ausgezeichnete

Arbeit geleistet, bevor Jeffery sie entlassen hat. Zu wissen, dass sie alle wieder eine feste Anstellung haben, würde uns viel bedeuten.«

Luc hielt beide Hände in die Höhe.

»Halt! Keine Schuldgefühle, wenn es recht ist. Ich werde sie alle anstellen.« Er warf Emily einen halb neckenden Blick zu. »Und wenn ich bankrottgehe, hast du dir die Schuld daran zuzuschreiben.«

»Ach Unsinn!«, rief Cornelia. »Das wird nicht passieren – du bist viel zu klug dafür. Richtig verwaltet und bewirtschaftet, wird Ramstone einen hübschen Gewinn abwerfen, von dem du komfortabel leben kannst, sodass du dein Schicksal nie wieder dem Würfel anvertrauen musst.«

»Und ich kann dir mit Wäsche und allem möglichen anderen Hausrat helfen«, sagte Emily rasch. »Es gibt in Windmere alles im Überfluss, und ich würde es dir liebend gerne überlassen.« Als Luc zum Protest ansetzte, pochte Cornelia mit ihrem Gehstock auf den Boden und erklärte scharf:

»Schluck deinen Stolz herunter, Junge! Barnaby und Emily brauchen mindestens die Hälfte der Sachen in den Lagerräumen nicht und das Gleiche gilt für die zahllosen Porzellanservice und den ganzen Rest, der doppelt und dreifach vorhanden ist. Betrachte es als Geschenk zum Einzug.«

Da er wusste, er würde gegen so ein beeindruckendes Paar Gegner nicht gewinnen können, verbeugte sich Luc und lenkte ein. Die Damen handelten rasch, und vor Einbruch der Dunkelheit fand sich Luc nahezu überschwemmt von allerlei Hausrat, den Emily und Cornelia geschickt hatten, zusammen mit seinen neuen Bediensteten. Alice war entzückt über die zusätzliche Hilfe, und Bertram folgte Bissell und lauschte andächtig jedem Wort, das dem älteren Mann über die Lippen kam. Mrs. Marsh hatte die beiden Zimmermädchen an die Arbeit geschickt, die auch fleißig die Holzflächen polierten, bis der angenehme Geruch von Zitronen und Bienenwachs durch das Haus zog. Als Luc an diesem Abend zu Bett ging, geschah das in dem Wissen, dass er festen Boden unter den Füßen verloren hatte und von einem Strudel erfasst worden war, aber er zweifelte keine Sekunde daran, dass er wieder Grund finden würde.

Ramstone Manor war nicht viel größer als das Herrenhaus auf Green Hill. Und auf jeden Fall war es beträchtlich kleiner und bescheidener als das Château seines Onkels in Frankreich, in dem er seine ersten Lebensjahre verbracht hatte. Es war schließlich nicht so, rief Luc sich in Erinnerung, während er im Dunkeln im Bett lag und zur Decke starrte, als sei er in einer Hütte aufgewachsen oder als hätte er keine Vorstellung davon, wie der Haushalt und der Landsitz eines Gentlemans geführt wurden. Von seinen französischen Verwandten nach dem Tod seiner Mutter zurückgewiesen und abgeschoben und nach Virginia zu seinem Vater geschickt, hatte er im Gegenzug Green Hill abgelehnt und sich entschieden, sich für seinen Lebensunterhalt auf seinen Verstand zu verlassen. Aber das Wissen und die Erfahrungen seiner Jugend im Hause reicher Verwandter waren nicht vergessen. Das Leben eines wohlhabenden Gutsbesitzers würde ihm zur zweiten Natur werden, und mit ein wenig Glück – und jeder brauchte ab und zu mal Glück – war er sich sicher, bei der Leitung Ramstones so gut zu sein wie an den Spieltischen.

Glück war etwas, was Canfield in dieser Nacht nicht hatte. Dabei hatte er anfangs keinen Grund zur Klage gehabt. Der Umzug zum *Ram's Head* war ohne Schwierigkeiten über die Bühne gegangen, sodass er nun in zwei hübschen Zimmern über der Wirtschaft untergebracht war. Hyde bewohnte eine kleine Kammer direkt daneben.

Nach einem guten Abendessen auf seinem Zimmer hatte sich Canfield am Sonntagabend nach unten begeben, auf der Suche nach einem Täubchen zum Ausnehmen. Es war Fuchsjagdzeit, und viele männliche Mitglieder des Landadels waren daher nicht in der Gegend – was es erschwerte, Herren zu finden, die seinen Zwecken dienen würden. Schließlich hatte er sich zu Townsend an den Tisch gesetzt in einem der Privatzimmer, die Nolles für Spiele um höhere Einsätze bereithielt. Mehr aus Langeweile als aus irgendeinem anderen Grund war er auf Townsends Angebot eines Spieles eingegangen. Nachdem er gegen Townsend hier und in London bereits gespielt hatte, schätzte Canfield Townsends Geschick, aber er hielt ihn nicht für ihm selbst ebenbürtig, sodass er sich darauf freute zu gewinnen. Er wurde auch nicht enttäuscht und stand in den frühen Morgenstunden des folgenden Tages als Gewinner einer ansehnlichen Summe auf.

An diesem Abend jedoch ließ ihn das Glück im Stich, und während der Stapel Münzen vor seinen Augen in alarmierender Geschwindigkeit schrumpfte, verschlechterte sich auch Canfields Laune. Townsend, der vergangene Nacht kein einziges Spiel hatte gewinnen können, hatte an diesem Abend ununterbrochen gewonnen, sodass sich Canfield zu wundern begann, ob er hereingelegt worden war.

Canfields Augen wurden schmal, als er quer über den Tisch zu Townsend blickte.

»Ihr Pech hat sich gewendet«, brummte er missmutig.

Townsend blickte von seinen Karten auf.

»Allerdings, das lässt sich nicht abstreiten«, murmelte er. »Heute Nacht ist mir Dame Fortuna gewogen – so wie gestern Nacht Ihnen.« Er lächelte. »Sie ist ein launisches Frauenzimmer.«

Canfield widersprach nicht, und nachdem er ein paar weitere Runden verloren hatte, warf er seine Karten hin und sagte:

»Das war es.«

Townsend zuckte die Achseln und unternahm keinen Versuch, ihn am Tisch zu halten. Canfield verschwand und schloss die Tür hinter sich mit mehr Kraft, als notwendig war. Townsend grinste. Arroganter Bastard.

Ein paar Augenblicke später glitt Nolles ins Zimmer, und die Narbe von dem Schnitt, den Lamb ihm zugefügt hatte, zog sich als grellrote Linie über seine Wange. Seine blassen Augen richteten sich auf den Stapel Geld vor Townsend, und er sagte:

»Es scheint, als ob die Glückssträhne Seiner Lordschaft jäh gerissen ist.«

»Ja, allerdings«, räumte Townsend ein. Er bewegte den Arm kaum merklich, und eine Karte lugte unter seiner Manschette hervor. »Aber nicht«, fügte er hinzu, »ohne Hilfe.«

»Hat er Verdacht geschöpft?«

Townsend schüttelte den Kopf.

»Nein, nicht wenn ich vorsichtig bin. Aber ich werde diesen Trick nicht oft anwenden können. Er ist ein gerissener Spieler, und wenn er zu oft verliert …«

Nolles schnaubte und marschierte durchs Zimmer.

»Und auf The Birches ist alles in Ordnung?«

Townsend verzog das Gesicht.

»Wenn es darum geht, ob die Schmuggelware sicher untergebracht ist, ja.« Townsend zögerte. »Wie bald soll ein weiterer Teil der Sachen nach London geschafft werden? Es behagt mir nicht, so viel dort unten zu haben.«

»Warum? Rechnen Sie damit, dass jemand kommt und in dem Keller herumschnüffelt?«

»Nein.« Townsend zuckte mit den Schultern. »Ich weiß, dass bald die nächste Ladung eintreffen wird, und unten wird der Platz langsam knapp.«

»Lassen Sie das getrost meine Sorge sein. Sie halten einfach den Mund und entmutigen Besucher.«

Townsend nickte unglücklich. Er räusperte sich und fragte:

»Was werden Sie wegen Canfield unternehmen? Sie wissen, warum er hier ist, nicht wahr?«

Nolles lächelte mit schmalen Lippen.

»Ja, ich weiß. Im Moment amüsieren mich seine Mätzchen. Er ist ein Narr, wenn er denkt, sein Versuch, seine Identität vor Dudley geheim zu halten, sei erfolgreich gewesen – oder dass Dudley mich nicht gewarnt hätte, dass ich mit seinem Auftauchen hier rechnen müsse. Selbst wenn Padgett mit Dudley nicht bereits über Canfield gesprochen hätte, ehe er zugelassen hat, dass sie sich treffen, hätte Dudley seinen Namen binnen Stunden durch seine Straßenjungen erfahren.«

Nolles schlenderte zur Anrichte hinter Townsend und schenkte sich ein Glas Rheinwein ein, der dort neben anderen alkoholischen Getränken stand. Mit dem Weinglas in der Hand setzte er sich Townsend gegenüber an den Tisch.

»Wie viel hat er heute Nacht verloren?«

Townsend lächelte.

»Über viertausend Pfund.«

»Wenigstens haben Sie damit wieder gewonnen, was Sie letzten Monat an diesen verfluchten Lucifer verloren haben«, bemerkte Nolles und wischte damit das Lächeln von Townsends Gesicht.

»Allerdings«, sagte Jeffery angespannt. »Und Canfield ist, auch wenn er gerne etwas anderes glauben würde, nun einmal kein Lucifer. Er hat weder das Geschick noch einen so kühlen Kopf wie dieser Teufel.«

Nolles starrte in seinen Krug und betastete unbewusst die Narbe auf seiner Wange.

»Was nur gut ist«, murmelte Nolles. *Tom hätte Barnaby Joslyn umbringen müssen, als er die Gelegenheit dazu hatte*, überlegte er verbittert – *und diesen Bastard Lamb gleich mit.*

»Was werden Sie wegen Canfield unternehmen?«

»Wenn er nicht länger nützlich ist, wird er … einen tödlichen Unfall erleiden.« Nolles warf Townsend einen listigen Blick zu. »Ein Sturz von den Klippen, wie ihn Ihr Freund Ainsworth erlitten hat, würde seinen Zweck erfüllen, nicht wahr?«

Jeffery dachte wieder an die Nacht vor einigen Monaten, als Lord Joslyn im Zweikampf Ainsworth getötet und Emily vor der Vergewaltigung durch ihn gerettet hatte, und senkte den Blick auf die Tischplatte vor sich. Er erschauerte bei der Erinnerung daran, wie er durch die Dunkelheit geritten war, den Leichnam vor sich festgeschnallt. Er hatte Blut und Wasser geschwitzt aus Angst davor, gesehen zu werden, und hatte erst erleichtert aufgeatmet, als er den Leichnam über die Klippen in der Nähe der Sieben Schwestern geworfen hatte. Niemand, sagte er sich, hatte ihn gesehen. Nolles musste raten.

Jeffery blickte Nolles direkt an und sagte:

»Ja, ein Sturz von den Klippen wäre das Richtige für Seine Lordschaft.« Und fügte kühn hinzu: »Ich würde eine Stelle unweit der Sieben Schwestern vorschlagen.«

Nolles kniff seine Augen zu schmalen Schlitzen zusammen, er war nicht erfreut über Townsends Antwort. Vielleicht war der Kerl doch nicht die rückgratlose Memme, für die er ihn gehalten hatte. Nolles nahm einen Schluck Wein, ehe er sagte:

»Wenigstens bringt uns Canfield in der Zwischenzeit Gewinne ein.«

Jeffery Townsend hatte viel hinzugelernt, seit er Ainsworths Leichnam entsorgt hatte, aber er schreckte immer noch vor Mord zurück.

»Denken Sie, es ist die beste Lösung, ihn umzubringen? Was weiß er überhaupt?«

Nolles starrte ihn an, als habe er den Verstand verloren.

»Er weiß, dass Padgett Dudley kennt«, sagte er kühl. »Und er weiß, dass Dudley eine Verbindung zu mir hat. Eins dieser Dinge würde reichen, ihn zu töten. Er weiß zu viel.«

»Aber warum soll er nicht weiter investieren dürfen? Sein Geld kommt gelegen – und solange er einen Profit macht, wird er die Gans nicht schlachten, die goldene Eier legt.«

»Wenn er zufrieden wäre und einfach nur weiterhin Geld gibt und dafür seinen Profit einstreicht, würde ich Ihnen recht geben. Aber das ist nicht der Fall.« Nolles runzelte die Stirn. »Seine Lordschaft ist ein verwöhntes, verzogenes Kind, und wenn es ihm passte, würde er uns, ohne zu zögern, an die Obrigkeit verraten.« Seine Finger schlossen sich fester um sein Glas. »Ich war von Anfang an dagegen, ihn Dudley treffen zu lassen, aber Padgett war anderer Meinung.« Er atmete verärgert ein. »Wenn Canfield in London geblieben wäre, wäre ich damit zufrieden gewesen, einen Teil seines Geldes zu ›investieren‹, aber der Narr musste ja herkommen.«

Townsend scherte sich nicht darum, was mit Canfield geschah. Aber egal, wie tief er gefallen war, er hatte etwas gegen Mord, sodass er brummte.

»Aber solange er Geld gibt …«

Nolles schlug mit der flachen Hand auf den Tisch.

»Sie vergessen, dass ich mich vergangene Woche mit Padgett in London getroffen habe, und er hat mir bestätigt, dass Canfield nicht länger über ausreichend Mittel verfügt, um zu investieren. Canfield braucht verzweifelt Geld – was ihn gefährlich macht. Und zudem nutzlos.«

»Aber wo hat er dann das Geld her, das er heute verloren hat? Und um seine Unterbringung hier zu zahlen? Wenn seine finanzielle Lage derart angespannt wäre, hätte ich nicht gedacht, dass er High Tower verlässt. Er war da Gast, sodass es ihn keinen Pfennig kostet.«

Nolles trank den Rest seines Weines und stellte das Glas auf den Tisch, dann erklärte er:

»Am wahrscheinlichsten ist wohl, dass sein Vater ihm verziehen und Geld geschickt hat.«

Townsend beugte sich vor.

»Aber dann«, sagte er, »ist das doch vielversprechend, oder? Früher oder später wird er bei seinem Vater Gnade gefunden haben und wieder volle Taschen haben – und damit Geld zum Investieren.«

Nolles sah ihn mit einem eisigen Blick an, bei dem es Townsend eiskalt über den Rücken lief. Mit wutverzerrten Zügen fuhr er ihn an:

»Ich werde mein Schicksal nicht in die Hände dieses eingebildeten Gecken legen.«

»Und ist Padgett einverstanden? Der Tod eines Mitglieds der Aristokratie wird nicht unbemerkt bleiben. Ich kann mir gut vorstellen, dass Padgett dagegen etwas einzuwenden hat.«

Nolles schüttelte den Kopf, und ein hässliches Lächeln betonte die frische Narbe auf seiner Wange.

»In dem Moment, in dem er sich an Padgett gewandt hat, hat Canfield sein Todesurteil unterzeichnet.« Mit verächtlicher Stimme fragte er: »Wer, denken Sie, hat Dudley gesagt, Canfield meinen Namen und meinen Aufenthaltsort zu verraten? Ihn zu töten war immer schon Teil des Planes. Natürlich ist Padgett einverstanden, Sie Hasenherz.«

Townsend wurde bis zu den Ohrenspitzen rot, und er senkte den Blick, um seine Wut zu verbergen. Was würde er dafür geben, seine Hände um Nolles' Hals zu legen und alles Leben aus dem kleinen Widerling zu pressen.

Nolles beobachtete ihn; ihm gefiel Townsends Miene nicht. Seine Hand schloss sich um die kleine Pistole, die er in seiner Westentasche stecken hatte. Er glaubte zwar nicht, dass Townsend ihn angreifen würde, aber er räumte ein, dass es dumm von ihm gewesen war, seine Verachtung so offen zu zeigen. Mit Canfield fertigzuwerden war schwierig genug. Er brauchte Townsend nicht auch noch einen Grund zu liefern, ihn zu verraten.

Da er wusste, es war an ihm, die Lage zu retten, brummte er:

»Das war unangebracht. Ich entschuldige mich.« Er zwang sich zu einem Lächeln. »Nehmen Sie hundert Pfund aus den Gewinnen des heutigen Abends, und schreiben Sie meine Erregung der Erbitterung zu, Canfields Arroganz hinnehmen zu müssen.«

Missmutig wollte Jeffery wissen:

»Wenn Padgett ihn tot sehen will, warum hat er das nicht in London von Dudley erledigen lassen? Warum schickt er ihn erst her?«

»In London gibt es zu viele Augen, zu viele Leute, die wir nicht in der Hand haben. Dudley hätte es zwar arrangieren können, dass Canfield eine tödliche Stichverletzung erleidet, in einem Bordell oder auf einer dunklen Gasse, aber Padgett hielt es für klüger, sich des Problems hier und jetzt anzunehmen, wo wir die Lage unter Kontrolle haben. Wie er selbst gesagt hat, gibt es hier mehr Stellen, an denen man einen Leichnam auf Nimmerwiedersehen verschwinden lassen kann. Canfield wird einfach … unauffindbar sein.« Er lächelte. »Keine Leiche, kein Mord, kein Verbrechen.« Als Townsend weiterhin alles andere als glücklich aussah, seufzte Nolles und brummte: »Wenn Sie es nicht mögen, können Sie es selbst mit Padgett besprechen – es wird nicht lange dauern, dann ist er selbst hier.«

Erschrocken richtete sich Townsend mit einem Ruck auf.

»Warum?«

Nolles' Lippen wurden schmal.

»Weil er sich mit eigenen Augen davon überzeugen will, wie gut Ihr Anwesen unseren Ansprüchen genügt.«

Townsend wirkte beunruhigt.

»Glauben Sie, er ist unzufrieden mit unserem Arrangement?«

»Nein. Nichts dergleichen«, antwortete Nolles rasch in dem Versuch, den anderen Mann zu beruhigen. »Padgett ist nicht so vertraut damit, wie die Dinge laufen, wie Joslyn es war. Jedenfalls hat er beschlossen, dass es vielleicht klug wäre, sich die Operation selbst einmal anzusehen, ehe er mehr Geld hineinsteckt.«

Die Unterredung ging noch ein paar Augenblicke weiter, aber Nolles wusste, als Townsend aufstand, war er nicht restlos versöhnt. Mit harter Miene starrte er auf die Tür, durch die der Squire verschwunden war.

Townsend, entschied er grimmig, könnte zu einem Problem werden … so wie Canfield, aber darüber würde er sich später den Kopf zerbrechen. Das zweite unerklärliche Verschwinden zu bald nach dem ersten oder ein zu rasch folgender zweiter Todesfall würde die Gegend in Aufruhr versetzen und Aufmerksamkeit erregen, wenn es ihm am wenigsten passte. Dafür hatte er Lord Joslyn zu danken.

Die Ereignisse in der Nacht im März waren so vernichtend gewesen, wie sie unerwartet gekommen waren. Wenn er an die Tage und Wochen dachte, die auf Thomas Joslyns Tod und die Beschlagnahmung der Schmuggelware in den Tunneln unter Windmere folgten, verzog sich sein Gesicht vor Hass. Lord Joslyn und sein Bruder sowie dieser elende Lamb waren ihn teuer zu stehen gekommen, und er schwor sich, dass er sich bald schon rächen würde – selbst wenn Padgett ihm davon abriet.

Nolles starrte missmutig in sein Glas und dachte an Lord Padgett. Padgett und ein weiterer Freund von Tom Joslyn, ein gewisser Stanton, waren von Anfang an in das Schmuggelunternehmen involviert gewesen. Während Stanton sich im Hintergrund hielt, hatte sich Padgett gleich darangemacht, die gewaltige Lücke zu schließen, die durch Tom Joslyns Tod entstanden war. Obwohl Padgett praktisch sofort in die Bresche gesprungen war, hatte es Monate gedauert, sich von dem Verlust durch die Beschlagnahmung aller Waren unter Windmere zu erholen. Aber nachdem Nolles Townsend ins Boot geholt hatte und ihnen nun die Keller von The Birches zur Verfügung standen, hatten sie wieder Fortschritte gemacht.

Padgett war kein Tom Joslyn, aber Nolles kam gut mit ihm aus. Dennoch hatten sie Meinungsverschiedenheiten – eine davon betraf Canfield. Er hatte es für keine gute Idee gehalten, ihn mit Dudley zusammenzubringen und dann über Dudley weiter an ihn zu verweisen. Er seufzte. Immerhin war ihm ebenfalls klar, dass Canfield ausgeschaltet werden musste. Aber trotz dem, was er Townsend gesagt hatte, wäre es ihm lieber gewesen, das wäre in London erledigt worden. Mit dem Tod von Tom Joslyn und diesem Peckham, dem Butler von Windmere, im vergangenen März sowie der Entdeckung der Schmuggelware hatte es genug Aufregung in der Gegend gegeben. Unauffällig zu bleiben schien das Klügste, aber egal, wie Padgett darüber dachte, Canfield musste sterben. Er bedeutete Ärger. Wie die Joslyns auch. Seine Finger glitten zu der immer noch empfindlichen Narbe auf seiner Wange. Ich hätte Luc Joslyn zu Tode treten sollen, solange ich die Gelegenheit dazu hatte, überlegte er verstimmt, und zur Hölle mit den Folgen.

Als er zufällig durch Ordway und Canfield erfahren hatte, dass Luc auf High Tower zu Abend essen würde, hatte es nach der perfekten Gelegenheit ausgesehen, die Familie Joslyn zu treffen. Es gab nur eine Route, auf der Luc danach heimreiten würde, sodass es kinderleicht war, ihm dort aufzulauern. Wieder erinnerte er sich an die unendliche Befriedigung, die er empfunden hatte, als er mit seinem Stiefel Luc Joslyns Kopf getroffen hatte. Nein, entschied er, er bereute es nicht, und wenn sich die Gelegenheit böte, würde er es wieder tun. *Mein Fehler war*, räumte er ein, *dass ich mir zu sicher war und geglaubt habe, dass Luc Joslyn selbst kommt, um sich zu rächen.*

Er hatte gewusst, dass den Halbbruder des Viscounts zu überfallen Folgen nach sich ziehen würde, aber er hatte weder mit einer so raschen Vergeltung gerechnet … noch damit, dass sie in Gestalt von John Lamb kommen würde. Den Fehler würde er nicht noch einmal machen. Er berührte die Narbe erneut. Und es würde ihm die größtmögliche Freude bereiten, Lamb zu töten.

Nolles stand auf. Ehe er sich der Aufgabe widmen konnte,

John Lamb zu ärgern, musste er sich Canfields entledigen … *Hm, wie soll ich das am besten anstellen*, überlegte er, während er aus dem Zimmer ging, um sich zu seinen Gästen in der Wirtsstube zu gesellen. Die Kehle durchschneiden? Oder ihn einfach erschießen? Den Leichnam endgültig verschwinden lassen oder es darauf anlegen, dass er gefunden wurde? Er seufzte. So viele Entscheidungen …

Kapitel 11

Erst am Dienstagmorgen, nachdem Barnaby den Morgensalon verlassen hatte, kamen Emily und Cornelia dazu, ihre Aufmerksamkeit Mrs. Dashwood zuzuwenden und sich mit der Rolle zu befassen, die sie möglicherweise in Luc Joslyns Gefühlen spielte. Sie hatten auf der Heimfahrt am Tag zuvor schon kurz den Besuch Gillian Dashwoods und ihrer Familie gestreift, aber da sie damit befasst gewesen waren, die Dinge anzustoßen, die dafür sorgen würden, dass Lucs neues Zuhause mit Dienstboten ausgestattet war und alle Schränke gefüllt wurden, hatten sie nicht die Muße gehabt, sich eingehend damit auseinanderzusetzen und alle Folgen zu berücksichtigen.

Nachdem er mit Emily und Cornelia das Frühstück eingenommen hatte, brach Barnaby nach Eastbourne auf, um sich eine neue Jacht anzusehen, wofür er den ganzen Tag einplante. Kaum hatte sich die Tür hinter ihm geschlossen, als Emily schon ihre Tasse abstellte und fragte:

»Was unternehmen wir wegen dieser Frau? Ich fürchte, Luc ist auf dem besten Weg, in ihren Bann zu geraten.« Sie erschauerte. »Gütiger Himmel – sie hat ihren Ehemann umgebracht. Hat er den Verstand verloren? Erkennt er nicht, wie gefährlich das ist?«

Cornelia wirkte nachdenklich.

»Er mag von der Frau fasziniert sein, aber ich glaube nicht, dass er den Verstand verloren hat … noch nicht, wenigstens.« Sie nippte von ihrem Kaffee. »Aber dass die Familie Ordway seine ersten Gäste waren und der einzige Kommentar, an den er sich erinnern kann, ihrer ist, spricht Bände.«

»Was wollen wir tun?«

»Ich bezweifle, dass wir irgendetwas tun können – nicht wenn Luc sein Herz an sie verloren hat.«

Entsetzt keuchte Emily:

»Oh Cornelia, denkst du, dass er so dumm ist, sie heiraten zu wollen?«

»Wenn es um Herzensangelegenheiten geht, ist alles möglich, meine Liebe.« Sie lächelte Emily an. »Unter Berücksichtigung aller Umstände, hättest du da gedacht, dass du Barnaby heiraten würdest?«

Emily stieg eine leichte Röte in die Wangen.

»Das war etwas anderes. Ich stand nicht unter dem Verdacht, irgendjemanden ermordet zu haben.«

»Ah, da hast du es – niemand hat bislang beweisen können, dass sie ihren Ehemann umgebracht hat.« Sie blickte Emily an. »Wie wollen wir wissen, dass sie das wirklich getan hat? Offensichtlich gab es nicht genug Beweise für die Behörden, um sie zu verhaften. Alles, was wir von der Frau wissen, ist das, was wir als Gerücht gehört haben. Und du weißt so gut wie alle, dass die meisten Gerüchte nur ein Körnchen Wahrheit enthalten. Was, wenn sie unschuldig ist? Wollen wir sie aufgrund von bloßem Klatsch verurteilen?«

Jetzt war Emily an der Reihe, nachdenklich auszusehen. Sie nahm ihre Tasse und trank einen Schluck Kaffee. Über den Tassenrand hinweg betrachtete sie Cornelia und fragte:

»Glaubst du denn, dass sie unschuldig ist?«

»Das weiß ich nicht«, räumte Cornelia ein. »Ich kenne sie ja nicht. Penny Smythe hat sie jedoch kennengelernt und mag sie. Sie hat bei ihrem Besuch letzte Woche erwähnt, dass sie Mrs. Dashwood und ihre Cousine Mrs. Easley zu mehreren Komitees eingeladen hat. Penny scheint beide Damen ganz reizend zu finden. Daraus schließe ich, dass Mrs. Dashwood über großen Charme verfügt.«

Emily dachte ein paar Minuten lang darüber nach. Penelope Smythe verfügte über eine gute Menschenkenntnis, und wenn die Gattin des Vikars Gillian Dashwood gut leiden konnte …

»Weiß Mrs. Smythe von dem Mord?«, wollte Emily wissen.

»Das weiß ich nicht … und ich habe es auch nicht angesprochen.«

»Warum nicht? Mrs. Smythe liebt doch Klatsch.«

»Ich bin mir nicht sicher, und gewöhnlich hätte ich es Penny auch erzählt, ohne weiter darüber nachzudenken, aber …« Sie runzelte die Stirn. »Ich glaube, die Tatsache, dass Luc Silas Ordway so mag, und dass Penny nur Gutes über Mrs. Dashwood zu berichten hatte, hat mich dazu veranlasst, Stillschweigen darüber zu bewahren.« Cornelia spielte mit ihrem Löffel. Unglücklich fügte sie hinzu: »Vergiss nicht, wir wissen nicht, was wirklich geschehen ist in der Nacht, als ihr Mann getötet wurde … vielleicht haben die Gerüchte nicht recht. Es wäre nicht das erste Mal, dass eine vollkommen Unschuldige das Opfer übler Nachrede, Halbwahrheiten und sogar bösartiger Lügen wird.«

Emily nickte langsam.

»Und wir wissen nicht, ob Luc überhaupt mehr als ein flüchtiges Interesse an ihr hat – am Ende sorgen wir uns ganz überflüssigerweise.«

»Vielleicht. Aber ich glaube, es wäre klug, wenn wir uns die Dame einmal selbst ansehen.«

Emily war sofort interessiert und fragte:

»Soll ich Mrs. Spalding bitten, einen Korb mit ihren eingemachten Erdbeeren und ein paar Gläsern mit Honig aus unserer Imkerei zusammenzustellen?«

Cornelias haselnussbraune Augen funkelten belustigt.

»Ja, ich denke, es ist nur passend, dass wir den Neuankömmlingen in der Gegend unsere Aufwartung machen und sie bei uns hier willkommen heißen, oder?« Sie hob einen Finger. »Aber nicht zu bald. Luc ist kein Narr. Er würde sofort wissen, was wir bezwecken. Nächste Woche ist früh genug.«

Walker klopfte an die Tür und schaute herein.

»Mr. Simon Joslyn ist hier. Soll ich ihn vorlassen?«

»Aber gewiss doch«, erwiderte Emily lächelnd. Simon Joslyn kannte sie seit ihrer Kindheit, und sie hatte Barnabys jüngsten Cousin immer besonders gerne gehabt.

Simon schlenderte einen Moment später in den Raum und sah gut genug aus, um das Herz der Hälfte der weiblichen Bevölkerung der britischen Inseln im Sturm zu erobern. Er besaß die typischen Joslyn-Züge, von den strahlend blauen Augen und den schwarzen Haaren bis zu der hochgewachsenen athletischen Figur. Es gab Leute, die seinen älteren Bruder Mathew für denjenigen von beiden hielten, der besser aussah, aber gemeinhin war es Simon, der als der bestaussehende Mann Englands galt.

Sein dunkelblauer Rock umschloss bewundernswert glatt seine breiten Schultern, und seine hellbraune Hose betonte perfekt proportionierte Männerbeine. Mit einem Lächeln, das selbst das abgehärtetste Frauenherz schneller schlagen ließe, hauchte er einen Kuss auf Cornelias Wange und dann auf Emilys, bevor er Cornelias Bitte entsprach, sich Kaffee und alles, worauf er Appetit hatte, vom Büfett zu nehmen.

Nachdem er sich eine Tasse Kaffee aus der Silberkanne eingegossen hatte, setzte er sich auf einen Stuhl am Tisch und lächelte beide Frauen an.

»Wie konnte Seine Lordschaft einfach gehen und ein paar so wunderschöne Frauen wie euch beide allein lassen? Sicherlich weiß er doch, was für eine Verlockung ihr für jeden Strolch darstellt, der zufällig des Weges kommt.«

»Ich glaube, du vergisst, dass ich ein Kind erwarte«, entgegnete Emily und erwiderte sein Lächeln.

»Ja. Und es steht dir ganz ausgezeichnet«, antwortete Simon. Emily und Cornelia mussten lachen, und Cornelia klopfte ihm mit dem Löffel tadelnd auf den Arm. »Ich sehe, dein Verhalten hat sich nicht gebessert, seit wir uns das letzte Mal gesehen haben.« In ihrer Stimme klang kein echter Tadel mit, nur Zuneigung und Belustigung. »Aber genug von diesem Unsinn. Warum bist du hier? Bleibst du länger?«

»Eigentlich«, begann Simon, »bleibe ich überhaupt nicht.« Als die beiden Frauen ihn erstaunt ansahen, fügte er rasch hinzu: »Nicht dass mir das nicht viel lieber wäre, aber ich bin mit Lord Padgett und William Stanton hergekommen. Padgett interessiert sich für ein paar Pferde, die Lord Broadfoot zum Kauf anbietet. Wir sind in einem Anwesen untergekommen, das Stanton vor Kurzem von seiner Urgroßmutter geerbt hat.« Als Emily die Braue hob, sagte er: »Ich weiß, ich weiß. Broadfoot ist der Letzte, von dem man ein Pferd kaufen sollte, aber Padgett ist sehr an einem Hengst interessiert, den Broadfoot anbietet. Wir treffen uns morgen Nachmittag mit ihm in Broad View.«

Emily runzelte die Stirn.

»Padgett und Stanton? Ich glaube nicht, dass ich dich je zuvor diese Namen habe nennen hören. Sind es gute Freunde von dir?«

Simon schüttelte den Kopf und verzog das Gesicht.

»Padgett und Stanton sind nicht gerade Männer, die ich mir als Freunde wünsche – oder die ich euch vorstellen würde –, und dabei lassen wir es besser bewenden. Ich kenne Padgett, aber nicht wirklich gut – er war eher mit Tom befreundet als mit mir.« Er wirkte nachdenklich und sagte: »Ich gebe zu, die Einladung hat mich überrascht, und anfänglich habe ich auch abgelehnt – ich wollte Mathew nicht auf Monks Abbey allein lassen.« Er verzog das Gesicht. »Aber Mathew hatte letzte Woche so grässliche Laune, dass ich mir dachte, es sei besser, einer von uns verlässt Monks Abbey, bevor wir uns gegenseitig an die Kehle gehen.«

Mit besorgter Miene bemerkte Emily:

»Armer Mathew! Ich kann es nicht bereuen, dass Thomas tot ist, denn er hätte Barnaby und Lamb umgebracht, aber mir tut es so unendlich leid, dass Mathew noch nicht erkannt hat, dass er keine Schuld hat.«

Simon nickte, und in seinen Augen stand ein trostloser Ausdruck.

»Es gibt Tage, an denen er das erkennt. Aber es gibt auch Zeiten …« Er seufzte. »Es gibt Zeiten, da ist er besser mit sich allein.«

»Hm. Sind nicht Padgett und Stanton auch Freunde von Miles St. John?«, erkundigte sich Cornelia auf einmal.

Überrascht antwortete Simon:

»Ja, Padgett, Stanton, St. John und zu einem gewissen Grad auch Canfield waren alle Freunde von Tom in London.«

Cornelia hatte einen großen Bekanntenkreis, mit dem sie über Briefe Verbindung hielt, und als sie die Namen hörte, zog sie die Brauen zusammen.

»Keiner von denen ist jemand, den ich gerne in meinem Hause begrüßen würde«, erklärte sie. »Welbournes Junge Canfield ist der Schlimmste von ihnen – er war auf High Tower, aber offensichtlich ist er vor ein paar Tagen ins *Ram's Head* umgezogen.«

»Woher weißt du das?«, fragte Emily verwundert.

Cornelia winkte ab.

»Walker war letzte Nacht in der *Krone,* wo Mrs. Gilbert es ihm erzählt hat. Er hat es Agatha gegenüber erwähnt, die es wiederum mir gesagt hat.«

»Natürlich entgeht Mrs. Gilbert nichts«, erwiderte Emily nachdenklich. Und Agatha Colby war schon seit Jahrzehnten Cornelias Zofe, und die Beziehung zwischen Herrin und Dienerin war eng – alles, was Agatha wusste, wusste auch Cornelia und meist binnen Minuten, nachdem Agatha es erfahren hatte.

»Nun, ich kann nicht behaupten, dass ich froh bin, das zu hören«, räumte Simon ein. »Padgett und Stanton sind erträglich, aber Canfield ...« Er grinste Emily an. »Am Ende kreuze ich hier doch noch auf und bitte um ein Kissen, um mein Haupt darauf zu betten.«

»Es geschieht dir nur recht, weil du die Einladung überhaupt erst angenommen hast«, entgegnete Cornelia. Mit gerunzelter Stirn fügte sie hinzu: »Padgetts Einladung an sich ist merkwürdig. Ich frage mich, warum er dich dabeihaben will.«

»Offenbar hat Padgett Lord Broadfoot nie persönlich kennengelernt, und da es allgemein bekannt ist, dass die Familien Joslyn und Broadfoot befreundet sind und zudem

Nachbarn, dachte Padgett wohl, dass meine Anwesenheit helfen würde, etwaige Hemmungen, wie sie zwischen Fremden aufkommen können, zu überwinden.«

Cornelia nickte.

»Lord Broadfoot ist gewöhnlich ein umgänglicher Gentleman, aber wenn ein Fremder wie Padgett vielleicht den falschen Ton anschlägt, stellen sich ihm am Ende die Nackenhaare auf, und er wird biestig. Es war klug von Padgett, dich einzuladen.«

Eine Weile unterhielten sie sich über Belanglosigkeiten, aber dann erhob Simon sich, nachdem er seinen Kaffee ausgetrunken hatte.

»Meine Damen, ich muss leider wieder aufbrechen.« Mit einem Lachen in den Augen ergänzte er: »Ich muss Padgett davor bewahren, ein dreibeiniges Wunder von Broadfoot zu erstehen. Oder ist es ein kurzatmiger Traber mit X-Beinen?«

»Du kommst aber noch einmal zum Abendessen, während du hier in der Gegend bist, nicht wahr?«, bettelte Emily.

»Darauf kannst du dich verlassen«, erwiderte er. »Und wo kann ich Barnaby und Luc finden? Es wäre höchst unfreundlich, beide nicht aufzusuchen und Hallo zu sagen.«

Simon war enttäuscht, dass er Barnaby verpasst hatte, aber die Nachricht, dass Luc nun stolzer Besitzer von Ramstone Manor war, entzückte ihn. Ein Lächeln breitete sich auf seinem Gesicht aus.

»Bei Jupiter! Das sind ja ausgezeichnete Neuigkeiten.« Er schüttelte den Kopf. »Während der Saison war das teuflische Glück von Lucifer Joslyn das beherrschende Gesprächsthema. Ich habe gehört, ein Aristokrat, der es eigentlich hätte besser wissen müssen, hat über dreißigtausend Pfund an einem Abend an ihn verloren. Sieht ganz so aus, als ob Luc seinen Gewinn weise investiert.« Er lachte. »Und vermutlich sucht er sich als Nächstes eine Frau.«

Da er bereits auf dem Weg zur Tür war, sah Simon den Blick nicht, den die beiden Damen wechselten. Die Tür schloss sich hinter ihm und Cornelia sagte:

»Gut, wo waren wir?«

Emily lächelte keck.

»Bei unserem Plan, nächste Woche Mrs. Dashwood einen Besuch abzustatten.«

Von dem Interesse, das die Damen auf Windmere ihr entgegenbrachten, nichts ahnend, war Gillian vollauf damit beschäftigt, sich mit Sophia auf High Tower einzurichten. Stanleys Entschluss, in Canfields Abwesenheit sein bestes Benehmen an den Tag zu legen, trug zu der entspannten Atmosphäre im Haus bei. Onkel Silas war natürlich lieb wie immer, und Gillian machte sich jeden Tag Vorwürfe, nach Charles' Ermordung seine vielen Einladungen, bei ihm zu wohnen, nicht schon früher angenommen zu haben.

Sie hatte ihre Vorbehalte dagegen, auf High Tower zu wohnen – sie hatte in den Jahren ihrer Witwenschaft ihren eigenen Haushalt ohne männliche Einmischung jeglicher Art geführt, und fürchtete nun, dass es sich als wesentlich schwieriger herausstellen würde, bei Onkel Silas auf Dauer zu leben, als ihn nur zu besuchen. Zu ihrer Erleichterung war Silas aber freundlich und umsichtig wie immer.

Es fiel ihr nach den Erfahrungen ihrer Ehe mit Charles schwer, den Argwohn abzulegen, dass sich hinter jedem freundlichen Mann insgeheim ein gewissenloser Unhold verbarg. Nicht, räumte sie im Geiste ein, dass sie wirklich befürchtet hatte, ihr Onkel würde sich plötzlich in einen Tyrannen verwandeln. Genau genommen war er exakt das

Gegenteil, sagte beiden Frauen immer wieder, da sie nun die Rolle der Hausherrin übernommen hätten, übertrage er ihnen die Führung des Haushaltes. Augenzwinkernd fügte er hinzu:

»Das hier ist viel zu lange ein Junggesellenhaushalt gewesen, und auch wenn meine Haushälterin Mrs. Amerson immer ausgezeichnete Arbeit geleistet hat, glaube ich, wäre sie glücklicher, wenn eine Frauenhand die Zügel hält. Meacham ist euch ja bereits restlos ergeben.«

Und so ging die Leitung des Haushaltes reibungslos an Gillian und Sophia über. Seltsamerweise schien Stanley keine Einwände zu haben. Genau genommen gab es eine Menge, was sie dieser Tage an Stanley überraschte.

Nachdem Canfield fort war, verbrachte Stanley seine Abende nicht länger mit ausgiebigem Trinken in der Wirtschaft und beim Glücksspiel, sondern schien es zufrieden zu sein, mit Silas die eine oder andere Partie zu spielen und sich dazu ein Glas Brandy zu gönnen. Noch erstaunlicher war, dass ihr Halbbruder darin aufging, so viel er nur konnte über die Leitung des Anwesens zu lernen und ihrem Onkel die Bürde abzunehmen. Zwar hatten sich nicht alle Sorgen und jeglicher Verdacht verflüchtigt, aber sie und Sophia glaubten beide, dass es ihm ernst war.

Glücklicher, als sie es sehr lange gewesen war, wachte Gillian jeden Morgen auf und freute sich auf den vor ihr liegenden Tag. Nur die Nächte waren unangenehm – lebhafte erotische Träume von Luc Joslyn rissen sie aus dem Schlaf. Ihr Körper schmerzte und schien zu brennen, im Griff von Gefühlen, von denen sie nie gedacht hätte, sie noch einmal zu erleben. Sich zu sagen, dass sie eine Närrin war, mehr als einen flüchtigen Gedanken an ihn zu verschwenden, half ihr nicht, egal, wie oft sie sich dafür zurechtwies. Eine Nacht nach der anderen kam Luc in ihren Träumen zu ihr, seine azurblauen Augen glitzerten verführerisch, und seine Lippen waren unendlich sinnlich. Eben die Lippen, die in ihren Träumen ihre Wangen liebkosten, ehe sie weiterglitten und sich warm und verlangend über ihrem Mund schlossen. Dann küsste er sie mit einer Leidenschaft, von der ihre Brustspitzen ganz hart wurden und die Sehnsucht in Spiralen durch ihren Körper sandte.

Nachdem sie sich eine weitere Nacht unruhig von der einen auf die andere Seite gewälzt hatte, weil ihr Körper sich nach der Berührung eines Mannes verzehrte, starrte sie sich am Morgen im Spiegel an. Während sie sich kaum dessen bewusst war, was sie tat, bürstete sie sich das Haar und band dann die dunklen Locken mit einem bronzegrünen Seidenband locker zusammen, war aber in Gedanken ganz bei diesen verstörenden Träumen. Was war mit ihr nicht in Ordnung? Sie hatte kein Recht, lüsterne Träume um Luc Joslyn zu spinnen. Er war ihrem toten Ehemann viel zu ähnlich, sodass sie mit fliegenden Fahnen vor ihm weglaufen müsste. Aber tat sie das? Nein. Sie träumte von ihm, träumte von seinem sinnlichen Mund, wie er über ihre Lippen glitt, ihren Hals, ihre Brüste und wachte dann auf, von dem quälenden Verlangen beherrscht, seinen nackten Körper an ihrem zu spüren.

Während sie Reste dieser Träume noch störten, schluckte Gillian und starrte in den Spiegel, war sich schmerzlich bewusst, dass es in ihrem Busen unter dem züchtig ausgeschnittenen Oberteil ihres zimtfarbenen Wollkleides pochte und sich in ihrem Unterleib die Hitze sammelte. *Wenn Träume reichen, mich in diesen Zustand zu versetzen*, dachte sie erbittert, *dann möge der Himmel mir beistehen, wenn ich jemals wieder mit ihm allein bin. Wenn er mich so küsst wie neulich im Garten, werde ich ihm, fürchte ich, nichts verwehren.*

Sie schloss die Augen, unfähig, den Anblick ihres halb geöffneten Mundes zu ertragen, das sinnliche Glimmen in ihrem Blick, wenn sie nur daran dachte, wie er sie küsste. Ich bin eine ehrbare Frau, rief sie sich heftig in Erinnerung, keine alberne Jungfrau, die sich einfach von einem gut aussehenden Mann erobern lässt. Sie schlug die Augen auf und schnitt sich im Spiegel eine Grimasse. Sie hatte bereits einmal zugelassen, dass ein Mann ihr den Kopf verdrehte, und man musste sich nur ansehen, wozu das geführt hatte: zu der Ehe mit einem Mann, der ihr ganzes Geld am Spieltisch verloren hatte und mit ihrem Körper für seine Schuldscheine hatte bezahlen wollen. Wenn sie an die furchtbare Nacht dachte, an den Ausdruck in Winthrops Augen, erschauerte sie jedes Mal. Nein. Sie würde sich nicht noch einmal derart überwältigen lassen. Sie war inzwischen älter und weiser, genug, um der gefährlichen Anziehung von jemandem wie Luc Joslyn zu widerstehen. Aber wenn sie das war, flüsterte eine hinterlistige Stimme, warum konnte sie einfach nicht aufhören, an ihn zu denken?

Nan Burton kam geschäftig ins Zimmer, und als sie Gillian am Frisiertisch sitzen sah, sagte sie:

»Mrs. Easley ist schon im Frühstückszimmer und wartet darauf, dass Sie ihr Gesellschaft leisten. Soll ich ihr sagen, dass Sie in wenigen Minuten da sein werden?«

Gillian stand auf und schüttelte nach einem letzten kritischen Blick in den Spiegel den Kopf.

»Nein, das wird nicht nötig sein. Ich gehe schon.«

Da Stanley und Silas keine Frühaufsteher waren, hatten Gillian und Sophia wie so oft den Morgensalon für sich. Gillian nahm sich Kaffee, Toast und eine kleine Portion

Rührei vom Büfett, ging zum Tisch und setzte sich auf den Platz gegenüber von Sophia.

Sie unterhielten sich zunächst ganz allgemein wie jeden Morgen, bis Sophia in ihrer gewohnt unverblümten Art sagte:

»Ich schlage vor, dass wir heute die letzte Truhe aus dem Landhäuschen durchgehen, was meinst du?«

In den vergangenen paar Wochen waren ihre Habseligkeiten ausgepackt und weggeräumt worden, aber es gab noch eine letzte Truhe, die sie noch nicht durchgegangen waren. Die Mehrheit der Möbel aus dem Landhaus war nicht von besonderem emotionalen Wert für die beiden Damen, und die größeren Stücke waren ohnehin zurückgelassen worden, sodass nur Kleidung und persönliche Gegenstände nach High Tower gebracht worden waren.

Da sie nicht selbst den Haushalt aufgelöst hatten, sondern andere das für sie übernommen hatten, hatten die Damen entdeckt, dass ein paar Sachen mitgenommen worden waren, die ebenso gut dem Lumpensammler hätten gegeben werden können … oder weggeworfen. Letzte Woche hatte Gillian gesehen, wie Nan das alte blaue Kleid mit den Flicken, das sie immer zum Unkrautjäten im Garten angezogen hatte, aus einer Truhe holte, und hatte lachen müssen.

»Das hätte doch wirklich dortbleiben können, oder? Ich bezweifle, dass ich es jemals wieder anziehen werde – und gewiss nicht hier.«

»Allerdings, und die hier gleich mit«, hatte Sophia gesagt und verstimmt die alten Schuhe angeschaut, die sie immer zum Eiersammeln im Hühnerhaus getragen hatte. »Ich bin sicher, unser Onkel wird nicht von uns erwarten, dass wir Eier sammeln oder im Gemüsebeet Unkraut jäten.«

Gillian war nach Charles' Tod nicht vollkommen mittellos gewesen, aber die beiden letzten Jahre waren alles andere als angenehm gewesen. Bis auf das Häuschen und einer kleinen Apanage war von Charles' Besitz nicht viel übrig geblieben, sodass Gillian rasch gelernt hatte, jeden Pfennig zweimal umzudrehen. Es war nicht genug gewesen, um die gesamte Dienerschaft zu halten, die Charles immer als für seinen Rang notwendig angesehen hatte. Und bis auf Nan und ihre beiden Söhne, den vierzehnjährigen James und den sechzehnjährigen John, waren alle Dienstboten entlassen worden. Seine Pferde, Kutschen und die Londoner Wohnung waren veräußert worden, um Charles' Spielschulden zu zahlen, und das eingenommene Geld hatte kaum dafür gereicht. Sie erschauerte. Wenn Winthrop seinerzeit die Schuldscheine hervorgeholt hätte, die Charles ihm gegeben hatte …

Gillian schob den bedrückenden Gedanken beiseite und schaute sich um. Es war ein reizender Raum, in dem sie saß: Die Wände zierte eine cremefarbene Tapete mit Goldmuster, ein Eichenbüfett voller Zinntabletts und versilberten Geschirrs stand an der anderen Wand und ein dicker in Blau, Gold und Elfenbein gewobener Wollteppich lag auf dem Boden. Sie schüttelte den Kopf. Das Landhäuschen war ein nettes Heim für einen Gentleman mit bescheidenem Vermögen, aber es war nicht zu vergleichen mit dem Luxus von High Tower, und sie fand die Veränderung in ihren Lebensumständen höchst erfreulich. Erst vor ein paar Wochen hatte sie sich Sorgen gemacht, ob das Wurzelgemüse im Keller und das Korn und das Heu im Stall reichten, um den Winter über die Hühner, die Kuh und das Schwein zu füttern. Heute hingegen … sie blickte sich noch einmal im Zimmer um und lächelte.

Gillian stellte ihre Kaffeetasse ab und sagte leicht ironisch:

»Wenn ich bedenke, wie sehr sich unser Leben zum Guten gewendet hat, frage ich mich fast, ob ich Canfield nicht danken sollte, dass er versucht hat, mich zu erpressen.«

Sophia schnaubte.

»So weit musst du sicher nicht gehen«, sagte sie. »Wenn man alles berücksichtigt, vermute ich, dass wir auch ohne seine Machenschaften auf High Tower gelandet wären. Allerdings wäre es vermutlich nicht so schnell gegangen.«

»Dem kann ich nicht widersprechen. Es hat mir nie gefallen, dass Onkel Silas hier lebt und nur Diener hat, die sich um ihn kümmern – oder sich fragen, wo er bleibt. Wenn ich daran denke, was alles hätte passieren können in der Nacht, in der Onkel Silas sich den Arm gebrochen hat, wenn Mr. Joslyn nicht gekommen wäre, und wenn ich gleichzeitig sehe, wie glücklich es ihn macht, dass wir uns einverstanden erklärt haben, bei ihm zu leben, kann ich unsere Entscheidung nicht bereuen – selbst wenn Canfield sie mit herbeigeführt hat.«

Sophia betrachtete sie aufmerksam.

»Und was ist mit dem gut aussehenden Mr. Lucien Joslyn? Was hat er damit zu tun, dass du nichts bereust?«

Gillian starrte ihre Cousine stumm an. Ihre Wangen wurden flammend rot, aber schließlich gelang es ihr zu sagen:

»An Mr. Joslyn denke ich nie.«

»Was für eine Schwindelei«, erwiderte Sophia, und als Gillian widersprechen wollte, fügte sie hinzu: »Aber ich werde dich deswegen nicht aufziehen. Nachdem du deinen Kaffee ausgetrunken hast, lass uns gehen und nachsehen, welche Schätze in der Truhe auf uns warten.«

An demselben Donnerstagmorgen wachte Simon ungefähr zu der Zeit auf, zu der diese Unterhaltung zwischen Gillian und Sophia stattfand. Er meinte, in seinem Mund den Boden eines Schweinestalls zu schmecken. Er hatte Vorbehalte gehabt, Padgetts Einladung anzunehmen, und der Ausflug in der Nacht zuvor ins *Ram's Head* hatte sie alle in vollem Umfang bestätigt. Weder Padgett noch Stanton war jemand, den er Freund nennen wollte. Für diesen unerträglichen Canfield galt das fast noch mehr, und dieser Townsend … Er presste die Lippen zu einer schmalen Linie zusammen. Townsend war zwar Emilys Cousin, aber der Mann war ein Wiesel, und wenn er auch nur eine Nacht länger in der Gesellschaft eines dieser vier Männer verbringen müsste, würde man ihn wegen Mordes hängen.

Da er nicht unbedingt aufstehen wollte, lag er da und starrte zur Decke und war in Gedanken bei dem vorigen Tag … und dem Abend. Der Tag war angenehm gewesen. Ihr Besuch bei Broadfoot war gut gelaufen, und er grinste. Zum ersten Mal seit Ewigkeiten hatte Seine Lordschaft ein gutes Tier zu verkaufen. Der hellbraune Hengst entsprach in fast allen Punkten dem, was Broadfoot über ihn behauptet hatte. Daher wurde man sich rasch einig. Als sie Broad View am späten Nachmittag verließen, um zu Stantons Haus zurückzukehren, war Padgett stolzer Besitzer eines lebhaft tänzelnden Hengstes.

Und danach hätte ich nach Windmere abhauen sollen, überlegte Simon säuerlich. Es hatte keinen Grund für ihn gegeben, eine weitere Nacht in Stantons Haus zu verbringen oder ihn und Padgett ins *Ram's Head* zu begleiten, aber aus Gründen, die er nicht nachvollziehen konnte, hatte er genau das getan.

Er runzelte die Stirn und dachte über den vergangenen Abend nach. Es war … interessant gewesen. Nicht das Trinken, und auch nicht das Spiel um ruinös hohe Einsätze, das hatte er in London oft genug gesehen, um dagegen abgehärtet zu sein. Aber die Beziehung zwischen den vier Männern … und Nolles hatte seine Aufmerksamkeit erregt.

Canfield war eindeutig überrascht gewesen, Padgett und Stanton zu sehen, aber Simon hatte den Eindruck, als ob Townsend und Nolles die beiden Männer erwartet hätten. Wie kam es, überlegte er weiter, während er liegen blieb, dass Townsend und Nolles von der bevorstehenden Ankunft von Stanton und Padgett gewusst hatten, aber Canfield nicht?

Sein Stirnrunzeln vertiefte sich. Obwohl Padgett und Nolles so taten, als träfen sie das erste Mal aufeinander, konnte Simon das Gefühl nicht abschütteln, dass sie sich gut kannten, was ihn dazu bewog, das einzig mögliche Verbindungsglied zwischen zwei so verschiedenen Männern in Erwägung zu ziehen: Thomas Joslyn.

Ihm gefiel die Richtung nicht, in die seine Gedanken ihn führten. Sein Bruder Tom war zwar vermutlich der Hauptgeldgeber hinter Nolles gewesen, aber das hieß nicht notwendigerweise, dass er auch der Einzige gewesen war, der ihm Geld in die Hand gedrückt hatte. Wenn Simon eine Person als Toms besten Freund hätte nennen sollen, dann wäre das Padgett gewesen. Hatte also auch Padgett in Toms Schmuggel investiert? Und noch wichtiger: War Padgett in Toms Fußstapfen getreten?

Simons Augen wurden schmal, als er im Geiste die Ereignisse des vergangenen Abends durchging. Er war kein leidenschaftlicher Spieler, aber würde darauf wetten, dass Padgett, Stanton, Canfield und Townsend sowie Nolles in irgendetwas gemeinsam unter einer Decke steckten, wahrscheinlich irgendein Geschäft, das man sich besser nicht so genau anschaute, und er hatte eine gute Vorstellung davon, worum es bei diesem Geschäft ging: Schmuggel.

Er seufzte. Bevor er irgendwelche voreiligen Schlüsse zog, entschied Simon, dass es klug sei, erst mit Barnaby zu reden. Vielleicht würde der über seine Schlussfolgerungen lachen, versuchte er sich hoffnungsvoll einzureden, aber das Prickeln in seinem Nacken ließ ihn daran zweifeln. Er spürte, dass Ärger in der Luft lag.

Er schwang seine Füße aus dem Bett und ging zu dem kleinen Waschtisch in der Zimmerecke; dankbar nahm er zur Kenntnis, dass in dem Krug tatsächlich Wasser war. Bei dem Gedanken an Stantons Diener – zwei an der Zahl, Mr. und Mrs. Archer – schnitt Simon eine Grimasse. Mrs. Archer mochte sich Haushälterin nennen, und Stanton mochte Archer als seinen Butler und Faktotum bezeichnen, aber Simon konnte sich nicht entsinnen, jemals ein schurkischeres Paar zu Gesicht bekommen zu haben.

Er goss Wasser in die fleckige Schüssel und schickte sich an, sich zu rasieren, dabei dachte er wehmütig an seinen Kammerdiener Leighton. Da er durchaus imstande war, selbst zurechtzukommen, hatte Simon Leighton oft auf Monks Abbey zurückgelassen, aber jetzt war ein Augenblick, in dem er seinen peinlich genauen Diener schmerzlich vermisste. Nicht, weil er nicht in der Lage gewesen wäre, sich selbst zu rasieren und sich anzukleiden, sondern weil Leighton dafür gesorgt hätte, dass eine Kanne heißer starker Kaffee ihn gleich schon beim Aufwachen erwartete. Wenn die vergangenen Tage irgendein Hinweis waren, dachte er, konnte er froh sein, wenn es überhaupt Kaffee gab, wenn er schließlich die Treppe hinunterging.

Als er schließlich in einen pflaumenblauen Rock und eine taubengraue Hose gekleidet war, fühlte er sich imstande, sich dem Tag zu stellen. Und Padgett und Stanton. Er seufzte. Die nähere Bekanntschaft mit beiden Männern hatte sie ihm nicht ans Herz wachsen lassen. Padgetts Einladung anzunehmen war eindeutig ein Fehler gewesen, räumte er ein und fragte sich, wie bald er sich wohl höflich verabschieden könnte, während er die Stufen hinabstieg.

Woodhurst, das Haus, das Stanton von seiner Urgroßmutter geerbt hatte, war ein gemütliches kleines Anwesen, das außer aus dem Gebäude noch aus einhundertzwanzig Morgen Waldland bestand, dessen Bäume vor über hundert Jahren gepflanzt worden waren. Einst hatte das Haus zu einem größeren Landsitz gehört, aber mit jeder Generation war mehr und mehr von dem Land verkauft worden, bis nur die hundertzwanzig Morgen mit dem Wald übrig waren. Das Haus und das Land, fünf Meilen vom Dorf entfernt, war für Stantons Urgroßmutter mehr als ausreichend gewesen, aber Simon vermutete, dass Stanton es verkaufen würde ... oder es verspielen, bevor viel Zeit ins Land ging.

Wie er es erraten hatte, gab es weder Kaffee noch irgendein Anzeichen, das auf das Wirken der Archers hingedeutet hätte. Er verließ das kalte, leere Frühstückszimmer, um sich sein Pferd aus den Ställen auf der Rückseite des Hauses zu holen. Als er Schritte auf der Treppe hörte, blickte Simon nach oben und sah Lord Padgett und Stanton hinunterkommen. Sich zu einem Lächeln zwingend, erklärte Simon:

»Wenn Sie Kaffee suchen, hier gibt es keinen.«

Stanton, ein großer kräftiger Mann mit dunklen Zügen, zuckte die Achseln.

»Das ist egal«, sagte Padgett, als er die letzte Stufe erreichte. »Nolles wird Kaffee fertig haben.«

»Nach gestern Abend werden Sie es gewiss verstehen, wenn ich auf das Vergnügen eines weiteren Besuches in Nolles' Wirtschaft verzichte«, erklärte Simon leichthin.

Padgett betrachtete ihn aus seinen blassblauen Augen. »Es hat mich überrascht, dass Sie uns gestern begleitet haben – Nolles hat erwähnt, dass Ihr Cousin, der Viscount, die *Krone* bevorzugt. Und ich kann auch nicht behaupten, dass Sie gestern so aussahen, als amüsierten Sie sich.«

Padgett war ein großer schlanker Mann mit welligem hellem Haar und wie gemeißelten Zügen. Wie Stanton war er Mitte dreißig, und wie bei Stanton waren die Spuren seines liederlichen Lebenswandels bereits in seinem einst engelsgleich schönen Gesicht zu sehen.

»Ich kann nicht behaupten, dass ich das getan habe«, antwortete Simon gelassen. »Mich zu betrinken und lächerlich hohe Summen zu verlieren entspricht nicht meiner Vorstellung von einem angenehmen Abend.«

»Tom hat immer behauptet, Sie seien viel zu nett«, erwiderte Padgett gedehnt.

»Das nehme ich als Kompliment«, sagte Simon ohne zu lächeln.

»Wie es beliebt«, entgegnete Padgett gleichgültig.

Da ihm nicht entging, dass er in Padgetts Augen seinen Zweck erfüllt hatte, und dankbar, dass er nicht länger eine Leutseligkeit zur Schau stellen musste, die er längst nicht mehr empfand, sagte Simon knapp:

»Das ist meine Absicht.« Mit einem Blick zu Stanton fügte er hinzu: »Danke für Ihre Gastfreundschaft. Ich werde nachher einen Diener schicken, der meine Sachen packt und nach Windmere bringt.«

Stanton winkte ab.

Minuten später, froh, Woodhurst den Rücken zu kehren, saß Simon auf seinem Pferd und ritt nach Windmere. Erst einmal kam der Kaffee, aber danach ein Gespräch unter vier Augen mit Barnaby.

Da sie keine Lust hatte auszupacken, selbst wenn es die letzte Truhe war, blieb Gillian bei ihrem Kaffee so lange sitzen, wie es ging, aber irgendwann blieb ihr nichts anderes übrig, als ihre Tasse von sich zu schieben und zu sagen:

»Genug Kaffee getrunken. Sollen wir uns auf die Suche nach der Truhe machen?«

Einer der Lakaien hatte die fragliche Kiste in den Salon geschleppt, den die beiden Frauen sich teilten, und die fleißige Nan war bereits da. Zeichen ihres Fleißes lagen überall im Zimmer verstreut herum. Ein rosa Wollschal, den Sophia seit Jahren nicht getragen hatte, lag zusammengefaltet über der Lehne eines Stuhles, ein grau gestreifter Samtumhang daneben, den Gillian nie hatte leiden können, und ein Paar abgetragene Halbstiefelchen, die sie ganz vergessen hatte, stand auf dem Boden.

Lächelnd blickte Nan von ihrer Arbeit auf und sagte:

»Ich weiß nicht, wer diese Kiste gepackt hat, aber ich fürchte, das meiste davon sollte den Armen im Dorf gespendet werden.«

Gillian sah zu, wie Nan einen alten gelben Sonnenschirm hervorzog und ein schwarzes Seidenretikül mit einem langen Riss auf der einen Seite.

»Und manches ist nicht einmal dafür zu gebrauchen«, bemerkte sie.

»Stimmt«, sagte Sophia und seufzte.

Es war eine große Truhe, und während sie ein paar Sachen fanden, bei denen es sich lohnen mochte, sie aufzuheben, landete das meiste auf dem Haufen für die Pfarrei, um Notleidenden zu helfen.

Während Gillian und Sophia die verschiedenen Sachen zusammenlegten und auf dem Sofa stapelten, stieß Nan immer tiefer in die Truhe vor.

»Ah, hier haben wir es«, rief sie, »das letzte Stück.« Tadelnd fügte sie hinzu: »Obwohl ich mir nicht vorstellen kann, wie es hier landen konnte. Es hätte zu all Ihren anderen Kleidern geräumt werden müssen.«

Gillian sah zu Nan, und alle Farbe wich ihr aus dem Gesicht. Wie erstarrt hing ihr Blick an Nan, während die das Abendkleid aus bernsteinfarbener Seide ausschüttelte, das sie an dem Abend der Dinnergesellschaft des Duke of Welbourne getragen hatte, und die Brosche mit den Topasen und Diamanten war immer noch vorn am Ausschnitt befestigt. Erst Canfield und jetzt das, überlegte sie mit einem Gefühl der Übelkeit. Würde es ihr je gelingen, der Erinnerung an diese schreckliche Nacht zu entkommen?

Kapitel 12

Gillian musste ein Geräusch gemacht haben, weil Sophia sie anschaute. Als sie ihr Entsetzen sah und ihre Abscheu, kam sie zu ihr gelaufen.

Mit einer Hand auf Gillians Arm erkundigte sie sich:

»Was ist denn, meine Liebe? Du siehst aus, als hättest du ein Gespenst gesehen – oder etwas Schlimmeres.«

Gillian nickte zu Nan und sagte bitter:

»Etwas Schlimmeres – sieh mal, was Nan da hat.«

Zwischen den Cousinen gab es keine Geheimnisse, und während Nan nicht in das eingeweiht war, was in jener Nacht, in der Charles den Tod gefunden hatte, zwischen Gillian und Lord Winthrop vorgefallen war, war das Sophia natürlich schon. Sie blickte hin, und als sie die bernsteinfarbene Seide in Nans Händen sah, murmelte sie:

»Oje, ich dachte, das sei schon vor Jahren weggegeben worden.«

Verwundert von Gillians Reaktion auf das Kleid und Sophias Bemerkung, fragte Nan:

»Aber warum denn so ein schönes und teures Kleid einfach weggeben?« Rechtfertigend fügte sie hinzu: »Ich weiß, Sie haben mir in jener grässlichen Nacht gesagt, ich solle alles dalassen, aber ich konnte mich einfach nicht dazu überwinden. Ich habe Ihre Sachen gepackt und sie mit nach Hause genommen.« Als Gillian das Kleid weiterhin voller Abscheu anstarrte, sagte Nan: »Nun gut, ich werde dafür sorgen, dass es weggegeben wird, aber was ist mit der Brosche? Die wollen Sie doch gewiss behalten, oder?«

Gillian öffnete den Mund, um Nan zu sagen, sie solle damit verfahren, wie ihr beliebte, aber dann fiel ihr etwas ein. Sie ging durchs Zimmer und betrachtete die Brosche. Zwar wollte sie das Kleid nie wiedersehen, aber für die Brosche galt das nicht. Sie hing zwar mit den furchtbaren Ereignissen jener Nacht zusammen, aber der Anblick jagte ihr keinen Schauer über den Rücken. Sie betrachtete das Schmuckstück als Warnung – als Symbol, einem charmanten Mann nicht zu trauen, selbst wenn er Geschenke brachte. Während sie die Brosche anschaute, erkannte sie, dass sie ihr als Mahnung dienen konnte, wie niederträchtig Männer sein konnten. Jedes Mal, wenn sie dieses glitzernde Schmuckstück aus Topas und Diamanten sah, würde es sie daran erinnern, keinem verlockenden Lächeln und keinem hübschen Gesicht zu trauen.

Lucs schmale dunkle Züge tauchten vor ihrem geistigen Auge auf. Sie betastete die Brosche und musste über sich selbst lachen. Glaubte sie wirklich, ein Schmuckstück würde sie vor seiner Anziehungskraft beschützen? Vielleicht, aber vielleicht auch nicht …

»Die Brosche heben wir auf«, bestimmte sie. »Bitte leg sie in meine Schmuckschatulle. Aber das Kleid – vermutlich ist Verbrennen am besten, aber mir ist es eigentlich egal.«

Nan entfernte die Brosche von dem Kleid und sagte:

»Sehr wohl, Madame.« Sie blickte zweifelnd auf das Seidenkleid. »Das ist kein Kleidungsstück, mit dem eines der Hausmädchen etwas anfangen könnte. Ich schicke es mit allem anderen ins Pfarrhaus.«

Während Gillian und Sophia den Inhalt der Truhe durchgingen, kam Simon vor Windmere an. Er betrat das Haus und wurde von Walker in das Frühstückszimmer geführt. Erfreut stellte er fest, dass Barnaby noch dort war und mit Emily und Cornelia ein spätes Frühstück einnahm.

»Wie kommt es nur«, fragte Barnaby grinsend, »dass du vorwiegend auf meiner Türschwelle erscheinst, wenn gerade Essen auf dem Tisch steht?«

Simon erwiderte das Grinsen.

»Talent«, sagte er und schenkte sich aus der großen silbernen Kanne auf der Anrichte eine Tasse Kaffee ein. Der Kaffeeduft stieg ihm verlockend in die Nase, und beinahe hätte er vor Wonne gestöhnt, aber sein leerer Magen rumorte, und nachdem er seine Tasse auf den Tisch gestellt hatte, kehrte er zur Anrichte zurück. Dicke Schinkenscheiben lockten, und eine Schüssel mit Rührei ließ ihm das Wasser im Mund zusammenlaufen. Als er die eingemachten Kirschen entdeckte, tat er sich davon sofort ein paar Löffel auf, zusammen mit Mrs. Easons köstlichen Bath-Küchlein. Als er sich zu den anderen setzte, war sein Teller randvoll. Er nahm einen Schluck von dem belebenden Kaffee und seufzte wohlig.

Belustigt beobachtete Barnaby ihn. Er wusste von den Damen, wo Simon untergebracht war, und bemerkte:

»Deute ich das richtig, dass die Versorgung in Stantons Junggesellenhaushalt nicht Frühstück und Kaffee einschließt?«

Simon nickte.

»Oder irgendetwas anderes, was man mit etwas gutem Willen als Annehmlichkeit bezeichnen könnte. Er mag die Archers Dienstboten nennen, aber ich habe noch kein fauleres Paar gesehen – wenn man sie überhaupt zu sehen bekommt.«

Cornelia kniff die Augen zusammen.

»Ist sie eine dürre blonde Frau und er ein hagerer Kerl mit einem Gesicht, das nur einem Henker gefallen kann?«

»Kennst du sie?«, erkundigte sich Simon überrascht.

»Ich habe sie nie kennengelernt, aber sie sind mir im Dorf gezeigt worden, und Mrs. Gilbert kennt sie zur Genüge. Du passt besser auf«, warnte sie ihn, »und dein Freund sollte besser auch aufpassen, was auf seinem Teller landet, denn sie arbeiten für Nolles. Und niemand, der bei Nolles in Lohn und Brot steht, ist jemand, den ich in meinem Haus herumlaufen haben möchte.«

»Musst du weiter bei Stanton wohnen?«, fragte Emily unglücklich, der das, was sie hörte, nicht gefiel. »Du weißt, dass du mehr als willkommen bist, hier bei uns zu wohnen.«

Barnaby blickte beunruhigt in die Runde.

»Was? Und meine Speisekammer und die Küche plündern?«, wollte er mit beredtem Blick auf Simons übervollen Teller wissen.

»Solange du mich mit so ausgezeichnetem Kaffee versorgst«, erwiderte Simon lächelnd, »werde ich der perfekte Gast sein und mich so weit zügeln, dass ich deine Küche und die Vorratskammern unbehelligt lasse.«

»Wirst du hierbleiben?«, fragte Barnaby mit hochgezogenen Brauen.

»Wenn ich darf?«

»Sofern ich mir nicht den Zorn meiner Gattin zuziehen will«, antwortete Barnaby mit einem leisen Lächeln auf den Lippen, »fürchte ich, bleibt mir nichts anderes übrig, als dir unsere Gastfreundschaft anzubieten.«

»Ha!«, rief Simon. »Mathew hat doch recht, du stehst unter dem Pantoffel.«

»Aber es ist ein so reizender Pantoffel mit einer noch reizenderen Trägerin, findest du nicht?«

Emily schnaubte.

»Wenn dein Bruder denkt, dass irgendjemand Barnaby dazu bringen kann, etwas zu tun, was er nicht möchte, kennt er ihn nicht gut.«

»Cornelia und Emily haben erwähnt, dass Mathew immer noch mit seinen Dämonen ringt«, sagte Barnaby, und alle Unbeschwertheit war verschwunden. »Wie schlimm ist es auf Monks Abbey?«

Simon zog eine Schulter hoch.

»Es gibt Tage, da denke ich, es geht besser, und dann sind da Tage, da weiß ich, er ist an einem dunklen trostlosen Ort.« Er verzog das Gesicht. »Und dann gibt es auch Tage, da ist er einfach unmöglich und fährt alle an, die sich in seine Nähe wagen. Ich versuche verständnisvoll zu sein, aber ich fürchte, ich habe nur wenig Geduld mit ihm, wenn er einfach auf der Suche nach einem Anlass ist, um einen Streit vom Zaun zu brechen.«

»Vielleicht sollte ich irgendetwas Unmögliches tun, um ihn abzulenken«, schlug Barnaby nur halb im Spaß vor. »Es macht ihm solche Freude, mir Vorträge zu halten.« Zu sich selbst und den anderen fügte er hinzu: »Wir müssen ihm etwas geben, worauf er sich konzentrieren kann, statt die ganze Zeit zu grübeln und zu brüten.«

Simon hob jäh den Kopf, als ihm eine Idee kam. Er schluckte das Rührei und den Schinken hinunter und sagte:

»Vielleicht weiß ich genau das Richtige.«

Als die Damen ihn drängten zu verraten, was er meinte, schüttelte er den Kopf und weigerte sich, mehr zu sagen.

»Es ist höchst unfreundlich von dir«, beschwerte sich Emily, »so anzufangen und es uns dann nicht zu sagen. Und das von dir, der du mir, bis ich Barnaby kennengelernt habe, immer der liebste Joslyn warst!« Sie bedachte ihn mit einem ernsten Blick. »Ich nehme an, sobald wir das Zimmer verlassen haben, wirst du es Barnaby erzählen.«

Simon lächelte engelsgleich, ließ sich aber nicht erweichen.

Cornelia erhob sich und sagte zu Emily:

»Komm, meine Liebe, lassen wir den Herren ihre Geheimnisse. Vergiss nicht, wir treffen uns in weniger als einer Stunde mit Mrs. Smythe im Pfarrhaus.«

Beide Männer erhoben sich, als die Damen den Raum verließen. Nachdem sie fort waren, aß Simon rasch seinen Teller leer und teilte in den Pausen Barnaby mit:

»Ich wollte ohnehin mit dir unter vier Augen sprechen, und was ich zu erzählen habe, könnte uns einen Weg eröffnen, wie wir Mathew aus seiner Höhle locken können.«

Barnaby betrachtete Simon nachdenklich. Von den drei englischen Joslyns, die er kennengelernt hatte, nachdem er vor über einem Jahr in England angekommen war, hatte er Simon am besten leiden können. Als jüngster der drei Brüder hatte Simon ihn willkommen geheißen – mit seinem Charme und seiner lockeren Art, stets zu einem Scherz aufgelegt, fiel es den meisten Leuten schwer, ihn nicht zu mögen. Mathew hingegen …

Barnaby schnitt eine Grimasse. Er machte Mathew keinen Vorwurf daraus, dass er ihn nicht mochte. Mathew war in dem Glauben aufgewachsen, eines Tages Windmere samt Titel und dazugehörigem Vermögen zu erben. Von klein auf dazu erzogen, in die Fußstapfen des siebten Viscounts zu treten, waren Mathew und alle anderen in England davon ausgegangen, dass er nach dem Tod seines Großonkels der achte Viscount werden würde. Als sich dann nach dem Ableben des alten Viscounts herausstellte, dass der Titel und alles andere an einen Amerikaner gehen würde, einen Plantagenbesitzer aus Virginia, jemanden, von dessen Existenz der englische Zweig der Familie nie etwas gehört hatte, war das ein gewaltiger Schock für Mathew und seine Brüder gewesen.

Da für ihn nie die Chance bestanden hatte, Land oder Titel zu erben, war es Simon am leichtesten gefallen, Barnaby als den neuen Titelinhaber und Besitzer von Windmere zu akzeptieren, aber Mathew und Thomas hatten dem Mann gegenüber, den sie als störenden Eindringling betrachteten, verständlicherweise Vorbehalte. Das Verhältnis zwischen Barnaby und Mathew war angespannt und kühl gewesen, aber da er einen ausgeprägten Sinn für Fairness hatte, auch wenn es ihn fast umbrachte, schluckte Mathew das meiste, wenn auch nicht alles, von seinem Groll herunter und bemühte sich, Barnaby nicht als Feind zu behandeln, auch wenn er nicht sein Freund war.

Bei Thomas war das vollkommen anders gewesen, überlegte Barnaby. Allem Anschein nach hatte Thomas Mathew angebetet und Barnabys Annahme des Titels als persönliche Beleidigung gewertet. Dass Barnaby dann auch Windmere in Besitz nahm, hatte Thomas' Wut seinerzeit nur gesteigert. Aber sie wussten mittlerweile alle, dass es noch einen weiteren, persönlicheren Grund gegeben hatte, weshalb der mittlere Joslyn-Bruder nicht gewollt hatte, dass Barnaby auf Windmere lebte: Die unterirdischen Gänge unter dem Herrenhaus.

Barnaby seufzte. Laut sagte er:

»Wer hätte auch erraten können, dass Thomas der Geldgeber und der Kopf einer Bande Schmuggler ist?«

»Niemand«, erwiderte Simon schlicht. »Ich weiß, Toms Vermögen war nicht mit Mathews oder deinem zu vergleichen, aber es war mehr als ausreichend, um ihm ein angenehmes, standesgemäßes Leben zu ermöglichen. Er hätte damit problemlos heiraten und eine Familie ernähren können.« Er schüttelte den Kopf. »Ich nehme nicht an, dass wir je erfahren werden, warum er den Schmuggel gemeinsam mit Nolles begonnen hat.«

»Manchmal ist ausreichend nicht genug«, bemerkte Barnaby. »Habgier ist ein hässliches Laster, und wenn man sich in ihrem Griff befindet, kann dadurch selbst ein ehrlicher, verständiger Mann zum Ungeheuer werden. Vielleicht ist es das, was Thomas passiert ist.«

Simon schob seinen leeren Teller beiseite und stand auf, um zur Anrichte zu gehen. Er blickte Barnaby an und fragte ihn:

»Möchtest du noch Kaffee?« Als Barnaby nickte, nahm er die Kanne mit zum Tisch und schenkte erst Barnaby, dann sich selbst ein, ehe er sie in die Mitte stellte und selbst wieder Platz nahm.

»Tom war habgierig – das weiß ich, weil ich mit ihm aufgewachsen bin, aber ich gebe zu, ich hätte nie gedacht, dass er Schmuggler werden würde.« Simon trank von seinem Kaffee. »Ich frage mich nur, ob es nicht einfach so war, dass sich die Gelegenheit bot, und er es anfangs mehr als Streich angesehen hat, ehe es …« Er zuckte die Achseln. »Als er dann aber merkte, wie viel Geld er damit machen konnte …«

»Da hast du vermutlich recht.« Barnaby starrte auf die Leinentischdecke vor sich und runzelte die Stirn. »Ich wünschte, es wäre anders gegangen. Ich wollte nie Thomas' Tod und bestimmt nicht durch Mathews Hand.«

»Es war nicht deine Schuld«, sagte Simon leise. »Du hast Tom nicht gebeten, nicht nur einen, sondern mehrere Versuche zu unternehmen, dich zu töten.« Simon blickte weg und eine lange Weile herrschte zwischen ihnen Schweigen, beide Männer waren in Gedanken versunken.

Ehe die Stille bedrückend wurde, bemerkte Simon:

»Wenn du es rein vernunftmäßig betrachtest, war es vermutlich so am besten, dass Mathew Thomas getötet hat.«

»Weil, wenn ich es gewesen wäre, der Thomas' Tod auf dem Gewissen hat, Mathew einen weiteren Grund gehabt hätte, mich zu verfluchen und zu hassen?«

Simon nickte.

»Das Gleiche würde zutreffen, wenn es Lamb oder Emily gewesen wären, die Thomas in jener Nacht erschossen hätten.« Er schaute weg. »Ich kann Mathew offenbar nicht begreiflich machen, dass er keine Schuld an irgendetwas hat oder dass er durch sein Handeln Leben gerettet hat. Wenn er nicht geschossen hätte, wären du, Lamb oder Emily am Ende gestorben. Und wenn Tom nicht umgekommen wäre ...«

»Der Skandal wäre nicht zu unterdrücken gewesen.«

Simon nickte grimmig.

»Die Familie hätte den Skandal überstehen können, auch wenn ich mir sicher bin, dass es genug Leute gegeben hätte, die geglaubt hätten, dass wir alle mit drinstecken, aber Toms Tod und deine überzeugende Geschichte für Leutnant Deering hat es erlaubt, Tom als Helden hinzustellen und einen Skandal zu vermeiden.«

»Du kannst deinen Bruder das nächste Mal ja fragen, wenn er besonders schwierig ist, ob es ihm lieber wäre, wenn die Wahrheit herausgekommen wäre«, erklärte Barnaby. »Wenn er von allen Seiten betrachtet, was hätte geschehen können, ist er vielleicht imstande, seinen Teil daran zu akzeptieren, ohne sich mit Schuldgefühlen zu zerfleischen.« Als Simon nicht überzeugt wirkte, seufzte Barnaby. »Mathew wird selbst Frieden finden müssen – das kannst du ihm nicht abnehmen. Aber was wolltest du mir sagen, das die Damen besser nicht hören?«

Simon schüttelte seine düsteren Gedanken über Mathew ab und unterrichtete Barnaby über das, was er beobachtet hatte, seinen Verdacht bezüglich Nolles und Padgett. Es dauerte eine Weile, denn Barnaby hatte die Namen zwar vielleicht schon gehört, aber er kannte weder Padgett noch Stanton oder Canfield, und er wusste auch nichts von ihrer Verbindung zu Thomas. Simon musste erst erklären, wer sie waren und in welcher Verbindung sie zu seinem nächstälteren Bruder gestanden hatten. Bei der Erwähnung von Nolles kniff er die Augen zusammen, und als Simon zu sprechen aufhörte, runzelte Barnaby die Stirn.

»Also, was glaubst du? Habe ich mir da irgendwelche Hirngespinste zusammenfantasiert oder ist mein Verdacht gerechtfertigt?«, wollte Simon wissen.

»Den Gerüchten nach soll Nolles sein Schmuggelunternehmen wieder ausgeweitet haben, und Lamb, Luc und ich vermuten schon eine Weile, dass er einen neuen Geldgeber gefunden hat«, antwortete Barnaby nachdenklich. »Da wir nun wissen, dass Padgett ein Freund von Thomas war, ist es eine logische Schlussfolgerung, dass Padgett ebendieser Londoner Finanzier ist – vermutlich sogar zusammen mit Stanton und Canfield.«

Barnaby klopfte mit einem Finger auf den Tisch, und seine Miene war nachdenklich.

»Ich denke eher nicht«, sagte er, »dass diese ruhige Ecke von Sussex viel zu bieten hat, was das Interesse dreier junger Männer wie Padgett, Stanton und Canfield fesseln könnte. Mich wundert es, dass sie zu dieser Zeit des Jahres nicht in Leicestershire sind, bei der Jagd – oder eine der weniger gesetzten Hausgesellschaften besuchen, die Lebemänner wie sie selbst geben. Allein ihre Anwesenheit hier ist seltsam.« Er seufzte. »Ich weiß nicht, ob es gut ist oder nicht, dass es zwischen Canfield und den anderen einen Riss zu geben scheint. Ein Zerwürfnis könnte uns zum Vorteil gereichen, aber es könnte auch die Wahrscheinlichkeit, dass es zu Gewalt kommt, erhöhen – Gewalt, bei der Unschuldige zu Schaden kommen.«

»Gewalt?«, fragte Simon unbehaglich. »Du denkst doch nicht wirklich …?«

Barnaby schaute ihn an.

»Wenn Nolles mit drinhängt, kannst du sicher sein, dass es früher oder später gewaltsam wird.«

»Vielleicht irre ich mich ja«, erwiderte Simon. »Vielleicht wusste Canfield, dass die anderen kommen wollten, und ich habe mich getäuscht.«

»Glaubst du das wirklich?«

Simon dachte an den vergangenen Abend, an den Augenblick, in dem Canfield Padgett und Stanton gesehen hatte, und schüttelte den Kopf.

»Nein«, sagte er, »Canfield hatte keine Ahnung, dass Padgett und Stanton in der Gegend waren, aber Nolles und Townsend wirkten nicht im Mindesten überrascht.«

»Wenn du damit recht hast, wie interessant ist es dann, dass Townsend von Nolles offensichtlich eingeweiht wurde?«, bemerkte Barnaby. »Aber nicht wirklich erstaunlich.« Mit einem scharfen Unterton in der Stimme fügte er hinzu: »Und ich nehme an, du hast auch recht, was Townsend angeht. Ich weiß schon eine Weile, dass unser lieber Squire mit Nolles bestens befreundet ist und an den meisten Abenden bei ihm im *Ram's Head* anzutreffen ist. Angesichts all dessen, was wir über Nolles wissen, ist es nicht zu weit hergeholt zu glauben, dass er Townsend duldet und seine Verluste trägt, als Gegenleistung dafür, The Birches zu nutzen.«

»Ich hatte halb gehofft, dass du mich auslachen würdest«, räumte Simon ein.

»Glaube mir, ich wäre froh, wenn ich das könnte. Natürlich könnte sich das hier alles als nutzlose Mutmaßungen herausstellen, aber da Nolles dabei ist und zudem mit Thomas' Freunden im *Ram's Head* verkehrt, bezweifle ich, dass das der Fall sein wird.« Barnaby rieb sich das Kinn. »Ich glaube, als Nächstes sollten wir Luc und Lamb einweihen. Zu viert sollten wir in der Lage sein herauszubekommen, ob wir voreilige Schlüsse ziehen oder ob da wirklich finstere Machenschaften ablaufen.«

Simon räusperte sich.

»Äh, ich dachte, dass uns auch Mathew vielleicht helfen könnte. Ein weiteres Paar Hände und Augen sind nie verkehrt.«

Barnaby sah ihn verständnisvoll an.

»Eine Ablenkung? Statt über Thomas' Tod zu grübeln, erhält er die Gelegenheit, Nolles zu Fall zu bringen?«

»Nun, es würde ihm etwas anderes zu denken geben«, bemerkte Simon. Düster fügte er hinzu: »Ich zweifle ohnehin daran, dass er kommen wird, wenn ich ihm schreibe – er wird vermutlich jeden Brief von mir ins Feuer werfen.« Er schenkte Barnaby ein unschuldsvolles Lächeln. »Wenn du ihm allerdings schreibst und ihn nach Windmere einlädst, um dir zu helfen, bin ich sicher, dass er nicht ablehnt.«

Lachend stand Barnaby auf.

»Sag mir«, bat er, »wie kommt es eigentlich, dass du kein Mitglied des diplomatischen Corps bist? Das war meisterlich. Mein Kompliment – ich habe es fast nicht kommen sehen. Jetzt lass uns in mein Büro gehen, wo ich einen Brief an deinen Bruder aufsetze, nachdem ich Lamb nach Ramstone Manor geschickt habe, damit er Luc holt. Je eher sie wissen, was in der Luft liegt, desto besser.«

Simon nahm an, er sollte sich schuldig fühlen, es Barnaby aufgebürdet zu haben, Mathew zu schreiben, aber er kannte seinen Bruder gut genug, um zu wissen, dass Matt in seiner gegenwärtigen Stimmung alles, was von ihm kam, ungelesen den Flammen überantworten würde.

Weniger als zwei Stunden später war der Brief an Mathew auf dem Weg nach Monks Abbey, und Lamb war wieder auf Windmere eingetroffen, Luc im Schlepptau. Barnaby konnte nur dankbar sein, dass die Damen den Tag über derart im Pfarrhaus beschäftigt waren. Die Damen seines Haushaltes waren für seinen Geschmack einfach zu schlau, und Emily und Cornelia hätten sofort Verdacht geschöpft, wenn Luc und Lamb in seinem Büro verschwunden wären, um sich mit ihm und Simon ungestört zu besprechen. Es hätte Fragen gegeben, vor allem solche, die er nicht beantworten wollte. Barnaby lächelte. Das Letzte, was er brauchen konnte, war eine schwangere Amazone, die, verstärkt durch ihre Gehstock schwingende Großtante, verlangte, an dem beteiligt zu werden, was sie hier planten.

Bevor er nach Ramstone geschickt worden war, um Luc zu holen, war Lamb in die Unterhaltung zwischen Barnaby und Simon eingeweiht worden, und er hatte diese Information an Luc weitergegeben. Sobald die Herren beisammensaßen und ihnen eine Stärkung serviert worden war, verschwendeten sie so wenig Zeit wie möglich darauf, Simons Beobachtungen und Schlussfolgerungen zu wiederholen.

Simon war dankbar, fand es aber auch ein wenig beunruhigend, dass die drei Amerikaner seine Mutmaßungen ohne viel zu fragen akzeptierten. Erst als er erfuhr, dass Luc von Nolles' Männern zusammengeschlagen worden war und Barnaby und Lamb beide bezeugten, dass Emilys Cousin sowohl feige und schwach als auch niederträchtig war, begriff er, dass das, was er berichtete, zu dem passte, was sie bereits wussten.

»Thomas' Verbindung zu Padgett, Stanton und Canfield war ein Stück des Puzzles, das uns noch fehlte«, erklärte Barnaby. »Wir haben vielleicht noch nicht alle Teile, aber wir wissen mehr als noch heute Morgen.«

»Aber was können wir deswegen unternehmen?«, fragte Simon. »Alles, was ich erzählt habe, ist bestenfalls Spekulation. Tom war mit Padgett, Stanton und Canfield befreundet, aber das heißt noch nicht, dass sie mit einem Schmuggler gemeinsame Sache machen. Townsend mag ein verachtenswerter, wankelmütiger Kerl sein, aber das heißt noch nicht, dass er Teil von Nolles' Schmuggeloperation ist.«

»Wir können eine Sache bestätigen«, stellte Luc fest, »und das binnen wenigen Tagen.« Als ihn die drei anderen anschauten, sagte er: »Es ist allgemein bekannt, dass Townsend die meisten Abende im *Ram's Head* zu finden ist. Alles, was ich tun muss, ist, mich zu vergewissern, dass er dort ist. Dann kann ich eine mitternächtliche Erkundung seines Kellers durchführen. Entweder finde ich dabei heraus, dass auf The Birches Schmugglerwaren gelagert werden … oder nicht.«

»Aber nicht allein«, brummte Lamb und warf ihm einen scharfen Blick von der Seite zu. »Ich komme mit.«

Barnaby zögerte. Was Luc da vorschlug, war vernünftig, aber es gefiel ihm trotzdem nicht – zum einen, weil er nicht dabei sein würde, und zum anderen, weil die beiden Männer, die ihm auf der Welt am nächsten standen, sich dabei in Gefahr begaben. Er wog ab und entschied, dass es machbar wäre. Nachdem Emily sich für die Nacht zurückgezogen hatte, konnte er sich bestimmt aus dem Haus schleichen und zu den beiden anderen stoßen …

Luc und Lamb erkannten den Ausdruck auf seinem Gesicht und sagten praktisch gleichzeitig:

»Nein.«

»Warum nicht?«, fragte Barnaby, fast ein wenig gekränkt.

»Weil«, antwortete Luc mit zusammengebissenen Zähnen, »du der Viscount Joslyn bist und deine Frau schwanger ist, um Himmels willen! Der letzte Ort, an dem du anzutreffen sein solltest, ist in den Kellern eines fremden Hauses bei der mitternächtlichen Suche nach Beweisen für ein Verbrechen.«

Wenn es einem Mann seines Alters und seiner Reife möglich war, schmollend auszusehen, dann tat das Barnaby in diesem Moment.

»Ich weiß nicht, warum dieser verfluchte Titel heißt, dass ich mich aus allem heraushalten muss«, beschwerte er sich. Ein schuldbewusster Ausdruck glitt über seine Züge. »Emilys Schwangerschaft ist natürlich etwas anderes.« Schicksalsergeben räumte er ein: »Du hast recht. In diesem Fall sollte ich nicht dabei sein.« Er deutete mit einem Finger auf Luc. »Aber Viscount und verheiratet zu sein sowie werdender Vater bedeutet nicht, dass ich mich nicht jederzeit gegen Ungeziefer wie Nolles behaupten könnte.«

»Das unterstellt dir ja auch niemand«, sagte Lamb. »Aber es wird besser sein, wenn Luc und ich das tun.« Er grinste. »Du musst dir nur vorstellen, falls wir gefasst werden, kannst du uns enterben und dich wie alle anderen lauthals über unsere Niedertracht beschweren.«

»Das tue ich vielleicht auch so«, brummte Barnaby.

»Dann sind wir uns einig?«, fragte Luc und blickte die anderen drei Männer an. »Lamb und ich werden The Birches heute Abend einen Besuch abstatten und uns davon überzeugen, ob das Haus als Lager von Nolles und seinen Männern benutzt wird.«

Simon räusperte sich.

»Äh, vielleicht sollte ich mitkommen. Schließlich stammt die Information, die der Auslöser dafür ist, von mir.«

Luc schaute ihn an.

»Bist du schon einmal in ein Haus eingebrochen?«

»Natürlich nicht«, erwiderte Simon. »Du etwa?«

Lamb lachte.

»Das willst du gar nicht wissen. Überlass diesen Teil der Sache mir und Luc. Wir wissen, was wir tun.«

Barnaby nahm an, er sollte sich freuen, dass Luc und Lamb seit langer Zeit endlich einmal wieder einer Meinung waren. Zwar war er darüber froh, aber er war auch besorgt wegen dessen, was sie zu tun planten – wenn das Haus bewacht wurde, konnte es gefährlicher werden, als sie vermuteten.

»Seid ihr sicher, dass ihr zu zweit genug sein werdet?«

»Mehr als genug«, antwortete Luc. Er lächelte Barnaby an. »Was sollen wir deiner Ansicht nach tun? Mit einem Trupp Zollfahnder im Rücken hinreiten? Lamb und ich wissen, was wir tun. Wir werden rasch hineingehen und wieder verschwunden sein, bevor irgendjemand auch nur Verdacht schöpft, dass wir in der Nähe sind.« Er schaute zu Simon. »Würde Padgett Verdacht schöpfen, wenn du heute Abend im *Ram's Head* erscheinst?«

Simon dachte an das Gespräch vor seinem Aufbruch an diesem Morgen und verzog das Gesicht.

»Vermutlich schon. Ehe wir uns getrennt haben, habe ich eine Bemerkung darüber gemacht, dass mich zu betrinken und einen Haufen Geld zu verlieren nicht das ist, was ich mir unter einem unterhaltsamen Abend vorstelle.«

»Aber du hast nichts darüber gesagt, dass du nie wieder das *Ram's Head* betreten willst, oder?«

Simon schüttelte den Kopf.

»Nein, warum?«

»Weil es gut wäre, wenn jemand dort wäre, der uns wissen lassen kann, ob Townsend dort ist, bevor wir heute Nacht zu The Birches hinüberreiten«, erklärte Luc. »Und seinen Aufbruch hinauszögern, falls er ungewöhnlich früh gehen will.«

»Das kann ich sicher tun«, sagte Simon langsam. Er grinste Barnaby an. »Niemand sollte es seltsam finden, auch wenn das *Ram's Head* nicht meine erste Wahl ist, um den Abend dort zu verbringen, dass ich den Vergnügungen dort einem langweiligen Abend mit meinem steifnackigen Cousin, seiner schwangeren Ehefrau und ihrer trotteligen Großtante den Vorzug gebe.«

»Ich nehme an«, sagte Barnaby mit einem Lachen, »dass ich beleidigt sein sollte, aber in diesem Fall schlucke ich meinen Stolz hinunter.« Er schaute zu Luc und Lamb, die beide lächelten. »Denkt ihr, das reicht?«

Luc nickte.

»In Anbetracht des Rufes der Männer, die betroffen sind, ja. Keiner von ihnen kann sich eine ermüdendere Art und Weise denken, einen Abend zu verbringen, und würde daher nicht hinterfragen, warum Simon das *Ram's Head* aufsucht.«

Barnaby rief Walker; falls der Butler es merkwürdig fand, dass er eingehend zu der genauen Lage und dem Eingang zu dem Keller unter The Birches befragt wurde, so ließ er sich außer einem flüchtigen Aufflackern von Neugier nichts davon anmerken. Ehe er den Raum verließ, sagte Barnaby leise:

»Und, Walker, bitte erwähnen Sie, was wir gerade besprochen haben, vor niemandem, ja? Nicht Mrs. Eason gegenüber oder, was der Himmel verhüten möge, meiner Gattin oder ihrer Großtante.« Barnaby warf ihm einen bedeutungsvollen Blick zu. »Es könnte um Leben oder Tod gehen.«

Als einer von Emilys Komplizen in dem Schmuggelring, den sie vor ihrer Ehe geleitet hatte, und weil er um Jefferys verachtenswerten Charakter wusste, hatte Walker eine recht zutreffende Ahnung davon, warum ihm diese Fragen gestellt worden waren. Er verneigte sich tief und murmelte:

»Kein Wort, Mylord.« An der Tür schaute er zurück und sagte: »Mylord, wenn jemand das Haus, äh, unbemerkt betreten wollte, würde ich die Tür auf der Ostseite des Gebäudes vorschlagen – die ist etwas weiter abgelegen als die Küchentür. Man gelangt direkt in die Vorratskammer und gleich links ist die Treppe in den Keller.«

Barnaby grinste.

»Danke, Walker. Ich werde dafür sorgen, dass jemand das erfährt.«

Die Tür schloss sich hinter Walker, und die Herren einigten sich auf einen Plan. Da er sonst nichts auf Windmere tun konnte, ritt Luc zurück nach Ramstone. Lamb würde später dorthin nachkommen, und nach Einbruch der Dunkelheit würden sie dann ins Dorf reiten, ihre Pferde in der Nähe verbergen, und hinter dem *Ram's Head* in Stellung gehen: Lamb kannte einen Platz, der wie geschaffen dafür war. Simon würde bereits in der Wirtschaft sein. Falls Townsend nicht da war, würde Simon das *Ram's Head* um elf Uhr nachts verlassen und zu der Stelle reiten, wo Luc und Lamb ihre Pferde angebunden hatten. Falls Townsend dort war und alles ganz normal aussah, würde Simon kurz herauskommen, um vermeintlich etwas frische Luft zu schnappen. Ehe er wieder ins Haus zurückkehrte, würde er an einer Stelle, wo Luc und Lamb ihn sehen konnten, seine Taschenuhr nehmen und auf das Ziffernblatt schauen, dann wieder hineingehen.

Luc und Lamb befanden sich deutlich vor elf Uhr nachts auf ihrer Position in der Nähe des *Ram's Head*, und sobald Simon ihnen das verabredete Zeichen gab, dass Townsend im Wirtshaus sei, schlichen sie zu ihren Pferden und galoppierten durch die Nacht zu The Birches. Bis auf eine flackernd brennende Fackel in der Nähe der Eingangstür erbrachte ein gründlicher Erkundungsgang kein weiteres Anzeichen für die Anwesenheit menschlicher Wesen.

Walkers Rat befolgend, nahmen sie die Seitentür zu der großen Vorratskammer des Hauses. Drinnen war es stockdunkel, aber Zündstein und eine kleine Kerze spendeten kurz darauf einen schwachen Lichtschein. Sie blickten sich um und bemerkten, dass die Tür von der Küche zur Kammer geschlossen war. Leere Regale und Schränke, Staub und Spinnweben zeigten, dass die Speisekammer dieser Tage nur selten betreten wurde. Erst am Ende des Raumes, wo Luc und Lamb standen, war deutlich an den Fußspuren zu erkennen, dass hier in letzter Zeit jemand gewesen war – und zwar nicht nur ein oder zwei, sondern viele Leute und zudem oft. In dem flackernden Kerzenlicht wechselten sie einen Blick, dann gingen sie zu der Kellertreppe.

Es folgte ein geflüsterter Streit, wer nach unten gehen und wer oben Wache stehen sollte. Luc gewann. Sekunden später verschwand er die grob gehauenen Steinstufen nach unten, die in die Gewölbe unter dem Gebäude führten.

Das Ausmaß und die Größe der Keller von The Birches ließen sich nicht mit dem Platz vergleichen, der den Schmugglern auf Windmere zur Verfügung gestanden hatte, aber es war genug Raum für Nolles und seine Männer, um hier eine beachtliche Menge Schmuggelgut zu lagern. Die Kerze vor sich haltend, schritt Luc eilig die unordentlich gestapelten Reihen gesetzeswidrig importierter Waren in der Mitte des Kellers ab, erkannte mühelos Fässer mit Brandy, ballenweise Spitze und Seide und Tabak. Eine hübsche Ladung, entschied er, während er zu den Steinstufen zurücklief, aber nicht so viel, wie er eigentlich hier zu finden erwartet hätte. Wenn er ein Spieler wäre, überlegte er mit einem wilden Lächeln, würde er wetten, dass Nolles in Kürze eine weitere Lieferung erwartete.

Luc hielt sich nicht unnötig auf. In dieser Nacht war es nur darum gegangen, den Beweis zu finden, dass Townsend tatsächlich Nolles erlaubte, seine Schmuggelwaren auf The Birches zu lagern, und das war ihm gelungen.

Er kehrte zu Lamb am Kopf der Treppe zurück und nickte knapp. Lamb fluchte lautlos, erkannte aber wie Luc auch, dass es keinen Grund gab, länger zu verweilen. Sekunden später verließen die beiden Männer das Haus wieder durch die Tür zur Vorratskammer und verschmolzen mit der Dunkelheit.

Kapitel 13

Barnaby war nicht glücklich, als er Lucs und Lambs Bericht hörte. Er hatte seine Frau im Bett schlafen lassen und war weit nach Mitternacht hinausgeschlichen, hatte sich angezogen und sich heimlich wie ein Dieb ins Dower House gestohlen. Zu erfahren, dass Schmuggelgut offensichtlich mit Townsends Einverständnis im Keller unter dem von Emily so geliebten Haus gelagert wurde, erfüllte ihn mit Wut und weckte in ihm das heftige Verlangen, den Squire in seine Hände zu bekommen. Die er bevorzugt um Townsends Hals zu legen gedachte. Mit unnachgiebiger Miene schaute er Lamb an.

»Wir hätten ihn töten sollen, als wir die Gelegenheit hatten.«

Lamb zuckte die Achseln.

»Dem kann ich nur zustimmen. Leider nur nachträglich.«

Es war nach ein Uhr nachts. Luc musste ein Gähnen unterdrücken, bevor er feststellte:

»Wenigstens wissen wir jetzt, dass Townsend mit Nolles unter einer Decke steckt und ihm erlaubt, seinen Keller auf The Birches als Lager zu nutzen.« Er dachte an die Schmuggelwaren, die er dort gesehen hatte, und fügte hinzu: »Es ist wahrscheinlich, dass demnächst eine neue Lieferung kommt.«

Barnaby schaute Simon an.

»Padgett hat keinen Verdacht geschöpft, als du heute Nacht im *Ram's Head* aufgekreuzt bist?«

Simon schüttelte den Kopf.

»Nein.« Er grinste. »Genau genommen denke ich, ich bin in seiner Achtung sogar gestiegen, weil ich mich beklagt habe, wie grässlich es ist, Verwandte zu besuchen.«

»Denkst du immer noch, dass er einer von Nolles' Londoner Geldgebern ist?«, erkundigte sich Luc.

»Ich bin mir fast sicher. Wir waren in einem der Privatzimmer, und obwohl er von Zeit zu Zeit gegangen ist, ich nehme an, um sich ums Geschäft zu kümmern, war Nolles oft bei uns. Townsends Verhalten ist verständlich. Er lebt hier und kennt Nolles, vom Schmuggel einmal abgesehen, vermutlich schon sehr lange. Die anderen haben sich benommen, als sei Nolles ein guter Freund.« Simon runzelte die Stirn. »Soweit ich es beobachte«, sagte er langsam, »stehen Leute wie Padgett und die anderen nie mit einem Mann so einfachen Standes auf derart vertrautem Fuß. Und schon gar nicht mit einem Mann, den sie bis vor Kurzem offenkundig gar nicht kannten. Das ist höchst verdächtig. Meines Wissens sind weder Padgett noch Stanton oder Canfield jemals zuvor hier in der Gegend gewesen. Allerdings ...« Er schüttelte den Kopf. »Ich kann es nicht erklären, aber ich schwöre, da ist etwas zwischen ihnen und Nolles.«

Sie erörterten es noch eine Weile, aber die Erkenntnisse dieser Nacht führten zu keinen Beschlüssen oder gar einem konkreten Plan, Padgetts vermutete Zusammenarbeit mit Nolles aufzudecken. Leutnant Deerings Name fiel, aber alle Ideen, ihn über die gelagerten Waren auf The Birches zu unterrichten oder dass eine Gruppe Londoner Lebemänner mit Nolles gemeinsame Sache machen könnte, wurden rasch wieder verworfen. Nolles und die Londoner konnten zum Teufel gehen, aber Emilys Verwandtschaft mit Townsend nahm dem Vorschlag, Deering mit einzubeziehen, allen Reiz – jedenfalls im Augenblick. Sie einigten sich darauf, dass sie nichts tun konnten, bis die nächste Lieferung kam – und sie hofften, dass sie die stören könnten. Die Männer trennten sich.

Barnaby ging mit Luc zu dessen Pferd und bot ihm ein Bett für die Nacht an, aber Luc lehnte lächelnd ab.

»Ramstone ist nicht weit, und wenn Emily mich am Morgen hier vorfindet, wird sie sich wundern. Und früher oder später wird sie dich mit Fragen quälen, die du sicher lieber nicht beantworten willst.«

Barnabys Diener kehrte am Sonntag mit einer Nachricht von Mathew zurück. Barnaby verstand es, zwischen den Zeilen der knappen Botschaft zu lesen, und musste lächeln. Es war egal, dass sein Cousin es nicht schätzte, durch verschleierte Andeutungen nach Windmere bestellt zu werden, das Einzige, was zählte, war, dass Mathew am nächsten Tag eintreffen würde.

Emily blickte ihn lange an, als er erwähnte, dass Mathew irgendwann im Laufe des Montagnachmittags ankommen und auf unbestimmte Zeit bleiben werde.

»Wenn er und Simon sich gestritten haben«, bemerkte sie, »hältst du es da wirklich für eine gute Idee, dass er uns jetzt besucht?«

»Warum nicht?«, fragte Barnaby mit Unschuldsmiene. »Du weißt, dass Simon nicht nachtragend ist. Ich bin sicher, er freut sich, dass sein Bruder kommt. Und vielleicht hilft der Tapetenwechsel auch, Mathews Schwermut zu vertreiben.«

»Natürlich«, erwiderte Emily ironisch. »Ihn auf das Anwesen einzuladen, von dem er jahrelang dachte, dass er es einmal erben würde, den Ort, an dem er seinen Bruder erschossen hat, wird ihn unglaublich aufheitern.«

»Es ist schon Seltsameres geschehen«, entgegnete Barnaby und floh aus ihrer Nähe, fast wie ein Mann, der einem Fangnetz auswich. Es mit klugen Frauen zu tun zu haben, überlegte er, war heikel. Er grinste. Aber nie langweilig.

Emily hätte vielleicht mehr Verdacht angesichts von Mathews plötzlichem Besuch geschöpft, wenn sie und Cornelia nicht so mit ihrem Plan beschäftigt gewesen wären, mehr über Mrs. Gillian Dashwood herauszufinden – und auch Lucs Interesse an der jungen Witwe ... einer jungen Witwe, die vielleicht ihren Mann ermordet hatte. Sie hatten ihren Feldzug schon fertig ausgeklügelt und warteten ungeduldig auf Dienstag, als ein glücklicher Zufall ihnen in die Hände spielte. Nach dem Gottesdienst am Sonntag warteten Emily und Cornelia vor der Kirche auf ihre Kutsche, als die Pfade der Damen von Windmere und die der Bewohner von High Tower sich kreuzten.

Cornelia hatte sie gleich entdeckt, als sie die Eingangsstufen der Treppe hinunterkamen, und stieß Emily an. Ehe Emily begriff, was sie vorhatte, machte Cornelia einen Schritt nach vorn und sagte zu Silas:

»Guten Morgen, Mr. Ordway. Lady Joslyn und mir hat es sehr leidgetan, von Ihrem Unfall zu hören, aber es freut uns umso mehr, dass Sie sich so gut erholen und wieder das Haus verlassen können.« Mit einem Nicken nahm sie die restlichen Mitglieder der Familie zur Kenntnis, die ihren Onkel begleiteten.

»Sie müssen dankbar sein, Ihre Familie um sich zu haben.«

Silas lächelte und nickte.

»Danke, Mrs. Townsend.« Er schaute voller Stolz und Zuneigung zu Stanley, Gillian und Sophia, die dicht bei ihm standen. »Erlauben Sie mir, Sie und Lady Joslyn mit meinen Nichten und meinem Neffen bekannt zu machen.«

Nachdem die Vorstellung abgeschlossen war, folgte eine höfliche Unterhaltung. Die Kutsche für die Damen von Windmere kam, und man verabschiedete sich, aber nicht ohne dass Emily erwähnte, dass sie und ihre Großtante gerne ihre Aufwartung machen würden, um sie offiziell in der Nachbarschaft zu begrüßen.

»Wäre Ihnen Dienstag recht?«, fragte sie, während der Lakai ihr den Kutschenschlag öffnete.

Da er wusste, was für eine Ehre es war, von Lady Joslyn und ihrer formidablen Großtante derart ausgezeichnet zu werden, nahm Silas sogleich an und rieb sich fast die Hände vor Freude, während er der Kutsche aus Windmere nachschaute. Für ihn selbst war es nicht wichtig, aber dass Stanley, Sophia und Gillian offiziell von der führenden Familie der Gegend willkommen geheißen wurden, entzückte ihn.

Sophia und Stanley waren gleichermaßen geschmeichelt und erfreut, Gillian konnte bei aller Freude über die Bekanntschaft eine leichte Unruhe nicht unterdrücken. Hatten Lady Joslyn und Mrs. Townsend die hässlichen Gerüchte über sie gehört? Sie war nicht so eitel zu glauben, dass ganz England von Charles Dashwoods Tod erfahren hatte oder dass sie diejenige sein könnte, die ihn umgebracht hatte, aber sie wusste, dass zu der Zeit sie und Charles in den besten Kreisen das Objekt wildester Spekulationen gewesen waren. War es Neugier über den Mord und ihre Beteiligung daran, die hinter dem angekündigten Besuch stand?

Erst am Abend, als sie nebeneinander die Treppe zu ihren

Schlafzimmern hochstiegen, war Gillian in der Lage, ihre Sorgen Sophia mitzuteilen. Als sie den obersten Treppenabsatz erreichten, sagte Gillian:

»Können wir noch kurz reden, bevor wir zu Bett gehen?«

»Gewiss, meine Liebe«, sagte Sophia. »Ist etwas nicht in Ordnung?«

»Nicht wirklich«, murmelte Gillian und ging in den Salon zwischen ihren Zimmern voraus. Sie schloss die Tür und fragte: »Denkst du, dass Lady Joslyn und ihre Großtante den Klatsch über mich gehört haben?«

Sophia schaute sie an.

»Ist das wichtig?«

»Aber natürlich! Besonders wenn der Grund für ihren Besuch auf dem Wunsch fußt, eine angebliche Mörderin zu bestaunen.«

»Glaubst du denn, dass das das Motiv für ihre Ankündigung ist, uns aufzusuchen?«, erkundigte sie sich ruhig.

Gillian biss sich auf die Lippe.

»Das weiß ich nicht. Aber wenn sie die Gerüchte gehört haben, und ich wette, das haben sie ... welchen anderen Grund könnten sie haben, uns besuchen zu wollen?« Sie ließ sich auf eines der Sofas sinken und presste die Lippen zusammen. »Ich ... ich will nicht, dass sie kommen und mich bestaunen wie eine Kuh mit zwei Köpfen auf einem Jahrmarkt.«

Sophia lachte und setzte sich neben sie.

»Einer zweiköpfigen Kuh siehst du aber gar nicht ähnlich, meine Kleine.« Sie tätschelte Gillian die Hand. »Ich weiß nicht, wie es bei den Damen ist, aber ich weiß, dass Mrs. Smythe und alle anderen, die wir kennengelernt haben, nur Freundliches über sie zu sagen haben.« Gillian nickte, und Sophia sprach weiter. »Du weißt doch, wie es auf dem

Lande zugeht – ich bin sicher, dass Mrs. Smythe und einige andere Damen uns erwähnt haben. Und jetzt wollen sie uns selbst treffen.« Sacht fragte sie: »Hast du schon in Erwägung gezogen, dass sie einfach schlichte Neugier treibt? Wir sind schließlich neu hier in der Gegend, sodass es vollkommen natürlich ist, dass sie uns näher kennenlernen wollen.« Sie tätschelte Gillian die Wange und lächelte voller Zuneigung. »Weißt du, meine Liebe, nicht alle hören auf Gerüchte oder glauben sie gar. Es ist gut möglich, dass sie den Klatsch gehört haben, ihn aber einfach als solchen abgetan und nicht weiter ernst genommen haben.«

Gillian atmete durch, und ein reuiges Lächeln spielte um ihre Lippen.

»Ich bin albern, ich weiß. Und furchtbar eingebildet, zu glauben, dass ich der Grund für ihren Besuch bin.«

»Oh nein«, antwortete Sophia. »Ich glaube sehr wohl, dass du das bist.«

»Aber du hast doch gerade gesagt …«

»Dass du der Anlass ihres Besuches bist«, unterbrach Sophia sie fröhlich. »Ich habe jedoch nicht gesagt, dass sie das tun, weil sie glauben, du seist eine Mörderin.« Sie machte eine Pause und wirkte nachdenklich. »Natürlich könnten sie das auch für möglich halten und sich vergewissern wollen, dass es nicht stimmt.«

»Also glaubst du, dass ich doch recht habe?«, fragte Gillian verwirrt.

Sophia schüttelte den Kopf.

»Nicht wenn du denkst, dass sie kommen, um dich wie eine Jahrmarktsattraktion zu bestaunen.« Sophia lachte über Gillians verständnislose Miene, erbarmte sich dann aber ihrer. »Luc, meine Liebe. Sie wollen dich kennenlernen wegen Luc.«

Gillian starrte sie mit offenem Mund an.

»Aber was«, gelang es ihr schließlich zu fragen, »hat der denn damit zu tun?«

Sophia blickte auf den Faltenwurf ihres Kaschmirkleides und lächelte.

»Ich vermute, dass er irgendetwas gesagt hat, was sie zu der Annahme verleitet, er habe mehr als ein flüchtiges Interesse an dir. Und jetzt wollen sie selbst sehen, was für eine Frau du bist.« Sophia erhob sich und erklärte sachlich: »Und natürlich, um sich zu vergewissern, dass er nicht im Begriff steht, sich mit einer Mörderin einzulassen.«

Nach Sophias verblüffender Erklärung fiel es Gillian schwer, zur Ruhe zu kommen und einzuschlafen. Es war völlig lächerlich zu glauben, Luc habe irgendein Interesse an ihr, das das eines jeden gesunden Mannes an der nächstbesten Frau unter vierzig überstieg. Sie schnaubte. Er hatte sie geküsst, und sie hatte den Kuss erwidert, aber das war alles gewesen. *Warum,* fragte eine innere Stimme hartnäckig, *träumst du dann von ihm? Warum wälzt du dich jede Nacht von der einen auf die andere Seite und verzehrst dich danach, seinen Mund noch einmal auf deinem zu spüren? Warum,* fragte die lästige Stimme weiter, *ist er ständig in deinen Gedanken?*

Was den Punkt betraf, von Lady Joslyn und ihrer Großtante für eine Mörderin gehalten zu werden, so wollte Gillian gar nicht darüber nachdenken, was sie davon hielt. Sie wusste es ohnehin schon. Es war erniedrigend und ärgerte sie. Und mehr noch, weil sie sich nicht verteidigen konnte, weil niemand sie direkt und offen zu ihrer Beteiligung an dem Mord fragen würde. Und falls jemand doch so dreist wäre, würde wahrscheinlich alles, was sie zu ihrer Verteidigung vorbringen konnte, als Lüge abgetan. Es war eine Schlacht, die sie nicht gewinnen konnte.

Am Montagmorgen erwachte Gillian verstimmt und niedergeschlagen. Sophia, der auffiel, dass sie nicht so fröhlich und unbekümmert wie sonst war, als sie zum Frühstück nach unten kam, schlug vor:

»Warum reiten wir heute nicht aus? Die Sonne scheint – wenigstens immer mal wieder –, und auch wenn da ein paar Wolken zu sehen sind und ein leichter Wind weht, ist es kein unfreundlicher Tag. Was hältst du davon? Sollen wir uns Pferde satteln lassen und uns auf einen Erkundungsritt begeben?«

»Wenn du das gerne möchtest«, sagte Gillian gleichgültig und stocherte ohne Appetit in ihrem Rührei herum.

Als sie wieder nach oben gegangen war und sich umgezogen hatte, hatte sich auch ihre Stimmung aufgehellt. Sie betrachtete sich im Spiegel und entschied, dass ihr altes Reitkostüm aus bernsteinfarbenem Samt mit der schwarzen Litze nicht ohne Chic war. Es gefiel ihr, wie die Jacke an der Taille schmaler wurde, und der Besatz aus schwarzer Litze an Manschetten, Kragen und auf der Vorderseite verlieh dem Kleidungsstück einen militärischen Anstrich. Der Wasserfall aus Leinenspitze auf ihrer Brust brauchte noch etwas, irgendeine Nadel, die den Stoff festhielt, damit er beim Reiten nicht dauernd verrutschte oder ihr ins Gesicht schlug. Sie schaute in ihr Schmuckkästchen; ihr Blick blieb an der Topasbrosche hängen. Warum eigentlich nicht? Sie würde gut zu dem Reitkostüm passen und außerdem fiel ihr wieder ein, weswegen sie sie behalten hatte. Von der Hoffnung getrieben, dass sie sich wirklich als Talisman gegen den Charme bestimmter Männer erweisen würde, befestigte sie sie fast trotzig in der Mitte der Spitze. Nachdem sie sich einen kleinen rostbraunen Hut mit einer langen, grün gefärbten Feder aufgesetzt hatte, verließ sie ihr Zimmer. Sie traf Sophia im Foyer und stellte überrascht fest, dass Stanley in Reithose und Stiefeln neben ihr stand.

Er lächelte unsicher.

»Wenn du keine Einwände hast, möchte ich mich selbst zum Ausritt mit einladen.«

Es hatte eine Zeit gegeben, in der Gillian das als aufdringlich empfunden hätte und als weiteres Zeichen von Stanleys anmaßendem Verhalten, aber angesichts ihrer veränderten Beziehung akzeptierte sie es jetzt als das, was es war: schlicht das Angebot, sie und Sophia zu begleiten. Daher lächelte sie ihn an.

»Warum sollte ich die Begleitung eines gut aussehenden Mannes ablehnen?«

Ein paar Minuten später saßen sie auf ihren Pferden und ritten aus dem Hof von High Tower. Die letzten Reste von Gillians Verstimmung verflogen angesichts der frischen Brise in ihrem Gesicht und dem Gefühl des schönen Braunen unter sich, den sie heute ritt. Sie lächelte Sophia zu, die auf einem lebhafteren Rotfuchs saß, und sagte:

»Du hattest recht. Das war genau das, was ich gebraucht habe.«

»Es tut auch den Pferden gut«, fügte Stanley hinzu. »Onkel sagt, dass sie viel mehr Bewegung brauchen, als er ihnen geben kann. Und noch mehr, seit er sich den Arm gebrochen hat.«

»Oh, ich freue mich auf den Tag, an dem er uns begleiten kann. Obwohl er darauf bestanden hat, dass wir ohne ihn ausreiten, habe ich ein schlechtes Gewissen«, räumte Gillian ein.

»Wir werden nicht mehr als ein paar Stunden fort sein«,

sagte Stanley. »Ich vermute zudem, dass er es zur Abwechslung auch einmal ganz angenehm findet, das Haus wieder für sich allein zu haben.«

»Da hast du wohl recht. Ich hatte gar nicht bedacht, wie viel sich auch für ihn geändert hat, jetzt, da wir alle bei ihm wohnen. Auch wenn sein Haus natürlich groß ist.«

Sophia nickte.

»Stimmt. Wir neigen dazu, immer nur daran zu denken, was das für uns bedeutet, aber dabei vergessen wir, welche Veränderung unsere Anwesenheit für ihn bedeutet.«

»Ich glaube aber, dass er darüber glücklich ist«, sagte Gillian.

Während sie so nebeneinander ritten, unterhielten sie sich weiter über ihren Onkel und wie gut es ihnen auf High Tower gefiel. Mit einem neugierigen Blick zu Stanley fragte Gillian:

»Kehrst du Anfang des neuen Jahres wieder nach London zurück?«

»Ich weiß nicht«, antwortete er und runzelte die Stirn. »Onkel hat nichts Bestimmtes gesagt, aber ich nehme an, dass er es gerne hätte, wenn ich bleibe und mich stärker an der Leitung von High Tower beteilige.«

»Möchtest du das denn?«, erkundigte sich Sophia und musterte ihn.

»Ja, sehr sogar«, gestand er. »Nicht dass ich London ganz den Rücken kehre«, fügte er hastig hinzu, »aber außer ein paar Monaten vielleicht in der Saison reizt es mich mehr, mit euch beiden und Onkel Silas auf High Tower zu leben.«

»Oh, nun übertreibst du es aber maßlos!«, zog ihn Gillian mit lachenden Augen auf. »Du willst wirklich ständig mit mir in deiner Nähe leben?«

Er lächelte.

»Das wäre kein so schlimmes Schicksal, wie ich es früher immer geglaubt habe. Und was ist mit euch beiden? Wie fändet ihr das, wenn ich auf Dauer auf High Tower bliebe?«

Gillian grinste.

»Vor ein paar Wochen noch hätte ich mir lieber die Zunge abgebissen, als zuzugeben, dass es nicht so schlimm sein würde.«

»Stimmt«, sagte Sophia und blickte Stanley anerkennend an. »Und es würde Onkel Silas gefallen – was unsere erste Sorge sein sollte.«

Einvernehmlicher als jemals zuvor in ihrem Leben ritten sie zu dritt weiter, unterhielten sich ungezwungen und angeregt und empfanden eine Vertrautheit, die in ihrem Umgang lange gefehlt hatte.

Sie hatten kein Ziel im Auge gehabt, als sie aufgebrochen waren, und trotz des bedeckten Himmels ritten sie weiter, als sie anfänglich geplant hatten. Sie hatten solche Freude miteinander gehabt, dass sie weder merkten, wie die Zeit verflog, noch wohin ihr Weg sie führte, bis aus der frischen Brise ein unangenehm kalter Wind wurde und es zu regnen begann. Sie hielten ihre Pferde an und blickten einander betroffen an und erkannten, dass der Heimritt alles andere als angenehm zu werden versprach – besonders wenn Wind und Regen nicht nachließen.

Außer den Fahrten zur Kirche und dem kurzen Ausritt mit Luc waren Gillian und Sophia mit der Gegend nicht vertraut; zwar kannte Stanley sich besser aus, aber im Augenblick hatte er keine Ahnung, wo sie sich befanden. Mit einem unbehaglichen Gefühl ritten sie weiter, und nach einer Weile merkte Stanley, der ein paar Orientierungspunkte erkannt hatte, dass sie nur eine halbe Meile vom Dorf entfernt waren. In der Hoffnung, dass der Regen nicht lange anhalten würde, entschieden sie, im Dorf in der *Krone* Schutz vor dem Wetter zu suchen, bis es sich besserte.

»Oder schlimmer wird«, sagte Stanley pessimistisch und betrachtete den sich immer weiter verfinsternden Himmel über dem Ärmelkanal sorgenvoll. »Uns könnte ein schlimmer Sturm bevorstehen. Ich glaube nicht, dass ihr gerne durch ein Unwetter nach Hause reiten würdet.«

»Wir werden uns schon nicht auflösen«, erwiderte Sophia ruhig. »Aber wenn das Wetter sich verschlechtert, können wir sicher im Gasthof jemanden finden, der eine Nachricht nach High Tower bringt, sodass Onkel uns die Kutsche schicken kann. Mach dir keine Sorgen.«

Stanley konnte ihrer Logik nicht widersprechen, und kurze Zeit später brachten sie ihre Pferde vor der *Krone* zum Stehen. Stanley half beiden Damen beim Absitzen und schob sie in Richtung Tür.

»Erst besorge ich euch einen Privatsalon, dann kümmere ich mich um die Pferde.«

Gillian hatte gar nicht gemerkt, wie kalt ihr war und wie durchnässt ihre Kleider waren, bis sie die *Krone* betrat. Einfach nur dem Wind und dem Regen zu entkommen war eine Erleichterung, aber als die wohlige Wärme der Wirtsstube sie umfing, hätte sie am liebsten vor Wonne geschnurrt. Ein großes Feuer brannte im Kamin, und der köstliche Duft von gebratenem Fleisch lag in der Luft. Ihr Magen knurrte wenig damenhaft, und sie wurde sich des Umstandes gewahr, dass ihr spärliches Frühstück Stunden zurücklag und dass sie Hunger hatte.

Das Innere des Gasthofes war sauber und ordentlich. Die geschrubbten Dielen schimmerten, vom Alter dunkle Holzbalken durchzogen die Decke, und Spitzengardinen hingen vor den Fenstern. Das Zimmer war nahezu leer, nur ein paar

Bauern und Fischer saßen an zwei Tischen auf der anderen Seite des Raumes. An der langen hölzernen Theke auf der Rückseite stand bei zwei hübschen dunkelhaarigen jungen Frauen ein großer breitschultriger Gentleman mit dem Rücken zur Tür, der sich gerade mit einer älteren rundlichen Frau unterhielt. Bei dem Geräusch der sich öffnenden Tür drehte er sich lächelnd zu den Neuankömmlingen um, den Alekrug auf halbem Weg zum Mund.

Gillians Herz klopfte schneller, als ihr Blick den aus Lucs blauen Augen traf.

»*Tiens!*«, rief Luc, stellte seinen Krug ab und kam, sein Lächeln wie weggewischt, durch den Raum zu ihnen. »*So was*, ist alles in Ordnung?«, fragte er und musterte sie eindringlich. »Ihr Onkel?«

Stanley, der sich schon schuldig fühlte, weil er sich mit den beiden Frauen fast verirrt hatte, war alles andere als froh, Luc zu sehen, sodass er steif sagte:

»Mit unserem Onkel ist alles in bester Ordnung. Wir haben beschlossen, einen Ausritt zu machen, aber Onkel ist lieber zu Hause geblieben.« Unter Lucs forschendem Blick begann Stanley fast gegen seinen Willen weiter auszuführen: »Der Wetterumschwung hat uns überrascht, sodass wir beschlossen haben, lieber hier Zuflucht zu suchen, als in dem Unwetter nach High Tower zurückzureiten. Wir warten hier, bis der Regen nachgelassen hat und wir heimkehren können.« Stanley schaute sich um, bemerkte das Interesse, das ihre Ankunft erregt hatte, räusperte sich und fügte hinzu: »Ich hatte gehofft, einen Privatsalon für die Damen zu bekommen.«

»Natürlich«, sagte Luc, und sein herzliches Lächeln schloss sie alle ein. »Mrs. Gilbert wird Ihnen liebend gerne ein Zimmer überlassen.«

Die Wirtin kam genau in dem Moment bei ihnen an und musterte sie aus ihren blauen Augen neugierig, während Stanley erklärte, was er brauchte. Einen Augenblick später führte sie sie in einen hübschen Raum auf der Seite des Gasthofes. Nachdem sie sich vergewissert hatte, dass der kleine Salon zu ihrer Zufriedenheit war, und sich erkundigt hatte, womit sie sich gerne stärken würden, ging sie. Kurz darauf kam eilig eine der dunkelhaarigen jungen Frauen mit Feuerstein und Zunder herein, lächelte sie an und machte sich dann daran, ein Feuer im Kamin anzuzünden. Binnen kürzester Zeit vertrieb das lustig flackernde Feuer die leichte Kälte, und als die erste junge Frau wieder gegangen war, kam unmittelbar darauf eine weitere mit ebenfalls dunklen Haaren, die ein Tablett trug, auf dem sich Erfrischungen befanden.

Luc begleitete sie, als Mrs. Gilbert sie in das Zimmer geführt hatte, und schien zu Stanleys Missfallen nicht geneigt, sich wieder zu entfernen. Er war sich nicht sicher, wie der Kerl es geschafft hatte, aber es sah ganz so aus, als sei der Franzose nun Teil ihrer Gesellschaft. Mit halbem Ohr lauschte er Lucs charmantem Geplauder, mit dem er die Damen unterhielt und für sich einnahm, und seufzte. Ohne Zweifel, der Mann würde darauf bestehen, sie nach Hause zu geleiten, wo sein Onkel ihm dann voller Freude um den Hals fallen würde.

Der Nachmittag war schon weit fortgeschritten, ehe das Wetter sich besserte und der Himmel aufklarte. Zwar war der Wind noch schneidend kalt, und der Geruch von Regen lag noch in der Luft, aber dennoch beschloss man, sich auf den Heimweg zu machen. Und Stanley behielt recht, Luc schloss sich ihnen an.

Auf einem eleganten schwarzen Pferd sitzend, bemerkte Luc, während sie das Wirtshaus hinter sich ließen:

»Es geht viel schneller, wenn wir statt der Straße zu folgen querfeldein reiten.« Er blickte Stanley an und sagte entschuldigend: »Verzeihen Sie! Ich wollte Ihnen nicht die Führung streitig machen. Vielleicht kennen Sie ebenfalls eine Abkürzung?«

Stanley schüttelte den Kopf und räumte wenn auch zögernd ein:

»Ich habe uns fast in die Irre geführt.« Ironisch fügte er hinzu: »Es war schieres Glück, dass wir das Dorf gefunden haben.«

»Wenn Sie es gestatten, zeige ich Ihnen die schnellste Route nach High Tower.«

Stanley nickte und wünschte sich, der Mann wäre nicht so verdammt einnehmend … und liebenswert.

Luc warf einen weiteren Blick zu dem bedrohlichen Himmel über dem Kanal und sagte:

»Wenn wir viel Glück haben, erreichen wir Ihr Zuhause, bevor der Sturm losbricht.«

Luc drängte sein Pferd nach vorn, und auch die anderen trieben ihre Tiere zu einem schnellen Trab an. Sie mussten erst über die aufgeweichte schlammige Dorfstraße reiten, ehe sie die Straße verlassen und in das offene Land gelangen konnten. Gerade, als sie den Dorfrand erreichten, kamen ihnen vier Reiter entgegen. Luc hätte am liebsten geflucht, als er die Herren erkannte: Canfield, Padgett, Stanton und St. John. Die vier apokalyptischen Reiter wären ein willkommenerer Anblick gewesen, überlegte Luc grimmig. Krieg, Hungersnot, Seuchen und Tod standen diesen vier in nichts nach, auch wenn, wie er zugeben musste, es nicht wirklich fair war, St. John mit den anderen in einen Topf zu werfen. Er kniff die Augen zusammen. Aber St. Johns Anwesenheit war … interessant.

Von den vier Männern war Miles St. John der Einzige, den Luc mochte, und wenn er nicht mit den anderen Umgang pflegen würde, dachte er, könnten sie sogar Freunde sein, oder immerhin gute Bekannte. St. John gehörte zwar zu Padgetts Freundeskreis, war aber stets höflich und freundlich und hielt sich aus den schlimmsten Exzessen heraus, an denen die anderen sich begeistert beteiligten. Dass St. John jetzt hier war, stimmte ihn nachdenklich. In seinen grünen Augen standen Scharfsinn und Intelligenz; Luc wusste aus Erfahrung, dass sich St. John nicht für dumm verkaufen ließ, und diese Eigenschaft konnte man für Gutes wie Böses nutzen ... War es möglich, dass St. John die wahre Macht hinter Nolles war? Das war ein verstörender Gedanke.

Es war keine Vorstellung nötig, denn alle vier Männer waren Charles' Freunde gewesen, und Gillian und Sophia kannten sie von früher. Stanley war flüchtig mit ihnen bekannt und hatte ihnen bis vor Kurzem nachgeeifert, aber das war gewesen, bevor ihm die nähere Bekanntschaft mit Canfield eines Besseren belehrt hatte.

Stanley hatte Canfield nicht wieder gesehen, seit der High Tower verlassen hatte, und die Steifheit zwischen den beiden Herren war nicht zu übersehen. Luc musste Stanley zugutehalten, dass er höflich blieb, aber er legte auch deutliche Zurückhaltung an den Tag. Es war klar zu erkennen, dass Stanley nichts mehr mit Canfield zu tun haben wollte. Die Reaktion der Damen war die gleiche, und Luc presste die Lippen zusammen, als Canfield, nicht im Mindesten beeindruckt von dem kühlen Empfang, sein Pferd neben Gillians lenkte.

Canfield lächelte und beugte sich vor, um ihr etwas zuzuflüstern. Sie wurde rot und schaute weg, dabei begegnete ihr Blick Lucs. Der las in diesen schönen Augen unmissverständlich Widerwillen und Unbehagen und reagierte, ohne lange nachzudenken. Er wendete sein Pferd so scharf, dass es mit dem Hinterteil gegen die Schulter des Tieres stieß, das Canfield ritt. Der Zusammenstoß der beiden Pferde warf Canfield fast aus dem Sattel und sollte ihm zu denken geben, seine Aufmerksamkeiten aufzudrängen, wo sie eindeutig unerwünscht waren. Canfields Pferd scheute und stieg auf; sein Reiter benötigte einen Moment, um das Tier wieder zu beruhigen und unter Kontrolle zu bringen. Als es ihm schließlich gelungen war, befand sich Luc längst zwischen ihm und Gillian. Mit rotem Gesicht starrte Canfield Luc an.

»Passen Sie doch auf! Sie hätten fast einen Unfall verursacht«, fuhr er ihn an.

»Verzeihen Sie mir«, erwiderte Luc kühl. »Mir war nicht bewusst, dass Sie dort waren.«

Wütend fuhr Canfield ihn an:

»Verdammter Franzmann! Ich hätte gut Lust, Sie …«

»Gemach, gemach«, unterbrach St. John ihn, »lassen Sie uns nicht vor den Damen einen Streit anfangen. Niemandem ist etwas geschehen, niemand ist verletzt« – er lächelte Canfield an – »bis auf Ihren Stolz vielleicht. Es war ein Unfall.« Und mit einem bestimmten Unterton fügte er hinzu: »Lassen Sie es dabei bewenden.«

Verstimmt lenkte Canfield sein Pferd an den Rand der Gruppe. Die anderen Herren drängten sich nach vorne, um mit Gillian und Sophia zu flirten.

»Solch eine Schande«, erklärte Padgett, während der Blick seiner eisblauen Augen unverschämt auf Gillians Busen ruhte, »dass Sie sich schon vor Charles' Tod auf dem Lande vergraben haben. London ist eindeutig ärmer, wenn Sie es Ihrer entzückenden Anwesenheit berauben.«

»Es stimmt«, pflichtete ihm St. John bei, und sein Gesicht

legte sich beim Lächeln in attraktive Falten. »Die vergangene Saison war todlangweilig. Wenn allerdings ein paar so reizende Damen wie Sie die Abendgesellschaften und Bälle mit Ihrer Anwesenheit verziert hätten …«

Sophia lachte.

»Und Sie, Sir, haben eindeutig eine viel zu glatte Zunge.«

Mit einem Lächeln in seinen grünen Augen fasste sich St. John ans Herz.

»Nein, meine schöne Dame, wie können Sie so etwas sagen? Sie treffen mich tief.«

Gillian musste lachen, und St. Johns Aufmerksamkeit richtete sich auf sie.

»Zweifeln Sie etwa an meinen Worten, Schönste?«

Gillian schüttelte den Kopf.

»Oh nein, werter Herr, es würde mir nie einfallen, einem Gentleman wie Ihnen zu widersprechen.« Die Belustigung in ihren Augen strafte ihren gesitteten Tonfall Lügen.

St. John betrachtete sie einen Augenblick lang und stellte fest, dass sie in dem bernsteinfarbenen Reitkostüm bildhübsch aussah … Dann wurde sein Blick schärfer, und er sagte langsam:

»Das ist eine ganz reizende Brosche, die Sie da tragen. Ist das ein Familienerbstück?«

Gillian wurde rot, und alle Erheiterung verschwand aus ihrem Blick.

»Nein. Mein Ehemann hat sie mir gegeben, kurz bevor er um…« Sie schluckte. »Bevor er starb.«

»Ach ja? Ich frage mich, wo er sie erstanden hat.«

»Gütiger Himmel«, sagte Stanton gedehnt. »Lassen Sie es auf sich beruhen, St. John. Können Sie nicht sehen, dass Sie damit schmerzliche Erinnerungen für die Damen aufleben lassen?«

St. John setzte sogleich zu einer Entschuldigung an, die Gillian höflich als überflüssig bezeichnete. Während sie für Stantons Unterbrechung dankbar war, erschauerte sie unwillkürlich, wann immer der Blick aus seinen dunklen Augen über sie glitt. Wie Padgetts verweilte er für ihren Geschmack viel zu lange an bestimmten Stellen, sodass sie das Gefühl hatte, halb nackt zu sein. Canfield fuhr fort, sie zu mustern, und sie war erleichtert, als Luc die zufällige Begegnung zu Ende brachte. Sie mochte St. John, aber Padgett ärgerte sie, Canfield war ihr unheimlich, und Stanton …

Von dem Wunsch beseelt, die Herren hinter sich zu lassen, drückte Gillian ihrem Pferd die Fersen in die Flanken, trieb es zu einem Galopp an und folgte Luc, als er von der Straße aufs freie Feld vorausritt. Sophia und Stanley waren dicht hinter ihr.

Es war ein kalter, unangenehmer Ritt durch die einbrechende Dunkelheit. Binnen kürzester Zeit setzte der Regen wieder ein, und als schließlich vor ihnen die Lichter von High Tower auftauchten und sie dann auf der Auffahrt vor dem Eingang ihre Pferde anhielten, waren sie alle durchnässt und durchgefroren. Luc hätte sich gleich auf den Weg nach Ramstone gemacht, aber Stanley überraschte ihn, die Damen und sich selbst, indem er ernst zu ihm sagte:

»Es ist bald ganz dunkel, und in diesem Wetter wäre es Irrsinn, wenn Sie unsere Gastfreundschaft ausschlagen. Bitte bleiben Sie zum Essen und über Nacht, wenn sich das Wetter nicht bessert.« Er lächelte, das erste aufrichtige Lächeln, das er für Luc hatte, und fügte hinzu: »Außerdem würde Onkel Silas meinen Kopf fordern, wenn ich zulasse, dass Sie in diesem Unwetter von hier wegreiten.«

Luc lachte und dachte, dass Gillians Bruder am Ende doch Eigenschaften hatte, die für ihn sprachen.

»Danke«, sagte er, schaute in den heftigen Regen und fügte hinzu: »Ich werde die Chance nutzen, mich am Feuer zu wärmen. Wenn das Wetter so bleibt, wie es jetzt ist, werde ich Ihre freundliche Einladung vielleicht annehmen und bleiben.«

Silas war entzückt, dass Luc mit seinem Neffen und den Nichten eintraf, und als Stanley erwähnte, dass er ihm ein Bett für die Nacht angeboten habe, unterstützte Silas das sogleich.

»Natürlich werden Sie bleiben«, sagte Silas herzlich. Nachdem die Sache damit für ihn erledigt war, wandte er seine Aufmerksamkeit seinen Nichten zu. Sophia sah so hübsch aus wie immer, und Gillian stand das Reitkostüm mit dem militärischen Anstrich bestens. Sie lachte gerade über etwas, was Stanley gesagt hatte, wobei ihre Augen unter den dunklen Wimpern in warmem Gold funkelten, und ihre Wangen schimmerten rosig von der Kälte. Er bemerkte, dass Lucs Blick wie gebannt an ihrem lebhaften Gesicht hing, und lächelte in sich hinein. Mit Kennerblick betrachtete Silas Gillian weiter und entschied, dass die Brosche aus Topasen und Diamanten das i-Tüpfelchen war.

»Du hast da ein sehr hübsches Schmuckstück, meine Liebe«, bemerkte er.

Ihr Lächeln verblasste, während sie antwortete:

»Danke. Charles hat mir die Brosche gegeben.« Sie hob den Rocksaum ihres Reitkostüms an und sagte leise: »Wenn ihr mich bitte entschuldigen wollt, ich gehe mich jetzt umziehen.«

»Eine ausgezeichnete Idee«, sagte Sophia und folgte ihr nach oben in ihre Räume.

Die beiden jüngeren Herren gingen ebenfalls, Stanley, um sich fürs Dinner umzuziehen, und Luc, um sich das Zimmer zeigen zu lassen, das ihm für die Nacht zugewiesen worden war. Luc hatte keine Kleidung zum Wechseln dabei, aber ihm wurde ein Morgenrock zur Verfügung gestellt, in den gehüllt er sich ans Kaminfeuer setzte, während seine feuchten Kleider in die Küche gebracht wurden, wo sie ausgebürstet und vor dem Feuer getrocknet wurden. Als er sie wieder zurückerhielt, zog Luc sie an und ging zu Silas und Stanley – wenige Minuten, bevor die Damen herunterkamen.

Silas bemerkte sogleich Stanleys verändertes Verhalten Luc gegenüber. Während des Abends nahm er zufrieden zur Kenntnis, wie freundlich die beiden Männer miteinander verkehrten und dass Stanley nicht länger auf jedes Wort von Luc gereizt reagierte. Luc war natürlich, wie Silas voller Zuneigung dachte, ein so unterhaltsamer und charmanter Gast wie immer.

Für Silas war es ein sehr erhellender Abend. Das veränderte Verhältnis zwischen Stanley und Luc war nicht das Einzige, was ihm auffiel. Gillians verstohlene Blicke zu Luc, wenn sie dachte, niemand achtete auf sie, weckte eine Hoffnung in seiner Brust – wie es auch der Fall war, wenn Lucs Blick immer wieder in ihre Richtung irrte. Er war ein alter Mann, aber er erinnerte sich noch gut an die ersten berauschenden Tage der Verliebtheit, die Unsicherheit, die plötzliche Erregung, wenn Blicke sich trafen, die Angst und die heftige Sehnsucht, die nie fehlten. Er lächelte. Wenn er sich nicht sehr irrte, hatten Luc und Gillian schon ein gutes Stück auf diesem rosigen Weg zurückgelegt.

Eine Verbindung zwischen seiner jüngeren Nichte und Luc war Silas geheimster und sehnlichster Wunsch. Die Idee war schon vor einer Weile in ihm aufgekeimt, aber noch nicht voll erblüht. Während er Luc kennengelernt und liebgewonnen hatte, war ihm häufiger der Gedanke gekommen, wie schade es sei, dass Gillian nicht jemanden wie seinen jungen Freund geheiratet hatte statt diesen Bastard Charles.

Der Gedanke, nachdem er erst einmal in Silas Wurzeln geschlagen hatte, war die perfekte Lösung für Luc und Gillian. Für Luc wegen seiner unehelichen Geburt und für Gillian wegen dieses verflixten Skandals. Dadurch befanden sie sich in einer ganz ähnlichen Lage. Die Gesellschaft duldete sie, aber Luc würde nie in den wichtigen Familien der guten Gesellschaft willkommen sein, und ebendiese Familien wären von der Vorstellung entsetzt, dass Gillian in die Familie einheiraten könnte.

Lucs Verwandtschaft mit Viscount Joslyn verschaffte ihm eine Stellung und Zugang zu Kreisen, die vielen in seiner Lage verwehrt blieben, aber das änderte nichts daran, dass er als Bastard geboren war und sich selbst mithilfe seines Verstandes seinen Platz in der Welt erarbeitet hatte. Silas nickte, Luc hatte seine Sache gut gemacht, aber obwohl er als Besitzer eines so schönen Landsitzes wie Ramstone eher akzeptabel war, blieb es nach wie vor unwahrscheinlich, dass die bedeutenden Gastgeberinnen und die von sich eingenommenen Aristokraten ihm gestatten würden, in ihre erlauchten Kreise einzuheiraten.

Nein, Luc und Gillian waren perfekt füreinander, soweit es Silas betraf, und es war offenkundig, wenigstens für ihn, dass sie sich stark zueinander hingezogen fühlten. Natürlich war da der betrübliche Skandal und all die Gerüchte um Gillian, aber er vermutete, wenn Luc sie heiraten wollte, würde er sich von so einer Kleinigkeit wie einem Mordverdacht nicht abhalten lassen. Er grinste. Ein geringerer Mann, ja, vielleicht, aber nicht Luc. Wenn er sie liebte, würde Luc sie nehmen und zum Teufel mit dem Rest! Luc würde ebenfalls, entschied Silas scharfsinnig, Himmel und Erde in Bewegung setzen, um ihre Unschuld zu beweisen.

Sein Blick wanderte weiter zu Gillian. Luc würde alle Hindernisse aus seinem Weg räumen, aber das Problem – und Silas erkannte, dass es ein Problem war – würde seine geliebte Nichte sein. Sein Mund wurde schmal. Zur Hölle mit Charles Dashwood! Der Mistkerl hatte eine unschuldige junge Frau, die wahnsinnig in ihn verliebt war, zur Frau genommen, nur um ihre zarten Gefühle mit Füßen zu treten. Sie Winthrop anzubieten! Im Schutz des Tisches ballten sich Silas' Hände zur Faust. Bei Gott. Neben den anderen Verbrechen, die ihm vorzuwerfen waren, hätte Charles allein deswegen den Tod verdient.

Es war keine Überraschung, dass Gillian nach ihren Erfahrungen mit Charles Männern im Allgemeinen misstraute und nicht den Wunsch verspürte, erneut zu heiraten. Und dieser Schurke Canfield, überlegte er angewidert, hat nicht dazu beigetragen, ihr den Glauben an das männliche Geschlecht wiederzugeben. Oberflächlich betrachtet mochten Luc und Charles frappierende Ähnlichkeiten aufweisen, da beide Männer mit reichlich Charme, einem hübschen Gesicht und Intelligenz gesegnet waren. Und beide waren Spieler ... Würde Gillian, fragte er sich, imstande sein, Charles' grausame und achtlose Gleichgültigkeit ihr gegenüber zu überwinden, und erkennen, dass die beiden Männer im Grunde genommen nichts gemein hatten? Würde sie begreifen, dass sie bei Luc immer geachtet und sicher sein würde? Oder würde sie zulassen, dass die Vergangenheit zerstörte, was vielleicht ihre einzige Chance auf ein glückliches und erfülltes Leben war?

Kapitel 14

Was schlicht schlechtes Wetter gewesen war, ging in einen wütenden Sturm über, und als Luc sich gegen Mitternacht auf sein Zimmer zurückzog, schlief er zu dem Prasseln des Regens gegen die Fensterscheiben und dem Heulen des Windes um High Tower ein. Nachdem das Unwetter weitergezogen war, wachte er ein paar Stunden vor dem Morgengrauen durch die plötzliche Stille auf – und aus einem besonders lebhaften Traum von Gillian, in dem sie sich nackt unter ihm wand.

Er wusste, dass Schlaf erst einmal ausgeschlossen war, daher fluchte Luc, warf die Decke zurück, griff nach dem geborgten Morgenrock und zog ihn sich über. Das Kleidungsstück saß eng um seine Schultern, die Ärmel endeten oberhalb seiner Handgelenke und der Saum über seinen Knöcheln, aber er war wenigstens nicht nackt. Er band den Gürtel um seine Mitte, ging zu dem verlöschenden Feuer und warf etwas Holz in die Glut. Ihm fiel wieder ein, dass Meacham ihm die Karaffe mit Brandy und das Glas gezeigt hatte, die für ihn auf einem kleinen Tisch bereitstanden, und er ging hin und schenkte sich ein.

Mondlicht fiel durch die französischen Fenster, die auf einen schmalen Balkon hinausgingen, ins Zimmer und malte ein Muster auf den Boden. Er nahm sein Brandyglas, öffnete eine der Türen und trat hinaus. Die Nachtluft war kühl und feucht, aber nicht so kalt und feucht, dass es ihn in die Wärme des Schlafzimmers zurücktrieb. Wolken flogen über den Himmel, und in der frischen Brise vom Ärmelkanal, die ihm das schwarze Haar zauste, konnte Luc das Meer riechen. Er stellte sich an die steinerne Balustrade, die den Balkon säumte, und nippte seinen Brandy.

Die Wolken verdeckten jetzt den Mond, aber es drang genug Licht hindurch, dass Luc Schatten und Umrisse erkennen konnte. Der Balkon, auf dem er stand, war einer von mehreren auf der Rückseite des Hauses, und er vermutete, dass jeder zu einem Schlafzimmer gehörte. Zwischen den einzelnen Balkonen war ein Abstand von einem guten Meter, der eine gewisse Privatsphäre gewährte.

Während die Minuten verstrichen, ließ das wilde Verlangen, das zu dem erotischsten Traum geführt hatte, den er je erlebt hatte, allmählich nach – und seine Erregung auch, aber das Bild von Gillians Gesicht, gerötet vor Verlangen, ihr weicher Mund rosig und von seinen Küssen leicht geschwollen, blieb beharrlich vor seinem geistigen Auge.

An diesem Abend war die fast schon unerträgliche Nähe zu Gillian eine erlesene Folter gewesen. Das Kerzenlicht hatte ihre blassen Schultern über dem Ausschnitt des salbeigrünen Seidenkleides liebkost, und Luc hatte an nichts anderes denken können als daran, wie ihre Haut wohl schmeckte, dort an der Stelle, wo der Hals in die Schulter überging, und ihr Duft … Den ganzen Abend über hatte ihn Gillians Parfüm, eine betörende Mischung aus Nelken und Pfingstrosen, in der Nase gekitzelt, und verbotene erotische Bilder von ihr nackt in einem Garten voller Sommerblumen gingen ihm durch den Sinn. Es war in der Tat ein quälender Abend gewesen. Eine Qual, dazusitzen, zu lächeln und den Gentleman zu spielen, obwohl jeder Nerv in ihm verlangte, jeder Instinkt ihn drängte, dass er die verführerische Elfe aus ihrem Zuhause und von ihrer Familie entführte, um sein drängendes Verlangen an ihrem herrlichen Körper nach Belieben zu stillen. *Wenigstens*, rief er sich dankbar in Erinnerung, *bin ich imstande gewesen, diesen verrückten Impuls zu unterdrücken.* Er schnitt eine Grimasse. Mit Mühe.

Er nahm einen langsamen Schluck von seinem Brandy und dachte über seine Besessenheit von Silas' Nichte nach. Es gab zwei Lösungsmöglichkeiten, entschied er, und keine von beiden gefiel ihm. Er konnte sie heiraten und zur Frau nehmen, eine Frau, der man nachsagte, sie habe ihren Ehemann getötet. Oder er konnte sie in sein Bett holen, die Nichte seines guten Freundes verführen. *Diantre!* Was zur Hölle sollte er wegen Gillian Dashwood tun?

Es war wie verhext. Luc runzelte finster die Stirn. Ehrenwert wäre es, sie zu heiraten, keine Frage. Aber er scheute davor zurück, sich an eine Frau zu binden, die unter dem Verdacht stand, ihren ersten Man umgebracht zu haben. Plötzlich fragte er sich, wenn sie es wirklich getan hatte, was konnte ihr Motiv gewesen sein?

Seine attraktiven Züge wurden nachdenklich, während er in die Nacht starrte. Emily und Cornelia hatten ihm erzählt, was sie über die Sache gehört hatten, wobei beide eingeräumt hatten, dass es nur Gerüchte waren. Gerüchte, die allerdings nicht ganz grundlos schienen, denn Charles Dashwood war nun einmal tot, und er war ermordet worden. Aber hatte seine Ehefrau das getan? War es möglich, dass ihre Version der Geschichte der Wahrheit entsprach, dass sie wirklich einen Schlag gegen den Kopf erhalten hatte, nachdem sie Dashwoods Leichnam entdeckt hatte?

Lucs Lippen zuckten. Himmel! Die Frau hatte ihn restlos verhext. Er stand hier mitten in der Nacht auf dem Balkon und suchte nach Entschuldigungen für sie, griff nach Strohhalmen. Ihr armer ermordeter Ehemann hatte vermutlich ebenfalls Entschuldigungen für sie gefunden, am Ende sogar bis zu dem Moment, in dem sie ihm das Messer zwischen die Rippen gestoßen hatte. Aber das alles änderte nichts an seinem grundsätzlichen Problem. Er begehrte sie. Und er vermutete, er war willens, sein Leben zu riskieren, um sie zu bekommen.

Mürrisch starrte er ins Dunkel. Es gab noch eine weitere Lösung, räumte er sich gegenüber schließlich ein: Er könnte einfach weggehen und die Versuchung hinter sich lassen, die Gillian Dashwood für ihn darstellte. Die Verbindung zu Silas und den Bewohnern von High Tower kappen. Er zog die Brauen zusammen. Er mochte Silas zu gerne, um das zu tun. Sein Freund wäre verletzt und würde nicht verstehen, warum Luc ihn nicht länger besuchte.

Derart in Gedanken versunken, hörte er das leise Öffnen der Balkontür neben sich nicht und bemerkte auch nicht die Bewegung auf dem Balkon neben seinem. Es war der Geruch … der Duft nach Nelken und Pfingstrosen, der in seine Gedanken drang und sie unterbrach.

Beim ersten Hauch des verlockenden Duftes erschien das Bild von Gillian vor seinem geistigen Auge, wie er sie in seinem Traum zuvor gesehen hatte. Sogleich reagierte sein Körper wie erwartet. Überzeugt, dass er sich den neckenden Duft nur einbildete, ein weiteres Zeichen dafür, wie schlimm es um ihn stand, fluchte er leise:

»*Verdammt!* Ich bin verrückt.«

Er hörte, wie eine Frau erschrocken Luft holte auf dem Balkon nebenan, fuhr herum und schaute hin. Ihm stockte der Atem. Auf dem Balkon gleich neben seinem stand Gillian in einem dünnen weißen Nachthemd. Es war zu dunkel, um ihr Gesicht klar zu erkennen, aber die zierliche Figur und die Wolke dunklen Haares, das in weichen Wellen auf ihre schlanken Schultern fiel, verriet sie – und ihr Parfüm, das er mit ihr allein in Verbindung brachte.

Seit dem Augenblick, seit sie ihn heute in der *Krone* gesehen hatte, war sich Gillian Luc Joslyns fast schmerzlich bewusst gewesen. Sie versuchte zwar, ihn zu ignorieren, versuchte das plötzlich heftigere Klopfen ihres Herzens nicht weiter zu beachten, ihren beschleunigten Puls, wann immer ihre Blicke sich trafen, aber es war alles vergebens. Er faszinierte sie, und obwohl sie sich dagegen wehrte, konnte sie die Augen nicht von ihm wenden. Es war völlig egal, ob es sein schmales dunkles Gesicht war, die breiten Schultern oder der auf elegante Weise muskulöse Körper – er hielt sie gefangen. Während des ganzen Abends hatte sie die verbotenen Bilder gesehen seiner Züge voller Verlangen, seiner schönen Männerhände, wie sie ihre Brüste streichelten, ehe sie tiefer glitten …

Sie war erregt, und das spürte sie überall an ihrem Körper. Ihre Brustspitzen hatten sich zusammengezogen und pressten sich gegen ihr Hemd und das Oberteil ihres Kleides, und Hitze sammelte sich in ihrem Unterleib, feuchte Wärme in ihrem Schritt. Schließlich hatte sie es nicht mehr ausgehalten, hatte allen überstürzt eine gute Nacht gewünscht und war auf ihr Zimmer geflohen. Aber es hatte kein Entkommen gegeben – er war ihr bis in ihre Träume gefolgt, und als sie mit der Erinnerung an das Gefühl seines Mundes auf ihrem aufgewacht war, seinem Körper intim vereint mit ihrem, hatte es sie nicht wirklich überrascht.

Was erwartest du, fragte sie sich, als sie ihr Bett verließ und sich ihren Spitzenmorgenrock überwarf. *Dass du nach einem Abend, an dem dich die bloße Anwesenheit von Luc Joslyn verführt hat, von Engeln und Putten träumst?* Sie schnaubte abfällig. Sie konnte ihm noch nicht einmal die Schuld geben. Nicht ein einziges Mal hatte er sie anders als höflich behandelt. Zur Hölle mit ihm!

Da sie genau wusste, sie würde nicht wieder einschlafen können, und weil sie froh darüber war, dass das Unwetter weitergezogen war, stieß sie die Tür zum Balkon auf und trat hinaus in die Nacht. Die kühle Brise strich ihr über die heißen Wangen und fuhr ihr ins Haar, während sie sich an den Rand der Brüstung stellte. Sie lehnte sich gegen die Steinbalustrade und starrte blicklos in die Nacht.

Bis er sprach, hatte sie nichts davon gemerkt, dass Luc auf dem Balkon neben ihr stand, so wenig wie er von ihr. Den Gegenstand ihrer Träume gar nicht weit von sich entfernt zu sehen, sandte ihr neuerlich heiße Röte in die Wangen. Über den Abstand, der sie trennte, starrte sie ihn an, den Mund halb geöffnet vor Schreck und Verzweiflung.

Er ließ sein Glas auf dem Rand der Brüstung stehen und ging zu der Balkonseite ihr gegenüber. Die Hitze in seinem Schritt nach Kräften ignorierend, die sich bei ihrem Anblick dort ausbreitete, erkundigte er sich:

»Schwierigkeiten zu schlafen?«

»Offensichtlich«, antwortete sie leise, riss ihren Blick von ihm los und starrte in die Nacht, während ihre Gedanken wild durcheinanderschossen.

»Wenigstens hat der Sturm aufgehört«, bemerkte Luc und verfluchte sich im Geiste für seine ungelenke Zunge. In dem Mondlicht und seinen Schatten war sie liebreizend anzusehen, das dunkle Haar gelöst und vom Schlaf leicht zerzaust, und ihr halb durchsichtiger Morgenrock wehte in dem leichten Wind vom Meer. Eine plötzliche Böe presste den Stoff gegen ihren Körper, betonte jede köstliche Rundung des zierlichen Körpers, der ihn verhexte. Lucs Mund wurde ganz trocken. Verlangen erfasste ihn mit Macht, und er konnte an nichts anderes denken, als wie sehr er sich nach ihr sehnte.

»Ja, hat er«, antwortete sie. Fast gegen ihren Willen trat sie näher zu ihm. Gegenüber von Luc blieb sie stehen, sodass sie nur die Lücke zwischen den Balkonen und die Brüstung trennte.

In dem unsteten Mondschein starrten sie einander wortlos an, keiner von ihnen imstande, einen zusammenhängenden Gedanken zu formulieren oder gar auszusprechen. Das Verlangen zwischen ihnen lag beinahe greifbar in der Luft, und Gillian war sich bewusst, dass er unter seinem Schlafrock nackt war. Er war sich ebenso des Umstandes bewusst, dass nur ein hauchdünnes Kleidungsstück verhinderte, dass sie so nackt war wie in seinem Traum.

Die Erinnerung an diesen Traum, an ihr vor Lust gerötetes Gesicht verdrängte alles in Lucs Kopf, nur das Verlangen, sie zu besitzen, beherrschte ihn. Ohne sich um die Gefahr zu kümmern, sprang er mit einer flüssigen Bewegung auf die Brüstung und über die Lücke zwischen ihren Balkonen zu ihr.

Gillian blieb nur ein Sekundenbruchteil, um einen Schritt zurück zu machen, ehe er vor ihr aufragte. Im nächsten Moment wurde sie in seine Arme gerissen. Seine Lippen pressten sich hart und fordernd auf ihre, und sie zitterte, während sie fest an seine Brust gedrückt wurde und er ihren Mund eroberte.

Sie verschwendete keinen Gedanken an Widerstand, ihr fiel es gar nicht ein, sich ihm zu verwehren. Sie schlang ihm die Arme um den Hals, schmiegte sich enger an ihn und kam ihm mit ihrer Zunge entgegen. Der unverhohlene Druck seines harten Gliedes entzückte sie, sodass sie sich hilflos an ihm rieb, von dem Wunsch beherrscht, ihn ganz in sich zu haben.

Luc ließ seine Hände auf ihren Hintern gleiten, umfasste ihre festen Pobacken, hob sie an und zog sie enger an sich. Sie drängten sich aneinander, bewegten sich im gleichen Rhythmus, köstlichste Qual und Entzücken zugleich. Er hielt sie fest an sich gepresst, während er sie mit dem Mund verschlang, seine Zunge in ihren Mund eindrang, wieder und wieder, in einer verführerischen Nachahmung der Bewegung seiner Hüften.

Das hier war keine sanfte Verführung, und Gillian genoss es, genoss die enthemmten Bewegungen seines Körpers, die suchende Erkundung seiner Zunge. Von ihrem Traum bereits heftig erregt, war seine Berührung wie ein Funke an Zunder, und schon stand sie in Flammen. Sie zerrte an dem Gürtel seines Schlafrockes, von dem Drang überwältigt, ihn in sich zu spüren.

Von dem gleichen primitiven Verlangen getrieben, hob Luc ihr Nachthemd und den Morgenrock an, fuhr mit den Händen über ihre seidenweiche Haut, fand die Stelle zwischen ihren Schenkeln. Er erkundete sie dort, streichelte sie, erst streifte er sie immer wieder nur ganz leicht mit den Fingerknöcheln, ehe er langsam einen Finger in sie schob. Sie stöhnte erregt, was wiederum seine Erregung steigerte. Er streichelte sie fester, tiefer, und sie versteifte sich, schrie leise auf, als ihre inneren Muskeln sich hilflos um seinen Finger zusammenzogen.

Das Verlangen, jetzt seine eigene Erfüllung zu finden, hielt ihn so fest im Griff, dass er sie fast auf den Boden gelegt hätte, um sich dann in ihr zu versenken, aber ein winziger Rest Vernunft meldete sich in seinem Kopf zu Wort, sodass er zögernd seine Hand zurückzog. Er hob sie auf die Arme und trug sie durch die Balkontür in ihr Schlafzimmer. Gillian protestierte nicht, und ihr Kuss war so hungrig wie seiner, ihre Zunge zuckte wie ein Pfeil aus Feuer in seinen Mund. Alle Gedanken bis auf einen zerstoben: Er musste sie haben. Mehr aus Glück als Instinkt fand er im Dunkeln ihr Bett und ließ sie darauffallen und folgte ihr sogleich auf die Matratze.

Sie zerrten sich die Kleider vom Leib, und binnen Sekunden rieb sich ihre warme samtige Frauenhaut an seiner raueren männlich behaarten. Sie lag weich und willig in seinen Armen, wölbte sich ihm entgegen und forderte ihn auf, sie zu liebkosen, während sie ihm mit den Fingern durch das dunkle Haar zu den Schultern und über seinen Rücken zu seinem Hintern fuhr.

Luc erschauerte, als sie seine Pobacken neugierig streichelte, und er senkte den Kopf, schloss die Lippen um eine feste Brustspitze, sog daran. Mit seinem Mund dicht an ihrer Haut murmelte er:

»Du schmeckst wie Pfirsiche – reife Sommerpfirsiche, warm und köstlich duftend … und so süß.« Wieder schloss er den Mund um die Spitze, biss ganz leicht zu, sandte damit einen Pfeil des Verlangens durch sie, und sie umklammerte mit den Fingern seine Pobacken.

»Das magst du, *mein Schatz*, was?«, murmelte er. »Was magst du sonst noch, *m'amie*?« Er legte sich etwas anders hin und fuhr mit der Hand zu der Stelle zwischen ihren Beinen. Er drang erst mit einem, dann mit zwei Fingern in sie ein, und wie eng sie sich um ihn schloss, wie sie ihren Unterleib ihm entgegenhob, gab ihm die gewünschte Antwort. Mit belegter Stimme verriet er ihr: »Das mag ich auch. Ich liebe deinen Geschmack, und ich liebe es, wie bereit du für mich bist.«

Im Griff einer Leidenschaft, wie sie sie noch nie zuvor erlebt hatte, wild vor Verlangen, ihn tief in sich zu spüren, schloss sich Gillians Hand fest um sein dickes Glied.

»Und du«, gelang es ihr zu sagen, »bist so bereit wie ich.«

»Mehr noch«, flüsterte er heiser und rollte sich rasch auf den Rücken, zog sie mit sich. Rittlings auf ihm, die Hände auf seinen Hüften, senkte er sie langsam auf sein Glied, stöhnte, als er sie heiß und eng um sich spürte.

Er war von der Natur großzügig bedacht, und einen flüchtigen Moment hatte Gillian Bedenken wegen seiner Größe, aber der Hunger, ihn ganz in sich zu haben, veranlasste sie, ihm entschlossen entgegenzukommen, als er sich in sie stieß. Sie keuchte, als sich ihr Körper dehnte und ihn in sich akzeptierte. Versuchsweise bewegte sie die Hüften, und das Gefühl von ihm in ihr steigerte ihre Erregung. Sie genoss es, ihn unter sich zu haben, zuckte langsam mit den Hüften, bewegte sich fast gar nicht, und jede Gewichtsverlagerung ihres Körpers sandte Entzücken in Wellen durch sie.

Luc ertrug die neckenden Bewegungen so lange, wie es ihm möglich war, und als er fürchtete, jeden Moment die Kontrolle über sich zu verlieren, schloss sich seine Hand um ihren Nacken, und er zog ihren Mund auf seinen. An ihren Lippen verlangte er:

»Reite mich, *amante*. Reite mich schnell oder langsam, *Geliebte*, aber, gütiger Himmel, reite mich.«

Ihre Antwort bestand aus einem heiseren Lachen, doch zu seiner Erleichterung richtete sie sich auf und glitt dann langsam zurück auf ihn. Ihre Bewegungen waren immer noch quälend langsam, wie um sie beide zu necken, aber die Hitze und die Spannung zwischen ihnen steigerte sich.

Luc ließ ihr ihren Willen, genoss es, sie so eng und heiß

um sich zu spüren, fast mehr, als er ertragen konnte, aber er wollte auch auf keinen Fall, dass es schon zu Ende war. Nicht jetzt. Ihre weichen Brüste wogten vor seinen Augen, und er richtete sich auf, nahm eine Spitze in den Mund und begann daran zu saugen. Sie keuchte, als die Hitze seines Mundes und seiner Zunge die Wonnen steigerte, die sie erfassten, und sie beschleunigte die Bewegungen ihrer Hüften, schneller und schneller dem Höhepunkt zu. Er wollte ihr nicht folgen, noch nicht, und als er fühlte, wie sie den Gipfel der Lust erreichte, lächelte er angespannt.

Benommen und ermattet lag Gillian auf seiner Brust, und Nachwellen des herrlichsten Höhepunktes, den sie je erlebt hatte, durchzuckten sie. *Nie*, dachte sie verwundert, *nicht ein einziges Mal habe ich mit Charles so eine umfassende Erfüllung gefunden.*

Ohne sie zu verlassen, drehte Luc sie auf den Rücken, folgte ihr, und die Fähigkeit zu zusammenhängenden Gedankengängen verließ sie, als er sie auf den Mund küsste. Sie war sich nichts außer ihm allein bewusst: seines Duftes und des wunderbaren Gefühls seines Körpers auf ihrem. Er fasste sie an den Hüften, hielt sie so, wie es ihm beliebte, zog sich aus ihr zurück, nur um sogleich wieder in sie zu kommen, trieb sie weiter und höher, einem neuen Gipfel entgegen. Mit jedem Eindringen, jedem Stoß von Lucs Körper steigerte sich der Zauber zwischen ihnen, und als sie dieses Mal aufschrie und barst, folgte ihr Luc ins beseligende Nichts, und sein befriedigtes Brummen ließ den Augenblick für Gillian noch intensiver werden.

Luc blieb in ihr, während er sanft seine Lippen an ihren rieb, sich mit seinem großen warmen Körper an sie schmiegte. Er hatte schon viele Frauen geliebt, viele genossen, aber keine hatte ihm je solch eine primitive Lust bereitet, wie er sie eben in Gillians Armen gefunden hatte. Obwohl er sich eben erst in sie ergossen hatte, spürte er, wie sich neuerliches Verlangen in ihm regte, der wilde Drang, sie noch einmal unter sich zu haben, ihre Lustschreie zu hören und in ihr noch einmal die süße Erfüllung zu finden.

Da er wusste, er brauchte wenigstens ein paar Minuten, um sich zu erholen, löste er sich bedauernd von ihr. Aber nicht für lange, gelobte er sich, denn das eben bemerkte Verlangen hatte nicht nachgelassen, sondern machte sich nachdrücklicher bemerkbar. Er lag auf dem Rücken und zog sie neben sich aufs Bett, knabberte zärtlich an ihrem Ohr.

»Du bist eine Hexe«, brummte er. »Und ich fürchte, bevor die Nacht vorüber ist, muss ich dich erneut nehmen.«

Innerlich summte sie vor Wonne, und sie fühlte sich weiblicher und mächtiger als je zuvor in ihrem Leben. Sie kuschelte sich an ihn, legte ein Bein über seine Hüfte und fuhr mit den Lippen über sein Kinn. Sein erbittertes Stöhnen entzückte sie.

Gillian tat, was ihr gerade in den Sinn kam, strich ihm mit den Fingern durch das krause Haar auf der breiten Brust. *Er ist so ganz anders als Charles*, dachte sie, *seine Brust viel breiter und muskulöser und auch behaarter*. Am liebsten hätte sie wie eine Katze geschnurrt, während sie ihn erkundete, sie mochte es, wie sich das feste Haar und die warmen Muskeln unter ihren Händen anfühlten. Sie fand seine flachen Brustwarzen und zupfte daran, bis sie ganz hart waren. Nach einigen Minuten, ermutigt von seiner Reaktion, ließ sie ihre Hand abwärts gleiten, und sie schnappte nach Luft, als sie ihn hart und bereit fand.

Luc drehte sich unter ihrer Hand und küsste sie auf den Mund. Er knabberte zart an ihrer Unterlippe und umfasste ihre Pobacken, presste sie dichter an sich.

»Siehst du, was du geweckt hast, Madame?«, hauchte er an ihren Lippen. »Und nachdem du das getan hast, musst du auch die Konsequenzen ertragen.«

Dieses Mal gab es keinen verzweifelten Drang, sich zu vereinen, und sie liebten einander, erforschten sich gegenseitig, und ihre Körper bewegten sich wie einer, ihre Lippen verschmolzen. Am Ende gewann das blinde Verlangen doch wieder die Oberhand, und sie bewegten sich drängend, jeder von dem Wunsch beseelt, Erlösung von dem Hunger zu finden, der sie verzehrte. Gillian spürte, wie die Ekstase sie erfasste und zog sich um ihn zusammen, sandte ihn in den Abgrund. Und mit einem letzten tiefen Stoß riss Luc sie mit sich, sodass sie gemeinsam die Seligkeit fanden.

Luc erinnerte sich nicht, eingeschlafen zu sein, aber als er aufwachte, strömte Sonnenlicht ins Zimmer. Gillian lag, eine rosige Brust gegen seinen Arm gedrückt, neben ihm, und gebannt starrte er in ihre im Schlaf entspannten Züge. *Sie hat mich wirklich verhext*, dachte er. Wie sonst ließ sich sein Verhalten erklären? Sein Verlangen nach ihr hatte ihn dazu getrieben, Regeln zu brechen, die er ein Leben lang befolgt hatte, die Achtung zu ignorieren, die er für Silas empfand, und seine eigene Ehre zu beschmutzen.

Er rieb sich die Augen und seufzte, stützte sich auf einen Ellbogen und lehnte sich in die Kissen, verschränkte die Hände im Nacken und dachte nach, wie es jetzt weitergehen sollte. Es würde ein langer schwieriger Tag werden, entschied er, und sein Leben würde danach nicht mehr dasselbe sein. Sein Blick fiel auf Gillian. Und ihres auch nicht.

Beim Geräusch der sich öffnenden Schlafzimmertür versteifte er sich, dann fluchte er tonlos. Es war schlimm genug, dass er die Nichte seines Freundes verführt hatte, aber auch noch in ihrem Bett entdeckt zu werden … Himmel!

»Gillian, meine Liebe, bist du heute Morgen noch nicht wach?«, fragte Sophia und betrat forsch das Zimmer. »Aus dem Bett mit dir, du Schlafmütze. Vergiss nicht, dass wir einen Gast haben.«

Gillian hatte von Sophias Ankunft nichts mitbekommen, wachte auf und reckte sich, ohne an den großen Männerkörper direkt neben sich zu denken. Dann traf ihr Blick Lucs, und sie quietschte leise, setzte sich auf, wurde von detaillierten Erinnerungen an letzte Nacht überflutet. Sie konnte nicht so tun, als ob sie sich nicht bereitwillig daran beteiligt hätte, was zwischen ihnen geschehen war, aber Sachen, die man im Dunkel der Nacht getan hatte, sahen im hellen Tageslicht betrachtet dann doch anders aus. Sie wurde verlegen und verabscheute sich auch ein wenig für das, was sie getan hatte. Sie zerrte die Decken hoch, um sich zu bedecken, starrte ihn an und zischte:

»Was machst du hier noch?«

»Wie bitte, Liebes?«, erkundigte sich Sophia und kam um das Bett herum.

Sie blieb aber jäh stehen, als sei sie gegen eine Wand gelaufen, und ihre Lippen formten ein »O«, während sie das Paar im Bett anstarrte.

Entsetzt krabbelte Gillian aus dem Bett und suchte verzweifelt nach ihrem Nachthemd und dem Morgenrock. Schließlich fand sie beides auf dem Boden, wo sie sie hingeworfen hatte, und streifte sie sich hastig über.

Luc blieb reglos im Bett, die Hände weiter hinter dem Kopf, die Brust über den Decken nackt, und seine Miene ausdruckslos, während er Sophias Blick erwiderte.

Sophia schaute ihn an, und er zuckte zusammen, als er die Enttäuschung in ihren Augen las.

»Ich werde sie heiraten«, erklärte er heiser und war verärgert, dass seine Stimme so rechtfertigend klang. »Ich werde gleich nachher mit Silas sprechen.«

Sophia nickte.

»Ja, ich nehme an, das wäre wohl das Beste.«

»Was?«, mischte Gillian sich ein und schaute von einem Gesicht zum anderen. »Wovon redet ihr da?«

»Ach, nur dass Mr. Joslyn das tun wird, was die Ehre verlangt, und deinen Onkel um deine Hand bitten«, erwiderte Sophia gelassen, die ihre gewohnte Fassung wiedergefunden hatte. Und jetzt, wo sie einen Augenblick Zeit gehabt hatte, darüber nachzudenken, war sie nicht wirklich betrübt über die Entwicklung. Sie lächelte. »Onkel Silas wird entzückt sein.«

»Seid ihr verrückt?«, fragte Gillian entsetzt. »Ich werde niemanden heiraten.« Sie schaute Luc an, und ihr Herz klopfte sofort wieder schneller beim Anblick dieser schönen Männerbrust und dem eindringlichen Ausdruck in diesen azurblauen Augen. Sie riss ihren Blick von ihm los und erklärte scharf:

»Ich heirate auf keinen Fall einen Spieler.«

Sie erspähte seinen geborgten Schlafrock auf dem Boden, hob ihn auf und warf ihn ihm zu.

»Um Himmels willen, zieh dir etwas an.«

»Ob ich angezogen oder nackt bin wie am Tag meiner Geburt«, erwiderte Luc, »ist egal, es ändert nichts daran: Wir werden heiraten.«

Gillian schob das Kinn vor.

»Ich nicht«, stellte sie mit zusammengebissenen Zähnen fest. »Ich werde keinen Mann heiraten, dessen Ruf an den Spieltischen ihm den Beinamen ›Lucifer‹ eingetragen hat.« Verbittert fügte sie hinzu: »Ich war mit einem Mann verheiratet, der mich mit seiner Spielsucht an den Bettel gebracht hat. Ich habe nicht vor, mich noch einmal in dieser Lage wiederzufinden.«

Er nahm den Schlafrock, den sie ihm zugeworfen hatte, und schlüpfte hinein, stand auf, zog ihn um sich und band den Gürtel zu. Mit grimmiger Miene ging er zu ihr. Mit kalter Stimme sagte er:

»Ich bin als Bastard geboren und habe mir geschworen, dass keines meiner Kinder jemals das gleiche Schicksal erleiden wird. Es ist unwahrscheinlich, dass wir gestern Nacht ein Kind gezeugt haben, aber ich bin nicht bereit, das Risiko einzugehen. Wir werden heiraten.«

Gillian starrte ihn aus weit aufgerissenen Augen an. Der Gedanke an ein Kind war ihr noch gar nicht gekommen. Eine Sekunde lang breitete sich eine seltsame Freude in ihr aus, aber dann kehrte die Vernunft zurück. Es war nur eine Nacht gewesen, sagte sie sich, und sie und Charles waren fast neun Jahre verheiratet gewesen, und in all der Zeit war sie nicht einmal schwanger geworden.

»Ich denke, Sie vergessen, dass ich vermutlich unfruchtbar bin«, entgegnete sie leise. »Ich war viele Jahre verheiratet, habe aber kein Kind empfangen.«

»Das ist gleichgültig«, erklärte Luc, nicht glücklich über die Eifersucht, die ihn bei dem Gedanken erfasste, dass sie einen anderen geliebt und ihn geheiratet hatte. Barscher, als er es eigentlich wollte, verkündete er: »Meine Ehre verlangt, dass ich dich heirate. Es gibt keine Entschuldigung für das, was ich gestern getan habe, und ich muss versuchen, es nach Kräften wiedergutzumachen. Unsere Heirat ist da der erste Schritt.«

Gillian schüttelte den Kopf.

»Nein, ich werde dich nicht heiraten.« Mit einem trotzigen Funkeln in den Augen fügte sie hinzu: »Du kannst mich durch nichts, was du sagst, dazu bringen, dich als Ehemann zu akzeptieren.«

Luc verzog den Mund.

»Als Geliebte hast du keinen Grund zur Klage, aber meinen Namen willst du nicht annehmen?«

Sie wurde rot, als sie an die vergangene Nacht dachte, aber es gelang ihr trotzdem, ihm zu antworten:

»Es besteht keine Notwendigkeit, so zu übertreiben.« Sie schluckte. Was sie sagen würde, widerstrebte ihr, widersprach allem, woran sie glaubte, aber sie wusste nicht, wie sie ihn auf andere Weise davon überzeugen konnte, dass eine Ehe nicht die einzige Option war. »Es gibt schließlich viele Witwen, die Liebhaber haben, und die Welt erwartet auch nicht von ihnen, dass sie die Männer heiraten, die sie sich ins Bett holen«, erklärte sie mit einer Unbekümmertheit, die sie nicht empfand. »Das hier ist kaum anders.«

Sophia schnappte nach Luft.

»*Gillian!* Das glaubst du doch nicht wirklich, oder?«

»Es ist egal, ob ich es glaube oder nicht, ich werde ihn keinesfalls heiraten«, verkündete sie. Beinahe flehend sprach sie weiter: »Es war doch nur eine Nacht, Sophy. Niemand außer uns dreien weiß, was geschehen ist. Wir können doch sicherlich das Geheimnis wahren und vergessen, dass es überhaupt passiert ist.«

»Und wenn du ein Kind erwartest?«, fragte Luc kühl.

Gillian hätte fast mit dem Fuß aufgestampft.

»Ich habe es doch schon gesagt: Aufgrund der Erfahrungen aus meiner ersten Ehe ist das unwahrscheinlich.«

Er schlenderte zu ihr, hob ihren Kopf mit einem Finger an und starrte ihr in das trotzige Gesicht.

»Du bist vielleicht willens, es darauf ankommen zu lassen, aber ich nicht. Ich werde mit deinem Onkel sprechen.«

Ehe sie ein weiteres Wort sagen konnte, ging er zu der Tür, die auf den Flur führte, öffnete sie und trat hinaus. Durch die offene Tür konnten ihn beide Frauen sagen hören:

»Ah, guten Morgen, Meacham. Ich glaube, die Damen werden die stärkende Wirkung des Tees, den Sie da bringen, sehr zu schätzen wissen.«

Gillian stöhnte und schloss die Augen. Ihr Schicksal war besiegelt.

Binnen einer Stunde war Silas über die Fakten unterrichtet. Sophia hatte Gillian mit dem Tee allein gelassen und lieber unverzüglich ihren Onkel aufgesucht. Mit einem zufriedenen Lächeln hatte sie ihm berichtet, was geschehen war. Meacham bestätigte die Begegnung mit Luc vor Gillians Zimmer. Nachdem er beide zur Verschwiegenheit verpflichtet hatte, entließ er Meacham, gab Sophia aber mit einem Zeichen zu verstehen, noch zu bleiben. Er dachte nach, während Sophia wartete. Es war wirklich schlimm von Luc, und Gillian hätte es besser wissen müssen, aber am Ende entschied er, dass sein vorherrschendes Gefühl Befriedigung war.

Gillians erklärte Weigerung, Luc zu heiraten, bereitete ihm allerdings Sorgen.

»Wird die Ehe sie denn unglücklich machen?«, wollte er von Sophia wissen. Unsicher fügte er hinzu: »Sie sollten heiraten, und es ist mein sehnlichster Wunsch, dass sie es tun, aber ich kann sie nicht zwingen, ihn zu ehelichen, wenn sie das ins Elend stürzt. Ich möchte nicht, dass sie mit jemandem verheiratet ist, den sie verabscheut.«

Sophia schnaubte.

»Sie ist rettungslos verliebt in ihn, denn ich bin davon überzeugt, dass sie ihn nie in ihr Bett gelassen hätte, wenn sie ihn nicht liebte.« Sie überlegte kurz. »Die Ehe mit Charles hat sie mit Widerwillen gegen eine erneute Heirat erfüllt … anfangs hatte sie sich in Charles verguckt, aber seine Gleichgültigkeit ihr gegenüber und seine Spielsucht haben ihre Zuneigung zu ihm abgetötet. Und natürlich hat diese widerwärtige Abmachung mit Winthrop nicht dafür gesorgt, dass sie liebe Erinnerungen an ihn hat.« Auf Silas' zustimmendes Nicken hin sprach sie weiter: »Luc Joslyn mag ein Spieler sein, aber er ist überhaupt nicht wie Charles … Sie ist nur stur und nutzt die Tatsache, dass Luc ebenfalls spielt, als Vorwand, um – wie ich überzeugt bin – eine glückliche Ehe zu verhindern.«

Silas seufzte.

»Nun, es gibt nichts, was ich deswegen tun könnte. Luc ist ein Spieler, und ein verdammt guter.« Er bedachte Sophia mit einem scharfen Blick. »Sie erinnert sich daran, wie ich in den Besitz von High Tower gelangt bin, nicht wahr? Sicher müsste ihr das doch zeigen, dass nicht alle Spieler wie ihr Ehemann sind. Oder wirft sie mich mit ihm in einen Topf?«

Sophia schüttelte heftig den Kopf und lächelte.

»Sie bewundert dich und verschwendet keinen Gedanken daran, dass du spielst. Wir beide sind uns einig, dass es eine Tragödie war, dass der junge Mann, der sein Erbe verspielt hatte, sich umgebracht hat, aber das war nicht deine Schuld.« Sie klopfte sich mit dem Finger an die Lippe. »Sie scheut davor zurück, Luc zu heiraten, aber sie hat mit ihm geschlafen …«

Silas' Miene hellte sich auf.

»Das stimmt natürlich.«

Luc war sich bewusst, dass Sophia und Meacham Silas berichtet hatten, was sie gesehen hatten, und er konnte nicht so tun, als ob ihm nicht leicht unwohl war, als er eine Stunde später an die Tür zu Silas' Bibliothek klopfte. Sein Halstuch fühlte sich an, als würgte es ihn, und Schuldgefühle durchbohrten ihn. Er war sich bewusst, dass er seinen Freund verraten hatte, war aber entschlossen, es wieder in Ordnung zu bringen, so gut es eben ging.

Silas gelang es, eine strenge Miene aufzusetzen, als Luc vor ihm stand und sich erklärte, aber eigentlich wäre er am liebsten durchs Zimmer getanzt und hätte ihm auf die Schulter geklopft, ihm gratuliert. Hätte er es sich gewünscht, dass das Heiratsangebot in traditionellerer Form zustande gekommen wäre? Sicher, aber er würde nicht die Umstände beklagen, die dafür sorgten, dass Gillian Luc heiratete.

Als Luc zu Ende gesprochen hatte und steif vor ihm stand, zog Silas die Folter nur eine kleine Weile in die Länge. Unfähig, das Grinsen zu unterdrücken, das die ganze Zeit unter der Oberfläche gewartet hatte, seit Luc den Raum betreten hatte, rief Silas:

»Mein lieber Junge! Gestatten Sie mir, der Erste zu sein, der Ihnen gratuliert.«

»Es war sehr schlimm von mir, Silas«, räumte Luc ein. »Aber ich schwöre Ihnen, dass ich es wiedergutmachen werde. Als meine Ehefrau wird es Gillian an nichts mangeln, und sie wird auch nie schlecht behandelt werden.« Er schüttelte den Kopf. »Es gibt keine Entschuldigung. Was ich getan habe, war unehrenhaft und eines Gentlemans unwürdig.«

»Ach Unsinn! Tun Sie nicht so demütig, das steht Ihnen nicht«, erwiderte Silas. »Eure Ehe wird nicht die erste und auch nicht die letzte sein, die zustande kommt, weil ihr zugelassen habt, dass die Leidenschaft euch überkommt.« Er hielt einen Finger hoch. »Nun, wenn sie vorher nicht schon verheiratet gewesen wäre und ich zehn Jahre jünger wäre, könnte ich anders dabei empfinden, aber so …« Silas lächelte strahlend. »Ich bin begeistert!«

»Sie will mich nicht heiraten«, erklärte Luc rundheraus.

Sophias Worte fielen ihm wieder ein, sodass Silas nur hintergründig lächelte.

»Ich nehme an, dass sie ihre Meinung ändern wird, nachdem sie Gelegenheit hatte, darüber nachzudenken. Ich werde mit ihr reden. Sie zur Vernunft bringen.«

Nachdem Gillian um eine Unterredung mit Silas in seiner Bibliothek gebeten hatte, betrat sie noch verlegener und zögernder als Luc den Raum. Ihr Onkel saß hinter seinem reich verzierten Schreibtisch aus Walnussholz, aber statt dem Tadel und der Enttäuschung, die sie bei ihm zu sehen erwartet hatte, lagen nur Zuneigung und Freundlichkeit in seinem Blick.

»Setz dich, mein Kind«, sagte er und deutete auf den braunen Lederstuhl vor seinem Schreibtisch. Die Röcke ihres maulbeerfarbenen Wollkleides wirbelten um ihre Füße, als sie Platz nahm. Als sie ihn schüchtern anschaute, lächelte er und sagte: »Jetzt sag mir, was du wegen der Schwierigkeit unternehmen willst, die sich da vor uns auftut.«

Gillian hatte an kaum etwas anderes gedacht, seit Luc am Morgen aus ihrem Zimmer gegangen war. Die Vorstellung, Luc oder sonst wen zu heiraten, stellte ihre Welt auf den Kopf. Sie hatte nie vorgehabt, noch einmal zu heiraten, und wenn sie das getan hätte, dann jemanden, der älter war, einen gesetzteren Gentleman – das hatte sie sich wenigstens eingeredet. Sie hatte keinesfalls vorgehabt, sich je wieder zu verlieben, aber wenn, dann, das hätte sie geschworen, nicht in jemanden wie Luc. Dennoch konnte sie nicht abstreiten, wie es um ihr Herz bestellt war. Er hatte sie praktisch vom ersten Moment an fasziniert, seit sie ihn kennengelernt hatte, und sie konnte nicht leugnen, dass sie sich zu ihm hingezogen fühlte und ihr Herz schneller klopfte, wenn sie ihn erblickte. Sie hatte versucht, ihm zu widerstehen, hatte sich in Erinnerung gerufen, dass er wie Charles ein Spieler war, dem man nicht vertrauen konnte. Aber vergebens, überlegte sie niedergeschlagen. Luc Joslyn mochte nicht der Mann sein, in den sie sich verlieben wollte, aber sie hatte es dennoch getan. Sie liebte ihn. Bedauerlicherweise. Gegen ihren Willen. Zu ihrer Schande. Und sie fürchtete stark, dass sie ihn auf ewig lieben würde.

Es wäre eine Narrheit, ihm den Rücken zu kehren. Närrische Dummheit, das auszuschlagen, was ihr angeboten wurde. Hatte sie Angst, ihr Schicksal in die Hände eines Mannes zu legen, der sein Los einer launischen Karte anvertraute? Ja. Aber sie erkannte auch, dass das Leben an sich ein Spiel war, und wenn sie nichts wagte, würde sie auch nichts gewinnen. In der Zeit, die sie in ihrem Zimmer auf und ab gelaufen war, hatte sie unglücklich festgestellt, dass auch in ihr etwas von einer Spielerseele war. Das Schicksal verlangte nun von ihr, dass sie Luc Joslyn heiratete und ihr Glück versuchte.

Mit geneigtem Kopf sagte sie leise:

»Es scheint mir nichts anderes übrig zu bleiben, als ihn zu heiraten.« Sie schaute Silas an. »Ich werde seinen Antrag annehmen.«

Silas hätte nicht glücklicher sein können. Sobald sie sich entschieden hatte, läutete er nach Meacham und trug dem Butler auf, Mr. Joslyn zu fragen, ob er sich zu ihnen gesellen wolle.

»Oh«, sagte er, als Meacham sich schon zum Gehen

wandte, »bringen Sie auch Champagner. Wir haben eine Verlobung zu feiern. Mrs. Dashwood und Mr. Joslyn werden heiraten.«

Luc nahm die Nachricht ausdruckslos auf, und nur er wusste von dem plötzlichen Satz, den sein Herz machte, der heftigen Vorfreude, die ihn erfasste angesichts des Wissens, dass Gillian eingewilligt hatte, seine Frau zu werden. Es gab noch Details zu klären, sicher, und er redete sich nicht ein, dass es nicht holperig werden würde, aber die Tatsache blieb bestehen: Binnen wenigen Tagen würde Gillian seine Frau werden.

Kapitel 15

Die Familie versammelte sich in Silas' Bibliothek, und auch wenn Sophia die Rolle der Überraschten gut spielte, war nur Stanley ehrlich erstaunt über die Verlobung.

»Was? Was?«, stotterte er. »Gillian und Joslyn? Verlobt? Bei Jupiter! Wie kommt das denn?« Er schaute zu Gillian, die neben Luc stand und fragte: »Ist das ein Scherz?«

»Nein, bestimmt nicht«, antwortete Luc. »Ihre Schwester erweist mir die große Ehre, meinen Heiratsantrag anzunehmen. Wir werden Ende der Woche mit einer Sondererlaubnis heiraten.«

Über diese Antwort so verblüfft wie Stanley, warf Gillian Luc einen verwunderten Blick zu, aber ehe sie etwas sagen konnte, bemerkte Silas:

»Eine ausgezeichnete Idee, mein Junge. Ganz ausgezeichnet.« Da er fürchtete, Gillian könnte Einwände haben, schaute Silas sie an und fügte unschuldig hinzu: »Es sei denn, natürlich, meine Liebe, du möchtest lieber eine große Hochzeit mit allem Tamtam, wie damals bei deiner Hochzeit mit Charles.«

Es war sicher nicht die taktvollste Art, aber sie war erfolgreich und erreichte, was Silas bezweckte. Gillian erstarb ihr Einspruch auf der Zunge. Das Letzte, was Gillian wollte, war eine Erinnerung an ihre Ehe mit Charles. Eine Sondererlaubnis und alles rasch hinter sich zu bringen, das hatte durchaus auch einen Reiz. Wenn sie schon dazu verdammt war, Luc Joslyn zu heiraten, dachte sie mit einem Anflug von Bitterkeit, dann brachte sie es am besten schnell hinter sich.

»Bei meiner Seel'!«, rief Stanley und federte auf seinen Ballen vor und zurück angesichts dieser Wendung. »Seid ihr denn alle verrückt geworden?« Verdutzt starrte er Gillian an. »Das ist wirklich erstaunlich. Erst höre ich, dass du dich mit einem Mann verlobst, den du kaum einen Monat kennst, und dann, dass du ihn schon in wenigen Tagen heiraten willst.«

Mit ihrer gewohnten Ruhe sagte Sophia:

»Du hast vielleicht nicht gemerkt, was genau vor deiner Nase passiert, aber Onkel Silas und ich wissen, dass Luc Gillian den Hof gemacht hat und warten praktisch schon seit ein paar Tagen auf die Ankündigung. Was die Sondererlaubnis angeht und wie lange sie sich schon kennen …« Sie zuckte die Achseln. »Wer gibt darauf schon was? Sie sind nicht mehr in der ersten Blüte ihrer Jugend und zudem alt genug, um zu wissen, was sie wollen. Es gibt keinen Grund, weshalb sie warten sollten und sich mit all dem Unsinn abgeben, der zu einer pompösen Hochzeit gehört.« Über den Rand ihres Champagnerglases hinweg schaute sie Stanley an. »Genau genommen denke ich sogar, eine Hochzeit mit Sondererlaubnis ist die beste Lösung. Du willst sicher auch nicht, dass der ganze Klatsch und die Mutmaßungen über Gillians ersten Ehemann wieder aufkommen, oder?«

Luc verkniff sich ein Grinsen. Wieder war es nicht unbedingt raffiniert, aber Sophia hatte das Argument vorgebracht, das bei Stanley Gewicht haben würde.

Von der praktischen Betrachtungsweise seiner Cousine beeindruckt, nickte Stanley.

»Ja, ja, natürlich, ich verstehe, was gemeint ist.« Sich zu

einem Lächeln zwingend, hob er sein Glas. »Einen Toast! Lasst uns auf meine liebe Schwester und ihren zukünftigen Ehemann anstoßen.«

Nachdem sie getrunken hatten, leerte sich die Bibliothek wieder. Nur Luc und Silas blieben zurück. Grinsend sagte Silas:

»Ich denke, das haben wir gut hinter uns gebracht, nicht wahr?«

Luc lächelte leicht.

»So gut, wie man es nur erwarten durfte, aber ich nehme an, Stanley wird noch unter vier Augen mit mir sprechen wollen.«

Silas winkte ab.

»Als ihrem Bruder kann man ihm keinen Vorwurf machen, aber er hat akzeptiert, dass Sie sie heiraten und dass das mit Sondererlaubnis geschehen wird.« Sein Grinsen wurde breiter. »Und Gillian hat die Idee auch hingenommen.«

»Mit ein bisschen Nachhelfen von Ihnen«, bemerkte Luc trocken.

»Was sein muss, muss sein.«

Luc konnte ihm da nicht widersprechen. Es gab keinen anderen Weg, aber er konnte es nicht bereuen. Es Barnaby und dem Rest der Familie zu gestehen, war jedoch nichts, worauf er sich freute. Gillians Ruf konnte zu Unstimmigkeiten mit seiner Familie führen, aber er hoffte, dass sie nach ihrer ersten Überraschung über die Neuigkeit sich damit arrangieren konnten und es nicht zum Bruch zwischen ihnen führen würde. Wenn, würde es ihm zwar sehr zusetzen, aber seine erste Pflicht galt dann seiner Frau – gleichgültig, was der Klatsch sagte. Er würde jedoch, dachte er mit einer Grimasse, dafür sorgen, dass sie ihn nicht ermordete.

Er dachte an das Schicksal ihres ersten Ehemannes und fragte sich, ob er vielleicht wirklich verrückt war. Warum sonst war er so entschlossen, eine Frau zu heiraten, von der alle Welt glaubte, sie habe ihren Mann umgebracht? Wieder stellte er sich die Frage: Hatte Gillian Charles Dashwood getötet, oder war sie unschuldig und wurde durch böse Verdächtigungen und Klatsch unschuldig verurteilt? Alles in ihm drängte ihn, Letzteres zu glauben, aber nur ein Narr würde die Möglichkeit ignorieren, dass seine Braut eine gerissene Mörderin war. Er wünschte, er wüsste mehr über die Umstände von Charles Dashwoods Tod. Das war eindeutig etwas, worum er sich später kümmern musste.

Luc ließ sich überreden, noch für einen leichten Imbiss zu bleiben, bevor er nach Ramstone aufbrach. Man konnte nicht behaupten, dass die Mahlzeit in angenehmer Stimmung eingenommen wurde, und nur Silas und Sophia amüsierten sich. Während des Essens blickte Stanley immer wieder verwirrt von Gillian zu Luc und wieder zurück, und Gillian sah eher aus, als sei sie auf dem Weg zur Guillotine als eine frisch verlobte Frau. Lucs Gesicht verriet nichts als höfliches Interesse an den Vorgängen.

Sie beendeten die Mahlzeit, und Luc wollte sich gerade verabschieden, als Meacham den Raum betrat. Der Butler verneigte sich und murmelte:

»Lady Joslyn und ihre Großtante sind eingetroffen, um ihre Aufwartung zu machen.« Er räusperte sich. »Ich habe sie in den Empfangssalon geleitet.«

Angesichts der Ereignisse des Vormittags war der angekündigte Besuch völlig vergessen worden. Peinlich berührtes Schweigen folgte auf Meachams Ankündigung. Luc hatte gar nichts davon gewusst, sodass ihn die Nachricht von Emilys und Cornelias Anwesenheit unvorbereitet traf.

Silas erholte sich als Erster, stand auf und sagte energisch:

»Ausgezeichnet! Ihre Ankunft könnte nicht glücklicher geplant sein.« Mit einem Lächeln zu Gillian und Luc drängte er: »Kommt, gehen wir und überbringen ihnen unsere gute Nachricht.«

Sophia stimmte ihrem Onkel zu. Sie erhob sich und schüttelte ihre Röcke aus, dann sagte sie:

»Es hätte sich nicht besser planen lassen, nicht wahr?« Sie lächelte Luc strahlend an. »Sie wollten die Neuigkeit ja sicher ohnehin unverzüglich Ihrer Familie überbringen.«

»Natürlich«, murmelte Luc. Er hatte das Recht, zu heiraten, wen er wollte, aber er hatte sich nicht darauf gefreut, seine plötzliche Verlobung seinen Verwandten zu unterbreiten, und bestimmt nicht so ohne Vorwarnung und noch weniger als Erstes Emily und Cornelia, von der er ja die Gerüchte über Gillian überhaupt erst gehört hatte. Nur ein Einfaltspinsel würde erwarten, dass sie seine Verlobte ohne Vorbehalte in der Familie willkommen hießen. Ihre Billigung oder vielmehr der Mangel daran änderten zwar nichts an der Sachlage, aber … Er verzog das Gesicht. Die Familie musste es erfahren, ohne Aufschub, keine Frage, aber es wäre ihm lieber gewesen, wenn er erst mit Barnaby hätte reden können. Männer nahmen solche Sachen, überlegte er, mit viel weniger Aufhebens hin.

Lieber wäre er vor zwei Raubmörder getreten als vor die beiden Frauen, die ihm so wichtig waren. Aber Luc folgte den anderen äußerlich ungerührt zum Empfangssalon. Meacham ging voraus, dann kamen Silas und Sophia, danach Luc und Gillian, und das Schlusslicht bildete Stanley. Sie erreichten ihr Ziel, und Meacham öffnete die Tür und trat zur Seite.

Emily und Cornelia saßen auf einem rosa Damastsofa,

und als die anderen eintraten, blickten sie erwartungsvoll auf. Luc kniff seine Augen zusammen, als er flüchtig Schuldbewusstsein in den Mienen der beiden sah, als sie ihn unter den Ordways entdeckten. Warum sollten sie sich denn schuldig fühlen, fragte er sich sogleich.

Während der allgemeinen Begrüßung und der üblichen Floskeln wurde Luc bald klar, dass die weiblichen Mitglieder seiner Familie zum Auskundschaften gekommen waren. Belustigung regte sich in ihm. Heute würden sie mehr erfahren, als sie sich je erträumt hatten.

Er überließ Silas die Führung und hielt sich, nachdem er Emily und Cornelia mit einem Kuss auf die Wange begrüßt hatte, im Hintergrund und verfolgte die Vorgänge. Sophia und Gillian nahmen auf zwei Sesseln Platz, die mit in Grün und Cremetönen gestreifter Seide bezogen waren. Silas wählte einen grünen Samtstuhl mit hoher Lehne zwischen den beiden Sesseln seiner Nichten, und Stanley stellte sich an den Kamin. Luc tat es ihm nach und stützte sich am anderen Ende des Marmorsimses mit dem Ellbogen ab.

Silas wartete, bis Meacham Erfrischungen gebracht hatte, alle versorgt waren und der Butler wieder gegangen war, dann verkündete er jovial:

»Sie werden sich vielleicht wundern, warum wir Ihnen Champagnerpunsch servieren.«

»Ja«, sagte Cornelia, »zumal es bei uns als Getränk für festliche Anlässe gilt.« Da sie ihre eigenen Schlüsse aus Lucs Anwesenheit gezogen hatte, fragte sie ihn mit hochgezogenen Brauen direkt: »Feiern wir etwas?«

Silas' Augen funkelten. Er hatte Cornelia Townsend immer schon gemocht und ihre Intelligenz bewundert. Wie auch immer sie zu Lucs Verlobung mit Gillian stand, sie würde sich als wichtige Verbündete erweisen.

»Allerdings«, sagte er. »Mr. Joslyn hat um die Hand meiner Nichte Mrs. Dashwood angehalten und ist erhört worden.« Er lächelte strahlend. »Mich hätte der leiseste Windhauch umgeworfen, als ich es heute Vormittag erfahren habe.«

Emily sank das Herz. Der liebe schneidige Luc, verheiratet mit einer des Mordes Verdächtigen! Wie schrecklich. Und wie würde Barnaby reagieren, wenn er davon erfuhr? Sie verbarg ihre Sorge und ihre Bestürzung und rang sich ein Lächeln ab.

»Oh, wie ... wie aufregend. Heute Vormittag, sagten Sie?«

Auf Sophias Äußerung zurückgreifend, erklärte Luc:

»Ich weiß, für euch muss das überraschend kommen, aber Gillian und ich wissen, wie es um uns bestellt ist. In unserem Alter, haben wir beschlossen, brauchen wir auch keine lange Verlobungszeit.«

»Natürlich nicht«, pflichtete ihm Cornelia bei, ohne ihre scharfen haselnussbraunen Augen von Luc zu wenden. »Ihr seid beide schon in einem so fortgeschrittenen Alter, dass ihr keine Sekunde verschwenden wollt.«

Luc grinste.

»Ich wusste, du würdest es verstehen.«

Cornelia wusste genau, wann sie machtlos war, und da sie keinen Aufstand machen wollte, schnaubte sie nur und sagte:

»Dann wollen wir auf das junge Paar anstoßen.« Nachdem sie getrunken hatten, richtete sie ihren Blick auf Gillian. Hübsch ist die Kleine ohne Zweifel, dachte sie und musterte Gillian. Ein zierliches Persönchen, das so unschuldig aussieht und züchtig wie eine Nonne. Feine Züge und eine zarte Figur – Cornelia konnte sie sich nicht als Mörderin vorstellen. Aber vielleicht war die Frau auch einfach nur gerissen. Oder war sie am Ende nur das Opfer übler Gerüchte? Hm. Hier mussten noch mehr Nachforschungen angestellt werden, entschied sie, und angesichts ihres weiten Bekanntenkreises war sie genau die Richtige dafür.

Emily konnte sich nicht so recht mit dieser Entwicklung anfreunden, war aber entschlossen, Luc nicht zu kränken, daher sagte sie fröhlich zu Gillian:

»Es muss ganz aufregend für Sie sein. Meinen herzlichen Glückwunsch Ihnen und Luc. Wissen Sie schon, wann die Hochzeit sein soll?«

Lucs Verwandte bemühten sich um Höflichkeit, aber Gillian spürte, dass keine der beiden Frauen ehrlich erfreut darüber war, dass sie Luc heiraten würde. Ihr an deren Stelle wäre es vermutlich nicht anders ergangen, sodass sie ihnen keinen Vorwurf daraus machte. Aber ihr sank der Mut.

Sie haben wahrlich keinen Grund, vor Freude einen Luftsprung zu machen, überlegte sie. Sie wussten einfach zu wenig über sie. Und das, was sie wussten, gestand sie sich ein, war höchstwahrscheinlich nicht sonderlich schmeichelhaft. Selbst wenn man von Charles' Ermordung einmal absah, war sie eine Fremde für sie, eine Witwe, mehr oder weniger mittellos und ohne besondere Verbindungen. Lucs Bruder hingegen war Viscount Joslyn, der reichste und mächtigste Mann in der Umgebung. Oh, und nicht zu vergessen, dass Luc gerade erst ein hübsches Anwesen erstanden hatte und daher von vielen als begehrenswerte Partie betrachtet wurde. Kurz, Argwohn bezüglich ihrer Motive war keine Überraschung, und bei dem Gedanken, ihnen mitteilen zu müssen, dass Luc und sie mittels Sondererlaubnis heiraten würden, sank ihr das Herz noch weiter. Nun, dachte sie traurig, konnte sie sich auch noch den Titel Glücksjägerin neben den der Gattenmörderin schreiben. Elend und die Dummheit der letzten Nacht verfluchend, die Schwäche, die sie in Lucs Arme getrieben hatte, wäre sie am liebsten aufgesprungen und aus dem Zimmer gerannt.

Stolz und Einfallsreichtum kamen ihr zum Glück zu Hilfe, sie schaute Emily in die grauen Augen und erklärte:

»Wir haben uns noch nicht auf ein Datum geeinigt.« Sie schluckte und fügte hinzu: »Luc will eine Sondererlaubnis besorgen, daher nehme ich an, es wird nicht mehr lange hin sein.«

Cornelia verschluckte sich an ihrem Punsch.

»Eine Sondererlaubnis?«, krächzte sie.

Luc, dem ebenso wenig wie seiner Verlobten entgangen war, dass Emily und Cornelia angesichts seiner Heiratspläne nicht gerade überwältigt waren vor Glück, schlenderte zu Gillians Stuhl und stellte sich hinter sie. Er betrachtete seine weiblichen Verwandten mit blauen Augen, in denen eine unmissverständliche Warnung stand.

»Ja«, sagte er, »wir wollen keine lange Verlobung; eine Sondererlaubnis passt uns da am besten. Ich werde morgen nach London reiten.« Er senkte den Blick auf Gillians dunklen Haarschopf. »Meine Braut wollte lieber warten, aus Sorge, dass es unziemlich wirkt, auf diese Weise und so rasch zu heiraten, aber ich habe sie überzeugt, dass es durchaus respektabel ist und es keinen Grund gibt, noch zu warten. Und ich habe ihr auch gesagt, dass meine Familie das verstehen und unsere Entscheidung billigen wird.« Er hob den Blick wieder, schaute Emily und Cornelia unverwandt an und forderte sie stumm heraus, ihm darin zu widersprechen.

Silas unterbrach die Anspannung im Zimmer, indem er sich vorbeugte und gutmütig erklärte:

»Wir dachten vielleicht Samstag? Dann hat Luc Zeit, nach London und wieder zurückzureiten und die Erlaubnis zu besorgen. Und zudem gewährt das natürlich auch uns die Zeit, Gillians Sachen nach Ramstone zu bringen. Wir müssen auch mit dem Vikar sprechen, um herauszufinden, ob er an dem Tag Zeit hat, die Zeremonie durchzuführen. Natürlich müssen auch Ihre Wünsche für das Datum berücksichtigt werden.« Er lächelte. »Wir möchten, dass alle zufrieden sind.«

»Sie scheinen ja alles bestens in der Hand zu haben«, bemerkte Cornelia und stellte ihre Tasse mit dem Punsch ab.

Nachdem sie das schwerste Gelände gemeistert hatten, lehnte sich Silas wieder auf seinem Stuhl zurück.

»Im Augenblick mag es so aussehen«, antwortete er. »Aber Sie müssen berücksichtigen, dass auch wir hier noch völlig durcheinander sind. Die Neuigkeit kam für uns alle unvorbereitet.«

Das stimmt immerhin, dachte Luc.

Irgendwie gelang es ihnen, den Rest des Besuches ohne irgendwelche peinlichen oder aufwühlenden Vorfälle über die Bühne zu bringen. Sie schienen sich mit Lucs Hochzeit abgefunden zu haben und waren höflich und freundlich, stimmten dem von Luc und den anderen vorgeschlagenen Vorgehen zu, aber als sie sich schließlich verabschiedeten, taten sie das nicht ohne eine gewisse Erleichterung und waren froh, entkommen zu können.

Aber Luc entkamen sie nicht. Seine Ankündigung, dass er sie nach Windmere begleiten würde, betrübte beide Damen.

»Oh, das ist doch nicht nötig«, rief Emily, die unbedingt ungestört mit Cornelia sprechen wollte. »Du musst doch noch eine Menge Sachen mit deiner Verlobten zu bereden haben.« Mit einem leichten Lächeln auf den Lippen sagte sie: »Wir werden Seine Lordschaft auch bestimmt nichts sagen. Die Nachricht darfst du ihm überbringen.«

»Und je eher ich das tue, desto besser«, stimmte ihr Luc zu. Er zog eine Braue hoch: »Willst du mir etwa eure reizende Gesellschaft auf der Fahrt nach Windmere verwehren?«

Es blieb ihnen nichts anderes übrig, als sich mit dem Unvermeidlichen abzufinden. Kurz darauf war sein Pferd hinten an der geschlossenen Kutsche angebunden, mit der die Damen nach High Tower gekommen waren, und sie brachen auf.

Während die Kutsche leise schaukelnd über die Auffahrt fuhr, lehnte sich Luc in das blaue Samtpolster und sagte:

»Und? Heraus damit! Ihr seht beide so aus, als würdet ihr gleich platzen.«

»Oh Luc!«, rief Emily, unfähig, ihren Kummer zu verbergen. »Bist du dir ganz sicher, dass du sie heiraten willst?« Mit entsetzt aufgerissenen Augen fügte sie mit gedämpfter Stimme hinzu: »Was, wenn sie wirklich ihren Mann umgebracht hat?«

Luc wischte die Frage einfach beiseite.

»Ist das wirklich euer einziger Einwand gegen sie?«, fragte er und schaute beide Frauen an, die ihm gegenübersaßen.

Cornelias Lippen wurden schmal.

»Das ist doch ein ziemlich großer, oder?«

Luc seufzte.

»Dem kann ich schwerlich widersprechen, aber ihr habt ja selbst zugegeben, dass alles, was ihr über den Mord an ihrem ersten Ehemann wisst, nur Gerüchte sind. Vielleicht irrt sich der Klatsch.«

Keine der beiden Damen wirkte restlos überzeugt, aber Cornelia zuckte die Achseln, und Emily verzog das Gesicht. Luc beugte sich vor.

»Ich bin jedenfalls entschlossen, sie zu heiraten. Wird das ein Problem sein?«

»Ich bin zu alt und habe dich zu gerne, um dich aus meinen Herzen zu verstoßen, nur weil ich glaube, dass deine Wahl einer Ehefrau unklug ist«, entgegnete Cornelia. »Ich werde dir keine Steine in den Weg legen, und solange sie mir keinen Grund liefert, mich anders zu verhalten, werde ich sie mit Höflichkeit und Achtung behandeln.«

Emily nickte.

»Wir mögen dich zu sehr, um zuzulassen, dass deine Ehe einen Keil zwischen uns treibt.« Sie lächelte leicht. »Wir wollen nur, dass du glücklich bist, und wenn Gillian Dashwood dich glücklich macht …« Sie schluckte. »Dann sind wir auch für dich glücklich.«

Es war das, was er erwartet hatte, ja sogar mehr. Ein schiefes Lächeln glitt über sein Gesicht.

»Danke.« Mit nachdenklicher Miene räumte er ein: »Angesichts der hässlichen Gerüchte um ihre Schuld am Tod ihres Mannes sind eure Vorbehalte nicht grundlos, aber ich bin erleichtert, dass ihr bereit seid, ihr eine Chance zu geben.«

»Glaubst du denn, dass sie ihren Ehemann getötet hat?«, fragte Emily und in ihren grauen Augen stand eine Mischung aus Sorge und Neugier.

Luc zuckte die Achseln.

»Ich habe nichts bemerkt, was mich zu der Annahme verleitet, sie könnte zu einer solchen Tat fähig sein.« Er machte eine Pause und legte die Stirn in Falten. »Es wäre auf jeden Fall verständlich, dass ihre Familie sich schützend um sie stellt, wenn sie ihn umgebracht hätte, aber ich denke, in diesem Fall würden sie sie nicht um sich haben wollen. Ich habe es noch nicht mit Silas besprochen, aber ich kann mir nicht vorstellen, dass er ihr in solcher Zuneigung verbunden wäre oder sich so freuen würde, dass sie bei ihm lebt, ganz zu schweigen so glücklich über unsere Hochzeit wäre, wenn er glaubte, dass sie ihren Ehemann umgebracht hat. Ihre Cousine scheint ebenfalls sehr loyal ihr gegenüber zu sein. Meiner Beobachtung nach ist Mrs. Sophia Easley eine kluge und vernünftige Frau. Ich glaube nicht, dass sie mit einer Mörderin befreundet wäre.« Er starrte aus dem Fenster auf die vorüberziehende Landschaft, dachte an Stanley und die Kälte, die er anfangs zwischen den Geschwistern wahrgenommen hatte. »Ich weiß, dass es zwischen Gillian und ihrem Halbbruder zu einer Entfremdung gekommen war, die vielleicht mit ihrem Ehemann zusammenhängt«, sagte er schließlich, »aber in letzter Zeit scheinen sie ihre Schwierigkeiten miteinander überwunden zu haben. Ich denke nicht, dass das der Fall wäre, wenn Stanley glaubte oder wüsste, dass sie Charles Dashwood umgebracht hat.«

»Da stimme ich dir zu«, bemerkte Cornelia halblaut. Mit herausfordernd funkelnden Augen fügte sie hinzu: »Ich habe vor … Freunden zu schreiben, um so viel wie möglich über den Vorfall herauszufinden – und über Charles Dashwood.«

Luc nickte ihr zu.

»Danke.«

»Warte, bis ich gehört habe, was meine Freunde dazu zu sagen haben«, verlangte Cornelia mit leichter Ironie, »bevor du mir dankst. Am Ende gefällt dir gar nicht, was ich herausfinde.«

Nachdem die Damen nach ihrer Ankunft in Windmere ins Haus gegangen und nach oben in ihre Räume verschwunden waren, machte sich Luc auf die Suche nach seinem Halbbruder. Er fand Barnaby in seinem Arbeitszimmer. Er winkte ihn zu einem Stuhl am Kamin, und nachdem sie einander begrüßt hatten und Luc Platz genommen hatte, eröffnete er ihm ohne lange Vorrede den Grund seines Besuches.

Barnaby nahm die Nachricht von Lucs Verlobung, ohne mit der Wimper zu zucken, auf. Bei der Information, dass Luc am nächsten Tag wegen einer Sondererlaubnis nach London aufbrechen wollte, und dass die Hochzeit für Samstag auf High Tower geplant sei, zog er eine Braue hoch.

»Eine Sondererlaubnis? Und schon am Samstag?«, fragte Barnaby vorsichtig, der Luc gegenübersaß. »Nicht dass es mich irgendetwas anginge, aber gibt es einen besonderen Grund für diese Eile?«

Die langen Beine vor sich zum Feuer hin ausgestreckt, grinste Luc.

»Du hast recht, es geht dich nichts an.«

Barnaby grinste zurück.

»Nun, das verweist mich auf meinen Platz, was?« Er rieb sich das Kinn. »Gillian Dashwood, hm. Ich glaube nicht, dass ich schon das Vergnügen hatte, die junge Dame kennenzulernen. Erzähl mir von ihr.«

Es gab keinen Grund, das aufzuschieben, aber allen Grund, Barnaby alles zu sagen, und ohne zu zögern tat Luc das, ließ nur die Umstände aus, die zu der überstürzten Verlobung geführt hatten.

Als Luc mit seinem Bericht fertig war, musterte Barnaby seinen Halbbruder einen langen Augenblick. Nachdem er zu einem Entschluss gekommen war, zuckte Barnaby die Achseln.

»Es liegt mir fern, dir Ratschläge zu erteilen, wenn es um Herzensangelegenheiten geht.« Er lächelte. »Bislang finde ich sogar, dass die Ehe mir bestens bekommt – und ich glaube, dir wird es nicht anders ergehen.«

»Keine warnenden Worte, dass ich eine Frau heiraten möchte, die unter dem Verdacht stand, ihren Ehemann umgebracht zu haben?«

»Würdest du denn darauf hören?«

Gillians süßes Gesicht mit vor Erregung verhangenen Augen erschien vor Lucs geistigem Auge, und eine explosive Mischung aus Lust und Zärtlichkeit erfasste ihn. Luc schüttelte den Kopf und sagte:

»Ich fürchte nicht.«

Barnaby lachte leise.

»Wenn das der Fall ist, dann erlaube mir bitte, dir meinen herzlichsten Glückwunsch auszusprechen und dem Wunsch Ausdruck zu verleihen, dass euch ein langes und glückliches Leben miteinander beschieden sei.«

»Merci.«

Es klopfte an der Tür, und auf Barnabys Bitte hereinzukommen, schlenderte Mathew Joslyn ins Zimmer. Er hatte offenbar gedacht, Barnaby sei allein, denn nach ein paar Schritten, nachdem er Luc bemerkt hatte, blieb er stehen.

»Oh, ich bitte um Verzeihung, ich wusste nicht, dass Lucien hier ist.«

Als ältester der englischen Joslyns war Mathews Ähnlichkeit mit Luc frappierend, sodass außer Zweifel stand, dass sie gemeinsame Vorfahren hatten. Beide Männer waren groß und hatten den athletischen Körperbau, die azurblauen Augen mit den dichten Wimpern und die klassisch schönen Züge, für die die männlichen Joslyns allgemein berühmt waren – so wie Simon und Lamb auch. Barnaby hingegen wies nur eine flüchtige Ähnlichkeit mit den anderen auf, da er von seiner Mutter, die zur Hälfte Cherokee gewesen war, den dunklen Teint und die schwarzen Augen geerbt hatte. Und obwohl alle Joslyns hochgewachsene Männer waren, waren Barnaby und Lamb größer als ihre Verwandten und waren zudem kräftiger gebaut, überragten sie um fast eine halbe Haupteslänge, während sich Lucs, Mathews und Simons Körpergröße nur um einen Zentimeter unterschied. Bei allen drei waren die typischen Joslyn-Merkmale derart ausgeprägt, dass Fremde sie leicht verwechseln konnten. Thomas, Mathews und Simons toter Bruder, hatte genau wie sie ausgesehen.

Barnaby lächelte, während er die Begrüßung zwischen Mathew und Luc verfolgte. Sie erinnerten ihn an Katzen, die willens waren, sich mit einem anzufreunden, aber andererseits misstrauisch waren. Sie hatten schon große Fortschritte gemacht seit seiner Ankunft in London vor über einem Jahr, um den Titel anzunehmen und das Erbe anzutreten, von dem Mathew immer geglaubt hatte, es sei sein. In der Zwischenzeit war viel geschehen. Ihm wurde warm ums Herz, wenn er an diese Ereignisse dachte – und seine Heirat mit Emily. Ihr Kind würde in wenigen Wochen geboren werden, und er wartete überglücklich auf die Geburt. Er sehnte sich danach, sein Kind in den Armen zu halten.

Luc hatte Mathew mehrere Monate lang nicht gesehen und war entsetzt über die Veränderung, die er sah. Eigentlich schlank und auf eine elegante Art und Weise muskulös wie alle Joslyns, war Mathew in letzter Zeit deutlich dünner geworden, und seine aristokratischen Gesichtszüge traten stärker hervor, die sonst klaren blauen Augen waren trüb und glasig. Für Luc war Mathew ein Fremder, da er ihn nur ein paarmal vor Thomas' Tod getroffen hatte und seit dessen Beerdigung gar nicht mehr, aber selbst ihm fiel auf, dass der Mann, der vor ihm stand, sich dramatisch von dem unterschied, den er im Februar kennengelernt hatte. Thomas war im März gestorben.

Aus Bemerkungen von Barnaby und Simon wusste Luc, dass Mathew Thomas' Tod und seine Beteiligung daran schwer getroffen hatte, aber bis zu diesem Moment, da er den anderen wiedersah, hatte er die Tiefe von Mathews Leid nicht erkannt. Luc schaute zu Barnaby und überlegte, wie er wohl empfinden würde, wenn seinem Halbbruder etwas zustieße … wenn er für seinen Tod verantwortlich wäre … und sein Herz zog sich so schmerzhaft zusammen, dass ihm die Knie nachzugeben drohten. Verständnis und Mitgefühl erfassten ihn, und er empfand für Mathew auf einmal Zuneigung. Thomas mochte ein Schurke gewesen sein, aber Mathew hatte seinen Bruder geliebt, und ihn getötet zu haben …

Nachdem die Begrüßung vorüber war, sagte Luc in der Hoffnung, einen Funken Interesse in Mathew zu wecken:

»Ich hoffe, dass Sie mir Glück wünschen. Ich will Samstag Mrs. Gillian Dashwood heiraten, Silas Ordways jüngere Nichte.«

Mathew zwang sich zu einem Lächeln.

»Gratulation.« Mit einer Herzlichkeit in seiner Stimme, die er nicht wirklich empfand, fügte Mathew hinzu: »Soweit ich es verstanden habe, sind auch weitere Glückwünsche angebracht – Sie haben Ramstone erworben.«

Luc nickte.

»Danke.«

Mathew schüttelte den Kopf, und ein leichtes Lächeln spielte um seinen schön geformten Mund.

»Ihr Amerikaner! Ihr seid wirklich schnell. Erst seit Februar in England, und schon haben Sie einen Landsitz gekauft und wollen heiraten. Noch einmal, meine Glückwünsche.« Mathew setzte sich auf einen Stuhl in der Nähe und sagte: »Barnaby und ich sind nicht die fleißigsten Briefeschreiber, aber sicherlich hätte ich doch ein Wort von Ihrer Verlobung gehört. Wann ist das Aufgebot verlesen worden?«

Barnaby blickte Luc mit hochgezogenen Brauen an, und Luc seufzte.

»Ah, es gab gar kein Aufgebot«, gestand Luc. »Wir heiraten mit Sondererlaubnis. Um die zu besorgen, breche ich morgen nach London auf. Am Donnerstag will ich zurückkehren.« Das Aufflackern von Interesse in Mathews Blick hätte ihn freuen müssen, aber er ertappte sich bei dem feigen Wunsch, es möge von etwas anderem herrühren.

»Ach wirklich?«, erkundigte Mathew sich gedehnt, ohne den Blick von Lucs Gesicht zu werden. »Wie findig von Ihnen.« Es lag auf der Hand, dass Mathew Fragen hatte, aber er nahm aus Höflichkeit davon Abstand, sie zu stellen. Er erkundigte sich jedoch: »Kennen Sie denn einen Bischof?« Als Luc ihn verwundert anschaute, fügte er hinzu: »Das ist notwendig, müssen Sie wissen.« Angesichts der betroffenen Mienen von Barnaby und Luc fügte er mit einem ehrlich freundlichen Lächeln hinzu: »Nein, das dachte ich mir schon. Aber keine Sorge, ich kenne einen Bischof, und es wird mir eine Freude sein, Sie nach London zu begleiten und Sie ihm vorzustellen. Wann wollen Sie morgen früh aufbrechen?«

Mathew schob Lucs Dankesbezeigungen beiseite und erklärte:

»Ich bin nicht mehr in London gewesen seit …« Er schluckte. »Seit Thomas gestorben ist. Ein Kurzbesuch wird genau das Richtige sein, um den Leuten zu zeigen, dass ich noch am Leben bin.« Und zu Barnaby sagte er: »Du denkst doch nicht, dass mit Nolles irgendetwas sein wird, während wir fort sind, oder?«

Barnaby schüttelte den Kopf, aber sein Gesichtsausdruck war nachdenklich.

»Außer Spielen um hohe Einsätze von Padgett und den anderen geht im *Ram's Head* laut Simon alles seinen gewohnten Gang. Und Lamb hat keinerlei Vorgänge auf The Birches beobachtet.« Er warf einen Blick aus dem Fenster auf die blauen Stellen zwischen den Wolken am Himmel. »Das Barometer schlägt nach dem Unwetter gestern nicht mehr aus, daher ist eine neue Schmuggellieferung heute oder morgen unwahrscheinlich.« Er grinste. »Du und Luc, ihr solltet rechtzeitig wieder zurück sein, bevor es richtig losgeht.«

Schließlich verabschiedete Luc sich und brach nach Ramstone auf, nachdem er mit Mathew ausgemacht hatte, am nächsten Morgen gleich früh abzureisen. Die Tür hatte sich kaum hinter ihm geschlossen, als Mathew auch schon stirnrunzelnd von Barnaby wissen wollte:

»Weißt du, wer Gillian Dashwood ist?«

»Luc hat die Gerüchte erwähnt, die sich um den Mord an ihrem Ehemann ranken«, räumte Barnaby ein. »Er tut es als bloßen Klatsch ab.« Barnaby Blick wurde scharf. »Weißt du mehr darüber?«

Mathew lehnte sich zurück und betrachtete angelegentlich seine glänzenden schwarzen Stiefel, dabei zog er die Brauen finster zusammen.

»Zum Teufel! Es widerstrebt mir, Gerüchte zu wiederholen, und ich muss zugeben, dass alles, was ich gehört habe, genau das war, was du sagst: Klatsch.« Er sah Barnaby in die Augen. »Ich weiß, dass Welbourne ein übler Kerl ist und dass seine Gesellschaften für die Ausschweifungen, die dort stattfinden, berühmt-berüchtigt sind. Keine Frau mit einem Funken Achtung für ihren Ruf würde sich binnen einer Meile im Umkreis des herzoglichen Jagdhauses blicken lassen, wenn der Herzog dort weilt. Es ist schon schwierig, einen vernünftigen Grund zu finden, dass Gillian Dashwood dort war, aber …« Er machte eine Pause, sein Stirnrunzeln vertiefte sich. »Charles war kein netter Mensch, und er hat Umgang mit Kreisen der guten Gesellschaft gepflegt, die kein hohes Ansehen genießen. Bis zum Tod ihres Ehemannes habe ich nie ein Wort des Skandals im Zusammenhang mit Gillian Dashwood gehört, aber andererseits achte ich nicht wirklich auf das, was man sich in der guten Gesellschaft so erzählt.«

Barnaby rieb sich das Kinn.

»Luc ist entschlossen, sie zu heiraten, und ich kenne meinen Bruder – Einspruch oder Widerstand werden ihn nur stur werden lassen.« Er lächelte. »Es ist mehr als einmal erwähnt worden, dass es den starken Verdacht gibt, unter unseren Vorfahren müsse auch ein Maultier gewesen sein.«

Mathew lachte und nickte.

»Allerdings. Ich kann nicht behaupten, dieser Wesenszug sei unserem Zweig der Familie fremd.«

Obwohl er seine Dienerschaft auf Ramstone mit der Ankündigung seiner bevorstehenden Hochzeit in helle Aufregung versetzt hatte, ritt Luc am nächsten Morgen zuversichtlich los, dass Bissell, Hinton, Mrs. Marsh und Alice die Lage bestens im Griff hatten. Wenn Gillian Ramstone betrat, würde sie nichts daran auszusetzen finden.

Er hatte leise Zweifel wegen Mathews Hilfsangebot bei der Besorgung der Sondererlaubnis, und da sie nun einmal wenig mehr als Fremde waren, blickte er der gemeinsamen Reise nach London nicht unbedingt mit Begeisterung entgegen. Zu seiner Verwunderung erwies sich Mathew als angenehmer Reisegefährte und zeigte ihm eine Seite an sich, die nur seine Brüder und die, die ihm nahestanden, je zu sehen bekamen. Hinter der kühlen Arroganz, die Mathew der Welt zeigte, befand sich ein intelligenter, geistreicher und umsichtiger Mann.

Luc war nicht der einzige Gentleman, der seine Meinung über den anderen änderte. Mathew, der in Luc nicht mehr gesehen hatte als einen geschickten Glücksritter und das schwarze Schaf der amerikanischen Joslyns, entdeckte, dass er sich geirrt hatte. Zum ersten Mal erlebte er Lucs mühelosen Charme und entspannte sich, genoss Lucs ungezwungene Art und seine amüsanten Geschichten über das Leben in Amerika. Sie sprachen über den Krieg mit Frankreich, und Mathew fiel die scharfe Intelligenz in den azurblauen Augen auf, die seinen eigenen so ähnlich sahen. Die Einsichten und Erkenntnisse, die Luc in seiner Zeit in Frankreich gewonnen hatte, fand er höchst faszinierend, und einen großen Teil der Reise verbrachten sie damit, über Englands bislang betrüblich unzulängliches Abschneiden in dem Konflikt zu diskutieren. Beide Männer interessierten sich für Pferde, und Luc erzählte ihm, dass er mit dem Gedanken spiele, Ramstone in ein Gestüt zu verwandeln. Mathew hielt das für eine gute Idee. Als sie das Stadthaus der Joslyns erreichten, wo sie auf Barnabys Einladung hin unterkamen, mochten sie einander durchaus gerne.

Zu dieser Jahreszeit waren nur sehr wenige Mitglieder der guten Gesellschaft in der Stadt, aber das war Mathew nur recht. Mit Luc als seinem Gast ging er zu White's und entkräftete damit die Gerüchte, er sei Einsiedler geworden.

Nichts könnte weiter von der Wahrheit entfernt sein. Da er für seine strenge Einstellung und seine Enthaltsamkeit bekannt gewesen war, nahm man sein leichtsinniges Spiel und sein übermäßiges Trinken in jener Nacht mit hochgezogenen Brauen zur Kenntnis. Als er und Luc schließlich in den frühen Morgenstunden ins Stadthaus zurückkehrten, war Mathew betrunken und hatte mehr als dreitausend Pfund an den Spieltischen verloren. Ob er es nun beabsichtigt hatte oder nicht, Mathew konnte sich zu Bett begeben in dem Wissen, dass es keine weiteren Gerüchte mehr über den »von Kummer zerfressenen Mathew Joslyn« geben würde.

Trotz seines schmerzenden Kopfes arrangierte er für Luc das Treffen mit dem Bischof. Alles ging nach Plan, und am frühen Nachmittag befanden sich Mathew und Luc, der die Sondererlaubnis sicher in seiner Rocktasche verwahrte, auf dem Rückweg nach Windmere. Es war weit nach Mitternacht, als sie vor dem Herrenhaus ankamen. Wenn Barnaby sich noch nicht für die Nacht zurückgezogen hatte, wollte Luc noch kurz mit ihm sprechen, ehe er weiter nach Ramstone ritt.

Luc und Mathew fanden Barnaby mit Simon und Lamb in Barnabys Arbeitszimmer. Ein Blick in die Gesichter der drei Männer reichte, und es war den soeben Eingetroffenen sofort klar, dass etwas geschehen war … und zwar nichts Gutes.

»Was ist los?«, verlangte Mathew.

Barnaby winkte zu Simon.

»Frag deinen Bruder. Er ist vor einer halben Stunde mit der Nachricht hier angekommen.«

Luc und Mathew richteten beide ihre Blicke auf Simon.

Der verkündete ohne lange Vorrede:

»Canfield ist tot.«

Kapitel 16

»*Mon Dieu*! Wie ist das passiert?«, verlangte Luc zu wissen und ging zu Barnaby, Simon und Lamb, die vor dem Feuer saßen.

Simon starrte in den Brandyschwenker in seiner Hand. »Vor ein paar Stunden war ich mit Padgett, St. John und Stanton im *Ram's Head* und habe mich über Barnabys Langweiligkeit beklagt« – er schaute zu Mathew – »und über die Ankunft meines Bruders, als Townsend in Begleitung von Nolles in den Privatsalon kam, wo wir Karten gespielt haben.« Simon trank einen Schluck Brandy und stieß hervor: »Nolles wirkte irgendwie gelöst und fröhlich, während Townsend ganz weiß im Gesicht war und sichtlich erschüttert. Es war Nolles, der uns erzählt hat, dass es einen schrecklichen Unfall gegeben habe und dass Canfield, der auf The Birches dem Alkohol freizügig zugesprochen hatte, zu nah an den Rand der Klippen geritten sei. Nolles' Bericht nach waren die drei auf dem Weg zu uns ins *Ram's Head,* als es geschah.« Simons Lippen wurden schmal. »Nolles, der alles allein erzählt hat, behauptet, es sei ganz rasch gegangen, sodass sie nichts hätten tun können, um den tragischen Unfall zu verhindern. Offenbar hat Canfields Pferd gescheut, und während er versucht hat, es wieder unter Kontrolle zu bekommen, ist er zu weit an den Rand der Klippe geraten. Der Boden hat unter den Hufen des Tieres nachgegeben, und Ross und Reiter sind ins Meer gestürzt.«

Wieder auf den Grund seines nun leeren Glases starrend, als fände sich dort die Antwort, die er suchte, sagte er bedrückt:

»Der Leichnam wurde geborgen, und der Konstabler läuft kopfschüttelnd herum und bedauert den verhängnisvollen Unfall.«

»Das ist keine Überraschung, da der begründete Verdacht besteht, dass Nolles Konstabler Ragland in der Tasche hat«, brummte Barnaby.

Während er sich und Mathew zu einem Glas Brandy verhalf, fragte Luc:

»Warum, wüsste ich gerne, haben sie sich entschlossen, Canfield zu töten?« Er reichte Mathew ein Glas und fügte hinzu: »Ein Mord, selbst wenn er als Unfall daherkommt, ist riskant, wenn das Opfer der Sohn eines Herzogs ist – selbst wenn es nur der zweite Sohn und nicht der Erbe ist.«

Luc ließ sein Glas auf dem Mahagonitisch mit den Messingbeschlägen, auf dem verschiedene Flaschen und Karaffen standen, hielt den Brandy hoch und blickte die anderen fragend an. Alle vier hoben ihre Gläser, und nachdem er ihnen eingeschenkt hatte, stellte er die Karaffe wieder zurück, nahm sein Glas und ging zum Kamin.

Die anderen, zu denen sich Mathew gesellt hatte, saßen in einem lockeren Halbkreis um den grauen Marmorkamin, und das Feuer spendete gegen die Kälte der Novembernacht angenehme Wärme.

Die fünf Männer tranken schweigend ihren Brandy und erwogen, was Canfields Tod wohl bedeuten konnte.

Lamb, der rechts von Barnaby in einem der tiefen Polstersessel mit dem grün und grau gemusterten Bezug aus Damast Platz genommen hatte, erklärte:

»Ich weiß, ich hätte heute Abend den vermaledeiten Ort

überwachen sollen.« Er sah Luc an. »Das hätte ich auch getan, wenn du nicht nach London gegangen wärst.« Ihm fiel wieder der Grund für die überstürzte Reise ein, und er bemerkte mit schmalen Augen: »Wenn ich unseren gemeinsamen Verwandten recht verstehe, sind Glückwünsche angebracht.«

Luc wurde rot.

»Ich hätte es dir selbst sagen sollen, aber dazu war keine Zeit.«

»Natürlich«, pflichtete ihm Lamb in einem Ton bei, der genau das Gegenteil aussagte.

Lucs Mund wurde schmal, aber bevor Luc und Lamb einen Streit anfangen konnten, sagte Barnaby rasch:

»Haben wir uns wegen Canfield geirrt? Vielleicht war er doch nicht an dem Schmuggelring beteiligt.«

»Oder«, ergänzte Mathew, »Nolles sagt zum ersten Mal in seinem Leben die Wahrheit, und es war wirklich ein Unfall.« Er blickte Barnaby missbilligend an. »Hast du vergessen, dass der Cousin deiner Frau heute Abend mit Canfield und Nolles zusammen war? Ich weiß, er hat keinen guten Ruf, aber glaubst du wirklich, dass Townsend vor einem Mord die Augen verschließen würde? Besonders dem Mord an dem Sohn eines Herzogs?«

Barnaby und Lamb wechselten einen Blick. Sie wussten Dinge über Townsend, von denen die anderen nichts ahnten. Townsend würde in der Tat Mord billigend in Kauf nehmen, und auch Entführung und versuchte Vergewaltigung, um seine eigene Haut zu retten … und das hatte er sogar bereits getan. Wenn sie nicht rechtzeitig eingegriffen hätten, überlegte Barnaby grimmig, wäre es nicht bei der *versuchten* Vergewaltigung geblieben. Wenn Lamb und er nicht genau zu dem Zeitpunkt hinzugekommen wären, wie sie es getan hatten, hätte sich Townsend weiter in der Scheune versteckt, damit er Emilys Schreie nicht hören musste, während Ainsworth sie vergewaltigte. Seine Finger schlossen sich fester um den dünnen Stil seines Glases, sodass es zu brechen drohte. *Wir hätten ihn damals töten sollen*, dachte er, und das nicht zum ersten Mal.

Simon runzelte die Stirn und sagte langsam:

»Nach dem, was ich beobachtet habe, hat Nolles Townsend zu sehr in seiner Gewalt, als dass er etwas anderes tun könnte, als allem zuzustimmen, was Nolles will.«

»Ach, sei nicht albern«, erwiderte Mathew scharf. »Ich will zugeben, dass du vermutlich recht hast, dass Padgett und Stanton mit Nolles unter einer Decke stecken, aber es fällt mir schwer zu glauben, dass Canfield sich an irgendetwas Illegalem beteiligt oder beteiligt hat.« Mathew schüttelte den Kopf. »Ich habe keinen von beiden je gemocht und konnte lange nicht verstehen, warum Thomas ihre Gesellschaft so geschätzt hat.« Schmerz leuchtete in den blauen Augen auf, und er sagte mit belegter Stimme: »Ich verstehe es jetzt und denke, es ist durchaus vernünftig, dass die drei – Nolles, Padgett und Stanton – sich gemeinsam im Schmuggel betätigen, aber nicht Canfield. Gütiger Himmel! Der Mann ist … war der Sohn eines Herzogs, und obwohl er für seinen liederlichen Lebenswandel bekannt war, glaube ich, dass er nicht so tief sinken würde, mit einem einfachen Schmuggler gemeinsame Sache zu machen.«

»Vergiss nicht«, erwiderte Simon schonungslos, »dass unser Bruder so tief gesunken ist, mit Nolles Geschäfte zu machen. Denkst du, Canfield hatte höhere Ideale als Thomas?«

Bei dem furchtbaren Schmerz, der sich auf Mathews Gesicht abzeichnete, schauten alle rasch weg. Es folgte ein Moment des Schweigens, dann bemerkte Mathew leise:

»Stimmt, du hast natürlich recht. Ein Mann von Canfields Ruf hat vermutlich keine Skrupel, sich an einem gewinnträchtigen Geschäft wie dem von Nolles zu beteiligen.«

»Es wäre interessant«, warf Lamb ganz nebenbei ein, »zu wissen, an genau welcher Stelle an der Küste Canfield umgekommen ist.«

»Warum?«, fragte Luc und schaute ihn scharf an.

»Ach, nur weil Townsends lieber Freund Ainsworth Anfang des Jahres ebenfalls an den Klippen ein unschönes Ende gefunden hat«, antwortete Lamb. »Wenn ich mich richtig erinnere, waren sie doch auch betrunken, als Ainsworth ins Meer gestürzt ist. Ein bemerkenswerter Zufall, nicht wahr, dass Townsend beide Male dabei ist, wenn ein betrunkener Freund von ihm oder auch ein Bekannter Opfer eines tödlichen Sturzes von den Klippen wird, oder?«

Mathew bemerkte mit faszinierter Miene:

»Ainsworths Tod hatte ich ganz vergessen.«

»Aber warum Canfield töten?«, wollte Simon wissen. »Ein Streit unter Dieben?« Mit besorgter Miene fragte er in die Runde: »St. John ist erst vor ein paar Tagen hinzugekommen … könnte sein Eintreffen auf dem Schauplatz irgendetwas mit Canfields Tod zu tun haben?«

»Ich kenne keinen von ihnen gut, aber St. Johns Freundschaft zu den anderen hat mich immer schon gewundert«, räumte Luc ein. »Er schien mir noch nie dazu zu passen, aber mir ist auch schon der Gedanke gekommen, dass er ihr Anführer sein könnte. Ehrlich gesagt, haben mich die anderen noch nie mit ihrer Intelligenz oder ihrem Scharfsinn beeindruckt.«

Sowohl Mathew als auch Simon nickten, und Mathew sagte:

»Dem kann ich nicht widersprechen. Padgett und Stanton habe ich immer für Dilettanten gehalten. St. John sucht zwar ab und zu ihre Gesellschaft, aber ich zähle ihn nicht zu ihrem Kreis.« Er lächelte schief. »St. John ist der Einzige unter Thomas' Freunden, der mir sympathisch war.« Er wandte den Blick ab. »Ich hatte gehofft, dass er einen guten Einfluss auf meinen Bruder hat und ihn von Padgett und den anderen loseist.«

»Ich glaube«, bemerkte Simon vorsichtig, »dass du vergisst, dass Tom und Nolles ja schon vorher eine Partnerschaft hatten ... Auch jemand wie Padgett kann dem Weg folgen, den Tom bereitet hatte.«

Mathew nickte mit ausdrucksloser Miene.

»Ich vergesse immer Toms Anteil in der Sache.«

Sie besprachen die Situation noch etwa eine Stunde, stellten Theorien auf und diskutierten sie, aber dann stellte Luc sein Glas ab und stand auf.

»Wir drehen uns im Kreis, wir können uns darauf einigen, dass Nolles und Townsend vermutlich Canfield umgebracht haben, oder dass Townsend sein Ableben wenigstens billigend in Kauf genommen hat, selbst wenn er die Tat nicht selbst begangen hat. Ich denke, wir sind uns auch darin einig, dass Padgett, Stanton und Nolles beim Schmuggeln gemeinsame Sache machen. St. John und seine Rolle sind schwer einzuschätzen. Er könnte an der Partnerschaft der drei anderen beteiligt sein, oder er ist es nicht. Warum Canfield ermordet wurde oder ob er überhaupt wirklich umgebracht worden ist, können wir nicht abschließend sagen. Auf den Tatsachen basierend, die uns vorliegen, ist es unwahrscheinlich, dass wir heute Nacht zu einem Schluss kommen ...« Er blickte zu der Uhr auf dem Kaminsims, sah die Uhrzeit und verbesserte sich: »Oder eher heute Morgen.« Er unterdrückte ein Gähnen. »Meine Herren, es ist schon spät, und ich habe ein paar ereignisreiche Tage hinter mir. Ich fürchte, ich muss mein Bett aufsuchen.« Er blickte schläfrig in die Runde. »Wie allgemein bekannt ist, werde ich sehr bald heiraten und muss mich noch um einiges kümmern, damit alles für meine Braut bereit ist.«

Barnaby brachte ihn zur Tür, wo Lucs Pferd schon wartete. Er blieb stehen und schaute zu, wie sein Bruder sich in den Sattel schwang und sagte:

»Du kannst auch die Nacht über hierbleiben.«

Luc grinste.

»Angst, mich allein nach Hause reiten zu lassen?«

Barnaby seufzte.

»Vielleicht ein bisschen. Aber angesichts von Canfields Tod denke ich, Nolles ist momentan mit anderem beschäftigt, als sich an uns zu rächen, allerdings …«

Lucs Grinsen verblasste, und er sagte leise:

»Nolles wird früher oder später sterben müssen, oder?«

Barnaby nickte und schaute seinem Bruder hinterher, während der in die Nacht ritt.

In Lucs Abwesenheit waren die Damen auf Windmere und Gillians Familie fleißig gewesen und hatten die Hochzeit weiter vorbereitet. Gillian, die sich mehr wie eine Zuschauerin fühlte, war zwar bei der Planung dabei, aber ihr kam alles doch mehr wie ein Traum vor. Sie würde heiraten … Luc Joslyn. Wie konnte das sein? Sie kannte den Mann ja kaum. Leichte Röte stieg ihr in die Wangen, als ihr Erinnerungen an die Nacht, die sie zusammen verbracht hatten, durch den Sinn gingen. Oh doch, sie kannte ihn schon, aber sie wusste nichts über seine Persönlichkeit, über sein Wesen.

Sie hörte nur mit halbem Ohr zu, wenn Pläne für ihre Hochzeit gemacht wurden, ihre Gedanken schweiften ab.

Sie hatte Charles gewissermaßen in einem Freudentaumel geehelicht, verliebt in die Liebe, während bei Luc … Ihr Herz verkrampfte sich in ihrer Brust. Jetzt war sie älter und weiser als mit achtzehn, als sie Charles geheiratet hatte, und sie war sich bewusst, dass die Gefühle, die Luc in ihr weckte, tiefer gingen, stärker und mächtiger waren als alles, was sie für Charles empfunden hatte. Sie war überzeugt gewesen, als sie ihn heiratete, dass Charles die Liebe ihres Lebens sei, aber jetzt wusste sie es besser. Luc rührte sie auf eine Weise an, wie Charles es nie getan hatte, und dieses Wissen machte ihr Angst. Sie sollte darauf achten, worüber die anderen diskutierten, aber sie konnte nur an Luc denken und an ihre gemeinsame Zukunft.

Am Nachmittag fuhren sie, Silas und Sophia zum Pfarrhaus ins Dorf, um den Pfarrer und seine Gattin zu besuchen, und Gillian war immer noch in Gedanken versunken und starrte auf ihre im Schoß gefalteten Hände, während Fetzen der Unterhaltung um sie herumschwirrten. Sie liebte Luc; das ließ sich nicht leugnen. Und weil sie ihn liebte, hatte sie der Ehe zugestimmt. Luc begehrte sie, und sie wusste, dass ihr Körper ihm Lust bereitete, aber wenn die Leidenschaft erst einmal gestillt war, würde er sie da ablehnen wegen der Art und Weise, wie ihre Ehe zustande gekommen war? Ihre Zukunft lag in seinen Händen … würde er sie über die Jahre gut behandeln oder würde sie sich mit einem weiteren Mann wie Charles verheiratet wiederfinden? Sie fragte sich, ob Charles sie eigentlich jemals geliebt hatte, oder ob ihm von Anfang an nur an ihrer Mitgift gelegen hatte. Sie erschauerte, weil sie wieder an den Widerwillen und das Entsetzen denken musste, das sie empfunden hatte, als Winthrop ihr enthüllt hatte, wie wenig Charles sie und ihre Ehe geschätzt hatte.

»Ist Ihnen kalt?«, erkundigte Penelope sich freundlich, der Gillians Erschauern nicht entgangen war. »Soll ich einen Diener schicken, dass er Ihnen einen Umhang holt?«

Gillian zwang sich zu einem Lächeln und schüttelte den Kopf.

»Danke, aber das wird nicht nötig sein. Es geht mir gut.«

Sie saßen in einem reizenden, gemütlichen Zimmer auf der Vorderseite des Pfarrhauses. Die Stühle und Sofas waren mit weichem gelbem Chintz bezogen. Die früher einmal leuchtenden Farben des Teppichs auf dem Boden waren zu hellem Altrosa und bleichem Grün verblasst. Kleine Eichentischchen standen hier und dort, ein Korb randvoll mit Strickzeug stand neben einem der Stühle, und eine Stoffpuppe lag in der Sofaecke. Ein zierlicher Schreibtisch voller Papiere befand sich an der gegenüberliegenden Wand. Auf einem Zinntablett auf einem niedrigen Tisch vor Penelope waren noch die Reste von Tee und Erfrischungen zu sehen, Ingwerkuchen und Zitronentörtchen.

Penelope schaute sie eine Weile an, dann wandte sie sich aber mit einem Lächeln wieder der Unterhaltung zu und nickte zu dem Vorschlag des Vikars, dass die Hochzeit im Pfarrhaus stattfand. Während sie Gillian die Hand tätschelte, erklärte Penelope leise:

»Cornelia und ich haben es besprochen, und wir denken, so ist es am besten.« Auf Gillians überraschten Blick hin sagte sie: »Es wird so genug Gerede geben wegen der Eile bei der Hochzeit. Wenn die Zeremonie hier abgehalten wird, wird das allem den Anstrich von Normalität verleihen.«

Gillian konnte nur nicken, dankbar für die Freundlichkeit und das Verständnis, das sowohl die Pfarrersfrau als auch die ehrfurchtgebietende Cornelia Townsend bewiesen. Beide Damen taten ihr Möglichstes, der ganzen Affäre einen respektablen Anstrich zu geben, und ihr wurde davon ganz warm ums Herz.

Als Gillian sich am Mittwochabend zu Bett begab, geschah das in dem Wissen, dass bis auf ein paar Kleinigkeiten alles geregelt war. Mit Barnabys Einwilligung würden Emily und Cornelia am Freitagabend ein Dinner für das Verlobungspaar geben. Der Vorschlag des Vikars, dass die eigentliche Hochzeitsfeier in der Pfarre am Samstag um elf Uhr vormittags stattfinden sollte, fand die Zustimmung aller Beteiligten. Vor Stolz fast berstend, verkündete Silas, dass auf die Feier ein Hochzeitsessen auf High Tower folgen würde.

Bis auf die Beaufsichtigung des Packens und des Transports ihrer persönlichen Gegenstände nach Ramstone gab es nicht mehr viel für Gillian zu tun. Silas und Sophia waren so aufgeregt wie zwei Kinder an Weihnachten, beide strahlten um die Wette, als habe Gillian etwas Wunderbares vollbracht. Stanley teilte ihre Aufregung nicht im gleichen Maße, aber er versetzte ihrer Freude auch keinen Dämpfer, auch wenn Gillian ihn mehr als einmal dabei ertappte, wie er sie nachdenklich musterte. *Er wundert sich wahrscheinlich über die dunklen Schatten unter meinen Augen,* dachte sie unglücklich.

Die Bewohner von High Tower, die mit der Vorbereitung der Hochzeit und Gillians Umzug in das Haus ihres zukünftigen Gatten beschäftigt waren, erfuhren erst am späten Freitagmorgen von Canfields Tod, als Luc vorbeischaute. Er wurde in den Morgensalon geleitet, wo die Familie gerade ein zweites Frühstück einnahm. Als er hereinkam, war ihm kaum anzusehen, dass er soeben erst in aller Eile nach London und wieder zurück gereist war.

Die azurblauen Augen unter den dichten schwarzen Brauen waren klar, und er wirkte insgesamt wie ein Mann, der mit sich und der Welt im Reinen war. Bis auf einen blitzschnellen Blick zu Gillian schenkte er seine gesamte Aufmerksamkeit den anderen.

Gillians Herz machte bei seinem Anblick einen Satz, und sie fand seine kurze besitzergreifende Musterung erregend und angsteinflößend zugleich. Sie war froh, dass er mehr auf die anderen achtete als auf sie, denn das gestattete es ihr, sich an seiner hochgewachsenen muskulösen Figur und den attraktiven Zügen sattzusehen. Unter gesenkten Wimpern starrte sie ihn an und musste zugeben, dass er einfach großartig aussah in seinem makellos sitzendenden dunkelblauen Rock mit den Messingknöpfen und dem welligen schwarzen Haar. Gütiger Himmel! Morgen würden sie Mann und Frau werden.

Als Luc Silas anlächelte und sich auf den Stuhl setzte, auf den der zeigte, konnte sie ihren Blick nicht von ihm losreißen. Er faszinierte sie. Zur Hölle mit ihm!

»Und, ist alles gut gegangen?«, erkundigte sich Silas.

Luc nickte.

»Mathew Joslyn hat mich nach London begleitet und mir den Weg geebnet. Die Sondererlaubnis habe ich erhalten – kein Grund zur Sorge.«

»Nun, mein Junge, Sie sind nicht der Einzige, der in den letzten Tagen fleißig war«, verkündete Silas fröhlich. »Wir haben alles arrangiert.« Dann legte er kurz dar, was alles geplant war.

Luc fand nichts daran auszusetzen.

»*Bon!* Sie scheinen alles perfekt im Griff zu haben.« Er schaute zu Gillian, erwischte sie dabei, wie sie ihn anstarrte. Der rasche Blick zur Seite und die Röte in ihren Wangen gefielen ihm. Die dunklen Schatten unter ihren Augen hingegen nicht. Die Dame schlief nicht gut, und er war sich sicher, dass ihre bevorstehende Ehe der Grund dafür war. Er seufzte innerlich. Ihr Schicksal war besiegelt, seit er sie hochgehoben und in ihr Schlafzimmer getragen, sie auf ihr Bett gelegt und geliebt hatte.

Dass Sophia sie zusammen im Bett gefunden hatte, hatte eigentlich nichts geändert: Er hatte gewusst, dass diese verrückte Nacht ... und die nie gekannte Leidenschaft zur Ehe mit ihr führen würden. Sie würden morgen heiraten, und daran ließ sich nichts ändern. Verblüfft stellte er fest, dass er, selbst wenn es einen Weg gegeben hätte, eine Ehe zu umgehen, ihn nicht beschritten hätte. Mit nicht wenig Verwunderung gestand er sich ein, dass er sie heiraten *wollte*.

Die Unterhaltung drehte sich mehrere Minuten lang um allgemeine Themen, bevor Luc Silas um ein Gespräch unter vier Augen bat. Da er annahm, es habe etwas mit der Ehe zu tun, besonders aber mit Geld, nickte Silas, und einen Augenblick später verließen er und Luc die anderen und zogen sich in Silas' Arbeitszimmer zurück.

Silas setzte sich auf einen bequemen Stuhl am Kamin und erklärte:

»Sie wissen natürlich, dass Gillian nicht mittellos zu Ihnen kommen wird. Sie weiß es noch nicht, aber ich habe eine kleine Summe als ihre Mitgift bestimmt, und dann ist da noch das Landhaus in Surrey mit drei Morgen Land, das sie von Charles geerbt hat.«

Luc war es egal, ob Gillian nackt wie am Tag ihrer Geburt zu ihm kam, aber er verstand, dass Silas' Stolz verlangte, dass er seiner Nichte eine Mitgift aussetzte.

»Das ist sehr großzügig von Ihnen«, erwiderte Luc. »Ich habe ihr bereits ein Konto für das Nadelgeld und die Haushaltsausgaben eingerichtet.«

Sie einigten sich rasch, und nachdem das geklärt und aus dem Weg war, kam Luc auf den Grund zu sprechen, weswegen er ungestört mit Silas hatte reden wollen: Canfields Tod. Er ließ allerdings unerwähnt, dass bei dem Unfall vielleicht nicht alles mit rechten Dingen zugegangen war und mehr dahintersteckte, als man auf den ersten Blick vermutete.

Silas nahm die Nachricht mit ungläubig aufgerissenen Augen auf und rief:

»Was Sie nicht sagen! Das ist ja schrecklich. Und gestern Abend?« Er schüttelte den Kopf. »Ich konnte den jungen Mann nicht wirklich leiden und habe auch damit gerechnet, dass es einmal ein schlimmes Ende mit ihm nehmen wird.« Er holte tief Luft. »Es ist nicht nett, das zu sagen, aber ich bin nur froh, dass er nicht mehr hier gewohnt hat, als das passiert ist. Ich war ehrlich erleichtert, den jungen Tunichtgut von hinten zu sehen und könnte nicht froher darüber sein, dass die Freundschaft zwischen ihm und meinem Neffen zerbrochen ist.« Er runzelte die Stirn. »Er war hier fremd in der Gegend, und als er und Stanley die … Differenzen hatten, hätte ich eigentlich damit gerechnet, dass er nach London zurückgeht. Ich kann mir beim besten Willen nicht vorstellen, was jemanden wie ihn in unserem Winkel von Sussex halten könnte.«

Luc zuckte die Achseln.

»In London ist es zu dieser Jahreszeit eher ruhig. Vielleicht hat Canfield schlicht das Leben auf dem Lande ausprobieren wollen und Ruhe gesucht, um sich von dem ganzen Trubel in London zu erholen.«

»Im *Ram's Head*?« Silas schnaubte ungläubig. »Wenn er Ruhe und Abwechslung gesucht hat, dann wäre er bei Mrs. Gilbert in der *Krone* besser bedient gewesen. Billiger, angenehmere Gesellschaft und ohne die Verlockung des

Spieles um hohe Einsätze, das, wie Stanley sagt, dieser Tage bei Nolles gang und gäbe ist.«

Canfields Tod beunruhigte Silas. Nicht das Ableben des jungen Mannes an sich, das er durchaus bedauerte, sondern der Verbleib dieser verfluchten Schuldscheine von Charles, die Canfield von Winthrop gewonnen hatte. *Wo sind sie jetzt nur*, fragte er sich besorgt. Es wäre nicht gut, wenn sie Fremden in die Hände fielen. Silas bewegte sich unruhig. Sobald Gillian erst einmal Luc geheiratet hatte, würden die Schulden auf ihn übergehen, und falls die Schuldscheine auftauchten …

Silas betrachtete Luc. Sollte er ihn warnen? Er scheute davor zurück. Es war nicht seine Aufgabe, darüber zu reden. Aber es gefiel ihm dennoch nicht, ihr Vorhandensein Luc zu verheimlichen. Das roch nach Unaufrichtigkeit. Seine erste Pflicht galt jedoch Gillian, entschied er. Aber es sagte ihm auch gar nicht zu, ihr das Problem zu überlassen. Es war seine Pflicht, sie zu schützen und zu beschützen, aber er sah nicht, wie er das bewerkstelligen sollte.

Luc bemerkte seine nachdenkliche Miene und fragte:

»Sir? Gibt es etwas, was Ihnen Sorgen bereitet? Oder schmerzt Ihr Arm?«

Obwohl er noch die schwarze Schlinge trug, merkte er kaum mehr etwas von seinem gebrochenen Arm. Der Arzt hatte am Tag zuvor erst gesagt, dass es nicht mehr lange dauern würde, ehe er ganz auf die Schlinge verzichten konnte.

Silas schüttelte den Kopf und erklärte:

»Nein, nein, mit dem Arm ist alles in Ordnung, er verheilt vorbildlich. Ich dachte nur gerade über Canfields Tod nach. Für meinen Neffen und auch meine Nichten wird es ein Schock sein.«

»Soll ich es lieber erzählen?«, erkundigte sich Luc. »Es wäre das Beste, wenn sie es gleich erfahren. Ich bin sicher, dass sich die Nachricht inzwischen im Dorf verbreitet hat.«

»Ja, vielleicht ist es wirklich besser, wenn Sie das übernehmen. Sie werden lauter Fragen haben, und ich muss sie ja ohnehin an Sie verweisen.«

Die beiden Männer kehrten wieder in den Morgensalon zu den anderen zurück, und auf ein Nicken von Silas hin sagte Luc ernst:

»Ich fürchte, ich komme mit schlechten Neuigkeiten. Ich habe sie bereits Ihrem Onkel erzählt, und wir sind beide der Ansicht, dass es niemanden nützt, wenn wir Ihnen die Wahrheit vorenthalten.«

Beide Frauen starrten ihn mit großen Augen und ängstlichen Mienen an; Stanley betrachtete ihn stirnrunzelnd. Nach einem tiefen Atemzug verkündete Luc:

»Es ist meine traurige Pflicht, Sie davon zu unterrichten, dass George Canfield letzte Nacht bei einem Sturz von den Klippen bei den Sieben Schwestern ums Leben gekommen ist.«

Die Damen schnappten nach Luft, Entsetzen im Blick. Stanley versteifte sich und starrte Luc an.

»Ein *Unfall*?«, erkundigte sich Stanley scharf.

Luc blickte ihn an und nickte.

»Ja. Er war mit Squire Townsend und Mr. Nolles zusammen. Offenkundig hatten die drei ein bisschen zu viel getrunken. Canfields Pferd hat zu dicht an der Klippe gescheut, sodass unseligerweise Ross und Reiter zusammen in die Tiefe gestürzt sind.«

Es war schwer für Gillian, in sich irgendwelches Mitgefühl für Canfield zu finden, doch obwohl sie ihn verabscheut hatte, hatte sie ihn nicht tot sehen wollen, weswegen sie leise sagte:

»Was für ein trauriges Schicksal. Seine Familie wird fassungslos sein.«

»Ganz sicher«, pflichtete ihr Sophia bei, auch wenn sie insgeheim vermutete, nur seine Mutter würde über sein Ableben aufrichtig trauern. Sie sah zu Stanley. Ihr Cousin gab sich große Mühe, eine angemessene Reaktion zu zeigen, doch es war klar zu erkennen, dass er zwar schockiert war, ihn Canfields Tod aber nicht wirklich berührte.

Ohne es zu ahnen, wiederholte Stanley Silas' Bemerkung.

»Es tut mir leid, von seinem Tod zu hören, aber ich kann nur froh sein, dass er nicht länger hier gewohnt hat.«

Canfields tödlicher Unfall beschäftigte sie noch kurze Zeit, dann verlagerte sich die Unterhaltung auf das Dinner auf Windmere an diesem Abend.

Gillian lächelte Luc schüchtern zu und bemerkte leise:

»Lord und Lady Joslyn und Mrs. Townsend sind so großzügig gewesen, für uns heute Abend ein Dinner zu geben.« Leichte Röte stieg ihr in die Wangen. »Sie hatten nicht viel Zeit, es zu planen, aber soweit ich es weiß, stößt es auf erfreuliche Resonanz.«

Luc lachte, und seine weißen Zähne schienen in seinem dunklen Gesicht aufzublitzen.

»Eine Einladung nach Windmere ablehnen? Niemand in der Nachbarschaft würde das wagen – Cornelia würde ihnen mit dem Gehstock kommen.«

Silas schmunzelte.

»Allerdings, ihr Stock ist ein mächtiger Anreiz, genau das zu tun, was sie will.«

Luc bot an, sie nach Windmere zu eskortieren, aber Silas winkte ab.

»Ach Unsinn! Mit Stanley und mir an ihrer Seite wird Ihre Verlobte ganz sicher sein. Es besteht kein Grund für Sie, den ganzen Weg herzureiten, nur um dann nach Windmere zu fahren und nachher wieder zurück, ehe Sie dann von hier nach Ramstone aufbrechen. Wir sehen uns auf Windmere.« Er zwinkerte Gillian zu und grinste Luc an. »Nach elf Uhr morgen Vormittag werden Sie für sie verantwortlich sein. Bis dahin lassen Sie einem alten Mann doch das Vergnügen.«

Gillians empörter Blick entlockte Luc ein Lachen, und nachdem er Silas zugestimmt hatte, sagte er:

»Bis heute Abend.« Dann ging er.

Emily und Cornelia hatten die Liste mit den Dinnergästen sehr sorgfältig zusammengestellt. Es sollte keine große Gesellschaft werden, aber sie wollten sichergehen, dass Luc und Gillian so wenig Probleme wie möglich hatten, die durch die plötzliche Hochzeit mit Sondererlaubnis vielleicht bei dem Landadel aufkommen könnten. Bei Lord und Lady Broadfoot konnte man sich darauf verlassen, dass sie die Frischvermählten freundlich behandelten – Lucs Eingreifen zu Gunsten Harlans war nicht vergessen. Auch bei Sir Michael und seiner Gattin, den Eltern von Tilden, Barnabys Sekretär und Hausverwalter, konnte man sich sicher sein, dass sie alles tun würden, was nötig war, um Barnabys Halbbruder und seiner Braut den Weg zu ebnen. Und natürlich würden auch Vikar Smythe und seine unerschütterliche Gemahlin Penelope alles in ihrer Macht Stehende unternehmen, um sicherzustellen, dass die Menschen hier das junge Paar ohne Vorbehalte aufnahmen. Natürlich würden bei der Gesellschaft auch Simon und Mathew anwesend sein, und weder Emily noch Cornelia hegten irgendeinen Zweifel daran, dass sie sich hinter Luc und Gillian stellen würden.

»Wenigstens ist es eine gerade Anzahl von Gästen, wenn schon die Geschlechter ungleich verteilt sind«, murmelte Emily, als sie Freitagnachmittag noch einmal die Gästeliste durchging.

»Das lässt sich nicht ändern. Sechzehn Gäste zum Dinner sind genug für eine ›Feier in kleinem Kreis‹.« Cornelia lächelte Emily zu. »Vor allem, wenn du so aussiehst, als könnten bei dir jeden Moment die Wehen einsetzen.«

Emily kicherte.

»Ich sehe doch nicht wirklich so schlimm aus, oder?«

Cornelia blickte ihre Großnichte voller Zuneigung an. Die Schwangerschaft war schon weit fortgeschritten, aber bis auf die beachtliche Wölbung dort, wo früher ihr flacher Bauch gewesen war, sah Emily immer noch so liebreizend aus wie sonst. In den grauen Augen stand ein Funkeln, ihre Haut schimmerte rosig, und ihre Wangen waren stets zart gerötet. Die Ehe und die Schwangerschaft bekamen ihr bestens, und Cornelia sprach ein schnelles Dankgebet dafür, dass der Herrgott ihnen Barnaby gesandt hatte. Und Emily, fügte sie hinzu, mit der Vernunft gesegnet, sich in ihn zu verlieben. Es war natürlich auch hilfreich gewesen, dachte sie, dass Barnaby sich ebenso heftig in Emily verliebt hatte.

Als sie darüber nachdachte, wie glücklich Barnaby und Emily waren, erschien eine steile Falte zwischen ihren Brauen. Sie hatte eine Schwäche für Luc und hatte sich Sorgen gemacht, seit sie erfahren hatte, dass er entschlossen war, Gillian Dashwood zu heiraten. Dass er Ramstone gekauft hatte, hatte sie sehr gefreut, und sie hatte die Hoffnung gehegt, dass irgendwie dann auch eine geeignete Gattin auftauchte. Ihre Lippen verzogen sich. Sie hatte allerdings nicht damit gerechnet, dass es nur eine Sache von Tagen sein würde, bis eine erschien, und Gillian Dashwood war nicht unbedingt die Frau, die ihr vorgeschwebt hatte. Aber Gillian war nun einmal die Frau, die Luc sich ausgesucht hatte, aus welchen Gründen auch immer – sie hatte diesbezüglich einen starken Verdacht –, und es war sicher am besten, sie akzeptierte seine Wahl. Alles, was sie wollte, gestand sie sich ein, war, dass Luc das gleiche Glück fand, wie Barnaby und Emily es teilten, und sie war nicht überzeugt, noch nicht, dass Gillian es ihm geben konnte. Die Zeit würde es zeigen, und bei Gott, dachte sie, wenn sie ihn unglücklich macht … Ihre Finger schlossen sich fester um den Gehstock aus Walnussholz, und sie kniff die Augen zusammen. Ich werde ihr dann einfach einen Strich durch die Rechnung machen müssen, entschied sie mit einem unseligen Lächeln auf den Lippen.

»Woran denkst du gerade?«, verlangte Emily zu wissen, die ihr Lächeln sah.

»Ach nichts, an nichts Besonderes«, erwiderte Cornelia mit unschuldsvoller Miene. »Was hältst du von ein paar Lilien aus dem Gewächshaus als Tischschmuck für heute Abend?«, fragte sie und lenkte Emily erfolgreich ab.

Gillians Vorfreude auf das Abendessen auf Windmere hielt sich in Grenzen. Sie scheute nicht nur vor dem zurück, was, wie sie fürchtete, eine Art Spießrutenlauf zwischen kritischen Blicken werden würde. Die Nachricht von Canfields Tod hatte sie erschüttert. Nachdem ihr erster Schreck verflogen war, hatte sie wie ihr Onkel an die verflixten Schuldscheine denken müssen.

Sogar während sie badete und sich dann für den Abend ankleidete, kreisten ihre Gedanken unablässig weiter um Charles' Schuldscheine und wo sie wohl sein mochten. Hatte Canfield sie in London gelassen? Oder hatte er sie mit hierher gebracht? Ging jemand in diesem Moment seine Sachen im *Ram's Head* durch und fand sie vielleicht? Die Vorstellung, dass ein Fremder sie in die Hand bekam, erfüllte sie mit Elend. Charles mochte schon viele Jahre tot sein, aber die Tausende Pfund, auf die sich diese Schuldscheine beliefen, waren eine Schuld, die dennoch gezahlt werden musste.

Während die Kutsche schaukelnd nach Windmere fuhr, hörte sie nur mit halbem Ohr der Unterhaltung zwischen Silas und den anderen zu und dachte über die Schuldscheine nach ... und natürlich über Luc. Den Mann, den sie am nächsten Tag heiraten würde. Ihr kam ein schrecklicher Gedanke. Da sie nun einmal nicht über die Mittel verfügte, sie zurückzukaufen, würde es da Luc als ihrem Ehemann zufallen, sie auszulösen? Gezwungen, sie zu heiraten, würde Luc am Ende im Schuldenturm landen wegen der Spielschulden ihres verstorbenen Mannes. Das war ein schlimmes Dilemma, in dem sie sich da befand. Sollte sie sich ihm anvertrauen? Noch vor der Hochzeit? Oder einfach abwarten und darum beten, dass diese Schuldscheine nie wieder auftauchten? Ihre Mundwinkel bogen sich nach unten. Das war höchst unwahrscheinlich. Die Schuldscheine existierten nun einmal, und früher oder später würde jemand sie finden. Was für ein furchtbares Wirrwarr.

Entschlossen setzte sie ein Lächeln auf, riss sich zusammen, damit man ihr ihre Sorgen nicht anmerkte, und stieg dann aus der Kutsche. Wie ein Soldat, der sich für die Schlacht wappnet, betrat sie Windmere. Zu ihrer Verwunderung genoss sie trotz ihrer Befürchtungen den Abend und freute sich über die Freundlichkeit, die ihr von allen Seiten zuteilwurde. Sie hätte schon sehr abgeklärt sein müssen, sagte sie sich, um den Abend nicht reizend zu finden.

Alles war wunderschön vorbereitet, angefangen bei der

weißen Leinentischwäsche bis hin zu den exotisch duftenden weißen und rosa Lilien und den zarten grünen Farnwedeln. Das Essen war köstlich, und auf jedes elegante und wohlschmeckende Gericht folgte ein weiteres, das noch erlesener schmeckte: Rinderbraten à la Royale, Hummer in Butter, Hammelkeule mit Blumenkohl und Spinat, Hühnchen mit Esskastanien und vielen anderen Beilagen. Und die Gäste! Diese Leute, die ihre Gläser ein ums andere Mal zum Toast hoben, waren Adlige, die Elite der Gegend, und sie waren gekommen, um sie und Luc zu ehren – das schmeichelte ihr und rührte sie. Etwas wie Freude stieg in ihr auf, und für eine kurze Zeit war es ihr möglich, ihre Sorgen und Zweifel zu vergessen.

Mit glänzenden Augen und ihrem immer wieder aufblitzenden Lächeln, bei dem sich ihre Grübchen zeigten, tat sie so, als sei Luc in sie verliebt, und redete sich eine kostbare kleine Weile lang ein, ihre Ehe würde glücklich werden. Ihr Blick glitt zu Luc, und unter ihrem aprikosen- und champagnerfarbenen Abendkleid klopfte ihr Herz freudig. Das Kerzenlicht betonte den Blauschimmer seiner schwarzen Haare, seine Zähne blitzten in seinem schönen Gesicht, wenn er lachte, und er trug einen burgunderroten Rock mit schwarzen Aufschlägen, und seine Krawatte schimmerte weiß inmitten des dunkleren Stoffes – kurz, er war der Traum eines jeden Mädchens.

Später am Abend bemächtigte sich Lord Joslyn ihrer Hand und legte sie sich auf den Arm, dabei murmelte er:

»Bitte gestatten Sie mir, Sie ein paar Minuten lang zu entführen und Ihnen meinen Wintergarten zu zeigen.« Er lächelte. »Man versichert mir, er sei wunderschön.«

Innerlich bebend ließ Gillian es geschehen, dass Viscount Joslyn sie von den anderen fortbrachte, sie wusste natürlich, es ging nicht darum, dass sie den berechtigterweise berühmten Wintergarten auf Windmere zu sehen bekam. Er hatte sie aus einem anderen Grund von den übrigen Gästen getrennt. Sie schlenderten inmitten der exotischen Pflanzen – Bananenstauden, Orchideen und tropische Farne – und Barnaby bemerkte:

»Es ist alles ein wenig überwältigend, nicht wahr?«

Gillian schaute ihn an. Sie war sich bewusst, dass er nicht über den Wintergarten sprach, sah aber die Freundlichkeit in seinen dunklen Augen und antwortete:

»Ihnen muss diese Eheschließung sehr plötzlich vorkommen.«

»Das stimmt zwar, aber nichts, was mein Bruder tut, vermag mich besonders zu überraschen.« Den Blick auf ihr Gesicht gerichtet, fragte er unverblümt: »Lieben Sie ihn?«

Derart überrumpelt rutschte ihr die Wahrheit einfach so heraus, ehe sie es verhindern konnte.

»Ja, das tue ich.«

Es war natürlich möglich, dass sie log, aber Barnaby glaubte das eher nicht. Er hatte sie absichtlich mit der Frage überfallen, und der Ausdruck in ihren Augen und der heisere Ton in ihrer Stimme verrieten mehr als ihre Worte. Gillian Dashwood mochte eine fragwürdige Vergangenheit haben, aber das Einzige, was für Barnaby zählte, war die Frage, ob sie Luc liebte oder nicht. Ihm waren die Blicke nicht entgangen, die sie Luc zuwarf, wenn sie dachte, niemand schaute hin, und er war zuversichtlich gewesen, dass ihr Herz nicht unbeteiligt war. Aber er hatte die Worte von ihr hören und sich selbst ein Bild von ihrer Aufrichtigkeit machen wollen.

Er betrachtete sie kritisch und fand, dass sie wirklich reizend aussah. Luc war ihr jedenfalls restlos verfallen.

Barnaby hatte Vorbehalte gehabt wegen der Hast, mit der die Ehe zustande gekommen war, und Lucs Wahl allgemein, aber er würde Lucs Instinkten trauen müssen … und seinen eigenen. Aufgrund von allem, was er gesehen und gehört hatte, auch wenn sie nicht unbelastet kam, war er der Meinung, dass sie für Luc genau die Richtige sein könnte.

Barnaby tätschelte ihr die Hand.

»Gut! Luc verdient es, geliebt zu werden.« Er zwinkerte ihr zu. »Selbst wenn er manchmal in einem den höchst barbarischen und wenig liebevollen Wunsch weckt, ihn zu erdrosseln.« Er schenkte ihr ein herzlicheres Lächeln als zuvor und fügte leise hinzu: »Willkommen in der Familie, meine Liebe.«

Kapitel 17

Bei ihrer Rückkehr nach High Tower bat Silas Gillian um eine Unterredung unter vier Augen. Unbehagen wallte in ihr auf, als sie ihrem Onkel in sein Arbeitszimmer folgte und auf dem Stuhl Platz nahm, den er ihr anwies. Er selbst setzte sich hinter seinen Schreibtisch, und das milde Lächeln, das er ihr schenkte, vertrieb ihre Sorgen.

»Morgen wirst du Luc Joslyn heiraten«, begann er, »und ich will zugeben, dass das mein innigster Wunsch ist. Ich habe euch beide sehr, sehr gern, und beinahe von dem Moment an, in dem ich ihn kennengelernt habe, dachte ich mir, dass er für dich einen guten Ehemann abgeben würde.«

Sie starrte ihn verwirrt an.

»Du wolltest, dass ich ihn heirate?«

»Allerdings. Ich kann mir keinen anderen Mann vorstellen, der so gut zu dir passt.«

»Aber er ist doch ein Spieler! Genau wie Charles.«

»Nein, meine Liebe, Luc mag vieles sein, aber deinem verstorbenen und – wie ich gestehen muss – unbeweinten Ehemann gleicht er kein bisschen.« Er schaute sie fest an und erklärte: »Luc spielt zwar, aber er ist kein Spieler im eigentlichen Sinn. Ich habe ihn monatelang beobachten können und kenne den Unterschied. Sein Erfolg beweist, was ich sage. Er spielt nie betrunken oder wirft gutes schlechtem Geld hinterher – besonders wenn ihm Fortuna nicht gewogen ist. Ich habe selbst gesehen, wie er im Laufe eines

Abends ein kleines Vermögen auf den Tisch gelegt hat, wenn das Glück auf seiner Seite war, aber ich habe nie gesehen, dass er mehr gesetzt hat, als er sich zu verlieren leisten konnte. Seine Schuldscheine wirst du nicht in ganz England verstreut finden.«

»Und dadurch soll ich mich besser fühlen?«

»Das solltest du. Luc mag seine Fehler haben, aber du wirst nie fürchten müssen, dass er dich in die gleiche Lage bringt, wie Charles das getan hat.« Seine Züge verhärteten sich. »Dich entweder praktisch mittellos zurückzulassen oder von dir zu erwarten, dass du dich zur Abzahlung seiner Schulden prostituierst.« Seine Miene wurde wieder weich. »Ich erwähne das nicht, um dich zu beunruhigen, meine Liebe, sondern um dir begreiflich zu machen, dass wir von zwei grundsätzlich verschiedenen Männern sprechen. Wenn ich auch nur einen Moment lang glauben würde, dass Luc dich schlecht behandeln würde, dann wäre mir der Skandal gleichgültig, und ich würde alles in meiner Macht Stehende tun, um eure Ehe zu verhindern.«

Sie starrte auf ihre im Schoß gefalteten Hände.

»Ich danke dir dafür«, murmelte sie, von seinen Worten getröstet. Vielleicht war Luc wirklich nicht wie Charles, aber Charles' Schuldscheine stellten eindeutig eine Gefahr für ihr Glück dar. Sie schaute ihrem Onkel in die Augen und sagte: »Die Schuldscheine … nach Canfields Tod könnten sie überall wieder auftauchen.«

Er seufzte und nickte.

»Es war dumm von uns zu glauben, dass das Problem sich einfach in Luft auflöst, indem du hier einziehst. Die Schuldscheine sind immer noch dort draußen irgendwo, und wir hätten etwas unternehmen sollen, um sie Canfield abzujagen.«

»Seit wir von Canfields Tod wissen, bedrückt mich der Gedanke an diese Schuldscheine wieder stärker. Ich weiß einfach nicht, was ich tun soll«, gestand Gillian. »Soll ich es Luc erzählen? Und wann? Noch vor der Hochzeit morgen Vormittag? Oder gleich danach?« Sie wandte den Blick ab. »Es ist schlimm genug, dass ich ihn mit kaum mehr als den Kleidern, die ich am Leib trage, heirate, aber unter diesen Umständen scheint es mir unglaublich unfair, ihm auch noch Charles' Schulden aufzuhalsen.«

»Ah, da sind wir auch schon bei dem Grund, weswegen ich mit dir heute Abend sprechen wollte.« Er lächelte sie an. »Du wirst zu Luc nicht so arm kommen, wie du zu glauben scheinst. Ich habe dir eine hübsche kleine Summe als Mitgift ausgesetzt, und Luc und ich haben uns auf eine angemessene Versorgung für dich geeinigt.« Als sie die Brauen hochzog, fügte er hastig hinzu: »Ja, ja, ich weiß, dass du als Witwe das Recht hast, deine eigenen Entscheidungen zu treffen, aber Luc war sehr fair und großzügig. Egal, was auch passiert, du wirst nie wieder ohne Geld dastehen.«

Gillian starrte ihren Onkel an, und ihr Ärger verflog. Wie konnte sie ihm böse sein? Er war netter und großzügiger, als sie es verdiente.

»Du bist zu gut zu mir und … und ich schätze sehr, was du für mich tust, aber ich kann es nicht zulassen.«

»Du kannst mich nicht daran hindern, Mädchen. Und außerdem ist alles schon erledigt.« Er hob einen Finger. »Und ich will nichts hören wie, dass es deiner Cousine oder deinem Bruder gegenüber ungerecht sei. Ich bin ein wohlhabender Mann – wohlhabender, als die meisten Leute ahnen. Ich wollte immer dafür sorgen, dass du und Sophy und auch dein Bruder nach meinem Tod versorgt sind. Natürlich wird Stanley eines Tages High Tower erben, und ich will nicht leugnen, dass ich meine Zweifel wegen seiner Tauglichkeit hatte. Aber in den letzten Wochen hat er bewiesen, dass er einen klugen Kopf auf den Schultern hat – wenn er beschließt, ihn zu benutzen.« Er kratzte sich am Kinn. »Bis er sein Erbe antreten kann, wird hoffentlich noch einige Zeit vergehen, aber es spricht absolut nichts dagegen, dass ich euch drei jetzt schon finanziell unabhängig stelle.« Als Gillian den Mund öffnete, um ihm zu widersprechen, blickte er sie finster an. »Es ist mein Geld, und ich gebe es so aus, wie ich es will. Es ist besser, wenn ihr euch jetzt schon darüber freut, solange ich es noch miterleben kann, als wenn ihr wartet, bis ich kalt in meinem Grab liege.« Sich langsam in Erregung redend, brummte er: »Und du bist eine verdammt undankbare kleine Göre, wenn du es wagst, mir mein Geld ins Gesicht zu schleudern. Einem alten Mann das bisschen Glück zu missgönnen … daran will ich gar nicht denken.«

Ihr Herz floss über vor Liebe zu ihm, und lachend und weinend sprang Gillian auf und lief zu ihm, warf ihm die Arme um den Hals und küsste ihn auf die faltige Wange.

»O Onkel Silas! Du bist der süßeste und großzügigste Mann, den ich kenne. Ich werde versuchen, keine undankbare Göre zu sein. Danke.«

Beschwichtigt tätschelte er ihr den Arm.

»So ist es besser«, erklärte er. »Und mach dir keine Sorgen, dass du mehr bekommst als die anderen. Das ist nicht der Fall. Ihr habt alle die gleiche Summe erhalten.« Er warf ihr einen listigen Blick zu. »Natürlich habe ich den anderen noch nichts gesagt. Das will ich morgen Nachmittag nachholen, nachdem deine Hochzeit vorüber ist und wieder Ruhe einkehrt. Daher verrate bitte noch nichts.«

Sie wischte sich die Tränen ab und lächelte ihn an.

»Das wird unser Geheimnis sein.«

»Gut. Und jetzt ab ins Bett mit dir und mach dir keine Sorgen wegen dieser verflixten Schuldscheine. Wenn Luc sie kaufen muss – dann wird er das mit meinem Geld tun. Du hast keinen Grund, dich schuldig oder ihm verpflichtet zu fühlen.«

Gillian glaubte zwar nicht ganz, dass es so leicht oder so einfach werden würde, wie Silas es hinstellte, aber ihr war jetzt trotzdem leichter ums Herz und ihre Schritte waren beschwingt, als sie die Stufen zu ihrem Zimmer hinauflief.

Während Gillian in ihr Zimmer auf High Tower eilte, schlich sich ein Mann in das Zimmer von Canfield im *Ram's Head*. Eigentlich hatte er gehofft, schon am Tag zuvor die Räume durchsuchen zu können, während in der Gaststube alle noch aufgeregt über Canfields Tod sprachen, aber bislang hatte sich ihm einfach noch nicht die Gelegenheit geboten. Er hatte sich den ganzen Tag Sorgen gemacht, dass jemand ihm zuvorkäme bei der Durchsuchung, aber Nolles hatte beiläufig erwähnt, dass Konstabler Ragland die Tür verschlossen und die Schlüssel eingesteckt habe, weil er die Untersuchung auf die Zeit verschieben wollte, wenn die Familie des Verstorbenen kam. Das war eine gute Neuigkeit gewesen, aber jetzt konnte er nicht länger warten. Unter einem Vorwand verließ er seine Freunde und verschwand nach oben. Wie Nolles es schon gesagt hatte, war die Tür verschlossen, doch er machte kurzen Prozess mit dem Schloss, öffnete sie und schlüpfte hindurch.

Nachdem er die Tür hinter sich zugezogen hatte, entzündete er eine kleine Kerze. Er machte sich Sorgen, dass der Lichtschein unter der Tür zu sehen sei, aber er musste es riskieren – und hoffen, dass er es hören würde, wenn jemand käme, sodass er die Kerze ausmachen konnte. Mit einem

Ohr auf das verdächtige Geräusch von Schritten auf der Treppe lauschend, durchsuchte er die Sachen des Toten. Er fand wenig, was ihm nützlich schien, bis er unter dem Futter in der Reisetasche versteckt Charles Dashwoods Schuldscheine entdeckte.

In dem schwachen Licht der Kerze betrachtete er das Bündel Papiere und blätterte sie durch, während er sich den Kopf zerbrach, wie er sie zu seinem Vorteil nützen könnte. Die Abmachung zwischen Charles und Winthrop mochte nicht allgemein bekannt sein, aber es gab ein paar Leute, die gewusst hatten, was für die Nacht von Charles' Tod geplant gewesen war. Ein verächtliches Lächeln trat auf seine Lippen, und seine Zähne schimmerten weiß wie bei einem Wolf im Kerzenlicht. Charles hatte einen fatalen Fehler begangen, als er glaubte, er könne ihm mehr Geld abpressen, und war für seinen Fehler gestorben – weil er ein habgieriger Bastard gewesen war. Was Winthrop anging, so war Seine Lordschaft ein lüsterner alter Narr. Eine Frau statt Geld? Was für ein Unsinn!

Aber es war nicht das Geld, für das die Schuldscheine standen, das ihn interessierte. Es war vielmehr das, wozu er sie benutzen konnte.

An einem schönen, aber kalten Samstagvormittag im November nahm Luc Joslyn Gillian Dashwood zur Frau. Alle waren sich einig, dass die Braut ganz reizend aussah in ihrem schmal geschnittenen Kleid aus besticktem blassgrünem Musselin, und der Bräutigam unglaublich attraktiv in seinem blauen Rock mit den langen Schößen und den grauen Beinkleidern. Wie geplant, begab sich die Hochzeitsgesellschaft nach der Zeremonie im Pfarrhaus nach High Tower, wo der Hochzeitsempfang stattfand.

Die Gäste des Dinners vom Vorabend auf Windmere waren alle anwesend, ergänzt um weitere wichtige Personen aus der näheren Umgebung. Mrs. Featherstone und drei ihrer Töchter waren gekommen, beide Söhne von Lord Broadfoot, Miles und Harlan, sowie seine beiden ältesten Töchter hatten ihre Eltern heute begleitet. Mr. und Mrs. Simon Fulton, reiche Nachbarn von Silas, gehörten mit ihrem Sohn zu den ersten Gratulanten. Mr. und Mrs. Nathan Dodd mit ihren beiden strammen Söhnen sowie der Witwer Lord Blackmore waren ebenfalls der Einladung gefolgt. Natürlich waren noch weitere Hochzeitsgäste da, die gleichermaßen aus Neugier wie Gewogenheit den Familien des Brautpaares gegenüber gekommen waren, und die dazu beitrugen, den großen Salon auf High Tower fast bis zum Bersten zu füllen.

Silas verspürte tiefe Dankbarkeit, während er umherschlenderte und lächelte und immer wieder auf ein Wort stehen blieb. Die Sorge, dass Canfields Tod die Hochzeitsfeier überschatten könnte, hatte sich als unbegründet erwiesen, denn Canfield war den meisten nur dem Namen nach ein Begriff, sodass nur wenige durch seinen tragischen Unfall berührt waren. Es gab die gelegentliche halblaute Bemerkung, wie furchtbar der Tod des jungen Mannes sei, aber an diesem Tag befasste sich niemand näher damit, und alle schienen sich gut zu unterhalten.

Sein Blick wanderte vom einen zum anderen, und Silas wusste, dass einige wegen des Klatsches gekommen waren, aber alles in allem war er es zufrieden. Die Joslyns und er hatten getan, was in ihrer Macht stand, um den schlimmsten Skandal um die plötzliche und hastig angesetzte Hochzeit abzuwenden, und es freute ihn, dass bis auf ein paar besonders pingelige Zeitgenossen alle Luc und Gillian freundlich in ihren Reihen aufnehmen würden. Er lächelte. Es half sicher, räumte er ein, dass Lucs Bruder Viscount Joslyn war. Nur wenige würden es wagen, dessen Halbbruder – sei er nun ehelich oder unehelich –, den Bruder des mächtigsten und reichsten Adligen der Gegend, zu beleidigen. Während er Cornelia Townsend beobachtete, die in einer Ecke des großen Salons Hof hielt, wurde sein Lächeln zu einem Grinsen. Oder Cornelia vor den Kopf zu stoßen.

Der Morgen verging wie im Flug und für Gillians Geschmack viel zu früh wurde sie in Lucs Kutsche gesetzt, und dann wurden sie und Luc mit vielen guten Wünschen verabschiedet. Kurz darauf befanden sie sich auf dem Weg nach Ramstone. Sie war froh, nicht länger ununterbrochen lächeln zu müssen und so auszusehen, als habe sie keine einzige Sorge, obwohl sie von Befürchtungen und Unsicherheit bedrängt wurde, aber wirklich abzufahren … Sie schluckte. High Tower zu verlassen bedeutete, dass sie mit Luc zum ersten Mal, seit Sophy sie in ihrem Schlafzimmer im Bett zusammen entdeckt hatte, allein war.

Unauffällig musterte sie ihn unter gesenkten Lidern, diesen Mann, den sie vorhin geheiratet hatte. Er saß ihr gegenüber, lässig in die weinroten Polster gelehnt, und hielt den Blick nach unten gesenkt, als betrachtete er den Kutschenboden. Sie nutzte die Gelegenheit, ihn eindringlicher zu studieren, das wellige schwarze Haar über seiner Stirn, die Schatten unter den elegant geformten Wangenknochen, das energische Kinn, und verharrte auf seinen sinnlichen Lippen. Hitze wallte tief in ihrem Unterleib auf, und ihre Brustspitzen richteten sich auf, als sie wieder daran denken musste, wie es sich angefühlt hatte, seinen Mund auf ihrem zu fühlen, auf ihrem Busen und ihrem Körper …

Von ihren lüsternen Gedanken abgestoßen, riss sie ihren Blick von ihm los und starrte mehrere Minuten blicklos auf die vor dem Fenster vorüberziehende Landschaft. Die erotischen Bilder verblassten und auch die schamlose Reaktion ihres Körpers ließ nach. Aber gerade, als sie sich zu ihrer Selbstbeherrschung beglückwünschte, glitt ihr Blick wieder zu ihm. Er sah so ungezwungen aus, so gelöst, wie er dort saß, verflixt noch einmal! Mit seinen breiten Schultern in dem tadellos geschnittenen blauen Rock berührte er leicht die Rückenlehne der Sitzbank, und seine langen Beine hatte er zwischen ihnen ausgestreckt, wobei sich die eng anliegende graue Hose an seine muskulösen Beine schmiegten. Mit jedem Schaukeln und Ruckeln auf der holperigen Landstraße bewegte sich sein Körper im Rhythmus der Kutsche. Ihn plagte ganz unverkennbar keine einzige Sorge.

Es ist ungerecht, überlegte sie erbittert, *dass er mir wie ein träger Kater gegenübersitzt, der in der Sonne döst, während ich so angespannt bin wie eine Füchsin, die von der Hundemeute gestellt worden ist.* Natürlich musste er ja auch nicht sein Zuhause verlassen. Und sein Leben lag jetzt auch nicht in den Händen eines Fremden. Eines Fremden, dachte sie weiter, der heute Nacht in ihr Bett kommen würde und mit ihr tat, was er wollte. Röte stieg ihr heiß in die Wangen, als sie sich eingestand, dass es sie keine Überwindung kosten würde, Luc in ihrem Bett willkommen zu heißen. In ihrem Unterleib breitete sich pochende Wärme aus, und sie zwang sich, wieder aus dem Kutschenfenster zu blicken.

Ich bin mit dem Mann verheiratet, den ich liebe, der mich aber nicht liebt, grübelte sie. *Ich will ihn nicht lieben und kann für meine Zukunft auch nichts als Elend voraussehen, wenn ich mit einem Mann in einer Ehe zusammenlebe, der mich nicht liebt.* Vielleicht würde es nicht so schlimm werden, und es war auch auf jeden Fall besser, als sich an einen Mann gebunden wiederzufinden, der sie abstieß – wie beispielsweise Canfield oder Stanton. Sie erschauerte. Oh ja, eine Ehe mit Luc war eindeutig nicht so schlimm, wie sie es mit einigen anderen Männern wäre, die ihr spontan einfielen. Ihre praktische Veranlagung gewann die Oberhand. Es mag sein, dass mein Ehemann mich nicht liebt, aber ich werde mir einfach die Rosinen herauspicken, sagte sie sich entschlossen. Ich werde mir mein Leben so einrichten, wie es mir gefällt. Ich habe ja immer noch Onkel Silas, Sophy und Stanley in der Nähe. Und wenn Onkel recht hat, wird mein Leben, obwohl Luc ein Spieler ist, nicht so sein, wie es mit Charles war. Ich werde dafür sorgen, dass ich glücklich bin, selbst wenn ich das allein schaffen muss.

Luc war nicht halb so entspannt, wie er wirkte, und es hätte Gillian sicher verwundert, wenn sie gewusst hätte, dass es ihm nur gelang, die Hände von ihr zu lassen, indem er sich darauf konzentrierte, den Kutschenboden zu mustern. Bei seinem ersten Blick auf sie an diesem Morgen, als sie über den Mittelgang der Kirche zu ihm gekommen war, hatte Luc das Gefühl gehabt, als sei seine Welt auf den Kopf gestellt, während ihn Gefühle erfassten, wie er sie nie zuvor gekannt hatte. Sie sah so perfekt aus, so liebreizend in ihrem blassgrünen Kleid, dass er sich fragte, warum ihm nicht schon vorher aufgegangen war, dass er sie liebte. Er liebte Frauen ganz allgemein, aber in Gillian war er verliebt. Sein Mund wurde ganz trocken von dem Wissen, dass es dieser kleinen Waldelfe mit der Wolke dunklen Haares und den goldbraunen Augen irgendwie gelungen war, sein Herz zu erobern, sodass sie nun sein Glück in ihren zarten zierlichen Händen hielt.

Die Erkenntnis hatte ihn schier umgeworfen, und den

Rest des Morgens hatte er wie durch einen Nebel erlebt. Erst als er ihr vor ihrem Aufbruch nach Ramstone beim Einsteigen in die Kutsche half, verzog sich dieser Nebel. Die Berührung ihrer Hand, das Wissen, dass sie seine Gattin war, dass sie allein waren, wenn sich die Türen hinter ihnen geschlossen hatten, lenkte seine Gedanken in eine ganz andere Richtung. Das Blut rann ihm heiß durch die Adern, und ein bestimmter Teil seines Körpers machte sich unangenehm bemerkbar. Er benötigte seine ganze Willenskraft, um nicht nach ihr zu greifen und sie an sich zu ziehen, ihren süßen verführerischen Mund erneut zu kosten. Er versuchte, sich ein sicheres Gesprächsthema einfallen zu lassen, aber sein gewöhnlich wendiger Verstand war merkwürdig leer gefegt ... bis auf Gedanken daran, wie rasch er sie wohl aus ihren Kleidern befreien könnte.

Als die Kutsche in die Straße einbog, die nach Ramstone führte, atmete Luc insgeheim auf. *Wenigstens*, dachte er, *werde ich in den nächsten Minuten nicht mehr der Versuchung ausgesetzt sein, sie einfach zu vernaschen.*

So erleichtert wie Luc auch, wenn auch aus etwas anderen Gründen, beugte sich Gillian auf ihrem Platz vor, um Ramstone Manor zu sehen. Als die Kutsche vor dem Gebäude mit den beiden hohen Giebeln und dem verputzten Mittelbau stehen blieb, stockte ihr der Atem. Es kam ihr ganz unwirklich vor, dass sie erst vor zwei Wochen Ramstone zum ersten Mal gesehen hatte, es aber nun ihr Zuhause war.

Gillian legte eine Hand nervös auf Lucs Arm und schritt über den Ziegelweg zum Haus. Innen war es so, wie sie sich erinnerte, aber jetzt wurde sie nicht von Bertram Hinton begrüßt, sondern einem kleinen weißhaarigen Mann in Butlerkleidung, der sich ihr als Bissell vorstellte. Hinter ihm stand die restliche Dienerschaft. Glücklicherweise hatte Luc keine riesige Schar Dienstboten, sodass die Vorstellung nicht lange dauerte.

Ihre liebe Nan mitsamt ihren Söhnen war bereits hier, und Nans Gesicht unter all den Fremden zu sehen half, Gillians schlimmste Befürchtungen zu vertreiben. Das Haus fühlte sich nicht so fremd an, wenn sie wusste, dass Nan und ihre Söhne in der Nähe waren.

Als Luc sie mehrere Minuten später in ihr Schlafzimmer brachte, kehrten ihre Sorgen mit einem Schlag zurück, sobald ihr Blick auf das Bett darin fiel. Die einzigen anderen Möbel im Raum waren ein Nachttischchen, eine Kommode mit Spiegel und ein leicht verblichener, mit blauem Brokat bezogener Stuhl. Sie zwang sich, ihren Blick vom Bett zu lösen und sah, dass einige ihrer persönlichen Gegenstände auf der Kommode lagen und mehrere ihrer Kleider auf Haken an der einen Wand hingen. Eine Truhe, die sie als ihre eigene wiedererkannte, stand am Fußende des Bettes. Ein kleiner Wollteppich in Creme- und Blautönen lag auf dem Boden, und das Bett war zwar gemacht, aber es fehlten die Vorhänge, sodass es fast ein wenig nackt und einsam aussah. Sie zuckte zusammen. Warum musste ihr ausgerechnet jetzt das Wort »nackt« einfallen?

Luc, der neben ihr stand, bemerkte:

»Ich weiß, es ist nicht, was du gewohnt bist, aber es war keine Zeit, Möbel auszusuchen und herbringen zu lassen.« Er lächelte schief. »Für den Moment wirst du mit dem auskommen müssen, was von dem Vorbesitzer zurückgelassen wurde. Ich bin mir sicher, dass du das Haus selbst einrichten möchtest, so wie es deinem Geschmack entspricht.« Er räusperte sich. »Genau genommen habe ich, als ich in London war, Stoff- und Möbelkataloge besorgt und mitgebracht. Innerhalb vernünftiger Grenzen hast du freie Hand. Man hat mir gesagt, dass vor allem Sachen, die auf Lager sind, binnen einer Woche oder so ausgeliefert werden.« Er dachte einen Moment nach und fügte dann hinzu: »Wir können auch nach London fahren, damit du dir die Einrichtungsgegenstände auch selbst ansehen kannst.«

Die Aussicht auf eine Reise nach London reizte sie nicht. Zwar waren zu dieser Jahreszeit nicht viele Mitglieder der guten Gesellschaft in der Stadt, aber sie schreckte davor zurück, sich dem Klatsch auszusetzen, den ihre plötzliche Heirat auslösen würde … und das Wiederaufflackern des alten Skandals. Luc beobachtete sie mit hochgezogenen Brauen, und kurz bevor die Stille unbehaglich wurde, sagte sie:

»Ich bin mir sicher, dass ich alles, was ich brauche, in den Katalogen finde, die du besorgt hast.« Mehr, um überhaupt irgendetwas zu sagen, erkundigte sie sich: »Sind alle Zimmer so wie das hier?«

Luc lachte.

»Nein, die meisten sind vollkommen leer.«

»Wenn das ganze Haus möbliert werden soll, musst du mir dann das Budget schon genauer umreißen, das du als vernünftig ansiehst.«

Er nannte ihr eine Summe, bei der ihre Augen groß wurden. Als er ihre Miene bemerkte, ergänzte er:

»Ich bin nicht arm, und wenn du nicht darauf bestehst, jeden Stuhl und jeden Tisch zu vergolden und mit Perlen zu besetzen, solltest du imstande sein, dir mit der Summe zu kaufen, was dir gefällt.« Von dem Thema Möbel gelangweilt, aber erregt von ihrem zarten Duft, der ihm verlockend in die Nase stieg, ihrer Körperwärme und der Nähe zu einem Bett – warum schien sich alles gegen ihn zu verschwören? –, ergänzte Luc leicht gereizt: »Erlaube mir, dir den Rest des Hauses zu zeigen.« Gillian fast hinter sich herziehend, betrat er mit ihr den Salon, der zwischen ihrem und seinem Schlafzimmer lag. Kaum dass er ihr eine Gelegenheit ließ, sich umzusehen, deutete er auf eine Tür und erklärte: »Dort drüben ist mein Schlafzimmer, und da es genauso aussieht wie deines, müssen wir es uns nicht anschauen.« Er konnte nicht anders; sein Blick senkte sich auf ihre Lippen, und seine Stimme klang mit einem Mal heiser, als er sagte: »Du wirst es ohnehin bald sehen. Und dann oft.«

Ihre Kehle wurde ganz trocken, ihr Herz klopfte heftig, und ihre Augen glitten von seinem dunklen Gesicht, während sie stammelte:

»Oh ja, ich ... ich bin sicher, es wird mir gefallen.«

Er wusste genau, dass sie das so nicht hatte sagen wollen, aber ihre Worte sandten dennoch eine Hitzewelle durch ihn und weckten in ihm den Wunsch, sie mit ihrem weichen Körper zu lindern. Aber er war, mahnte er sich nachdrücklich, schließlich kein wildes Tier. Er war ein Gentleman. Er konnte warten. Er atmete durch und zwang seinen aufbegehrenden Körper, sich zu benehmen. Irgendwie gelang es ihm, sich zu beherrschen und sie nicht hochzuheben und in ebendieses Zimmer zu tragen, aufs Bett zu werfen, und das Tier in sich freizulassen.

»Gut«, gelang es ihm zu sagen. »Wenn du mich dann bitte entschuldigst, werde ich dir deine Zofe schicken und dir ein wenig Ruhe und Ungestörtheit gönnen.« Damit ging er und ließ sie mit offenem Mund stehen, während er praktisch floh. Aber entweder das, überlegte er grimmig, oder ihr beweisen, dass sie einen brunftigen Bären geheiratet hatte.

Nan plauderte ununterbrochen, während sie Gillian aus ihrem kirschroten Umhang half und ihn auf einen der Haken hängte.

»Oh, Madame, ist das nicht das allerhübscheste Haus überhaupt? Und wenn Sie es erst einmal eingerichtet haben, wird es ein richtiges Schmuckstück sein, nicht wahr? Meine Jungs sind ganz begeistert von unserer kleinen Wohnung. Sie sind schon in den Ställen gewesen und haben sich mit einigen der Burschen, die dort arbeiten, angefreundet. Würden Sie sich gerne umziehen oder lieber damit noch warten?«

Gillian wollte ihr Hochzeitskleid lieber ausziehen. Nachdem sie in ein schlichtes Kleid aus fliederfarbenem Musselin gekleidet war und gegen die Novemberkälte einen zarten Wollschal in Creme, Lavendelblau und Grün um die Schultern trug, war sie bereit, nach unten zu gehen. Was sie genau tun sollte, wenn sie unten angekommen war, wusste sie allerdings auch nicht so genau. Luc hatte keinerlei Andeutung gemacht, wie seine Pläne für den Rest des Tages aussahen oder sich irgendwie geäußert. Sollte sie mit der Köchin über die Abendmahlzeit sprechen? Oder Bissell bitten, sie durch das Haus zu führen?

Sie ging die Treppe hinab, und in ihr regte sich Ärger. Es ist unser Hochzeitstag, dachte sie. Sicherlich hat er nicht vor, so zu tun, als sei es ein ganz normaler Tag, oder? Als sie unten im Foyer angekommen war, hatte sich die leichte Verärgerung zu echter Empörung gesteigert. So kam es, dass in ihren Augen ein kämpferisches Leuchten stand und ihre Wangen leicht gerötet waren, äußerliche Anzeichen, die Unwissende vielleicht für einen Beweis guter Laune gehalten hätten. Leute, die sie besser kannten, wären vor einer solchen Fehleinschätzung gefeit gewesen.

Bissell kam gerade ins Foyer, als sie die letzte Stufe erreichte.

»Ah, Madame. Ich wollte Sie gerade suchen gehen. Der

Herr bittet, dass Sie ihn in seinem Arbeitszimmer aufsuchen, wenn es Ihnen recht ist.«

Versöhnt, dass Luc nicht vorhatte, sie einfach sich selbst zu überlassen, lächelte Gillian und sagte:

»Danke, sehr gerne.«

Lucs Arbeitszimmer lag genau gegenüber von dem hübschen Empfangssalon, in dem sie und ihre Familie bei ihrem ersten Besuch Erfrischungen zu sich genommen hatten. Bissell klopfte an, öffnete auf Lucs Aufforderung hin die Tür und ließ Gillian mit einem Lächeln an sich vorbei hineingehen.

Es war ein ziemlich großes Zimmer, in dem sie sich nun befand. An der gegenüberliegenden Wand, flankiert von hohen Fenstern, gab es einen gemauerten Kamin mit einem breiten Sims aus Eichenholz, und eine Fensterreihe gewährte einen Blick in den Garten auf der Hinterseite des Hauses. Verblichene rotbraune Vorhänge hingen zu beiden Seiten der Fenster. Auf dem Boden lag ein Teppich in Grau und Schwarz. Ein Sessel, ein Eichenschreibtisch und ein paar Lederstühle vervollständigten die Einrichtung. Ein Stuhl stand hinter dem Schreibtisch, ein anderer neben dem Sessel vor dem Kamin, wo ein Feuer brannte.

Bei ihrem Eintreten stand Luc auf. Er hatte seinen Rock abgelegt, sodass seine Haut im Kontrast zu dem weißen Leinenstoff seines Hemdes dunkler als sonst wirkte. Luc entließ Bissell, worauf der Butler ging und die Tür hinter sich schloss. Unsicher schauten Braut und Bräutigam einander an.

Lucs Herz schlug schneller. *Mon Dieu!* Sie war so schön … Nervös, wie er es nie gewesen war, und mit dem Gefühl, als würgte ihn sein Halstuch, suchte Luc verzweifelt nach etwas, das er sagen konnte, aber sein Verstand war wie leer gefegt. *Was ist denn nur los,* fragte er sich. *Ich bin doch sonst nie bei Frauen um Worte verlegen.* Seine Zunge war so ungelenk wie bei einem jungen Burschen. Alles, was er sich wünschte, merkte er, war, sie in seine Arme zu ziehen und sich in ihrer Süße zu verlieren.

Gillian war so seltsam zumute wie Luc. Dieser große, schrecklich attraktive Mann war nun ihr Ehemann. Sie kannte seine Berührung, hatte die Stärke in seinem Körper erfahren, aber was wusste sie eigentlich über ihn? Dass er ein Spieler war. Dass ihr Onkel ihn schätzte. Und dass er sie anrührte, wie es kein anderer Mann je getan hatte. Es war nicht viel als Grundlage für ein gemeinsames Leben. Aber das war es, was das Schicksal und ihr Verlangen ihr beschert hatten.

Luc räusperte sich.

»Ah, hat dein Onkel dir von unseren Abmachungen zu deiner Absicherung erzählt?«

Sie machte einen Schritt auf den Schreibtisch zu und nickte dabei.

»Ja, er hat es mir gestern Abend nach der Rückkehr von Windmere gesagt.«

»Und bist du einverstanden?« Stumm verfluchte er sich. Das Letzte, worüber er mit ihr reden wollte, war Geld. Was er hingegen dringend wollte, war, ihren Mund erneut kosten, ihre süßen Schreie der Lust hören, wenn sie ihren Höhepunkt erreichte. Er erschauerte, als er an ihren nackten Körper dachte, der unter ihm bebte, und das Verlangen sammelte sich schmerzlich in seinen Lenden.

Gillian nickte erneut.

»Ja.«

Sich in Gedanken von dem Bild ihrer ineinander verschlungenen nackten Körper losreißend, murmelte Luc:

»*Bon, bon.*« Er zog an seinem Halstuch und zerstörte die sorgsam arrangierten Falten. »Äh, wie sieht es mit einem Gang durchs Haus aus? Als du letztes Mal hier warst, hast du es dir ja nur flüchtig ansehen können.«

Sie hatte den Schreibtisch erreicht. Mit nur der Holzplatte zwischen ihnen hätte sie schwören können, seine Körperwärme zu spüren. Mit ihren Fingern strich sie geistesabwesend über die glatte, glänzend polierte Oberfläche, und die Augen auf seinen Mund gerichtet, sagte sie leise:

»Wenn du das möchtest.«

Sein Blick fiel auf die Finger, mit denen sie fast zärtlich über das Holz strich, und er stellte sich vor, dass sie ihn berührte, seine Brust streichelte und seinen Bauch ... es war zu viel. Mit einem halblauten Fluch hatte er im Bruchteil einer Sekunde den Schreibtisch umrundet und sie in seine Arme gerissen.

»Nein«, erklärte er mit unterdrückter Heftigkeit, »das möchte ich nicht. Was ich möchte«, fuhr er dicht an ihren Lippen fort, »ist dein Mund auf meinem und dein Körper vereint mit meinem.«

Er ließ den Worten Taten folgen und presste seine Lippen leidenschaftlich auf ihre. Er küsste sie wieder und wieder, und jeder Kuss war tiefer, inniger als der davor. Ihr Körper schmiegte sich an seinen, ihre Arme hatte sie ihm um den Hals geschlungen und ihre Lippen waren warm und weich. Ihre Zunge kam ihm vorwitzig entgegen, streichelte seine.

Ihre Hände glitten zu seiner Brust, und mit ihren Fingern öffnete sie das Hemd, fand die festen Muskeln darunter. Sie rieb ihre Hand über seine warme Haut, und er stöhnte an ihren Lippen, zog ihre Zunge tiefer in seinen Mund.

Fiebrig vor Verlangen, so sehr, dass er fast zitterte, fand Luc mit einer Hand ihre Brust und umschloss sie. Durch das Kleidungsstück hindurch liebkoste er die zarte Spitze, die sich seinen Fingern entgegenreckte, und das Verlangen, sie zu kosten wurde unbeherrschbar. Während er eine zarte Spur aus Küssen über ihr Kinn und ihren Hals zog, machte er sich an dem Oberteil ihres Kleides zu schaffen und kurzen Prozess mit den Verschlüssen. Als sie bis zur Hüfte nackt war, drehte er sie herum und setzte sie auf den Schreibtisch.

Erstaunt schaute Gillian ihn an, während er vor ihr aufragte. Ihr tief in die Augen blickend, streifte er sich das Hemd ab und stellte sich zwischen ihre gespreizten Schenkel. Sie schnappte nach Luft, als er mit einem leichten Lächeln die Röcke ihres Kleides nach oben schob, bis er ihre Schenkel entblößt hatte.

»So hatte ich das eigentlich nicht geplant«, bemerkte er heiser, »aber ich kann mich nicht davon abhalten.« Er hauchte einen Kuss auf ihren Mund. »Bei dir verliere ich den Kopf. Ich kann an nichts anderes denken als daran, wie weich du bist …« Seine Finger streichelten ihre Schenkel, glitten höher bis zu ihrem Schritt. »Und daran, wie heiß und feucht du bist und wie ich mich fühle, wenn ich in dir bin.« Er löste seine Lippen von ihren und senkte den dunklen Kopf, ließ seinen Mund von der einen Brust zur anderen gleiten, dann rieb er Zunge und Zähne ganz zart an ihren himbeerfarbenen Knospen, leckte beschwichtigend darüber.

Gillian erschauerte unter dieser köstlich verbotenen Liebkosung, und das Verlangen wallte heiß und fordernd in ihr auf. Sie rutschte an die Schreibtischkante, sodass sie sich an dem sichtbaren Beweis seiner Erregung reiben konnte. Sie schlang die Beine um seine Hüften und bog sich ihm entgegen, als seine Finger sie berührten.

Ohne den Mund von ihren Brüsten zu nehmen, strich er

durch die Haare zwischen ihren Beinen, spielte mit ihr, ließ seine Finger neckend über die geschwollene Knospe gleiten, drang ein winziges bisschen ein, aber ohne ihr das zu geben, was sie sich am meisten wünschte. Gillian umklammerte ihn fester, und sie drängte sich seinen Fingern entgegen, suchte Erleichterung von dem fordernden Verlangen ihres Körpers. Mit den Lippen fand sie sein Ohr und fuhr mit ihrer Zunge darüber. Sein schneller gehender Atem erregte sie.

In brennendem Verlangen verloren, ließ Luc das Necken sein und gab ihr, was sie wollte und schob zwei Finger in sie. Gillian stöhnte, hob sich ihm entgegen und erschauerte, als er tiefer kam. Jedes Vordringen, jedes leichte Zucken sandte einen Blitz durch sie. Sie sehnte sich nach mehr. Sie brauchte mehr. Verzweifelt.

Aber Gillians Sehnsucht war nicht verzweifelter als Lucs. Er konnte an nichts anderes denken als an die Süße ihrer Brüste, die Hitze, die sich um seine Finger schloss, während sie ihn gleichzeitig verrückt machte, indem sie weiter mit der Zunge sein Ohr liebkoste. Die leisen lustvollen Laute, die sie unbewusst machte, die Bewegungen ihres schlanken Körpers, all das fachte seine Lust an.

Gillian schrie auf, als er die Finger zurückzog, um sich am Verschluss seiner Hose zu schaffen zu machen. Eine Sekunde später seufzte er, als sein Glied befreit war und die heiße Spitze sie im Schritt streifte. Hungrig presste er seinen Mund auf ihren, fasste sie an den Hüften und hob sie an, damit er besser in sie eindringen konnte. Langsam schob er sich in sie und stöhnte angesichts ihrer köstlichen Enge, die ihn wie eine Faust umschloss. Tief in ihr genoss er den Moment; dann, unfähig, sich daran zu hindern, stieß er tiefer, zog sich aber sogleich wieder zurück, nur um wieder und wieder in sie zu kommen.

Er war groß, und sie rutschte ein wenig hin und her, damit er besser in sie passte, genoss es, jeden harten Zentimeter von ihm zu spüren. Sie schlang die Arme fester um ihn und küsste ihn so drängend, wie er sie küsste, und ihre Zunge zuckte wie Feuer um seine. Ihre nackten Brüste pressten sich an seine Brust, ihre Körper intim vereint, ihr Mund auf seinem, und Gillians Sinne gerieten außer Kontrolle. Sie war hilflos dem Verlangen ausgeliefert, das über sie bestimmte, und sie klammerte sich an ihn, kam jedem seiner köstlichen Stöße entgegen.

Es war eine leidenschaftliche Vereinigung, die nicht lange dauern konnte, und viel zu bald spürte Gillian das heftige Aufwallen, das unvorstellbar erlesene Bersten von Empfindungen, das ihren Höhepunkt ankündigte. Er erstickte ihren Schrei mit seinem Mund, während sie sich zuckend um ihn zusammenzog.

Ein tiefes Stöhnen entrang sich ihm, und Luc kam ein letztes Mal in sie, ließ sich von der scharlachroten Woge mitreißen. Unter immer neuen Wellen der Lust erbebend, sank er gegen sie, so befriedigt, dass er nicht glaubte, er würde sich je wieder bewegen können.

Bald schon drang die Realität, wo sie sich befanden, in sein Bewusstsein, und widerstrebend löste er sich von ihr. Zwischen ihren Beinen stehend, brachte er seine Kleider in Ordnung und knöpfte seine Hose zu.

Wie im Traum merkte Gillian nur halb, was Luc da tat oder wie sie aussah. Die Schreibtischplatte war kühl und glatt unter ihrem Rücken, und ihre Beine baumelten über der Kante. Ihre Brüste mit den rosigen Spitzen waren nackt, und das fliederfarbene Kleid bauschte sich um ihre Taille, ihr Haar hatte sich gelöst und lag wie ein Fächer auf dem Schreibtisch.

Luc konnte seinen Blick nicht von ihr losreißen und fand, dass sie das Schönste war, was er je gesehen hatte. Unfähig, sich davon abzuhalten, beugte er sich vor und küsste sie.

Gillian seufzte und schaute ihn aus verhangenen Augen an. Er bewegte seine Lippen, strich zärtlich über ihre empfindsamen Brüste. An ihrem Busen murmelte er:

»Ich glaube nicht, dass ich, selbst wenn ich dich jeden Tag jede Stunde einmal liebte, je genug von dir bekäme.« Er ließ seine Zunge über ihre Brustspitze zucken. »Selbst jetzt, nach dem, was wir gerade gespürt haben, brenne ich vor Verlangen nach dir.« Er wanderte mit seinen Lippen an ihr aufwärts, streifte ihren Mund und schaute ihr dann tief in die Augen. »Du hast mich verhext.«

Sie hob eine Hand und strich ihm über die dunkle Wange. Mit belegter Stimme sagte sie:

»Nicht mehr als du mich.«

Luc lachte entzückt. Er richtete sich auf, hob sie auf die Arme und ging mit ihr zu dem Sessel vor dem Kamin. Er setzte sich mit ihr auf seinem Schoß und sagte:

»Und so, *Madame* Ehefrau, wird unsere Ehe vielleicht doch nicht die Katastrophe, die alle erwarten, *oui*?«

Gillian schmiegte ihren Kopf an seine Schulter. Sie war klug genug, um zu wissen, dass der Liebesakt allein, so herrlich er auch war, nichts zu ändern vermochte. Aber im Augenblick war sie zu befriedigt, fühlte sich zu wohl, um sich wegen dunkler Wolken Sorgen zu machen, die am Horizont erscheinen mochten. Luc hatte recht. Vielleicht würde diese Ehe doch kein Desaster werden. *Und vielleicht*, dachte sie wehmütig, *wird er mich eines Tages sogar lieben …*

Kapitel 18

Die Joslyns kehrten kurz nach Lucs und Gillians Aufbruch nach Ramstone Manor nach Windmere zurück. Emily war müde, die letzten Wochen der Schwangerschaft forderten ihren Tribut, und nachdem sie im August neunzig geworden war, verspürte auch Cornelia nicht den Wunsch, länger zu verweilen. Beide Damen zogen sich zum Ausruhen in ihre Zimmer zurück.

Nachdem die Damen gegangen waren, begaben sich die Herren mit Lamb in Barnabys Arbeitszimmer. Als alle Platz genommen hatten und Erfrischungen serviert worden waren, hob Barnaby sein Glas Weißwein und sagte:

»Einen Toast auf meinen Bruder und seine Braut.«

Nachdem alle darauf getrunken hatten, hielten sie sich nicht weiter mit Lucs Eheschließung auf, und Barnaby fragte ziemlich abrupt:

»Hat irgendjemand gehört, wann die amtliche Untersuchung von Canfields Tod stattfinden soll?«

Lamb nickte.

»Ich habe mich heute nach der Hochzeit mit Mrs. Gilbert unterhalten. Montagmorgen im *Ram's Head*.«

»Hat irgendjemand einen Zweifel daran, dass das Ergebnis etwas anderes sein wird, als dass sein Tod als Unfall oder einfach Pech deklariert wird?«, fragte Mathew.

»Nicht wenn man Mrs. Gilbert Glauben schenkt«, antwortete Lamb. »Es wird allgemein akzeptiert, dass der

Mann betrunken war und dass das, was geschehen ist, ein verhängnisvoller Unfall war. Mit zwei … äh, angesehenen Zeugen und niemandem, der ihnen widerspricht, wird die Untersuchung reine Formalität sein.«

Das Thema Canfield war damit beendet, aber über Nolles und die anderen gab es noch viel zu bereden. Barnaby trank seinen Wein aus und erklärte:

»Im Moment, meine Herren, befinden wir uns im Stillstand. Bis es zu einer neuen Lieferung kommt, können wir nichts unternehmen, um Nolles das Handwerk zu legen. Und solange er das Anwesen als Lager verwendet, das früher das Zuhause meiner Frau war, schrecke ich davor zurück, mich mit irgendwelchen Informationen oder einem Verdacht an die Behörden zu wenden.«

Simon stöhnte.

»Was bedeutet«, verkündete er bitter, »dass ich zu noch mehr Nächten mit Spielen und Trinken im *Ram's Head* verdammt bin. Himmel, ich hätte nie geglaubt, dass ich mich je nach einer ruhigen Nacht mit einem Buch am Kamin sehnen würde.«

»Nun, dann habe ich vielleicht Neuigkeiten, die bedeuten könnten, dass deine Zeit im Fegefeuer bald ein Ende findet«, bemerkte Lamb mit einem hintergründigen Lächeln.

Alle drei Männer schauten ihn erwartungsvoll an.

»Ich wollte es eigentlich schon eher erzählen«, gestand Lamb, »aber bei dem ganzen Trubel rund um die Hochzeit war keine Zeit für ein Treffen, und so wichtig war es auch gar nicht.« Sein Blick glitt über die anderen. »Während die Herren letzte Nacht in ihren Betten lagen, bin ich noch einmal zu The Birches gegangen und wäre fast über drei schwer beladene Wagen gestolpert, die von dort wegfuhren.«

»Verdammt, Lamb!«, platzte Barnaby heraus. »Wenn du entdeckt worden wärest, hätte Nolles dich unverzüglich umgebracht. Du hättest sterben können, dein Leichnam irgendwo hingeschafft, und wir hätten keine Chance gehabt, herauszufinden, was mit dir geschehen ist!«

»Ja, ich weiß«, räumte Lamb unbeeindruckt ein. »Willst du hören, was ich zu sagen habe?«

Barnaby sah ihn finster an.

»Die Wagen«, fuhr Lamb mit seiner Schilderung fort, »fuhren in Richtung London, und da das Haus ja nun verlassen war, fand ich, dass es nicht verkehrt wäre, dem Keller einen erneuten Besuch abzustatten.«

»Natürlich musstest du unbedingt ein weiteres Mal das Risiko eingehen, entdeckt zu werden«, brummte Barnaby.

Ihn nicht weiter beachtend, sagte Lamb:

»Luc hat ja berichtet, dass immer noch eine ordentliche Menge Schmuggelwaren dort unten gelagert war, aber ich habe die Keller nahezu leer vorgefunden. Es sah so aus, als würden sie leer geräumt, um Platz für eine neue Lieferung zu schaffen.«

»Also ist es noch wichtiger, Nolles zu beobachten«, sagte Barnaby.

»Der Mond nimmt ab … und es ist eine Weile her, seit wir ein Unwetter hatten«, fügte Lamb hinzu. »Ich wette, dass Nolles schon bald eine Lieferung aus Frankreich bekommt.«

Barnaby sah Simon an.

»Deine Anwesenheit im *Ram's Head* ist jetzt noch unverzichtbarer als zuvor.

Simon seufzte.

»Ich weiß. Ich wünschte nur, ich fände die Gesellschaft angenehmer.«

»Was ist mit St. John?«, fragte Mathew. »Ich dachte, du magst ihn.«

»Das stimmt auch, aber auch wenn ich das gerne hätte, kann ich die Möglichkeit nicht ignorieren, dass er in Nolles' Schmuggelbande involviert ist.« Simon verzog das Gesicht. »Um Padgett, Stanton, Canfield und Nolles in Zusammenhang zu bringen, ist keine große Fantasie notwendig, und auch nicht Townsend noch hinzuzufügen, aber wenn es eine so geheime Organisation ist, denke ich mir, dass sie die Anzahl derer, die die ganze Wahrheit kennen, klein halten.«

»Vielleicht, wenn man davon ausgeht, dass es Padgett war, der Nolles angesprochen hat, sind die beiden die Einzigen, die in alles eingeweiht sind. Die anderen kennen nur bestimmte Bereiche oder sind einfach nur Nutznießer«, schlug Mathew vor.

»Canfield wusste offensichtlich mehr, als gesund für ihn war«, bemerkte Barnaby. »Sein Tod mag tatsächlich ein Unfall gewesen sein, aber davon wird mich niemand überzeugen können. Sie haben ihn aus einem bestimmten Grund umgebracht – höchstwahrscheinlich, um ihn zum Schweigen zu bringen, bevor er gefährlich wurde.«

Mathew schaute Barnaby an.

»Wie weit, denkst du, steckt Townsend mit drin?«

Barnaby zuckte die Achseln.

»Meine Vermutung ist, dass Townsend bloß ein Werkzeug ist und dass seine Verwicklung nicht lange zurückreicht. Es ist kein Geheimnis, dass ihm die Luft ausgeht. Im Moment noch ist es zu seinem Vorteil, sich von Nolles benutzen zu lassen ... und The Birches. Er profitiert von der Verbindung, aber ich vermute, dass, sobald Nolles keine Verwendung mehr für die Keller dort hat – oder für den Cousin meiner

Frau –, dann wird auch Jeffery das Opfer eines tödlichen Unfalls werden.«

Mathew sah entsetzt aus.

»Denkst du, Nolles wird ihn töten?«

»Natürlich wird er das«, erwiderte Simon scharf. Er beugte sich vor und schaute seinen älteren Bruder eindringlich an. »Wir haben es mit Männern zu tun, die ohne mit der Wimper zu zucken jeden umbringen, der ihnen in die Quere kommt oder nicht länger nützlich ist. Ich weiß, es fällt dir schwer, das zu hören, aber Tom steckte da mitten drin.« Als Mathew zu einem Widerspruch ansetzen wollte, sprach er rasch weiter: »Vergiss nicht, er war bereit, Barnaby kaltblütig zu ermorden, und Lamb auch gleich mit.« Mit angespannter Stimme fügte er hinzu: »Toms Freunde haben vielleicht elegant ihre Kreise in der guten Gesellschaft gezogen, aber keiner von ihnen ist ein Gentleman. Sie sind alle einfach nur mörderische Spießgesellen in feinen Kleidern.«

Steif entgegnete Mathew:

»Ich bin mir dessen bewusst. Ich bin nicht so blind oder naiv, wie du zu glauben scheinst.«

Simon schnaubte, war nicht überzeugt. Er stand auf und sagte:

»Wenn ihr mich entschuldigen wollt, ich werde ein paar Stunden Schlaf dringend brauchen, bevor ich ins *Ram's Head* reite. Es kann gut und gerne sein, dass ich erst im Morgengrauen zurückkomme.«

Kaum dass sich die Tür hinter Simon geschlossen hatte, erhob Lamb sich und erklärte:

»Ich reite in die *Krone* und sehe mal, was ich von den Leuten im Dorf erfahren kann.«

Barnaby schaute ihn lange an.

»Du scheinst in letzter Zeit häufig in der *Krone* zu sein.

Ist das nur, um Informationen zu sammeln?« Ein Lächeln spielte um seinen schönen Mund. »Oder könnte es sein, dass du auf eine der reizenden Töchter von Mrs. Gilbert ein Auge geworfen hast?«

Zu seiner großen Überraschung sah Barnaby einen Anflug von Röte auf Lambs Wangen, bevor der ihn hochmütig anschaute und überlegen verkündete:

»Sei nicht albern.«

Barnaby hatte ihn nur aufziehen wollen, aber Lambs Reaktion legte die Vermutung nahe, dass er der Wahrheit nahe gekommen war. Lamb verliebt? Und, noch erstaunlicher, dachte er, in eine von Mrs. Gilberts Töchter? Aber in welche? Er hörte nur mit halbem Ohr Mathews Bemerkung und beschloss, es wäre wohl nicht verkehrt, der *Krone* einen Besuch abzustatten. Und zwar bald. Er schüttelte den Kopf. Lamb verliebt? Er grinste. Das musste er unbedingt Luc erzählen.

Als Simon im *Ram's Head* eintraf, entdeckte er, dass die anderen bereits vor ihm dort eingetroffen waren und Townsend bereits betrunken war. Diese Nacht und die drei folgenden liefen nach dem gleichen Muster wie die anderen ab. Kurz bevor er zu einer neuerlichen Nacht am Spieltisch aufbrach, trafen er, Mathew und Barnaby sich und Simon berichtete, was sich in der Nacht zuvor zugetragen hatte. Diese Berichte waren von langweiliger Gleichförmigkeit: Trinkgelage und Glücksspiel, wobei sich eine Nacht kaum von der anderen unterschied. Als Simon am Mittwochabend in Barnabys Arbeitszimmer schlenderte, entdeckte er, dass Luc sich zu ihnen gesellt hatte.

Die Ehe bekam Luc bestens, wie Simon sogleich feststellte. Er glaubte nicht, dass er Barnabys Halbbruder je zuvor so sorglos ... oder so glücklich gesehen hatte. Simon würde nicht so weit gehen zu behaupten, dass Luc strahlte, aber es war auf den ersten Blick zu erkennen, dass Luc ein restlos zufriedener Mann war.

Der ließ sich eine Weile gutmütig von den anderen wegen seines Status als frisch verheirateter Mann aufziehen, aber dann fragte er Simon:

»Und die Abende im *Ram's Head*? Sind sie immer noch unverändert?«

»Es gibt nicht viel Abwechslung – höchstens, wer am betrunkensten ist oder wer das meiste Geld verliert«, antwortete Simon. Er runzelte die Stirn. »Und doch ... ich kann es nicht auf den Punkt bringen, aber etwas stimmt da nicht in der Gruppe.«

Barnaby sah ihn interessiert an.

»Was?«

Simon zuckte die Achseln.

»Es ist schwer zu beschreiben, aber es scheint eine ... Art Zerwürfnis zwischen Townsend und den anderen zu geben.« Er runzelte die Stirn, schwieg einen Moment. »Und St. John ... da ist was mit ihm und Stanton ... das Verhältnis der beiden war immer schon kühl, aber mir ist aufgefallen, dass St. John ununterbrochen Stanton mustert, ihn andauernd beobachtet, als wartete er darauf, dass Stanton einen Fehler macht ... oder so. Ich weiß nicht. Irgendetwas in der Art.«

»Das überrascht mich nicht wirklich – St. John und Stanton. Ich war immer schon der Ansicht, dass St. John nicht zu den anderen passt, und Stanton ist der Schlimmste von ihnen. Townsend hingegen ... wenn er so heftig trinkt, wie du sagst, stößt das vielleicht sogar die anderen ab«, schlug Mathew vor.

»Nein, an Townsends Trinkgewohnheiten liegt es nicht«, erwiderte Simon und schüttelte den Kopf. »Sie trinken alle viel ... außer St. John. Es ist mehr die Art und Weise, wie Nolles ihn manchmal anschaut ... und Padgett zeigt seine Verachtung ihm gegenüber auch immer unverhohlener.« Er zuckte wieder die Achseln. »Vermutlich ist es nichts. Ich bin wahrscheinlich nur übermäßig argwöhnisch.«

Barnaby runzelte die Stirn.

»Die amtliche Untersuchung hat das erwartete Ergebnis gebracht: Unfalltod. Falls Canfield ermordet wurde und Townsend das weiß, sind sie vermutlich der Ansicht, er sei eine Gefahr für sie geworden.«

»Das stimmt«, pflichtete ihm Mathew bei, »aber sie benutzen weiterhin seine Keller zum Lagern ihrer Schmuggelwaren. Das heißt doch sicher, dass sie ihn brauchen, oder?«

»Nicht wenn man daran denkt, was Lamb beobachtet hat«, sagte Simon. »Die Keller sind leer geräumt, oder?«

»Ja, aber wir denken, dass sie in Erwartung einer neuen Lieferung aus Frankreich ausgeräumt wurden«, wandte Mathew ein.

»Es sei denn«, sagte Luc leise, »sie haben einen anderen Ort gefunden, den sie benutzen können.«

»Die Idee hatte ich auch schon«, sagte Simon. »Und wenn ... dann möchte ich nicht in Squire Townsends Haut stecken.«

Ein paar Stunden später schwang sich Simon vor dem *Ram's Head* aus dem Sattel und beschäftigte sich in Gedanken immer noch mit Townsend und dem Zerwürfnis zwischen ihm und den anderen, das er wahrgenommen hatte. Da es noch früh am Abend war, erst ein paar Minuten nach zehn, hatten die Herren sich noch nicht in eines der Privatzimmer zu ernsthafterem Spiel zurückgezogen, sondern saßen noch an dem gewohnten Tisch in der Gaststube. Von St. John war nichts zu sehen. Wie gewöhnlich herrschte fröhlich-laute Ausgelassenheit, das Wirtshaus war gut besucht: Fischer, Tagelöhner, Bauern und ein paar Zollfahnder sowie mehrere Männer mit harten Augen, die Simon als Nolles' Männer identifizierte.

Simon schlenderte zu Nolles und den anderen, zog sich einen Stuhl vor und setzte sich. Man begrüßte sich, und Simon bestellte bei einer vorbeikommenden Schankmagd einen Krug Ale.

Die Unterhaltung beschäftigte sich mit allgemeinen Themen, und bis auf eine Bemerkung zu der offiziellen Untersuchung des Todes von Canfield vor zwei Tagen hielt sich Simon zurück, hörte mehr zu, als sich selbst an dem Gespräch zu beteiligen. Ihm fiel auf, dass die anderen Townsend nicht weiter beachteten, fast als sei der gar nicht da. Nicht dass Townsend viel zur Unterhaltung beizutragen hätte, aber dennoch war sich Simon sicher, dass sich etwas innerhalb der Gruppe verändert hatte. Canfields Tod konnte natürlich der Grund dafür sein, aber er bezweifelte das eigentlich. Und wenn man berücksichtigte, dass Canfield vor weniger als einer Woche gestorben war und zudem angeblich ein Freund von allen gewesen war, schien niemand sein Ableben zu betrauern. Außer, dachte Simon, vielleicht Townsend.

Townsend war ungewöhnlich still, und sein Gesicht war blass und hager, unter den Augen hatte er dunkle Schatten, die von schlaflosen Nächten sprachen. Er schien von dem Glas Brandy vor sich restlos fasziniert und rührte sich erst aus seiner Betrachtung des Getränks, als das Glas leer war, und dann auch nur, um sich ein neues zu bestellen. Noch nicht betrunken, entschied Simon, aber wenn er so weitermachte, würde es nicht lange dauern, bis der Kerl bewusstlos unter dem Tisch lag.

Als die Unterhaltung ins Stocken geriet, fragte Simon: »Wo ist eigentlich St. John? Ich dachte, ich würde ihn heute Abend hier sehen.«

»Sagte, er habe eine Verabredung und würde später zu uns stoßen«, antwortete Padgett.

»Vermutlich mit dem gelbhaarigen Frauenzimmer«, brummte Stanton.

»Ach ja, die vollbusige Mrs. Perryman«, murmelte Nolles. »Sie ist neu im Dorf. Behauptet, sie sei verwitwet, aber ich bezweifle das.« Ein hässliches Lächeln spielte um seine Lippen. »Sie scheint einen großen Freundeskreis zu haben ... der ausschließlich aus Männern besteht.«

»Man kann sich darauf verlassen, dass St. John in diesem langweiligen gottverlassenen Kaff einen angenehmen Zeitvertreib findet«, bemerkte Stanton.

Townsend hob seinen Kopf und starrte Stanton an.

»Wenn Sie Broadhaven so langweilig finden«, wollte er wissen, »warum bleiben Sie dann überhaupt hier?«

Wenn ein Hase sie angegriffen hätte, hätten Stanton und die anderen nicht verwunderter aussehen können. Simon schaute Townsend genauer an. Das fiebrige Glitzern in seinen Augen war besorgniserregend, und wenn er sich nicht sehr irrte, provozierte der Squire hier absichtlich Stanton, und das war gefährlich. Wenn es zu einem Duell käme, würde Stanton keine Sekunde zögern, Townsend eine Kugel zwischen die Augen zu schießen. Unbehaglich fiel Simon wieder das Gerede ein, als Stanton genau das vor ein paar Jahren einem närrischen jungen Mann angetan hatte. Wenn Townsend sich den Tod wünschte, wäre Stanton genau der Richtige, ihm den Wunsch zu erfüllen … Simon zuckte innerlich zusammen. War es das, was hinter Townsends Bemerkung stand?

Stanton erholte sich sofort und erklärte verächtlich:

»Ich vergesse, Sie sind ja der Squire hier, nicht wahr? Natürlich können Sie dieses erbärmliche Kaff, wo sich Fuchs und Hase gute Nacht sagen, nicht langweilig finden.«

Townsend richtete sich auf.

»Wissen Sie«, sagte er, »ich glaube, Sie haben mich soeben beleidigt.«

»Meine Herren, ich bitte Sie«, beschwichtigte Nolles. »Lassen Sie uns das nicht auf die Spitze treiben.« Er schaute Stanton an. »Sie werden meinem Freund vergeben müssen. Er ist nicht er selbst. Canfields Tod war ein schlimmer Schock für ihn. Sie waren nicht dabei und können daher nicht wissen, wie furchtbar es ist, wenn ein Freund sein Leben verliert, während man selbst hilflos dabeisteht … und dann auch noch alles haarklein bei der Anhörung am Montag erzählen zu müssen, es noch einmal zu durchleben …«

»Natürlich«, sagte Stanton. Er zwang sich zu einem entschuldigenden Ton: »Ich bitte um Verzeihung. Meine Bemerkung war unangebracht.«

Einen Augenblick lang dachte Simon nicht, dass Townsend die Entschuldigung annehmen würde. Es hing am seidenen Faden, bis Nolles leise sagte, während er den Squire mit seinen blassen grünen Augen eindringlich anblickte:

»Es wäre pure Narrheit, das hier weiterzuverfolgen. Wir wollen nicht noch mehr Gewalt riskieren, oder?«

Townsend erschauerte und schüttelte sich, als löse er sich aus einer Art Trance und blickte dann wieder auf sein Brandyglas.

»Nein. Nein. Nicht noch mehr Gewalt.«

»Gut«, sagte Nolles. »Und nun, meine Herren, muss ich mich um Geschäfte kümmern und lasse Sie eine kurze Weile allein. Warum gehen Sie nicht in eines der Privatzimmer? Ich lasse Ihnen Getränke und eine kleine Stärkung dorthin bringen.«

Padgett stand auf.

»Ausgezeichnete Idee.« Er sah Nolles an. »Ich nehme an, unser gewohntes Zimmer ist bereit?«

Nolles verneigte sich.

»Allerdings. Wie immer.«

Padgett ging, Stanton dicht auf den Fersen hinter ihm. Townsend erhob sich vom Tisch und folgte den anderen. Simon, der hinter ihm war, bemerkte erleichtert, dass Townsend nicht so betrunken war, wie er es befürchtet hatte. Was, entschied er, Townsends Benehmen noch seltsamer erscheinen ließ, als es ohnehin schon war. Der Squire hatte rasch genug eingelenkt, aber allein der Umstand, dass er überhaupt so zu Stanton gesprochen hatte, beunruhigte Simon. Vielleicht war Townsend doch betrunken.

Simon hätte sich deswegen keine Sorgen machen müssen. Er beobachtete Emilys Cousin eindringlich den ganzen Abend über und merkte, dass er sein Glas langsamer leerte. Während der Abend fortschritt und das Glas neben ihm fast unberührt blieb, spielte Townsend erheblich besser, als Simon es in letzter Zeit je bei ihm gesehen hatte. Und da er mit ihm zusammen eine Partie Whist nach der anderen gegen Padgett und Stanton spielte, konnte er nur froh sein.

Wie gewöhnlich verging die Zeit mit Spielen und Trinken, und Nolles kam immer wieder vorbei und schaute nach, wie es ihnen erging und verschwand gleich darauf wieder in die Gaststube. Nach mehreren Stunden Whist, in denen Simon und Townsend Padgett und Stanton klar besiegten, verließen die Verlierer das Zimmer, sodass Simon mit dem Squire allein zurückblieb.

Simon dachte daran, ebenfalls aufzubrechen, als Townsend ihn mit hochgezogenen Brauen anschaute und fragte:

»Ein oder zwei Partien Piquet, bevor Sie gehen?«

Zögernd willigte Simon ein. Er war neugierig wegen Townsends Verhalten an diesem Abend und fand, es konnte nichts schaden, wenn er blieb.

Die beiden Männer begannen zu spielen, und obwohl Simon wusste, dass er ein guter Spieler war, war er überrascht, wie Townsend die Karten immer unsteter und willkürlicher ausspielte. Wenn Simon es nicht besser gewusst hätte, hätte er schwören können, dass Townsend das Spiel bewusst verlor. Aber immer, wenn er Townsend gerade dessen beschuldigen wollte, gewann der auf einmal.

Simon versuchte mehrmals, das Spiel zu beenden, denn Townsend trank nun heftig, da Stanton und Padgett nicht länger im Raum waren. Jedes Mal, wenn Simon die späte Stunde und die steigenden Verluste des Squire erwähnte, beharrte der darauf, dass sie weiterspielten, damit er die Gelegenheit erhielt, die verlorenen Summen auszugleichen.

Seufzend erklärte Simon sich einverstanden, in der Hoffnung, dass Townsend gewinnen würde, sodass er heimreiten und endlich schlafen konnte. Townsend erlebte in der nächsten Runde seine bislang schwerste Niederlage, und Simon hatte genug.

Zu seiner Erleichterung kam Nolles ins Zimmer und bot ihm damit den Vorwand, den er gebraucht hatte, um die Sache zu beenden.

Simon stand auf und schob mit einem unguten Gefühl den Geldhaufen vor sich zusammen, dabei sagte er:

»Das Glück ist Ihnen heute nicht gewogen. Lassen Sie uns Schluss machen für heute Nacht.«

»Sagen Sie nicht, dass Townsend wieder verloren hat?«, schnurrte Nolles und zog eine Braue hoch. »Doch nicht, nachdem er Stanton und Padgett mit leeren Taschen heimgeschickt hat?«

Townsend nahm einen großen Schluck von seinem Brandy.

»Da hatte ich Hilfe von Simon. Hier, beim Piquet, muss ich mich ganz auf mein Geschick verlassen, und wie er schon gesagt hat, hatte ich heute kein Glück.« Er lächelte schief. »Vielleicht soll es einfach so enden.«

»Wie melodramatisch«, bemerkte Nolles mit einem hässlichen Unterton in der Stimme.

Townsend blickte gleichgültig in Nolles' Richtung und zuckte die Achseln.

»Das ist meine Entscheidung.« Er lachte humorlos und sah Nolles vielsagend an. »Die erste eigene Entscheidung, die ich seit Langem treffe.«

»Sie hatten zu viel zu trinken«, sagte Nolles kühl.

Townsend, der Simon direkt gegenübersaß, blickte ihn an, und etwas in diesem Blick steigerte Simons Unbehagen. Die Gewissheit, dass er in irgendeiner Weise manipuliert wurde, wurde größer, aber er konnte nicht erkennen, wozu. Es ergab keinen Sinn, dass Townsend, von dem allgemein bekannt war, dass er in finanziellen Schwierigkeiten steckte, absichtlich schlecht spielte, und doch war das genau das, was Simon fest glaubte, dass der andere es tat. Aber warum?

Townsend lächelte, und Simon lief es kalt über den Rücken. Es lag keinerlei Humor in dem Lächeln, und der Ausdruck in seinen Augen …

»Einmal abheben«, sagte Townsend und begann die Karten zu mischen. »Der Sieger gewinnt alles.«

»Sind Sie verrückt geworden?«, wollte Nolles wissen. »Sie haben heute Nacht genug verloren.«

Townsend winkte ab und schenkte ihm weiter keine Beachtung; er schaute nur Simon an und wiederholte:

»Einmal abheben, der Sieger gewinnt alles.«

»Ich will nicht unhöflich sein«, wandte Simon behutsam ein, »aber ich glaube, ich habe bereits mehr gewonnen, als Sie sich zu verlieren leisten können.«

Townsend schüttelte den Kopf. Er griff in seine Weste, holte einen Umschlag aus schwerem Büttenpapier hervor und warf ihn in die Mitte des Tisches. Der Umschlag war versiegelt, aber als Simon danach greifen wollte, hielt ihn Townsend davon ab.

Er sah ihm eindringlich in die Augen und erklärte:

»Wenn ich gewinne, nehme ich alles, was Sie heute Nacht gewonnen haben. Wenn Sie gewinnen, bekommen Sie dies hier.« Ohne den Blickkontakt abreißen zu lassen, fügte Townsend hinzu: »Ich habe nur eine Bitte … wenn Sie gewinnen, öffnen Sie den Umschlag erst, wenn Sie auf Windmere sind.«

»Was für ein Unsinn!«, mischte sich Nolles wütend ein; seine Miene verriet seine Erbitterung und sein Missfallen über die ganze Situation. »Mr. Joslyn wäre ein Narr, sich auf solch ein Risiko einzulassen.«

Ohne Nolles zu beachten, schaute Townsend Simon weiter an.

»Werden Sie es tun? Einmal abheben, der Sieger gewinnt alles.«

Simons Blick fiel auf den Umschlag. Er war nicht sehr dick und enthielt offensichtlich keine Banknoten. Er runzelte die

Stirn, starrte auf den Umschlag und wieder zu Townsend. Was für ein Spiel spielte der Squire hier? Es konnten genauso gut leere Blätter in dem Umschlag sein. Warum sollte er ein kleines Vermögen einer einzigen launischen Karte anvertrauen? Andererseits …

Simon setzte sich wieder. Er starrte Townsend an.

»Einmal abheben für jeden. Der Sieger gewinnt alles.«

»Und wenn Sie gewinnen, warten Sie, bis Sie auf Windmere sind, bevor Sie den Umschlag öffnen?«

»Gut«, sagte Simon und fragte sich, wer von ihnen beiden verrückt war. »Einverstanden.«

Townsend lächelte leicht.

»Dann sind wir uns einig. Einmal abheben, der Sieger gewinnt alles.«

Simon nickte knapp.

Townsend schob den Kartenstapel in die Mitte des Tisches, ordentlich übereinandergeschichtet.

»Möchten Sie neu mischen?«

Simon schüttelte den Kopf.

»Wer fängt an?«

Townsend blickte Nolles an.

»Wollen wir das Nolles entscheiden lassen?«

Simon zuckte die Achseln.

Nolles lachte verärgert.

»Allesamt Narren!« Er warf Townsend einen argwöhnischen Blick zu, ehe er erklärte: »Mr. Joslyn fängt an.«

Simons Finger schlossen sich um den Stapel, und er hob ab. Er drehte die obere Hälfte des Stapels in seiner Hand um und sah, dass er die Herz-Neun aufgedeckt hatte. Da das Piquet-Spiel nur aus zweiunddreißig Karten bestand, vom Ass bis zur Sieben, standen Townsends Chancen besser.

Nolles grinste, als er die Neun sah, er wusste das auch. Fast hätte er sich die Hände gerieben in Vorfreude, dass Townsend gewinnen würde, und beobachtete die beiden Männer vor ihm.

Townsend schaute auf die Neun, lächelte schwach und hob selbst ab. Die Kreuz-Sieben.

Der Squire seufzte, aber auf seinem Gesicht zeigte sich ein schwaches Lächeln, fast, fand Simon, als ob er insgeheim erleichtert sei.

»Sie haben gewonnen.«

Nolles fluchte wüst und ballte die Hände zu Fäusten, und der Blick, den er Townsend sandte, war giftig.

»Ich hoffe«, zischte er zwischen zusammengebissenen Zähnen, »dass in dem Umschlag nichts ist, was Sie später bereuen werden, mein Freund.«

Townsend schaute ihn an, und seine Miene war unergründlich.

»Auf keinen Fall.«

Simon stand auf, nahm den Umschlag und steckte ihn sich in seine Weste und sagte:

»Vielleicht ist Ihnen das Glück ein andermal gewogen. Sie bekommen von mir die Gelegenheit zur Revanche.«

Ein seltsames kleines Lächeln spielte um Townsends Lippen, und in seinen Augen stand ein merkwürdiges Flackern.

»Vielleicht«, erwiderte er milde.

Nolles war nicht zufrieden mit dem Ausgang und tat sein Möglichstes, um Simons Aufbruch zu verzögern. Er versuchte, ihm eine Runde Brandy aufzudrängen, aber Simon lehnte höflich ab. Simon verließ das Zimmer und war ehrlich froh, dass Padgett und Stanton nicht da waren, da er das starke Gefühl hatte, dass, wenn sie anwesend gewesen wären, es um seine Chancen darauf, mit dem Umschlag unbehelligt das *Ram's Head* zu verlassen, schlecht bestellt wäre. Er ging durch die Vordertür nach draußen und zu seinem Pferd, saß auf und ritt mit dem Umschlag, von dem er meinte, er würde brennen, so heiß fühlte er sich an, nach Windmere, als sei ihm der Teufel auf den Fersen. Der Inhalt des Umschlags bereitete Nolles Sorgen. Die Frage, die Simon antrieb, lautete, ob Nolles den Inhalt dringend genug wissen wollte, um ihm jemanden hinterherzuschicken.

Der Weg nach Windmere war ihm nie so lang vorgekommen, und zweimal meinte er, die Hufschläge von Verfolgern hinter sich zu hören, weswegen er sein Pferd zu noch größerem Tempo antrieb. Er konnte nur raten, wie viel Vorsprung er hatte, aber wenn Nolles ihm seine Männer hinterhergeschickt hatte, dann würden sie nicht weit hinter ihm sein. Simon war so mutig wie die meisten Männer, aber er musste zugeben, dass er verdammt froh war, als er den Schein der Lichter von Windmere vor sich auftauchen sah und wusste, dass er in Sicherheit war. Furcht war nichts, mit dem er vertraut war, aber er konnte nicht leugnen, dass Furcht sein Begleiter gewesen war, von dem Augenblick an, als er den verfluchten Umschlag an sich genommen hatte.

Luc verspürte ebenfalls Furcht, aber seine Furcht hatte nichts mit dem Inhalt von irgendeinem Umschlag zu tun. Seine Angst galt vielmehr der zierlichen Frau, die in seinen Armen schlief, und es war eine Furcht wie keine, die er je zuvor erlebt hatte. Die wachsende Überzeugung, dass sein Glück, sein Lebenszweck, seine ganze Welt sich um dieses Bündel Frau drehte, trieb ihm den Angstschweiß auf die Stirn.

Auf einen Ellbogen gestützt, schaute Luc in seinem dunklen Schlafzimmer in Ramstone in ihr schlafendes Gesicht. Der zunehmende Mond spendete nur schwaches Licht, aber Luc brauchte kein Licht, um Gillians Gesicht zu sehen. Ihre Züge hatten sich in sein Gehirn eingebrannt, wie alles an ihrem verführerischen Körper. Nach fast fünf Tagen Ehe, die sie nahezu vollständig zusammen verbracht hatten, waren ihm der Schwung ihrer Lippen, ihre fein gezeichneten Brauen und Form und Farbe ihrer Augen so vertraut, als wären es seine eigenen.

Er kannte ihre Stimmungen, wenn sie etwas freute, ärgerte oder erregte. Sein Körper rührte sich. Oh ja, er wusste, wie sie aussah, wenn sie erregt war. Sie faszinierte ihn, von dem Funkeln in ihren goldbraunen Augen bis zu der Art und Weise, wie sie ihren Kopf neigte, wenn sie verwirrt war oder unsicher. Unglücklich räumte er ein, dass er sie mehr liebte als das Leben, aber dennoch, außer, dass er ihr im Bett Lust bereitete, wusste er nicht, wie es um ihr Herz bestellt war – und das machte ihn verrückt.

Sie schien von dem Haus entzückt zu sein und hatte Listen mit Möbeln zusammengestellt; sie konnte gut mit den Dienstboten umgehen, sodass er schon jetzt überall im Haus Zeichen von Veränderungen zum Guten sehen konnte. Auch die Mahlzeiten, die aufgetragen wurden, waren besser. Und in seinen Armen verwandelte sie sich von einer fleißigen Hausfrau in eine leidenschaftliche Geliebte, deren leichteste Berührung ihn die Kontrolle verlieren ließ. Sie war alles, was er sich von seiner Ehefrau, von einer Frau überhaupt wünschte. *Warum also,* fragte er sich, *bin ich nicht wahnsinnig glücklich? Warum liege ich hier wach und verspüre eine nagende Furcht?*

Sein Blick glitt über sie. Er konnte vor seinem geistigen Auge die dunklen Fächer ihrer Wimpern auf ihren Wangen sehen und ihren im Schlaf entspannten Mund, und das Verlangen, sie in seine Arme zu reißen, war beinahe überwältigend. Und hier in der Schwärze der Nacht gestand er sich seine Furcht ein. Er fürchtete, dass sie ihn nicht liebte. Sie empfand Zuneigung für ihn, das glaubte er wenigstens. Vielleicht sogar tiefe Zuneigung, aber Liebe? Die Erkenntnis ließ ihn erbeben, dass, wenn sie ihn nicht liebte, wenn es ihm nicht mit der Zeit gelänge, ihr Herz zu gewinnen, ihr gemeinsames Leben in Elend enden würde. Er wäre zu ewigem Unglück verdammt.

Seufzend ließ sich Luc zurücksinken, und er legte seinen Kopf auf das Kissen neben Gillians. Er hasste dieses Gefühl von Hilflosigkeit, dass er nicht länger Herr seines Lebens war, zu wissen, dass eine andere Person sein Schicksal in ihren zarten Händen hielt. Für einen so stolzen Mann, der immer seinen eigenen Weg gegangen war, war es schwierig, sich in dieser Position wiederzufinden. *Wenn ich nicht vorsichtig bin*, dachte er empört, *werde ich wie ein vernarrter Mann vor ihr auf die Knie fallen und sie anflehen, mich zu lieben. Verdammt!*

Es war unvermeidbar, dass seine Gedanken sich mit ihrer ersten Ehe beschäftigten. Er fragte sich, ob sie Charles Dashwood wohl geliebt hatte. Fragte sich, ob der Geist von Charles Dashwood zwischen ihnen stand. Bislang hatten sie über ihren ersten Ehemann nicht gesprochen … und auch nicht über die Umstände seines Todes. Es war schließlich auch nicht etwas, räumte Luc ein, was man ohne Vorbehalte in den ersten Tagen einer neuen Ehe ansprechen würde. Er verzog den Mund. Die Ehe mit ihm, mahnte er sich, hatte sie nicht gewünscht. Sie war durch die Umstände dazu gezwungen worden, ihn zu heiraten, und wie eine Klinge, die in der Wunde umgedreht wurde, kam ihm der argwöhnische Gedanke, dass sie ihren ersten Mann immer noch liebte.

Luc schnaubte. Das war Unsinn, nicht wenn sie fast wegen seiner Ermordung angeklagt worden war. Aber wieder, wie es so oft geschah, wenn die Frage nach ihrer Schuld am Mord an ihrem Ehemann aufkam, wies er die Vorstellung von sich. Er mochte ein von der Liebe verblendeter Narr sein, aber er konnte einfach nicht glauben, dass sie irgendjemanden ermordet hatte. Es musste eine logische Erklärung geben, warum sie in jener Nacht auf einer von Welbournes berüchtigten Gesellschaften gewesen war. Und was die Ermordung ihres Ehemannes anging … In der Dunkelheit glitt sein Blick zu ihr. Gillian war keine Mörderin. Aber jemand hatte Charles Dashwood umgebracht …

Luc kniff die Augen zusammen. Jemand hatte Charles Dashwood ermordet. Warum?

Der Gentleman, der die Antwort auf diese Frage wusste, saß allein in seinem Zimmer und starrte auf die Schuldscheine, die er aus Canfields Zimmer im *Ram's Head* gestohlen hatte. Seine Finger glitten darüber, schoben erst einen, dann einen anderen zur Seite; in Gedanken weilte er in der Nacht, in der Charles Dashwood gestorben war. Es war Dashwoods eigene verdammte Schuld, überlegte er erbittert. *Er hätte mir nur das geben sollen, was mir gehörte, und damit wäre die Sache erledigt gewesen.* Seine Lippen wurden schmal. *Der Bastard hatte den Tod verdient, dafür, dass er versucht hat, mich um mehr Geld zu erpressen.*

Er schloss die Augen, dachte wieder an das Gefühl, das Messer in Dashwoods Körper zu stoßen, und er spürte ein Aufflackern von Erregung. Es war ein Unfall gewesen, aber bei Gott! Es tat ihm nicht leid. Wenn er irgendetwas in jener Nacht bereute, dann, dass er nicht geistesgegenwärtig genug gewesen war, das Messer, das er benutzt hatte, um Dashwood zu erstechen, danach Gillian Dashwood in die Hand zu drücken, nachdem er sie bewusstlos geschlagen hatte. Wenn er das getan hätte, hätte es nie Fragen zu Dashwoods Tod gegeben ... oder Zweifel an Gillian Dashwoods Schuld.

Er öffnete die Augen wieder, und sein Blick fiel auf die verstreuten Schuldscheine. Gillian stellte ein Problem dar, aber vielleicht befand sich die Lösung auch genau vor ihm. Er dachte darüber nach. Ja, vielleicht befand sich die Lösung genau vor ihm ... und wenn die neue Mrs. Joslyn tat, was er von ihr wollte, dann würde er sie vielleicht sogar am Leben lassen. Ein hässliches Lächeln spielte um seinen Mund. Aber vielleicht auch nicht ...

Kapitel 19

Simon ließ sein Pferd in den Stallungen, und die Härchen in seinem Nacken sträubten sich weiter, als fürchtete er immer noch insgeheim einen Überfall, während er zum Haupthaus eilte. Erst als er im Haus angekommen war und sich die Tür hinter ihm geschlossen hatte, ließ die Furcht vor einem Angriff von Nolles' Männern nach. In dem weiß und schwarz gefliesten Foyer nahm er den Umschlag aus seiner Weste und starrte darauf. Sollte er Barnaby wecken? Seine Lippen zuckten. Wenn er das tat, der Umschlag aber nichts als leere Zettel enthielt, würde er sich wie ein Idiot vorkommen.

Er musste gähnen. Himmel! Es war fast fünf Uhr morgens, und er war so übermüdet, dass er kaum noch denken konnte. Etwas Kaffee wäre nicht verkehrt, und in der Hoffnung, dass sich in der Küche bereits etwas regte – und nach dem Eingeständnis vor sich selbst, dass er in Wahrheit nur nach einem Vorwand suchte, das Öffnen des verflixten Umschlags aufzuschieben, steckte er ihn wieder zurück in seine Weste und machte sich auf den Weg dorthin.

Die Köchin Mrs. Spalding und ein paar verschlafene Spülmägde waren damit beschäftigt, alles für den Tag herzurichten. Ein paar Lakaien saßen bereits an dem langen geschrubbten Küchentisch und aßen Frühstück. Der Duft nach Kaffee und frischem Hefebrot lag in der Luft, und die willkommen heißende Wärme des massiven Holzofens des Herdes empfing ihn, als er die große Küche betrat. Bei seinem Anblick unterbrachen die Anwesenden alle wie aufs Stichwort, was sie gerade taten, und schauten ihn an.

Simon lächelte Mrs. Spalding zu und fragte:

»Wäre es wohl machbar, dass ich möglichst bald etwas Kaffee und Toast im Frühstückssalon serviert bekomme?«

»Aber natürlich«, antwortete Mrs. Spalding, deren volle Wangen von der Hitze des Ofens ganz rot waren. »Ich habe eine schöne Kanne Kaffee, der gerade fertig ist, und etwas Brot von gestern zum Rösten.« Mit funkelnden Augen fügte sie hinzu: »Es sind auch noch ein paar heiße, knusprige Brötchen im Ofen, wenn es Ihnen nichts ausmacht, noch ein paar Minuten länger zu warten, bis sie fertig gebacken sind.«

Simon nickte, und das Wasser lief ihm im Mund zusammen.

»Heiße, knusprige Brötchen. Das klingt herrlich!«

Mrs. Spalding warf einem der Lakaien an dem Tisch einen Blick zu und sagte zu ihm:

»James, lauf und kümmere dich darum, dass im Kamin im Frühstückssalon das Feuer brennt. Wir wollen ja nicht, das Master Simon sich verkühlt.«

Einer der jungen Männer am Tisch sprang auf und ging an Simon vorbei auf den Flur. Etwas langsamer folgte Simon ihm und musste sich ein weiteres Gähnen verkneifen. Als er im Frühstückssalon ankam, brannten Kerzen und ein Feuer im Kamin.

Um sich zu wärmen, stellte sich Simon mit dem Rücken zu den Flammen und kämpfte gegen die Erschöpfung. Er gähnte noch einmal und wünschte sich, in sein Bett gehen zu können. Aber der Umschlag und sein geheimnisvoller Inhalt machten das unmöglich.

Seufzend nahm Simon erneut den Umschlag aus seiner Weste und starrte ihn an. Wenn er nicht gerade über seine

Schulter hinter sich geschaut hatte, auf der Hut vor Nolles' Helfershelfern, jederzeit darauf gefasst, sie hinter sich zu entdecken, wie sie sich aus der Dunkelheit auf ihn stürzten, um ihn zu töten, hatte ihn Neugier darüber geplagt, was er wohl enthalten mochte. Jetzt, da er sich sicher hinter den massiven Mauern von Windmere befand, hielt ihn nichts mehr davon ab, den Umschlag aufzureißen und seine Neugier zu stillen, aber er zögerte dennoch. Seine Lippen verzogen sich. Er war sich nicht sicher, erkannte er, ob er wissen wollte, was Townsend aufs Spiel gesetzt hatte. Er hatte einen starken Verdacht, was sich darin befand. Wenn er recht hatte … Er schluckte. Wenn er recht hatte, dann, begriff er, hatte er heute Abend mit einem Todgeweihten am Spieltisch gesessen. Und ihm wurde auch bewusst, dass, während er hier stand und auf den Umschlag schaute, Townsend vermutlich irgendwo leblos lag.

Die Ankunft eines Lakaien mit einem Tablett, auf dem eine Kaffeekanne und mehrere zugedeckte Teller standen, lenkte ihn ab. Nachdem der Lakai das Tablett abgestellt hatte und wieder gegangen war, legte Simon den Umschlag ans Tischende und ging zum Büfett, wo er sich Kaffee einschenkte. Er trank aus der Tasse und begutachtete Mrs. Spaldings Ergänzungen zu seiner ursprünglichen Bestellung. So waren da nicht nur die frischen Brötchen, sondern auch noch Schinkenspeck, Rührei und eine große Schüssel mit warmer, mit Zimt besprenkelter Apfelsoße. Geistesabwesend – in Gedanken bei Townsend – bediente Simon sich und ging zum Tisch.

Er schob den Umschlag zur Seite, stellte seine Tasse und den Teller ab und setzte sich mit dem Rücken zum Feuer. Der Raum erwärmte sich langsam, aber von dem Moment an, als er Townsends Wette angenommen hatte, war er nicht imstande gewesen, die Kälte abzuschütteln, die sich in ihm ausbreitete.

Er aß langsam, schmeckte das Essen gar nicht, und hielt den Blick weiter auf den Umschlag gerichtet. Das war wie mit der Büchse der Pandora. Es konnten viele Sachen darin sein. Ein Geständnis von Townsends Beteiligung an Canfields Tod und/oder eine Auflistung seiner Absprachen mit Nolles waren zwei Sachen, die ihm spontan einfielen. Dennoch vermutete Simon, dass es keine dieser beiden Sachen war.

Nolles hatte sich Sorgen gemacht, aber Simon wusste, wenn Nolles auch nur einen Moment daran gedacht hätte, dass Townsend eines davon in den Umschlag getan haben könnte, hätte er nie das *Ram's Head* damit verlassen dürfen. Ihm fielen wieder die Hufschläge ein, die er auf dem Heimweg hinter sich gehört hatte, und er war sich sicher, dass Nolles ihm jemanden nachgeschickt hatte. Ob das mit der Absicht geschehen war, ihm den Umschlag zu rauben oder ihn umzubringen, darüber wagte er nicht näher nachzudenken.

Mrs. Spaldings hervorragende Kochkünste lagen ihm wie Steine im Magen, sodass Simon es aufgab zu essen und seinen halb leeren Teller von sich schob und den Umschlag an sich nahm. *Ach, hör auf, solch ein erbärmlicher Feigling zu sein*, schalt er sich, *und öffne jetzt endlich das verdammte Ding.*

Simon atmete tief durch und tat es. Er überflog die beiden Seiten und legte das Dokument dann hin, mit ausdrucksloser Miene und von Schuldgefühlen zerfressen. Es war von einem Notar in Brighton aufgesetzt und am Freitagmorgen von Townsend unterzeichnet worden, was etwas mehr als vierundzwanzig Stunden nach Canfields Tod war.

Das Dokument war schlicht gehalten. Die Bestimmungen und das Fideikommiss, die festgelegt hatten, dass Townsend das Anwesen und das Vermögen seines Onkels seinerzeit geerbt hatte, endeten mit ihm. In seinem Testament und seinem Letzten Willen vermachte Townsend all seinen Besitz, sein gesamtes Anwesen, Simon Joslyn.

Simon ließ die Schultern hängen. Er hatte vermutet, dass es so etwas sein musste. The Birches, sein Landsitz, selbst mit Schulden belastet, war das einzig Wertvolle, was Townsend besaß. Er schüttelte den Kopf. Warum hatte er ihm nicht einfach das Dokument nach Windmere bringen lassen? Warum dieser umständliche Weg? Nach dem, was Simon über den Mann wusste, schloss Simon, dass Townsend, ein Spieler bis zum Ende, einfach entschieden hatte, sein Leben auf eine Karte zu setzen.

Rückblickend war es leicht zu erkennen, wie Townsend das alles manipuliert hatte. Da das Testament aufgesetzt war und er es sicher in seiner Tasche stecken hatte, musste Townsend geahnt haben, dass seine Zeit ablief, und hatte die Ereignisse an diesem Abend in Gang gesetzt. St. Johns Abwesenheit war für ihn ein echter Glücksfall gewesen. Sobald Padgett und Stanton es leid waren, dauernd zu verlieren, was nicht geschehen wäre, wenn Townsend so betrunken wie alle Abende zuvor gewesen wäre, waren sie gegangen – genau das, was Townsend hatte erreichen wollen.

Nachdem sie allein waren, war es leicht gewesen, ihn zum Bleiben und einer Partie Piquet zu bewegen, überlegte Simon bitter. Alles, was Townsend tun musste, war zu verlieren, bis es nichts gab als den Inhalt des Umschlags, um ihn auf den Tisch zu legen. Verdammt. Simon fluchte heftig und ballte eine Hand zur Faust. *Ich wusste, dass da irgendetwas komisch war an der Art und Weise, wie er spielte. Mir ist sogar der Verdacht gekommen, dass er absichtlich verliert, aber der Bastard war gerissener, als ich gedacht habe, und hat gerade genug gewonnen, um den Verdacht zu entkräften.*

Simon bereitete es keinerlei Schwierigkeiten zu erraten, warum Townsend so gehandelt hatte. Canfield war tot, ob nun durch einen Unfall oder nicht, und die amtliche Untersuchung war beendet, Townsends Zeugenaussage wurde nicht länger benötigt. Gegenwärtig waren in den Kellern unter The Birches keine Schmuggelwaren gelagert, und während die Ankunft einer neuen Ladung aus Frankreich erwartet wurde, nahm Simon an, dass Nolles in Erwartung, sich Townsends entledigen zu müssen, ein neues Versteck aufgetan hatte. Nach seiner Aussage bei der Anhörung zu dem Todesfall und nachdem The Birches nicht länger benötigt wurde, war Townsend für Nolles und die anderen nicht länger wichtig. Da er die Männer kannte, mit denen er sich eingelassen hatte, wusste Townsend – oder vermutete es wenigstens –, dass die Chancen, dass er früher oder später einen ähnlichen »Unfall« wie Canfield erlitt, hoch waren. In dem Moment, als am Montag die Untersuchung abgeschlossen war und der von den Behörden bestellte Mediziner sein Urteil abgegeben hatte, hatte Townsend gewusst, dass seine Zeit ablief. Es war nicht die Frage, ob, sondern wann Nolles ihn würde umbringen lassen.

Simon schüttelte den Kopf. Armer Kerl. Er blickte auf das Testament. Himmel! Warum war Townsend nicht zu Barnaby gekommen und hatte um Hilfe gebeten? Warum glaubte er, sein Tod sei die einzige Lösung?

Barnaby musste das erfahren, dachte er bedrückt, und verspürte eine feige Erleichterung, dass nicht er es Emily würde beibringen müssen. Nicht dass Emily und ihr Cousin eine enge oder herzliche Beziehung gehabt hätten, aber

Townsend war nun einmal ihr Verwandter, und sie hatten einander seit ihrer Kindheit gekannt. Er überlegte, ob er ihr das Anwesen übertragen konnte. The Birches war ihr Zuhause gewesen. Oder vielleicht einem ihrer Kinder?

Die sich öffnende Tür riss ihn aus seinen Gedanken, und er schaute auf und sah Barnaby eintreten. Barnaby war überrascht, ihn hier zu sehen, aber da Barnaby als Frühaufsteher bekannt war, fand Simon es nicht merkwürdig, dass der Viscount zu dieser frühen Stunde in Stiefeln und für den Tag angekleidet war.

Barnaby erholte sich rasch und lächelte.

»Gerade erst heimgekommen?«, fragte er, ging zum Büfett, nahm sich eine Tasse und schenkte sich Kaffee ein.

»Nein«, antwortete Simon. »Ich bin schon eine Weile hier. Mrs. Spalding war so freundlich, mir etwas zu bringen, aber ich fürchte, ich habe keinen Appetit.«

Ein Unterton in Simons Stimme bewirkte, dass Barnaby ihn genauer anschaute.

»Was ist los?«, fragte er.

Wortlos schob ihm Simon das Testament über den Tisch zu. Barnaby nahm es und las es rasch durch. Dann legte er es wieder hin, setzte sich auf einen Stuhl und sagte:

»Erzähl.«

So sachlich wie möglich tat Simon das. Als er fertig war, schüttelte Barnaby den Kopf und sprach aus, was Simon zuvor gedacht hatte:

»Armer Kerl.«

Die beiden Männer saßen einen Moment schweigend da, dann fragte Simon:

»Denkst du, er ist bereits tot?«

Barnaby zuckte die Achseln.

»Wahrscheinlich. Wenn Nolles ihn lebend aus dem *Ram's*

Head hat gehen lassen, hat er sich vermutlich selbst gerichtet, sobald er zu Hause war.«

Simon nickte.

»Das hatte ich mir auch gedacht.« Er seufzte. »Ich nehme an, wir reiten besser hin und finden es selbst heraus.«

Im schwachen Licht des frühen Morgens schien The Birches still und verlassen. Es gab kein Anzeichen von Townsends Pferd, aber sie vermuteten, dass das Tier sich im Stall befand, es sei denn, Townsend wäre gar nicht heimgekommen … Barnaby öffnete die Tür und trat mit Simon an seiner Seite ein; kalte Stille empfing sie.

Sie fanden Townsend in einem kleinen Zimmer auf der Rückseite des Hauses. Eine Karaffe mit Brandy stand vor ihm, ein leeres Glas neben ihm. Townsend saß am Tisch, schlaff nach hinten gesunken, eine Hand baumelte an seiner Seite, und direkt unter seinen Fingern dort lag eine Pistole.

Barnaby betrachtete die saubere runde Wunde an seiner Schläfe und erklärte:

»Hat er es selbst getan, oder hat Nolles diese hübsche kleine Szene für uns arrangiert?«

Simon dachte nach, ging in Gedanken zurück, zu dem Ausdruck in Townsends Augen und sagte:

»Ich glaube, Townsend hat es selbst getan. Er wusste, ihm blieb nicht mehr viel Zeit, bevor Nolles ihn umbringen würde. Ich würde allerdings meinen, dass er doch mehr Zeit hatte, als er selbst geglaubt hat. Canfields Tod hat sich vor fast genau einer Woche ereignet – Nolles hätte noch eine Weile gewartet, bevor er sich seiner entledigt.«

»Richtig. Nolles mag eine Schlange sein, aber er ist eine kluge Schlange.« Barnaby biss die Zähne zusammen, und ein Muskel zuckte in seiner Wange. »Ich habe Emilys Cousin nie leiden können, und es tut mir auch nicht leid, dass er tot ist«, gestand er. Mit einem Seufzen fügte er hinzu: »Das hier ist vermutlich das Beste, aber ich wünschte, der Feigling hätte uns geholfen, Nolles zu fassen, bevor er beschlossen hat, sich selbst zu töten.«

»Vielleicht hat er versucht, der Familie die Peinlichkeit zu ersparen«, schlug Simon vor. »Wenn er geholfen hätte, Nolles ans Messer zu liefern, wäre in der Gerichtsverhandlung vermutlich zwangsläufig ans Licht gekommen, wie weit Townsend selbst mit drinsteckte. Und wenn sie Canfield gemeinsam umgebracht haben, hätte man ihn vermutlich neben Nolles gehängt.«

Barnaby zuckte die Achseln.

»Es ist möglich, und wenn das der Fall sein sollte, dann war das das einzig Anständige, das er je getan hat.« Er wandte sich von dem Leichnam ab und sagte: »Wir unterrichten besser den Konstabler.« Niedergeschlagen erklärte er: »Und ich muss es Emily und Cornelia sagen.«

Vier Stunden später ritten die beiden Männer, nachdem der Konstabler gekommen und ihre Aussagen aufgenommen hatte, in leichtem Nieselregen zurück nach Windmere. Der Tag war grau und bedrückend, was Simon als passend empfand.

Sobald sie dort waren und sich in Barnabys Arbeitszimmer zurückgezogen hatten, räusperte Simon sich und fragte:

»Was ist mit dem Testament? Denkst du, ich sollte alles einfach Emily geben?«

»Nein«, erwiderte Barnaby ohne Umschweife. »Von dem Bastard braucht sie nichts.«

Simon wirkte ratlos und wollte von ihm wissen:

»Was soll ich denn damit anfangen?«

Barnaby dachte einen Moment nach.

»Behalte es«, sagte er. Seine Augen wurden schmal, dann fügte er hinzu: »Es ist möglich, dass Townsend versucht hat, Wiedergutmachung zu leisten.« Er betrachtete Simon. »Ja, ich glaube, das hat er vermutlich getan. Du wirst einen ausgezeichneten Squire abgeben, Cousin. Und du verfügst über die Fähigkeiten und das nötige Geld, um The Birches wieder zu dem zu machen, was es war, bevor es Townsend in die Hände gefallen ist.« Er runzelte die Stirn. »Vielleicht war es das, was er im Sinn hatte, als er das Testament aufgesetzt hat.«

»Ich!«, rief Simon »Was ist denn mit seinem Bruder Hugh? Wenn nicht an Emily, dann sollte der Besitz doch an ihn gehen.«

»Hugh hat bereits einen Landsitz und ein Vermögen, und er ist sehr glücklich dort, wo er ist.«

»Aber seit alters her leben Townsends auf The Birches, und seit Generationen ist der Squire immer ein Townsend gewesen«, widersprach Simon und fühlte sich, als würde er von einem Strudel mitgerissen.

»Und jetzt nicht mehr«, versetzte Barnaby unverkennbar amüsiert. »Jetzt wird es ein Joslyn sein.« Er grinste. »Squire Joslyn klingt doch nicht schlecht, findest du nicht?«

Simon betrachtete Barnaby missbilligend.

»Du freust dich darüber.«

»Wenn du in Ruhe darüber nachdenkst, wirst du erkennen, dass es eine Menge Sachen regelt«, erwiderte Barnaby und zählte an seinen Fingern ab: »Emilys abscheulicher Cousin ist tot. Es wird keinen Skandal geben – höchstens wegen seines Selbstmordes. Ein ehrenwerter Mann wird nun Squire werden. Emilys Zuhause wird in seinen ursprünglichen Zustand zurückversetzt, und ich bekomme einen freundlichen Nachbarn. Warum sollte ich nicht froh sein?«

Zu Simons Verwunderung erwies sich Barnabys Einschätzung als korrekt, und die Familie und die Nachbarn wiederholten so oder in ähnlicher Form, was der gesagt hatte. Noch vor Townsends Beerdigung hörte Simon überrascht, wie von ihm als dem »neuen Squire« oder »Squire Joslyn« gesprochen wurde.

Simon hatte damit gerechnet, dass Emily Vorbehalte hatte, aber nachdem sie den ersten Schreck über Jefferys Tod verwunden hatte, hatte sie ihn umarmt und gerufen:

»Oh Simon! Jeffery war ein Biest, aber am Ende hat er doch etwas Gutes getan. Du wirst ein wunderbarer Squire sein, und zu wissen, dass The Birches in deinen Händen ist, ist mehr, als ich je zu träumen gewagt hätte.«

Cornelia hatte ihn ebenfalls fest aus ihren Adleraugen gemustert und bemerkt:

»Squire Joslyn, was? Der Himmel weiß, du wirst eine gewaltige Verbesserung im Vergleich zu diesem Schurken Jeffery sein.« Sie lächelte ihn an. »Du denkst vielleicht, dass dein Erbe im Moment mehr Bürde als Gewinn ist, aber wenn du erst einmal Geld investiert hast, wirst du sehen, dass es sich auf The Birches gut leben lässt.« Sie tätschelte ihm die Wange. »Schau nicht so unbehaglich. Du wirst das gut machen, mein Junge.«

Sogar Mathew schien sich über Simons erhöhte Stellung in der Gegend zu freuen.

»Es tut mir leid, wie es zustande gekommen ist«, teilte er ihm mit, »aber ich halte es für eine gute Entwicklung.« Er lächelte leicht. »Wenn ich mich jetzt über all die Kleinigkeiten beschwere, um die man sich bei der Leitung eines Anwesens kümmern muss, dann wirst du genau wissen, wovon ich spreche.«

Die Zuneigung und der Respekt, den die Menschen aus der Umgebung Emily und Cornelia entgegenbrachten, sorgten dafür, dass Townsends Beerdigung am folgenden Montagvormittag gut besucht war, sowohl der Adel als auch die Dorfbewohner waren zahlreich erschienen. Townsends Mutter Althea und sein Bruder Hugh waren zusammen mit Anne Townsend, Emilys früherer Stiefmutter, von Parkham House hergekommen und standen mit dem Rest der Familie beisammen. Mrs. Gilbert und ihre Töchter waren da, wie auch Nolles, der angemessen betrübt aussah, und Padgett, Stanton und St. John ebenfalls. Trotz der Zahl der Trauergäste war der Trauergottesdienst selbst recht knapp, teils der Umstände seines Todes geschuldet, teils seiner mangelnden Beliebtheit bei den Menschen, und auch die Beerdigung war schnell beendet. Der leichte Regen, der fiel, weckte bei niemandem den Wunsch, länger zu verweilen, und nachdem alle der Familie ihr Beileid ausgesprochen hatten, löste sich die Menge rasch auf.

Luc und Gillian besuchten die Beerdigung und fuhren danach so wie der Rest der Familie nach Windmere. Bis auf seine Mutter betrauerten nur wenige Personen Townsends Hinscheiden, aber es gab keine offene Freude, und im Haus herrschte eine gedämpfte Atmosphäre. Niemand, der nicht zur Familie gehörte, blieb lange.

Die Beerdigung war Lucs und Gillians erstes öffentliches Auftreten seit ihrer Hochzeit, und Gillian bemerkte schuldbewusst, dass sie dankbar war, dass die allgemeine Aufmerksamkeit nicht ihr und Luc galt, sondern Townsends Familie. Sie hatte Mitleid mit Mrs. Althea Townsend, aber Tränen von ihr selbst wären geheuchelt gewesen. Schließlich war es ja nicht so, sagte sie sich, als hätte sie Squire Townsend gut gekannt. Denn das hatte sie nicht. Außer, dass sie seinen Namen ab und zu gehört hatte, wusste sie nichts über ihn, und ihr Mitgefühl galt seiner Mutter und Emily und seiner Familie. Es dauerte nicht lange, und sie erkannte, dass ihr Mitgefühl bis auf das für seine Mutter überflüssig war.

Nachdem die Gäste gegangen waren, begab sich Althea, die müde und erschöpft aussah, auf ihr Zimmer und ließ die anderen Frauen im Halbkreis vor dem Kamin sitzend zurück. Die Herren standen auf der anderen Zimmerseite beisammen und unterhielten sich leise und tranken heißen Punsch.

Cornelia, die Althea nachblickte, sagte:

»Die Arme. Er hat sie so schlecht behandelt wie alle anderen, aber sie leidet.«

Die hübsche dunkelhaarige Anne nippte von ihrem Tee und bemerkte:

»Ich weiß. Sie ist so ein lieber Mensch, und ich habe versucht, sie so gut wie möglich zu trösten, aber es ist so schwer. Sie tut mir leid, aber wenn ich daran denke, was er uns antun wollte, was er mit …« Sie brach ab, und ihre samtbraunen Augen füllten sich mit Entsetzen, als sie sich an die Vergangenheit erinnerte. »Er war ein Monster. Ich kann es nicht bereuen, dass er tot ist. Ich wünschte nur, die liebe Althea hätte nicht so leiden müssen.«

Emily, die mit der beträchtlichen Wölbung unter ihrem Kleid müde wirkte, saß neben Anne. Sie berührte ihren Bauch, in dem ihr Kind heranwuchs, und erklärte:

»Sie ist seine Mutter, und egal, was wir von ihm halten, selbst wenn er sie enttäuscht und sie schlecht behandelt hat, sie hat ihn geliebt.«

»Ich weiß«, sagte Anne, »aber zu wissen, wie weit er bereit war zu gehen, um seinen Willen durchzusetzen ...« Sie biss sich auf die Lippe. »Ich kann wegen seines Todes keine Freude empfinden, aber es ist schwer, etwas Nettes über ihn zu sagen.«

»Dann lass es«, riet Cornelia. »Althea ist die freundlichste und gutherzigste Frau, die man sich nur denken kann, sie erinnert mich auch immer an eine aufgeregte kleine Pfeifente. Trotzdem weiß sie, wie ihr Sohn war. Sie erwartet nicht, dass ihr sein Loblied singt. Tröstet sie einfach nur und seid nett zu ihr.«

In ein taubengraues Kleid gehüllt, das am Hals und am Ärmelsaum mit Brüsseler Spitze besetzt war, die dunklen Haare bis auf ein paar Löckchen vorn aufgesteckt, trank Gillian von ihrem Tee und hörte mit wachsendem Erstaunen, was die anderen Frauen zueinander sagten. Wenn sie das alles richtig verstand, hegte bis auf seine Mutter keine der anwesenden Damen freundliche Gefühle für den Verstorbenen. Annes Anspielungen auf das, »was er uns antun wollte« weckte in ihr die Frage, was dieses »was« wohl war. Emily und Cornelia wussten offensichtlich, was Anne meinte, aber keine schien geneigt, sie einzuweihen.

Da sie selbst Geheimnisse hatte, war Gillian zwar neugierig, machte den anderen aber keine Vorwürfe, dass sie es ihr nicht sagten. Die anderen drei kannten sich offensichtlich seit vielen Jahren, während sie der Neuankömmling in der Runde war. Sie fühlte sich ein wenig ausgeschlossen, sicher, aber nicht genug, um darüber zu grübeln oder gar gekränkt zu sein. Alle, rief sie sich in Erinnerung, hatten das Recht, bestimmte Sachen für sich zu behalten. Fast hätte sie geschnaubt. Wie tugendhaft sie klang, obwohl sie in Wahrheit dringend mehr wissen wollte.

Um sich von den geheimnisvollen Andeutungen abzulenken, suchte Gillian mit den Augen nach Luc, und ihr Herz machte wieder den inzwischen vertrauten Satz, als ihre Blicke sich quer durch den Raum trafen. Luc stand neben Barnaby bei den anderen. Er hörte zu, was um ihn herum gesagt wurde, aber sein Blick ruhte auf ihr, wanderte über ihre züchtig bekleidete Gestalt und wieder zurück zu ihrem Gesicht. Ein leichtes Lächeln spielte um seine Mundwinkel, während er sie anstarrte. Sie wurde rot und beugte sich über ihre Tasse. Verflixt! Obwohl es keine Stelle an seinem schlanken großen Körper gab, mit der sie nicht bestens vertraut war, oder eine an ihrem, die er nicht berührt oder geküsst hatte, hatte er die Macht, sie mit nicht mehr als einem Blick durcheinanderzubringen.

Es war unglaublich, dass sie nun schon seit über einer Woche verheiratet waren. Sie hörte nur halb auf die Unterhaltung der anderen Frauen – Anne erkundigte sich nach den Vorbereitungen für die Geburt von Emilys Kind – und ließ ihre Gedanken schweifen. Diese vergangenen Tage ihrer Ehe mit Luc waren für sie so etwas wie eine Offenbarung gewesen.

Als sie Charles geheiratet hatte, war sie rettungslos in ihn verliebt gewesen und hatte gedacht, dass er sie auch liebte. Sie hatte damals geglaubt, sie sei überglücklich. Dennoch hinterfragte sie jetzt die Tiefe ihrer Gefühle für Charles. Mit zunehmendem Alter hatte sie erkannt, dass das, was sie für ihren ersten Ehemann empfunden hatte, eine mädchenhafte Verliebtheit gewesen war – vor allem, wenn man es mit dem bis ins Mark reichenden Gefühl verglich, das Luc in ihr weckte. Ja, sie war in Charles verliebt gewesen, aber sie hatte mehr die Verliebtheit an sich geliebt als den Mann. Und da sie Luc so heftig liebte, wie sie das tat, kannte sie jetzt den Unterschied. Dass Charles sie nicht geliebt hatte und nur wegen ihres Vermögens geheiratet hatte, konnte sie sich heute so unaufgeregt eingestehen, wie sie es als Achtzehnjährige nie gekonnt hätte.

Sicher, ihre Zeit mit Luc war erst kurz, aber selbst jetzt schon konnte sie sich keinen Morgen mehr vorstellen, an dem sie nicht in seinen Armen aufwachte. Der Gedanke an einen Tag, an dem sie nicht sein geliebtes Gesicht sah, füllte sie mit Furcht, und die Macht und Stärke der Liebe, die sie ihm entgegenbrachte, machten ihr Angst und Bange. Sie lächelte leise und schüttelte den Kopf. Nicht einmal hatte Luc ihr gesagt, dass er sie liebte, aber sie fühlte sich geliebt. Sie konnte das nicht erklären. Es gab keine blumigen Komplimente wie bei Charles am Anfang ihrer Ehe. Aber jedes Mal, wenn sie Lucs Blick spürte, fühlte sie sich liebkost, und der Klang seiner tiefen Stimme wärmte sie, legte sich um sie wie ein warmer Hermelinumhang. Gillian zog nicht bewusst Vergleiche zwischen Charles und Luc, aber sie wusste, dass es einen himmelweiten Unterschied zwischen den beiden Männern gab. Silas hatte recht gehabt.

Charles, überlegte sie weiter, war ein ausgezeichneter Liebhaber gewesen, keine Frage. Sie hatte sein Liebesspiel genossen, aber wenn Luc sie berührte, wenn er sie küsste, auf den Mund … wenn sein herrlicher Körper sich mit ihrem vereinte, dann entdeckte sie, dass es den Liebesakt an sich gab … und den Liebesakt mit Luc … unter dem taubengrauen Stoff ihres Kleides richteten sich ihre Brustspitzen auf, und sie merkte verlegen, wie ihr innerlich ganz heiß wurde … Sie war, entschied sie, durch und durch verdorben. Aber nur und ganz allein bei Luc …

Sie betrachtete ihn über den Rand ihrer Tasse hinweg, diesen großen Mann, den sie geheiratet hatte. Er hatte ihr noch nicht gesagt, dass er sie liebte, aber sie spürte, dass er es tat. Gegenwärtig war es noch unausgesprochen, aber es war zu erkennen in der Großzügigkeit und Rücksichtnahme, in der Umsicht, die er ihr jeden Tag bewies. Wie einen warmen Kokon spürte sie es in jedem Blick, den er ihr zuwarf, in jedem Kuss und jedes Mal, wenn er sie voller Leidenschaft liebte. Sie war davon überzeugt, wenn er dazu bereit war, würde er ihr das geben, was sie sich mehr wünschte als alles andere auf der Welt ... seine Liebe. Sie konnte sich natürlich täuschen oder auch eingebildet sein, aber das glaubte sie nicht. Luc liebte sie. Er hatte es ihr nicht gesagt, überlegte sie mit einem sanften Lächeln, aber wenn er es tat ... Ihr Herz klopfte schmerzlich in Vorfreude auf diesen magischen Moment.

»Ich bin sicher, Sie hätten nicht gedacht, dass Ihr erster öffentlicher Auftritt nach Ihrer Hochzeit bei einer Beerdigung sein würde, nicht wahr?«, erkundigte sich Cornelia und unterbrach damit Gillians Gedanken.

Jäh in die Gegenwart gerissen, stellte Gillian ihre Tasse ab und murmelte:

»Nein. Aber Tragödien, fürchte ich, richten sich nun einmal nicht nach dem Kalender. Sie geschehen ohne Vorwarnung und ohne Rücksicht auf den Zeitpunkt.«

Emily und Anne hatten die Köpfe zusammengesteckt, waren ganz in eine Diskussion über die bevorstehende Geburt versunken, aber Cornelia konzentrierte sich auf Gillian.

»Ja, ich kann mir vorstellen, dass Sie mehr als andere sogar sich sehr wohl der Unvorhersehbarkeit plötzlicher Todesfälle bewusst sind.«

Mit einem seltsam hohlen Gefühl in der Brust schaute Gillian Cornelia in die haselnussbraunen Augen.

»Sie spielen«, sagte sie, »auf den Mord an meinem Eh... an meinem *ersten* Ehemann an.«

»Sie etwa nicht?«

Gillian reckte das Kinn.

»Eigentlich nicht. Wenn ich es vermeiden kann, versuche ich, nicht an jene Nacht zu denken. Es war eine schmerzliche Zeit.«

Cornelias Blick glitt eindringlich über ihr Gesicht, musterte jeden Zug, und Gillian hatte das seltsame Gefühl, dass die alte Frau zu irgendeinem Schluss kam, als bildete sie sich eine Meinung über sie. Gillian wurde ruhig, wagte es kaum zu atmen, und gerade als sie dachte, sie könne ihre intensive Musterung keinen Augenblick länger ertragen, nickte Cornelia wie zu sich selbst und sagte:

»Ich bin sicher, das war es. Mehr, als irgendjemand sich vorstellen kann. Entschuldigen Sie bitte, wenn ich leidvolle Erinnerungen geweckt habe.«

»D-danke«, stammelte Gillian mit dem Gefühl, eine schwierige Prüfung bestanden zu haben.

Cornelia lächelte sie an, ein verwirrend strahlendes Lächeln, das Gillian nie zuvor bei ihr gesehen hatte. Die alte Dame beugte sich vor und tätschelte ihr die Wange, sagte:

»Sie sind ein gutes Mädchen. Luc kann man nur beglückwünschen.« Ehe Gillian darauf etwas erwidern konnte, glitt Cornelias Blick weiter. »Ah, da kommt er ja auch schon, um Sie zu entführen, kein Zweifel, aber bevor er das tut, würde ich mich gerne unter vier Augen mit ihm unterhalten, wenn es Ihnen nichts ausmacht.«

»Na-natürlich«, gelang es Gillian zu erwidern.

Luc war gekommen, um Gillian zu holen, aber als er bei den Damen ankam, stand Cornelia auf und stützte sich schwer auf ihren Gehstock, dann sagte sie ruhig:

»Auf ein Wort, junger Mann, ehe du mit deiner reizenden Braut wieder weg bist.«

Wenn Luc überrascht war, so ließ er sich das nicht anmerken, aber nachdem er Gillian beruhigend zugelächelt hatte, nahm er Cornelias Arm und geleitete sie aus dem Salon, sodass Gillian ihm mit Emily und Anne nur verwundert hinterherschauen konnte.

»Hm, ich frage mich, was das bedeuten soll«, bemerkte Emily halblaut.

»Ich denke, es hat mit etwas zu tun, das Hugh ihr erzählt hat«, bemerkte Anne.

Gillian hätte Emily küssen mögen, als die Anne fest anblickte und wissen wollte:

»Was könnte Hugh Cornelia denn erzählt haben, dass sie darüber mit Luc unter vier Augen sprechen muss?«

»Das hat er mir nicht verraten«, seufzte Anne. »Ich weiß nur, dass er vor ein paar Tagen einen Brief von Cornelia erhalten hat, und dass er vergangene Woche unterwegs war. Ich denke mir, seine Abwesenheit hat etwas mit Cornelias Brief zu tun, aber er wollte es mir nicht sagen. Und er war gerade erst nach Parkham zurückgekommen, als die Nachricht von Jefferys Tod uns erreicht hat.«

»Oh!«, sagte Emily mit seltsamer Stimme und verlor sogleich das Interesse an dem Thema.

Gillians Herz zog sich schmerzhaft zusammen, und sie fürchtete, gleich ohnmächtig zu werden. Für sie stand fest, dass es nur einen Grund gab, weswegen Cornelia sich ungestört mit Luc unterhalten wollte, und sie zweifelte keine Sekunde, was es war: der Mord an Charles.

Gillian hatte recht.

Nachdem sie auf einem blauen Mohair-Sessel Platz genommen hatte, die Hände auf dem Gehstockknauf verschränkt, begann sie ohne lange Vorrede:

»Ich habe Hugh geschrieben und ihn gebeten, ein paar Leute für mich zu besuchen. Ich wollte herausfinden, was in Welbournes Jagdhaus in der Nacht geschehen ist, in der Charles Dashwood umgebracht wurde.«

Luc versteifte sich. Mit angespannter Miene fragte er:

»Und, hast du irgendetwas Interessantes herausbekommen?«

»Allerdings, und es wird dir nicht gefallen«, warnte ihn Cornelia. »Es ist schlimm, auch wenn es nur Gerüchte sind.« Sie lächelte steif. »Aber nach dem Besuch von Hugh glaube ich nicht, dass Winthrop es je vor irgendjemand anders erwähnen wird.« Ihre Augen wurden schmal. »Nicht wenn er weiß, was gut für ihn ist.«

Luc machte einen Schritt nach vorn, seine Hände zu Fäusten geballt, ein gefährliches Glitzern in seinen azurblauen Augen.

»Was«, wollte er grimmig wissen, »hat Hugh herausgefunden?«

Cornelia erzählte es ihm. Als sie fertig war, starrte Luc sie mit vor Wut ganz weißem Gesicht an.

»*Sacristi*! Was für ein niederträchtiger Schuft war dieser Charles Dashwood eigentlich?«, wollte er wissen. »Gillian feilzubieten …« Wut überwältigte ihn, sodass er nicht weitersprechen konnte. Er lief ein paar Schritte aufgebracht auf und ab, ehe er sich wieder vor Cornelia stellte. Schwer atmend fragte er:

»Und dieser Winthrop? Wo ist er? Ich bringe ihn selbst um.«

»Nein, das wirst du nicht«, entgegnete Cornelia ruhig. Als Luc ihr einen flammenden Blick zuwarf, sprach sie weiter: »Es sei denn, du möchtest, dass der Name deiner Frau mit noch mehr Schmach in Verbindung gebracht wird. Dann bitte, tu, was du nicht lassen kannst. Ich sage dir gerne, wo du ihn findest.«

Luc wippte auf seinen Fußballen nach hinten, als habe er einen Guss eisigen Wassers ins Gesicht bekommen. Er gewann wieder die Kontrolle über sich.

»Ja, natürlich, du hast recht.« Seine Augen richteten sich auf sie. »Er wird nichts sagen? Niemals?«

Sie lächelte.

»Nicht wenn ihm sein Leben lieb ist. Hugh hat ihm unmissverständlich klargemacht, dass er nicht nur mit dir rechnen müsste, sondern mit Barnaby ebenfalls und vermutlich auch mit Mathew und Simon. Und wenn ihn keiner von euch töten sollte, dann würde er es selbst in die Hand nehmen.«

Luc atmete noch einmal tief durch.

»Und die Schuldscheine? Wo sind die?«

»Das ist der Punkt, an dem es interessant wird. Winthrop behauptet, er habe sie an Canfield verloren.«

»Canfield! *Mon Dieu!* Aber Canfield ist tot. Sie könnten überall sein.«

»Ich fürchte, das stimmt zwar, aber bis sie wieder auftauchen …«

Er betrachtete Cornelia feindselig.

»Denkst du, sie hat ihn umgebracht? Eine Nacht mit ihr im Austausch für seine Schuldscheine anzubieten ist nichts, was viele Frauen einfach so hinnehmen würden.« Und unnachgiebig fügte er hinzu: »Es gibt ihr ein Motiv, ihn umzubringen.«

»Auf jeden Fall hat es ihr einen Grund geliefert, ihn suchen zu gehen … mit Mord im Sinn«, pflichtete Cornelia ihm bei. Als Luc widersprechen wollte, hob sie einen Finger und fuhr fort: »Von anderen hat Hugh erfahren, dass das

Zimmer, in dem Charles' Leiche gefunden wurde, verwüstet war. Umgeworfene Tische und Stühle und Ähnliches. Es war offensichtlich, dass ein heftiger Kampf stattgefunden hatte. Charles Dashwood war ein Mann von ungefähr deiner Größe – Gillian wäre nie imstande gewesen, den Raum so zuzurichten. Selbst wenn die Wut ihr zusätzliche Kraft verliehen hätte, hätte Charles sie mühelos überwältigen können, er hätte sie einfach von sich stoßen können, wenn du so willst. Der Zustand des Raumes zusätzlich zu der Tatsache, dass sie bewusstlos war, als man sie fand, und kein Messer oder eine andere Waffe zu finden war, das alles zusammengenommen war der Grund, dass sie nie angeklagt wurde.« Sie sah ihm in die Augen und sagte sanft: »Um deine Frage zu beantworten, nein, ich glaube nicht, dass sie ihn getötet hat. Vielmehr bin ich der Ansicht, dass sie die Wahrheit sagt und zu Unrecht durch den Klatsch des Verbrechens bezichtigt wurde.« Sie lächelte ihn an. »Und dagegen werden wir etwas unternehmen, nicht wahr?«

Luc lächelte gefährlich, und seine azurblauen Augen glitzerten.

»Allerdings, das werden wir, Madame. Ich werde den Schuldigen finden und die Unschuld meiner Frau beweisen.«

Außer ihre Nachfragen einsilbig zu beantworten, schwieg Luc auf der Heimfahrt nach Ramstone; er war in Gedanken eindeutig woanders. Gillian schaute ihn mehrere Male an, denn ihr wollte der grimmige Zug um seinen Mund nicht gefallen, ebenso wenig wie sein vorgeschobenes Kinn. Sie wollte unbedingt wissen, was er mit Cornelia besprochen hatte, aber sie war leider zu feige, ihn einfach danach zu fragen. Als sie zu Hause ankamen und er ihr beim Aussteigen half, zerrissen Angst und Sorge sie innerlich. Cornelia hatte ihm eindeutig etwas erzählt, das Luc zutiefst verstörte, und schuldbewusst fiel ihr nur eine Sache ein, die diese Reaktion hervorrufen konnte: Charles' Ermordung.

Mit ausgesuchter Höflichkeit brachte Luc sie ins Haus, trennte sich dann aber im Foyer von ihr und sagte:

»Ich muss mich noch um Geschäfte kümmern. Wir sehen uns nachher.«

Gillian schaute seiner hochgewachsenen Gestalt hinterher, wie sie über den Korridor in Richtung Arbeitszimmer verschwand, und wollte ihn am liebsten zurückrufen, ihm zuschreien, dass, egal, was Cornelia ihm gesagt hatte, sie unschuldig sei. *Unschuldig!*

Der Augenblick verstrich ungenutzt, und ihr blieb nichts anderes übrig, als einen leeren Flur entlangzuschauen. Mutlos stieg sie die Treppe in ihr Zimmer hoch. Sie wollte gerne etwas anderes glauben, aber sie konnte nicht anders, als immer daran zu denken, dass das Gespenst von Charles' Tod ihre einzige Chance auf Glück zerstören würde. Was sie in ihrem Zimmer vorfand, als sie eintrat, bestätigte all ihre Befürchtungen und ihren Argwohn …

Kapitel 20

Der Umschlag lag auf dem Zinntablett auf einem kleinen Tisch im Salon, der Lucs Schlafzimmer von ihrem trennte. Ihr Name war darauf geschrieben, aber Gillian kannte die Handschrift nicht.

Verwirrt nahm sie ihn mit in ihr Schlafzimmer und fragte sich, wer ihr wohl geschrieben hatte. Eine ungute Vorahnung erfasste sie, und sie erschauerte. Was auch immer der Umschlag enthielt, es war, davon war sie überzeugt, nichts Gutes.

Nan Burton wartete auf sie, und sie legte den Brief einen Moment hin und ließ sich von Nan beim Umziehen helfen. Nan sprach von nichts anderem als der Stippvisite nach London, die Luc am Vortag vorgeschlagen hatte, aber Gillian, die nur mit halbem Ohr auf ihr Geplauder hörte, musste immer wieder zu dem Umschlag schauen und versuchte zu erraten, wer ihr warum geschrieben hatte.

»Oh, Madame! Es wird so aufregend werden«, erklärte Nan, und ihre Augen blitzten, als sie Gillian das taubengraue Kleid über den Kopf zog und ein älteres Kleid aus maulbeerfarbener Seide hervorholte. »Denken Sie nur an all die schönen Kleider und die Möbel, die Sie kaufen werden! Es wird wunderbar sein, endlich richtige Schränke zu haben, in die ich Ihre Kleider hängen kann. Master Luc ist ja so großzügig, nicht wahr? Und man denke nur, der Viscount hat Ihnen während Ihres Aufenthalts die Nutzung seines Stadthauses angeboten!« Mit einem beseligten Ausdruck auf dem Gesicht plapperte Nan weiter:

»Ich bin so begeistert, dass ich nachts kaum schlafen kann, das können Sie mir glauben. London!«

Nachdem sie umgezogen und ihr Haar neu frisiert war, entließ Gillian Nan. Sie nahm den Umschlag, setzte sich auf ihr Bett und betrachtete ihn einen Moment. Dann holte sie tief Luft und öffnete ihn vorsichtig. Sie strich das zusammengefaltete Blatt glatt, das in dem Umschlag gesteckt hatte. Während sie das tat, fiel ein weiteres, kleineres Stück Papier heraus und segelte zu Boden.

Sie bückte sich, hob es auf, und ihr Herz schlug ihr bis in den Hals, als sie erkannte, was sie in der Hand hielt. Einer der Schuldscheine, die Charles Winthrop ausgestellt hatte.

Benommen starrte sie das Blatt eine Weile lang an, ihr Blick glitt immer wieder über Charles' kühne Unterschrift. Sie riss sich zusammen und legte den Schuldschein neben sich aufs Bett, dann las sie die Nachricht, die bei dem Schuldschein gelegen hatte.

Sie haben etwas, was ich will, Charles' letztes Geschenk an Sie. Wie Sie an der Gabe erkennen können, die ich beilege, besitze ich etwas, was Sie zweifellos gerne hätten.
Ein Stück südlich des Dorfes steht eine verlassene Fischerhütte, ungefähr eine halbe Meile nach der Weggabelung der Küstenstraße. Kommen Sie zu einem Treffen mit mir am Dienstagnachmittag um vier Uhr allein dorthin. Erzählen Sie niemandem davon.

Es gab keine Unterschrift. Sie las die Zeilen und las sie noch einmal, und eine vage Hoffnung regte sich in ihrer Brust; sie wollte so gerne glauben, dass sie endlich Charles' Schuldscheine bekommen konnte. Und Luc würde nie davon erfahren müssen … Wegen Silas' Großzügigkeit hatte sie aufatmen können, denn sie wäre imstande, die Schuld zu tilgen, falls ihr die Schuldscheine zur Zahlung präsentiert würden. Wenn sie daran dachte, dass Luc von ihnen erfuhr, wand sie sich innerlich. Sie hätte alles getan, um zu verhindern, dass das geschah.

Ein Teil von ihr wusste, dass es albern von ihr war, aber die Schuldscheine hingen nun einmal untrennbar mit Charles' hässlicher Abmachung mit Winthrop zusammen und dadurch auch mit dem Mord an Charles in jener Nacht – alles, was irgendwie mit dieser Nacht zusammenhing, füllte sie mit Abscheu und Furcht. Dass Canfield die Schuldscheine gehabt hatte, hatte ihr deutlich vor Augen geführt, welche Gefahr von ihnen ausging, und von dem Wissen, dass sie nun jemand anders hatte, wurde ihr schlecht. Und weckte Angst in ihr. Sie starrte auf den Brief und wollte glauben, dass sich ihr endlich die Gelegenheit bot, die Schuldscheine an sich zu nehmen, aber sie traute ihrem Glück nicht.

Charles' letztes Geschenk … einen Moment lang konnte sie sich nicht vorstellen, was der Verfasser meinte, und runzelte die Stirn. Charles' letztes Geschenk an sie … Sie versteifte sich. *Die Brosche!* Die Brosche aus Diamanten und Topasen, die sie das erste Mal in der Nacht getragen hatte, in der Charles ermordet wurde. Warum, fragte sie sich, sollte jemand willens sein, ein kleines Vermögen in Schuldscheinen gegen eine Brosche einzutauschen, wie man sie für wesentlich weniger Geld bei jedem geschickteren Juwelier anfertigen lassen konnte?

Sie stand auf, ging zu ihren Kleidern und suchte, bis sie ihr Reitkostüm fand, an dem die Brosche immer noch befestigt war. Sie löste sie und durchquerte den Raum, setzte sich wieder aufs Bett und starrte auf die glitzernden Steine. Auch eine genauere Untersuchung brachte nichts Besonderes an dem Schmuckstück ans Tageslicht. An der Anordnung der unbestritten kostbaren Juwelen war nichts Besonderes oder in irgendeiner Weise Auffälliges, was sie erkennen konnte, und es gab auch kein Geheimfach, das ihr die Antwort auf die Frage liefern konnte, warum die Brosche dem Verfasser der Nachricht so wichtig war.

Ihr hatte nie viel an der Brosche gelegen, aber sie fand, dass es ein hübsches Schmuckstück war und dass es den meisten Leuten gefallen würde. Es war kostbar, aber nicht annähernd so viel wert wie die Schuldscheine von Charles. Also warum war jemand bereit, die einen für die andere herzugeben? Warum bat er nicht einfach um ein Gespräch mit ihr und bot ihr an, die Wechsel gegen die Brosche zu tauschen? Warum wollte er sie allein treffen? Und die Warnung, niemandem etwas zu sagen, beunruhigte sie am meisten von allem. Es war unheimlich und verriet ihr darüber hinaus, dass es kein einfacher Austausch werden würde. Das Gefühl drohender Gefahr wurde übermächtig.

Sie hörte die Schritte von jemandem, der den Salon durchquerte, sprang vom Bett auf und blickte sich verzweifelt nach einem Versteck für die Brosche und die Papiere um. Warum sie den Drang verspürte, sie zu verstecken, wusste sie nicht. Was auch immer der Grund war, es war nicht viel Zeit. Sie hörte, wie Luc sie rief, fast im selben Moment, in dem die Tür zu ihrem Schlafzimmer aufging. Sie ließ alles zu Boden fallen und schob die Sachen mit dem Fuß hastig unters Bett.

Gillian hätte ihr Tun auch nicht erklären können, wenn sie auf die Folterbank gespannt worden wäre. Am ehesten konnte sie die für sie so untypische und heimlichtuerische Aktion mit Scham erklären. Scham über alles, was mit jener Nacht zusammenhing – selbst wenn sie sich nichts anderes hatte zuschulden kommen lassen als Naivität. Vielleicht war es wirklich das, dachte sie, als sie ein Lächeln aufsetzte und sich zu Luc umdrehte. Sie schämte sich, dass sie je so leichtgläubig und dumm gewesen war.

Luc war weder leichtgläubig noch dumm, und ein Blick in Gillians Gesicht sagte ihm, dass etwas nicht in Ordnung war. Sie wirkte irgendwie schuldbewusst, ihr Gesicht blass, ihre Augen groß vor Angst, aber sie gab sich große Mühe, es zu verbergen. Sein Beschützerinstinkt regte sich, aber er vermutete, sie würde jeden Versuch von seiner Seite abwehren herauszufinden, was nicht in Ordnung war. Und es korrigieren.

Die Hände hinter dem Rücken wie ein kleines Kind, das etwas verstecken wollte, den Kopf zur Seite geneigt, sah sie ihn an.

»B-bist du mit deinen Geschäften fertig?«

Er nickte, und sein Blick glitt über ihr ausdrucksstarkes Gesicht. Wieder musste er daran denken, wie gerne er Charles Dashwood auch nur für fünf Minuten in die Hände bekäme. Er zwang sich zu einem Lächeln und sagte:

»*Oui*. Es war auch gar nicht so wichtig.« Mit einem Finger fuhr er ihr über die Wange, murmelte: »Vor allem nicht wichtig genug, um mich lange von dir fernzuhalten.«

Gillian kicherte, aus Nervosität und aus Belustigung gleichermaßen.

Luc grinste und hob eine Braue.

»Sie finden meine Komplimente lustig, Madame Ehefrau?«

»Nein. Niemals«, erwiderte sie leise mit rosig verlockenden Lippen. Sein Blick wanderte über ihre weiblich gerundete Gestalt – eine Figur, die ihn entzückte und die er nach den letzten Tagen wie seine eigene kannte, die Rundung ihres Busens, der Schwung ihrer Hüften, der Geschmack, die Beschaffenheit und der Duft ihrer Haut. Wenn er sie anschaute, ihre Verletzlichkeit sah, merkte, wie allein ihr Anblick ihn mit tiefer Freude erfüllte, konnte er nicht anders als unermessliche Wut spüren, wenn er daran dachte, was Cornelia ihm am Nachmittag berichtet hatte. Gillian war Charles' Ehefrau gewesen, ein Geschöpf, das man liebte und ehrte, und der Bastard war bereit gewesen, sie für eine Nacht an einen anderen Mann wegzugeben, um seine Schulden zu zahlen. *Verdammt!* Was würde er nicht für diese fünf Minuten allein mit Charles Dashwood geben. Nein, überlegte er wild, drei würden reichen, um ihn in Stücke zu reißen.

Etwas in Lucs Miene beunruhigte Gillian, sodass sie sich vor ihn stellte und ihm eine Hand auf die Wange legte.

»Luc? Was ist?«

Er blickte in ihr besorgtes Gesicht, und seine Wut verrauchte, sein Herz weitete sich in Liebe zu ihr so sehr, dass er fürchtete, es werde ihm in der Brust zerspringen.

»Es ist nichts, *mon coeur, mein Herz.*« Er schlang die Arme um sie und hauchte einen Kuss auf ihre Schläfe. Und er überraschte sie beide, indem er erklärte: »Du bist mir lieb und teuer.«

Glücksgefühle durchströmten sie. Es war vielleicht nicht die Erklärung unsterblicher Liebe, nach der sie sich sehnte, aber es war ein Schritt in diese Richtung. Ein Lächeln spielte um ihre Lippen.

»Lieb und teuer?«, neckte sie ihn und verlangte unverhohlen nach mehr.

Lucs Züge wurden weicher, und er küsste sie mit einer

Zärtlichkeit, die er ihr nie zuvor gezeigt hatte. Als er den Kopf wieder hob, starrte er ihr in die Augen. Einen langen Moment blieben sie so, starrten einander an, als stünde die wichtigste Antwort auf der Welt dem anderen im Gesicht geschrieben. Ohne den Blickkontakt zu unterbrechen, schüttelte Luc den Kopf.

»Nein, ich habe das unzureichend formuliert«, murmelte er. »Lieb und teuer ist ein viel zu blasser Ausdruck, um das angemessen in Worte zu fassen, was ich für dich empfinde.« Seine Finger zitterten, und er spielte mit einer Strähne ihrer dunklen Haare. »Ich liebe dich, Gillian – mehr als ich je irgendetwas in meinem Leben geliebt habe.« Seine Lippen zuckten. »Ich mag der Herr dieses Hauses sein, aber du regierst mein Herz … ich bete dich an, *m'amie.*« Ein drolliger Ausdruck legte sich flüchtig über seine dunklen Züge, dann erklärte er schlicht: »Mein Leben und mein Glück liegen in deiner Hand.«

Gillian meinte, das Herz würde ihr stehen bleiben, so heftig waren die Gefühle, die sie ausfüllten. *Er liebt mich*, dachte sie verblüfft. Er liebte *sie*. Freude, hell und strahlend, durchflutete sie.

»Oh Luc!«, rief sie, und ihre Liebe zu ihm ließ ihr ganzes Gesicht aufleuchten. Sie warf ihm die Arme um den Hals, schmiegte sich an ihn und küsste ihn aufs Kinn, auf die Wangen, jede Stelle, die sie erreichen konnte. »Ich liebe dich«, flüsterte sie. »Ich liebe dich, liebe dich. *Ich liebe dich.*«

Lachend hob Luc sie hoch und wirbelte mit ihr durchs Zimmer, sodass ihre Röcke wehten.

»Nicht mehr, als ich dich liebe, meine Süße. Du kannst mich unmöglich mehr lieben.« Mit seinen Armen voll warmer holder Weiblichkeit setzte sich Luc auf den einzigen Stuhl im Zimmer. Seine Liebe zu ihr leuchtete ihm aus den

Augen, während er sie anschaute. »Ich liebe dich, weißt du. Das tue ich schon seit Ewigkeiten, wenigstens fühlt es sich so an.«

»Oh Luc«, hauchte sie und schmiegte ihr Gesicht an seinen Hals, verschränkte ihre Finger mit seinen.

So blieben sie eine lange Zeit sitzen, und ihre geflüsterten Zärtlichkeiten waren die einzigen Geräusche im Raum. Wie Liebende es immer getan haben, sprachen sie über Sachen, die ihnen und ihnen allein wichtig waren, immer wieder unterbrochen von süßen Küssen und Liebkosungen und leisem Lachen.

Gillian konnte sich nicht erinnern, jemals in ihrem Leben glücklicher gewesen zu sein, aber während die Minuten vergingen, drängten sich die Sachen, die sie unters Bett geschoben hatte, unangenehm in ihr Bewusstsein. Der Drang, Luc alles zu gestehen, war überwältigend, aber sie wollte, dass nichts diesen Moment verdarb, und so presste sie sich fester an seinen warmen Körper und hielt den Mund. Später, dachte sie, später nach dem Abendessen, wenn wir allein im Bett liegen. Aber gerade, als sie zu diesem Entschluss gekommen war, musste sie wieder an sein vertrauliches Gespräch mit Cornelia denken. Was hatte sie ihm erzählt? Was auch immer es war, wenn sie an die stumme Heimfahrt dachte, es hatte Luc in eine seltsam zurückgezogene Stimmung versetzt. Es hatte vielleicht nichts mit ihr zu tun gehabt, aber sie konnte sich einfach nicht davon überzeugen.

Frag ihn, sagte sie sich. Frag ihn doch einfach. Die Frage lag ihr auf der Zunge, aber so, wie sie die wunderbare Zeit nicht mit hässlichen Vorfällen der Vergangenheit besudeln wollte, so wollte sie es nicht riskieren, Fragen zu stellen, die ihr Glück gefährden konnten.

Luc dachte auch über sein Gespräch mit Cornelia nach.

Nachdem das erste Hochgefühl seiner erwiderten Liebe nachließ, beschäftigte ihn das, was Cornelia ihm am Nachmittag berichtet hatte, und machte sich störend im Hintergrund seines Verstandes bemerkbar. Die Bestätigung von Gillians Unschuld durch Cornelia über Hugh war zwar erfreulich, aber sie war für ihn auch nicht nötig gewesen – sein Herz hatte vor Langem bereits beschlossen, dass seine Waldelfe keine Mörderin sein konnte, aber die Abmachung von Charles mit Winthrop … Er spürte wieder, wie Zorn in ihm aufstieg, und drängte ihn zurück. Charles war tot. Und Winthrop würde ungeschoren davonkommen, weil es Gillian schaden würde, ihn zu strafen. Das gefiel ihm nicht, aber er wusste im Moment nicht, wie er sich an Winthrop rächen konnte, ohne Gillian zu treffen. Ihm kam ein Gedanke, und er lächelte. Nicht freundlich. Winthrop war ein Spieler …

Bis auf das eine oder andere Kartenspiel oder eine harmlose kleine Wette unter Freunden hatte Luc dem Glücksspiel eigentlich abgeschworen, aber er entschied mit einem kalten Glitzern in den blauen Augen, dass er bei Winthrop eine Ausnahme machen wollte. Ja, irgendwann im nächsten Jahr oder so würde sich zweifellos eine Gelegenheit ergeben …

Gillian regte sich in seinen Armen, und er schaute sie an und fühlte sich wie der glücklichste Mensch überhaupt angesichts der Liebe, die sie miteinander gefunden hatten. *Mein*, dachte er leicht benommen. *Meine Ehefrau. Meine allerliebste Waldelfe*. Und Charles Dashwood war bereit gewesen, sie für seine Zwecke zu missbrauchen. Sein Blick glitt zärtlich über ihre weichen, entspannten Züge. Würde sie es ihm sagen? Vertraute sie ihm genug, um ihm von der schändlichen Abmachung zu erzählen?

Es wäre ein Leichtes für ihn, ihr zu sagen, dass er davon wusste, aber aus irgendeinem Grund wollte er, obwohl sie ihm ihre Liebe gestanden hatte, mehr. Er wollte, dass sie sich so sicher bei ihm fühlte, dass sie ihm voll und ganz vertraute und es ihm selbst mitteilte. War das zu viel verlangt? Oder gar arrogant von ihm? Unvernünftig? Luc lächelte halb. Unbestreitbar.

Er runzelte die Stirn. Charles' Schuldscheine. Sie waren dort draußen irgendwo, und er würde sie finden müssen. In der Zwischenzeit, dachte er und zog Gillian enger an sich, hatte er hier seine bezaubernde Braut in seinen Armen.

Bis auf die Sorge wegen Lucs Unterredung mit Cornelia und die immer wieder aufkommende Sorge wegen Charles' Schuldscheinen vergingen die folgenden Stunden für Gillian wie in einem beseligenden Nebel. Luc liebte sie. Sie hatte es gewusst, es gespürt, aber dass er die Worte wirklich aussprach ... wie kostbare Juwelen barg sie diese Liebeserklärung in sich, erfreute sich an ihnen und schätzte sie. Luc liebte sie.

Als sie sich in dieser Nacht liebten, war es, als sei es das erste Mal. Sie beide erlebten neue Gefühle, neue Empfindungen, neue Höhen, und jeder sonnte sich in dem Wissen, dass es Liebe war, die jede Liebkosung, jeden Kuss leitete.

Als sie in Lucs Armen in seinem Bett lag, ihr Körper auf eine Weise befriedigt, wie sie es nicht für möglich gehalten hätte, während ihr Herzschlag sich wieder verlangsamte, wusste Gillian, dass sie es unmöglich weiter aufschieben konnte, ihm von dem Brief zu erzählen. Aber noch nicht, dachte sie. Noch nicht jetzt gleich.

Hinter ihrem Glück waren die Gedanken an die Nachricht nie fern. Nachdem Luc am Nachmittag ihr Zimmer verlassen hatte, hatte sie die Brosche, den Brief und den Schuldschein unter ihrem Bett hervorgeholt und sie hinten in eine Schublade gestopft und sich dabei gewünscht, nie wieder daran denken zu müssen. Aber das tat sie. Nur noch nicht jetzt, feilschte sie mit sich und genoss die Süße des Augenblicks. Noch nicht.

Sie versuchte, wieder glücklicher zu sein, aber vergebens. Die Nachricht und Cornelias vertrauliche Unterredung mit Luc ließen ihr keine Ruhe. Sie warf sich herum, konnte nicht schlafen.

Luc bemerkte ihre Rastlosigkeit, schaute sie an und fragte:

»Was ist los?« Ihre Hand lag auf seiner nackten Brust, und er nahm sie und hauchte einen Kuss auf ihre Fingerspitzen. »Was hält dich wach, *m'amie*?«

Gillian wurde ruhig. Sag es ihm. Jetzt. Sie zögerte, überlegte, wie sie am besten beginnen sollte. Vielleicht würde ihr seine Unterhaltung mit Cornelia einen Ansatzpunkt liefern. Ohne lange darüber nachzudenken, platzte sie heraus:

»Was hast du heute Nachmittag mit Cornelia besprochen?«

In der Dunkelheit konnte sie seine Züge nicht erkennen, aber sie spürte, wie er sich versteifte, und mit den Schuldgefühlen wegen ihrer Vergangenheit und des Briefes kamen all ihre Befürchtungen und Ängste mit Macht zurück. Aber er liebt mich, sagte sie sich. Was immer Cornelia ihm erzählt hatte, es konnte nichts mit dem zu tun haben, was sie füreinander fühlten. Sie stellte sich dumm an – und neugierig. Aber während die Sekunden verstrichen und Luc weiter schwieg, wuchsen ihre Zweifel.

Nach, wie es ihr schien, einer halben Ewigkeit erwiderte er mit ausdrucksloser Stimme:

»Es war eine Privatangelegenheit.« Sobald die Worte seinen Mund verlassen hatten, wollte er sie zurücknehmen. Es war eine Privatangelegenheit gewesen, aber sie hatte sich um sie gedreht. *Ich sollte es ihr sagen*, dachte er müde, aber dass sie es ihm selbst sagte, war ihm unendlich wichtig geworden. Er konnte seine Gründe nicht erklären, aber er vermutete, dass er ihr ihre Frage nicht beantwortet hatte, weil er wusste, wenn sie ihm ohne Vorbehalte vertraute, dann würde sie ihm von dieser Nacht erzählen. Bis dahin würde er sie lieben und hoffen, dass der Tag kommen würde, an dem es nicht länger irgendwelche Geheimnisse zwischen ihnen gäbe.

»Natürlich, verstehe«, sagte Gillian neben ihm, gekränkt und wütend über seine knappe Antwort. Alle Vorsätze, ihm von dem Brief zu erzählen, lösten sich in Luft auf. Sie tat so, als müsse sie gähnen. »Meine Güte, ich bin viel müder, als mir bewusst war.«

Luc wusste, dass er einen Fehler gemacht hatte.

»Gillian, ich wollte nicht …«

»Nun, ich möchte jetzt schlafen«, unterbrach sie ihn mit aufgesetzter Fröhlichkeit. »Gute Nacht.« Und wandte ihm den Rücken zu.

Luc starrte ohnmächtig in die Dunkelheit. Das hatte er schlecht gemacht, und er machte ihr keinen Vorwurf daraus, sich über ihn geärgert zu haben. Er seufzte. War es ein unvernünftiger Wunsch, dass er es von ihr hören wollte? Eine Woche, entschied er. Ich werde eine Woche warten, und wenn sie mir bis dahin nicht selbst erzählt hat, was in dem Jagdhaus des Herzogs in jener Nacht geschehen ist, werde ich ihr sagen, was ich von Cornelia erfahren habe.

Trotz bester Vorsätze von beiden geriet das Frühstück am folgenden Morgen zu einer recht angespannten Angelegenheit zwischen den Frischvermählten. Luc floh so rasch, wie es nur möglich war, in sein Arbeitszimmer, und war erleichtert, als kurze Zeit später eine Nachricht von Barnaby eintraf. Er faltete das Blatt zusammen, steckte es in seine Westentasche und machte sich auf die Suche nach Gillian. Er fand sie und Mrs. Marsh, die Haushälterin, mit Näharbeiten beschäftigt in einem kleinen gemütlichen Zimmer im zweiten Stock auf der Rückseite des Hauses. Luc hauchte einen Kuss auf Gillians Wange und murmelte:

»Barnaby möchte mit mir über ein paar Sachen reden. Ich sollte spätestens am späten Nachmittag wieder zurück sein.«

Sie schaute ihn an.

»Mehr Privatangelegenheiten?«

Luc besaß den Anstand, schuldbewusst auszusehen.

»Meine Liebe, ich …«

So wie sie es auch am Abend zuvor getan hatte, unterbrach sie ihn und sagte:

»Egal, ich plane, heute Nachmittag ins Dorf zu fahren, zum Kurzwarenladen. Emily hat gestern erwähnt, dass Mrs. Webber, die eine hervorragende Näherin gewesen sein soll, zusammen mit ihrer Schwester den Laden erst vor ein paar Monaten eröffnet hat. Emily sagt, sie hätten eine schöne Auswahl an Stoffen.« Sie schenkte ihm ein Lächeln und fügte dann beiläufig hinzu: »Mach dir keine Sorgen, wenn es bei mir später wird – du weißt ja, wie es ist, wenn Frauen Stoff kaufen.«

Luc traute weder ihrem Lächeln noch ihren Worten, aber er konnte nicht sagen, weshalb. Er würde nicht behaupten, dass sie wegen seiner Weigerung schmollte, mit ihr über sein Gespräch mit Cornelia zu sprechen, aber sie hielt ihn eindeutig auf Abstand. Er hatte sie nicht kränken wollen, aber er war sich bewusst, dass er das vermutlich mit seiner ungeschminkten Antwort in der vergangenen Nacht getan hatte. Seine Lippen zuckten. Er war schließlich auch nicht unbedingt offen und ehrlich zu ihr, erwartete aber, dass sie ihm vertraute? Er schnaubte. Vielleicht, dachte er, als er nach Windmere ritt, war eine Woche doch zu lange, um zu warten, ihr von Cornelias und seinem Gespräch zu erzählen.

In Barnabys Arbeitszimmer überraschte es Luc nicht, auch Lamb dort vorzufinden, ebenso wie Mathew und Simon. Nachdem er Luc etwas von dem Punsch eingeschenkt und ihm einen Stuhl bei den anderen am Kamin angeboten hatte, sagte Barnaby:

»Hugh und die anderen sind heute Morgen nach Parkham House aufgebrochen. Ich wollte keine Besprechung abhalten, solange sie noch im Haus weilten.« Er schnitt eine Grimasse. »Hugh ist viel zu klug, und auch wenn er zu seinem Bruder nicht wirklich ein gutes Verhältnis hatte, wäre es mir lieber, er erführe nicht, dass Jeffery so eng mit Nolles liiert war, dass er den Schmugglern auf The Birches freie Hand gelassen hat.«

Luc nickte. Nachdem er einen Schluck von dem heißen Punsch genommen hatte, sagte Luc:

»Heute ist Neumond, und ich habe in den letzten Tagen gemerkt, dass das Barometer gefallen ist. Auch nach dem Regen gestern sinkt es weiter, weswegen wir wohl mit Sturm rechnen können.«

»Kein Mond und ein Sturm«, bemerkte Lamb. »Perfekte Rahmenbedingungen für die Schmuggler.«

Barnaby rieb sich das Kinn.

»Ich glaube, es ist an der Zeit, dass wir unseren zuständigen Zollfahnder Leutnant Deering hinzuziehen.«

Über seinen Punschbecher hinweg musterte Mathew ihn.

»Warum jetzt?«

»Der Cousin meiner Gattin ist tot, und ihr ehemaliges Zuhause enthält derzeit keine Schmuggelwaren. Sie muss nicht die Schande ertragen, dass die Welt erfährt, was für ein gewissenloser Schurke Jeffery in Wahrheit gewesen ist oder dass er ihr Haus als Schmuggellager missbraucht hat.«

»Wie willst du wissen, dass der Keller leer ist?«, erkundigte sich Luc. »Es stimmt zwar, dass er ausgeräumt worden ist, aber das mag in Vorbereitung der neuen Lieferung geschehen sein. Um diese Zeit morgen kann der Keller wieder randvoll mit Schmuggelgut sein.«

Barnaby lächelte und nickte Simon zu.

»In den letzten paar Tagen sind der neue Besitzer von The Birches und einige aus Windmere geliehene Diener dauerhaft in The Birches gewesen, um Nolles eindeutig klarzumachen, dass sich die Lage geändert hat. Drastisch. Selbst wenn Nolles mit dem Gedanken gespielt hat, weiterhin die Keller dort zu nutzen, wird das mit Simon und einem halben Dutzend Dienern schwer werden, sodass er davon Abstand nehmen muss.«

»Und wie lautet euer Plan?«, fragte Luc mit zusammengezogenen Brauen.

Barnaby seufzte.

»Ich werde mit Deering sprechen müssen und ihn darauf aufmerksam machen, dass wir glauben, dass Nolles und seine Leute jeden Tag mit einer Lieferung aus Frankreich rechnen.«

»Und was«, wollte Mathew leicht ironisch wissen, »veranlasst dich, das zu glauben? Egal, wie freundschaftlich eure Beziehung ist, Deering wird sich nicht einfach auf dein Wort verlassen.« Er nahm einen langen Schluck Punsch. Mit einem herausfordernden Funkeln im Blick starrte er über den Becherrand Barnaby an. »Du magst ihm erfolgreich die fein säuberlich zusammengestellte Lügengeschichte über Tom und dass er von Schmugglern erschossen wurde, aufgetischt haben, aber denkst du nicht, Deering wird Verdacht schöpfen, wenn du auf einmal genau über das Kommen und Gehen einer Schmugglerbande Bescheid weißt? Er mag jung sein, aber er ist bestimmt nicht dumm oder leichtgläubig.«

Luc verzog das Gesicht.

»Mathew hat recht. Wie kannst du mit Sicherheit wissen, dass Nolles den Transport einer neuen Lieferung vorbereitet? Du kannst ja schließlich nicht sagen, was Townsend damit zu tun hatte, oder dass The Birches als Zwischenlager benutzt wurde, also was bleibt dir?« Luc grinste. »Eingebung?«

»Vergiss sein rhetorisches Geschick nicht«, warf Lamb lächelnd ein. »Und auch nicht, dass Barnaby imstande gewesen ist, uns Anfang des Jahres bei Deering sicher durch gefährliche Gewässer zu lotsen. Aber wenn wir nicht irgendwelche Informationen haben, die von jemand anders kommen als Barnabys ›Verdacht‹ bezüglich eines Transports, sehe ich nicht, wie wir Deering dazu bringen können, uns zu glauben.«

Barnaby schaute zu Simon und hob eine Augenbraue. Simon schüttelte den Kopf.

»Nein, ich habe von nichts gehört. Natürlich bin ich ein paar Abende lang nach Townsends Tod nicht ins *Ram's Head* gegangen. Daher kann ich nicht sagen, ob irgendetwas Weltbewegendes geschehen ist. Außer falscher Trauerbekundungen über Townsends Tod wurde gestern Abend in meiner Hörweite nichts gesagt, was den Verdacht bekräftigen würde, dass eine neue Lieferung erwartet wird.«

Ein Stirnrunzeln trübte seine schönen Züge, während Barnaby in seinen Punschbecher starrte.

»Verdammt! Nolles muss eine Lieferung erwarten, das kann nicht anders sein, aber wir haben keine Möglichkeit, dieses Wissen an Deering weiterzugeben.«

»Oder ihm einen Hinweis darauf zu geben, wo die Waren lagern werden, bis sie nach London weitergeschafft werden«, ergänzte Lamb.

»*Vraiment*? Du hast *wirklich* nichts über ein neues Versteck herausfinden können?«, erkundigte sich Luc.

»Es ist ja schließlich nichts, was ich die Leute einfach auf der Straße fragen kann«, antwortete Lamb. »Erinnere dich, die Dorfbewohner haben keine Abneigung gegen das Schmuggeln an sich, nicht wenn die eine Hälfte von ihnen damit ihr Geld verdient und die andere Verwandte hat, die da mit drinstecken. Nimm dann noch hinzu, dass sie ganz allgemein eher verschlossen sind, und obwohl ich hier fast ein Jahr lebe, bin ich letztlich für die meisten von ihnen nach wie vor ein Fremder.«

»Wenn Nolles einen neuen Ort gefunden hat, um seine Waren zu verstecken, wie wäre es mit Woodhurst, Stantons Haus?«, schlug Simon vor. »Es liegt etwas weiter landeinwärts als The Birches, und wenn Stanton ohnehin einer der Geldgeber ist, warum sollten sie es da nicht verwenden?«

»Darauf hätte ich eigentlich selbst kommen müssen«, erwiderte Lamb. »Sie sind ein paar Nächte dort gewesen. Was können Sie uns über das Haus erzählen?«

»Nicht wirklich viel, aber es gibt nur ein paar Dienstboten dort, ein Ehepaar namens Archer. Cornelia hat schon von ihnen gehört und sagt, sie hätten einen schlechten Ruf«, antwortete Simon. Er verzog das Gesicht. »Es heißt, sie seien Freunde von Nolles.«

»Noch irgendetwas?«, fragte Lamb und beugte sich vor. Simon hob eine Schulter.

»Woodhurst liegt etwa fünf Meilen vom Dorf entfernt umgeben von Waldland. Stanton hat mal erwähnt, es gehörten einhundertzwanzig Morgen Land zum Anwesen.« Mit nachdenklicher Miene fügte er hinzu: »Es liegt isoliert, wenn ich es recht bedenke. Es gibt keine Nachbarn in der Nähe.«

»Keller?«, fragte Barnaby.

»Das weiß ich nicht. Schließlich war ich die meiste Zeit, die ich dort war, ziemlich betrunken und habe nur ein paar Zimmer gesehen.« Er zog die Brauen zusammen. »Stanton benutzt das Haus wie eine Art vorübergehendes Feldlager. Ich glaube nicht, dass er dort viel Zeit verbringen wird.«

»Stanton ist nicht unbedingt für seine Vorliebe fürs Landleben bekannt«, bemerkte Mathew. »Sein bevorzugtes Milieu ist London und die Spielhöllen und Bordelle, die es dort zuhauf gibt.«

Lamb richtete sich zu seiner beeindruckenden Größe auf und sagte:

»Da uns keine andere Alternative einfällt, denke ich, ich reite mal heute Nachmittag nach Woodhurst und sehe, was ich herausfinden kann.«

»Ich komme mit«, erklärte Mathew.

Alle schauten ihn überrascht an. Mathew runzelte die Stirn und stellte finster fest:

»Ich bin jetzt seit fast vierzehn Tagen auf Windmere und habe nichts weiter getan, als Barnabys Gastfreundschaft zu genießen – was nicht der Grund war, weshalb ich eigentlich hergekommen bin.« Er sah Simon an. »Ich weiß, dass du hinter der Einladung steckst, aufgrund derer ich hergekommen bin, und dass Barnaby den Köder geliefert hat – die Chance, Nolles zu erwischen.« Sein Mund wurde schmal. »Wie gesagt, in den vergangenen beiden Wochen habe ich nichts getan. Lamb zu begleiten wird mir wenigstens das Gefühl vermitteln, dass ich irgendetwas dazu beitrage, Nolles zu Fall zu bringen.«

Lamb war zwar nicht glücklich darüber, dass ihm Mathew wie ein Hundejunges auf Schritt und Tritt folgte, aber ein Blick von Barnaby erstickte alle Einwände, die ihm auf der Zunge lagen. Mit gebremster Begeisterung verkündete Lamb:

»Es ist nicht notwendig, dass wir uns beeilen. Zu dieser Stunde sind Stanton und Padgett vermutlich noch im Bett und schlafen ihren Rausch von den Ausschweifungen letzte Nacht aus.« Er blickte zu Simon.

Der runzelte die Stirn.

»Vielleicht nicht.« Er sah zur Uhr auf dem Kaminsims. »Es ist fast Mittag, und sie hatten zwar keine feste Routine, solange ich dort war, aber sie waren meistens um diese Tageszeit bereits aufgestanden und auf dem Weg, ins *Ram's Head* zu reiten, um ein spätes Frühstück zu sich zu nehmen. Die Annehmlichkeiten von Woodhurst und die Dienstbeflissenheit der Archers laden nicht unbedingt ein, dort zu verweilen.«

»Nun gut«, sagte Lamb. Er schlug sich auf die Knie und stand auf. Den Blick auf Mathew gerichtet, fragte er:

»Soll ich uns Pferde satteln lassen?«

Mit einem Funkeln im Blick, das eine lange Zeit nicht mehr dort zu sehen gewesen war, nickte Mathew.

Gillian hatte keine Sekunde in Erwägung gezogen, dass eine Frau ihr die Nachricht geschickt hatte, denn eine Sache lag klar auf der Hand: Eine Frau hätte gewusst, wie schwer es für eine respektable Frau aus den höheren Kreisen war, ohne Begleitung irgendwohin zu gehen … und ohne jemandem zu verraten, wohin sie wollte. Ihre Bemerkung zu Luc, dass sie das Kurzwarengeschäft im Dorf besuchen wollte, war ein genialer Einfall gewesen. Seit sie an diesem Morgen aufgewacht war, hatte sie sich den Kopf zerbrochen, warum sie dringend ins Dorf musste, denn es musste sich um etwas handeln, was sie selbst tun musste, was sie keinem Diener übertragen konnte. Ein Besuch im Dorf, um Stoffe für das Haus auszusuchen, war die perfekte Lösung für dieses Problem.

Natürlich war es unvorstellbar, dass sie sich ein Pferd satteln ließ und allein ins Dorf ritt. Der stetig fallende Regen machte Reiten ohnehin unmöglich, was hieß, dass sie ein Gefährt benutzen musste. Eines, das sie allein lenken konnte, und der Regen verhinderte, dass es eine offene Kutsche war. Obwohl es nicht unbedingt ideal war, genügte das Gig mit Verdeck ihren Anforderungen. Sie musste allerdings noch das Problem mit der Begleitung lösen, und ihre Wahl fiel auf Mrs. Marsh oder Nan. Die Entscheidung war leicht zu treffen: Mrs. Marsh.

Gillian verzog das Gesicht. Nan kannte sie einfach zu gut, und angesichts der Vertrautheit der langjährigen Dienerin mit ihrer Herrin würde Nan nicht lange zögern zu fragen, was ihre Herrin vorhatte. Bei Mrs. Marsh stand das nicht zu befürchten. In der kurzen Zeit ihrer Ehe mit Luc hatten sie und die Haushälterin ein herzliches Verhältnis aufgebaut, aber Mrs. Marsh kannte sie nicht. Und sie brachte ihrer neuen Herrin auch eine gewisse Ehrfurcht entgegen, sodass sie einfach die Anweisungen befolgen würde, die ihr gegeben wurden, und keine Einwände erheben oder ihr widersprechen würde, wenn sie sie im Laden allein ließ – wie Nan das sicherlich ohne mit der Wimper zu zucken tun würde.

Während die Stunde ihres Aufbruchs ins Dorf näher rückte, war Gillians größte Sorge, dass Luc vorzeitig heimkehrte und darauf bestand, sie selbst zu begleiten. Als sie endlich unter dem Verdeck im Gig saß, die Brosche in ihrem Samtretikül verwahrt, das auf dem Sitz zwischen ihr und der Haushälterin lag, trieb Gillian das Pferd an. Sie bogen von der Auffahrt in die Landstraße ein, die nach Ramstone führte, und sie blickte in die Richtung, aus der Luc auf seinem Heimweg von Windmere kommen musste. Das Herz schlug ihr bis zum Hals, als sie in der Ferne durch die Regenschleier einen einsamen Reiter erkannte. Sie betete, dass es nicht Luc sei, und dass, falls er es doch war, sie einen hinreichend großen Vorsprung vor ihm hatte, dass er nicht auf die Idee kam, ihr zu folgen. Sie lenkte das Gig in die entgegengesetzte Richtung von dem Reiter und fuhr zum Dorf. Und zu einem Treffen, bei dem sie hoffentlich endlich Charles' verflixte Schuldscheine erhielt.

Es regnete stärker, als sie die Straße ins Dorf erreichten, und das Pferd wurde langsamer. Der Boden verwandelte sich in Matsch und machte die ganze Fahrt sehr ungemütlich und kalt – und das trotz des angewärmten Ziegels unter ihren Füßen und der schweren Wolldecke über ihren Beinen. Im Dezember waren die Tage deutlich kürzer, und Gillian begann sich wegen des Zeitpunkts des Treffens Sorgen zu machen – Sonnenuntergang. In der Dämmerung nach einer verlassenen Fischerhütte zu suchen war nichts, worauf sie sich freute. Der Regen und die Möglichkeit, dass vom Meer her ein Sturm aufzog, ließen die Aussicht nicht ansprechender erscheinen.

Ihre Aufmerksamkeit galt nur zur Hälfte den Stoffmustern vor ihr, während sie immer wieder in dem gemütlichen kleinen Laden aus dem Fenster mit den Chintzvorhängen nach draußen spähte. Sie wusste, die rasch zunehmende

Dunkelheit war nicht nur der späten Stunde, sondern auch den dunklen Regenwolken geschuldet. Wie lange?, fragte sie sich, während sie nickte und begeistert die Stoffe vor sich lobte, ehe sie einen Vorwand fand, um zu gehen.

Gelegentlich frage Gillian Mrs. Marsh nach ihrer Meinung zu einem bestimmten Stoffmuster, aber in Gedanken war sie bei der Uhr und den tickenden Zeigern, merkte, wie die Sekunden vergingen, die Minuten … Sie fühlte sich schuldig, dass sie Mrs. Webbers Angebot als Vorwand nutzte, um den wahren Grund zu verbergen, weswegen sie ins Dorf gekommen war. Aber nachdem sie die Auswahl gesehen hatte, die die alte Frau im Angebot hatte, beschwichtigte sie ihr Gewissen mit dem Wissen, dass sie eine Menge kaufen würde. Die Vielzahl der angebotenen Stoffe war wirklich beeindruckend, und Gillian hatte schon beschlossen, dass der maulbeerfarbene Samt mit den cremefarbenen Streifen als Vorhangstoff für den Salon einen atemberaubenden Effekt haben würde. Und der burgunderfarbene Damast mit dem Goldmuster war einfach perfekt für Lucs Schlafzimmer.

Ein Blick auf die bemalte Porzellanuhr auf einer alten bauchigen Kommode in der Ecke des Ladens verriet Gillian, dass sie nicht länger bleiben konnte. Sie stand auf und sagte zu Mrs. Webber:

»Wenn Sie mich kurz entschuldigen wollen, ich muss noch rasch eine Erledigung machen.« Mit einem Lächeln fügte sie hinzu: »Ich lasse Ihnen Mrs. Marsh hier, damit sie sich weiter Ihre Stoffmuster anschaut und mit Ihnen klärt, wie viel wir von dem maulbeerfarbenen Samt und dem burgunderroten Damast jeweils benötigen werden. Ich werde nicht lange fort sein.« Gillian nahm ihr Retikül, öffnete die Ladentür und entkam.

Kapitel 21

Gillian stieg in das Gig, schnalzte mit der Zunge und lenkte das Pferd zur Küstenstraße; ihr Mund war vor Angst ganz trocken, und ihr Magen fühlte sich an, als sei er völlig verknotet. Sie sah zu dem Retikül neben sich auf dem Sitz, nahm es und schob es auf dem Boden unter die Decke. Was sie da tat, war ein Risiko, vielleicht sogar närrisch, räumte sie ein, aber sie hatte nicht vor, in die Fischerhütte zu gehen und die Brosche einfach auszuhändigen. *Schließlich,* sagte sie sich, *bin ich nicht vollkommen dumm. Und zudem habe ich für alle Fälle eine Nachricht für Luc zurückgelassen …*

Angst erfasste sie, wenn sie über dieses »für alle Fälle« nachdachte. All die schrecklichen Sachen, die ihr zustoßen konnten – Mord, Vergewaltigung oder Entführung –, waren ihr mehr als einmal durch den Kopf gegangen. Und weil sie nicht völlig von allen guten Geistern verlassen war, hatte sie Luc einen Brief geschrieben und die Nachricht dazugetan, die sie mit Charles' Schuldschein erhalten hatte. Obwohl sie entschlossen war, das hier allein zu schaffen und hoffentlich ohne Zwischenfall, aber im Besitz der Schuldscheine nach Hause zurückzukehren, war ihr die Vorstellung, allein irgendwohin zu fahren, um sich an einem abgelegenen Ort mit einem Fremden zu treffen, ohne dass irgendjemand wusste, wo sie war, dann doch zu gefährlich erschienen. Wenn sie bis sieben Uhr heute Abend nicht heimgekehrt war, sollte Nan Luc ihren Brief geben.

Nan hatte sie aus schmalen Augen misstrauisch angesehen, als Gillian ihr den Brief gereicht und erklärt hatte, was sie damit tun sollte. Da sie die tausend Fragen sah, die Nan auf der Zunge lagen, hatte Gillian sie einfach gebeten:

»Bitte tu, was ich dir sage, Nan. Bitte.« Nan hatte das nicht gefallen, aber sie hatte genickt, und Gillian hatte sich damit getröstet, dass, wenn sie nicht zur genannten Uhrzeit wieder zu Hause war, Luc ihre Nachricht lesen würde und sie suchen käme.

Gillian biss sich auf die Lippen. Mrs. Marsh würde schon vorher Alarm schlagen, überlegte sie mit einer Mischung aus Angst und Erleichterung. Wenn sie nicht binnen einer Stunde oder früher wieder in Mrs. Webbers Kurzwarenladen auftauchte, würde man nach ihr zu suchen beginnen … und die Nachricht würde sich wie ein Lauffeuer im Dorf verbreiten. Sie stöhnte. Sie hatte keine Zeit zu verschwenden.

Der Wind wehte in kräftigen Böen, und sie spähte so angestrengt durch die Regenschleier, dass sie fast die Hütte übersehen hätte. Sie entdeckte sie dann aber doch ein Stück vor sich, ein verloren wirkender schäbiger Haufen aus Brettern, Lehm und Steinen nicht weit von dem Rand der Klippen entfernt. Sie fuhr vorsichtig dorthin, verließ die Straße und hielt vor dem Gebäude an und stieg aus der Kutsche, ihr Retikül mit der Brosche ließ sie versteckt unter der Decke auf dem Boden.

Ohne die Zügel aus der Hand zu legen, stand sie unentschlossen da. Der Wind heulte und zerrte an ihrem Umhang, der Regen peitschte immer wütender. Aber selbst wenn sie dadurch dem grässlichen Wetter entkäme, war das Letzte, was sie wollte, in diese scheußliche kleine Hütte zu gehen. Aber wenn es nun einmal ihre einzige Chance war, Charles'

Schuldscheine zurückzubekommen, dann blieb ihr wohl keine andere Wahl. Nachdem sie die Zügel um einen Baumstamm geschlungen hatte, wandte sie sich entschlossen zu dem halb verfallenen Gebäude um.

Es schien verlassen, und sie fragte sich, ob der Verfasser der Nachricht sich anders entschieden hatte und sich doch nicht mit ihr treffen wollte. Widerstrebend setzte sie einen Fuß vor den anderen und ging zu der offen stehenden Tür. Sie zögerte, starrte in das gähnende schwarze Loch vor sich, und jeder Instinkt in ihr warnte sie vor drohender Gefahr.

Allerdings nicht vor der Gefahr, die nicht aus dem Innern der Hütte kam. Der Sturm übertönte das Nahen des Mannes, und Gillians erste Warnung kam, als das Pferd den Kopf hochriss, scheute und wieherte. Sie wirbelte herum und sah, wie die große dunkle Gestalt sich auf sie stürzte.

Gillian hatte keine Zeit zu reagieren. Eine raue Decke wurde über sie geworfen, und sie war in den dicken Falten gefangen, und nur einen Moment später packte der Mann sie und machte ein Entkommen unmöglich. Sie wehrte sich heftig, und die Angst verlieh ihr Kraft, sie schlug und trat mit Armen und Füßen um sich. Sie strampelte und kratzte, aber in die Decke gewickelt blieb ihre Gegenwehr vergebens.

»Halten Sie still, Sie dummes Ding«, brummte eine tiefe Stimme in der Nähe ihres Ohres, »sonst erwürge ich Sie noch und werfe Ihre Leiche über die Klippen.«

Sie erkannte die Stimme wieder, und ihr gefror das Blut in den Adern. *Stanton.* Sie war nicht überrascht, aber ihre Angst verdoppelte sich jetzt, wenn sie an seine dunklen, harschen Züge dachte und seine kalten, leeren Augen. Da sie keine Sekunde daran zweifelte, dass er dazu imstande wäre, tat sie, was er verlangt hatte.

»So ist es besser«, sagte er und versetzte ihr einen Schubs. Sie stolperte vorwärts in die Richtung der Hütte. Unfähig, etwas zu erkennen, und von der Wucht seines Stoßes getrieben, fiel sie mit einem dumpfen Laut gegen die Wand auf der Rückseite. Bei dem Aufprall schrie sie auf. Benommen versuchte sie sich zu orientieren, aber als sie hinter sich eine Bewegung hörte, wirbelte sie herum; das Letzte, was sie wollte, war, Stanton im Rücken zu haben.

Mit dem Rücken gegen die Wand gepresst, eingewickelt in die erstickenden Falten der Decke, hörte Gillian ein Rascheln, gefolgt von metallischem Klicken und dann sah sie einen schwachen Lichtschein unter der Decke um ihre Füße. Eine Laterne?

Harte Hände packten sie an den Schultern und schüttelten sie.

»Wo ist sie?«, verlangte Stanton zu wissen.

Gillian drängte ihre Furcht zurück und überlegte fieberhaft, wie ihr nächster Schritt aussehen sollte. Er schüttelte sie wieder, so heftig, dass sie das Gefühl hatte, ihre Zähne würden sich lockern.

»Ich habe sie nicht bei mir«, rief sie schließlich.

Stanton fluchte lästerlich, und zu ihrer Schande duckte sie sich.

»Spielen Sie hier keine Spielchen mit mir! Wo ist sie? Sie sollten sie doch mitbringen!«

»Ich ... ich wollte sichergehen, dass Sie es ehrlich meinen, ehe ich Ihnen die Brosche aushändige«, log sie hastig und hasste sich für das Zittern ihrer Stimme. Dann fasste sie Mut und fragte ihn kühn:

»Woher soll ich wissen, dass Sie die Schuldscheine haben? Woher weiß ich, dass Sie mir nicht nur einen oder zwei geben im Austausch für die Brosche, und dann wiederkommen und mehr für den Rest verlangen? Es schien mir nicht klug, sie gleich heute mitzunehmen.«

»Sie lügen«, riet Stanton. »Ich wette, Sie haben sie irgendwo an sich versteckt ...« Ein hässliches Lachen kam von ihm. »Wenn ich Sie ausziehen muss, bis Sie splitterfasernackt sind, um sie zu finden, dann tue ich das.«

Sie spürte, dass er auf sie zukam, und stolperte rückwärts.

»Warten Sie!«, rief sie und befreite sich aus der Decke.

In dem flackernden Licht einer kleinen Laterne, die auf einem wackeligen Tischchen stand, schaute sie Stanton an.

»Zeigen Sie mir die Schuldscheine, und wenn ich zufrieden bin, werde ich Ihnen die Brosche geben«, sagte sie mit mehr Mut, als sie eigentlich besaß.

Stantons Augen wurden schmal.

»Die habe ich nicht dabei.«

Ihr sank das Herz, und sie erklärte:

»Sie haben mir nicht mehr vertraut als ich Ihnen.«

»Wen, zum Teufel, interessiert es, ob Sie mir vertrauen oder nicht?«, fuhr Stanton sie an. »Ich will die verdammte Brosche haben.«

Gillian reckte ihr Kinn.

»Und ich will die Schuldscheine. Und zwar alle.«

»Wenn Sie mir nicht jetzt sofort die blöde Brosche geben, werde ich Sie in Windeseile von Ihren Kleidern befreit haben.« Er lächelte hässlich. »Dann werden wir ja sehen, ob Sie die Wahrheit sagen oder nicht.«

Der Gedanke, dass er sie anfasste, ihr die Kleider vom Leib riss, steigerte ihre Furcht, und sie streckte die Hand aus, um ihn aufzuhalten und rief:

»Halt!« Erleichtert, dass er wirklich stehen blieb, sagte sie hastig: »Ich habe sie nicht bei mir, aber ich kann sie holen … es dauert nur ein paar Minuten.« Aber nicht bereit, einfach aufzugeben, wiederholte sie: »Allerdings bestehe ich darauf, erst die Schuldscheine zu sehen.«

So hatte sich Stanton die Begegnung nicht vorgestellt, und Erbitterung erfasste ihn. Er wollte nicht glauben, dass sie die Brosche nicht bei sich hatte, aber er konnte es nicht riskieren, dass sie am Ende doch die Wahrheit sagte. Damit Zeit zu verschwenden, sie auszuziehen, um sich selbst davon zu überzeugen, gehörte eigentlich nicht zu seinem Plan. Ihre Versicherung, dass die Brosche in der Nähe war oder wenigstens an einer Stelle, die nicht zu weit entfernt war, gab ihm die Hoffnung, dass er am Ende doch mit ihr in seiner Tasche würde weggehen können.

Stanton hatte nicht die Absicht, sie mit den Schuldscheinen wieder fortzulassen, und bestimmt nicht, sie am Leben zu lassen. Aber er hatte die Schuldscheine dabei, da er sich gesagt hatte, dass er sie an irgendeinem Punkt würde zeigen müssen. Sein Plan war einfach, und Townsends Selbstmord hatte ihn auf die Idee gebracht. Zusammen mit den Schuldscheinen steckte in seiner Westentasche ein zusammengefaltetes Blatt Papier und in seinem Rock hatte er einen Stift und Tinte. Die Hexe würde einen Abschiedsbrief an ihren Ehemann verfassen, eine Nachricht, die ein Dorfjunge in ein paar Stunden in Ramstone abgeben würde. Man würde den Leichnam am Fuß der Klippen finden, und das war es. Überstürzte Hochzeiten endeten oft in Reue; die frischgebackene Mrs. Joslyn war von ihren Gefühlen überwältigt worden und hatte sich das Leben genommen. Einfach und sauber. Seine Hände ballten sich zu Fäusten. Aber zuerst brauchte er die Brosche.

Er betrachtete ihre zierliche Gestalt in dem unsteten Licht der Laterne und fragte sich, ob sie ihm die Wahrheit sagte oder nicht. Folter wäre nicht schwer, aber er glaubte nicht, dass er dafür Zeit hatte. Ihm war das nachdenkliche Funkeln in St. Johns Blick nicht entgangen, als er sich vorhin vom Tisch im *Ram's Head* erhoben hatte. Verdammt. St. John wäre sich nicht zu schade, Fragen zu stellen und von ihm wissen zu wollen, was er vorgehabt hatte, wenn er zurückkehrte, und je länger er aus der Taverne fortblieb, desto mehr Fragen würde der arrogante Bastard haben.

Es war klug von Stanton, sich wegen St. John Sorgen zu machen. St. John hatte Stanton einen Vorsprung von ein paar Minuten gelassen und war ihm dann von der Wirtschaft aus gefolgt. Der Regen und die einbrechende Dämmerung hatten es ihm leicht gemacht, unbemerkt Stantons Fährte zu folgen, aus dem Dorf hinaus und zur Küste. Aus einiger Entfernung beobachtete er, wie Stanton sein Pferd in eine schmale Senke lenkte, absaß und das Tier an einem Gebüsch festband. Als Stanton ein zusammengefaltetes Bündel vom Sattel nahm und mitnahm, als er aus der Senke stieg, fragte sich St. John, ob er Hirngespinsten nachjagte.

Er schaute auf die öde Landschaft im Regen, und das Brechen der Wellen unten am Kliff war hier oben noch als dumpfes Rauschen zu hören. Außer der halb verfallenen Hütte etwa fünfzig Schritt entfernt konnte er nichts sehen, was Stanton dazu bewegen könnte, die Annehmlichkeiten des *Ram's Head* zu verlassen. Stanton war kein Schürzenjäger, und St. John fiel es schwer zu glauben, dass eine Frau dahintersteckte. Also warum war Stanton hier und schlich zu dem wackeligen Gebäude? Er hatte nichts, außer seinem Verdacht und seinem Instinkt – und der Tatsache, dass Stanton schon den ganzen Tag abwechselnd missmutig oder laut und prahlerisch gewesen und auf seinem Stuhl herumgerutscht war, bis ihn schließlich Padgett gefragt hatte, ob irgendetwas nicht in Ordnung sei. Stanton hatte Padgett finster angestarrt, barsch verneint und war ein paar Minuten später mit einer gebrummten Entschuldigung aus der Taverne gestürmt.

Anders als Stanton hatte sich St. John doppelt vergewissert, dass ihm niemand folgte, und als Stanton bei der Hütte angekommen war, saß er ebenfalls ab und band sein Pferd fest. Wie ein Gespenst schlich sich St. John durch den Regen, die scharfen Augen fest auf Stantons dunkle Gestalt auf der Rückseite der Hütte gerichtet.

Bei diesem Wetter hielten sich die meisten vernünftigen Leute drinnen am Feuer auf, sodass ihn der Anblick eines Gigs mit Verdeck verwunderte, das langsam zum Eingang der Hütte fuhr. Also traf sich Stanton doch mit jemandem. Aber mit wem? Und warum solche Geheimniskrämerei? Als Stanton hinter dem Gebäude verschwand, wagte St. John es, den Schutz der Büsche am Rand der Senke zu verlassen. Zwischen seinem Platz und der Hütte gab es keinerlei Deckung, daher blieb ihm nichts anderes übrig, als zu hoffen, dass der dicht fallende Regen ihn hinreichend verbergen würde, während er dorthin lief. Vermutlich war Stanton ohnehin zu beschäftigt, um irgendetwas zu merken.

Sekunden später presste er sich gegen die baufällige Rückwand des verlassenen Gebäudes und hörte überrascht, wie etwas drinnen gegen die Wand prallte, gefolgt von dem Schrei einer Frau. Sogar über den Wind und den Regen hinweg konnte er Stantons Stimme ausmachen und die einer Frau. Sein Herz begann schwer und heftig zu klopfen, als er verstand, was drinnen gesprochen wurde. Er hätte Gillians Stimme nicht wiedererkannt, aber anhand dessen, was sie sagte, wusste er, dass sie es sein musste. Seine Hände schlossen sich zur Faust, als ihm mit Macht klar wurde, dass er recht gehabt hatte. Er lächelte wild; er wusste, warum diese Brosche für Stanton so wichtig war … Er griff in seine Rocktasche und zog eine Pistole, glitt an der Seite der Hütte entlang und weiter zur Vorderseite. Er hatte viele Jahre auf diesen Moment gewartet. Die Rache war sein, endlich. Es war nur noch eine Sache weniger Minuten …

St. John war so auf das konzentriert, was sich in der Hütte zutrug, dass er fast die Ankunft des Reiters nicht bemerkt hätte, der sein Pferd neben dem Gig anhielt. Es war das Klicken des Zaumzeugs, als der Mann absaß, das ihn auf den Neuankömmling aufmerksam machte.

Das Wissen, dass die Frau in der Hütte Gillian Joslyn war, half ihm, den Mann zu identifizieren, der sich aus dem Sattel schwang: Luc Joslyn. Das hatte ihm noch gefehlt – ein eifersüchtiger Ehemann, der auf der Suche nach seiner fehlgeleiteten Ehefrau gekommen war. Hin- und her gerissen zwischen dem Wunsch zu fluchen oder zu lachen, zögerte St. John, unsicher, was er tun sollte. Sich zeigen und hoffen, dass er Joslyn zu sich winken konnte, ohne seine Anwesenheit den beiden in der Hütte zu verraten? Oder den Dingen einfach ihren Lauf lassen?

Luc war tatsächlich der Reiter gewesen, den Gillian gesehen hatte, als sie auf die Hauptstraße eingebogen war. Als er das Gig mit dem Verdeck erspäht hatte, das von Ramstone auf die Straße in Richtung Dorf fuhr, hatte Luc gewusst, dass es seine Frau war. Mehr aus einer Laune heraus als aus irgendeinem echten Anlass hatte er sein Pferd zum Galopp angetrieben und war ebenfalls nach Broadhaven geritten. Es würde nicht schaden, wenn er mit Mrs. Gilbert plauderte und herausfand, was man sich so im Dorf erzählte und ob sie etwas über eine neue Lieferung für Nolles gehört hatte. Das reichte ihm als Vorwand für sein Tun. Da ihn keine Ehefrau auf Ramstone erwartete, schien ihm eine Rückkehr dorthin weitaus weniger reizvoll, als wenn Gillian ihn dort erwartet hätte.

Da er die Absicht hatte, sie auf der Rückfahrt nach Ramstone zu begleiten, wenn sie in dem Kurzwarenladen mit ihren Einkäufen fertig war, hatte Luc sich nicht lange in der *Krone* aufgehalten. Was Mrs. Gilbert aus dem Dorf zu berichten hatte, war enttäuschend, da ihr kein noch so leises Gerücht über Nolles und seine Pläne zu Ohren gekommen war.

»Niemand hat auch nur ein Wort darüber verloren«, beklagte sie sich, als sie Luc einen Krug Ale vorsetzte. »Das meiste Gerede hat es wegen des Todes von Squire Townsend gegeben und Mutmaßungen darüber, was es bedeutet, wenn Mr. Simon Joslyn auf The Birches lebt.« Sie schüttelte den Kopf. »Kein Wort über Nolles oder was er im Sinn haben könnte.« Ihre blauen Augen wurden schmal. »Es gab eine gewisse Neugier bezüglich der feinen Herren, die in letzter Zeit bei Nolles ein- und ausgehen. Broadhaven ist schließlich nicht Brighton, und die Leute fragen sich, warum sie hier sind. Wir sind ein Fischerdorf und den Landadel aus der Gegend gewohnt, aber nicht Leute wie sie. Trinker, Spieler und Frauenhelden alle miteinander. Man hat allgemein den Eindruck, als sei es nicht unbedingt eine gute Sache, dass Mr. Stanton das Haus seiner Urgroßmutter geerbt hat.« Luc hatte die Achseln gezuckt, hatte sein Ale halb ausgetrunken stehen lassen und sich verabschiedet und war nach draußen gegangen. Als er sich in den Sattel seines Pferdes schwang, wendete er sein Pferd zum Kurzwarenladen.

Luc war noch über einen Block entfernt, als er Gillian aus dem Laden treten und in das Gig einsteigen sah. Er hatte daran gedacht, ihren Namen zu rufen, entschied aber, dass sie ihn in dem Wind und dem Regen vermutlich gar nicht hören würde. Er rechnete damit, dass sie umdrehen und zurück nach Ramstone fahren würde, daher hielt er sein Pferd an, um auf sie zu warten. Zu seiner Verwirrung fuhr sie in die entgegengesetzte Richtung. Hatte sie noch etwas zu erledigen?

Mehr neugierig als argwöhnisch war Luc ihr gefolgt und wünschte sich dabei, sie hätte sich einen Tag mit besserem Wetter ausgesucht, um zu erledigen, was nicht wirklich wichtig sein konnte – oder es den Dienstboten überlassen. Sein Umhang und seine Stiefel hielten ihn warm und trocken, aber er wollte nicht leugnen, dass er sich darauf freute, an seinem Kamin zu sitzen und sich einen Brandy zu gönnen … mit seiner Frau auf seinem Schoß. Wenn sie nicht bald fertig war, müssten sie im Dunkeln heimfahren. Und durch den Regen.

Er blieb nicht absichtlich ein Stück hinter ihr, aber als sie das Dorf verlassen hatte und es klar war, dass sie nicht noch irgendetwas kaufen wollte, ließ er den Abstand größer werden.

Schließlich bestand auch keine Notwendigkeit, sie einzuholen, sagte er sich. Sie konnte sich selbst darum kümmern, und dann würde er sich bemerkbar machen, rechtzeitig, um sie sicher nach Hause zu geleiten.

Als sie in die Küstenstraße einbog, wunderte er sich, denn er wusste nur von ein paar Fischern, die dort lebten. Was, zur Hölle, wollte sie dort?

Nachdem er die Abzweigung zur Küstenstraße genommen hatte, war er weit genug hinter ihr, dass sie das Gig schon vor der Fischerhütte angehalten hatte und ausgestiegen sein musste, denn von ihr war nichts mehr zu sehen. Die Hütte war verlassen, und zum ersten Mal begann er sich

Sorgen zu machen. Er runzelte die Stirn, brachte sein Pferd neben dem Gig zum Stehen und saß ab.

Ein Gefühl, dass etwas überhaupt nicht in Ordnung war, erfasste ihn, und er starrte nach vorn. Der Anblick einer hochgewachsenen Gestalt, die ihn zu sich winkte, ließ ihn jäh stehen bleiben. Durch den Regen und die tiefer werdenden Schatten betrachtete Luc den anderen Mann misstrauisch. *Sacrebleu!* Was *zum Teufel* tat Gillian hier?

Seine Hand schloss sich um die Pistole in der Tasche seines Umhanges, dann machte Luc einen Schritt nach vorn auf die Gestalt zu. Als er näher kam, erkannte er St. John und öffnete den Mund, wollte fragen, was, verdammt noch einmal, hier vor sich ging. Aber der Finger, den sich St. John an die Lippen hielt, ließ ihn innehalten.

St. John schüttelte den Kopf und bedeutete ihm, sich ein kleines Stück von der Hütte zu entfernen. Nach ein paar Schritten blieb St. John stehen und sagte mit gedämpfter Stimme:

»Ich bitte um Nachsicht. Ihrer Frau geschieht nichts, aber sie trifft sich mit Stanton.«

Als Luc ihn mit einer Mischung aus Ärger und Erstaunen anschaute, fügte St. John, der wusste, dass Zeit kostbar war, eilig hinzu:

»Es ist kein Stelldichein. Wenigstens nicht so eines, wie man es vielleicht vermuten könnte. Auf irgendeine Weise, die ich nur erraten kann, ist es Stanton gelungen, in den Besitz von Schuldscheinen des ersten Mannes Ihrer Gattin zu gelangen. Er hat Mrs. Joslyn hergelockt, indem er ihr diese Scheine im Austausch für eine Brosche angeboten hat, die Dashwood ihr kurz vor seiner Ermordung geschenkt hatte.«

Lucs Augen wurden schmal.

»Warum will Stanton eine Brosche, die meine Frau von ihrem ersten Ehemann erhalten hat?«

»Weil sie der Beweis ist, dass er ein Mörder ist«, erklärte St. John mit harter Stimme. Als Luc ihn ungläubig anschaute, beeilte er sich zu sagen: »Ich bin nicht verrückt! An dem Tag, an dem wir Sie mit den anderen vor dem Dorf getroffen haben, habe ich die Brosche wiedererkannt, die Ihre Gattin getragen hat. Es handelt sich um ein Schmuckstück, das ich eigens für meine Verlobte Elizabeth Soule habe anfertigen lassen. Es gibt sie nur ein einziges Mal, und sie wurde aus ihrem Haus gestohlen in der Nacht, in der sie ermordet wurde. Ich hatte immer schon den Verdacht, dass Stanton dahintersteckt – nach ihrem Tod schien er auf einmal in Geld zu schwimmen. Aber es ist mir nie gelungen, einen Beweis für meinen Verdacht zu finden. Bis jetzt.«

Luc starrte von St. John zu der Hütte.

»Stanton hat die Frau ermordet, die Sie geliebt haben«, wollte er mit wütender Stimme wissen, »aber Sie halten mich auf, während meine Frau mit ihm allein da drin ist?« Er fuhr herum, um zur Hütte zu stürmen, aber St. John fasste ihn am Arm und hielt ihn auf.

Luc fuhr wie ein gereizter Tiger zu ihm herum, und seine blauen Augen sprühten Blitze.

»Lassen Sie mich los, oder ich bringe Sie um«, verlangte er.

»Und wenn Sie sie unterbrechen, zerstören Sie die einzige Chance darauf, den Namen Ihrer Frau von allem Verdacht reinzuwaschen«, fuhr St. John ihn an.

»Was meinen Sie?«

»Nur, dass wenn wir sie noch einen kurzen Augenblick belauschen, Stanton sich vermutlich weiter belastet.« Als Luc sich heftig dagegen verwahrte, indem er sich losriss, flüsterte St. John drängend: »Es ist eine Chance, vielleicht die einzige Chance, ihre Unschuld zu beweisen. Ich schwöre Ihnen, ihr ist kein Leid geschehen, und wenn es sich anhört, als sei sie in Gefahr, werden wir sofort einschreiten.«

Luc hielt inne. Jeder Instinkt in ihm verlangte, dass er Gillian unverzüglich aus Stantons Gewalt befreite, aber er musste seine Wünsche abwägen gegen die Möglichkeit, dass St. John recht hatte und ihre Unschuld bewiesen werden könnte. Wenn man St. John Glauben schenkte, war sie mit einem Mörder in dieser Hütte, einem Mann, der bereits zweimal getötet hatte. War ihren Namen reinzuwaschen es wert, ihr Leben aufs Spiel zu setzen? Er schüttelte den Kopf. *Nein!*

St. John fasste ihn erneut am Arm.

»Bitte«, sagte er mit flehenden Augen. »Ich habe über zwei Jahre auf diesen Augenblick gewartet. Alles, worum ich bitte, ist, unser Eingreifen noch einen kleinen Moment aufzuschieben.«

Etwas in den Augen des anderen Mannes rührte ihn, und Luc antwortete mit belegter Stimme:

»Aber nur einen Moment. Das ist alles, was ich Ihnen versprechen kann … und wenn ihr etwas passiert, dann werde ich Sie töten, so wahr mir Gott helfe.«

Ihr hastiger Austausch hatte nur Sekunden gedauert, und als sie wieder zur Hütte zurückschlichen, St. John auf der einen Seite zur Tür vorn, Luc zur anderen Seite, wo er sich mit dem Rücken an die Wand presste, konnten die beiden Männer Stantons und Gillians Stimmen klar und deutlich hören.

In der Hütte behauptete sich Gillian, die ihre Angst bezähmte, tapfer gegen Stanton. Im Lauf der letzten Minuten hatte er sie beschimpft, verflucht und bedroht und von ihr verlangt, ihm die Brosche auszuhändigen. Sie weigerte sich standhaft. In dem flackernden Licht der Laterne starrten sie einander an, fanden sich in einer Sackgasse.

Stanton betrachtete sie unheilvoll, war sich bewusst, wie die Zeit verflog. Schließlich brummte er:

»Nehmen wir an, ich habe die Schuldscheine doch bei mir. Sie sagen, Sie hätten die Brosche nicht. Warum sollte ich sie Ihnen zeigen?«

»Weil, wenn Sie sie mir nicht zeigen«, antwortete sie knapp, »Sie nie die Brosche bekommen werden.«

Seine Augen verengten sich zu Schlitzen, und sein Gesicht lief vor Wut rot an.

»Sie sind ein betrügerisches kleines Miststück, genauso wie Ihr Mann.«

Gillian reckte ihr Kinn.

»Wie können Sie es wagen!«, fauchte sie empört. »Mein Ehemann ist ein ehrenwerter Mann. Er mag ein Spieler sein, aber Luc Joslyn würde niemals *betrügen*.«

Stanton lachte hässlich.

»Ich spreche nicht von Luc Joslyn, Sie dummes Gänschen. Ich meine Dashwood, Ihren ersten Mann.«

»Charles?«

»Charles?«, äffte er sie nach. »Ja, der verdammte Charles. Wenn er nicht wäre, wären Sie nicht hier, und ich wäre die verfluchte Brosche schon vor Jahren losgeworden.«

Dieser Wendung des Gespräches nicht trauend, fragte Gillian vorsichtig:

»Was hat Charles mit meiner Brosche zu tun?«

Er sah sie mit einem berechnenden Blick an, und sie hatte das Gefühl, als sei er zu einem Schluss gekommen. Einer, der ihr nicht gefallen würde.

»Er wollte sie mir nicht zurückgeben«, sagte er langsam und kam näher. »Er hatte sie von mir gewonnen, und als ich damals in Welbournes Jagdhaus versucht habe, sie auszulösen, hat er sich geweigert.« Seine Hände ballten sich zu Fäusten. »So wie Sie sich jetzt auch weigern.«

Gillians Augen wurden groß, und ihr Mund wurde trocken.

»Sie!«, platzte sie heraus. »Sie haben ihn umgebracht!«

Seine Lippen zuckten, verzogen sich zu dem Zerrbild eines Lächelns, und er verbeugte sich:

»Zu Ihren Diensten, Madame.« Sein Lächeln verschwand wieder. »Und ich fürchte, Sie werden ebenfalls sein Schicksal erleiden, aber zuerst schreiben Sie einen Brief an Luc.« Er griff in seinen Mantel, holte das Blatt Papier, die Tinte und die Feder hervor. Er stellte alles vor sie auf das Tischchen und sagte: »Ihr Selbstmord wird eine schlimme Tragödie sein.«

»Sie können mich nicht umbringen. Sie haben die Brosche nicht«, wandte Gillian verzweifelt ein, und ihr Blick zuckte von ihm zu den Gegenständen auf dem Tisch.

»Das stimmt zwar, aber ich wette, dass Sie sie doch mitgebracht haben. Sie haben gesagt, es sei nicht weit, daher setze ich darauf, dass sie sich in Ihrer Kutsche befindet.«

Ihr Gesicht verriet sie, und Stanton lächelte. *Ich werde sterben,* dachte sie entsetzt. Sie würde Luc nie wieder sehen, nie wieder seine starken Arme um sich spüren. Nein! Sie würde sich nicht einfach so damit abfinden, dass ihr Hier und Jetzt durch die Hände dieses Monsters endete.

»Kommen Sie her«, verlangte Stanton barsch, »und schreiben Sie den verdammten Brief, bevor ich mich entschließe, Sie ohne ihn zu töten. Mir ist es egal. Sie werden so oder so sterben.«

»Ach, gehen Sie zur Hölle«, rief Gillian, und mit einer Kraft, die aus Entschlossenheit und Furcht geboren war, stürzte sie sich auf ihn.

Mehrere Dinge geschahen gleichzeitig. Gillian warf sich nach vorn, traf mit ihren Fäusten Stanton an der Brust, womit sie ihn derart überraschte, dass er unwillkürlich rückwärtsstolperte. Sie nutzte das, um an ihm vorbeizurennen, im selben Moment, in dem Luc hereinkam, die Pistole gezückt. St. John folgte ihm, die Waffe auf Stanton gerichtet. Beide Männer verteilten sich in dem schmalen Raum.

Gillian, die an nichts anderes dachte als an Flucht, schrie vor Wut und Schreck auf, als ein harter Arm sich um sie schlang und sie hinter eine große Gestalt in eine Ecke geschoben wurde.

»Pst!«, verlangte Luc und überzeugte sich mit einem raschen Blick, dass sie unverletzt war.

Gillians Herz raste wie wild, aber sie war nie in ihrem Leben so dankbar gewesen, Luc zu sehen, wie jetzt. Nichts zählte, außer dass er da war und sie leben würde, dachte sie am Rande der Hysterie. Nichts. Die Schuldscheine nicht. Nichts davon zählte, und sie verfluchte ihren Stolz, der sie in solche Gefahr gebracht hatte.

Über die kurze Entfernung, die sie trennte, starrte Stanton die beiden Männer an. Er war Spieler genug, um zu wissen, dass er verloren hatte, aber er kannte noch nicht das Ausmaß seines Verlustes.

Ein widerliches Lächeln spielte um seine Lippen.

»Meine Herren, dies ist nicht, wonach es aussieht«, sagte er. Er blicke Luc an. »Ich versichere Ihnen, dass Ihre Frau kein falsches Spiel mit Ihnen treibt. Wir haben nur ältere Geschäfte zu Ende gebracht.« Als Lucs glitzernde blaue Augen weiter auf ihn gerichtet blieben und die Pistole auf ihn zielte, sagte Stanton: »Es scheint ein Missverständnis vorzuliegen, und ich … äh … habe sie versehentlich erschreckt. Dafür entschuldige ich mich.«

»Er hat Charles umgebracht«, rief Gillian hinter Luc. »Das hat er mir erzählt … und dass er auch mich ermorden will.«

»Das wissen wir«, antwortete Luc. »Wir haben alles mit angehört.«

Stanton wurde ganz blass, und sein Blick richtete sich auf St. Johns Gesicht. Was er dort sah, ließ ihn einen Schritt zurückweichen.

»Die Schuldscheine«, verlangte Luc kühl. »Geben Sie sie mir. Jetzt sofort.«

»Natürlich«, sagte Stanton eifrig. Aber als er seine Hand zu seinem Mantel bewegte, warnte Luc ihn:

»Langsam. Und falls da noch irgendetwas anderes in Ihrer Hand ist, wenn Sie sie aus dem Mantel ziehen, haben Sie Ihren letzten Atemzug bereits getan.«

Stanton tat wie ihm befohlen und warf ein kleines Häuflein Zettel auf den Tisch. Luc machte ein paar Schritte nach vorn, nahm sie an sich und drehte sich, darauf vertrauend, dass St. John Stanton in Schach halten würde, zu Gillian um und drückte sie ihr in die Hand. Ihre Blicke trafen sich.

»Ich hätte sie dir geholt«, bemerkte Luc leise.

»Ich weiß«, antwortete sie heiser. »Aber es war etwas, was ich selbst tun musste.«

Luc drehte sich zu Stanton um.

»Nun sind Sie an der Reihe, etwas zu schreiben, aber etwas ganz anderes als das, wozu Sie meine Ehefrau zwingen wollten.« Er nickte zu dem Blatt Papier und erklärte: »Schreiben Sie Ihr Geständnis für die Morde an Elizabeth Soule und an Charles Dashwood nieder.«

Stanton weigerte sich.

»Sie sind verrückt! Das werde ich nicht tun. Sie können nichts beweisen.«

Grimmig entgegnete Luc:

»St. John und ich können beide bezeugen, was wir mit angehört haben. Und meine Gattin ebenfalls. Schreiben Sie.«

»Ich werde mich nicht selbst an den Galgen bringen«, stellte Stanton fest, und sein Blick zuckte unstet zwischen den anderen hin und her.

»Ich verspreche Ihnen«, erklärte St. John ruhig, »dass Sie nicht an den Galgen kommen.«

Luc warf ihm einen scharfen Blick zu.

»Sie werden mich gehen lassen?«, wollte Stanton wissen, und seine Ungläubigkeit war klar zu erkennen.

»Ich schwöre auf Elizabeth' Grab, dass Sie nicht hängen werden«, versprach St. John.

Obwohl zwei Pistolenläufe auf sein Herz zielten, suchte Stanton noch einen Weg, die Lage zu seinen Gunsten zu wenden, und nickte. Er beugte sich vor, öffnete den Tintenbehälter, nahm die Schreibfeder und schrieb rasch. Als er fertig war, griff er nach dem Blatt Papier und hielt es St. John hin.

Ohne Stanton aus den Augen zu lassen, sagte der:

»Luc, lesen Sie es und vergewissern Sie sich, dass er die Wahrheit geschrieben hat.«

Luc nahm das Blatt und überflog die Zeilen.

»Das hat er. Er gesteht, Elizabeth Soule und Charles Dashwood getötet zu haben.«

Mit einem seltsamen kleinen Lächeln verlangte St. John:

»Nehmen Sie das Geständnis und Ihre Gattin und lassen Sie uns allein.«

Ohne ein Wort steckte sich Luc das Geständnis in die Rocktasche, fasste Gillian am Arm und führte sie aus der kleinen Hütte in die stürmische Nacht. Sie wechselten kein Wort, bis Luc seine Pistole wegsteckte, sein Pferd hinten an dem Gig festband und sich zu ihr unter das schützende Verdeck setzte.

In der Hütte sagte St. John, den Blick weiter fest auf Stanton gerichtet:

»Wie ich Sie kenne, sind Sie nicht unbewaffnet hergekommen. Legen Sie Ihre Pistole vor sich auf den Tisch, aber ganz langsam.«

»Wollen Sie mich etwa kaltblütig ermorden?«, höhnte Stanton, holte jedoch seine Pistole hervor und platzierte sie sorgsam auf dem Tisch.

St. John bedeutete ihm, ein paar Schritte zurückzuweichen, dann nahm er die Waffe und warf sie nach draußen.

»Nein. Kaltblütiges Töten überlasse ich lieber Ihnen«, antwortete er, legte seine eigene Pistole auf den Tisch und entfernte sich so weit davon wie Stanton.

»Ich gebe Ihnen eine bessere Chance, als Sie Elizabeth eingeräumt haben«, erklärte er mit mühsam beherrschter Wildheit in seinen grünen Augen. »Wenn Sie vor mir meine Pistole erreichen, könnten Sie am Leben bleiben.« Seine Zähne blitzten in der Dunkelheit weiß und gefährlich. »Ich verspreche Ihnen eines – nur einer von uns beiden wird diese elende Hütte lebend verlassen.«

In dem Gig fragte Gillian, den Blick furchtsam auf den Eingang der Hütte gerichtet:

»Was wird passieren?«

»St. John wird ihn töten.«

Gillian schnappte erschrocken nach Luft, und Luc schaute sie eindringlich an.

»Wie ich es an seiner Stelle auch tun würde. Stanton hat die Frau umgebracht, die St. John geliebt hat und heiraten wollte.«

»Woher weißt du das?«

»Die Brosche. St. John hat sie eigens für sie anfertigen lassen. Sie ist ein Unikat. Er hat sie wiedererkannt, als wir ihnen neulich im Dorf begegnet sind, als ich dich und die anderen nach High Tower zurückbringen wollte.« Er wandte den Blick nicht von der Türöffnung der Hütte, wo der unstete Lichtschein der Laterne zu sehen war, und fügte hinzu: »Es war keine Zeit für lange Erklärungen, aber St. John hat ihn schon länger im Verdacht, ihr Mörder zu sein. Er brauchte jedoch noch Beweise. Heute Abend hat er sie bekommen.« Sein Blick richtete sich auf sie. »Ich bin mir nicht sicher, ob ich dich lieber küssen oder dir den Hals umdrehen soll«, bemerkte er trocken.

Gillian schaute ihn an.

»Mir wäre es lieber, du küsst mich.« Als er sie nur fest anblickte, sprach sie weiter: »Luc, ich musste die Schuldscheine an mich bringen. Ich kann es nicht erklären, aber es war falsch, von dir zu erwarten, dass du etwas entwirrst, wofür Charles verantwortlich war.« Er schnaubte, und sie ergänzte indigniert: »Ich habe dir eine Nachricht hinterlassen. Zusammen mit dem Brief, den Stanton mir geschickt hatte. Nan sollte es dir geben, falls ich bis sieben Uhr nicht zurück bin.«

Luc packte sie an den Schultern und zog sie zu sich.

»Du kleine Närrin! Bis dahin wärst du längst tot gewesen.«

Sie lächelte mit Augen, die in Tränen schwammen.

»Aber das bin ich nicht … würdest du mich nicht lieber küssen, statt mich zu schelten?«

Er lachte zögernd.

»Ja, *mon coeur*. Da hast du allerdings recht, *mein Herz.*« Er senkte seinen Mund auf ihren, und er küsste sie und spürte, wie all die Wut und das Entsetzen, die ihn fest im Griff gehalten hatten, solange er sie in Lebensgefahr wusste, von ihm abfielen. Sie war sicher. Und in seinen Armen, wo er sie auf ewig halten wollte. Nach einer Weile hob er den Kopf und murmelte:

»Wenn du jemals wieder so etwas tust, werde ich dich schlagen.«

An ihn geschmiegt, lächelte Gillian, sie glaubte ihm kein Wort.

»Niemals.« Ihr Blick glitt zur Hütte, und sie erschauerte, weil sie wusste, dass an diesem Abend ein Mann sterben würde. Der Wind heulte, und der Regen peitschte auf das Verdeck des Gig. Das Tosen der Elemente übertönte alle Geräusche, die aus der Hütte drangen, aber sie konnte nicht anders, als sich vorzustellen, was darin vor sich ging, und erschauerte neuerlich.

Luc spürte das und zog sie noch näher. Er hauchte einen Kuss auf ihre Schläfe und sagte:

»Es wird nicht lange dauern.«

»Was, wenn …« Sie schluckte. »Was, wenn St. John scheitert?«

»Darum sind wir ja noch hier«, antwortete er schlicht und zog seine Pistole hervor. »Wenn St. John nicht aus dieser Hütte kommt, aber dafür Stanton … dann erschieße ich ihn. Wie auch immer, St. John wird seine Rache bekommen.«

Noch nicht einmal der Sturm konnte den Pistolenschuss im Innern der Hütte übertönen. Gillian zuckte zusammen, und ihre Augen richteten sich in quälender Anspannung auf die Türöffnung.

Luc versteifte sich und entspannte sich erst wieder, als er die hochgewachsene Gestalt erkannte, die in dem schwachen Lichtschein aus der Hütte im Eingang erschien.

Mit ein paar raschen Schritten kam St. John zu ihnen. Es war kaum hell genug, um die Schramme über seinem rechten Auge und den hässlichen Schnitt auf seiner einen Wange zu erkennen.

»Der arme Kerl«, stellte St. John fest. »Er hat sich selbst gerichtet.« Er blickte Luc erwartungsvoll an. »Seien Sie bitte so freundlich und geben Sie mir das Geständnis, damit ich dafür sorgen kann, dass es zur rechten Zeit an der richtigen Stelle auftaucht. Das Geständnis wird Ihre Gattin von allem Verdacht reinwaschen und den Selbstmord erklären.«

Luc griff in seinen Mantel und reichte ihm das Verlangte.

»Darauf vertraue ich, *mon ami.*«

St. John nickte.

»Es wird mir ein Vergnügen sein.«

Gillian verspürte nicht das geringste Mitgefühl mit Stanton. Er hatte bereits zwei Menschen getötet und hätte, wenn es nicht anders gekommen wäre, auch nicht gezögert, sie umzubringen. Sie tastete nach ihrem Retikül, öffnete es und fand die Brosche. Sie reichte sie St. John mit den Worten:

»Ich glaube, die hier gehört Ihnen.«

St. John hielt das Schmuckstück lange in der Hand. Mit vor unterdrückten Gefühlen belegter Stimme sagte er:

»Danke, Madame.« Und dann verschwand er in der stürmischen Nacht.

Luc schnalzte mit den Zügeln und wendete das Gig, dann legte er seiner Frau einen Arm um die Schultern und fuhr los.

Epilog

Das Weihnachtsfest auf Windmere war in diesem Jahr eines voll stillen Glücks. Cornelia saß gemütlich auf einem bequemen Ohrensessel mit blauem Samtbezug vor dem lustig flackernden Feuer im Kamin, seufzte zufrieden und genoss die Wärme.

Silas, der auf der anderen Seite des Kamins in dem zweiten Exemplar des Sesselpaares Platz genommen hatte, bemerkte:

»Genauso empfinde ich auch.« Seine Augen funkelten in seinem faltigen Gesicht. »Es ist ein überaus aufregender und durch und durch erfreulicher Tag gewesen, aber am meisten genieße ich diese stille Zeit am Feuer.«

Cornelia nickte. Silas hatte recht. Nachdem sie ein ausgezeichnetes Mahl zu sich genommen hatten, Kastaniensuppe, Austern, Gänsebraten, Hirschkeule und Lendenbraten, junge Erbsen aus dem Gewächshaus auf Windmere, Blumenkohl in Sahnesauce, Hackfleisch, Apfelkuchen und Zwetschgenknödel, um nur ein paar der servierten Köstlichkeiten zu nennen, war es herrlich, am Kamin zu dösen.

Der Duft von Tannengrün lag in der Luft, denn die Türbogen, Kaminsimse und Geländer waren mit frischen Zweigen aus dem Wald geschmückt. Mistelzweige hingen an strategisch wichtigen Stellen im ganzen Haus, und Silberglöckchen mit roten Schleifen zierten die Türen zu beiden Seiten. Selbst das Wetter spielte mit und sorgte für weihnachtliche Atmosphäre: Eine dünne Schicht Neuschnee überzog die Landschaft, aber die hatte die Gäste nicht davon abhalten können, nach Windmere zu reisen und das Fest mit Lord und Lady Joslyn zu feiern … und ihrem erstgeborenen Kind.

Vor zehn Tagen hatte Emily eine Tochter auf die Welt gebracht, die wegen der Zeit ihrer Geburt auf den Namen Noel getauft wurde. Wenn Barnaby enttäuscht war, keinen Sohn gezeugt zu haben, so ließ sich das jedenfalls nicht an seinem Verhalten ablesen. Er war ständig an Emilys Seite, verwöhnte sie und seine kleine Tochter nach Kräften. Mädchen, so erklärte er stolz jedem, der ihm zuhörte, waren in der Familie Joslyn wahrlich nicht häufig. Seine Schwester Bethany war das einzige Mädchen seit drei Generationen, aber er hatte nun das große Glück, der Vater des allerschönsten Mädchens von ganz England zu sein. Ihre Schönheit konnte sich höchstens mit der ihrer Mutter messen, fügte er noch hinzu und blickte Emily voller Liebe und Bewunderung an.

Gegenwärtig waren Noels Augen von dem ernsten Blau aller Neugeborenen, aber Cornelia vermutete stark, dass sie mit der Zeit das gleiche strahlende Azurblau annehmen würden, für das die Joslyns berühmt waren. Im Moment bedeckte heller Flaum den Kopf der Kleinen, der bald genug dem silberblonden Haar ähnlich werden würde. Von Barnabys dunklem Teint gab es kein Anzeichen, aber Cornelia und der Rest der Familie hatten schon den energischen Zug an dem winzigen Kinn als von ihrem Vater geerbt erkannt. Es war wirklich ein glücklicher Umstand, räumte Cornelia ein, dass Noel viele von Emilys wesentlich weiblicheren und liebreizenderen Zügen geerbt hatte als die eher kühnen Linien im Gesicht ihres Vaters.

Ein Lachen unterbrach ihre Gedanken, und sie schaute durch den Raum zu der Gruppe um den Tisch mit Süßigkeiten, Zuckerpflaumen, zarten Zitronenkeksen und Schalen mit Punsch und heißem Apfelmost.

Barnaby und Emily standen nebeneinander, Luc und Gillian neben ihnen, wobei Luc seinen Arm besitzergreifend um Gillians Taille geschlungen hatte. Mathew und Simon waren ebenfalls dabei, so wie auch Sophia und Stanley. Cornelia tat es leid, dass die liebe Anne und Hugh sowie Althea nicht hatten kommen können, aber sie konnte es verstehen. Jeffery mochte sich bei allen anderen gründlich unbeliebt gemacht haben, aber er war Altheas Sohn gewesen und Hughs Bruder, und sein Tod war noch zu frisch, um jetzt irgendetwas zu feiern.

Sie sah Luc über etwas lächeln, was Barnaby gesagt hatte, und nickte vor sich hin. Sie hatten allen Grund zu lächeln, besonders, wenn man an die schockierenden Ereignisse Ende November und Anfang Dezember dachte. Sie schüttelte den Kopf. Canfields Unfall, Townsends Selbstmord … und Stanton, der sich selbst in der alten verlassenen Fischerhütte gerichtet hatte. Drei schreckliche und plötzliche Todesfälle, jeder in unmittelbarer räumlicher Nähe zu den anderen, hatten in der Gegend zu viel Gerede geführt.

Die Entdeckung von Stantons Leichnam durch einen durchs Land ziehenden Lumpensammler am Morgen nach dem Sturm hatte die Gegend erschüttert und mit Angst erfüllt, aber das war nichts im Vergleich zu dem Aufruhr, der losbrach, als Stantons Geständnis der Morde an Elizabeth Soule und Charles Dashwood gefunden wurde. Padgett und St. John, Freunde des Verstorbenen, hatten dem Konstabler und einem Notar aus der nächsten Stadt geholfen, dessen Sachen auf Woodhurst durchzugehen, als St. John das belastende Blatt Papier am folgenden Tag unten in einer Schublade des Schreibtisches fand.

Sobald das Geständnis bekannt geworden war, war es eigentlich schon amüsant gewesen zu beobachten, wie viele Mitglieder der guten Gesellschaft auf einmal erklärten, sie hätten von Anfang an gewusst, dass Gillian unmöglich etwas mit dem Tod ihres ersten Mannes zu tun haben konnte. Irgendetwas anderes in Erwägung zu ziehen, war einfach lachhaft. Man hielt Gillian nun für eine allseits geachtete reizende junge Frau, die das Opfer böser Nachrede geworden war, und sie und Luc waren mit Einladungen praktisch überschüttet worden, einige der angesehensten Familien zu besuchen. Gillian trug ihre plötzliche Beliebtheit mit Fassung, aber Cornelia war insgeheim überzeugt, dass sie nicht einen Deut auf die Meinung der Gesellschaft gab. Die einzige Meinung, die für Gillian wichtig war, überlegte Cornelia und musste lächeln, war Lucs.

Cornelias Blick ruhte auf Gillians hübschem Gesicht, während sie Luc anlächelte. Lucs junge Frau war ein lebhaftes kleines Ding, und es war unzweifelhaft zu erkennen, dass die beiden heftig verliebt waren. Das konnte man daran sehen, wie ihre Blicke dem anderen folgten, an den geheimen Lächeln, die sie einander schenkten, und daran, dass sie selten getrennt anzutreffen waren. Luc hatte sich nicht darum geschert, was der Klatsch über seine Frau behauptete, aber es war gut, dass Stanton die Umsicht und den Anstand besessen hatte, seinem Leben selbst ein Ende zu setzen, nicht ohne ein schriftliches Geständnis zu hinterlassen, das St. John so passend gefunden hatte. Jetzt war Gillian von aller Schuld bezüglich Charles Dashwoods Tod reingewaschen. Cornelia schnaubte. Sie war vielleicht eine alte Frau, aber sie wusste, wann man ihr ein X für ein U vormachen wollte.

Die Ereignisse passten zusammen, aber sie würde ihr ganzes von Barnaby großzügig zur Verfügung gestelltes Nadelgeld für das nächste Quartal darauf wetten, dass an der Geschichte mehr dran war, als die Behörden und die Allgemeinheit wussten. Luc war entschlossen gewesen, den Namen seiner Frau reinzuwaschen ... Ihr Blick fiel auf Lucs Gesicht, und sie schnaubte wieder. In den nächsten Tagen würde sie sich den jungen Schurken vornehmen müssen und ihm die Wahrheit entlocken, weil sie keine Sekunde daran zweifelte, dass er an Stantons Schicksal nicht unschuldig war.

In dem Augenblick ging die Gruppe um den Tisch auseinander. Stanley und Sophia kamen, um zu fragen, ob Silas bereit sei, mit ihnen nach High Tower zurückzukehren. Das war der Fall, und die nächsten Minuten vergingen mit Verabschiedungen. Mathew wohnte bei Simon auf The Birches und wollte bis nach Neujahr dort bleiben, und eine halbe Stunde später beschlossen die Brüder aufzubrechen, worauf eine neuerliche Runde Umarmungen von den Frauen und Händeschütteln durch die Männer folgte, begleitet von guten Wünschen. Die Frauen begaben sich wieder ans Feuer, aber Barnaby und Luc brachten die beiden Männer an die Haustür in die kühle Abendluft.

Simon zögerte einen Moment, dann warf er Barnaby einen vielsagenden Blick zu und sagte:

»Matt und ich schauen noch auf ein paar Stunden im *Ram's Head* vorbei, ehe wir heimreiten.«

Barnaby hob eine Augenbraue.

»Seid bitte vorsichtig«, bat er leise und folgte mit den Augen Mathew, der bereits aufsaß. »Deinen Bruder sticht der Hafer. Dieses Katz-und-Maus-Spiel, das wir mit Nolles treiben, stellt seine Geduld auf eine harte Probe.«

Simons Augen verdunkelten sich.

»Ich weiß. Er braucht Nolles entweder gefasst oder tot. Ich denke, nur dann kann er sich verzeihen, was mit Tom passiert ist.«

Barnaby nickte und kehrte, nachdem die beiden Männer in die Dunkelheit verschwunden waren, mit Luc in die Wärme des Hauses zurück.

Die Damen waren nicht im Salon geblieben, sondern hatten sich in die oberen Regionen des Herrenhauses zurückgezogen. Unfähig zu widerstehen, waren sie wie von Zauberhand geführt auf dem Weg in das Kinderzimmer. Nachdem sie das Kindermädchen weggeschickt hatten, das in einem Schaukelstuhl am Kamin döste, standen sie wie drei gute Feen um die Wiege und bewunderten die schlafende Noel.

Barnaby und Luc begaben sich in Barnabys Arbeitszimmer, wo Lamb sich zu ihnen gesellte. Die drei Männer verteilten sich im Zimmer, Gläser mit Brandy in der Hand.

»Simon und Mathew gehen noch ins *Ram's Head*, ehe sie nach The Birches heimkehren«, berichtete Barnaby.

»Nicht sehr klug«, antwortete Lamb. »Nachdem Padgett und St. John nicht länger hier sind, gibt es wenig Grund, Nolles' Laden aufzusuchen.«

Luc zuckte die Achseln.

»Das würde ich so nicht sagen – man kann immer ein Spiel Karten oder Würfel finden, und bei Nolles wird einem zudem Ungestörtheit geboten sowie willige Frauenzimmer. Weder Mathew noch Simon sind Mönche.«

»Wenn ich glauben würde, es ginge ihnen bei ihrem Besuch dort um Spiel und Frauen, wäre mir wesentlich wohler«, erklärte Barnaby. Er sah Luc an. »Du weißt, dass sie beide hoffen, Nolles zu entlarven oder etwas in Erfahrung zu bringen, was uns dabei hilft, ihn zu Fall zu bringen, oder?«

»Das weiß ich«, sagte Luc, »aber Nolles ist ein schlüpfriger Bastard. Wir sind ihm jetzt wie lange auf den Fersen? Fast ein Jahr, oder? Und wir sind unserem erklärten Ziel, ihn seiner gerechten Strafe zuzuführen, nicht näher als in den Tagen nach Toms Tod.«

»Ich war mir sicher«, warf Lamb ein, »dass es mittlerweile wenigstens eine neue Lieferung hätte geben müssen, aber es ist, als wüsste er, dass wir ihn beobachten, und als wäre er nicht bereit, irgendwelche Risiken einzugehen.«

Barnaby brummte.

»Er wäre ein Narr, wenn er nicht wüsste, dass wir ihn beobachten. Wir haben aus unserer Feindseligkeit ihm gegenüber kein Hehl gemacht.« Barnaby runzelte die Stirn. »Und er muss auch wissen, dass wir seinen Überfall auf Luc nicht ungesühnt durchgehen lassen werden – trotz Lambs ... Botschaft an ihn.«

Lamb lächelte in seinen Brandy.

»Sicher, das stimmt natürlich.«

Luc schnaubte und bedachte Lamb mit einem finsteren Blick.

»Ich war derjenige, der die Prügel bekommen hat, und man sollte eigentlich meinen, dass manche Leute den Anstand besitzen, mich meine eigenen Schlachten schlagen zu lassen.«

»Es sieht ganz so aus, als hätten wir uns mit unserer Annahme geirrt, dass Nolles die Keller in The Birches in Erwartung einer neuen Lieferung geleert hat«, stellte Barnaby hastig fest. »Wenn das der Fall gewesen wäre, hätte es mittlerweile eine gegeben.«

»Mathew und ich haben die Umgebung von Stantons Anwesen gründlich abgesucht, auch nach seinem Tod noch«, brummte Lamb, »aber wir haben kein Anzeichen von Nolles oder seinen Leuten auf Woodhurst entdecken können.«

Luc runzelte die Stirn.

»Ich bin der Ansicht, dass Townsends Tod für Nolles unvorbereitet kam, und da jetzt Simon dort wohnt und ein ganz anderes Kaliber ist als der arme, ständig betrunkene Townsend, wagt er es nicht, die Keller dort als Lager für seine Waren zu nutzen. Nolles verhält sich vielleicht erst einmal für eine Weile ruhig und wartet ab und prüft, welche Alternativen ihm bleiben.« Luc sah Barnaby an. »Vergiss nicht, wenn Canfield und Stanton zu seinen Geldgebern gehört haben, muss ihr Tod auch ein Rückschlag für Nolles sein. Es bedeutet auf jeden Fall weniger Geld, um Schmuggelwaren in Frankreich zu kaufen.«

Barnaby starrte in sein Glas, als könnte er die Antwort, die er suchte, dort finden.

»Was uns mit Lord Padgett zurücklässt …« Er verzog das Gesicht. »Padgett ist auf jeden Fall unverzüglich abgereist, so schnell er es nach Stantons Tod einrichten konnte.«

»Und St. John gleich mit ihm«, murmelte Lamb.

Luc setzte sich anders hin. Was in der Nacht geschehen war, in der Stanton starb, war ein Geheimnis zwischen ihm, Gillian und St. John, und er konnte auch nicht einsehen, dass jemand anders darüber Bescheid wissen sollte. Die Möglichkeit, dass St. John ebenfalls Geld in Nolles' Unternehmen investierte, hatte er in Erwägung gezogen, aber es war schließlich Rache gewesen, die ihn letztendlich in Padgetts und Stantons Freundeskreis gebracht hatte, nicht Habgier.

»St. John gehört nicht dazu«, sagte er ein wenig abrupt.

Lamb hob eine Braue und sah ihn skeptisch an.

»Das denke ich auch«, erklärte Barnaby. »Obwohl seine Nähe zu dieser Gruppe an und für sich schon verdächtig ist.«

»Ich könnte wetten, dass du in Zukunft St. John nicht mehr im Umgang mit Padgett sehen wirst«, bemerkte Luc. »Seine Gründe, sich im Umfeld dieser beiden liederlichen Wüstlinge aufzuhalten, bestehen nicht länger.«

Lamb und Barnaby starrten ihn beide an, aber als Luc keine weiteren Erklärungen abgab, wechselten sie nur einen Blick und zuckten die Achseln.

Barnaby leerte sein Brandyglas und erklärte:

»Uns wird nichts anderes übrig bleiben, als darauf zu hoffen, dass das neue Jahr uns mehr Glück dabei beschert, Nolles' Schmugglerlaufbahn zu beenden, als wir bislang hatten.«

Luc hob sein Glas und sagte:

»Ich schlage einen Toast vor: auf Nolles' Niedergang binnen Jahresfrist!«

Die drei Männer tranken, dann erhoben sie sich. Luc machte sich auf die Suche nach Gillian, aber die kam gerade mit Emily die Treppe herab, denn Cornelia war oben geblieben und hatte sich auf ihr Zimmer zurückgezogen. Als sie ihn unten durch das Foyer gehen sah, stockte ihr der Atem, und ihr wurden die Knie weich unter der Welle der Liebe, die sie durchströmte.

Er nahm ihre Hand in seine, küsste sie und fragte:

»Wollen wir den Heimweg antreten, *m'amie*?«

Gillian war einverstanden, und kurze Zeit später saß sie in einen mit Hermelin gefütterten Umhang gehüllt, mit Handschuhen und Muff, um ihre Hände warm zu halten, und einem heißen Ziegelstein unter ihren Füßen neben ihrem Ehemann in dem Gig, während sie von Windmere fortfuhren. Die Kutschenlampen auf beiden Seiten durchbrachen die Dunkelheit und leuchteten ihnen den Weg nach Ramstone.

Ihr Kopf ruhte an seiner Schulter, während er fuhr, und Gillian konnte sich nicht erinnern, jemals glücklicher und zufriedener gewesen zu sein. Sie hatte einen Ehemann, den sie liebte und der sie im Gegenzug ebenfalls liebte. Was könnte sie sich sonst noch wünschen? Ein Bild von der winzigen Noel, wie ein schlafender Engel, erschien vor ihrem geistigen Auge, und ein leises Lächeln spielte um ihre Lippen. Sie seufzte beseligt.

Luc, der das hörte, sah sie kurz an und fragte:

»Was ist?«

Gillian kuschelte sich enger an ihn.

»Ich habe nur an deine Nichte denken müssen – sie ist einfach anbetungswürdig, nicht wahr?«

»*Oui*«, antwortete er und fügte dann mit einem Grinsen hinzu: »Aber nicht so anbetungswürdig, wie es unsere eigenen Kinder sein werden.«

Gillian lächelte schüchtern zu ihm auf.

»Stimmt. Und irgendwann nächsten Sommer, vermutlich Ende August, denke ich, wirst du es selbst sehen können.«

Luc brauchte eine Sekunde. Aber als er begriff, was sie ihm sagen wollte, hielt er das Gig an, drehte sich zu ihr um und schaute sie mit freudig ungläubiger Miene an.

»Willst du damit sagen …?«

Sie kicherte und warf ihm die Arme um den Hals.

»Ja, mein Liebster, ich werde nächstes Jahr im Sommer unser Kind bekommen.«

Ohne sich um das Pferd, das Gig oder die öffentliche Straße zu kümmern, schloss er sie in seine Arme und küsste sie.

»Ein Vater«, sagte er benommen ein paar Augenblicke später. »Ich werde Vater.«

An ihn geschmiegt, murmelte Gillian:

»Ja. Du wirst Vater … und zwar ein guter.«

Lucs Blick glitt liebkosend über sie.

»Aber ich werde immer zuerst Ehemann sein. Dein Ehemann, der dich liebt.«

»Oh Luc«, rief sie. »Ich liebe dich so sehr!«

Was konnte er schon anderes tun, als sie erneut zu küssen? Nach mehreren Minuten schnaubte das Pferd und wurde unruhig und erinnerte sie daran, wo sie waren. Sie lösten sich voneinander und lachten. Luc nahm die Zügel und trieb das Pferd an. Ihren Kopf an seine Schulter gebettet, fuhren sie langsam nach Hause, und die Zukunft erstreckte sich strahlend hell und verlockend vor ihnen.

– ENDE –

»Shirlee Busbee ist die Beste dieses Genres!«

Publishers Weekly

480 Seiten. ISBN 978-3-442-37643-8

Bei dem Versuch während eines Kostümfests einige pikante Briefe aus dem Besitz von Lord Ormsby zu stehlen, wird die junge Witwe Juliana von ihrem Jugendfreund Asher Cordell überrascht. Doch was macht Asher selbst mitten in der Nacht in der Bibliothek des Lords? Als Juliana den attraktiven Charmeur um Hilfe bittet, knistert es gewaltig zwischen ihnen, und unversehens verstricken sie sich in ein Netz aus wilder Leidenschaft, heimtückischer Erpressung und Mord!

Lesen Sie mehr unter: **www.blanvalet.de**